tentation

STEPHENIE MEYER

tentation

Tome 2

Traduite de l'anglais (États-Unis)
par Luc Rigoureau

Pour mon père, Stephen Morgan –
Personne n'a été encouragé ni aimé de façon
aussi inconditionnelle que je l'ai été par toi.
Moi aussi je t'aime.

Ces plaisirs violents ont des fins violentes ;
Dans leurs excès ils meurent tels la poudre et le feu,
Que leur baiser consume.
Roméo et Juliette, acte II, scène 5
(trad. Victor Bourgy, *in* William Shakespeare,
Œuvres complètes, éd. bilingue, Tragédies 1,
Robert Laffont, Paris, 1995)

Prologue

◆

On aurait dit que j'étais prise au piège d'un cauchemar terrifiant, un de ceux où l'on est forcé de fuir, de courir jusqu'à ce que les poumons donnent l'impression d'exploser, sans que l'on réussisse pourtant à bouger assez vite. Mes jambes paraissaient s'engourdir au fur et à mesure que je me frayais un chemin parmi les badauds insoucieux, alors que les aiguilles de l'immense horloge, elles, ne ralentissaient pas leur course. Animées par une force implacable, elles tournaient, indifférentes, se rapprochant inexorablement de la fin – la fin de tout.

Je n'étais pas en train de rêver, cependant, et à la différence d'un mauvais songe, je ne cavalais pas pour sauver ma peau mais quelque chose d'infiniment plus précieux. Ma propre survie ne pesait rien du tout à mes yeux, ce jour-là.

Selon Alice, nous avions l'une et l'autre de fortes

chances de mourir. Si elle n'avait pas été piégée par le soleil éclatant, cela se serait sans doute terminé autrement. Malheureusement, j'étais la seule à pouvoir traverser cette place bondée et baignée d'une lumière accablante.

Or, j'étais incapable d'avancer plus vite.

Voilà pourquoi il m'importait peu que nous fussions cernées par des ennemis si extraordinairement dangereux. Lorsque la cloche se mit à sonner l'heure, déclenchant des vibrations sous la plante de mes pieds maladroits, je compris que j'arrivais trop tard et je fus soulagée qu'un destin sanglant attendît dans la coulisse. Car en échouant, je perdais tout désir d'exister.

Un deuxième coup retentit, marquant le zénith exact du soleil.

1

UNE FÊTE

J'étais sûre à quatre-vingt-dix-neuf virgule neuf pour cent de rêver.

Les raisons de ma certitude ? Premièrement, je me tenais dans un rayon de soleil éclatant, le genre de lumière aveuglante que ne connaît pas ma ville d'adoption, l'humide Forks, dans l'État de Washington ; deuxièmement, je regardais ma grand-mère, Marie. Vu que celle-ci était morte depuis six ans, l'irréalité de l'image était on ne peut plus tangible.

Grand-mère n'avait guère changé, et son visage ressemblait à celui dont j'avais conservé le souvenir. La peau en était douce et flétrie, plissée en dizaines de fines rides sous lesquelles saillait l'ossature. Comme un abricot sec surmonté d'une touffe vaporeuse de beaux cheveux blancs.

Nos lèvres – les siennes, étrécies par les ans – s'étirèrent sur le même demi-sourire surpris. Apparemment, elle non plus ne s'était pas attendue à me rencontrer. Je m'apprêtais à l'interroger (j'avais tant de questions à lui poser : que fabriquait-elle dans mon rêve ? Qu'avait-elle fait ces six dernières années ? Grand-père allait-il bien ? S'étaient-ils retrouvés, là où ils étaient à présent ?), quand elle ouvrit la bouche. Je me retins et la laissai parler. Nos traits prirent simultanément une expression un peu gênée.

— Bella ?

Ce n'était pas elle qui avait prononcé mon nom, et nous nous tournâmes pour dévisager le nouveau venu. Bien que je n'eusse pas besoin de le voir pour deviner de qui il s'agissait. J'aurais reconnu cette voix n'importe où ; j'aurais répondu à son appel, que je fusse éveillée, endormie... ou morte, j'imagine. Pour elle, j'aurais marché sur des tisons ardents ou, de façon moins théâtrale, j'aurais enduré chaque jour le froid et une pluie incessante.

Edward.

Il avança vers nous dans la lumière étincelante et, malgré l'émotion, consciente ou non, que sa présence provoquait en moi, en dépit aussi de la quasi-certitude que j'avais de rêver, je paniquai. Après tout, grand-mère – à l'instar de tout le monde – ignorait que j'aimais un vampire. Comment allais-je justifier que les rayons de soleil, en entrant en contact avec sa peau, explosaient en milliers d'éclats arc-en-ciel flamboyants, comme s'il avait été composé de cristaux ou de diamants ? « Euh... tu auras sans doute constaté que mon petit ami scintille, grand-mère. Ne t'inquiète pas, c'est juste le soleil... » Que fichait-il ici ? Il vivait à Forks, l'endroit le plus arrosé du monde, précisément pour pouvoir sortir en plein jour sans dévoiler le secret de sa famille. Pourtant, il était là, s'approchait gracieusement de moi, son visage angélique arborant un sourire des plus magnifiques, à croire qu'il n'avait pas remarqué la présence de grand-mère.

Pour le coup, je regrettai d'être la seule à échapper à son don mystérieux. D'ordinaire, j'appréciais qu'il ne sût lire dans mes pensées aussi clairement que si je les avais formulées à voix haute. À présent, j'aurais voulu qu'il m'entendît, qu'il perçût le cri d'alerte résonnant dans ma tête.

Je jetai un coup d'œil angoissé à grand-mère et constatai qu'il était trop tard. Elle me retourna un regard aussi effrayé que le mien. Sans se départir de son sourire (si beau que mon cœur parut enfler au point de vouloir exploser), Edward posa son bras sur mes épaules et se tourna vers ma grand-mère. La réaction de cette dernière me désarçonna. Au lieu de sembler horrifiée, elle me contempla avec une moue penaude, l'air de s'attendre à ce que je la gronde. Par ailleurs, elle avait adopté une drôle de position, le bras écarté maladroitement du corps, tendu et recourbé, comme si, elle aussi, avait enlacé une personne que je ne distinguais pas, un être invisible.

Ce ne fut qu'alors que je pris du recul et remarquai le grand cadre doré qui entourait la silhouette de ma grand-mère. Perplexe, je levai la main qui n'enserrait pas la taille d'Edward et l'effleurai. Elle imita mon geste à la perfection. Là où nos doigts auraient dû se toucher, je ne frôlai que la froideur du verre...

Dans un soubresaut vertigineux, mon rêve devint cauchemar.

Grand-mère n'existait pas.

C'était *moi*. Moi dans un miroir. Moi, vieille, ridée et fanée.

À côté d'Edward. La glace ne renvoyait pas son image, et il était d'une beauté fracassante, figé pour l'éternité dans ses dix-sept ans. Il posa ses lèvres de givre aux contours irréprochables sur ma joue détruite.

— Bon anniversaire, chuchota-t-il.

Haletante, je m'éveillai en sursaut, ouvrant les paupières d'un seul coup. La triste lueur grise et familière d'une matinée couverte remplaça le soleil aveuglant de mon songe.

« Ce n'était qu'un rêve, rien qu'un rêve », tentai-je de me rassurer. Je respirai profondément puis tressaillis derechef quand la sonnerie de mon réveille-matin se déclencha. Le petit calendrier encastré dans le coin du cadran m'informa que nous étions le treize septembre.

J'avais eu une vision onirique, mais pour le moins prophétique. Aujourd'hui, c'était mon anniversaire. J'avais officiellement dix-huit ans. J'avais redouté cet instant pendant des mois. Maintenant qu'il était arrivé, il était encore pire que ce que j'avais craint. J'étais plus vieille – je le *sentais*. J'avais vieilli au jour le jour, sauf que là, c'était différent, quantifiable, pire. J'avais dix-huit ans.

Un âge qu'Edward n'atteindrait jamais.

Lorsque j'allai me laver les dents, je fus presque étonnée que mon reflet dans le miroir n'eût pas changé. Je m'examinai, cherchant d'imminentes rides sur ma peau ivoire. Je ne distinguai cependant que celles de mon front, et je savais que si je parvenais à me détendre, elles s'effaceraient. J'en fus incapable. Mes sourcils restèrent froncés en une ligne soucieuse, au-dessus de mes prunelles anxieuses.

« Ce n'était qu'un rêve », me répétai-je. Juste un rêve... et pourtant, mon pire cauchemar aussi.

Pressée de quitter la maison, je sautai l'étape du petit déjeuner. Je ne réussis pas à éviter mon père, hélas, et fus contrainte de jouer la comédie du bonheur durant quelques minutes. Je m'efforçai de sembler ravie par les cadeaux que je lui avais demandé de ne pas m'acheter, luttant néanmoins contre les larmes à chacun de mes sourires.

Sur le chemin du lycée, je tâchai de me ressaisir. L'image de grand-mère – car il était hors de question que ce fût la mienne – m'obsédait, et c'est remplie de désespoir que je me garai sur le parking et aperçus Edward appuyé contre son étincelante Volvo gris argent, immobile, hommage marmoréen rendu à quelque dieu païen de la beauté, désormais oublié. Mon songe ne lui avait pas rendu justice. Et, comme chaque jour, il m'attendait. Moi. Ma détresse s'évapora un instant, remplacée par de l'émerveillement. Nous avions beau sortir ensemble depuis six mois, je continuai de ne pas croire à ma bonne fortune.

Sa sœur Alice était à son côté, et elle aussi guettait ma venue.

Edward et Alice n'étaient pas réellement parents (l'histoire servie au bon peuple de Forks était que la fratrie des Cullen avait été adoptée par le docteur Carlisle Cullen et sa femme Esmé, tous deux bien trop jeunes pour avoir des enfants adolescents), mais leur peau avait la même exacte pâleur, leurs yeux – enfoncés dans des cernes tels des hématomes – la même étrange nuance dorée, et leurs visages une identique et inhumaine beauté. Pour qui était dans le secret – moi, par exemple – ces similitudes les identifiaient pour ce qu'ils étaient.

Les prunelles fauve d'Alice luisaient d'excitation ; découvrant qu'elle tenait un petit paquet carré enveloppé de papier d'argent, je plissai le front. Je l'avais pourtant avertie que je ne souhaitais rien pour mon anniversaire. *Rien du tout*, ni présents ni marques d'attention particulières. Il était évident que mes vœux avaient été superbement ignorés.

Je claquai la portière de ma camionnette à plateau, une Chevrolet de 1953, déclenchant une averse de débris rouillés sur le bitume humide, et me dirigeai lentement vers les Cullen. Alice vint à moi en sautillant, sa face de lutin resplendissante sous ses cheveux noirs coiffés en pointes.

— Bon anniversaire, Bella !

— Chut ! sifflai-je en regardant autour de nous pour m'assurer que personne ne l'avait entendue.

La dernière chose que je désirais, c'était que mes camarades de classe célèbrent ce jour noir.

— Tu ouvres ton cadeau maintenant ou plus tard ? demanda-t-elle en faisant fi de ma réaction.

— J'avais dit pas de cadeaux, grommelai-je sur un tel ton qu'elle n'eut pas grand mérite à deviner mon humeur.

— Très bien... ça attendra, alors. As-tu aimé l'album photo que t'a envoyé ta mère ? Et l'appareil de Charlie ?

Je soupirai. Naturellement, elle était au courant. Edward n'était pas le seul de sa famille à avoir des talents particuliers. Alice avait sans doute « vu » ce que mes parents s'apprêtaient à m'offrir à l'instant même où ils avaient arrêté leur choix.

— Oui. C'est super.

— Je trouve leur idée géniale. On n'est en Terminale qu'une seule fois. Autant en profiter pour immortaliser les meilleurs moments de cette année.

— Combien de Terminales as-tu effectuées, toi ?

— Ce n'est pas pareil.

Nous étions arrivées près d'Edward. Il tendit la main, je m'en emparai avidement, oubliant l'espace d'un instant ma morosité. Comme toujours, sa peau était lisse, dure et très froide. Il serra doucement ma paume. Je plongeai dans ses iris topaze, et mon cœur se serra lui aussi, mais plus violemment. Percevant les bégaiements de mon pouls, Edward sourit puis souleva sa main libre pour caresser le dessin de mes lèvres d'un doigt frais.

— Sauf erreur de ma part, et si je me souviens bien d'une certaine conversation, je ne suis pas autorisé à te souhaiter un joyeux anniversaire, susurra-t-il. C'est bien ça ?

— En effet.

Son débit fluide et ses intonations soignées étaient inimitables, héritage d'une langue qu'on avait parlé cent ans plus tôt.

— Je préférais m'en assurer, badina-t-il en passant ses doigts à travers le désordre de sa chevelure cuivrée. Au cas où tu aurais changé d'avis. La plupart des gens semblent heureux de l'événement et des présents qui l'accompagnent.

Alice s'esclaffa, et son rire, carillon du vent, tinta comme de l'argent.

— Toi aussi, tu vas adorer, Bella ! me promit-elle. Aujourd'hui, tout le monde est censé être aux petits soins pour toi et exaucer tes moindres désirs. Que pourrait-il t'arriver de pénible ?

— De vieillir.

J'avais répliqué à cette question rhétorique d'une voix moins assurée que je l'aurais voulu. Le sourire d'Edward se figea.

— Dix-huit ans, ce n'est pas si âgé, objecta sa sœur. En général, les femmes attendent d'avoir atteint la trentaine pour refuser de fêter leur anniversaire, non ?

— C'est plus qu'Edward, bougonnai-je.

L'intéressé soupira.

— Techniquement, certes, admit Alice sans se départir de son entrain. Ça ne représente qu'une toute petite année, cependant.

Force m'était d'admettre que oui, un an ou deux de plus ou de moins ne constituaient pas un gouffre en effet, à condition que je fusse certaine d'obtenir le futur que je voulais, à savoir rester pour toujours aux côtés d'Edward et des Cullen, et pas en tant que croulante chenue si possible. Las ! Edward était fermement opposé à tout avenir impliquant ma transformation. Il refusait que je devinsse comme lui – immortelle. Il qualifiait notre situation d'impasse. Très franchement, je ne comprenais pas son obstination. Qu'est-ce que l'état de mortel avait de si formidable ? En comparaison, une existence de vampire ne paraissait pas si terrible, en tout cas pas quand on observait les Cullen.

— À quelle heure seras-tu chez nous ? poursuivit Alice en changeant de sujet.

Rien qu'à son expression, je devinai qu'elle mijotait précisément ce à quoi j'avais espéré échapper.

— Parce que j'y suis attendue ? Première nouvelle.

— Oh, s'il te plaît, Bella, tu ne vas quand même pas gâcher notre plaisir, hein ?

— Je croyais qu'aujourd'hui, c'était moi qui décidais de ce que je voulais ou pas ?

— Je passerai la chercher chez Charlie après les cours, intervint Edward comme si je n'existais pas.

— Je bosse, protestai-je.

— Non, non, non ! me détrompa Alice, très contente d'elle. Je me suis arrangée avec Mme Newton, et elle a accepté d'échanger ses heures de vendredi au magasin avec toi. À propos, elle te présente tous ses vœux.

— Et puis, je... je n'ai pas le temps, bégayai-je en me creusant la tête pour trouver une excuse. Je n'ai pas encore regardé *Roméo et Juliette* pour le cours d'anglais.

— Tu connais la pièce par cœur ! rétorqua Alice.

— Oui, mais M. Mason nous a conseillé d'en voir une représentation afin de l'apprécier pleinement. C'est ce que voulait Shakespeare.

Edward leva les yeux au ciel.

— Tu as déjà visionné des adaptations, insista sa sœur.

— Pas celle des années soixante. M. Mason soutient que c'est la meilleure.

Alice finit par perdre patience, sa mine satisfaite s'effaça, et elle me toisa avec dureté.

— Écoute, Bella, tu as le choix entre deux solutions, maugréa-t-elle. La facile et la difficile. Quoi que tu...

— Du calme, l'interrompit Edward. Si Bella a envie de regarder un film, à sa guise. Après tout, c'est son anniversaire.

— Exactement ! renchéris-je.

— Je l'amènerai à la maison vers dix-neuf heures, continua-t-il. Cela te laissera plus de temps pour les préparatifs.

Le rire argentin d'Alice résonna une nouvelle fois.

— Très bien, dit-elle. Tu n'y échapperas pas, Bella ! Je te garantis qu'on va s'amuser !

Elle m'adressa un sourire radieux qui dévoila ses admirables dents luisantes, puis m'embrassa sur la joue et s'éloigna en direction de son premier cours d'une démarche dansante.

— Je t'en prie, Edward..., commençai-je.

— On en discutera plus tard, me coupa-t-il en posant un doigt sur ma bouche. On va être en retard.

C'est dans l'indifférence générale que nous nous assîmes à nos places habituelles, au fond de la classe. Nous sortions ensemble depuis trop longtemps pour continuer à susciter les ragots. Même Mike Newton avait cessé de m'accabler de ses regards lugubres qui, au début, m'avaient quelque peu culpabilisée. Il me sourit, et je constatai avec plaisir qu'il avait l'air d'avoir accepté que nos relations se limitent à de l'amitié. Mike avait changé, durant l'été. Son visage avait perdu ses rondeurs, rendant ses pommettes plus proéminentes, et il arborait une nouvelle coiffure. Les cheveux courts et hérissés avaient laissé place à des mèches blondes plus longues et artistiquement enduites de gel afin de donner une impression de désordre décontracté. Si sa source d'inspiration était évidente, l'allure d'Edward était toutefois de celles que l'on n'imite pas.

Au fil des heures, j'échafaudai différentes stratégies pour éviter la soirée qui se préparait chez les Cullen. Je n'étais pas d'humeur à faire la fête. Qui plus est, la surprise qu'on me réservait comprendrait forcément beaucoup d'attention. Or, les maladroits enclins aux catastrophes (dont je suis) s'arrangent pour éviter d'être le centre du monde. Qui apprécie d'être sous les feux de la rampe alors que le ridicule (se casser la figure par exemple) menace, telle une épée de Damoclès ? Il y aurait aussi des cadeaux, alors que j'avais très spécifiquement demandé – exigé, plutôt – qu'on les évitât cette année. J'avais l'impression que Charlie et Renée n'étaient pas les seuls à avoir décidé d'ignorer mes ordres.

Je n'avais jamais roulé sur l'or, ce qui m'indifférait. Renée m'avait élevée sur son salaire d'institutrice en école maternelle ; quant à Charlie, ce n'était pas son boulot – chef de la police de la minuscule bourgade de Forks – qui l'enrichissait. Mes uniques revenus personnels, je les devais à mes trois jours de travail par semaine dans la boutique de sport des parents de Mike. Je m'estimais d'ailleurs heureuse d'avoir décroché un job dans une ville aussi petite. Le moindre centime de mon salaire allait grossir les économies microscopiques destinées à mes études universitaires. La fac, c'était le plan B. Je m'acharnais à croire en la réalisation du plan A, en dépit de l'entêtement d'Edward à vouloir que je reste humaine.

Lui avait énormément de moyens, ce à quoi j'évitais de trop réfléchir. L'argent ne signifiait presque rien pour les Cullen. C'était juste une chose qu'on accumulait quand on disposait d'un temps infini et de quelqu'un (Alice) qui jouissait d'un talent surprenant pour prédire les fluctuations boursières. Edward ne saisissait pas pourquoi je m'opposais à ce qu'il en dépensât pour moi, pourquoi j'étais mal à l'aise lorsqu'il m'invitait dans un restaurant cher de Seattle, pourquoi il lui était interdit de m'acheter une voiture rapide ou pourquoi je refusais qu'il paie mes frais de scolarité (il débordait d'un enthousiasme ridicule pour le plan B). Selon lui, j'étais inutilement chichiteuse. Mais comment aurais-je pu l'autoriser à me donner quoi que ce soit quand je n'étais pas à même de lui rendre la pareille ? Pour d'insondables raisons, il désirait ma compagnie, et c'était déjà trop. Tout ce qu'il y ajouterait ne ferait que renforcer le déséquilibre qui nous séparait.

La matinée passa ; ni Edward ni Alice ne revenant sur le sujet de mon anniversaire, je me détendis un peu. À midi, nous nous installâmes à notre table habituelle. Y régnait un *statu quo* étrange. Edward, Alice et moi nous asseyions à l'une de ses extrémités, cependant que mes autres amis, Mike et Jessica (qui traversaient une phase de relations gênées après avoir rompu), Angela et Ben (dont la liaison avait survécu à l'été), Eric, Conner, Tyler et Lauren (je me contentais de tolérer cette dernière) en occupaient l'autre bout, comme séparés de nous trois par une ligne invisible. Celle-ci se dissipait aisément les jours de soleil, où les Cullen séchaient systématiquement le lycée, et j'étais alors incluse dans les conversations sans que cela posât la moindre difficulté.

Edward et Alice s'accommodaient de cet ostracisme mineur, alors que, à leur place, je l'aurais sans doute trouvé bizarre et blessant. Eux s'en apercevaient à peine. Les gens étaient toujours mal à l'aise en compagnie des Cullen, comme pris d'une frayeur qu'ils ne s'expliquaient pas pour autant ; j'étais la seule exception à la règle. Parfois, la décontraction dont je faisais preuve avec lui inquiétait Edward, qui se jugeait dangereux pour moi – une opinion que je réfutais avec véhémence sitôt qu'il l'exprimait.

L'après-midi défila rapidement, les cours s'achevèrent, et Edward me raccompagna à ma camionnette – la routine. Sauf que, cette fois, il m'ouvrit la porte passager. Alice devait avoir pris la Volvo, une façon de s'assurer que je ne me défilerais pas ce soir-là. Je me plantai sous la pluie et croisai les bras.

— C'est mon anniversaire, je conduis, décrétai-je.

— Ah, mais je t'obéis et je me comporte comme s'il s'agissait d'un jour ordinaire.

— Dans ce cas, je n'irai pas chez toi tout à l'heure.

— Tu veux jouer à ce petit jeu ? s'amusa-t-il. Très bien.

Sur ce, il m'entraîna du côté conducteur.

— Bon anniversaire ! claironna-t-il.

— Chut !

Bon gré mal gré, je m'installai derrière le volant, regrettant déjà qu'il n'eût pas choisi l'autre solution.

— Cet appareil est nul, se plaignit-il en tripotant la radio tandis que je quittais le parking.

Je fronçai les sourcils, vexée qu'il s'en prît à ma vieille Chevrolet. Pour moi, elle était géniale. Elle avait de la personnalité.

— Si tu veux de la bonne musique, tu n'as qu'à te servir de ta voiture, ripostai-je.

J'étais si nerveuse à la perspective de ce qu'Alice me concoctait que je me montrai plus sèche que je n'en avais eu l'intention. D'ordinaire, la présence d'Edward me rendait d'humeur égale et sereine. Il réprima un sourire.

Lorsque je me garai devant chez Charlie, les mains d'Edward, tendres et prudentes, enveloppèrent mon visage. Seul le bout des doigts exerçait une légère pression sur mes tempes, mes pommettes, ma mâchoire, comme si j'étais d'une fragilité particulière. Ce qui était le cas, comparé à lui du moins.

— Tu devrais être heureuse, aujourd'hui plus que

jamais, murmura-t-il, et son haleine douce me chatouilla les narines.

— Et si je n'en ai pas envie ? répondis-je, le souffle court.

— Alors, c'est vraiment dommage, dit-il en me vrillant de ses iris dorés et incandescents.

Lorsqu'il se pencha et colla ses lèvres de glace aux miennes, j'avais déjà la tête qui tournait. Tombant dans le piège qu'il m'avait délibérément tendu, j'oubliai mes angoisses et me concentrai pour ne pas oublier de respirer. Sa bouche s'attarda sur la mienne, froide et lisse et délicate, jusqu'à ce que j'enroule mes bras autour de sa nuque et lui rende son baiser avec une passion un peu trop débordante. Je le sentis sourire, puis il me relâcha et déverrouilla mon étreinte.

Edward avait posé de nombreuses limites à notre relation physique, dans l'unique but de me garder vivante. Si, en général, j'observais la règle exigeant que je maintienne ma peau à une saine distance de ses dents aiguisées comme des lames de rasoir et enduites de venin, j'avais tendance à négliger ces détails triviaux lorsqu'il m'embrassait.

— Sois sage, chuchota-t-il.

Il déposa un ultime baiser sur ma bouche, puis s'écarta en prenant soin de croiser mes bras sur mon ventre. Les battements de mon cœur m'assourdissaient. Je portai une main à ma poitrine, sentis la chamade sous ma paume.

— Crois-tu que j'arriverai un jour à me maîtriser ? demandai-je à voix haute, plus pour moi que pour lui, d'ailleurs. Que mon pouls cessera de s'emballer chaque fois que tu me touches ?

— J'espère bien que non, plastronna-t-il.

— Bon, allons voir comment les Montaigus et les Capulets s'exterminent, décidai-je en lui lançant un coup d'œil irrité.

— Vos désirs sont des ordres, mademoiselle.

Edward se vautra sur le canapé, cependant que je chargeais la vidéo et faisais défiler le générique en mode accéléré. Lorsque je me perchai à l'extrémité du divan, il enserra ma taille et m'attira contre son torse. Celui-ci n'était pas aussi confortable qu'un coussin, vu sa dureté, sa froideur, sa perfection statuaire, mais je le préférais de loin. Attrapant le vieux plaid qui dissimulait le dossier du sofa, il m'enveloppa dedans pour éviter que je gèle à son contact.

— Roméo m'a toujours tapé sur les nerfs, m'annonça-t-il d'emblée.

— Que lui reproches-tu ? répliquai-je, quelque peu offensée car c'était un de mes personnages préférés. (Jusqu'à ce que je rencontre Edward, j'avais eu une sorte de béguin pour lui.)

— Eh bien, pour commencer, il est amoureux fou de Rosaline, ce qui ne l'empêche pas de s'enticher très vite de Juliette. Tu ne trouves pas que ça lui donne des airs d'inconstant ? Ensuite, quelques minutes à peine après son mariage avec Juliette, il tue le cousin de celle-ci. Pas très malin. Il accumule les erreurs, ce type. Il aurait voulu détruire son bonheur tout seul qu'il ne s'y serait pas pris autrement.

— Tu préfères que je le regarde seule ? soupirai-je.

— Non, répondit-il en promenant ses doigts sur mon bras, déclenchant mes frissons. De toute façon, c'est toi qui m'intéresses, pas le film. Tu vas pleurer ?

— Si je suis attentive, sûrement, admis-je.

— Alors, je ne te distrairai pas.

Malgré cette promesse, il effleura mes cheveux de ses lèvres, geste qui ne pouvait m'inciter à rester appliquée. L'œuvre finit néanmoins par me captiver, d'autant qu'Edward murmurait les vers de Roméo à mon oreille – en comparaison de son irrésistible ténor, la voix de l'acteur paraissait faiblarde et grossière. À son grand amusement, je fondis en larmes quand, à son réveil, Juliette découvre son époux trépassé à ses pieds.

— J'avoue que je l'envie un peu, ce Roméo, commenta Edward en séchant mes larmes avec une de mes mèches.

— Juliette est très jolie.

— Pas à cause d'elle, se récria-t-il, vaguement dégoûté. À cause de la simplicité de son suicide. Vous avez vraiment de la chance, vous les humains ! Il vous suffit de boire d'un trait un petit mélange d'extraits de plantes, et hop...

— Pardon ?

— Bah, c'est juste qu'il m'a fallu un jour considérer cette solution. Connaissant l'expérience de Carlisle en la matière, je savais que ce ne serait pas simple. Je ne suis même pas certain de connaître le nombre exact de fois où il a tenté d'en finir, lorsque... Après qu'il eut compris ce qu'il était devenu... Or, il est toujours en excellente santé, ajouta-t-il, sur un ton plus désinvolte.

— Mais qu'est-ce que tu racontes ? m'indignai-je en me dévissant le cou pour le toiser. Qu'est-ce que ça signifie « il m'a fallu considérer cette solution » ?

— C'était au printemps dernier, quand tu as... failli être tuée...

Il s'interrompit, respira profondément et s'efforça de reprendre un ton badin.

— Bien sûr, ma priorité était de te retrouver vivante.

Pour autant, j'ai dû envisager d'autres éventualités. Et, je te l'ai dit, ce n'est pas aussi aisé pour moi que pour un humain.

Un instant, le souvenir de mon dernier voyage à Phoenix me submergea avec une telle force que j'en eus le vertige. Les images étaient d'une clarté effarante – le soleil aveuglant, les vagues de touffeur montant du sol bétonné tandis que je me précipitais dans les pattes du vampire sadique qui avait l'intention de me torturer jusqu'à ce que mort s'ensuive ; James, à l'affût dans la salle aux miroirs, tenant ma mère en otage – du moins, c'est ce que j'avais cru alors, n'ayant pas deviné qu'il s'agissait d'une ruse. Mais, de son côté, James n'avait pas pressenti qu'Edward se ruait à mon secours. Il était pourtant arrivé à temps, même si je l'avais échappé belle. Inconsciemment, mes doigts caressèrent la cicatrice en forme de lune sur ma main, toujours plus froide que le reste de ma peau. Je secouai la tête pour me débarrasser de ces désagréables réminiscences et, le cœur au bord des lèvres, revins aux implications de ce qu'Edward avait sous-entendu.

— D'autres éventualités ? répétai-je.

— Enfin, voyons ! s'exclama-t-il, abasourdi par ma naïveté. Il était évident que je ne comptais pas vivre sans toi ! Mon seul problème, c'était la façon dont j'allais m'y prendre. Inutile d'espérer l'aide d'Emmett ou de Jasper. Alors, j'ai songé à me rendre en Italie pour provoquer les Volturi.

Il plaisantait ! Pourtant, ses prunelles dorées étaient graves, concentrées sur un lointain qui ne lui parlait que de sa propre fin. Tout à coup, je cédai à la colère.

— C'est qui, ces Volturi ? aboyai-je.

— Une famille, répondit-il d'une voix absente. Un

clan très ancien et très puissant de notre espèce. Ce qui, pour nous, se rapprocherait le plus d'une famille royale, j'imagine. À ses débuts, Carlisle a brièvement vécu avec eux. Avant qu'il décide de gagner l'Amérique. Tu te rappelles ?

— Oui.

Je n'étais pas prête d'oublier la première fois où j'avais mis les pieds chez les Cullen, une immense villa blanche isolée dans la forêt, près de la rivière. Ni la pièce où Carlisle, le vrai père d'Edward à plus d'un titre, avait aménagé tout un mur de tableaux qui racontaient son histoire personnelle. La toile la plus remarquable, aux couleurs les plus vives, la plus grande aussi, représentait la période italienne de sa vie. Je revoyais sans peine les quatre personnages aux visages séraphiques installés sur un balcon, observateurs du chaos bigarré qui régnait sous eux. En dépit des siècles, Carlisle, l'ange blond, n'avait pas changé. Je me souvenais également des trois autres, les premières relations de celui qui deviendrait par la suite le docteur Cullen. Edward n'avait jamais employé le nom de Volturi pour désigner le trio magnifique, un homme aux cheveux blancs et ses amis bruns. Il les avait appelés Aro, Marcus et Caïus, les ténébreux protecteurs des arts...

— Bref, on n'irrite pas les Volturi, reprit Edward, interrompant ma rêverie. Sauf à souhaiter mourir... ou, du moins, à subir le sort qui nous est réservé, à nous autres vampires.

Ma fureur tourna à l'effroi. Prenant son visage marmoréen entre mes mains, je le serrai très fort.

— Je t'interdis d'avoir pareilles idées à l'avenir ! Quoi qu'il puisse m'arriver, je *t'interdis* de te détruire.

— Je n'ai pas l'intention de t'exposer à de nouveaux dangers, alors le sujet est clos.

— *M'exposer* ? Je croyais que nous étions d'accord là-dessus – la malchance qui me poursuit relève de ma seule faute ! Que tu oses penser différemment est intolérable !

J'étais de plus en plus furieuse. L'idée qu'Edward cessât d'exister m'était insupportablement douloureuse, quand bien même aurais-je été morte.

— Comment réagirais-tu à ma place ?

— Ce n'est pas pareil.

Il ricana.

— Si c'était à toi qu'il arrivait quelque chose ? suggérai-je en blêmissant à cette perspective, voudrais-tu que je me suicide ?

Une vague de tristesse traversa ses traits.

— Je comprends ton point de vue... un peu, avoua-t-il. Mais que ferais-je, sans toi ?

— Ce que tu faisais avant que je débarque dans ta vie et te complique les choses.

— Ainsi formulé, ça paraît tellement simple, soupira-t-il.

— Ça l'est. Je ne suis pas très intéressante, tu sais.

Il faillit protester, renonça.

— Ce sujet-là est clos lui aussi, conclut-il.

Brusquement, il se redressa, adopta une position plus formelle et m'écarta de façon à ne plus me toucher.

— Charlie ? devinai-je.

Il sourit. Quelques instants plus tard, j'entendis la voiture de patrouille crisser sur le gravier de l'allée. Je pris la main d'Edward dans la mienne et m'y agrippai fermement. Mon père était capable de supporter au moins ça. Charlie entra, chargé d'une pizza.

— Bonjour, les enfants ! nous salua-t-il. Je me suis dit que tu apprécierais être débarrassée de la cuisine et de la vaisselle le jour de ton anniversaire, précisa-t-il à mon intention. Vous avez faim ?

— Bien sûr. Merci, papa.

Charlie ne fit aucun commentaire sur le manque d'appétit de mon compagnon. Il avait l'habitude.

— Puis-je vous emprunter Bella pour quelques heures ? demanda Edward, le dîner terminé.

Je guettai la réaction de mon père avec anxiété, ignorant s'il était de ceux qui considèrent que les anniversaires sont une affaire strictement familiale. C'était le premier que je fêtais à Forks, où je m'étais installée après le remariage de ma mère Renée et son déménagement en Floride.

— Pas de problème, répondit-il, me condamnant ainsi à la soirée chez les Cullen. Il y a un match Mariners-Sox[1], je ne serai pas de très bonne compagnie... Tiens, n'oublie pas ça.

Et il me lança l'appareil qu'il m'avait offert sur les conseils de Renée, histoire de justifier l'achat de l'album, j'imagine.

Il aurait dû se rappeler que, question coordination, j'ai toujours été handicapée. L'objet effleura le bout de mes doigts puis tomba, et seule la promptitude d'Edward empêcha qu'il s'écrase au sol.

— Bien joué, commenta Charlie. Tu connais ta mère, Bella, elle trépigne à l'idée de voir tes photos.

— Bonne idée, renchérit Edward en me tendant l'engin.

---

1. Respectivement, équipes de base-ball de Seattle et de Chicago. *(Toutes les notes sont du traducteur.)*

Je cadrai son visage et réalisai mon premier cliché.

— Il fonctionne.

— Super ! Bon, amusez-vous bien, les enfants.

Voilà qui était une façon claire et nette de nous congédier. D'ailleurs, Charlie avait déjà gagné le salon et la télé.

Devant ma camionnette, Edward m'invita de nouveau à m'installer côté passager. Cette fois, je ne protestai pas. Dans l'obscurité, j'avais toujours du mal à ne pas rater le chemin conduisant chez lui. Il prit la direction du nord, et nous traversâmes Forks. Mon chauffeur était visiblement irrité par la vitesse réduite que lui imposait ma Chevrolet préhistorique. Le moteur gronda encore plus fort que d'ordinaire quand il dépassa les quatre-vingts kilomètres-heure.

— Doucement, l'avertis-je.

— Tu sais ce qui te plairait vraiment ? Un joli petit coupé Audi. Puissant et très silencieux.

— Ma voiture me convient parfaitement. Et à propos de dépenses inutiles, si tu tiens à la vie, tu as intérêt à ne rien m'avoir acheté pour mon anniversaire.

— Je n'ai pas déboursé un sou ! me jura-t-il, la vertu incarnée.

— Bien.

— Tu me rendrais service ?

— Ça dépend.

— Bella, soupira-t-il, soudain sérieux, le dernier vrai anniversaire que nous avons célébré a été celui d'Emmett, en 1935. Alors, je t'en prie, laisse-nous un peu de mou et fais un effort. La famille est super-enthousiaste.

Les réflexions de ce genre me désarçonnaient toujours un peu.

— Je vais essayer, promis-je.

— Il faut aussi que je te prévienne.

— Oui ?

— Tout le monde est à la maison.

— Pardon ? m'étranglai-je. Emmett et Rosalie sont revenus d'Afrique ?

La population de Forks, elle, croyait les aînés des Cullen à l'université de Dartmouth.

— Emmett souhaitait être présent.

— Et... Rosalie ?

— Ne t'inquiète pas, elle saura se tenir.

Je ne relevai pas. À quoi bon ? L'appréhension était là et ne me quitterait pas. Contrairement à Alice l'autre « sœur » d'Edward, l'exquise et blonde Rosalie, ne m'appréciait guère. Une litote. Pour elle, j'étais une intruse dans le secret des Cullen, et je me sentais coupable de l'absence prolongée du couple. Emmett, plaisantin aux allures d'ours, me manquait. De bien des manières, il évoquait le frère aîné que je n'avais jamais eu... en beaucoup, beaucoup plus terrifiant, certes.

— Si je n'ai pas le droit de t'offrir l'Audi, reprit Edward en changeant de sujet, n'y a-t-il d'autre cadeau que tu accepterais ?

— Est-il nécessaire que je te répète ce que j'attends de toi ? contrai-je à voix basse.

Il fronça aussitôt les sourcils, regrettant de ne pas s'en être tenu aux difficultés que soulevait Rosalie.

— Pas ce soir, s'il te plaît, Bella.

La dispute n'était pas nouvelle.

— Tant pis. Alice sera peut-être d'accord, elle.

Un grondement sourd et menaçant s'échappa de la gorge d'Edward.

— Ne rêve pas ! riposta-t-il. Ceci ne sera pas ton dernier anniversaire !

— C'est injuste !

Il serra les mâchoires, et j'entendis presque grincer ses dents. Nous arrivions chez lui. Toutes les fenêtres du rez-de-chaussée et du premier étage étaient illuminées. Une longue guirlande de lanternes japonaises était suspendue à l'avant-toit du porche, éclairant d'une lumière douce les immenses cèdres qui entouraient la maison. De grandes vasques de roses étaient alignées de chaque côté des larges marches menant à la porte d'entrée. Je gémis.

— C'est une fête, me rappela Edward après avoir soufflé un bon coup pour se calmer. Tâche de jouer le jeu.

— Compte sur moi, marmonnai-je.

Il fit le tour de la camionnette et m'offrit son bras.

— J'ai une question.

Il se raidit, sur le qui-vive.

— Si je donne la pellicule à développer, apparaî-tras-tu sur les photos ? demandai-je en agitant l'appareil.

Il s'esclaffa, m'aida à descendre de voiture et m'entraîna vers le perron. Il riait encore quand il ouvrit le battant et s'effaça devant moi.

Tous les Cullen étaient réunis dans l'immense salon blanc, et c'est un chœur de félicitations bruyantes qui m'accueillit. Embarrassée, je baissai les yeux. Alice – qui d'autre ? – avait couvert chaque surface disponible de bougies et de vases en cristal remplis de centaines de roses. Près du piano à queue d'Edward, sur une grande table nappée de blanc, il y avait un vaste gâteau au glaçage rose, d'autres fleurs, une pile d'assiettes en verre et un petit tas de cadeaux enveloppés de papier d'argent. C'était cent fois pire que ce que j'avais imaginé. Devinant ma détresse, Edward enlaça ma taille et déposa un baiser encourageant sur le sommet de mon crâne.

Ses parents, plus jeunes et plus beaux que jamais, étaient tout près de l'entrée. Esmé me serra prudemment contre elle, et ses cheveux soyeux couleur caramel effleurèrent ma joue quand elle embrassa mon front. Carlisle me prit par les épaules.

— Désolé, Bella, me chuchota-t-il en aparté. Nous n'avons pas réussi à réfréner les ardeurs d'Alice.

Derrière venaient Emmett et Rosalie. Cette dernière avait le visage fermé, mais elle n'était pas hostile. Emmett, lui, arborait un grand sourire. Ne les ayant pas vus depuis des mois, j'avais oublié la beauté de Rosalie, si extravagante qu'il était presque douloureux de la regarder. Quant à son compagnon, avait-il toujours été aussi... imposant ?

— Tu n'as pas changé, se moqua-t-il, faussement déçu. J'espérais une différence perceptible, mais tu rougis toujours autant.

— Merci beaucoup, dis-je en m'empourprant encore plus.

Il pouffa.

— Je dois m'absenter une minute, ajouta-t-il avec un clin d'œil ostentatoire à sa plus jeune sœur. Attendez-moi pour commencer à vous amuser.

Abandonnant la main de Jasper, Alice, aux anges, s'approcha de sa démarche sautillante. Son compagnon mince et blond souriait lui aussi, mais il gardait ses distances, appuyé au pilier soutenant la rampe de l'escalier qui conduisait aux étages. Durant les jours que nous avions passés ensemble, enfermés dans un hôtel de Phoenix, j'avais cru qu'il avait surmonté sa répulsion à mon égard. Cependant, sitôt libéré de l'obligation de me protéger, il avait renoué avec son ancienne attitude, qui consistait à m'éviter le plus possible. Sachant que ça n'avait rien de personnel, qu'il s'agissait juste d'une mesure de précaution, je m'efforçais de ne pas y accorder trop d'importance. Jasper avait plus de mal que les autres à respecter la diète des Cullen ; il lui était bien plus difficile de résister à l'odeur du sang humain, dans la mesure où il était le plus jeune de leur espèce.

— C'est l'heure des cadeaux ! décréta Alice.

Me prenant par le coude, elle me conduisit à la table.

— Alice, marmottai-je avec des airs de martyre, je t'avais dit que je ne voulais rien...

— Et je ne t'ai pas écoutée, me coupa-t-elle, ravie d'elle-même. Déballe celui-là, m'ordonna-t-elle ensuite en me débarrassant de l'appareil photo et en fourrant un paquet carré dans mes mains.

L'objet était si léger qu'il paraissait vide. L'étiquette annonçait qu'il venait d'Emmett, de Rosalie et de Jasper. Gênée, je défis le papier argenté et contemplai le carton. Il s'agissait d'un machin électronique dont le nom comportait des tas de nombres. J'ouvris la boîte, espérant un indice susceptible de me renseigner sur la nature du présent... elle était effectivement vide.

— Euh... merci.

Jasper éclata de rire, et même Rosalie se fendit d'un rictus amusé.

— C'est une stéréo pour ta camionnette, m'expliqua Jasper. Emmett est en train de l'installer. Comme ça, tu ne pourras pas la refuser.

Décidément, Alice savait toujours précéder mes réactions.

— Merci, Jasper, Rosalie, lançai-je.

Je me souvins des plaintes d'Edward à propos de ma radio, dans l'après-midi. Apparemment, c'était un coup monté.

— Merci, Emmett ! ajoutai-je, plus fort.

Son rire explosif et communicatif me parvint de l'extérieur.

— À notre tour, à Edward et à moi, me pressa Alice d'une voix aiguë en me tendant un petit rectangle plat.

Je me tournai vers Edward pour le fusiller du regard.

— Tu avais promis !

Avant qu'il ait eu le temps de répondre, Emmett bondit dans l'entrée.

— Tip top au bon moment ! brailla-t-il.

Il alla se poster derrière Jasper qui, une fois n'est pas coutume, s'était rapproché pour mieux voir.

— Je n'ai pas dépensé un sou, m'assura Edward.

Il écarta une mèche de mes cheveux, et je frissonnai à son contact.

— Très bien, cédai-je.

Emmett rigola, amusé. Je m'emparai du cadeau et, adressant une mimique agacée à Edward, glissai mon doigt sous l'emballage pour décoller celui-ci.

— Zut ! ronchonnai-je, lorsque l'arête du papier entama ma peau.

Je retirai mon doigt pour inspecter les dégâts. Une unique goutte de sang perlait d'une minuscule coupure. Soudain, tout se passa très vite.

— Non ! rugit Edward.

Il se jeta sur moi, me précipitant en travers de la table, qui s'écroula, envoyant au diable gâteau, présents, fleurs et assiettes. Je tombai dans un éparpillement de cristal brisé. Jasper heurta Edward avec un bruit sourd qui évoquait un éboulement de rochers. Un grondement sinistre monta de sa poitrine, et il tenta de repousser son aîné. Ses dents claquèrent à quelques centimètres du visage d'Edward. Aussitôt, Emmett l'attrapa par-derrière et l'immobilisa dans l'étau de ses bras impressionnants. Jasper se débattit, un éclat sauvage allumant ses iris fixés sur moi.

Après le choc initial vint la douleur. Je m'étais affalée près du piano et, d'instinct, avais tendu les mains pour amortir ma chute. De ce fait, elles avaient plongé droit dans les débris de verre. Tout à coup, je sentis une souffrance irradiant mon avant-bras, du poignet au coude.

Désorientée, ahurie, je me détournai du sang rouge vif qui dégoulinait. Je découvris alors le regard fiévreux de six vampires brusquement assoiffés.

2

QUELQUES POINTS DE SUTURE

Carlisle fut le seul à garder son calme ; sa voix posée et autoritaire trahissait des siècles d'expérience aux urgences.

— Emmett, Rose, faites sortir Jasper.

Pour une fois sérieux, Emmett acquiesça.

— Viens, dit-il à son jeune frère.

Ce dernier, qui essayait toujours de se libérer, tordit le torse et attaqua, toutes dents dehors. Son regard n'exprimait plus que folie. Pâle comme un linge, Edward s'accroupit devant moi pour me protéger. De ses lèvres serrées s'échappa un grognement d'avertissement. Il ne respirait plus. Rosalie, dont le visage magnifique arborait une expression d'étrange satisfaction, se posta devant Jasper et, prenant soin de s'écarter de sa mâchoire, aida Emmett à l'entraîner par la baie vitrée qu'Esmé avait tirée, une main sur la bouche et le nez.

— Je suis vraiment navrée, Bella, me lança-t-elle, gênée, en suivant vivement les autres à l'extérieur.

— Laisse-moi approcher, Edward, murmura Carlisle.

Une seconde s'écoula, puis son fils hocha lentement le menton et se détendit. Son père s'agenouilla pour examiner mon bras. Devinant que je devais avoir l'air ahuri, je tentai de me ressaisir.

— Tiens, dit Alice en tendant une serviette à Carlisle.

Il la refusa en secouant la tête.

— Il y a trop d'éclats de verre dans la blessure, constata-t-il.

Déchirant une longue bande étroite dans la nappe blanche, il improvisa un garrot au-dessus de mon coude. L'odeur du sang me tournait le cœur, et j'avais le vertige.

— Veux-tu que je t'emmène à l'hôpital, Bella ? me demanda Carlisle d'une voix douce. Ou préfères-tu que je m'occupe de toi ici ?

— Ici, s'il vous plaît, chuchotai-je.

Un transport aux urgences, et Charlie serait au courant de l'incident.

— Je vais chercher ta sacoche, annonça Alice.

— Installons-nous dans la cuisine, décréta Carlisle.

Edward me souleva sans effort, tandis que son père maintenait la pression sur mon bras.

— Comment te sens-tu, Bella ? s'enquit-il.

— Ça va, répondis-je sur un ton raisonnablement assuré qui me fit plaisir.

Edward avait un visage de pierre.

Alice était déjà sur place, la grosse trousse noire de

Carlisle posée sur la table. Une lampe de bureau, petite mais puissante, avait été branchée au mur. Edward m'assit doucement sur une chaise, cependant que Carlisle en rapprochait une pour lui-même. Il se mit au travail sans tarder. Edward se tenait près de moi, sur le qui-vive.

— Je t'en prie, va-t'en, soupirai-je.

— Je suis capable de me contenir, protesta-t-il.

Pourtant, il serrait les mâchoires, et ses prunelles brûlaient sous l'intensité de la soif qui le dévorait. Je représentais une tentation bien plus forte pour lui que pour les autres Cullen... Jasper excepté.

— Inutile de jouer les héros, répliquai-je. Carlisle n'a pas besoin de ton aide. Va respirer l'air frais.

Les doigts du médecin sur ma plaie m'arrachèrent une grimace de douleur.

— Mieux vaudrait que tu rejoignes Jasper avant qu'il dépasse les bornes, intervint Carlisle. Je suis sûr qu'il s'en veut terriblement. Toi seul pourras le calmer.

— Oui, renchéris-je, va retrouver ton frère.

— Comme ça, tu serviras à quelque chose, ajouta Alice.

Guère ravi par ce complot, Edward plissa le front. Pourtant, il finit par obtempérer et fila par la porte de la cuisine. J'étais à peu près certaine qu'il avait retenu sa respiration depuis que je m'étais coupée.

Une sensation d'engourdissement se répandit dans mon bras, et les élancements s'apaisèrent. Pour éviter de penser à la blessure et aux soins qu'on lui prodiguait, je me concentrai sur Carlisle. Il avait penché la tête, et sa chevelure dorée resplendissait sous la lumière. Malgré les spasmes qui secouaient mon estomac – rien que de très habituel –, j'étais déterminée à ne pas me laisser submerger par ma sensiblerie. Je n'avais plus mal, à présent, n'éprouvai plus que de faibles tiraillements que je tâchai d'ignorer. Il était hors de question que je m'évanouisse.

Si elle ne s'était pas tenue dans mon champ de vision, je n'aurais pas remarqué qu'Alice finissait par craquer et quittait la pièce à son tour. Un pauvre sourire contrit aux lèvres, elle s'éclipsa.

— Et voilà, soupirai-je, tout le monde est parti. Je suis drôlement douée pour faire le vide autour de moi.

— Ce n'est pas ta faute, me réconforta Carlisle en riant doucement. Ça aurait pu arriver à n'importe qui.

— En effet, sauf que j'ai quand même une fâcheuse tendance à provoquer de telles situations.

Il rit derechef. Sa sérénité était d'autant plus surprenante au regard de la réaction des autres. Il n'y avait aucune trace d'anxiété sur son visage. Il s'affairait, rapide et sûr de lui. Seuls les tintements des bouts de cristal qui tombaient l'un après l'autre sur la table rompaient le souffle mesuré de nos respirations.

— Comment y arrivez-vous ? demandai-je. Même Alice et Esmé...

Je m'interrompis. Bien que toute la famille, prenant exemple sur lui, eût renoncé au traditionnel régime alimentaire des vampires, il était le seul à résister sans mal à l'odeur tentatrice de mon sang. L'exploit était sans doute beaucoup plus difficile à accomplir que ce que sa décontraction laissait deviner.

— Les années de pratique, répondit-il. Je ne sens presque plus rien, maintenant.

— Serait-ce plus dur si vous cessiez de fréquenter l'hôpital pendant longtemps ?

Il haussa les épaules, indécis.

— Peut-être. Je n'ai jamais eu besoin de vacances prolongées. J'aime trop travailler.

Gling ! gling ! gling ! Le nombre de morceaux de verre qui s'étaient logés dans ma chair m'étonnait, et je fus tentée de jeter un coup d'œil sur la pile qui s'entassait, histoire d'en vérifier l'importance, mais je savais que cela ne m'aiderait en rien dans ma stratégie anti-vomitive.

— Qu'est-ce qui vous plaît tant, dans ce métier ? repris-je.

J'étais en effet curieuse de l'apprendre, car la signification de ses années de lutte et de déni m'échappait. Par ailleurs, la conversation me permettrait d'oublier mes nausées.

— Hum, répondit-il, le regard calme et songeur. Ce que j'apprécie par-dessus tout, c'est quand mes capacités... supérieures, disons, me permettent de sauver une vie qui, sinon, aurait été perdue. J'aime à savoir que, grâce à moi, certaines gens guérissent. Parfois, même mon odorat surdéveloppé est un outil de diagnostic bien pratique.

Il afficha un demi-sourire. Je réfléchis à cela pendant qu'il fouillait la blessure pour s'assurer qu'il en avait ôté tous les débris. Lorsqu'il attrapa de nouveaux instruments dans son sac, je m'interdis d'imaginer une aiguille et du fil. Des tiraillements d'un autre genre chatouillèrent les bords de la plaie.

— Vous vous donnez bien du mal pour expier un état dont vous n'êtes pas responsable, continuai-je. Après tout, vous n'avez pas demandé à devenir celui que vous êtes. Vous n'avez pas choisi cette existence et, pourtant, j'ai l'impression que vous vous sentez obligé de trimer comme un esclave afin de prouver que vous êtes bon.

— Je ne crois pas essayer de réparer quoi que ce soit, me contredit-il sur un ton léger. Comme tout un chacun, j'ai simplement dû opérer des choix de vie en fonction de ce que la nature m'a donné.

— Cette explication me paraît un peu facile.

— Ça y est, éluda-t-il en se penchant sur mon bras puis en coupant un fil, c'est fini.

Il balaya largement le site des opérations à l'aide d'un coton-tige démesuré qu'il avait trempé dans un liquide aux couleurs de sirop qui déteignit sur ma peau. L'arôme en était bizarre, et la tête me tourna. Carlisle colla une grande bande de gaze sur la blessure et la fixa à l'aide de sparadrap.

— Mais au début, insistai-je, comment avez-vous eu l'idée de vous détourner de la voie évidente qui s'ouvrait devant vous ?

Un sourire énigmatique étira ses lèvres.

— Edward ne t'a donc pas raconté l'histoire ?

— Si. J'essaie juste de me mettre à votre place...

Soudain, il redevint sérieux, et je me demandai si ses réflexions l'avaient conduit à la même interrogation que moi – comment réagirais-je quand (je refusais de penser *si*) ce serait mon tour ? Il s'affaira à nettoyer la table avec soin, la frottant plusieurs fois de suite avec du coton imprégné d'alcool dont l'odeur me chatouilla les narines.

— Tu sais que mon père était pasteur, expliqua-t-il. Il avait une conception du monde plutôt abrupte, et j'avais commencé à la remettre en question avant même de me transformer.

Il déposa la gaze et les cotons souillés ainsi que les

éclats de verre dans une coupe en cristal. Je ne saisis la manœuvre que lorsqu'il gratta une allumette et la jeta sur les fibres imbibées d'alcool. Le tout s'embrasa, et je sursautai.

— Désolé, s'excusa-t-il. C'est un peu obligé... Bref, j'étais en désaccord avec cette foi si intransigeante. Pourtant, depuis presque quatre cents ans que je suis né, rien, pas même mon reflet dans un miroir, ne m'a incité à douter de l'existence de Dieu, quels que soient le nom ou la forme qu'on lui attribue.

Je fis mine d'inspecter mon pansement afin de dissimuler ma surprise devant le tour qu'avait pris la discussion. Tout bien considéré, la religion était le dernier sujet auquel je m'étais attendue. Ma propre vie était passablement dépourvue de croyances. Charlie se considérait comme luthérien parce qu'il suivait l'exemple de ses parents, mais, le dimanche, c'était près de la rivière et une canne à pêche à la main qu'il pratiquait. Quant à Renée, elle testait de temps à autre telle ou telle obédience ; à l'instar de ses brèves passions pour le tennis, la poterie, le yoga et le français, elle en changeait avant même que je fusse avertie de sa dernière lubie.

— J'ai conscience que cela paraît un peu bizarre, venant d'un vampire, reprit Carlisle en souriant (il savait que l'emploi décontracté de ce terme ne manquait jamais de me choquer), cela ne m'empêche cependant pas de chercher un sens à la vie, y compris la nôtre. Nos chances de rédemption sont certes infimes, ajouta-t-il d'une voix désinvolte, et selon toute probabilité, nous sommes damnés. Néanmoins, je compte, sottement peut-être, qu'avoir essayé sera porté à notre bénéfice.

— Je ne vois rien de sot là-dedans.

Je n'imaginais pas en effet que quiconque, y compris

d'essence divine, ne pût être impressionné par Carlisle. Et puis, à mes yeux, un paradis sans Edward n'était pas le Paradis.

— Tu es bien la première à être d'accord avec moi.

— Les autres membres du clan ne partagent pas votre foi ? m'étonnai-je.

Je songeai, bien sûr, à une personne en particulier et, là encore, Carlisle ne s'y trompa pas.

— Edward me suit jusqu'à un certain point. Pour lui, Dieu, le ciel existent... l'enfer aussi. Mais il doute de l'existence d'un au-delà pour notre espèce.

Son ton était devenu très doux, et il contemplait l'obscurité, de l'autre côté de la grande fenêtre qui surplombait l'évier.

— Il est persuadé que nous avons perdu notre âme, ajouta-t-il.

Je me rappelai aussitôt les paroles qu'Edward avaient prononcées cet après-midi-là. « Sauf à souhaiter mourir... ou, du moins, à subir le sort qui nous est réservé, à nous autres vampires. » Brusquement, une ampoule s'éclaira au-dessus de ma tête.

— C'est tout le problème, n'est-ce pas ? commentai-je. Ça explique ses réticences à me transformer.

— Lorsque je regarde... mon fils... quand je vois sa force, sa bonté, son éclat, je suis d'autant plus certain de la légitimité de mes espérances. Comment admettre qu'un être tel Edward ne mérite pas plus ? (J'acquiesçai avec ferveur.) Toutefois, si je pensais comme lui... ou plutôt, si toi, tu partageais ses convictions, serais-tu capable de lui voler son âme ?

Ses prunelles insondables me dévisageaient. Posée en ces termes, la question me désarçonna. M'eût-il demandé si j'étais prête à sacrifier mon âme pour

Edward, ma réponse eût été évidente. Quant à infliger un sort identique à celui que j'aimais... Je fis la grimace. Ces arguties étaient injustes.

— Tu mesures l'ampleur de la difficulté, reprit Carlisle.

Je secouai le menton, consciente de me comporter comme une enfant têtue. Il soupira.

— C'est *mon* choix, objectai-je.

— Le sien également, répliqua-t-il en levant la main pour arrêter mes protestations. C'est lui qui endossera ou non cette responsabilité.

— Il n'est pas le seul à pouvoir procéder.

— Je t'arrête tout de suite ! s'écria-t-il, en partant d'un rire qui allégea soudain l'atmosphère. C'est avec *lui* que tu devras aborder ce sujet. Mais, précisa-t-il aussitôt, de nouveau grave, j'ai été confronté à la situation et je te garantis qu'on ne se débarrasse jamais du doute. La plupart du temps, je *pense* avoir agi au mieux. Et pourtant, ai-je eu raison de condamner mes compagnons à cette existence ? Je n'ai pas de réponse tranchée à cette question.

Je gardai le silence. En songeant à l'influence que cela aurait eu sur ma propre vie si Carlisle avait supporté sa solitude, je frissonnai.

— C'est la mère d'Edward qui m'a décidé, chuchota-t-il, le regard perdu au loin.

— Ah bon ?

Chaque fois que j'avais interrogé Edward sur ses parents, il s'était borné à dire qu'ils étaient morts depuis longtemps, et que ses souvenirs étaient confus. Ceux de Carlisle en revanche, malgré la brièveté de ses contacts avec eux, ne s'effaceraient jamais.

— Oui. Elle s'appelait Elizabeth. Elizabeth Masen.

Le père, Edward Senior, n'a pas repris connaissance. Il a été victime de la toute première vague de grippe espagnole. Elizabeth, elle, est restée alerte quasiment jusqu'au bout. Edward lui ressemble beaucoup. Elle avait les mêmes étranges cheveux bronze, et leurs yeux étaient d'un vert absolument identique.

— Verts ? murmurai-je en essayant de me le représenter ainsi.

Ceux de Carlisle, ocre, étaient maintenant à une centaine d'années de là.

— Oui... Elle s'inquiétait pour son fils de manière obsessive. Elle a gâché ses chances de guérir en voulant le soigner, alors qu'elle était déjà atteinte. Il allait tellement plus mal qu'elle que je m'attendais à ce qu'il disparût le premier. Sa fin à elle a été très rapide. Ça s'est passé juste après le coucher du soleil, je venais d'arriver pour relever les médecins de jour. L'époque ne se prêtait pas aux faux-semblants, il y avait trop de travail. Je n'avais pas besoin de me reposer, et je détestais devoir rentrer chez moi pour me cacher dans le noir et faire croire que je dormais, alors que tant de malheureux mouraient.

« Je me suis tout de suite rendu au chevet d'Elizabeth et de son fils. Je m'étais attaché à eux, ce qui est toujours dangereux quand on connaît la fragilité innée des humains. J'ai immédiatement compris que son état avait gravement empiré. La température qui s'était emparée d'elle ne retombait pas, et elle n'avait plus la force physique de se battre. Pourtant, elle n'avait pas l'air faible lorsqu'elle m'a toisé de son lit. "Sauvez-le !" m'a-t-elle ordonné d'une voix rauque, la seule que sa gorge réussissait à émettre désormais. "Je m'y efforcerai", ai-je promis en lui prenant la main. La fièvre qui la dévorait était si brûlante qu'elle ne s'est sans doute pas rendu compte à quel point ma propre peau était anormalement glacée. Pour elle, tout devait paraître froid. "Je l'exige", a-t-elle insisté en serrant mes doigts avec une telle force que je me suis demandé si elle n'allait pas, finalement, surmonter la crise. Ses iris étaient durs comme des pierres – deux émeraudes. "Vous devez faire tout ce qui est en votre pouvoir. Vous devez faire pour mon Edward ce que les autres sont incapables de faire." J'ai eu peur. Elle me scrutait d'un regard perçant et, l'espace d'un instant, j'ai eu la certitude qu'elle avait deviné mon secret. Puis la température a eu raison d'elle, et elle a sombré dans un coma irréversible. Elle est morte quelques heures après avoir exprimé son souhait.

« J'avais passé des décennies à envisager de me créer un compagnon. Rien qu'une deuxième créature qui serait à même de me connaître vraiment, au-delà de l'image que je donnais de moi. Cependant, il me semblait injustifiable d'infliger à autrui ce dont j'avais été victime moi-même. Edward était à l'agonie. Il était évident qu'il n'en avait plus que pour quelques heures. À côté de lui gisait sa mère ; étrangement, la mort n'avait pas apaisé ses traits. »

Carlisle revivait la scène – le siècle écoulé entre-temps n'avait pas brouillé sa mémoire. Et moi aussi, je voyais tout ce que ses paroles évoquaient : le désespoir planant sur l'hôpital, la présence oppressante de la mort, Edward en proie à la fièvre, et que la vie fuyait à chaque nouvelle minute... Je tressaillis et m'obligeai à chasser ces images de mon esprit.

— Les mots d'Elizabeth résonnaient en moi. Comment avait-elle deviné ce dont j'étais capable ? Comment pouvait-elle désirer un tel sort pour son fils ? J'ai contemplé Edward. La maladie n'avait rien enlevé à sa beauté, ni à la pureté et à la bonté qu'exprimaient ses traits. Il avait le visage que j'aurais souhaité à mon enfant...

« Après tant d'années d'indécision, j'ai suivi une impulsion, tout bêtement. J'ai d'abord emmené sa mère à la morgue, puis suis revenu le chercher. Personne n'a remarqué qu'il respirait encore. Il n'y avait pas assez de mains ni assez d'yeux pour satisfaire aux besoins de la moitié des patients. La morgue était vide – de vivants en tout cas. J'ai volé Edward et me suis sauvé par la porte de derrière, empruntant les toits pour regagner ma maison. J'ignorais comment procéder. J'ai choisi d'administrer les mêmes blessures que celles dont j'avais souffert, des siècles auparavant, à Londres. Plus tard, je m'en suis voulu. Cela a été bien plus doulou-reux et long que nécessaire. Mais je n'ai pas regretté mon geste. Je n'ai jamais déploré d'avoir sauvé Edward. »

Carlisle secoua la tête, revint au temps présent.

— Je vais te ramener chez toi, conclut-il en me sou-riant.

— Je m'en occupe, intervint Edward qui surgit du salon obscur.

Par rapport à d'habitude, il marchait lentement. Son visage lisse n'exprimait rien, même si ses prunelles tra-hissaient une sorte de malaise qu'il s'efforçait de cacher. Je frémis.

— J'aime autant que ce soit Carlisle, objectai-je.

Je baissai les yeux sur ma chemise ; le coton bleu clair était humide et taché de sang. Une épaisse croûte rosâtre recouvrait mon épaule droite.

— Je vais bien, affirma Edward d'une voix dénuée d'émotion. Il faut que tu te changes. Charlie risque d'avoir une crise cardiaque s'il te voit dans cet état. Je préviens Alice.

Il ressortit de la cuisine.

— Il est bouleversé, remarquai-je en regardant Carlisle avec anxiété.

— Oui. Il s'est produit ce soir exactement ce qu'il craignait le plus. Tu as couru un danger réel. À cause de ce que nous sommes.

— Il n'y est pour rien.

— Toi non plus.

Je me détournai de ses beaux yeux pleins de sagesse. Je ne pouvais être d'accord avec lui à ce sujet. M'offrant sa main, il m'aida à me lever, et je le suivis dans le salon. Esmé y était revenue et lavait le plancher à l'endroit où j'étais tombée – à grands renforts d'eau de Javel pure, à en juger par l'odeur.

— Laissez-moi faire, Esmé, proposai-je en rougissant.

— J'ai terminé, répondit-elle avec un sourire. Comment te sens-tu ?

— Ça va. Carlisle coud plus vite que son ombre.

Le couple rigola. À cet instant, Edward et Alice franchirent la baie vitrée. Elle se précipita vers moi, mais lui resta en retrait, son expression toujours aussi énigmatique.

— Viens, me lança Alice, je vais te trouver une tenue moins macabre.

Elle dénicha une chemise appartenant à Esmé dont la couleur était proche de la mienne. Charlie ne s'apercevrait de rien, j'en étais sûre. Le pansement blanc sur mon bras parut moins sérieux après une toilette rapide.

— Alice ? chuchotai-je alors que celle-ci se dirigeait vers la porte.

— Oui ?

Elle prenait soin elle aussi de parler à voix basse et me contempla avec curiosité.

— C'est grave ?

Je ne savais pas trop si nos murmures étaient peine perdue. Bien que nous fussions à l'étage, Edward nous entendait peut-être.

— Je n'en ai aucune idée pour le moment, répondit-elle.

— Dans quel état est Jasper ?

— Il se sent super-coupable, soupira-t-elle. Cela représente un tel défi pour lui. Il déteste montrer ses faiblesses.

— Il n'est pas responsable. Dis-lui que je ne lui en veux pas. Pas du tout. D'accord ?

— Compte sur moi.

Edward m'attendait devant l'entrée. Dès qu'il me vit au bas de l'escalier, il ouvrit le battant sans un mot.

— N'oublie pas tes affaires ! s'exclama Alice alors que je m'approchais avec précaution de son frère.

Elle récupéra les paquets, dont l'un à moitié ouvert, et mon appareil photo sous le piano et les fourra dans mes mains.

— Tu nous remercieras plus tard, quand tu auras fini de le déballer.

Esmé et Carlisle me saluèrent, et je ne manquai pas de noter que, comme moi, ils jetaient des coups d'œil furtifs à leur fils trop impassible.

Je fus soulagée de me retrouver dehors et dépassai rapidement les roses et les lanternes qui, à présent, n'évoquaient plus que de mauvais souvenirs. Edward me suivait en silence. Il m'ouvrit la portière passager, et je grimpai dans la camionnette sans protester.

Un gros ruban rouge était collé au tableau de bord, près du nouvel auto-radio. Je l'arrachai, le jetai par terre et le glissai du pied sous mon siège pendant qu'Edward contournait le véhicule. Il s'installa derrière le volant sans me regarder non plus que l'appareil. Ni lui ni moi ne le mîmes en marche, et le soudain grondement du moteur renforça le silence. Nous nous éloignâmes, trop vite, sur le chemin sinueux et sombre. Ce mutisme ne tarda pas à me rendre folle.

— Dis quelque chose, finis-je par lancer lorsqu'il bifurqua sur la grande route.

— Que veux-tu que je te dise ? répliqua-t-il, lointain.

— Que tu me pardonnes, murmurai-je, refroidie par la distance qu'il maintenait entre nous.

Ma réflexion eut le don d'animer ses traits. Un éclat de colère les traversa.

— Te pardonner ? À toi ? De quoi ?

— Si j'avais été plus prudente, rien de tout cela ne se serait passé.

— Bella ! Tu t'es coupée avec un bout de papier. Tu ne mérites pas d'être fusillée pour ça !

— N'empêche, c'est ma faute.

Ces mots ouvrirent les vannes.

— Ta faute ? Si tu t'étais blessée chez Mike Newton, en présence de Jessica, d'Angela et de tes autres amis normaux, qu'aurait-il pu arriver de grave ? Qu'ils soient à court de pansements ? Si tu avais trébuché sur une pile d'assiettes, et ce sans que personne ne t'y précipite, aurait-ce été un drame ? Au pire, tu aurais mis du sang sur la banquette de la voiture pendant qu'ils t'emmenaient aux urgences. Mike Newton t'aurait tenu la main pendant qu'on te recousait, et il n'aurait pas eu besoin de lutter contre l'envie de te tuer pendant les soins. Ne t'accuse pas, Bella. Cela ne sert qu'à augmenter le dégoût que j'éprouve à mon encontre.

— Veux-tu bien m'expliquer pourquoi nous en sommes à évoquer Mike Newton ? m'emportai-je.

— Parce qu'il serait beaucoup plus sain pour toi de le fréquenter.

— Plutôt mourir ! Toi seul comptes.

— Inutile d'être aussi théâtrale.

— Inutile d'être aussi bête.

Il ne releva pas, fixa le pare-brise d'un air renfrogné. Je me creusai les méninges pour tâcher de trouver une façon de sauver cette soirée, mais lorsque nous nous garâmes devant chez moi, rien ne m'était encore venu à l'esprit. Il coupa le contact sans pour autant ôter ses mains crispées du volant.

— Tu restes, cette nuit ? demandai-je.

— Mieux vaudrait que je rentre.

Si je le laissais faire, il allait se complaire dans le remords. Pas question.

— C'est mon anniversaire, tentai-je d'arguer.

— N'espère pas jouer sur tous les tableaux, riposta-t-il. Soit tu acceptes qu'on te le souhaite, soit tu refuses. Pas les deux en fonction de tes sautes d'humeur.

Son ton était sec, pas aussi grave qu'avant, cependant. J'étouffai un petit soupir de soulagement.

— Alors, va pour les célébrations ! On se voit là-haut.

Je sautai au bas de la Chevrolet, tendis le bras pour m'emparer des cadeaux.

— Tu n'es pas obligée de les accepter, souligna-t-il, les sourcils froncés.

— J'y tiens.

— Je te signale que Carlisle et Esmé ont dépensé de l'argent.

— Je m'en remettrai.

Coinçant maladroitement les paquets sous mon bras valide, je claquai la portière. Il fut à mon côté en moins d'une seconde.

— Laisse-moi les porter, dit-il en me les retirant. Je te retrouve dans ta chambre.

Je souris.

— Merci.

— Bon anniversaire, souffla-t-il.

Il se pencha, et ses lèvres effleurèrent les miennes. Lorsqu'il recula, je me hissai sur la pointe des pieds pour que le baiser dure plus longtemps. Il m'adressa sa moue la plus craquante et disparut dans le noir.

Le match n'était pas terminé. Sitôt passé le seuil, j'entendis le commentateur qui s'égosillait au-dessus des cris de la foule.

— Bella ? me héla Charlie.

— Salut, papa.

J'entrai dans le salon en prenant soin de plaquer mon bras contre mon corps. Cette légère pression suffit à me brûler, et je plissai le nez. Les effets des anesthésiants commençaient à se dissiper, apparemment.

— Comment c'était ? s'enquit Charlie, affalé sur le canapé, ses pieds nus pendant par-dessus l'accoudoir, les rares cheveux qui lui restaient aplatis sur le côté de son crâne.

— Alice a exagéré. Fleurs, gâteau, bougies, cadeaux – tout le toutim.

— Que t'ont-ils offert ?

— Une stéréo pour ma camionnette.

Et divers objets encore inconnus.

— Super !

— Oui. Bon, je monte me coucher.

— À demain.

— C'est ça.

Et j'agitai la main.

— Qu'est-il arrivé à ton bras ?

Je m'empourprai, jurai en silence.

— J'ai trébuché. Rien de grave.

— Bella, soupira-t-il en secouant le menton d'un air résigné.

— Bonne nuit, papa.

Je me dépêchai de monter à la salle de bains, où je gardais un pyjama pour les nuits comme celle-ci. Je me glissai dans le pantalon et le débardeur assortis qui avaient remplacé le survêtement troué d'autrefois. Ce faisant, les points de suture se rappelèrent à mon bon souvenir et m'arrachèrent une grimace. Je me lavai le visage et me brossai les dents, puis gagnai ma chambre d'un bond.

Assis au milieu de mon lit, Edward jouait avec l'un des paquets argentés.

— Salut !

Sa voix était triste. Comme prévu, il se vautrait dans le remords. Je m'approchai, repoussai les cadeaux et m'installai sur ses genoux.

— Salut ! murmurai-je en me blottissant contre son torse de pierre. Puis-je ouvrir mes présents, maintenant ?

— D'où te vient ce brusque enthousiasme ?

— Tu as éveillé ma curiosité.

Je me saisis du long rectangle plat qui devait représenter la participation de Carlisle et d'Esmé aux festivités.

— Si tu permets, suggéra Edward.

Il me le prit, déchira l'emballage argenté en quelques gestes fluides et me rendit une boîte blanche.

— Tu me crois capable d'ouvrir le couvercle ? bougonnai-je.

Il ignora le sarcasme. À l'intérieur, je découvris un bout de papier cartonné surchargé de petites inscriptions. Il me fallut un moment pour saisir.

— Nous allons à Jacksonville ?

Malgré moi, j'étais ravie. Deux billets d'avion, un pour lui, un pour moi.

— C'est l'idée.

— Je n'en reviens pas. Renée ne va plus se tenir. Tu es sûr que ça ne t'embête pas ? Il fait grand soleil, là-bas, tu devras rester à l'intérieur toute la journée.

— Ne t'inquiète pas, j'y arriverai. Si j'avais deviné que tu réagirais aussi bien, je t'aurais obligée à l'ouvrir devant Carlisle et Esmé. J'avais peur que tu protestes.

— Naturellement, c'est beaucoup trop. Mais comme tu seras avec moi...

— Tu me donnes des regrets de ne pas avoir dépensé d'argent. Je ne savais pas qu'il t'arrivait de te montrer raisonnable.

Écartant les billets, je voulus m'emparer de son présent, soudain très désireuse de voir ce qu'il m'avait offert. Une fois encore, il le déballa à ma place, puis me passa un boîtier en plastique transparent qui contenait un disque dénué de titre.

— Qu'est-ce que c'est ? demandai-je, perplexe.

Sans répondre, il sortit le CD et le glissa dans l'appareil posé sur la table de nuit. Il appuya sur la touche

Play, et nous attendîmes en silence que la musique commence. Éberluée, j'entendis résonner les premiers accords. Lui guettait ma réaction. J'étais bouche bée. Les larmes me montèrent aux yeux, et je les essuyai avant qu'elles débordent.

— Tu as mal au bras ? s'inquiéta-t-il.

— Non, ce n'est pas ça. Oh, Edward, c'est si beau ! Tu n'aurais pu trouver mieux. C'est merveilleux.

Je me tus pour jouir de la mélodie. La sienne. Celle qu'il avait composée. Ma berceuse.

— Je me suis dit que tu n'accepterais pas que j'achète un piano pour te la jouer ici, expliqua-t-il.

— Et tu as eu raison.

— Comment te sens-tu ? ajouta-t-il en désignant le pansement.

— Très bien.

En vérité, la blessure commençait à me brûler férocement. De la glace aurait été idéale. J'aurais bien posé la main d'Edward dessus, mais je me serais trahie.

— Je vais te chercher un calmant, annonça-t-il.

— Je n'ai besoin de rien, protestai-je.

Il m'avait cependant déposée sur le lit et se dirigeait déjà vers la porte.

— Charlie ! soufflai-je.

Mon père n'était pas exactement au courant qu'Edward restait souvent, la nuit. L'aurait-il su, qu'il aurait succombé à une attaque. Certes, je n'avais pas trop de vergogne à lui mentir. Après tout, ce n'était pas comme si nous nous adonnions à des pratiques répréhensibles. Vu les règles que m'imposait Edward...

— Il ne m'entendra pas, promit ce dernier en disparaissant sans bruit dans le couloir.

Il revint aussitôt, avant même que la porte ait eu le

temps de se refermer. Il tenait le verre à dents et un flacon de cachets. J'avalai ceux-ci sans objecter – à quoi bon ? j'étais sûre de perdre cette bataille. De plus, j'avais vraiment mal, maintenant.

À l'arrière-plan, la berceuse se poursuivait, tendre, somptueuse.

— Il est tard, souligna Edward.

Il me souleva d'un bras tout en tirant la couverture de l'autre, puis il me borda. Ensuite, il s'allongea près de moi, sur la couette, de façon à ce que je ne gèle pas, et m'enlaça. J'appuyai ma tête contre son épaule et lâchai un soupir de contentement.

— Merci encore, murmurai-je.

— De rien.

Un long moment, j'écoutai mon morceau sans rien dire. Un deuxième le remplaça, et je reconnus la musique préférée d'Esmé.

— À quoi penses-tu ? chuchotai-je.

— Au bien et au mal, répondit-il après une brève hésitation.

Je me raidis.

— Tu te souviens que je t'avais ordonné d'oublier mon anniversaire ? m'empressai-je de lancer, en espérant que ma tentative de diversion ne serait pas trop évidente.

— Oui, admit-il, circonspect.

— Eh bien, j'ai changé d'avis et je crois que, vu l'occasion, j'aimerais que tu m'embrasses de nouveau.

— Tu es bien exigeante, ce soir.

— C'est vrai. Mais bon, ne te force surtout pas.

Il s'esclaffa.

— Dieu me garde de jamais rien faire contre mon gré, marmonna-t-il sur un ton étrangement désespéré.

Sur ce, il me prit par le menton et attira mon visage contre le sien. Le baiser débuta à peu près comme d'ordinaire – Edward toujours aussi prudent, et mon cœur s'emballant, comme d'habitude. Puis quelque chose changea. Brusquement, ses lèvres se firent plus pressantes, sa main libre fourragea dans ma chevelure en maintenant ma tête fermement en place. Et, alors que, de mon côté, j'ébouriffais également ses cheveux et franchissais sans doute aucun les limites imposées par la sagesse, pour une fois, il ne m'en empêcha pas. Son corps avait beau être glacé, je me pressais contre lui avec avidité.

Lorsqu'il interrompit le baiser, ce fut abrupt. Il me repoussa, doucement mais fermement. Je retombai sur l'oreiller, haletante, en proie au vertige. Quelque chose titillait ma mémoire, fugitif, flou.

— Désolé, murmura-t-il, hors d'haleine lui aussi. C'était déraisonnable.

— Ça m'est complètement égal ! affirmai-je, essoufflée.

— Tâche de dormir, Bella.

— Non, je veux que tu m'embrasses encore.

— Tu surestimes mes capacités à me contrôler.

— Qu'est-ce qui t'attire le plus, mon sang ou mon corps ? le défiai-je.

— C'est du pareil au même, répondit-il en souriant malgré lui. Et maintenant, ajouta-t-il en redevenant sérieux, si tu cessais de jouer avec le feu et dormais, hein ?

— D'accord, cédai-je en me nichant près de lui.

J'étais épuisée. De bien des façons, la journée avait été longue. Pourtant, je n'étais nullement soulagée qu'elle se terminât. Presque comme si je pressentais que le lendemain serait pire, prémonition idiote – il ne pouvait y avoir plus horrible que les heures qui venaient de s'écouler. Ce devait juste être le contrecoup des événements, songeai-je.

Mine de rien, je glissai mon bras blessé contre son épaule, comptant que sa peau fraîche apaiserait la brûlure de la mienne. J'en fus tout de suite soulagée.

Je sommeillais à moitié lorsque le souvenir que le baiser avait éveillé s'imposa à moi : au printemps dernier, lorsqu'il m'avait laissée pour tenter d'arrêter James, Edward m'avait quittée en m'embrassant, ni lui ni moi ne sachant quand ou si nous nous reverrions. Ce baiser avait eu la même saveur, presque douloureuse, que celui que nous venions d'échanger. C'est en grelottant que je perdis conscience, comme si, déjà, je sombrais dans un cauchemar.

3

LA FIN

Le lendemain matin, je me sentais hideuse. J'avais passé une mauvaise nuit, mon bras était douloureux, et j'avais la migraine. L'impassibilité et la distance dont fit preuve Edward en m'embrassant rapidement sur le front avant de filer par la fenêtre n'arrangèrent pas ma morosité. J'avais peur de ce qui avait pu se produire durant mon sommeil ; peur qu'il eût repensé au bien et au mal en me regardant dormir. L'angoisse semblait augmenter d'autant les élancements qui me vrillaient le crâne.

Comme d'ordinaire, Edward m'attendait sur le parking du lycée. L'expression qu'il affichait ne me rassura pas. Ses iris dissimulaient une chose sur laquelle je n'arrivais pas à mettre le doigt et qui m'effrayait. Je ne tenais pas tellement à reparler de l'incident de la veille, bien que je ne fusse pas sûre que l'ignorer valût mieux. Il me tendit la main pour m'aider à descendre de voiture.

— Comment vas-tu ?

— Bien, prétendis-je, tandis que la portière qui claquait déclenchait une vibration atroce dans ma tête.

Nous avançâmes en silence, lui veillant à ne pas me distancer. Des tas de questions me brûlaient les lèvres – elles devraient attendre que je retrouve Alice. Dans quel état était Jasper ? Que s'étaient-ils dit, moi partie ? Comment, notamment, avait réagi Rosalie ? Par-dessus tout, qu'est-ce que les visions d'Alice, étranges et imprécises, promettaient comme avenir ? Avait-elle deviné les réflexions d'Edward et les raisons de sa mauvaise humeur ? Mes craintes instinctives, ténues et pourtant obsédantes, étaient-elles légitimes ?

La matinée s'écoula lentement. Il me tardait de voir Alice, même si je risquais de ne pas réussir à lui parler en présence d'Edward. Ce dernier restait distant ; de temps en temps, il prenait des nouvelles de mon bras, et je lui mentais. D'habitude, Alice nous précédait à la cantine – aucune traînarde dans mon genre ne l'empêchait de marcher à son rythme, elle. Ce jour-là cependant, à notre arrivée, elle n'était pas installée devant un plateau de nourriture qu'elle ne mangerait pas. Edward ne fit aucun commentaire sur son absence. Son dernier prof avait-il pris du retard ? Mais j'aperçus Conner et Ben, qui suivaient son cours de français.

— Où est ta sœur ? finis-je par m'inquiéter auprès d'Edward.

— Avec Jasper, répondit-il en contemplant la barre de céréales qu'il émiettait entre ses doigts.

— Il va bien ?

— Il a préféré s'éloigner quelque temps.

— Quoi ? Où ça ?

— Il n'a pas arrêté de destination particulière.

— Et Alice l'a accompagné.

Évidemment. Dès qu'il avait eu besoin d'elle, Alice n'avait pas hésité. Le désespoir me submergea.

— Oui. Elle sera absente un moment. Elle voulait le convaincre d'aller à Denali.

La ville où habitait l'autre clan de ces vampires si spéciaux – des gentils, comme les Cullen. J'avais parfois entendu parler de Tanya et des siens. Edward s'était enfui là-bas l'hiver précédent, quand ma présence à Forks avait compliqué son existence. Laurent, le plus civilisé des membres ayant constitué la meute de James, avait préféré s'y rendre aussi, plutôt que s'allier avec son chef contre les Cullen. Qu'Alice encourageât son compagnon à partir pour Denali était compréhensible.

Je tentai d'avaler la boule qui, soudain, obstruait ma gorge. Accablée de culpabilité, je me tassai sur ma chaise, tête basse. J'avais forcé Jasper et Alice à s'exiler. À l'instar d'Emmett et Rosalie. J'étais un fléau.

— Tu as mal au bras ? s'enquit Edward avec sollicitude.

— Oublie cet imbécile de bras cinq minutes, veux-tu ? le rembarrai-je, dégoûtée de moi-même.

À la fin des cours, le silence qui s'était instauré entre nous frôlait le ridicule. J'aurais préféré qu'il le rompe, lui, mais il était clair que si je ne m'en chargeais pas, je risquais de ne plus jamais entendre le son de sa voix.

— Tu passes, ce soir ? l'interrogeai-je tandis qu'il me raccompagnait – sans mot dire – à ma voiture. Pas trop tôt, précisai-je.

Il ne manquait jamais ces visites quotidiennes.

— En quel honneur, ce délai ?

Sa surprise me réjouit.

— Je travaille. J'ai échangé ma journée d'hier avec Mme Newton.

— Ah, c'est vrai.

— Mais tu me rejoins dès que je suis à la maison, hein ?

Il m'était soudain insupportable de ne plus en être certaine.

— Si tu veux.

— Tu sais bien que oui ! m'écriai-je avec un tout petit peu plus d'enthousiasme que ne l'exigeait le ton de cette conversation.

Je m'attendais à ce qu'il rît, sourît, réagît. Rien.

— À tout à l'heure alors, se borna-t-il à répondre, indifférent.

De nouveau, il se limita à mon front quand il m'embrassa, puis se dirigea d'une démarche élégante vers sa voiture. Je parvins à me contrôler jusqu'à ce que je sorte du parking, mais c'est dans un état d'affolement total que je gagnai le magasin.

Il avait seulement besoin de temps, me serinais-je. Ça n'allait pas durer. Il était juste triste de voir sa famille se déliter. Mais Alice et Jasper reviendraient bientôt. Emmett et Rosalie aussi. Si ça pouvait aider, je resterais à l'écart de la grande maison blanche près de la rivière. Je n'y remettrais plus jamais les pieds. Aucune importance. Je continuerais à fréquenter Alice au lycée. Parce qu'il faudrait bien qu'elle reprenne les cours, non ? Quant à Carlisle, aucun doute que j'aurais de nombreuses occasions de le croiser aux urgences.

Finalement, il ne s'était pas passé grand-chose, la veille au soir. Il ne s'était *rien* passé, même. D'accord, j'étais tombée ; sauf que ça m'arrivait tout le temps. Une broutille, comparé aux événements de Phoenix. James m'avait bien amochée, et j'avais failli mourir après avoir perdu tout ce sang ; pourtant, Edward avait supporté mes interminables semaines de convalescence à l'hôpital beaucoup plus facilement que les soins d'hier. Était-ce parce que, cette fois, il n'avait pas dû me défendre contre un ennemi mais contre son frère ?

Il valait peut-être mieux qu'il m'emmène loin plutôt que les siens se séparent. La perspective d'être seule avec lui me ragaillardit un peu. Si Edward tenait jusqu'à la fin de l'année scolaire, Charlie ne pourrait s'y opposer. Nous partirions pour l'université ou ferions comme si. Edward devait être capable d'attendre un an. Qu'est-ce que c'était, un an, pour un immortel ? Même à moi, ça ne semblait pas si long.

Ces réflexions me rassérénèrent suffisamment pour descendre de ma Chevrolet et entrer dans la boutique. Ce jour-là, Mike Newton était arrivé avant moi et, lorsque j'entrai, il me salua de la main en souriant. Je hochai vaguement la tête tout en attrapant ma blouse, encore dans les limbes de mon imagination débridée qui me voyait m'enfuir en compagnie d'Edward pour diverses contrées exotiques. Mike interrompit mes fantasmes.

— Comment c'était, ton anniversaire ?

— Beurk ! Je suis contente que ça soit fini.

Il me jeta un coup d'œil surpris, comme si j'étais folle.

Le travail me pesa. J'avais hâte de retrouver Edward, tout en priant pour que la crise fût passée. Ce n'était rien, ne cessais-je de me répéter. Tout allait rentrer dans l'ordre.

Le soulagement qui s'empara de moi quand je bifurquai dans ma rue et aperçus sa voiture argentée garée devant la maison fut énorme, vertigineux. Ce qui me contraria. Je me précipitai à l'intérieur.

— Papa ? Edward ? appelai-je avant même d'avoir refermé la porte.

Je reconnus le générique musical de la chaîne sportive.

— On est ici ! lança Charlie.

Je suspendis mon imperméable dans le couloir et m'élançai dans le salon. Edward était assis dans le fauteuil, mon père sur le canapé. Tous deux avaient le regard rivé sur la télévision. Ce qui était normal pour l'un, beaucoup moins pour l'autre.

— Bonsoir ! murmurai-je, douchée.

— Salut, Bella, répondit Charlie sans quitter le poste des yeux. On vient juste de finir les restes de pizza. Elle doit encore être sur la table.

— Très bien.

J'attendis sur le seuil. Edward finit par daigner lever la tête et m'adressa un sourire poli.

— J'arrive tout de suite, promit-il avant de retourner aussi sec à son écran.

Sous le choc, je ne réagis pas tout de suite. Quelque chose, de la panique peut-être, commençait à oppresser mes poumons. Je me réfugiai dans la cuisine. Ignorant le dîner, je m'assis sur ma chaise, bras passés autour de mes genoux. Ça clochait, encore plus que ce que j'avais soupçonné, sans doute. Du côté de la télévision, les braillements d'amitié virile se poursuivaient. Je m'efforçai de ne pas craquer et me raisonnai. « Que peut-il arriver de pire ? » Je tressaillis – je n'aurais su choisir plus mauvaise question. Ma respiration se fit haletante. Je recommençai. « Quel est le pire truc auquel je serais capable de survivre ? » Hum, cette deuxième question ne me plaisait pas beaucoup plus. Je m'obligeai toute-fois à repenser aux possibilités que j'avais envisagées un peu plus tôt dans la journée.

Ne pas m'approcher du clan. Il allait de soi qu'Alice échapperait à la règle, même Edward devait com-prendre ça. Certes, à cause de Jasper, elle et moi nous verrions moins. J'opinai – ce n'était pas la mort.

Partir. Il ne voudrait peut-être pas attendre jusqu'à la fin de l'année scolaire. Et s'il exigeait que nous fuyions maintenant ? Devant moi étaient alignés les cadeaux de mes parents ; je ne les avais pas rangés la veille. L'appareil dont je n'avais pas eu l'occasion de me servir chez les Cullen et, à côté, l'album. J'en caressai la belle couverture et soupirai en songeant à Renée. Paradoxalement, avoir vécu loin d'elle aussi longtemps ne rendait pas plus supportable l'idée d'une séparation définitive. Quant à Charlie, il resterait seul ici, aban-donné. Tous deux allaient être tellement blessés... Mais je reviendrais, n'est-ce pas ? Nous leur rendrions visite, non ? Malheureusement, je n'avais aucune certitude à ce sujet.

Je posai ma tête sur mes genoux et contemplai les preuves matérielles de l'amour que me portaient mes parents. J'avais choisi une voie difficile, j'en avais conscience. Mais bon, j'étais en train de lister les pires solutions qui s'offraient à moi ; les pires situations que je me sentais à même de surmonter... J'effleurai de nou-veau l'album, l'ouvris. Des coins métalliques étaient déjà collés à l'intérieur, prêts à accueillir le premier cli-ché. Finalement, ce n'était pas une mauvaise idée de garder un souvenir de ma vie ici. Je ressentis soudain une bizarre urgence à m'y mettre. Si ça se trouvait, mes jours à Forks étaient comptés.

Je tripotai la lanière de l'appareil et m'interrogeai sur la photo qui inaugurait la pellicule. Saurait-elle rendre la perfection de l'original ? J'en doutais. En même temps, Edward n'avait pas l'air de s'inquiéter qu'elle ne donnât rien. Je souris en me rappelant son rire insouciant puis me renfrognai. Tout était bouleversé. Tout avait été si vite. J'en avais presque le vertige, comme si je m'étais tenue au bord d'un précipice beaucoup trop haut.

Ne voulant plus y penser, je m'emparai de l'appareil et m'engouffrai dans l'escalier. Ma chambre n'avait guère subi de modifications depuis le départ de ma mère, dix-sept ans plus tôt. Les murs étaient du même bleu pâle, les fenêtres étaient protégées par les mêmes rideaux de dentelle jaunie. Le berceau avait été remplacé par un lit, mais Renée en aurait reconnu l'édredon que j'avais tendu dessus à la va-vite – un cadeau de grand-mère. Sans m'appliquer, je pris une photo de la pièce. Mes possibilités étaient plutôt limitées, ce soir-là – il faisait trop sombre dehors. Le sentiment d'urgence était de plus en plus fort, cependant, presque compulsif. J'allais mitrailler Forks avant d'être obligée d'en partir. Car un changement était inévitable, je le pressentais, perspective déplaisante quand l'existence que je menais me semblait parfaite.

Je redescendis au rez-de-chaussée sans me presser, l'appareil toujours à la main, essayant d'ignorer les soubresauts qui secouaient mon estomac dès que je songeais à l'étrange distance que je ne voulais pas lire dans les prunelles d'Edward. Il allait s'en remettre. Sûrement, il s'inquiétait déjà de ma réaction lorsqu'il m'inviterait à l'accompagner au loin. Je le laisserais se débrouiller de ça sans m'en mêler. Et quand il me ferait sa demande, je serais prête.

Je m'approchai du salon en douce après avoir réarmé l'appareil. J'étais persuadée qu'il me serait impossible de prendre Edward au dépourvu, mais il ne réagit pas à mon arrivée. Je frémis, un spasme glacé me tordit le ventre. J'appuyai néanmoins sur le déclencheur, et les deux hommes relevèrent la tête. Charlie fronça les sourcils. Le visage d'Edward n'exprima aucune émotion.

— Qu'est-ce que tu fiches, Bella ? se plaignit mon père.

J'allai me poser par terre devant le divan en affichant une mine enjouée.

— Voyons, tu sais bien que maman ne va pas tarder à m'appeler pour vérifier que j'utilise mes cadeaux. Il faut que j'y travaille avant qu'elle se vexe.

— Mais pourquoi me photographies-tu, moi ? ronchonna-t-il.

— Parce que tu es beau. Et comme c'est toi qui as acheté l'appareil, tu n'y échapperas pas.

Il marmonna dans sa barbe.

— Hé, Edward ! appelai-je avec un détachement admirable. Prends-en une de mon père et moi.

Je lui lançai l'appareil en évitant soigneusement de rencontrer ses yeux et m'agenouillai près de l'accoudoir sur lequel Charlie avait posé la tête. Mon géniteur poussa un soupir à fendre l'âme.

— Souris, Bella, murmura Edward.

Je fis de mon mieux.

— À moi de vous tirer le portrait, les enfants, décréta Charlie pour détourner l'attention de lui-même.

Edward se mit debout et lui envoya l'appareil d'une passe adroite. Je me plantai à son côté, pose qui me parut formelle, artificielle. Il plaça une main légère sur mon épaule, j'enlaçai sa taille avec des airs de propriétaire. J'aurais voulu le regarder, n'osai pas.

— Souris, Bella, dit à son tour Charlie.

J'inspirai profondément et m'exécutai. La lumière du flash m'aveugla.

— Ça suffit pour ce soir, déclara alors mon père en fourrant l'engin dans le pli d'un coussin avant de se coucher dessus. Pas la peine de terminer la pellicule aujourd'hui.

Laissant tomber son bras, Edward se libéra habilement de mon étreinte pour se rasseoir dans le fauteuil. J'hésitai un instant, puis réintégrai ma place initiale, sur le sol. Ma peur était soudain telle que mes mains en tremblaient. Je les dissimulai contre mon ventre, appuyai mon menton sur mes genoux et me focalisai sur l'écran de télévision, le regard vide. Quand l'émission s'acheva, je n'avais pas bronché d'un millimètre. Du coin de l'œil, je vis Edward se redresser.

— Il faut que je rentre, annonça-t-il.

— À plus, répondit Charlie, accaparé par la page de publicités.

Je me remis maladroitement sur mes pieds, engourdie par mon immobilité, et suivis Edward sur le perron. Il fila droit à sa voiture.

— Tu ne restes pas ? demandai-je, déjà vaincue.

— Pas cette nuit.

N'ayant espéré aucune réponse, j'encaissai sans trop de mal et ne posai pas de question. Il monta dans la Volvo et s'éloigna, me laissant figée sur place, à peine consciente de la pluie. J'attendis, quoi ? je l'ignorais – jusqu'à ce que, derrière moi, la porte s'ouvrît.

— Qu'est-ce que tu fais là, Bella ? s'étonna Charlie.

— Rien, éludai-je avant de me réfugier à l'intérieur, dégoulinante.

Ce fut une longue nuit, sans beaucoup de repos.

Je me levai dès qu'une faible lueur filtra par la fenêtre de ma chambre et m'habillai de façon machinale, guettant le jour. Mon bol de céréales avalé, je décidai qu'il faisait suffisamment clair pour prendre des photos. J'immortalisai ma camionnette puis la façade de la maison. Suivirent quelques clichés de la forêt qui bordait l'autre côté de la rue. Étrangement, elle ne m'effrayait plus comme autrefois, et je me rendis compte qu'elle allait me manquer avec sa verdure, son intemporalité, son mystère.

J'enfouis l'appareil dans mon cartable avant de partir pour le lycée. En route, je m'absorbai dans mon nouveau projet plutôt que de me laisser submerger par mes craintes qu'Edward fût toujours aussi en retrait. Ma peur se teintait désormais d'impatience. Combien de temps cela allait-il durer ?

Toute la matinée, apparemment. Edward m'escorta partout en silence, me donnant l'impression d'être transparente. Je m'efforçai de prêter attention en classe, mais même le cours d'anglais me passa au-dessus de la tête. M. Berty dut répéter deux fois sa question sur Lady Capulet avant que je comprenne qu'il s'adressait à moi. Edward ne sortit de sa tour d'ivoire que pour me souffler la réponse puis s'y retira de nouveau. Au déjeuner, ce fut pareil. Pour éviter de céder à mon envie de hurler comme une démente, je traversai la frontière invisible de notre table et interpellai Jessica.

— Salut, Jess !

— Comment va, Bella ?

— Bien. Tu me rendrais service, s'il te plaît ? lançai-je en plongeant la main dans mon sac. Ma mère m'a demandé de lui envoyer des photos de mes amis. Tu veux bien t'en occuper ?

Je lui tendis l'appareil.

— Bien sûr, acquiesça-t-elle en souriant.

Sur ce, elle réalisa un portrait peu flatteur de Mike, la bouche pleine. La suite était prévisible. L'engin passa de main en main, chacun riant, flirtant, protestant qu'il ne voulait pas être photographié. Je jugeai tout cela assez infantile. Il faut dire que je n'étais sans doute pas d'humeur à supporter les comportements humains normaux ce jour-là.

— Houps, désolé ! s'exclama Jessica en me rendant l'appareil. Je crois que nous avons fini la pellicule.

— T'inquiète, j'avais déjà pris celles qu'il me fallait.

À la fin des cours, Edward me raccompagna à ma voiture sans se départir de son mutisme. J'étais attendue au magasin et, pour une fois, j'en fus heureuse. Visiblement, ma présence n'arrangeait rien. Un peu de solitude lui serait sûrement bénéfique.

Je déposai la pellicule en me rendant au travail, récupérai les développements au retour. À la maison, je saluai brièvement Charlie, attrapai une barre de céréales et me réfugiai dans ma chambre. Perchée sur mon lit, j'ouvris la pochette de photos avec une curiosité empreinte d'inquiétude. Je m'attendais presque à ce que le premier cliché fût vide. Ridicule. En vérité, il m'arracha un cri de surprise. Edward était aussi beau que dans la réalité. Il me couvait du regard chaleureux qui me manquait tant depuis deux jours. Que quelqu'un puisse être si... si... indescriptible relevait presque du mystère. Aucun mot n'aurait su décrire ce portrait.

J'examinai rapidement le reste de l'enveloppe avant d'isoler trois images que j'étalais devant moi.

La première était celle d'Edward dans la cuisine. Ses prunelles pleines de tendresse étaient éclairées par une lueur amusée et magnanime. La deuxième le représentait en compagnie de Charlie, dans le salon. La différence d'expression était sidérante. Ici, ses iris trahissaient prudence et réserve, son visage d'une splendeur toujours aussi renversante était plus froid, plus sculptural, moins vivant. La dernière nous montrait, lui et moi, debout l'un près de l'autre, gênés. Comme sur la précédente, les traits d'Edward étaient figés et distants. Le plus troublant cependant était le contraste entre nous, douloureux. Lui ressemblait à un dieu ; j'étais quelconque, même pour une humaine. Mon insignifiance frôlait l'indécence. Envahie par un sentiment de dégoût, je retournai la photo.

Au lieu de m'attaquer à mes devoirs, je consacrai ma soirée à remplir l'album. Au stylo à bille, j'inscrivis des légendes sous tous les clichés, précisant les dates, les lieux, les prénoms. Quand vint le tour de celui où j'étais avec Edward, j'évitai de le contempler trop longuement, le pliai en deux et le glissai sous le coin métallique, cachant la moitié sur laquelle je figurais. Cela terminé, je mis le deuxième jeu de photos dans une enveloppe et rédigeai une longue lettre de remerciements à Renée.

Edward n'avait toujours pas daigné apparaître. Je ne voulais pas admettre que c'était ce qui me poussait à veiller aussi tard, bien que ce fût le cas. Je tâchai de me rappeler la dernière fois qu'il m'avait ainsi évitée, sans une excuse, sans un coup de fil... ça n'était jamais arrivé.

Je dormis mal cette nuit-là aussi.

Le lendemain, au lycée, se déroula la même routine

mutique, frustrante et terrifiante. Un bref soulagement s'était emparée de moi le matin, en découvrant Edward à son poste, sur le parking, mais ça n'avait pas duré. Il n'avait pas changé d'attitude, si ce n'est, peut-être, qu'il se montra encore plus lointain. Je me promis d'avoir une sacrée discussion avec lui en fin de journée. Je n'accepterais aucune excuse.

Lorsqu'il me conduisit à ma voiture, je m'étais blindée, prête à exprimer mes exigences. Il me devança.

— Ça ne t'ennuie pas si je passe chez toi ? demanda-t-il.

— Bien sûr que non.

— Tout de suite ? insista-t-il en m'ouvrant la portière.

— Pourquoi pas ? répondis-je d'une voix égale, même si je n'aimais pas l'urgence de son ton. Je dois juste poster une lettre à Renée. Je te retrouve là-bas.

Il examina l'épaisse enveloppe posée sur le siège à côté du mien, puis, d'un geste brusque, s'en empara.

— Je m'en charge, murmura-t-il. Ça ne m'empêchera pas d'être chez toi le premier.

Il me gratifia de la moue rieuse à laquelle je ne résistais jamais. Sauf qu'elle était fausse : le sourire ne contamina pas ses yeux.

— À ta guise, acceptai-je, incapable de me détendre.

Refermant ma portière, il se dirigea vers la Volvo.

Comme prévu, il me précéda. Il était garé à l'emplacement de Charlie quand je tournai dans l'allée. Mauvais signe – cela signifiait qu'il n'avait pas l'intention de rester. Je me secouai et respirai profondément, histoire de rassembler mon courage. Il sortit de sa voiture quand je descendis de la Chevrolet et vint à ma rencontre. Il me débarrassa de mon cartable. Rien que de très normal. Il le remit sur le siège – anormal.

— Viens te promener avec moi, m'invita-t-il platement en saisissant ma main.

Je ne répondis pas, ne trouvai rien à lui objecter, alors que j'en avais eu immédiatement envie. La tournure que prenaient les choses me déplaisait. « Ça va mal, très mal », me serina une petite voix intérieure, encore et encore. De toute façon, il n'escomptait pas que je réagisse et m'entraîna vers la partie du jardin sur laquelle empiétait la forêt. Je le suivis de mauvaise grâce, essayant de contenir mon affolement pour réfléchir. Une chance de tout mettre à plat, n'était-ce pas ce que j'avais désiré ? Alors, pourquoi l'angoisse m'étouffait-elle à ce point ?

Nous n'avions parcouru que quelques pas sous le couvert des arbres quand il s'arrêta. Nous étions tout près du sentier, je distinguais encore la maison. Tu parles d'une balade ! Il s'adossa à un tronc et me dévisagea impassible.

— Allons-y, discutons, décrétai-je.

Une manière de bravoure que j'étais loin de ressentir. Il prit une grande aspiration.

— Nous partons, Bella.

J'inhalai moi aussi. C'était une option acceptable à laquelle je m'étais préparée. N'empêche.

— Pourquoi maintenant ? Encore un an, et...

— Il est grand temps, Bella. Nous ne nous sommes déjà que trop attardés à Forks. Carlisle a beau prétendre avoir trente-trois ans, il a l'air d'un gamin. C'était inéluctable, alors aujourd'hui ou demain...

Je perdis pied. J'avais cru que le seul intérêt de notre départ était de laisser sa famille en paix. Pourquoi nous

en allions-nous si les Cullen déménageaient eux aussi ?
Je l'interrogeai du regard, le cerveau en ébullition. Il me
toisa froidement. Soudain, je compris ma méprise, et la
nausée me monta à la gorge.

— Quand tu dis nous..., chuchotai-je.

— Il s'agit de moi et des miens.

Chacun des mots martelé avec soin. J'agitai la tête de
haut en bas, mécanique destinée à m'éclaircir les idées.
Il attendit sereinement. Il me fallut quelques minutes
pour retrouver la parole.

— D'accord. Je viens aussi.

— Impossible, Bella. Notre destination... ce n'est pas
un endroit pour toi.

— Quel que soit le lieu où tu es, j'y ai ma place.

— Je ne t'apporte rien de bon, Bella.

— Ne sois pas idiot.

J'avais tenté d'insuffler de la colère à cette repartie ;
elle résonna comme une prière.

— Tu es ce qu'il y a de mieux dans ma vie, ajoutai-
je.

— Mon univers n'est pas fait pour toi.

— Ce qui s'est passé avec Jasper, ce n'était rien,
Edward, rien du tout !

— En effet. Il est juste arrivé ce qui devait tôt ou tard
arriver.

— Tu as juré ! À Phoenix, tu as promis que tu resterais...

— Tant que c'était ce qu'il y avait de mieux pour toi,
me rappela-t-il d'un ton brusque.

— *Non !* C'est à cause de mon âme, hein ?

Je criais, à présent, et mes paroles se déversaient en
un torrent furieux ; pourtant, elles avaient toujours des
allures de supplique.

— Carlisle m'en a parlé. Je m'en moque, Edward, si tu savais comme je m'en moque ! Prends-moi mon âme. Je n'en veux pas, sans toi. Je te l'ai déjà donnée.

Il poussa un long soupir et resta quelques instants à regarder le sol sans le voir. Sa bouche frémit. Lorsqu'il releva enfin la tête, ses yeux étaient différents, plus durs – comme si leur or liquide s'était figé.

— Je ne veux pas que tu viennes, Bella, m'assena-t-il lentement, distinctement.

Ses prunelles glaciales me scrutaient. Il attendait que je comprenne enfin ce qu'il m'annonçait.

Je me répétai plusieurs fois la phrase, en isolant chaque composant pour tâcher d'en saisir le sens réel.

— Tu... me... quittes ? résumai-je tout fort, incrédule, déroutée par ce que les mots signifiaient ainsi prononcés.

— Oui.

Hébétée, je plongeai dans ses iris. Il me fixait sans l'ombre d'un regret. Ses pupilles étaient deux topazes dures, claires et abyssales, et j'eus l'impression que je pourrais m'enfoncer à l'infini dans leur insondable tréfonds sans pour autant y déceler un indice qui contredît le petit « oui » qu'il venait de proférer.

— Ça change tout.

Le calme et la maîtrise de ma voix me décontenancèrent. Sans doute étais-je trop ahurie. Je ne saisissais pas. La situation n'avait pas de sens.

— Naturellement, reprit-il en s'adressant aux arbres, une part de moi continuera à t'aimer. En quelque sorte. Mais je suis... las de jouer un rôle qui n'est pas moi. Je ne suis pas humain.

Il revint à moi – les reliefs glacés de son visage sans défauts n'étaient effectivement pas de ce monde.

— J'ai trop longtemps laissé l'imposture s'installer. J'en suis désolé.

— Arrête. Ne fais pas ça.

Mes paroles, maintenant, n'étaient plus guère qu'un chuchotis. La compréhension commençait à s'infiltrer en moi, tel un acide dans mes veines. Il me toisa, et ses yeux m'apprirent que ma prière intervenait trop tard. Il l'avait déjà fait.

— Tu ne m'apportes rien de bon, Bella.

Il avait renversé la phrase de tout à l'heure. Or, qu'avais-je à lui opposer ? Il avait raison. Je ne lui arrivais pas à la cheville, que lui aurais-je apporté ? J'ouvris la bouche, la refermai. Il patienta, le visage impénétrable.

— Si... c'est ce que tu souhaites, finis-je par murmurer.

Il acquiesça. Mon corps était gourd, paralysé à partir du cou.

— J'ai une dernière faveur à formuler, cependant, continua-t-il. Si ce n'est pas trop te demander.

Je ne sais quelle expression il lut sur mon visage mais il tressaillit. Sans me laisser le loisir d'identifier cette émotion, il se ressaisit, et recomposa son masque de pierre.

— Tout ce que tu voudras, répondis-je d'un ton un peu plus ferme.

Ses prunelles de givre fondirent, et l'or s'en liquéfia de nouveau, fusion incandescente qui incendia les miennes avec une intensité qui me coupa le souffle.

— Pas d'acte téméraire ou stupide, m'ordonna-t-il en redevenant celui que j'aimais. Entendu ?

Je hochai la tête, hypnotisée. Puis son regard se figea derechef, et la réserve reprit le dessus.

— C'est à Charlie que je pense, bien sûr. Il a besoin de toi. Prends soin de toi... pour lui.

— D'accord.

Il parut se détendre un peu.

— En échange, je vais te faire une promesse. Je te jure que tu ne me reverras plus jamais. Je ne reviendrai pas. Je ne t'entraînerai plus dans ce genre d'épreuves. Vis ta vie, je ne m'en mêlerai plus. Ce sera comme si je n'avais jamais existé.

Mes genoux tremblaient sans doute car, soudain, les arbres vacillèrent. Le sang battait à mes tempes plus vite que de coutume, son martèlement assourdissant les paroles d'Edward.

— Rassure-toi, enchaîna-t-il, presque tendrement, vous autres humains avez la mémoire courte. Le temps guérit les blessures de ceux qui appartiennent à votre espèce.

— Et la tienne ? réussis-je à répliquer, en dépit de la boule qui obstruait ma gorge au point que j'avais la sensation d'étouffer.

— Eh bien... Je n'oublierai pas. Toutefois, ma... race se laisse facilement distraire.

Il sourit – pas avec les yeux –, recula.

— Voilà, c'est tout. Nous ne t'importunerons plus.

Le pluriel me fit réagir, ce qui me surprit, tant je pensais être anesthésiée.

— Je ne reverrai pas Alïce, haletai-je, inaudible.

J'ignore s'il m'entendit, en tout cas, il devina.

— Non. Ils ne sont plus ici. Je suis resté pour te dire au revoir.

— Alice est déjà partie ?

Je n'en revenais pas.

— Elle aurait souhaité t'expliquer. Je l'ai persuadée qu'une rupture brutale valait mieux. Pour toi.

J'avais le vertige. Je n'arrivais plus à me concentrer. Je m'efforçai de respirer normalement. Il fallait que je m'accroche, que je m'extirpe de ce cauchemar.

— Adieu, Bella, dit-il de la même voix paisible.

— Attends ! m'écriai-je en tendant le bras, suppliant mes jambes sans vie de me porter vers lui.

Je crus qu'il répondait à ma supplique, mais ses mains froides emprisonnèrent seulement mes poignets et les plaquèrent contre mon corps. Il se pencha, lèvres serrées, et déposa un baiser furtif sur mon front. Je le sentis à peine. Mes yeux se fermèrent.

— Fais attention à toi, chuchota-t-il, et son haleine fraîche effleura ma peau.

Il y eut un éclair, un souffle inattendu. Mes paupières se soulevèrent d'un coup. Les feuilles d'un petit érable s'agitaient encore dans la brise que son brusque départ avait provoquée. Je l'avais perdu.

Je le suivis d'un pas mal assuré, inconsciente de la vanité de mon geste. Il ne subsistait aucune trace de son passage : nulle empreinte, nul mouvement. Je marchai quand même sans réfléchir. Je n'étais capable de rien d'autre. Il fallait que je bouge. Si je cessais de le chercher, c'en était fini. De l'amour, de la vie, de la raison... fini. J'avançai, j'avançai encore, j'avançai toujours. Les heures défilaient qui ne semblaient que des secondes. Peut-être le temps s'était-il arrêté parce que, aussi loin que je m'y enfonce, la forêt était immuable. L'idée me traversa, inquiétante, que je tournais en rond, un tout petit rond ; je n'en continuai pas moins. Je trébuchai souvent. Au fur et à mesure que l'obscurité s'installait, je tombai beaucoup aussi.

Je finis par me prendre les pieds dans quelque chose – je ne vis pas de quoi il s'agissait dans le noir – et, cette fois, je ne me relevai pas. Je roulai sur le flanc de façon à pouvoir respirer et me mis en chien de fusil, à même les fougères humides. Ainsi allongée, j'eus l'impression qu'il s'était écoulé bien plus de temps que je ne l'avais estimé. Je ne me rappelais plus depuis combien d'heures le soleil s'était couché. Les nuits étaient-elles donc toujours aussi sombres, ici ? Une règle existait sûrement, qui édictait qu'un peu de la lueur lunaire perçât à travers les nuages et les crevées de la ramure jusqu'au sol. Pas aujourd'hui, cependant. Aujourd'hui, le ciel était couleur d'encre. Il n'y avait peut-être pas de lune ; il y avait peut-être une éclipse ; ou alors, c'était la nouvelle lune. La nouvelle lune. Je grelottais, bien que je n'eusse pas froid.

Je passai de longs moments dans les ténèbres avant d'entendre les cris. On me hélait. Les appels avaient beau être sourds, étouffés par la végétation mouillée qui m'entourait, c'était bien mon prénom qui résonnait. Je n'identifiai pas la voix. Je faillis me manifester, mais j'étais dans un état second et, le temps que j'arrive à la conclusion qu'il me fallait répondre, il était trop tard – les cris avaient cessé.

Plus tard, la pluie me réveilla. Je ne crois pas m'être vraiment endormie, j'étais juste perdue dans une torpeur ahurie et je m'accrochais comme une naufragée à l'engourdissement qui m'empêchait de comprendre ce que je refusais de comprendre. La pluie m'inquiéta un peu. Elle était glacée. Déliant mes bras de mes jambes, je m'en protégeai la figure. C'est alors que je perçus de nouveaux appels. Ils étaient plus loin, à présent. Parfois, il semblait que plusieurs personnes hurlaient mon nom en même temps. J'essayai de respirer profondément. L'idée m'effleura qu'il aurait été bien que je signale ma présence, sauf que j'étais quasiment sûre d'être inaudible. L'énergie me manquait.

Soudain se produisit un autre bruit, dangereusement proche. Une sorte de reniflement, quelque chose d'animal. Une grosse bête, apparemment. Devais-je avoir peur ? Je n'en eus pas la force, j'étais trop hébétée. De toute façon, les espèces d'ébrouements s'éloignèrent rapidement.

Il ne cessait de pleuvoir, une flaque se formait au niveau de ma joue. J'étais en train de rassembler mon courage pour tourner la tête lorsque je distinguai de la lumière. D'abord rien qu'une lueur faiblarde qui se réfléchissait sur le feuillage des buissons ; elle grossit, de plus en plus vive, formant un vaste cône brillant qui différait du mince faisceau que crée une lampe de poche. Cette marée lumineuse franchit les derniers bosquets, et j'identifiai une lanterne à propane. Rien d'autre, car sa violente clarté m'aveuglait.

— Bella.

Cette basse ne m'était pas familière, même si ses inflexions montraient que son propriétaire m'avait reconnue, lui. Il n'avait pas prononcé mon prénom comme on crie ; il constatait simplement qu'il m'avait retrouvée. Je regardai – haut, mon Dieu tellement haut ! – le visage sombre qui me dominait. Je songeai que cet étranger ne me paraissait si grand que parce que j'étais couchée.

— Quelqu'un t'a fait du mal ?

Si ces mots avaient un sens, il m'échappa, et je continuai à scruter l'homme avec stupeur. La signification des choses ne comptait plus, à ce stade.

— Bella, je m'appelle Sam Uley.

Un nom qui ne me disait rien.

— Charlie m'a envoyé à ta recherche.

Charlie ? Ça m'évoquait quelqu'un, ça. Je tentai d'être un peu plus attentive à ce que ce type racontait. Dans mon brouillard, rien n'avait plus d'importance, sauf Charlie. Le géant tendit la main. Je la contemplai sans trop savoir ce que j'étais censée en faire. Ses yeux noirs m'examinèrent pendant quelques secondes, puis il haussa les épaules. D'un geste souple et rapide, il me prit dans ses bras.

Je me laissai ballotter telle une chiffe au rythme de ses grandes enjambées à travers les bois trempés. Quelque part au fond de moi, une voix me morigénait – j'aurais dû protester : les bras d'un inconnu ? Quelle horreur ! Mais une coquille vide ne proteste pas. Il me sembla que nous ne mîmes pas longtemps à nous retrouver au milieu de lampes et de bavardages masculins aux sonorités graves. Sam Uley ralentit.

— Je l'ai ! brailla-t-il.

Les conversations s'interrompirent avant de repartir de plus belle. Un tourbillon de visages flous virevolta au-dessus de moi. Les accents de Sam étaient les seuls qui, dans la confusion, eussent un vague sens, sûrement parce que j'avais l'oreille collée à son torse.

— Non, je crois qu'elle n'a rien, expliquait-il à quelqu'un. C'est juste qu'elle n'arrête pas de répéter « Il est parti ».

Avais-je dit ça tout fort ? Je me mordis les lèvres.

— Bella, chérie, ça va ?

C'était là une voix que j'aurais reconnue n'importe où, même déformée par l'inquiétude, comme en cet instant.

— Charlie ?

La mienne me parut étrangère et toute petite.

— Je suis là, chérie.

Il y eut du mouvement sous moi, puis l'odeur de la veste en cuir réglementaire de mon shérif de père. Charlie vacilla sous mon poids.

— Il vaut peut-être mieux que je la porte, proposa Sam Uley.

— C'est bon, je la tiens, répliqua Charlie, le souffle court.

Il tituba. J'aurais voulu lui intimer de me poser par terre et de me laisser marcher, mais j'avais de nouveau perdu ma langue. Partout resplendissaient des lumières, brandies par ceux qui nous accompagnaient. J'avais l'impression d'un défilé. Ou d'un enterrement. Je fermai les paupières.

— On y est presque, chérie, marmonnait Charlie de temps à autre.

Je rouvris les yeux en entendant la serrure cliqueter. Nous étions sur le porche de la maison, et le géant à la peau sombre appelé Sam tenait la porte à Charlie, un bras tendu comme pour se préparer à me rattraper au cas où mon père me lâcherait. Il réussit cependant à me déposer sans heurt sur le canapé.

— Je suis toute mouillée, papa, objectai-je doucement.

— On s'en fiche, grommela-t-il. Il y a des couvertures dans le placard en haut de l'escalier, ajouta-t-il à l'intention de quelqu'un.

— Bella ? s'enquit une nouvelle voix.

Je dévisageai un homme aux cheveux gris qui se penchait sur moi. Au bout de quelques secondes, un déclic se produisit.

— Docteur Gerandy ?

— C'est bien ça, petite. Tu as mal ?

Il me fallut une bonne minute de réflexion. Sam Uley m'avait demandé la même chose dans la forêt, et ça me perturbait. Parce qu'il l'avait formulée différemment : « Quelqu'un t'a fait du mal ? » La différence semblait avoir de l'importance. Gerandy attendait, un sourcil grisonnant soulevé, interrogateur, soucieux.

— Non, je n'ai pas mal, mentis-je.

Sa paume tiède se posa sur mon front, ses doigts pressèrent l'intérieur de mon poignet. Je vis ses lèvres compter les pulsations tandis que ses yeux restaient rivés à sa montre.

— Que s'est-il passé ? finit-il par lancer comme si de rien n'était.

Je me figeai, au bord de l'affolement tout à coup.

— T'es-tu perdue dans les bois ? suggéra-t-il.

On nous écoutait. Trois grands gaillards à la peau sombre – sans doute de La Push, la réserve Quileute sur la côte – parmi lesquels Sam Uley, s'étaient regroupés et m'observaient. M. Newton était également présent, avec Mike et M. Weber, le père d'Angela. Leurs coups d'œil étaient plus subreptices que ceux des Indiens. De la cuisine et du porche me parvenaient d'autres murmures. La moitié de la ville avait dû se lancer à ma recherche. Charlie se tenait tout près de moi. Il se pencha pour entendre ma réponse.

— C'est ça, chuchotai-je, je me suis égarée.

Le médecin acquiesça, pensif, cependant que ses doigts palpaient doucement les glandes situées sous ma mâchoire. Les traits de Charlie se durcirent.

— Tu te sens fatiguée ? s'inquiéta Gerandy.

J'opinai et fermai les yeux, telle une fille obéissante.

— J'ai l'impression que ça va, marmonna-t-il à l'adresse de mon père. Elle est juste épuisée. Laissez-la dormir, et je repasserai demain. Enfin, un peu plus tard dans la matinée, ajouta-t-il après avoir probablement vérifié l'heure.

Tous deux se relevèrent du canapé, qui grinça. D'un peu plus loin me parvint le murmure de Charlie.

— Alors, c'est vrai ? Ils sont partis ?

— Le Dr Cullen nous avait priés de ne rien dire. La proposition a été très soudaine ; ils ont dû se décider rapidement. Carlisle ne tenait pas à faire de son départ un événement.

— N'empêche, nous avertir ne leur aurait pas coûté grand-chose.

— En effet, admit Gerandy, mal à l'aise.

Je ne souhaitais pas en entendre plus. Tâtonnant pour attraper les bords de l'édredon qu'on avait jeté sur moi, je m'en couvris les oreilles. Je sombrai dans un demi-sommeil agité, entrecoupé par de nombreuses périodes de lucidité. Charlie remercia les volontaires qui s'en allaient l'un après l'autre. Je sentis ses doigts tâter mon front, puis le poids d'une couverture supplémentaire. Le téléphone sonna quelquefois, obligeant mon père à se précipiter dessus pour éviter que je me réveille. Il marmonnait des paroles rassurantes à ses interlocuteurs. « Oui, on l'a trouvée. Ça va. Elle s'était perdue. Tout est rentré dans l'ordre », ne cessait-il de leur répéter.

Les ressorts du fauteuil couinèrent quand il s'y installa pour la nuit. Quelques minutes plus tard, le téléphone retentit de nouveau. En grommelant, Charlie s'extirpa de son siège et se rua lourdement dans la cuisine. Je m'enfonçai un peu plus dans mon abri, peu désireuse de profiter d'une énième et identique conversation.

— Oui ? dit mon père en bâillant. (Interruption.) Où ça ? (Il était beaucoup plus alerte, maintenant. Encore un silence.) Vous êtes sûre que c'est en dehors de la réserve ? (Autre courte pause.) Mais qu'est-ce qui pouvait bien brûler dans un coin pareil ? (Il paraissait à la fois inquiet et surpris.) Écoutez, j'appelle là-bas et je me renseigne.

Il raccrocha, composa un numéro. J'étais aux aguets, à présent.

— Salut, Billy, ici Charlie... désolé de te déranger si tôt... non, elle va bien. Elle dort... Merci, mais ce n'est pas pour ça que je te téléphone. Je viens d'avoir un coup de fil de Mme Stanley, et elle affirme apercevoir des feux sur les falaises depuis la fenêtre de son deuxième étage, sauf que... Oh ! (Brusquement, ses intonations se firent irritées, presque furieuses.) Et pourquoi s'amusent-ils à ça ?... Mouais... Vraiment ?... Oui, oui, veillez donc à ce que les flammes ne s'étendent pas... je sais, je sais. Je m'étonne juste qu'ils les aient allumés par un temps pareil... Bon, en tout cas merci d'avoir envoyé Sam et les autres gars, ajouta-t-il d'un ton rogue. Tu avais raison... ils connaissent mieux les bois que nous. C'est Sam qui l'a découverte. Je te suis redevable, sur ce coup-là... ouais, c'est ça. À plus.

Il raccrocha brutalement puis se dirigea vers le salon en marmonnant d'un air mécontent.

— Qu'est-ce qu'il y a ? demandai-je.

Il s'approcha vivement de moi.

— Désolé de t'avoir réveillée, chérie.

— C'est un incendie ?

— Trois fois rien. Des feux de camp sur les falaises.

— Ah bon.

Ma voix n'exprimait aucune curiosité. Elle semblait morte.

— Des gosses de la réserve qui s'amusent.

— En quel honneur ?

Il hésita à me répondre, baissa les yeux.

— Ils fêtent la nouvelle, maugréa-t-il.

Pour moi, il n'y en avait qu'une, même si je m'efforçai de ne pas y songer. Soudain, les choses se mirent en place.

— Le départ des Cullen, soufflai-je. Ils ne les aimaient pas, à La Push. J'avais oublié.

Les Quileute étaient bourrés de superstitions au sujet de ceux qu'ils appelaient les Sang-froid, des buveurs de sang ennemis de leur tribu ; elles rejoignaient leurs légendes sur le Déluge et leurs ancêtres loups-garous. La plupart d'entre eux considéraient cela comme du folklore, des contes de bonne femme, mais quelques-uns y croyaient. Comme l'ami de Charlie, Billy Black, bien que son fils, Jacob, s'en moquât. Billy m'avait conseillé de me tenir à l'écart des Cullen. Évoquer ce nom remua quelque chose en moi, quelque chose qui, à coups de griffes, commença à se frayer un chemin à la surface, quelque chose que je refusais d'affronter.

— C'est ridicule, gronda Charlie.

Nous nous tûmes pendant un moment. De l'autre côté de la fenêtre, l'obscurité s'estompait. Au-delà de la pluie, quelque part, le soleil se levait.

— Bella ?

Je le regardai, embarrassée.

— Il t'a abandonnée dans la forêt ?

Il avait deviné.

— Comment avez-vous su où chercher ? éludai-je.

Mon esprit fuyait l'inévitable prise de conscience qui se préparait, toute proche désormais.

— Ben, ta note, répondit-il, étonné.

De la poche arrière de son jean, il tira un bout de papier qui avait connu des jours meilleurs – sale, mouillé, froissé à force d'avoir été ouvert et fermé. Une fois encore, il le déplia et le brandit, telle une preuve. Les pattes de mouche ressemblaient à mon écriture de façon remarquable. *Suis partie en balade sur le sentier avec Edward. N'en ai pas pour longtemps. B.*

— Lorsque tu n'es pas réapparue, j'ai tenté de joindre les Cullen, expliqua Charlie d'une voix sourde. Personne ne décrochait. J'ai essayé l'hôpital, et là, Gerandy m'a annoncé que Carlisle avait démissionné.

— Où sont-ils partis ? marmottai-je.

— Edward ne t'a rien dit ?

Je secouai le menton, me tassai sur moi-même, la mention du prénom ayant suffi à libérer le monstre griffu qui était tapi en moi, et une douleur d'une violence surprenante me coupa le souffle. Pensif, Charlie m'observa.

— Carlisle a accepté un boulot dans un grand établissement de Los Angeles. J'imagine qu'ils lui offraient beaucoup plus d'argent qu'ici.

L.A. la radieuse. Le dernier endroit au monde où ils iraient. Je me rappelai mon cauchemar au miroir… du soleil qui étincelait sur sa peau… Le seul souvenir de son visage était intolérable.

— Je veux savoir si Edward t'a laissée seule au beau milieu des bois, insista mon père.

Derechef, le nom provoqua un élan de souffrance. Je fis non de la tête, frénétiquement, espérant échapper à cette torture.

— C'était ma faute, haletai-je. Il m'a quittée sur le chemin, en vue de la maison... j'ai voulu le suivre.

Charlie dit quelque chose. Comme une enfant, je me bouchai les oreilles.

— N'en parlons plus, papa, s'il te plaît. J'ai envie de monter dans ma chambre, maintenant.

Sans lui laisser l'opportunité de poursuivre la discussion, je me mis debout et déguerpis d'une démarche mal assurée. Quelqu'un était venu ici pour y laisser un mot qui conduirait à moi. Dès que j'avais compris cela, un soupçon horrible m'avait envahie. J'arrivai hors d'haleine dans ma chambre, claquai la porte et tirai le verrou derrière moi avant de tituber vers le lecteur CD posé sur la table de nuit. Rien ne semblait avoir bougé. J'appuyai sur le sommet de l'appareil qui s'ouvrit lentement.

Vide.

L'album offert par Renée gisait sur le sol près du lit, à l'endroit exact où je l'avais laissé. D'une main tremblante, j'en soulevai la couverture. Je n'eus pas besoin de dépasser la première page : les petits coins métalliques ne retenaient plus de photo. Ne restait que la ligne que j'avais rédigée de mon écriture maladroite. *Edward Cullen, cuisine de Charlie, 13 sept.*

Je m'arrêtai là, convaincue qu'il n'avait rien oublié.

Il en avait fait le serment – « Ce sera comme si je n'avais jamais existé. »

Le plancher lisse entra en contact avec mes genoux, puis mes paumes, ma joue enfin. J'en appelai à la délivrance de l'inconscience. Malheureusement, je ne m'évanouis pas. Les vagues de souffrance qui, jusqu'alors, s'étaient contentées de m'effleurer se soulevèrent en rugissant avant de s'abattre sur moi et de m'engloutir.

Je sombrai.

OCTOBRE

NOVEMBRE

DÉCEMBRE

JANVIER

4

LE RÉVEIL

Le temps passe. Y compris quand cela semble impossible. Y compris quand chaque tic-tac de la grande aiguille est aussi douloureux que les pulsations du sang sous un hématome. Il s'écoule de manière inégale, rythmé par des embardées étranges et des répits soporifiques, mais il passe. Même pour moi.

Charlie abattit son poing sur la table.

— Cette fois, ton compte est bon, Bella ! Je te renvoie à la maison.

Je levai la tête de mes céréales, sur lesquelles je méditais au lieu de les manger, et dévisageai mon père avec ahurissement. N'ayant pas suivi la conversation – j'ignorais que nous en avions une –, les raisons de son emportement m'échappaient.

— J'y suis déjà, à la maison, murmurai-je.

— Chez Renée, à Jacksonville, clarifia-t-il, exaspéré.

Lentement, ses paroles prirent un sens.

— Mais qu'est-ce que j'ai fait ? gémis-je.

C'était tellement injuste ! Ces quatre derniers mois, mon comportement avait été au-dessus de tout reproche. Après la première semaine, dont ni lui ni moi n'avions jamais reparlé, je n'avais pas manqué un seul cours. Mes notes étaient excellentes, je ne dépassais pas la permission de minuit (certes, pour ça, il aurait d'abord fallu que je sorte, ce qui n'était pas le cas) et je ne lui servais que rarement les restes de la veille.

— C'est bien le problème, riposta Charlie, sourcils froncés. Tu ne fais rien.

— Tu préférerais que je mène une vie de barreau de chaise ? ripostai-je, incrédule et outrée.

Je me forçai à lui prêter attention. Pas facile. J'étais si habituée à me déconnecter de tout que mes oreilles donnaient l'impression d'être bouchées.

— Ce serait toujours mieux que broyer du noir.

Voilà qui était vexant. J'avais pourtant eu l'impression de soigneusement dissimuler ma morosité.

— Je ne broie pas du noir.

— Je me suis mal exprimé, concéda-t-il. Au moins, broyer du noir, ce serait *agir*. Tu es... apathique, Bella. C'est ça le mot que je cherchais.

L'accusation était fondée. En soupirant, je tâchai d'insuffler un peu d'entrain dans ma réponse.

— Désolée, papa.

Même moi, je me rendis compte de la platitude de ma réaction. J'avais cru l'embobiner. Mes efforts n'avaient tendu qu'à un but : l'épargner. Constater qu'ils n'avaient servi à rien était des plus déprimants.

— Ce ne sont pas des excuses que je veux.

— Quoi, alors ?

— Bella...

Il s'interrompit, jaugeant déjà l'effet que ses prochaines paroles allaient avoir.

— Tu n'es pas la première à passer par là, tu sais ?

— Je sais.

— Écoute, chérie, je pense que... que tu aurais besoin d'aide.

— Pardon ?

Une fois encore, il hésita.

— Quand ta mère est partie en t'emportant avec elle..., reprit-il, le front plissé, eh bien, ça a été vraiment dur, pour moi.

— Je m'en doute.

— Sauf que j'ai surmonté cette épreuve. Toi, tu ne te remets pas. J'ai patienté. J'ai guetté une amélioration. (Il me vrilla des yeux, et je baissai rapidement les miens.) Il me semble que toi comme moi sommes conscients que ça ne s'arrange pas.

— Je vais très bien, protestai-je.

Mon objection le laissa de marbre.

— Il serait peut-être pas mal, je dis bien *peut-être*, que tu en parles à quelqu'un. À un pro.

— Tu veux que je consulte un psy ?

Un soupçon d'acidité colorait ma voix, maintenant que j'avais deviné ses intentions.

— Si ça se trouve, ça t'aiderait.

— Tu parles !

La psychanalyse, je n'y connaissais pas grand-chose, mais ça ne fonctionnait que si le sujet était relativement sincère, j'en étais quasi certaine. Oh ! je pouvais raconter la vérité, rien de plus simple. À condition d'avoir envie de passer le reste de mon existence à l'asile. Devant mon expression butée, Charlie tenta une autre approche.

— Je suis dépassé, Bella. Ta mère...

— Si ça te tient tant à cœur, le coupai-je, je sors ce soir. Il suffit que j'appelle Jess ou Angela.

— Il ne s'agit pas de ça, bon sang ! s'emporta-t-il. Je ne supporte plus que tu te débattes ainsi. Je n'ai jamais vu quelqu'un souffrir autant que toi. Ça me fait mal.

— Je ne pige pas, répondis-je en prenant l'air bête. D'abord, tu me reproches d'être amorphe. La seconde suivante, tu m'interdis de sortir.

— Je veux juste que tu sois heureuse... Même pas, tiens. Seulement que tu cesses d'être malheureuse. Je crois que ça te serait plus facile si tu quittais Forks.

Je m'animai soudain, ce qui ne m'était pas arrivé depuis longtemps.

— Je ne partirai pas, décrétai-je.

— Pourquoi ?

— C'est mon dernier semestre. Pas question de fiche en l'air mes études.

— Tu es une bonne élève. Tu t'en sortiras.

— Je ne veux pas embêter maman et Phil.

— Ta mère meurt d'envie de te reprendre.

— Il fait trop chaud en Floride.

Une fois encore, il tapa du poing sur la table.

— Ni toi ni moi ne sommes dupes, Bella ! Ça ne te vaut rien. Depuis des mois, pas un coup de fil, pas une lettre, rien. Tu ne peux pas continuer à l'attendre.

Je rougis presque, ce qui, également, était devenu rare. Le sujet était tabou, il le savait parfaitement.

— Je n'attends rien du tout, rétorquai-je en le fusillant du regard. Rien du tout.

— Bella...

— Il faut que j'y aille.

Je me levai et déposai mon bol, intact, dans l'évier. Je ne le lavai même pas, tant j'avais hâte d'échapper à cet entretien.

— Je m'arrangerai avec Jessica, annonçai-je en attrapant mon cartable et sans rencontrer les yeux de mon père. Je ne serai peut-être pas là pour dîner. Nous irons au cinéma à Port Angeles.

Je sortis sans lui laisser l'occasion de répondre.

Ma précipitation m'amena à arriver au lycée parmi les premiers. L'avantage, c'est que je dénichai une bonne place de parking. L'inconvénient, c'est que je me retrouvai avec du temps libre devant moi, ce que je tâchais d'éviter à tout prix. Je pêchai mon livre de maths en vitesse, afin de ne pas penser aux accusations de Charlie, l'ouvris à la leçon du jour et me plongeai dedans. Lire des équations était encore pire qu'écouter un prof les exposer, mais je m'améliorais de jour en jour. Ces derniers mois, j'avais consacré aux maths dix fois plus d'heures que durant toute ma scolarité. Résultat, je parvenais à me maintenir largement au-dessus de la moyenne, même si on était loin de l'excellence. M. Varner attribuait ces progrès à la qualité de ses méthodes d'enseignement – grand bien lui fasse. Je m'obligeai à bosser jusqu'à ce que le parking soit plein et je finis par devoir courir, sous peine d'être en retard en anglais. Nous étions en pleine analyse de *La Ferme des animaux* d'Orwell, un sujet facile. L'étude du communisme me convenait : elle me changeait agréablement des histoires d'amour qui avaient constitué l'essentiel des cours précédents. Je m'installai à ma place, heureuse de la diversion apportée par M. Berty.

La notion de temps se délitait, au lycée. Bien trop tôt à mon goût, la cloche sonna. Je me mis à ranger mes affaires.

— Bella ?

Je reconnus la voix de Mike et devinai ce que seraient ses prochains mots avant qu'il les formule.

— Tu viens à la boutique, demain ?

Je tournai la tête vers lui. Il se penchait au-dessus de moi, le visage anxieux. Tous les vendredis, il me posait la même question, alors que je n'avais jamais loupé un jour de travail. Enfin, à une exception près, des mois auparavant. J'étais une employée modèle.

— Comme tous les samedis. Nous sommes bien samedi, demain, non ?

Parce que Charlie venait juste de me le reprocher, je m'aperçus à quel point mon ton était monocorde.

— Oui. On se voit en espagnol.

Il m'adressa un petit salut de la main, s'éloigna. Il avait renoncé à m'escorter à chacun de mes cours, désormais. C'est sans entrain que je me rendis en maths. J'y étais assise à côté de Jessica. Depuis des semaines, voire des mois, celle-ci ne se donnait même plus la peine de me saluer quand je la croisais dans les couloirs. Je l'avais offensée par mon attitude asociale. Elle boudait. Ça n'allait pas être facile de lui adresser la parole maintenant, surtout pour lui demander un service. Je soupesai soigneusement les options qui s'offraient à moi en traînassant dans le couloir, tentant de retarder l'échéance.

Il était exclu que j'affronte de nouveau Charlie sans rapport de sortie à lui présenter. Sauf que je ne pouvais mentir, bien que l'idée d'un aller-retour seule à Port Angeles – avec kilométrage exact au compteur, des fois qu'il vérifiât – fût très tentante. La mère de Jessica était la concierge de la ville et, tôt ou tard, mon père avait toutes les chances de la rencontrer. Et alors, il ne manquerait pas de mentionner l'expédition. Lui servir des craques était hors de question.

En soupirant, je poussai la porte. M. Varner me jeta un sale regard – il avait déjà commencé son cours. Je me dépêchai de gagner mon pupitre. Jessica ne daigna pas lever les yeux lorsque je m'assis à côté d'elle. Tant mieux – j'avais cinquante minutes pour me préparer mentalement.

Cette heure passa encore plus vite que celle d'anglais. En partie parce que, telle une petite sainte, je m'étais préparée le matin sur le parking ; surtout parce que le temps filait comme le vent lorsque je me ruais vers les désagréments. Je grimaçai quand M. Varner nous libéra avec cinq minutes d'avance, très content de lui, comme s'il nous faisait une grâce.

— Jess ?

J'eus un léger mouvement de recul et plissai le nez, inquiète, attendant qu'elle se tourne vers moi. Elle se tordit sur son siège et me dévisagea, incrédule.

— C'est à *moi* que tu parles, Bella ?

— Évidemment, répondis-je en écarquillant les yeux, image de l'innocence.

— Qu'est-ce qu'il y a ? Tu as des difficultés en maths ?

Sa voix trahissait l'amertume.

— Non. Je voulais juste savoir si tu... Tu m'accompagnerais au cinéma, ce soir ? J'ai vraiment besoin d'une soirée entre filles.

Mes mots sonnèrent aussi faux à mes oreilles qu'une mauvaise réplique. Elle devint soupçonneuse.

— Pourquoi moi ? répliqua-t-elle, hostile.

— Parce que tu es la première à laquelle je songe quand j'ai envie d'une soirée entre filles.

Je lui souris d'une façon que j'espérais authentique. Ce n'était pas réellement un mensonge. Elle était effectivement la première qui me venait à l'esprit... quand je désirais éviter Charlie. Ce qui revenait au même. Presque. Elle parut s'adoucir quelque peu.

— Faut voir.

— Tu as déjà d'autres projets ?

— Non... bon, c'est d'accord, j'imagine. Tu pensais à un film précis ?

— Je ne sais pas trop ce qui passe en ce moment, éludai-je.

Elle m'avait coincée. Je me creusai la cervelle. N'avais-je pas entendu des critiques, récemment ? Entraperçu une pub ?

— Que penses-tu de celui avec la femme qui devient présidente ? repris-je.

Elle me fixa d'un air étrange.

— Ça fait des mois qu'il n'est plus à l'affiche, Bella.

— Oh. Mais toi ? Il y en a un en particulier qui te tente ?

Malgré elle, son entrain naturel commença à percer tandis qu'elle réfléchissait à voix haute.

— Eh bien, il y a cette nouvelle comédie romantique qui a eu de supercritiques. Ça me dit bien. Et mon père a vu *Dead End*[1] il n'y a pas longtemps, et il a adoré.

— De quoi ça parle ? m'enquis-je, alléchée par ce titre prometteur.

---

1. Film d'épouvante de Jean-Baptiste Andréa (2003).

— De zombies, je crois. Mon père a eu la frousse de sa vie.

— Ça a l'air génial.

J'aurais encore préféré me colleter avec de vrais morts vivants plutôt que regarder un film d'amour.

— D'accord, répondit-elle, surprise.

J'essayai de me rappeler si j'appréciais le cinéma d'horreur, en vain.

— Je passe te prendre après les cours ? me proposa-t-elle.

— Entendu.

Avant de s'en aller, elle me gratifia d'un sourire un peu forcé. J'y répondis avec un temps de retard, mais je crois qu'elle le vit.

Le reste de la journée s'écoula rapidement tant j'étais concentrée sur la soirée à venir. Par expérience, je savais qu'une fois Jessica lancée sur un sujet il me suffirait de marmonner des réponses çà et là aux moments appropriés pour être tranquille. Elle n'exigerait de moi qu'une participation minimale à la discussion.

La brume épaisse qui caractérisait désormais mon existence était parfois déroutante. Ainsi, je m'étonnai de me retrouver dans ma chambre, n'ayant aucun souvenir précis d'être revenue du lycée ni d'être entrée dans la maison. Cela n'avait guère d'importance, cependant. Perdre la notion du temps, je n'en demandais pas plus à la vie. Et je ne combattis pas ce brouillard non plus lorsque je me tournai vers mon armoire – l'engourdissement m'était plus nécessaire à certains moments qu'à d'autres. Je remarquai à peine ce qui s'offrait à mes yeux quand je fis glisser la porte, révélant la pile d'objets mis au rebut sous des vêtements que je ne portais jamais, dans la partie gauche du meuble. Je ne vis pas le sac

poubelle qui contenait le cadeau de mon dernier anniversaire, le plastique noir que tendait l'auto-radio. Je ne
repensai pas à mes ongles écorchés jusqu'au sang après
que je l'avais arraché du tableau de bord... Je décrochai
de son clou le vieux sac à main que j'utilisais rarement
avant de refermer vivement le battant.

Au même instant, on klaxonna dehors. Je transférai
en vitesse mon porte-monnaie de mon sac à dos dans
ma poche et me précipitai dans l'escalier, comme si cette
frénésie allait permettre aux heures à venir de défiler
plus rapidement. Je jetai un coup d'œil à mon reflet
dans le miroir de l'entrée avant de sortir, me composant
soigneusement un visage affable.

— Merci de m'accompagner ce soir, lançai-je à Jess
en m'installant sur le siège passager.

Je m'étais efforcée d'adopter un ton reconnaissant.
Depuis longtemps, je ne réfléchissais plus à ce que je
disais, sauf à Charlie. Avec Jess, c'était difficile. Je doutais des émotions qu'il me fallait afficher.

— Je t'en prie. Alors, comment ça t'a prise ?

— Quoi donc ?

— Cette soudaine envie de... sortir.

Elle avait hésité. À croire qu'elle avait décidé de
modifier sa question à la dernière minute.

— Oh, c'est juste histoire de me changer les idées.

Reconnaissant la chanson que diffusait la radio, je
tendis prestement la main vers le bouton.

— Ça ne t'ennuie pas si je mets autre chose ?

— Pas du tout.

Je changeai les stations jusqu'à ce que j'en trouve une
qui fût inoffensive. La musique remplit l'habitacle, et je
vérifiai en douce la réaction de Jessica. Elle battit des
cils, ahurie.

— Depuis quand écoutes-tu du rap ? s'enquit-elle.

— Aucune idée. Un moment.

— Ça te plaît ? s'étonna-t-elle.

— Oui.

Juste un subterfuge, en réalité. Car il m'aurait été encore plus difficile de soutenir la conversation si, parallèlement, j'avais dû essayer d'occulter la musique. Je me mis à balancer la tête au rythme de la batterie. Enfin, j'espérais être en rythme.

— Ah bon.

Elle se concentra sur la route, visiblement peu convaincue.

— Alors, vous en êtes où, toi et Mike ? me dépêchai-je de demander.

— Tu le vois plus que moi.

Flûte ! Ma question était tombée à plat au lieu de déclencher un de ses intarissables monologues.

— On n'a pas beaucoup l'occasion de discuter, au travail, me défendis-je mollement. Tu fréquentes quelqu'un, sinon ?

Deuxième tentative.

— Pas franchement. Il m'arrive de sortir avec Conner. Et il y a quinze jours, ça a été avec Eric.

Sa mimique exaspérée me laissa entrevoir une longue histoire. Je m'y agrippai aussitôt.

— Eric Yorkie ? Qui a pris l'initiative ?

Elle gémit, s'anima.

— Lui, bien sûr ! Et moi, je n'ai pas réussi à refuser gentiment.

— Où t'a-t-il emmenée ? Raconte-moi tout !

Je savais qu'elle interpréterait mon empressement comme de l'intérêt. Ça ne rata pas. Elle se lança dans son soliloque, et je me détendis, même si je m'obligeai à écouter attentivement, émettant des bruits sympathiques ou des hoquets horrifiés aux moments appropriés. Sa mésaventure avec Eric achevée, elle poursuivit sur sa lancée sans que j'aie besoin de la pousser, enchaînant sur une comparaison avec Conner.

La séance commençant tôt, Jess proposa que nous dînions après. Je ne protestai pas. J'avais obtenu ce que je désirais – que Charlie me fiche la paix.

Je continuai à faire parler Jess durant les bandes-annonces, ce qui me permit de les ignorer plus facilement. Mais la nervosité s'empara à nouveau de moi quand le film débuta. Un jeune couple marchait sur la plage, main dans la main, se jurant un amour mutuel avec une artificialité écœurante. Je résistai à l'envie de me boucher les oreilles et de fredonner. Bon sang ! Je n'avais pas dépensé autant d'énergie pour ça !

— Je croyais qu'on avait choisi un film d'horreur ? sifflai-je à Jessica.

— C'est celui-là.

— Alors pourquoi personne ne se fait manger ?

Elle me regarda d'un air alarmé.

— Je suis sûre que ça ne va pas tarder, répondit-elle.

— Je vais chercher du pop-corn. Tu en veux ?

— Non merci.

Derrière nous, quelqu'un nous intima de nous taire.

Au point de vente, je m'attardai devant la pendule tout en calculant le nombre de minutes qu'un film d'une heure trente pouvait décemment consacrer à des batifolages amoureux. Dix, pas plus, décidai-je. Je m'octroyai toutefois une pause à l'entrée de la salle, histoire de m'en assurer. Des hurlements terrifiés résonnaient dans les haut-parleurs – la voie était libre.

— Tu as tout raté ! marmonna Jess quand je me glissai à ma place. Ils se sont presque tous transformés en zombies, maintenant.

— Tu exagères ! répliquai-je en lui offrant du pop-corn.

Elle en prit une pleine poignée.

Le reste du film se résuma à des attaques répugnantes perpétrées par des cadavres ambulants sur de rares survivants qui ne cessaient de piailler et dont le nombre diminuait rapidement. J'avais cru que ce navet ne présenterait aucun risque ; pourtant, j'étais mal à l'aise. Je ne compris pas tout de suite pourquoi. Ce ne fut qu'à la toute fin, alors qu'un zombie hagard pourchassait en titubant une des dernières victimes, que je mis le doigt sur le problème. La caméra ne cessait de passer du visage terrifié de l'héroïne à celui, impassible, de son poursuivant, les gros plans se multipliant au fur et à mesure que la distance entre les deux s'amenuisait. Tout à coup, je saisis lequel des personnages me ressemblait le plus.

Je sautai sur mes pieds.

— Où vas-tu ? maugréa Jess. C'est presque terminé.

— J'ai soif.

Sur ce, je me ruai dehors. Je m'assis sur un banc devant le cinéma en m'efforçant de ne pas trop réfléchir à l'ironie des choses. Et Dieu sait si, tout bien pesé, le dénouement était ironique, puisque je terminais en morte vivante. Je n'avais pas vu ça venir. J'avais rêvé me transformer en monstre, pas en marionnette grotesque. Un élan de panique monta en moi, et je m'ébrouai – je n'étais pas en état de penser à ce à quoi j'avais aspiré autrefois. M'apercevoir que je n'étais plus l'héroïne, et que mon histoire était finie me déprimait.

Jessica apparut sur le seuil, hésitante, me cherchant

des yeux. Quand elle me localisa, elle parut soulagée. Ça ne dura pas, et l'irritation l'emporta.

— C'était trop horrible pour toi ? demanda-t-elle.

— Oui, mentis-je. Je ne suis qu'une trouillarde.

— C'est bizarre, tu ne m'as pas donné l'impression d'avoir eu peur. Moi, j'ai crié tout le temps, toi pas une seule fois. Je ne comprends pas pourquoi tu es partie.

— J'avais trop la frousse.

Elle se calma un peu.

— C'est le film le plus affreux que j'aie vu. Je te parie qu'on va cauchemarder, cette nuit.

— Tu m'étonnes !

Je tâchais de m'exprimer normalement. Aucun doute, j'aurais des cauchemars, sauf qu'ils ne concerneraient pas les zombies. Jess me fixa une seconde avant de détourner la tête. Sans doute, je n'avais pas réussi à sembler aussi normale que ça.

— Où veux-tu manger ? s'enquit-elle.

— Ça m'est égal.

— Bon.

Nous partîmes. Jess se mit à évoquer le premier rôle masculin, dissertant de façon intarissable sur le charme irrésistible du type. J'acquiesçai à tout, alors que je n'avais aucun souvenir de l'acteur en question, indifférente à l'endroit où elle m'emmenait. J'étais juste vaguement consciente que la nuit était tombée, et que le silence s'était installé. Il me fallut un moment pour deviner la raison de cette sérénité. Jess avait cessé de pérorer. Je lui lançai un coup d'œil piteux en espérant ne pas l'avoir offensée. Elle ne me regardait pas, cependant. Les traits tendus, elle fixait l'horizon en marchant d'un bon pas. Un court instant, ses pupilles se braquèrent sur la droite, indiquant le côté opposé de la rue. Intriguée, j'inspectai les environs.

Nous nous trouvions sur une courte portion de rue privée de réverbères. Les échoppes la bordant étaient sombres, fermées pour la nuit. À une cinquantaine de mètres, l'éclairage public reprenait, et je distinguai les arches brillantes du fast-food vers lequel Jess se dirigeait. Sur le trottoir d'en face, seul un lieu était ouvert. La vitrine en avait été opacifiée de l'intérieur, des enseignes au néon y avaient été accrochées, vantant différentes marques de bière. La plus importante, d'un vert pétant, annonçait le nom de l'établissement – *Pete le Borgne*. Je me demandai brièvement si c'était un bar à thème, genre repaire de pirates. La porte métallique était entrouverte, et une lumière diffuse s'en échappait, accompagnée par un murmure de conversations et le bruit de glaçons flottant dans des verres. Adossés au mur, quatre hommes. Je reportai mon attention sur Jessica, qui continuait à avancer rapidement, raide. Elle ne paraissait pas effrayée, plutôt soucieuse de passer inaperçue.

Sans réfléchir, je m'arrêtai pour examiner les quatre gaillards avec une forte impression de déjà-vu. C'était une autre rue, une autre nuit, et pourtant la scène était identique. Parmi les types, il y avait même un petit brun. Ce fut d'ailleurs lui qui, le premier, me manifesta de l'intérêt. Figée sur place, je le dévisageais.

— Bella ? chuchota Jess. Qu'est-ce que tu fiches ?

Je n'en étais pas très sûre moi-même.

— Il me semble les connaître.

Quelle mouche me piquait ? J'aurais dû fuir à toutes jambes, oublier l'image de ces hommes décontractés et me réfugier dans l'apathie sans laquelle je ne fonctionnais plus. Pourquoi descendais-je soudain du trottoir, dans un état second ?

J'étais à Port Angeles en compagnie de Jessica, dans une rue sombre – coïncidence extraordinaire. Je détaillai le petit brun, essayant d'adapter ses traits au souvenir du voyou qui m'avait menacée, presque un an plus tôt. Saurais-je l'identifier ? S'agissait-il vraiment de lui ? L'instant si particulier de cette soirée si particulière était flou. Mon corps se la rappelait mieux que mon cerveau – la tension dans mes jambes tandis que j'avais hésité entre me sauver et ne pas me laisser impressionner, la sécheresse de ma gorge quand j'avais tenté de pousser un cri digne de ce nom, la raideur de ma peau sur mes jointures lorsque j'avais serré les poings, les frissons dans ma nuque au moment où mon agresseur m'avait appelée « chérie »... Ce groupe dégageait une impression de menace mal définie qui n'avait cependant rien à voir avec ce qui s'était produit un an plus tôt. Elle tenait à l'obscurité et au fait que ces inconnus nous dépassaient en nombre, rien de plus. Cela suffisait cependant à paniquer Jessica, dont la voix se brisa lorsqu'elle me héla.

— Viens, Bella !

L'ignorant, je m'avançai sans l'avoir consciemment décidé. De façon absurde, l'espèce de danger que présentaient ces hommes m'attirait. Cela relevait d'une impulsion insensée, mais il y avait si longtemps que j'en avais éprouvé une que je la suivis. Une énergie peu familière circulait dans mes veines. L'adrénaline, devinai-je. Inscrite aux abonnés absents depuis un moment, elle accélérait mon pouls et mettait à mal mon absence d'émotions. C'était bizarre : pourquoi cette décharge d'hormones alors que je n'avais pas peur ? Elle était presque un écho de la dernière fois où je m'étais trouvée dans cette situation – une artère obscure à Port Angeles, face à des étrangers. Je ne voyais aucune raison d'être effrayée. Plus rien au monde ne m'affolait, physiquement du moins. Un des rares avantages à avoir tout perdu.

J'étais au milieu de la chaussée quand Jess me rattrapa et m'empoigna par le bras.

— Bella ! siffla-t-elle. Tu n'as pas le droit d'entrer dans un bar[1] !

— Telle n'est pas mon intention, répondis-je distraitement en me dégageant de son emprise. Je veux juste vérifier un truc...

— Tu es dingue ? Tu cherches à te suicider, ou quoi ?

Cette remarque eut le don de me sortir de ma transe. Je la regardai.

— Non.

J'avais pris un ton défensif, pourtant c'était la vérité. Je n'étais pas suicidaire. Même au début, à l'époque où la mort aurait constitué un indéniable soulagement, je ne l'avais pas envisagée. J'étais trop redevable à Charlie, je me sentais responsable envers Renée. Je devais penser à eux. Et puis, j'avais juré de ne commettre aucun acte stupide ou téméraire. Autant de raisons qui expliquaient que je respire encore. Au souvenir de mon serment, je ressentis une bouffée de culpabilité. Mais ce que j'étais en train de faire ne comptait pas réellement, non ? Ce n'était pas comme si je m'emparais d'une lame pour me trancher les veines.

---

1. Aux États-Unis, dans la plupart des États, il faut avoir 21 ans minimum pour consommer de l'alcool.

Jess ouvrit de grands yeux. Trop tard, je compris que sa question n'avait été que rhétorique.

— Vas-y, l'encourageai-je en indiquant le fast-food. J'arrive.

Je me détournai d'elle, n'appréciant guère la façon dont elle me contemplait, et je me concentrai de nouveau sur les hommes qui nous observaient avec une curiosité amusée.

« Arrête ça tout de suite, Bella ! »

Je stoppai net. Car ce n'était pas Jessica qui venait de me réprimander. C'était une voix furieuse et familière, belle, veloutée malgré ses accents courroucés. C'était *sa* voix, *son* ténor – je pris un soin remarquable à ne pas penser son prénom –, et je m'étonnai, en l'entendant, de ne pas m'écrouler sur la chaussée, tordue de douleur au rappel de ma perte. En vérité, je n'avais pas mal, pas mal du tout.

Au moment où *il* avait parlé, tout était devenu très clair, soudain, comme si j'avais émergé d'une piscine obscure. J'avais brusquement une conscience plus aiguë des choses – vision, ouïe, sensation de l'air froid qui me fouettait le visage et que je n'avais jusqu'alors pas remarqué, odeurs s'échappant par la porte du bar. Sous le choc, je regardai autour de moi.

« Rejoins ton amie, m'ordonna-t-il, toujours aussi mécontent. Pas de bêtises, j'ai ta promesse. »

J'étais seule. À quelques mètres de là, Jess me contemplait avec affolement. Adossés au mur, les types me scrutaient, se demandant ce que je fabriquais, ainsi immobile au milieu de la rue. Je secouai la tête, essayai de comprendre. Je savais qu'*il* n'était pas ici et, pourtant, il paraissait tout proche, pour la première fois depuis... la fin. Ses accents de colère trahissaient son inquiétude, une attitude identique à celle qui, il fut un temps, avait été courante, et dont j'avais été privée depuis des siècles semblait-il.

« Respecte ton engagement », murmura-t-il, plus lointain, comme une radio dont on baisse le volume.

Je soupçonnai alors que j'étais victime d'une hallucination, sûrement déclenchée par le souvenir, l'impression de déjà-vu, l'étrange familiarité de la situation. Rapidement, j'envisageai les options qui s'offraient à moi.

Un, j'étais folle ; tel était le qualificatif dont le profane gratifiait qui entendait des voix – possible.

Deux, mon subconscient répondait à ce qu'il jugeait être mon désir, l'accomplissement d'un vœu, le soulagement momentané de ma douleur, en adoptant l'idée fausse qu'*il* se souciait que je vive ou non ; en projetant ce qu'*il* aurait dit si A) *il* avait été présent, et si B) *il* s'était inquiété de quelque façon que ce fût de ce qui m'arrivait – probable.

Ne voyant pas de troisième option, je priai pour que la seconde fût la bonne, à savoir juste mon subconscient qui se déchaînait. Ça valait toujours mieux que de finir à l'asile. Ce qui ne m'empêcha cependant pas de réagir comme une démente. Je fus *reconnaissante*. Ces inflexions, j'avais redouté de les perdre ; or voilà que mon inconscient me prouvait qu'il s'y était accroché bien mieux que ne l'avait fait mon conscient. D'où mon immense gratitude.

Je n'avais pas le droit de penser à *lui*. Je m'étais efforcée d'être très stricte à ce sujet. Naturellement, j'avais eu des ratés – je n'étais qu'humaine, somme toute. Mais je m'améliorais, et j'arrivais désormais à éviter la souffrance plusieurs jours de suite. Le prix à payer était l'engourdissement permanent. Entre douleur et rien, j'avais choisi le rien. En cet instant, je guettais la blessure. Je n'étais plus ahurie, mes sens s'étaient réveillés après des mois de somnolence. Pourtant, rien ne venait. Je n'éprouvais qu'une peine – que ses intonations s'estompent.

Restait une solution. La sagesse aurait voulu que je fuie ce procédé potentiellement destructeur et très probablement susceptible de me plonger dans l'instabilité mentale. Il était idiot que j'encourage mes hallucinations. Sauf que... *il* s'éloignait.

J'avançai d'un pas, histoire de tester ma théorie.

« Recule, Bella », gronda-t-*il*.

Je poussai un soupir de soulagement. J'avais désiré entendre son courroux, preuve fabriquée et mensongère qu'*il* tenait à moi, cadeau douteux offert par mon subconscient.

Toutes ces réflexions n'avaient duré que quelques secondes. Mon petit groupe de spectateurs m'observait, intrigué. Je donnais sûrement l'apparence d'hésiter à les approcher. Comment auraient-ils pu deviner que je me régalais d'un moment de pure folie ?

— Salut ! lança un des types sur un ton à la fois sûr de lui et un peu moqueur.

Clair de peau et de cheveux, il affichait l'assurance de qui se croit irrésistible. Je fus incapable de déterminer s'il l'était ou pas – j'étais mauvais juge. La voix subliminale réagit par un grondement exquis. Je souris, et l'homme sembla y voir un encouragement.

— Je peux vous aider ? poursuivit-il, enchanté, en m'adressant un clin d'œil. Vous avez l'air perdue.

Je franchis le caniveau où ruisselait une eau que la pénombre rendait noire.

— Non, je ne suis pas perdue.

Maintenant que j'étais plus près, que mes yeux semblaient avoir effectué une mise au point, j'examinai le petit brun. Il m'était totalement inconnu. Je ressentis une sorte d'étrange déception en constatant qu'il ne s'agissait pas de l'affreux qui avait essayé de m'attaquer, un an plus tôt.

Le ténor s'était définitivement tu.

— Je vous offre un verre ? proposa le brun, nerveux, apparemment flatté que je l'aie distingué.

— Je n'ai pas l'âge.

Ma réponse avait fusé, automatique. Il parut perplexe, s'interrogeant sur les raisons qui m'avaient poussée à l'aborder. Je me sentis obligée de m'expliquer.

— De loin, vous ressembliez à une de mes connaissances. Désolée, je me suis trompée.

La menace qui m'avait amenée à traverser la rue s'était dissipée. Ces hommes n'étaient pas les voyous dangereux dont je me souvenais. Ils étaient sûrement gentils. Inoffensifs. Dès lors, ça ne m'intéressait plus.

— Ce n'est pas grave, intervint le blond plein d'assurance. Profitez quand même de notre compagnie.

— Merci, mais ce n'est pas possible.

Jessica était restée en retrait, outragée par ma trahison.

— Allez, juste une minute.

Je secouai la tête, tournai les talons et rejoignis Jess.

— Allons dîner.

Je la regardai à peine. Certes, je m'étais apparemment libérée de mes attitudes de zombie. Pourtant, j'étais toujours aussi distante. Préoccupée. L'engourdissement ne revenait pas, ce qui me rendait anxieuse.

— Qu'est-ce qui t'a prise ? s'emporta Jessica. Et si ça avait été des psychopathes, hein ?

— J'ai cru reconnaître l'un d'eux, éludai-je avec un haussement d'épaules.

J'aurais aimé qu'elle laissât tomber.

— Tu es vraiment bizarre, Bella Swan. J'ai l'impression de ne pas savoir qui tu es.

— Désolée.

Que pouvais-je dire d'autre ?

Nous gagnâmes le fast-food en silence. Elle regrettait sûrement que nous n'ayons pas choisi d'effectuer le trajet en voiture plutôt qu'à pied, quitte à nous faire servir au guichet du drive-in. Maintenant, elle était pressée que la soirée se termine, autant que moi à son début.

Pendant le repas, je tentai à plusieurs reprises de relancer la conversation, mais elle se montra peu coopérative. Je l'avais sans doute blessée pour de bon. Lorsque nous retournâmes à la voiture, elle remit la radio sur sa station préférée et tourna le volume de façon à empêcher toute discussion.

Occulter la musique me fut moins difficile que d'ordinaire. Même si, pour une fois, mon esprit n'était pas aussi vide et hébété que d'habitude, j'avais trop à penser pour m'attarder sur les paroles des chansons. J'attendais que la stupeur revînt, ou la douleur. Parce que celle-ci était inévitable. J'avais enfreint mes propres règles. Au lieu de fuir les souvenirs, j'étais allée à leur rencontre, les avais accueillis à bras ouverts. J'avais entendu *sa* voix dans ma tête, claire et nette. J'allais le payer très cher, j'en étais certaine, surtout si je ne parvenais pas à replonger dans le brouillard qui m'avait jusque-là protégée. Je me sentais trop alerte, et cela m'effrayait.

En même temps, j'étais submergée par un soulagement tel que tout mon corps en vibrait. Car j'avais beau lutter pour ne pas songer à *lui*, je ne tenais pas pour autant à l'oublier. J'avais peur que, plus tard dans la nuit, lorsque l'épuisement de l'insomnie briserait mes défenses, ne m'échappe la mémoire de *lui*. Plus généralement, je craignais que mon esprit fît le tri et que, un jour, je ne sois plus capable de me rappeler précisément la couleur de ses yeux, la sensation de sa peau froide ou la tessiture de sa voix. Si je ne me permettais pas d'y penser, j'exigeai cependant de m'en souvenir. Parce qu'une seule chose m'était nécessaire pour continuer à vivre – savoir qu'il *était*. C'est tout. Le reste, j'étais à même de l'endurer.

Voilà pourquoi j'étais plus que jamais piégée à Forks, et pourquoi j'avais refusé la proposition de Charlie de déménager. Franchement, ça n'aurait pas dû avoir d'importance, puisque aucun d'eux n'y reviendrait jamais. Mais si je partais pour Jacksonville, ou dans n'importe quel endroit inconnu et lumineux, comment ma certitude qu'*il* existait allait-elle subsister ? Dans un lieu où je ne réussirais pas à l'imaginer, elle risquait de se flétrir. Je n'y survivrais pas.

Interdite de souvenirs, terrifiée par l'oubli. L'équilibre était délicat.

Je fus surprise lorsque la voiture se gara devant chez moi. Le trajet était court, n'empêche, je n'aurais jamais cru Jess capable de se taire aussi longtemps.

— Merci de m'avoir accompagnée, dis-je en ouvrant la portière. Je me suis... amusée.

Était-ce bien le mot ?

— De rien, marmonna-t-elle.

— Je suis désolée pour... ce qui s'est passé après le film.

— Laisse tomber, Bella.

Elle scrutait le pare-brise au lieu de me regarder. Elle paraissait de plus en plus furieuse.

— À lundi ?

— Ouais. Salut.

J'abandonnai la partie, sortis et claquai la portière. Elle démarra en trombe et fila. Le temps de rentrer, je l'avais oubliée. Charlie était posté au milieu du hall, bras croisés et poings serrés.

— Bonsoir, papa, lançai-je distraitement.

Je le contournai pour atteindre l'escalier. J'avais trop pensé à *lui* et je tenais à être dans ma chambre quand ça me rattraperait.

— Où étais-tu ? gronda Charlie.

— Je suis allée au cinéma avec Jessica, à Port Angeles, lui rappelai-je, surprise. On en a parlé ce matin.

— Mouais.

— Ça ne te dérange pas ?

Il fixa mon visage, et ses yeux s'écarquillèrent après y avoir repéré quelque chose d'inattendu.

— Non, finit-il par répondre. C'était bien ?

— Super. Nous avons vu des zombies qui mangeaient des gens. Génial.

Il plissa les paupières.

— Bonne nuit, papa.

Il me laissa passer. Je me précipitai à l'étage.

Quelques minutes plus tard, j'étais allongée sur mon lit, résignée à endurer la souffrance qui avait enfin daigné se ranimer.

La sensation qu'un grand trou avait été découpé dans

ma poitrine, tranchant mes organes vitaux et laissant des plaies béantes aux lèvres grossièrement tailladées qui continuaient à saigner douloureusement en dépit du temps, était paralysante. La raison me disait que mes poumons fonctionnaient toujours, je haletais néanmoins ; la tête me tournait, comme si mes efforts pour respirer ne servaient à rien. Mon cœur aussi devait battre, mais je ne percevais pas ses cognements dans mes oreilles. Mes mains glacées me donnaient l'impression d'être bleues. Je me mis en chien de fusil, serrant mes côtes pour ne pas me déliter. Je m'obligeai à retrouver mon hébétude, mon déni. Malheureusement, ils me fuyaient.

Pourtant, je découvrais que j'étais capable de survivre. J'étais alerte ; la peine née de la perte irradiait à partir de mon cœur, déclenchant des vagues épouvantables dans mon crâne et mes membres. Or, c'était supportable. Je m'en remettrais. Ce n'était plus la torture qui m'avait auparavant anéantie, plutôt quelque chose que j'étais maintenant suffisamment forte pour endurer.

Quoi qu'il se fût passé ce soir-là, que ce fût imputable aux zombies, à l'adrénaline ou aux hallucinations, ça m'avait réveillée. Pour la première fois depuis longtemps, je ne sus pas de quoi mon lendemain serait fait.

5

LA TRICHE

— Allez, sauve-toi, Bella, suggéra Mike.

Le visage de biais, il ne me regardait pas vraiment. Je me demandai combien de temps il m'avait ainsi observée sans que je m'en aperçusse. C'était un après-midi tranquille au magasin. À cet instant, il n'y avait que deux clients, des accros à la randonnée, d'après leur conversation. Mike avait consacré la dernière heure à leur exposer le pour et le contre de différentes marques de sacs à dos légers. Ils avaient cependant décidé de marquer une pause dans leurs marchandages et s'octroyaient une petite récréation, se racontant leurs dernières aventures, histoire de voir lequel surpassait l'autre. Mike en avait profité pour s'échapper.

— Ça ne m'ennuie pas de rester, répondis-je.

Je n'étais toujours pas parvenue à réintégrer ma carapace de torpeur, et tout me paraissait étrangement trop proche et trop bruyant ce jour-là, comme si j'avais ôté du coton de mes oreilles. J'essayais d'oublier les rires des randonneurs. En vain.

— Croyez-moi, pérorait le plus trapu (un type dont la barbe orange jurait avec les cheveux noirs), j'ai approché des grizzlis dans le parc naturel de Yellowstone, et ils n'arrivaient pas à la cheville de ce monstre.

Sa tignasse sale et l'état de ses vêtements indiquaient qu'il rentrait tout juste d'expédition.

— Mon œil ! Les ours bruns ne sont jamais aussi gros. Vos grizzlis devaient être des bébés.

Son interlocuteur était grand et mince, le visage si tanné par le soleil et le vent que sa peau ridée semblait de cuir.

— Sérieux, Bella, dès que ces deux-là s'en vont, je ferme la boutique, murmura Mike.

— Si tu insistes, cédai-je en haussant les épaules.

— À quatre pattes, il était plus grand que vous, s'entêta le barbu tandis que je rassemblais mes affaires. Gros comme une maison et noir comme la suie. J'ai la bonne intention d'alerter les gardes forestiers du coin. Il faut avertir les gens. Parce que, figurez-vous, ce n'était pas en montagne mais à quelques mètres du sentier.

L'autre s'esclaffa et leva les yeux au ciel.

— Laissez-moi deviner. Vous rentriez en ville, non ? Vous n'aviez pas fait de vrai repas ni dormi confortablement depuis une bonne semaine, hein ?

— Hé... Mike ! appela le costaud en regardant de notre côté.

— À lundi, marmonnai-je.

— Oui, monsieur ? lança Mike en se dirigeant vers eux.

— Dis-moi, mon gars, il y a eu des alertes à l'ours brun, ces derniers temps, par ici ?

— Non, monsieur, mais il est recommandé de garder ses distances et d'emballer soigneusement ses provisions. Vous avez vu nos toutes nouvelles boîtes hermétiques ? Elles ne pèsent qu'un kilo...

Les portes automatiques glissèrent, et je courus vers ma camionnette, courbée en deux sous la pluie dont les gouttes, extraordinairement sonores elles aussi, martelaient la capuche de mon imperméable. Bientôt cependant, le rugissement du moteur étouffa tous les autres bruits.

Je n'avais pas envie de regagner la maison vide. La nuit avait été d'une violence singulière, et je n'étais guère tentée de retourner sur mon lieu de torture. La souffrance avait beau avoir assez diminué pour que je m'endorme, la crise n'était pas terminée. Comme je l'avais confié à Jessica après le film, il n'y avait aucun risque que j'échappe aux cauchemars.

Ces derniers étaient récurrents, désormais. Enfin, *ce* dernier, car c'était toujours le même. On aurait pu s'attendre à ce que je m'en lasse, au bout de tant de mois, ou à ce que je m'immunise. Malheureusement, il ne manquait jamais de me terrifier et ne s'achevait que lorsque je me réveillais en criant. Charlie ne prenait plus la peine de vérifier qu'aucun intrus n'était en train de m'étrangler. Il s'était habitué.

Ce mauvais rêve n'aurait sûrement effrayé personne d'autre, d'ailleurs. Nulle créature ne bondissait dans mon dos en beuglant « Hou ! ». Aucun zombie, aucun fantôme, aucun psychopathe ne le hantait. Il ne s'y passait pas grand-chose, en vérité. Rien, même. C'était juste le labyrinthe infini des arbres moussus, si tranquille que le silence provoquait une pression gênante contre mes tympans. Il faisait sombre, comme au crépuscule d'un jour couvert, avec juste assez de lumière pour constater qu'il n'y avait rien à voir. J'avançais dans le noir sans suivre de chemin, cherchant, encore et encore, infatigablement, de plus en plus frénétique au fur et à mesure que les heures s'écoulaient, m'efforçant d'accélérer le pas alors que la vitesse me rendait maladroite... Puis survenait l'instant – je le sentais arriver mais ne réussissais pas à me tirer du sommeil avant qu'il surgisse – où j'oubliais ce que je traquais. Je comprenais alors qu'il n'y avait rien à chercher, rien à trouver. Qu'il n'y avait jamais rien eu d'autre que ces bois déserts et mornes, et qu'il n'y aurait jamais rien de plus pour moi... rien, sinon le rien.

En général, c'était là que je reprenais conscience en hurlant.

Je roulai donc au hasard des rues, me bornant à errer par des routes de traverse désertes et mouillées afin d'éviter de croiser celle qui me ramènerait chez moi – de toute façon, je n'avais nul endroit où aller.

J'aurais voulu me sentir de nouveau apathique, sauf que je ne me souvenais plus de la façon dont je m'y étais prise. Le cauchemar m'asticotait, m'incitait à tomber dans de douloureuses songeries. J'eus beau essayer d'oublier la forêt de mon rêve et secouer la tête dans tous les sens pour échapper aux images, mes yeux se remplirent de larmes, et le chagrin repartit de plus belle, tapi près de la plaie béante qui déchirait ma poitrine. Ôtant une main du volant, je la plaquai sur mon cœur pour éviter d'exploser.

« Ce sera comme si je n'avais jamais existé. » Les paroles résonnaient encore, dénuées de la clarté parfaite qui avait marqué mon hallucination de la veille. Elles n'étaient que des mots, muets comme ceux d'une page imprimée. Rien que des mots, mais ils creusaient la blessure, l'écartelaient. J'écrasai la pédale du frein, consciente qu'il était déraisonnable de conduire dans cet état, et m'affalai sur le volant, tâchant de respirer en dépit de mon impression d'être privée de poumons.

Combien de temps cela allait-il durer ? Peut-être qu'un jour, dans des années, pour peu que le mal accepte de s'atténuer suffisamment et devienne supportable, je serais capable de regarder en arrière et de penser à ces quelques petits mois qui resteraient à jamais les plus beaux de mon existence. Alors, j'en étais certaine, je *lui* rendrais grâce du peu qu'il m'avait accordé, plus que ce que j'avais demandé, plus que ce que je méritais. Un jour peut-être, oui, j'arriverais à envisager les choses ainsi. Mais si la déchirure ne cicatrisait pas ? Si ses lèvres à vif ne se refermaient pas ? Si les dommages étaient permanents, irréversibles ?

Je me serrai dans mes bras, en proie au désespoir. « Comme si je n'avais jamais existé. » Il m'apparut que j'avais prêté un serment impossible à respecter. Il pouvait bien voler mes photos et reprendre ses cadeaux, cela ne remettait pas les compteurs à zéro ni ne me ramenait à l'époque ayant précédé notre rencontre. Les preuves physiques constituaient la variable la plus insignifiante de l'équation. Moi, en revanche, j'avais changé. Ma personnalité s'était modifiée au point d'en être méconnaissable. Même mon aspect extérieur n'était plus le même : le teint jaunâtre – sauf là où le cauchemar me maquillait de cernes mauves –, les yeux sombres tranchant suffisamment sur ma peau blême. Si j'avais été belle, on m'aurait, de loin, prise pour un vampire. Hélas, je n'étais pas belle, et mon allure évoquait sans doute plus un zombie.

Comme s'il n'avait jamais existé ? Quelle ânerie ! C'était une promesse intenable, et qu'il avait trahie sitôt qu'il l'avait proférée. Je me frappai la tête contre le volant pour tenter d'étouffer mon chagrin.

J'avais été idiote en voulant être fidèle à la parole donnée. Quelle logique y avait-il à remplir sa part d'un accord, dès lors que celui d'en face l'avait d'ores et déjà violé ? Qui se souciait que je sois téméraire ou stupide ? Je n'avais aucune raison de fuir la témérité, aucune raison de m'interdire la stupidité. Le souffle court, je ris de moi-même. Téméraire à Forks... voilà qui risquait de se révéler difficile. Ce soudain accès d'ironie grinçante m'apporta la distraction et, avec elle, un répit à ma douleur. Je respirai mieux et réussis à me rasseoir au fond de mon siège. Bien qu'il fît froid ce jour-là, j'avais le front emperlé de sueur.

Histoire de ne pas retomber dans mes souvenirs atroces, je me concentrai sur les possibilités de hardiesse qu'offrait Forks. Jouer les imprudentes dans une telle bourgade allait exiger pas mal d'ingéniosité, plus que je n'en avais à disposition peut-être. J'avais très envie de trouver quelque chose, pourtant. J'irais mieux, je le savais, si je ne m'entêtais pas à respecter les termes du contrat, toute seule de mon côté, et si, à mon tour, je me parjurais. Toutefois, comment allais-je me débrouiller pour tricher, ici, dans cette petite ville inoffensive ? Certes, Forks n'avait pas été *toujours* aussi bénigne, même si désormais elle était exactement ce que son apparence laissait entendre – un endroit rasoir et tranquille. Les yeux fixés sur le pare-brise, je réfléchis longuement, sans beaucoup progresser néanmoins.

Mon esprit était léthargique et ne paraissait me mener nulle part. Coupant le moteur, qui gémissait de façon pitoyable après avoir tourné au ralenti aussi longtemps, je sortis dans la bruine.

La pluie glacée – un bel orage se préparait – ne tarda pas à dégouliner de mes cheveux sur mes joues, pareille à des larmes d'eau douce. Cela m'éclaircit les idées. Battant des cils pour chasser les gouttes, je mis un moment à identifier l'endroit où je m'étais arrêtée – Russell Avenue. Ma Chevrolet bloquait l'allée des Cheney, en face desquels vivaient les Marks. La raison me dictait de reprendre le volant et de rentrer à la maison. Je n'aurais pas dû errer ainsi, distraite, dans un état second, véritable danger ambulant ; de plus, quelqu'un allait finir par repérer mes divagations et par alerter Charlie.

Je soufflai un bon coup et m'apprêtai à bouger quand un panneau, dans la cour des Marks, attira mon attention. Ce n'était qu'un grand morceau de carton appuyé contre la boîte aux lettres sur lequel on avait gribouillé en capitales, au feutre noir.

Parfois, on n'échappe pas à son destin.

Était-ce une coïncidence ? Un coup du sort ? Aucune idée, mais il aurait été bête de croire à la fatalité, de penser que les motos délabrées qui rouillaient devant la maison des Marks – à côté de l'annonce manuscrite qui disait À VENDRE, EN L'ÉTAT – avaient un but métaphysique quelconque parce qu'elles se trouvaient juste à l'endroit où j'avais eu besoin qu'elles fussent. Bref, la destinée n'avait sans doute rien à voir là-dedans. C'était peut-être seulement qu'il existait des tas de moyens d'être téméraire, et que ce n'était que maintenant que celui-ci m'apparaissait.

Téméraire et stupide. Les termes préférés de mon père quand il s'agissait de qualifier les deux-roues.

Comparé à celui des flics des grandes villes, le travail de Charlie n'était pas très mouvementé. En revanche, il était souvent appelé pour des accidents de la circulation. Avec les kilomètres de quatre voies mouillés qui sinuaient dans la forêt en une succession de virages plus mortels les uns que les autres, les interventions de ce genre n'étaient pas rares. Malgré les multiples camions chargés de troncs d'arbres qui fonçaient sur ces routes, la plupart des automobilistes s'en sortaient bien cependant. Les seules exceptions à la règle étaient les motards, et Charlie n'avait que trop vu de victimes, presque toujours des jeunes, répandues sur la chaussée. Avant mes dix ans, il m'avait fait jurer de ne jamais accepter une balade sur un de ces engins. En dépit de mon jeune âge, je n'avais pas eu besoin d'y réfléchir à deux fois pour accepter. Qui pouvait d'ailleurs être assez dingue pour avoir envie de se promener en moto dans ces parages humides ? Cela revenait sûrement à prendre un bain à cent kilomètres-heure.

J'en avais fait, des promesses, dans ma vie...

Soudain, le déclic se produisit. J'avais envie d'être stupide et téméraire, je voulais trahir mes serments. Pourquoi s'arrêter à celui-là ? Il ne m'en fallut pas plus pour me décider. Je m'approchai de la maison des Marks et sonnai. L'un des gars de la famille, le plus jeune, qui était en Seconde, ouvrit la porte. Son prénom m'échappa. Le sommet de sa tête blonde m'arrivait à peine aux épaules. Lui n'eut aucune difficulté à se souvenir de mon nom.

— Bella Swan ? s'étonna-t-il.

— Combien, pour la moto ? haletai-je en désignant du pouce les épaves, derrière moi.

— Tu rigoles ?

— Non.

— Elles ne fonctionnent pas.

C'était quelque chose que j'avais deviné rien qu'en lisant le panneau.

— Combien ? répétai-je, agacée.

— Si tu en veux vraiment une, sers-toi. Ma mère a obligé mon père à les flanquer là pour que les éboueurs les ramassent avec le reste des poubelles.

Jetant un nouveau coup d'œil aux machines, je constatai qu'elles étaient empilées sur un tas de mauvaises herbes et de branches mortes.

— Tu es sûr ?

— Absolument. Tu préfères demander à ma mère ?

— Non, je te crois.

— Tu as besoin d'aide ? Elles ne sont pas légères.

— D'accord, merci. Mais je n'en ai besoin que d'une.

— Autant que tu prennes les deux. Comme ça, tu pourras utiliser les pièces de l'autre.

Me suivant sous l'averse, il me donna un coup de main pour charger les motos à l'arrière de la camionnette. Il paraissait tellement pressé de s'en débarrasser que je ne discutai pas.

— Qu'est-ce que tu comptes en faire ? s'enquit-il. Elles ne roulent plus depuis des années.

Je haussai les épaules. J'avais agi sur un coup de tête, mon plan n'était pas des plus aboutis.

— Je les porterai peut-être à Dowling.

— Ça risque de te coûter plus que ce qu'elles valent, ricana-t-il.

Il avait raison. John Dowling était connu pour être

cher. Sauf urgence, les gens préféraient éviter son garage et aller à Port Angeles, pour peu que leur voiture fût en état d'accomplir le trajet. Personnellement, j'avais eu de la chance. Quand Charlie m'avait offert mon antique Chevrolet, j'avais craint de ne pas être en mesure d'assumer son entretien. Sauf que je n'avais jamais eu de problème. Sinon que le moteur rugissait comme celui d'un char d'assaut, et qu'elle ne dépassait pas les quatre-vingt-dix kilomètres-heure. Jacob Black l'avait drôlement bien bichonnée, du temps qu'elle avait appartenu à son père, Billy...

Une fois encore, l'inspiration me frappa comme l'éclair – comparaison qui s'imposait, vu la tournure prise par la météo.

— Tu sais quoi ? dis-je. Ça va aller. Je connais quelqu'un qui retape des voitures.

— Génial, s'extasia-t-il.

Il attendit, sans cesser d'agiter la main et de sourire, que je me fusse éloignée pour rentrer. Sympa, ce môme. À présent, je savais où j'allais. Aussi, je ne perdis pas de temps, désireuse d'être à la maison avant que Charlie revienne, même s'il y avait peu de chances qu'il terminât tôt sa journée. Une fois chez nous, je me ruai sur le téléphone, mes clés encore à la main.

— Le chef Swan, s'il vous plaît, demandai-je à l'adjoint qui décrocha, c'est Bella.

— Oh, salut, Bella ! me salua-t-il, aimable. Ne quitte pas, je vais le chercher.

Je patientai.

— Que t'est-il arrivé, Bella ? rugit mon père dès qu'il fut en ligne.

— Je ne peux donc pas t'appeler sans qu'il y ait une urgence ?

Il laissa s'écouler une minute avant de répondre :

— Ça serait bien la première fois. Alors, il y a une urgence ?

— Non. Je voulais juste que tu m'indiques le chemin pour aller chez les Black, je ne suis pas sûre de m'en souvenir. J'ai envie de rendre visite à Jacob, ça fait des mois qu'on ne s'est pas vus.

— Excellente idée ! s'exclama Charlie d'une voix beaucoup plus joyeuse soudain. Tu as un stylo ?

Le trajet se révéla d'une simplicité enfantine. J'annonçai que je serais de retour pour dîner, malgré ses encouragements à ne pas me presser. Je devinai qu'il souhaitait me rejoindre à La Push, ce dont il n'était pas question. C'est donc avec un temps limité que je partis pour la réserve, roulant trop vite dans les rues assombries par la tempête. Je priais pour que Jacob fût seul. S'il apprenait ce que je manigançais, Billy moucharderait à coup sûr. Je m'inquiétais un peu de sa réaction quand il me verrait, aussi. Il risquait d'être *trop* heureux. Pour lui, aucun doute, la situation s'était arrangée bien mieux qu'il n'aurait osé l'espérer. Son plaisir et son soulagement ne serviraient qu'à me rappeler celui que je ne supportais pas de me remémorer. Pitié, pas aujourd'hui. J'étais claquée.

La maison en rondins des Black m'était vaguement familière. Petite, percée de fenêtres étroites, couverte d'une peinture rouge fanée qui lui donnait des airs de grange miniature. Jacob me repéra avant même que je sois sortie de la camionnette. Le rugissement de mon moteur, qu'il connaissait si bien, l'avait sûrement averti de mon arrivée. Jacob avait été très content que Charlie achète la Chevrolet à son père pour me l'offrir, car ça lui épargnait de devoir la conduire quand il en aurait l'âge. Si j'aimais beaucoup ma voiture, lui semblait considérer sa lenteur comme un inconvénient majeur. Il vint à ma rencontre.

— Bella ! s'écria-t-il.

Un sourire épanoui fendit ses lèvres, ses dents blanches formant un contraste saisissant avec sa peau cuivrée. C'était la première fois que je le voyais avec les cheveux dénoués, et ils tombaient comme un rideau de satin noir autour de son large visage. Ces huit derniers mois, il avait grandi, dépassant le stade où les muscles de la prime jeunesse durcissent, créant ces silhouettes charpentées et dégingandées propres aux adolescents. Les tendons et les veines de ses bras et de ses mains saillaient à présent. Ses traits, aussi charmants qu'autrefois, s'étaient également durcis – pommettes plus proéminentes, mâchoire plus carrée –, effaçant les rondeurs de l'enfance.

— Salut, Jacob !

Son amabilité était contagieuse, et je me rendis compte que j'étais heureuse de le voir, ce qui m'étonna. J'avais oublié à quel point je l'appréciais. Il s'était planté à quelques centimètres de moi, et je fus obligée de lever la tête pour l'examiner – autre source de stupéfaction.

— Tu as encore poussé ! l'accusai-je, ahurie, tandis que la pluie dégouttait sur mes joues.

Il rit, sa bouche s'étirant de façon presque impossible.

— Un mètre quatre-vingt-quinze, annonça-t-il, éminemment satisfait.

Sa voix était plus grave que celle, feutrée, dont j'avais gardé le souvenir.

— Et tu comptes t'arrêter où ? demandai-je en secouant le menton. Tu es un géant.

— Plutôt une asperge, grimaça-t-il. Entre, tu es en train de te faire tremper.

Il repartit vers la maison. Tout en marchant, il rassembla ses cheveux entre ses immenses battoirs, tira un élastique de sa poche et se façonna une queue-de-cheval.

— Papa ? appela-t-il en se baissant pour franchir le seuil. Devine un peu qui est là !

Installé dans son fauteuil roulant, Billy lisait dans le minuscule salon carré. En m'apercevant, il posa son livre sur ses genoux et vint à moi.

— Eh bien, tu parles d'une surprise ! s'exclama-t-il. Content de te revoir, Bella.

Nous échangeâmes une poignée de main, la mienne se perdant dans son énorme paume.

— Qu'est-ce qui t'amène ici ? Charlie va bien ?

— Très bien. Depuis tout ce temps, j'avais juste envie de renouer avec Jacob.

Les yeux de celui-ci s'éclairèrent aussitôt. Son sourire était si large qu'il donnait l'impression de blesser ses joues.

— Tu restes dîner ? s'enquit Billy, ravi lui aussi.

— Non, il faut que je rentre nourrir Charlie.

— Je peux l'appeler. Tu sais qu'il est toujours invité chez nous.

Je m'esclaffai, histoire de cacher mon embarras.

— Ce n'est pas comme si je comptais ne jamais revenir, protestai-je. Je jure de multiplier mes visites au point que vous en aurez assez de moi.

Après tout, si Jacob parvenait à réparer la moto, il faudrait bien que quelqu'un m'apprenne à la conduire.

— Très bien, recula Billy, amusé. Une prochaine fois, alors.

— Alors, Bella, intervint Jacob, tu as envie de faire quelque chose de particulier ?

— Non, rien de spécial. À quoi t'occupais-tu avant que je t'interrompe ?

J'étais étrangement à l'aise, ici. L'endroit était familier, de façon assez lointaine néanmoins. Il ne recelait aucune trace douloureuse d'un passé récent. Jacob hésita.

— J'allais juste commencer à bricoler ma voiture, mais on peut...

— Non, c'est parfait ! J'adorerais que tu me la montres.

— Bon, acquiesça-t-il, dubitatif. Elle est derrière, dans le garage.

Voilà qui était encore mieux, songeai-je.

— À un de ces jours ! dis-je à Billy en sortant.

Un épais bosquet d'arbres et de buissons séparait la maison du garage, lequel consistait en deux abris de jardin préfabriqués qu'on avait vissés l'un à l'autre après avoir abattu les cloisons intérieures. Dedans, une auto reposait sur des parpaings. À moi, elle parut complète. En tout cas, j'identifiai l'écusson ornant la calandre.

— Qu'est-ce que c'est, comme Volkswagen ?

— Une vieille Golf de 1986. Un classique.

— Ça avance ?

— J'ai presque fini, s'enthousiasma-t-il. Mon père a respecté sa parole du printemps dernier, ajouta-t-il en baissant d'un ton.

— Ah.

Il sembla saisir mes réticences à aborder le sujet, cependant que je m'efforçais de ne pas me laisser happer par le souvenir du bal de fin d'année qui s'était déroulé en mai. Jacob avait été corrompu par son père

– en échange d'argent et de pièces détachées pour sa voiture, il avait joué les messagers auprès de moi. Billy m'avait priée de rester à bonne distance de la personne qui comptait le plus dans ma vie. Son inquiétude n'avait plus lieu d'être. Je ne risquais absolument plus rien, désormais.

Situation à laquelle j'avais la ferme intention de remédier, toutefois.

— Tu t'y connais en motos, Jacob ?

— Couci-couça. Mon pote Embry a un trial. Il nous arrive de bricoler ensemble dessus. Pourquoi ?

— Eh bien...

Je me mordis les lèvres, songeuse. Je n'avais aucune garantie qu'il ne bavarderait pas à tort et à travers. En même temps, je n'avais guère le choix.

— J'ai mis la main sur deux machines qui ne sont pas au meilleur de leur forme. Je me demandais si tu saurais les réparer.

— Cool, rigola-t-il, apparemment enchanté par le défi. Je peux toujours essayer.

— Juste un truc ! le prévins-je, l'index levé. Charlie est contre ces engins. S'il l'apprenait, il mourrait sans doute d'un infarctus. Donc, pas un mot à Billy.

— T'inquiète, je comprends.

— Je te paierai.

— Tu débloques ? s'offusqua-t-il. Ça me plaît, de t'aider. Hors de question que tu débourses un seul dollar.

— Dans ce cas... je te propose un marché. (J'inventai au fur et à mesure, mais ça me paraissait raisonnable.) Je n'ai besoin que d'une moto, ainsi que de leçons. Donc, je t'offre la deuxième, et toi, tu m'apprends à piloter l'autre.

— Gé-nial ! s'exclama-t-il en détachant les syllabes.

— Une minute ! Tu as l'âge ? C'est quand ton anniversaire ?

— Tu l'as raté, railla-t-il. J'ai enfin eu seize ans[1].

— Non que ça t'ait jamais empêché de conduire avant. Désolée d'avoir manqué l'événement.

— Pas de souci. Je ne fête pas le tien non plus. Tu en es à combien, quarante ?

— Pas loin, maugréai-je.

— On n'aura qu'à organiser une fête commune pour nous rattraper.

— Voilà qui ressemble à un rendez-vous.

Le mot déclencha des étincelles dans ses prunelles. Il fallait que je calme ses ardeurs avant qu'il se fasse des idées. J'avais commis une erreur, seulement parce que je ne m'étais pas sentie aussi légère et pleine d'entrain depuis longtemps. La rareté de telles émotions en rendait le contrôle plus difficile.

— On verra quand les motos seront réparées, éludai-je. Un cadeau mutuel, en quelque sorte.

— D'accord. Quand comptes-tu me les apporter ?

— Elles sont dans la camionnette, avouai-je, gênée.

Il ne sembla pas se vexer.

— Super.

— Billy ne risque-t-il pas de les apercevoir ?

— On va se débrouiller, répondit-il avec un clin d'œil complice.

Nous fîmes le tour par l'est, utilisant l'abri des buissons quand nous étions visibles de la maison et affectant de nous promener. Jacob déchargea rapidement les machines et les roula l'une après l'autre jusqu'au bos-

---

1. Âge légal du permis de conduire aux États-Unis.

quet où je me cachais. Ça avait l'air facile, alors que je les avais trouvées extrêmement lourdes.

— Elles ne sont pas en si mauvais état que ça, commenta-t-il quand nous les poussâmes sous le couvert des arbres. Celle-là vaudra même quelque chose quand j'en aurai terminé avec elle. C'est une vieille Harley Sprint.

— Alors, ce sera la tienne.

— Tu es sûre ?

— Sûre et certaine.

— Par contre, on va devoir investir un peu, ajouta-t-il en examinant des bouts de métal noircis. Certaines pièces ont besoin d'être changées.

— *On* rien du tout, objectai-je. Si tu bosses gratis, c'est moi qui paie le matériel.

— Je ne sais pas...

— J'ai des économies. Pour la fac.

La fac, mon œil ! De toute façon, je n'avais pas mis assez d'argent de côté pour aller où que ce soit. Et puis, je ne tenais pas du tout à quitter Forks. Quelle importance, si je tapais un peu dans ma cagnotte ? Jacob hocha la tête. L'université et lui...

Tandis que nous retournions en douce au garage, je m'avisai que j'avais de la chance. Seul un adolescent était susceptible d'accepter de tromper nos parents respectifs en piochant dans l'argent destiné à mes études pour remettre en état des engins dangereux. Jacob ne trouvait rien à redire à mon plan ; il était un cadeau du ciel.

6

AMITIÉ

Le garage était une cachette idéale. Le fauteuil roulant de Billy n'aurait pu franchir la bande de terrain inégale qui le séparait de la maison.

Jacob entreprit immédiatement de démantibuler la moto rouge, celle qui m'était réservée, après m'avoir ouvert la Golf pour que je m'y installe plutôt que par terre. Tout en s'activant, il bavardait allégrement, n'exigeant de moi qu'un minimum d'encouragements pour entretenir la conversation. Il m'informa des progrès de son année de Seconde, jacassant à qui mieux mieux sur ses cours et ses deux meilleurs copains.

— Quil et Embry ? l'interrompis-je à un moment. Drôles de noms.

— Celui de Quil, ils se le transmettent de génération en génération, rigola Jacob. Quant à Embry, je crois que ça vient d'une vedette de feuilleton télé, mais je n'en suis pas sûr. En tout cas, vaut mieux ne pas aborder ce sujet devant eux, sinon ils te filent une trempe, et ils s'y mettent à deux !

— Charmants amis.

— Si, si, je t'assure, ils sont chouettes. Seulement, il ne faut pas se moquer de leurs noms.

Juste à cet instant, un appel retentit au loin.

— Jacob ?

— Billy ? m'inquiétai-je immédiatement.

— Non, répondit Jacob en baissant la tête et, malgré la matité de sa peau, j'eus l'impression qu'il rougissait. Quand on parle du loup, ajouta-t-il en marmonnant.

— Jake ? Tu es là ?

Les cris s'étaient rapprochés.

— Ouais ! brailla Jacob en retour avant de soupirer.

Une minute de silence passa, puis deux garçons à la peau sombre apparurent au détour d'un arbre, avançant nonchalamment. Le premier était mince et presque aussi grand que Jacob. Ses cheveux noirs séparés par une raie médiane lui arrivaient au menton, le pan gauche coincé derrière son oreille tandis que l'autre retombait librement sur le côté. Le plus petit était trapu. Son T-shirt blanc était tendu sur son torse musculeux, ce dont il semblait avoir fièrement conscience. Ses cheveux étaient coupés court, presque à ras. Tous deux s'arrêtèrent net en me découvrant. Les yeux du plus fin firent la navette entre Jacob et moi, tandis que ceux du costaud me détaillaient, et qu'un sourire étirait lentement ses lèvres.

— Salut, les gars ! lança Jacob sans beaucoup d'entrain.

— Salut, Jake, répondit le bien bâti sans cesser de me dévisager.

Son sourire était si espiègle que je ne pus retenir le mien. Aussitôt, il m'adressa un clin d'œil.

— Salut, toi !

— Quil, Embry, je vous présente mon amie, Bella.

Les deux garçons – j'ignorais encore qui était qui – échangèrent un regard complice.

— La fille de Charlie, c'est ça ? me demanda le petit en me tendant la main.

— Exact, confirmai-je.

Sa poigne était ferme, et la lui serrer ressemblait à un exercice de musculation.

— Je suis Quil Ateara, annonça-t-il avec pompe.

— Ravie de te rencontrer, Quil.

— Salut, Bella. Moi, c'est Embry, Embry Call. Mais tu avais sans doute deviné.

Embry sourit timidement et agita la main avant de la fourrer dans sa poche. J'acquiesçai.

— Enchantée.

— Qu'est-ce que vous fabriquez ? lança Quil qui me fixait toujours.

— Bella et moi allons réparer ces bécanes, expliqua Jacob.

Hum. Lui, surtout. En tout cas, le mot « bécanes » devait être magique, car les deux nouveaux venus se penchèrent sur les tas de ferraille tout en bombardant leur ami de questions. Je ne comprenais pas la moitié des mots qu'ils employaient. Il fallait sans doute avoir un chromosome Y pour apprécier l'intérêt de tout ça. Ils étaient encore plongés dans leur conversation lorsque je décidai de partir. Il était temps que je retourne à la maison si je voulais y être avant Charlie. En soupirant, je me glissai hors de la Golf.

— On t'ennuie, hein ? s'excusa Jacob.

— Non. (Ce n'était pas un mensonge. Bizarrement, je m'amusais bien.) Il faut seulement que j'aille préparer le dîner de Charlie.

— Oh... Bon, je vais terminer de démonter les motos ce soir et je réfléchirais à ce dont nous avons besoin pour les rafistoler. Quand veux-tu revenir pour travailler dessus ?

— Demain, ça irait ?

Les dimanches étaient mon enfer sur Terre. Je n'avais jamais assez de devoirs pour me tenir occupée. Quil poussa du coude Embry, et ces deux idiots ricanèrent.

— Ce serait super ! s'exclama Jacob, aux anges.

— Dresse une liste, et on ira acheter les pièces détachées.

— Je ne veux pas que tu paies pour toutes, se renfrogna-t-il.

— T'occupe ! C'est ma tournée. Toi, tu te bornes à apporter ton expertise et ton boulot.

Embry leva les yeux au ciel.

— N'empêche, protesta Jacob.

— Écoute, si je portais ces engins chez un mécano, combien cela me coûterait-il, Jake ?

— O.K., céda-t-il. C'est toi le chef.

— Et n'oublie pas non plus les leçons de conduite, ajoutai-je.

Un sourire jusqu'aux oreilles, Quil chuchota à Embry quelque chose que je n'entendis pas. Jacob lui assena une claque sur la nuque.

— Ça suffit, grogna-t-il. Fichez-moi le camp.

— Non, non, me récriai-je en me dirigeant vers la porte, c'est moi qui m'en vais. À demain, Jacob.

Sitôt hors de vue, les deux copains de Jacob se lâchèrent.

— Wouah ! s'écrièrent-ils comme un seul homme.

Suivirent des bruits de taloches ponctués de « Ouille ! » et de « Hé ! ».

— Si jamais l'un de vous ose mettre un doigt de pied dans les parages demain...

Le reste des menaces de Jacob se perdit à mesure que je m'éloignais. J'étouffai un rire, ce qui m'interloqua. Je riais. Je riais pour de bon, et personne n'était là pour en témoigner. J'étais tellement bien que je ris derechef, histoire de faire durer le plaisir.

J'arrivai avant Charlie. Quand il rentra, j'étais en train de retirer le poulet frit de la poêle pour le déposer sur du papier absorbant.

— Bonsoir, chérie, me salua-t-il d'une voix incertaine. Tu t'es bien amusée avec Jacob ?

— Oui, répondis-je en portant la nourriture sur la table.

— Tant mieux, commenta-t-il, toujours aussi prudent. À quoi avez-vous passé le temps ?

Ce fut mon tour de marcher sur des œufs.

— On a traîné dans son garage, et je l'ai regardé bricoler. Tu savais qu'il restaurait une Volkswagen ?

— Il me semble que Billy m'en a parlé, en effet.

L'interrogatoire s'interrompit quand Charlie commença à manger, ce qui ne l'empêcha pas de continuer à m'observer attentivement. Après dîner, je traînassai dans la cuisine, que je nettoyais deux fois, puis m'attaquai à mes devoirs tandis que Charlie regardait un match de hockey. J'attendis le plus longtemps possible, mais il finit par me signaler qu'il était tard. Comme je ne relevai pas, il se mit debout, s'étira puis quitta le salon en éteignant derrière lui. Je lui emboîtai le pas de mauvaise grâce.

En grimpant les marches, je sentis les dernières parcelles du bien-être anormal de l'après-midi me quitter pour laisser place à la peur sourde qu'engendrait la perspective de ce que j'allais devoir affronter à présent. Je n'étais plus amorphe. Cette nuit, je n'en doutais pas, risquait d'être aussi pénible que la précédente. Je me roulai en boule sur mon lit, prête à subir l'attaque. Je fermai fort les paupières et... me réveillai comme une fleur, le lendemain matin.

Ahurie, je contemplai la lumière argent pâle qui filtrait par la fenêtre. Pour la première fois depuis plus de quatre mois, je n'avais pas rêvé. Ni hurlé. J'ignorais quelle émotion, du soulagement ou de la stupéfaction, était la plus puissante. Je restai couchée pendant quelques minutes, attendant que ça revienne car, naturellement, quelque chose devait survenir – à défaut de douleur, du moins l'hébétude. Je patientai, en vain. J'étais reposée, et dans une forme éblouissante, même si je m'attendais à ce que ça ne dure pas. J'étais en équilibre instable sur une arête, et il n'en faudrait pas beaucoup pour que je bascule. Rien qu'examiner ma chambre avec cette conscience toute neuve – pour en déduire combien elle paraissait étrange, trop bien rangée, à croire que je n'y vivais pas – était dangereux.

Je décidai de penser à des choses plus gaies et, tout en me vêtant, me focalisai sur ma prochaine et deuxième rencontre avec Jacob, perspective qui me rendit presque... optimiste. Avec un peu de chance, ça se passerait comme la veille : je n'aurais pas besoin de prendre garde à feindre l'intérêt ou à opiner ou à sourire aux moments appropriés, contrairement à la comédie que j'étais contrainte de jouer avec tous les autres. Quoique... non, ça non plus, ça ne durerait sûrement pas. Il était impossible que cette journée fût aussi aisée que celle du samedi. Mieux valait rester réaliste, ça m'éviterait d'être déçue.

Au petit déjeuner, Charlie se montra lui aussi circonspect. Il tenta de cacher sa curiosité, ne levant les yeux de son œuf que lorsqu'il croyait que je ne le voyais pas.

— Quels projets, aujourd'hui ? s'enquit-il en inspectant un fil sur sa manche, comme si ma réponse lui était indifférente.

— J'ai rendez-vous avec Jacob.

— Ah bon, acquiesça-t-il, mine de rien.

— Ça t'embête ? prétendis-je m'inquiéter. Je pourrais rester si tu...

— Non, non ! protesta-t-il, en me regardant bien en face cette fois, une lueur alarmée dans les yeux. Vas-y. De toute façon, Harry a prévu de venir voir le match ici.

— Et s'il prenait Billy au passage ? suggérai-je en songeant que moins l'on serait de fous, plus l'on rirait.

— Bonne idée !

À la réflexion, le match n'était peut-être, pour Charlie, qu'un bon prétexte pour me flanquer dehors même s'il semblait impatient de partager cet instant avec ses potes. Il partit téléphoner pendant que j'enfilai mon imperméable. Le chéquier enfoncé dans ma poche me troubla. Je ne m'en étais encore jamais servi.

Il pleuvait à seaux, et je fus obligée de conduire plus lentement que je l'eus souhaité tant la visibilité était mauvaise. Je finis cependant par m'engouffrer dans l'allée boueuse des Black. Avant même que j'aie coupé le contact, Jacob sortit de la maison en courant, porteur d'un immense parapluie noir qu'il maintint au-dessus de la portière que j'ouvrais.

— Charlie a appelé, il nous a dit que tu étais en route, se justifia-t-il en souriant.

Sans avoir à me forcer, sans donner d'ordre à mes lèvres, je lui retournai son sourire, et une étrange chaleur bouillonna dans ma gorge, en dépit des gouttes gelées qui éclaboussaient mes joues.

— Bonjour, Jacob.

— Félicitations pour avoir pensé à nous débarrasser de Billy.

Je dus me mettre sur la pointe des pieds pour claquer ma paume contre la sienne, ce qui déclencha son hilarité. Cinq minutes plus tard, Harry déboula pour emmener Billy. Jacob me fit rapidement visiter sa petite chambre pendant que nous attendions que les adultes disparaissent.

— Alors, où va-t-on, Superbricolo ? demandai-je, sitôt la porte refermée sur Billy.

Il tira de sa poche un bout de papier et le déplia.

— Pour commencer, la casse, annonça-t-il. Si ça se trouve, on aura de la veine. Parce que tout ça risque de coûter assez cher, tu sais. Ces bécanes vont nécessiter un sacré lifting avant de pouvoir rouler. Plus de cent dollars, peut-être, précisa-t-il comme je ne réagissais pas.

— T'inquiète, on est couverts, répliquai-je en sortant mon chéquier et en m'éventant avec.

Ce fut une drôle de journée. Je m'amusai bien, y compris chez le ferrailleur, sous la pluie battante et de la boue jusqu'aux chevilles. D'abord, je mis ça sur le compte du contrecoup consécutif à la perte de mon apathie, puis cette explication me parut un peu maigre. C'était plutôt, et pour l'essentiel, la présence de Jacob. Pas seulement parce qu'il était presque toujours content d'être avec moi, ni parce qu'il ne me reluquait pas du coin de l'œil, guettant un geste susceptible de prouver que j'étais folle ou dépressive. Cela n'avait aucun rapport avec moi ; ça ne tenait qu'à lui seul. Il était d'une nature heureuse et transportait cette joie de vivre partout avec lui, telle une aura, en contaminant quiconque se trouvait dans les parages. Tel un soleil, il réchauffait ceux qui avaient l'heur de se trouver dans le champ de son rayonnement. De façon totalement naturelle, qui plus est. Pas étonnant donc que je m'accroche à lui comme une moule à son rocher.

Même sa remarque sur le trou qui défigurait mon tableau de bord ne déclencha pas la panique attendue.

— Ton auto-radio ne fonctionne plus ? demanda-t-il.

— Non, mentis-je.

— Qui l'a enlevé ? marmonna-t-il en trifouillant dans le boîtier. Un vrai travail de sagouin.

— Moi, avouai-je.

— Alors, il vaudrait sans doute mieux que tu ne touches pas aux motos, rigola-t-il.

— Aucun souci.

D'après lui, nous eûmes de la chance, à la casse. Il s'enthousiasma pour plusieurs morceaux de métal tordus et noirs de graisse ; pour ma part, qu'il sût les identifier suffisait à m'impressionner. De là, nous partîmes pour le magasin de pièces détachées, à Hoquiam. Avec ma camionnette, c'était un trajet de plus de deux heures, sur une quatre voies balayée par le vent, mais le temps passait vite en présence de Jacob. Une fois encore, il évoqua ses amis et son lycée, et je me surpris à l'interroger avec une curiosité non feinte.

— Je suis le seul à bavasser, se plaignit-il après m'avoir raconté une longue histoire sur les ennuis dans lesquels s'était fourré Quil, lorsqu'il avait invité une fille qui sortait depuis longtemps avec un type de Terminale. À ton tour. Parle-moi un peu de Forks. Ça doit quand même être plus marrant que La Push.

— Faux, soupirai-je. Je n'ai rien à en dire. Tes copains sont mille fois plus intéressants que les miens. Je les apprécie. Quil est marrant.

— J'ai l'impression que tu lui plais aussi, se renfrogna-t-il.

— Il est un peu jeune pour moi, pouffai-je.

— Pas autant que tu crois, riposta Jacob en s'assombrissant encore. À peine un an et quelques mois.

J'eus le sentiment qu'il ne faisait plus allusion à Quil, là. Aussi pris-je soin de répondre sur un ton moqueur et léger.

— Certes, mais vu la différence de maturité entre filles et garçons, j'estime qu'il serait plus sage de compter les années comme pour les chiens. Ce qui me vieillit de... combien ? Douze ans ?

Il rit, leva les yeux au ciel.

— Un point pour toi. Sauf que, si tu le prends comme ça, tu dois aussi relativiser en terme de taille. Tu es tellement petite que je suis obligé de retrancher dix ans du total.

— Un mètre soixante-trois est une moyenne parfaitement respectable, grognai-je. Ce n'est pas ma faute si tu es un monstre.

Nous badinâmes ainsi jusqu'à Hoquiam, bataillant à

propos de la façon correcte de calculer l'âge de quelqu'un. Je perdis encore deux années parce que j'ignorais comment changer une roue, mais en regagnai une pour être responsable des comptes du foyer. Une fois au magasin, Jacob retrouva son sérieux. Nous dénichâmes tout ce qu'il avait listé, et il décréta que notre butin allait lui permettre d'avancer rapidement.

Le temps de rentrer à La Push, j'avais vingt-trois ans et lui trente – décidément, il était doué pour faire pencher la balance en sa faveur.

Je n'avais pas oublié les raisons qui me poussaient à agir ainsi. J'avais beau m'amuser plus que je m'y étais attendue, cela n'amoindrissait en rien mes motivations premières. Je persistais à vouloir tricher. Que cela n'ait guère de sens m'indifférait complètement. J'avais bien l'intention de me montrer aussi téméraire que Forks me permettrait de l'être. Je ne serais plus la seule à respecter un accord vidé de sa substance. La compagnie de Jacob était juste un avantage que je n'avais pas soupçonné, la cerise sur le gâteau.

Billy n'étant pas encore rentré, nous n'eûmes pas besoin de décharger en catimini nos prises de guerre. Sitôt les différentes pièces étalées sur le sol plastifié près de sa boîte à outils, Jacob se mit au travail, sans cesser de discuter avec bonne humeur, cependant que ses doigts agiles s'affairaient. L'habileté de ses mains était stupéfiante. Elles paraissaient trop grosses pour les tâches délicates qu'elles accomplissaient pourtant avec facilité et précision. Lorsqu'il bricolait, il devenait presque gracieux, alors que debout, handicapé par sa taille et ses grands pieds, il était quasiment aussi dangereux que moi.

Quil et Embry ne se montrant pas, j'en conclus que ses menaces avaient été efficaces.

La journée passa trop vite à mon goût, et l'obscurité qui avait envahi l'extérieur du garage me prit au dépourvu. Puis nous entendîmes Billy qui nous appelait. Je sautai sur mes pieds pour aider Jacob à ranger, hésitant sur ce que j'avais ou non le droit de toucher.

— Laisse tomber, me dit-il, je compte revenir y travailler ce soir.

— Pas question que tu négliges tes devoirs, le morigénai-je, vaguement coupable.

Je ne tenais pas à ce qu'il s'attire des ennuis. Ça, je me le réservais.

— Bella ?

Nous tressaillîmes tous les deux en reconnaissant la voix de Charlie, du côté du bosquet.

— Flûte ! marmonnai-je. J'arrive ! criai-je vers la porte.

— Allons-y, décréta Jacob, enchanté par la clandestinité de notre conduite.

Il éteignit la lumière et, durant quelques secondes, je fus aveugle. Attrapant ma main, il me guida dehors, ses pas trouvant sans peine le sentier familier. Sa paume était calleuse et très chaude. Malgré le chemin, nous trébuchâmes plus d'une fois, et c'est hilares que nous parvînmes à la maison. Nos rires restaient superficiels, mais ils étaient bons quand même, et je suis sûre qu'il ne remarqua pas la légère touche hystérique qui teintait le mien. Je n'étais pas habituée à rire, et cela me semblait à la fois bien et mal.

Charlie attendait sous le porche arrière. Le fauteuil de Billy s'encadrait sur le seuil, derrière lui.

— Salut, papa ! lançâmes-nous en chœur, ce qui déclencha un nouvel accès de gaieté.

Charlie me contempla avec des yeux ronds qui ne manquèrent pas de remarquer la main de Jacob dans la mienne.

— Billy nous a invités à dîner, annonça-t-il distraitement.

— Vous aurez droit à ma recette ultrasecrète des spaghettis, renchérit Billy d'un ton grave. Dans la famille depuis des générations.

— Et la marque de la sauce que nous achetons remonte à Mathusalem, se moqua son fils.

La maison était bondée. Harry Clearwater était là avec sa famille, sa femme Sue que je connaissais un peu depuis l'époque de mes étés d'enfance à Forks, et ses deux enfants. Leah était en Terminale, comme moi, mais avait un an de plus. Elle était belle – d'une beauté exotique : magnifique peau cuivrée, luisante chevelure aile de corbeau, cils aussi longs que des plumeaux – et préoccupée. Lorsque nous entrâmes, elle était pendue au téléphone et ne le lâcha pas de la soirée. Seth avait quatorze ans ; il buvait les moindres paroles de Jacob, une expression idolâtre sur le visage.

Comme nous étions trop nombreux pour nous asseoir autour de la table de la cuisine, Charlie et Harry installèrent des chaises au jardin. Nous mangeâmes avec nos assiettes sur les genoux, dans la lueur qui filtrait par la porte restée ouverte. Les hommes commentèrent le match, et Harry et Charlie se lancèrent dans des projets de pêche. Sue asticota son époux sur son taux de cholestérol et tenta, sans résultat, de l'inciter à manger plus de légumes. Pour l'essentiel, Jacob ne s'adressa qu'à moi-même et à Seth, lequel intervenait bruyamment dès que son dieu menaçait d'oublier sa présence. Charlie m'observait en douce, l'air timidement ravi. L'atmosphère était sonore et, parfois, confuse, chacun coupant la parole à son voisin, les rires provoqués par une plaisanterie interrompant le récit d'une nouvelle blague. Je n'eus pas besoin d'ouvrir trop souvent la bouche, mais je souris beaucoup, sans me forcer d'ailleurs. Je n'avais pas envie de partir.

Nous étions cependant dans l'État de Washington, et la pluie, inévitable, finit par disperser cette fête improvisée. Le salon de Billy était bien trop étroit pour permettre à la réunion de s'attarder. Harry ayant amené Charlie à La Push, lui et moi rentrâmes ensemble dans la Chevrolet. Il m'interrogea sur ma journée, et je dis presque la vérité – Jacob et moi étions allés chercher des pièces détachées, puis je l'avais regardé travailler dans son garage.

— Penses-tu y retourner prochainement ? me demanda-t-il en affichant l'indifférence.

— Demain après les cours, admis-je. Ne t'inquiète pas, j'emporterai mes devoirs.

— N'y manque pas, ronchonna-t-il sans parvenir cependant à dissimuler sa satisfaction.

Le temps d'arriver chez nous, j'étais nerveuse, et c'est à reculons que je montai à l'étage. La chaleur contagieuse de Jacob s'estompait et, loin de lui, mon anxiété reprenait le dessus. J'étais persuadée que je n'aurais pas droit à deux nuits calmes d'affilée.

Pour retarder l'heure du coucher, je consultai mes mails. Renée m'avait envoyé un nouveau message. Elle y détaillait son dimanche, le club de lecture qui remplaçait les leçons de méditation qu'elle venait d'abandonner, sa semaine de remplacement en CE1, précisant que ses élèves de maternelle lui manquaient. Phil adorait son boulot d'entraîneur, et ils envisageaient une seconde lune de miel à Disneyworld. Le tout évoquait plus un journal intime qu'une lettre à un véritable correspondant. Le remords me submergea, amer – j'étais une fille indigne.

Je lui répondis rapidement, commentant chaque partie de son mot et livrant quelques informations me concernant – le dîner chez Billy, mon plaisir à observer Jacob construire des objets utiles à partir de minuscules bouts de métal, avouant à l'occasion mon admiration et mon envie. Je ne fis aucune allusion à la différence de ton qui distinguait cette missive de celles qu'elle avait reçues les mois précédents. Car si je me rappelais à peine ce que j'avais pu lui écrire une semaine plus tôt, j'étais certaine que ça n'avait pas été très enjoué. Plus j'y pensais, plus je me sentais coupable. J'avais vraiment dû lui causer du souci.

Je restai debout très tard, finissant des devoirs qui ne pressaient pourtant pas. Malheureusement, ni la fatigue de mes insomnies successives ni l'espèce de bonheur en demi-teinte que m'avait procuré la compagnie de Jacob ne réussirent à tenir éloigné le cauchemar deux nuits de suite.

Je m'éveillai en grelottant, étouffant un cri dans l'oreiller.

Tandis que la lueur blême de l'aube transperçait le brouillard, je traînassai au lit en tâchant de me sortir du rêve. Celui-là avait été marqué par une toute petite différence par rapport aux autres, et ça m'intriguait. Pour la première fois, je n'étais plus seule. Sam Uley, l'homme qui m'avait retrouvée dans les bois cette fameuse nuit à laquelle je ne supportais pas de repenser, était là également. Voilà qui constituait une étrange altération au scénario habituel. Les prunelles de l'Indien étaient bizarrement hostiles et dissimulaient un secret qu'il semblait vouloir garder pour lui. Je l'interrogeais du regard autant que mes recherches frénétiques me le permettaient, en vain. Sa présence ajoutait une forme de malaise à ma panique ordinaire. Peut-être parce que, lorsque je détournais les yeux, sa silhouette paraissait trembler et se modifier, pour autant que ma vision périphérique me permettait de m'en rendre compte. Pourtant, il ne faisait rien d'autre qu'être là à m'observer. Contrairement à ce qui s'était passé dans la réalité, il ne me proposait pas son aide.

Durant le petit déjeuner, Charlie ne cessa de me dévisager, ce que je tâchai d'ignorer. Je le méritais, j'imagine. Je ne pouvais décemment pas espérer qu'il ne s'inquiète plus. Des semaines seraient sans doute nécessaires pour qu'il cesse de guetter le retour du zombie. Ma seule solution serait d'agir comme si cela m'était égal. Après tout, moi aussi j'allais surveiller de près ce zombie. Quarante-huit heures étaient largement insuffisantes à déclarer que j'étais guérie.

Le lycée, lui, m'opposa une réaction tout autre. Maintenant que mon attention s'était ranimée, il m'était évident que personne ne s'intéressait à moi. Me revint en mémoire mon premier jour dans l'établissement, mon envie désespérée de m'effacer, de me fondre dans la grisaille ambiante du béton mouillé, comme un gros caméléon. Un an plus tard, mon vœu s'était apparemment réalisé. Tout se passait comme si je n'existais pas. Même les profs survolaient mon siège, me donnant l'impression qu'il était vide.

Ce matin-là, je prêtai une oreille attentive à ce qui se

disait, redécouvrant les voix des gens qui m'entouraient. Je m'efforçai aussi de me mettre au courant de ce que j'avais pu louper, mais les échanges étaient si décousus que je finis par abandonner la partie.

Jessica ne broncha pas quand je m'assis à côté d'elle en maths.

— Salut, Jess ! lançai-je avec une nonchalance étudiée. Comment s'est passé ton week-end ?

Elle me jeta un regard soupçonneux. Était-elle encore en colère ? Ou simplement trop impatiente pour supporter une folle ?

— Super, répondit-elle avant de replonger dans son manuel.

— Tant mieux, marmottai-je.

L'expression « battre froid » contenait visiblement une part de vérité. Malgré les bouffées de chaleur qui s'échappaient des bouches d'aération, j'étais glacée. Je remis la veste que j'avais posée sur le dossier de ma chaise.

Mon dernier cours de la matinée s'étant terminé en retard, la table où je déjeunais habituellement était pleine quand j'arrivai à la cantine. Y étaient installés Mike, Jessica et Angela, Conner, Tyler, Eric et Lauren. Katie Webber, la rousse de Seconde qui vivait à côté de chez moi était encadrée par Eric et Austin Marks, le frère aîné du garçon qui m'avait donné les motos. Je fus incapable de me souvenir s'ils mangeaient avec nous depuis longtemps, ou si c'était une première. Je commençais à être sérieusement agacée par moi-même. J'eusse été empaquetée dans des billes de polystyrène durant le semestre précédent que le résultat eût été le même.

Personne ne réagit lorsque je m'assis près de Mike,

bien que la chaise que j'avais tirée eût couiné bruyamment sur le linoléum. Je tentai de suivre les conversations. Mike et Connor parlant sport, je m'en détournai
aussitôt.

— Où est Ben, aujourd'hui ? demandait Lauren à
Angela.

Je me redressai, mon intérêt soudain ravivé. Cela
signifiait-il qu'Angela et Ben avaient rompu ? Lauren
était méconnaissable. Elle avait sacrifié sa longue crinière blonde comme les blés et arborait désormais une
coupe de lutin, si courte que sa nuque était rasée comme
celle d'un garçon. Quelle drôle de décision ! J'aurais
aimé savoir ce qu'elle cachait. Du chewing-gum s'était-il
collé dans ses cheveux ? Les avait-elle vendus ? Les gens
avec lesquels elle se montrait d'ordinaire si garce
l'avaient-ils coincée derrière le gymnase pour la scal-
per ? Je m'arrêtai à ces supputations, décidant qu'il était
injuste de ma part de la juger selon mes opinions d'autrefois. Si ça se trouve, elle était devenue quelqu'un de
bien.

— Il a une grippe intestinale, expliqua Angela de sa
voix douce et tranquille. Avec un peu de chance, ça ne
durera que vingt-quatre heures, mais il était super-
malade, hier.

Angela avait elle aussi une nouvelle coiffure, son
dégradé était plus long.

— Qu'est-ce que vous avez fait, tous les deux, ce
week-end ? s'enquit Jessica.

La façon dont elle avait posé sa question laissait
entendre que la réponse lui était bien égale. C'était juste
une ouverture pour se permettre ensuite de pérorer sur
elle-même. Évoquerait-elle notre sortie à Port Angeles,
alors que j'étais à deux places d'elle ? Étais-je si trans-

parente que ça ne gênerait personne de discuter de moi en ma présence ?

— On comptait pique-niquer, samedi, mais... on a changé d'avis, murmura Angela.

Ses intonations gênées m'alertèrent. Jess, pas du tout.

— Dommage ! commenta-t-elle en s'apprêtant à se lancer dans son histoire.

Malheureusement pour elle, je n'étais pas la seule à avoir remarqué l'embarras d'Angela.

— Que s'est-il passé ? s'inquiéta Lauren.

— Eh bien... (Angela, déjà si réservée, était encore plus hésitante que d'habitude.) Nous sommes partis en direction des sources thermales... il y a un chouette endroit, là-bas, à environ un kilomètre du sentier. Sauf que... nous avions parcouru la moitié du chemin quand... nous avons aperçu quelque chose.

— Quoi ? s'écria Lauren en fronçant ses sourcils clairs.

Même Jessica semblait intéressée, maintenant.

— Je ne sais pas trop. Nous *pensons* qu'il s'agissait d'un ours. En tout cas, c'était noir. Mais bien trop gros aussi.

— Oh non ! s'esclaffa Lauren. Tu ne vas pas t'y mettre toi aussi. (Ses iris avaient pris un éclat railleur, et j'en conclus qu'il était inutile de lui accorder le bénéfice du doute. Visiblement, sa personnalité ne s'était pas autant transformée que ses cheveux.) Tyler a essayé de me vendre ces fadaises la semaine dernière.

— Les ours ne s'approchent pas des lieux de cure, souligna Jess en se rangeant du côté de Lauren.

— Et pourtant, persista Angela en baissant les yeux, nous n'avons pas rêvé.

Lauren ricana. Perdu dans sa discussion avec Conner, Mike n'avait pas écouté.

— Elle a raison, intervins-je, agacée. Samedi, à la boutique, un randonneur a juré avoir vu cet ours lui aussi. Il a dit qu'il était énorme, noir et qu'il se trouvait juste à la sortie de la ville, hein, Mike ?

Il y eut un silence. Tous les convives se tournèrent vers moi, choqués. La nouvelle, Katie, en avait la mâchoire décrochée, à croire qu'elle venait d'assister à une explosion. Personne ne bougea.

— Mike ? insistai-je, mortifiée. Tu te rappelles, le type et son histoire d'ours ?

— Euh... oui, balbutia-t-il au bout d'une seconde.

Pourquoi me dévisageait-il si bizarrement ? Je lui parlais, au travail, non ? *Non ?* Pourtant...

— Oui, se ressaisit-il, ce mec a effectivement affirmé avoir repéré un ours brun sur le sentier. Il était encore plus imposant qu'un grizzli.

Lauren se raidit et poussa un grognement dubitatif avant de se tourner vers Jessica.

— Tu as des nouvelles de l'université de Californie ? lui demanda-t-elle en passant à autre chose.

Tout le monde fit mine de regarder ailleurs, hormis Mike et Angela. Cette dernière m'adressa un sourire timide que je m'empressai de lui retourner.

— Et toi, Bella, reprit Mike avec une curiosité mâtinée de prudence, à quoi as-tu consacré ce week-end ?

Les yeux se posèrent à nouveau sur moi, excepté ceux de Lauren.

— Vendredi soir, Jess et moi sommes allées au cinéma à Port Angeles. Samedi après-midi et dimanche toute la journée, j'étais à La Push.

Les têtes firent la navette entre Jess et moi. Jess

paraissait irritée. Elle ne tenait peut-être pas à ce que les autres apprennent qu'elle était sortie avec moi. Ou alors, elle aurait préféré l'annoncer en personne.

— Quel film avez-vous vu ? demanda Mike qui commençait à sourire.

— *Dead End*. Celui avec les zombies.

Je me déridai également. Avec un peu de chance, les dégâts que j'avais commis ces derniers mois étaient réparables.

— J'ai entendu dire qu'il flanquait la frousse du siècle. C'est vrai ?

— Bella a été obligée de partir avant la fin, intervint Jessica avec une moue sournoise.

J'acquiesçai en tâchant d'afficher un air penaud.

— J'étais terrorisée, mentis-je.

Jusqu'à la fin du repas, Mike ne cessa de me poser des questions. Peu à peu, les autres réussirent à reprendre le fil de leurs propres conversations, sans pour autant cesser de me lancer de nombreux coups d'œil. Angela discuta avec Mike et moi et, lorsque je me levai pour rapporter mon plateau, elle me suivit.

— Merci, chuchota-t-elle une fois loin de la table.

— De quoi ?

— De m'avoir crue et soutenue.

— De rien.

Elle me scruta avec inquiétude, mais pas de façon agressive, genre « elle est dingue ».

— Tu vas bien ?

Voilà pourquoi j'avais choisi Jess plutôt qu'elle pour ma soirée entre filles. Angela était beaucoup trop intuitive.

— Pas vraiment, avouai-je. Mais ça s'arrange.

— J'en suis heureuse. Tu m'as manqué.

Lauren et Jessica passèrent devant nous, et j'entendis la première confier à l'autre :

— Bella est de retour. *Super !*

Suffisamment fort pour que ses paroles portent jusqu'à nous. Angela grimaça avant de m'adresser un sourire encourageant. Je soupirai. J'avais vraiment l'impression que je repartais de zéro.

— Quel jour sommes-nous ? m'enquis-je brusquement.

— Le dix-neuf janvier.

— Hum.

— Quoi ?

— Hier, cela a fait un an exactement que j'ai mis les pieds ici.

— Rien n'a beaucoup changé depuis, murmura-t-elle en suivant des yeux les deux pestes.

— Je sais. Je me disais justement la même chose.

7

RÉPÉTITION

Que diable faisais-je ici ? Je n'en savais trop rien.

Espérais-je réussir à retrouver ma stupeur de zombie ? Étais-je devenue masochiste, avais-je développé un goût pour la torture ? J'aurais dû aller tout droit à La Push. Près de Jacob, je me sentais beaucoup, beaucoup plus équilibrée. Ça, c'était carrément malsain. Pourtant, je continuai à rouler lentement le long du chemin envahi par la nature, zigzaguant entre la voûte des arbres qui formaient un tunnel vert. Mes mains tremblaient, je resserrai ma prise autour du volant.

Le cauchemar en était pour partie responsable, je le pressentais ; maintenant que j'étais réveillée, le néant du rêve m'agaçait les nerfs comme un chien ronge un os. Il y avait une chose à chercher, une chose inaccessible et impossible, indifférente et absente... mais *lui* était là, quelque part. Il fallait que j'y croie. L'autre raison, c'était l'étrange impression de répétition que j'avais éprouvée au lycée ce jour-là, la coïncidence des dates. L'impression de recommencer – la façon dont, peut-être, ma toute première journée se serait passée si j'avais alors été réellement la personne la plus bizarre de la cafétéria.

« Ce sera comme si je n'avais jamais existé. » Les mots résonnaient dans ma tête, monotones, telle une phrase que j'aurais lue, pas une qu'il aurait prononcée. Mais en m'acharnant à distinguer les motivations de ma venue ici, je me mentais, manière de ne pas m'avouer laquelle était la plus forte. Parce qu'elle relevait de la démence.

La vérité en effet, c'est que je désirais réentendre sa voix et revivre l'illusion bizarre du vendredi soir. Durant ce bref moment où elle avait surgi d'ailleurs que de ma mémoire consciente, parfaite et douce comme le miel, très loin du pâle écho que mes souvenirs produisaient en général, j'avais pu me rappeler sans douleur. Ça n'avait pas duré ; la peine m'avait rattrapée, comme elle n'y manquerait pas après la folie que j'étais en train de commettre. Mais les précieux instants où je la percevrais de nouveau étaient d'une séduction irrésistible. Je devais inventer un moyen de réitérer l'expérience... ou l'incident, terme plus adéquat sans doute.

J'espérais que le déjà-vu était la solution. Voilà pourquoi je me rendais chez lui, un lieu où je n'avais pas remis les pieds depuis ma fatidique fête d'anniversaire, des mois plus tôt.

Je progressais lentement à travers la végétation dense qui avait des allures de jungle. Le chemin était sinueux. Peu à peu, j'accélérai, cédant à la tension. Depuis combien de temps roulais-je ? N'aurais-je pas dû avoir déjà atteint la maison ? La nature avait tellement poussé que je ne reconnaissais plus rien. Et si je ne la retrouvais pas ? S'il n'existait aucune preuve tangible que... J'en frissonnai.

Apparut enfin la trouée dans les arbres que j'avais guettée, moins évidente qu'autrefois. La flore n'avait pas mis longtemps à reprendre possession d'un territoire désormais sans surveillance. De grandes fougères avaient commencé à envahir la prairie entourant la demeure, se multipliant à la racine des cèdres et ce jusqu'au perron. Comme si l'herbe avait été submergée, à hauteur de taille, par des vagues vertes et plumeuses. La villa était bien là, différente toutefois. L'extérieur avait beau ne pas avoir changé, les fenêtres vides hurlaient l'abandon. Terrifiant. Pour la première fois, la belle maison ressemblait à un repaire de vampires.

Je freinai brutalement, craignant d'approcher plus.

Rien ne se produisit, cependant. Nulle voix ne résonna dans mon crâne. Sans couper le contact, je sautai dans la mer de fougères. Si j'avançai, peut-être que, comme le vendredi soir... Je marchai sans me presser en direction de la façade nue et morte, encouragée par le grondement rassurant du moteur dans mon dos. Je m'arrêtai au pied du porche, il était inutile d'aller plus loin. Car il n'y avait rien, ici, plus aucune trace qui évoquât leur présence... *sa* présence. Les murs étaient là, solides, néanmoins inutiles. Leur réalité concrète ne comblerait pas le néant de mon cauchemar.

Je ne gravis pas les marches. Je ne voulais pas regarder à travers les croisées, incertaine de ce qui serait le plus dur. Si les pièces étaient vides, leur vacance résonnant à l'infini du plancher au plafond me blesserait, naturellement. Comme lors des obsèques de ma grand-mère, quand ma mère avait insisté pour que je reste à l'extérieur au moment de la levée du corps. Elle avait affirmé qu'il était inutile que je voie et me rappelle grand-mère dans cet état plutôt que vivante. Mais ne serait-ce pas pire si rien n'avait bougé ? Si les canapés étaient tels que lors de ma dernière visite, les tableaux aux murs et, pis que tout, le piano à queue sur sa plate-forme ? Il serait à peine moins atroce de constater que plus aucune possession tangible ne les reliait à ce monde, que tout subsistait derrière eux, intact et oublié.

Comme moi.

Mieux aurait valu sans doute que la maison eût carrément disparu. Tournant le dos à l'hideuse absence, je regagnai précipitamment ma camionnette, en courant presque. J'avais hâte de partir, de rejoindre le monde des humains. Je me sentais affreusement creuse ; je voulais voir Jacob. Peut-être, à l'instar de la langueur d'avant, développais-je une nouvelle forme de maladie, une dépendance physique à son égard ? Tant pis ! Poussant la Chevrolet au maximum de ses capacités, je fonçai vers ma piqûre.

Il m'attendait. Dès que je l'aperçus, ma poitrine se détendit, je respirai plus aisément.

— Salut ! me lança-t-il.

— Salut, Jacob.

Je lui souris, saluai d'un geste de la main Billy, installé près de la fenêtre.

— Mettons-nous au boulot, murmura Jacob avec impatience.

— Sérieux, tu n'en as pas assez de moi ?

Il devait commencer à se dire que je cherchais désespérément à échapper à ma solitude.

— Pas encore, plaisanta-t-il en se dirigeant vers le garage.

— En tout cas, jure-moi de me prévenir quand je te taperai sur les nerfs. Je ne tiens pas à être un boulet.

— D'accord, s'esclaffa-t-il. Mais, à ta place, je n'y compterais pas trop.

Dans son atelier, je fus surprise de découvrir la moto rouge sur sa béquille. Oublié, le vieux tas de rouille.

— Tu m'épates, Jack ! m'écriai-je.

Il rigola.

— Quand j'ai un projet en route, j'ai tendance à devenir obsessionnel, expliqua-t-il humblement. Si j'étais plus malin, j'aurais fait traîner les choses en longueur.

— Pourquoi ?

Il baissa les yeux pendant si longtemps que je pensai qu'il n'avait pas entendu ma question.

— Bella, finit-il par répondre, si je t'avais annoncé que j'étais incapable de réparer ces bécanes, qu'aurais-tu dit ?

À mon tour, je laissai planer un silence. Il releva brièvement la tête, interrogateur.

— Que c'était... dommage, mais je suis sûre que nous aurions trouvé d'autres occupations. Au pire, nous aurions étudié.

Il sourit, se relaxa. S'asseyant près du deuxième engin, il s'empara d'une clef.

— Si c'est ainsi, continueras-tu à venir quand j'en aurai fini avec ces machines ?

— C'est ça qui t'inquiète ? J'admets profiter de tes talents mécaniques à très bon prix mais, tant que tu m'y autoriseras, je reviendrai.

— Parce que tu espères revoir Quil ? se moqua-t-il.

— Aïe ! Tu lis en moi comme dans un livre.

Il pouffa.

— Tu apprécies vraiment ma compagnie ? s'étonna-t-il ensuite.

— Beaucoup. Et je vais te le prouver. Demain, je travaille mais, mercredi, nous nous adonnerons à une activité autre que mécanique.

— Laquelle ?

— Je ne sais pas. Nous pourrions aller chez moi, histoire que tu sois moins tenté par tes obsessions. Tu n'aurais qu'à apporter tes devoirs. Je suis sûre que tu as pris du retard, parce que c'est mon cas aussi.

— Pas mauvaise idée.

Il grimaça. Jusqu'à quel point avait-il négligé ses études pour passer du temps avec moi ?

— Affaire conclue. Montrons un peu de sérieux, sinon Billy et Charlie risquent de mettre leur nez dans nos affaires.

Je ponctuai mes paroles d'un geste qui nous englobait tous les deux, et son visage s'illumina.

— Une fois par semaine ? proposa-t-il.

— Plutôt deux, contrai-je en songeant à la pile de dissertations qu'on m'avait distribuées le jour même.

Il poussa un gros soupir avant de prendre un sac en papier dans sa boîte à outils. Il en sortit deux canettes de soda et m'en tendit une. Ouvrant la seconde, il la brandit d'un air cérémonieux.

— Au sérieux ! lança-t-il. Deux fois par semaine.

— Et à la témérité le reste du temps !

Hilare, il choqua sa canette contre la mienne.

Je rentrai à la maison plus tard que prévu pour découvrir que Charlie avait préféré commander une pizza au lieu de m'attendre. Il balaya mes excuses d'un revers de la main.

— Bah, tu mérites bien une pause, vu que tu fais la cuisine tous les jours, affirma-t-il.

Mais je compris qu'il était surtout soulagé que j'agisse en personne sensée, et que c'était sa façon à lui de m'y encourager.

Avant de m'attaquer à mon travail scolaire, je consultai mes mails. Renée m'en avait envoyé un très long. Comme elle s'attardait avec enthousiasme sur chacun des détails de mon précédent message, je lui expédiai une description tout aussi complète de ma journée – en passant les motos sous silence bien sûr. Car même Renée l'insouciante ne manquerait pas de s'en alarmer si elle l'apprenait.

Le mardi, au lycée, eut ses hauts et ses bas. Angela et Mike m'accueillirent à bras ouverts, visiblement prêts à passer sur mes quelques mois de comportement aberrant. Jess se montra plus réticente. Exigeait-elle que je lui rédige un mot d'excuses en bonne et due forme pour l'incident de Port Angeles ? À la boutique, Mike fut gai et bavard comme une pie. Comme s'il avait emmagasiné un semestre entier de conversations et qu'il ouvrait enfin les vannes. Je m'aperçus que j'étais capable de sourire, de rire, même si ce n'était pas aussi facile qu'avec Jacob. Le danger de mon attitude ne m'apparut qu'à la fermeture.

Tandis que je pliais ma blouse et la fourrais sous le comptoir, Mike s'occupait de boucler le magasin.

— On s'est bien amusés, lança-t-il, tout heureux.

— Oui, acquiesçai-je.

J'aurais cependant préféré passer l'après-midi au garage.

— Dommage que tu aies dû sortir du ciné avant la fin, la semaine dernière.

— Bah, je suis une trouillarde, éludai-je, quelque peu surprise par ce brusque changement de sujet.

— Ce que je veux dire, c'est que tu devrais voir de meilleurs films. Des qui te plaisent.

— Oh !

— Ce vendredi, par exemple. Avec moi. On pourrait choisir un truc qui ne fait pas peur.

Je me mordis les lèvres. Je ne voulais pas gâcher mes relations avec lui, alors qu'il était un des rares à me pardonner ma folie de ces derniers mois. Mais, de nouveau, son attitude sentait le réchauffé. À croire que l'année écoulée n'avait pas existé. Et inutile de compter sur Jess pour me fournir un prétexte. Tant pis !

— C'est une invitation ? demandai-je.

La franchise était sans doute la meilleure tactique, à ce stade. Autant en finir une bonne fois pour toutes.

— Si tu en as envie seulement, répondit-il prudemment. Il n'y a aucune obligation.

— Je n'accepte pas de rendez-vous.

Je me rendis soudain compte à quel point c'était vrai.

— En vieux potes, alors ? suggéra-t-il.

Ses yeux bleu clair étaient moins décidés. J'aurais aimé qu'il crût notre amitié vraiment possible.

— Ce serait sympa, mais j'ai déjà quelque chose de prévu pour vendredi. Pourquoi pas la semaine prochaine, plutôt ?

— C'est quoi, tes plans ? s'enquit-il, moins décontracté qu'il l'aurait souhaité sans doute.

— Mes devoirs. Je... un ami et moi devons travailler ensemble.

— Oh. Très bien. Une prochaine fois, alors.

Il me raccompagna à ma voiture, quelque peu douché par mon refus. Cela me rappelait tellement mes premiers mois à Forks. La boucle était bouclée, et tout ressemblait à un écho d'avant, un écho creux, dénué de l'intérêt que le passé avait pu avoir.

Le lendemain soir, Charlie ne parut pas surpris de nous trouver, Jacob et moi, vautrés sur le plancher du salon au milieu de nos livres et cahiers. Lui et Billy s'étaient parlé dans notre dos, j'imagine.

— Salut, les enfants ! lança-t-il en louchant du côté de la cuisine.

L'odeur des lasagnes auxquelles j'avais consacré la fin de mon après-midi, cependant que Jacob me regardait (et goûtait parfois la sauce), flottait dans l'air. Je m'étais mise en quatre, histoire de me racheter pour la pizza. Jacob resta dîner et emporta une assiette à Billy. À contre-cœur, il m'accorda une année supplémentaire pour récompenser mes talents culinaires.

Vendredi soir, ce fut le garage et, samedi, après mes heures au magasin, de nouveau les devoirs. Charlie, suffisamment rassuré par mon état mental, alla à la pêche avec Harry. À son retour, nous en avions terminé, avec le sentiment d'être fort raisonnables et matures, et regardions *Monster Garage*[1] sur Discovery.

— Il vaudrait mieux que j'y aille, soupira Jacob. Il est plus tard que je le pensais.

— Très bien, grommelai-je. Je te ramène.

Mon peu d'entrain le fit rire — il sembla même lui plaire.

---

1. Émission où il s'agit de transformer complètement un véhicule, en une semaine et avec un budget minimum, aidé par une équipe de mécaniciens et d'ingénieurs. À la fin, on fait l'essai sur circuit. Si le projet réussit, les participants gagnent une boîte à outils. Sinon, le véhicule est détruit de manière spectaculaire.

— Demain, on se remet au bricolage, dis-je quand nous fûmes bien tranquilles dans ma camionnette. À quelle heure veux-tu que je vienne ?

— Je t'appellerai d'abord, O.K. ?

Il avait répondu avec une espèce d'excitation que je ne m'expliquai pas.

— Pas de problème.

Je fronçai les sourcils, me demandant ce qu'il mijotait. Son sourire s'en élargit d'autant.

Le lendemain, dans l'attente du coup de fil de Jacob, je fis le ménage tout en m'efforçant de me débarrasser de mon dernier cauchemar. L'environnement en avait changé. Cette nuit-là, j'avais erré dans une grande mer de fougères entremêlées d'immenses ciguës. L'endroit était désert, moi mis à part, et je m'étais perdue à force de marcher sans but précis. Je me serais donné des gifles pour être allée à la maison dans la semaine. Je repoussai ce rêve aux confins de ma conscience en espérant qu'il y resterait enfermé à jamais.

Dehors, Charlie lavait la voiture de patrouille et, quand le téléphone sonna, je laissai tomber la balayette des toilettes et me précipitai en bas pour répondre, un peu essoufflée.

— Allô ?

— Bella ? dit Jacob sur un ton étrangement formel.

— Salut, Jake !

— Il me semble que nous avons... un rendez-vous, poursuivit-il d'une voix lourde de sous-entendus.

Il me fallut un moment pour comprendre.

— Elles sont terminées ? m'exclamai-je. Incroyable !

Ça tombait à pic. J'avais besoin de me distraire de mes cauchemars et du néant dans lequel je végétais.

— Ouais, elles roulent et tout.

— Jacob, tu es incontestablement le type le plus merveilleux et le plus génial que je connaisse. Pour ça, je t'accorde dix ans de plus.

— Super ! Maintenant, je suis quadragénaire.

Je m'esclaffai.

— J'arrive !

Je balançai les produits d'entretien dans le placard de la salle de bains, attrapai ma veste et sortis à toutes jambes sans m'arrêter auprès de Charlie.

— Tu files chez Jake ? me lança-t-il.

Ce n'était pas vraiment une question.

— Oui ! répondis-je en grimpant dans la Chevrolet.

— Je compte aller au poste un peu plus tard ! me cria-t-il tandis que je mettais le contact.

— D'accord !

Il ajouta quelque chose que je n'entendis pas par-dessus le grondement du moteur. Ça ressemblait à quelque chose comme « Il y a le feu au lac ? ».

Je me garai derrière chez les Black, à l'abri des arbres, afin de nous permettre de déplacer les motos plus aisément. Lorsque je sortis, deux taches de couleur étincelantes me sautèrent aux yeux – deux engins rutilants, l'un rouge, l'autre noir, cachés sous un épicéa et invisibles de la maison. Jacob avait assuré. Un bout de ruban bleu décorait chaque guidon. J'en riais encore quand Jacob émergea de la cuisine.

— Prête ? me demanda-t-il de sa voix feutrée, les pupilles brillantes.

Je jetai un coup d'œil par-dessus mon épaule. Aucune trace de la présence de Billy.

— Oui, affirmai-je, même si mon excitation était un peu retombée.

Rien qu'essayer de m'imaginer perchée sur une des machines suffisait à refroidir mes ardeurs. Jacob les chargea sur le plateau de la camionnette en prenant soin de les coucher pour qu'elles restent indétectables.

— Allons-y, dit-il ensuite. Je connais un coin idéal. Personne ne nous repérera, là-bas.

Nous sortîmes du village par le sud. Le chemin de terre sinuait à travers la forêt. Le rideau dense des arbres s'éclaircissait rarement, nous laissant parfois entrevoir des pans somptueux d'océan Pacifique, lequel s'étalait sur l'horizon, gris foncé sous la couverture nuageuse. Nous étions au-dessus du rivage, sur les falaises qui, ici, bordaient la côte, et le spectacle semblait s'étirer à l'infini. Je conduisais lentement, de façon à pouvoir contempler l'eau çà et là, au fur et à mesure que la route nous rapprochait du bord. Jacob me racontait sa touche finale aux engins, mais son récit devenant de plus en plus technique, je n'y prêtais qu'une attention distraite.

À cet instant, je remarquai quatre silhouettes debout sur une saillie rocheuse, beaucoup trop près du précipice. D'aussi loin, je ne sus leur donner d'âge, bien qu'il s'agisse clairement d'hommes. En dépit de l'air frisquet, ils semblaient ne porter que des shorts. Soudain, le plus grand du groupe avança encore. Par réflexe, je ralentis, mon pied droit hésitant au-dessus de la pédale du frein.

Alors, il se jeta dans le vide.

— Non ! hurlai-je en stoppant net.

— Qu'y a-t-il ? cria à son tour Jacob, alarmé.

— Ce type... Il vient juste de sauter de la falaise ! Et ils ne l'en ont même pas empêché ! Il faut appeler les secours !

Ouvrant ma portière à la volée, je commençai à sortir de la voiture, ce qui n'avait aucun sens puisque le moyen le plus rapide de mettre la main sur un téléphone aurait été de retourner chez Billy. Mais je n'arrivais pas à croire ce dont je venais d'être témoin. Inconsciemment, j'espérais peut-être que, sans le filtre du pare-brise, la réalité serait différente. Jacob ayant éclaté de rire, je me retournai brusquement vers lui. Comment osait-il se montrer aussi insensible ?

— Ils ne font que plonger des falaises, Bella. Ils s'amusent. Il n'y a pas de centre commercial à La Push[1], tu sais.

Il se moquait de moi, mais un agacement réel nuançait sa voix.

— Ils plongent ? Des falaises ? répétai-je, ahurie.

Sous mes yeux incrédules, une deuxième silhouette s'approcha du bord, marqua une pause, puis s'élança dans l'abîme avec beaucoup de grâce. Elle parut chuter pendant une éternité avant de finir par fendre les vagues gris sombre, en bas.

— La vache, c'est haut ! marmonnai-je en me rasseyant à ma place sans quitter du regard les deux derniers candidats au saut de l'ange. Il doit bien y avoir dans les quarante mètres.

— Oui. La plupart d'entre nous partons d'un peu plus bas. Du rocher là-bas, celui qui pointe à mi-hauteur de la falaise. (L'endroit indiqué par son doigt semblait encore plus dangereux.) Ces types sont des malades, poursuivit Jacob. Des frimeurs, sûrement, qui veulent se prouver à quel point ce sont des durs. Il caille, aujourd'hui. L'eau doit être gelée.

_____

1. Une des distractions préférées des jeunes Américains désœuvrés – traîner dans les centres commerciaux.

Il grogna, comme si ces cascades représentaient un affront personnel. Cela m'étonna – j'avais toujours cru impossible de le mettre de mauvaise humeur.

— Toi aussi, tu sautes de là ? m'écriai-je en me rappelant qu'il avait dit « nous ».

— Ben ouais, rigola-t-il. C'est marrant. Ça flanque un peu la frousse, c'est une espèce de trip.

Mon attention retourna à la falaise, où le troisième homme faisait les cent pas. De ma vie, je n'avais assisté à rien d'aussi téméraire. Soudain, je souris.

— Jake, décrétai-je, tu dois m'y emmener un de ces jours.

Il fronça les sourcils, désapprobateur.

— Tu plaisantes, Bella ? objecta-t-il. Tu voulais sauver Sam il n'y a pas deux minutes.

Qu'il sût qui étaient ces inconscients me surprit.

— J'ai envie d'essayer, insistai-je en m'apprêtant à descendre de voiture une fois encore.

— Pas maintenant, d'accord ? contra-t-il en m'attrapant par le poignet. Attendons au moins qu'il fasse plus chaud.

— Très bien, concédai-je. (Le vent glacial qui s'engouffrait par la portière ouverte suffisait à me donner la chair de poule.) Mais je compte sur toi pour que ça arrive bientôt.

— C'est ça, ronchonna-t-il. Tu es parfois un peu bizarre, Bella. On te l'a déjà dit ?

— Oui, soupirai-je.

— Et il est hors de question que nous plongions du sommet.

Fascinée, j'observai le troisième type prendre son élan et se précipiter beaucoup plus haut dans les airs que ses deux précédents camarades. Il se tordit et exécuta un saut périlleux, tel un parachutiste. Il donnait l'impression d'être complètement libre, irréfléchi, irresponsable.

— Entendu. Pas pour la première fois en tout cas.

Ce fut son tour de soupirer.

— Bon, on les essaye ces motos, oui ou non ? enchaîna-t-il.

— Oui, oui.

Je m'arrachai au spectacle du dernier plongeur, remis ma ceinture de sécurité et refermai la portière. Le moteur tournait encore, nous repartîmes.

— Qui sont ces gars, ces fous volants ? m'enquis-je.

— Le gang de La Push, grommela-t-il.

— Vous avez un gang ? m'écriai-je, impressionnée malgré moi.

— Pas dans ce sens-là, s'esclaffa-t-il aussitôt. On dirait plutôt des scouts qui auraient mal tourné. Ils ne se bagarrent pas et veillent au respect de l'ordre. Il y avait un type de la réserve de Makah, une espèce de grand mec patibulaire. Une rumeur s'est répandue, comme quoi il vendait de la méthadone aux gosses, alors Sam Uley et ses *disciples* l'ont chassé de notre territoire. *Notre territoire*, *l'orgueil de la tribu*, ils en ont plein la bouche… ça devient ridicule. Le pire, c'est que le conseil les prend au sérieux. D'après Embry, il les rencontre régulièrement. Embry a aussi entendu Leah Clearwater dire qu'ils s'appelaient « Les Protecteurs », un truc de cet acabit.

Jacob serrait les poings, comme s'il se retenait de frapper quelque chose. C'était un aspect de sa personnalité que je découvrais. Le nom de Sam Uley me prit au dépourvu. Ne tenant pas à réveiller le souvenir de cette fameuse nuit, je m'empressais de relancer la conversation.

— Tu n'as pas l'air de les aimer beaucoup.

— Ça se voit tant que ça ? railla-t-il.

— Eh bien... ce n'est pas comme s'ils se livraient à des exactions, tentai-je de l'apaiser. Ils semblent même un tout petit peu trop bons Samaritains pour les membres d'un gang. Agaçants, quoi.

— Ouais, c'est le mot. Ils n'arrêtent pas de frimer, comme ces plongeons de la falaise. Ils se la jouent. Gros durs, genre. Un jour, au dernier semestre, j'étais à l'épicerie avec Embry et Quil, quand Sam a débarqué avec sa *suite*, Jared et Paul. Quil a balancé un truc – tu as constaté qu'il est incapable de la boucler –, ce qui a provoqué la hargne de Paul. Ses yeux se sont assombris, et il a eu une sorte de rictus, un peu comme s'il montrait les dents, et il était tellement furax qu'il tremblait de partout. Sam a posé la main sur son torse en secouant la tête et, au bout d'une minute, Paul s'est calmé. Je te jure, c'était comme si Sam le retenait, sinon Paul allait nous massacrer. Une vraie scène de mauvais western. Sam est un sacré gaillard, il a vingt et un ans, mais Paul n'en a que seize, il est plus petit que moi et moins costaud que Quil. Je suis sûr que n'importe lequel d'entre nous aurait réussi à le mater.

— Des durs, acquiesçai-je.

J'imaginais parfaitement la scène qu'il m'avait décrite. Elle me renvoya à une autre... un trio d'hommes grands et sombres, immobiles, regroupés les uns près des autres dans le salon de mon père. L'image était latérale, parce que j'étais couchée sur le canapé, tandis que le Dr Gerandy et mon père se penchaient sur moi. Ces types avaient-ils été du gang de Sam ?

— Sam n'est-il pas un peu trop vieux pour ces bêtises ?

— Si. Il était censé partir à la fac, mais il a laissé tomber, et personne ne lui a cherché des noises pour autant. Tout le conseil a piqué une crise quand ma sœur a refusé une bourse d'études pour se marier. Sauf que quand il s'agit de Sam Uley, pas touche ! Sam Uley ne se trompe jamais.

Une indignation qui ne lui était guère familière tordait son visage. Elle se doublait d'autre chose que, d'abord, je n'identifiai pas.

— Tout cela paraît très irritant et... étrange. N'empêche, je ne comprends pas pourquoi tu le prends autant à cœur.

Je lui jetai un coup d'œil à la dérobée en espérant que je ne l'avais pas froissé. Il était très calme, soudain, le visage tourné vers sa fenêtre.

— Tu viens de rater la bifurcation, répondit-il sur un ton égal.

J'exécutai un large demi-tour, loupant de peu un arbre quand je me déportai de la route.

— Merci pour tes indications précises, marmonnai-je en m'enfilant dans le chemin latéral.

— Désolé, je pensais à autre chose.

Un bref silence s'installa.

— Tu peux t'arrêter, maintenant, murmura-t-il ensuite. N'importe où, ça fera l'affaire.

Je me rangeai sur le bas-côté et coupai les gaz. Le moteur continua de vibrer dans mes oreilles durant quelques instants. Nous descendîmes, et Jacob se dirigea vers l'arrière de la camionnette pour décharger les motos. Je tentai de déchiffrer son expression. Quelque chose d'autre le préoccupait. J'avais touché un endroit sensible. Il m'adressa un sourire contraint en poussant l'engin rouge vers moi.

— Bon anniversaire. Tu es toujours sûre de vouloir faire ça ?

— Je crois.

Brusquement, la machine m'intimidait. Savoir que j'allais bientôt grimper dessus m'effrayait.

— On va y aller doucement, me promit-il.

Je me dépêchai d'appuyer la moto contre le pare-choc de la Chevrolet, tandis qu'il allait chercher la sienne.

— Jake...

— Oui ?

J'hésitai, me lançai.

— Qu'est-ce qui t'ennuie vraiment ? Au sujet de Sam. En plus de ce que tu m'as raconté, s'entend.

Je l'observai. Il fit la moue, sans paraître fâché cependant. Il baissa les yeux sur le sol, donna des coups de pied dans la roue de sa moto, encore et encore, comme s'il cherchait à gagner du temps.

— C'est juste... la façon dont ils me traitent, soupira-t-il. Ça me flanque les jetons. Tu sais que le conseil de la tribu fonctionne sans hiérarchie. Mais s'il devait y avoir un leader, ce serait mon père. Je n'ai jamais bien saisi pourquoi les autres membres le respectent autant, pourquoi c'est son opinion qui a le plus de poids. Ça remonte à son père et au père de son père. Mon arrière-grand-père, Ephraïm Black, le dernier grand chef que nous ayons eu. Ils continuent à écouter Billy à cause de ça peut-être. Moi, je suis comme tout le monde. Personne ne me considère comme quelqu'un de spécial... Enfin, c'était vrai jusqu'à maintenant.

— Sam te considère comme spécial ?

— Oui, admit-il en levant sur moi un regard incertain. Il me reluque comme s'il guettait quelque chose... Comme si j'allais rejoindre sa bande d'idiots. Il me prête plus d'attention qu'aux autres gars. Je déteste ça.

— Rien ne t'oblige à entrer dans leur groupe ! m'exclamai-je, irritée.

Visiblement, Jacob était bouleversé, et ça me mettait hors de moi. Pour qui se prenaient-ils, ces « Protecteurs » ?

— Ben voyons, maugréa-t-il en continuant à marteler le pneu de la machine.

— Comment ça, « ben voyons » ?

Il fronça les sourcils, mimique qui exprimait plus de tristesse et d'inquiétude que de colère.

— C'est Embry. Il m'évite, ces derniers temps.

En dépit de toute logique, je ne pus m'empêcher de me demander si c'était ma faute. Je l'avais monopolisé, égoïstement.

— Tu m'as consacré pas mal d'heures, lui rappelai-je.

— Non, ce n'est pas ça. C'est moi. Et Quil. Tout le monde, d'ailleurs. Embry a séché les cours pendant une semaine, sauf qu'il n'était pas chez lui quand nous avons voulu savoir ce qui n'allait pas. Et quand il a réapparu, il paraissait... il flippait, quoi. Il était terrifié. Quil et moi avons tous les deux essayé de lui tirer les vers du nez, mais il a refusé de nous parler.

Je contemplai Jacob, indécise. Lui aussi semblait avoir très peur. Ses yeux m'évitaient soigneusement, focalisés sur son pied qui frappait la roue mécaniquement, de plus en plus vite.

— Et puis, reprit-il d'une voix sourde et tendue, cette semaine, voilà qu'Embry se met à traîner avec Sam et sa bande. Il était aux falaises, aujourd'hui. Bella, ajouta-t-il en me regardant enfin, ils l'ont harcelé encore plus que moi. Il les fuyait comme la peste, or maintenant il suit Sam partout. À croire qu'il est entré dans une secte. Exactement comme Paul. Lui non plus n'était pas ami avec Sam. Un jour, il a cessé d'aller au lycée, ça a duré quelques semaines, puis il a resurgi brusquement, et depuis c'est comme s'il appartenait à Sam. Je ne sais pas ce que ça signifie. Je n'arrive pas à comprendre, même si j'ai l'impression que je devrais parce qu'Embry est mon ami, et que... que...

Il se tut, me dévisagea bizarrement. Sa frayeur était contagieuse, j'en avais des frissons dans le dos.

— En as-tu parlé à Billy ?

— Oui, s'emporta-t-il. Ça n'a servi à rien.

— Qu'a-t-il dit ?

Jacob se lança dans une imitation moqueuse de son père.

— Ne t'inquiète pas de ça, Jacob. Dans quelques années, si tu n'as pas... je t'expliquerai plus tard. Me voilà bien avancé, poursuivit-il en reprenant sa voix normale. Qu'est-ce qu'il entend par là ? Que c'est un truc de puberté, une sorte de rite initiatique ? Pour moi, ça cache autre chose. Quelque chose de malsain.

Il se mordillait les lèvres, avait les poings serrés et semblait à deux doigts de fondre en larmes. Par réflexe, je le pris dans mes bras et appuyai mon visage contre son torse. Il était tellement grand que j'eus le sentiment d'être une petite fille enlaçant un adulte.

— Écoute, Jake, tout va s'arranger, le rassurai-je. Dans le cas contraire, tu pourras toujours venir habiter chez Charlie. N'aie pas peur, nous trouverons une solution.

Il s'était d'abord figé à mon contact. Hésitants, ses longs bras se fermèrent autour de moi.

— Merci, Bella, souffla-t-il avec des intonations encore plus feutrées que d'ordinaire.

Nous restâmes ainsi un moment, et je n'en éprouvai aucun malaise. Au contraire, je puisais un certain réconfort à cette embrassade. Celle-ci ne ressemblait en rien à la dernière qu'on m'avait donnée. Là, il s'agissait d'amitié. Et il émanait une douce chaleur du corps de Jacob. Pour moi, cette proximité avec un autre humain était étrange, émotionnelle plus que physique, bien que cela aussi fût bizarre. Ce n'était guère mon genre. D'habitude, je ne me liais pas aussi aisément avec les gens, en tout cas pas de façon aussi directe.

Pas avec les hommes.

— Si tu réagis ainsi, je vais flipper encore plus, murmura Jacob.

Son ton était redevenu léger, normal, et son rire résonna à mon oreille. Timidement, ses doigts effleurèrent mes cheveux. Hum. Pour moi, ce n'était que de l'amitié. Je m'écartai promptement, riant aussi, mais bien décidée à remettre les pendules à l'heure.

— J'ai du mal à croire que j'ai deux ans de plus que toi, lançai-je en insistant sur le « plus ». Tu me donnes l'impression d'être une naine.

En effet, aussi près de lui, j'étais obligée de me dévisser le cou pour le regarder dans les yeux.

— Tu oublies que j'ai quarante ans.

— C'est vrai !

— Tu n'es qu'une poupée, rigola-t-il en me tapotant le crâne. Une poupée de porcelaine.

Je levai les yeux au ciel, reculai d'un pas supplémentaire.

— Merci d'éviter les remarques désobligeantes sur les albinos, le prévins-je.

— Franchement, tu es certaine de ne pas l'être ? riposta-t-il en collant son bras brun au mien, mettant ainsi en évidence une différence de carnation peu flatteuse pour moi. Je n'ai jamais vu de personne aussi pâle que toi... sauf...

Il s'interrompit, et je détournai la tête en tâchant d'ignorer ce qu'il avait voulu dire.

— Bon, on s'y met ou quoi ? enchaîna-t-il.

— Allons-y, acquiesçai-je avec plus d'enthousiasme que quelques minutes plus tôt.

Sa phrase inachevée m'avait en effet rappelé les raisons de ma présence ici.

8

◆

ADRÉNALINE

— O.K., où se trouve l'embrayage ?

J'indiquai la manette de la poignée gauche. Ce faisant, je relâchai le guidon, geste malencontreux puisque la lourde moto tangua sous mes fesses et faillit me désarçonner. Je m'y ragrippai aussitôt et la stabilisai.

— Elle refuse de rester droite, Jake ! me plaignis-je.

— Ça n'arrivera plus quand tu rouleras, me promit-il. Et maintenant, où est le frein ?

— Derrière mon pied droit.

— Non.

Prenant mes doigts, il les enroula autour de la manette de la poignée d'accélérateur, à droite.

— Mais tu m'as dit que...

— Contente-toi d'utiliser celui-ci. Pour le frein

arrière, on verra plus tard. Quand tu sauras te débrouiller.

— C'est louche. Les deux ne sont pas importants ?

— Oublie celui de derrière, d'accord ? Tiens, c'est comme ça que tu ralentis.

Sur ce, il m'amena à presser plusieurs fois la manette.

— Compris.

— Accélérateur ?

Je tournai la poignée droite.

— Boîte de vitesses ?

Je la tapotai du pied gauche.

— Très bien. Tu as l'air d'avoir repéré ce qu'il fallait. Tu n'as plus qu'à la mettre en route.

J'émis quelques paroles inintelligibles, faute de mieux – mon estomac faisait des nœuds, et ma voix risquait de ne pas m'obéir. J'avais beau essayer de me convaincre que ma peur était inutile, et que j'avais survécu à des événements bien pires en comparaison desquels cette aventure semblait risible, j'étais terrorisée. J'aurais dû pouvoir regarder la mort en face et lui sourire. Malheureusement, mon ventre s'entêtait à ne pas se ranger à mes arguments.

Je contemplai le long ruban de la piste en terre, bordée de chaque côté par une épaisse verdure brumeuse. Le revêtement était de sable humide, ce qui valait toujours mieux que de la boue.

— Serre l'embrayage, m'ordonna Jacob.

Je m'exécutai, raide comme un piquet.

— Et maintenant, écoute bien, parce que c'est crucial : ne le relâche pas, pigé ? Imagine que tu tiens une grenade dégoupillée, par exemple.

Je crispai les doigts autour de la manette.

— C'est bien. Tu te sens de la démarrer au kick ?

— Si je bouge le pied, je me casse la figure, répliquai-je en osant à peine respirer.

— D'accord, je m'en charge, alors. Toi, ne relâche surtout pas l'embrayage.

Il recula d'un pas puis, soudain, abattit brutalement son pied sur la pédale, ce qui déclencha un hoquet bruyant et secoua la moto. Je commençai à glisser sur le flanc, mais il me rattrapa avant que je tombe.

— Ce n'est rien, m'encouragea-t-il. Tu serres toujours l'embrayage ?

— Oui, haletai-je.

— Plante bien tes jambes dans le sol, je vais recommencer.

Par prudence, il posa quand même la main sur l'arrière de la selle. Il fallut quatre tentatives pour que la machine accepte de démarrer. Sous moi, le moteur gronda et vibra, pareil à un animal furieux. Autour de la poignée gauche, mes doigts étaient douloureux.

— Bon, à présent, donne un peu de gaz. Tout doux, hein ? Sans cesser de tenir l'embrayage.

Timidement, je tournai la poignée droite. Le mouvement fut infime, ce qui n'empêcha pas la moto de vociférer. Non seulement, la bête était furieuse, voilà qu'elle était également affamée.

— Tu te souviens comment passer la première ?

— Oui.

— Super. Vas-y.

— D'accord.

Il attendit, je ne bronchai pas.

— Pied gauche, insista-t-il.

— Je sais ! soufflai-je.

— Tu as l'air d'être morte de frousse. Tu es certaine de vouloir continuer ?

— T'inquiète ! m'énervai-je

Des orteils, j'abaissai le levier de vitesses d'un cran.

— Génial ! Et maintenant, relâche *très* légèrement l'embrayage.

Et il s'éloigna de moi.

— Tu veux que je balance la grenade ? m'écriai-je, horrifiée.

Pas étonnant qu'il ait reculé.

— C'est comme ça que ça marche, Bella. Veille seulement à y aller mollo.

Je commençai à desserrer les doigts. À cet instant, une voix de velours qui n'appartenait pas à Jacob me prit au dépourvu.

« Tu es en train de te comporter de façon téméraire, puérile et idiote, Bella. »

— Oh !

De stupéfaction, j'abandonnai complètement la poignée gauche. L'engin tressauta, m'expédia en avant et s'affala à demi sur moi. Le moteur crachota puis s'arrêta.

— Bella ! Tu n'as rien ?

Jacob s'était précipité et redressait la machine. Je ne réagis pas, trop occupée à tendre l'oreille.

« Je te l'avais bien dit », murmura le ténor avec une clarté cristalline.

— Bella ? répéta Jacob en me secouant par l'épaule.

— Ça va, marmonnai-je, hébétée.

Et en effet, ça n'aurait pu aller mieux. *Il* était revenu. Ses intonations douces et veloutées résonnaient encore dans mon crâne. J'envisageai rapidement différentes explications. La familiarité était à exclure : je n'avais jamais vu cette route, n'avais jamais pratiqué la moto – pas de déjà-vu, donc. Par conséquent, ces hallucinations auditives étaient provoquées par autre chose... Je sentis l'adrénaline couler de nouveau dans mes veines, et je pressentis que je tenais la solution. Un étrange mélange d'adrénaline et de danger, à moins que ce fût juste de la stupidité.

Jacob m'aidait à me relever.

— Tu es tombée sur la tête ? s'enquit-il.

— Je ne crois pas, chuchotai-je en la secouant d'avant en arrière pour vérifier. Je n'ai pas abîmé la moto, au moins ?

Cela m'inquiétait. J'avais hâte de réitérer l'expérience. Montrer de la hardiesse se révélait beaucoup plus efficace que je l'avais envisagé. La triche n'avait plus d'importance. Avoir trouvé un moyen de générer mes fantasmes sonores comptait bien plus.

— Non, elle a calé, c'est tout. Tu as relâché l'embrayage trop vite.

— Recommençons.

— Sûre ?

— Oui.

Cette fois, j'essayai de démarrer toute seule. C'était compliqué. Il fallait que je saute un peu pour frapper le kick avec suffisamment de force et, l'engin en profitait pour tenter de me désarçonner. Les mains de Jacob planaient au-dessus du guidon, prêtes à me retenir en cas de besoin. Ce ne fut qu'au bout de plusieurs tentatives, dont pas mal de malheureuses, que le moteur céda et rugit. Sans oublier de serrer la goupille, je tournai la poignée droite à plusieurs reprises. Il suffisait de l'effleurer pour que la machine réagisse. À présent, mon sourire était aussi large que celui de Jacob.

— Vas-y doucement avec l'embrayage, me rappela-t-il.

« Tu as vraiment envie de te tuer ? intervint la voix, sévère. C'est le but de la manœuvre ? »

Ça fonctionnait ! Je ricanai intérieurement, et l'ignorai. Je savais que Jake ne laisserait rien arriver de méchant.

« Rentre chez toi ! », m'ordonna le ténor.

La splendeur de ses intonations me renversait. Il était hors de question que je permette à ma mémoire de l'oublier, quel que soit le prix à payer.

— Doucement, m'encouragea Jacob.

— T'inquiète, répondis-je.

Je me rendis compte avec embarras que je m'étais adressée à mes deux interlocuteurs en même temps. Derechef, la voix subliminale gronda, étouffée par le rugissement du moteur. Je me concentrai pour éviter d'être surprise par sa prochaine intervention et laissai remonter la poignée petit à petit. Brusquement, la mécanique réagit, et je fonçai en avant.

Je volais.

Un vent qui ne soufflait pas quelques instants auparavant plaquait ma peau sur mon visage et rejetait mes cheveux en arrière avec suffisamment de force pour que j'aie l'impression qu'on me les tirait. Mon estomac était resté au point de départ, et l'adrénaline picotait tout mon corps. Les arbres défilaient comme l'éclair, se confondant en une seule paroi verte. Or, je n'étais qu'en première. Ma semelle effleura la boîte de vitesses, cependant que j'accélérai.

« Non, Bella ! me cria la voix de miel avec rage. Regarde devant toi ! »

Elle m'arracha suffisamment au vertige de la vélocité pour que je m'aperçoive que la route s'incurvait sur la gauche alors que je continuais de filer tout droit.

— Freine, freine ! me marmonnai-je à moi-même.

Instinctivement, j'abattis mon pied droit sur le frein arrière, comme je l'aurais fait si j'avais été au volant de ma camionnette. La moto vacilla d'un côté puis de l'autre, m'entraînant en plein sur le mur végétal. J'allais trop vite. Je voulus tourner le guidon pour changer de direction, mais mon poids déséquilibra l'engin qui s'inclina vers le sol, tout en poursuivant sa course vers les arbres. Une fois de plus, il me tomba dessus en vrombissant, me tirant sur le sable humide jusqu'à ce qu'il heurte un obstacle quelconque. Le nez dans la mousse, je n'y voyais rien. J'essayai de relever la tête ; quelque chose m'en empêcha. J'étais à demi assommée, perdue, submergée par trois sortes de rugissements – la moto, la voix dans ma tête et autre chose...

— Bella ! hurla Jacob.

J'entendis qu'on coupait le moteur de la deuxième machine, puis de la mienne, qui cessa brusquement de peser sur moi, et je basculai pour m'allonger et respirer plus aisément. Le silence était revenu, tout à coup.

— Wouah ! marmottai-je.

J'étais enchantée. C'était bien ça, la recette d'une bonne hallucination : adrénaline, danger et stupidité. En tout cas, un truc s'en approchant.

— Bella ! répéta Jacob, agenouillé près de moi, anxieux. Tu n'as rien, Bella ?

— Rien du tout ! m'écriai-je, ravie, en bougeant les bras et les jambes pour vérifier qu'ils fonctionnaient. On remet ça !

— Je ne crois pas, objecta-t-il, toujours aussi sérieux. J'ai même l'impression qu'il vaudrait mieux t'emmener à l'hôpital.

— Je suis en pleine forme.

— Euh... Tu t'es méchamment entaillé le front, Bella, et ça pisse le sang, m'informa-t-il.

Je plaquai ma paume sur le haut de mon crâne, sentis une moiteur collante. J'avais les narines pleines des arômes de mousse humide, ce qui m'épargna la nausée.

— Je suis désolée, Jacob ! marmonnai-je en appuyant sur la coupure comme si cela pouvait stopper l'hémorragie.

— Ce n'est pas parce que tu t'es blessée qu'il faut t'excuser, se récria-t-il en m'aidant à me relever. Allons-y. Et c'est moi qui conduis, précisa-t-il en tendant la main pour que je lui donne mes clés.

— Et les motos ?

— Attends-moi, répondit-il après quelques secondes de réflexion. Et prends ça.

Il retira son T-shirt taché de rouge et me le lança. Je le roulai en boule et le pressai fort contre mon front. L'odeur du sang commençant à me chatouiller les narines, je me mis à respirer par la bouche et m'efforçai de penser à autre chose.

Jacob sauta sur la selle de la machine noire, la démarra d'un seul coup et déguerpit dans un jet de sable et de graviers. Couché sur le guidon, tête baissée, cheveux au vent dont la noirceur de jais tranchait sur le cuivre de son dos, il dégageait une impression de professionnalisme athlétique. Je l'observai avec une pointe d'envie, certaine que je n'avais pas ressemblé à ça, sur ma moto.

La distance que j'avais parcourue m'étonna. Je distinguai à peine Jacob lorsqu'il atteignit la camionnette. Après avoir balancé l'engin sur le plateau, il trottina du côté conducteur et ne tarda pas à revenir vers moi, faisant rugir le moteur dans sa hâte. J'allais plutôt bien.

Certes, le front me picotait, et mon estomac s'agitait un peu, mais la blessure était bénigne. La tête saignait toujours beaucoup. Il n'y avait pas d'urgence. Sans couper le contact, Jacob se précipita sur moi et, une fois encore, enlaça ma taille.

— Grimpe dans la voiture.

— Franchement, ça va, le rassurai-je. Inutile de paniquer, ce n'est qu'un peu d'hémoglobine.

— Tu parles ! ronchonna-t-il en allant récupérer ma moto. Il y en a des tonnes.

— Réfléchissons cinq minutes, dis-je quand il réintégra sa place derrière le volant. Si tu m'emmènes aux urgences, cela reviendra aux oreilles de Charlie, tu peux y compter.

Je jetai un coup d'œil au sable et à la boue qui maculaient mon jean.

— Il te faut des points de suture, Bella. Pas question que tu te vides de ton sang.

— Aucun danger. Écoute, nous allons d'abord ranger les motos, puis on s'arrêtera chez moi pour que je me débarrasse des indices avant de foncer à l'hosto.

— Et Charlie ?

— Il est censé travailler, aujourd'hui.

— Tu en es sûre ?

— Oui. Ne t'inquiète pas. Je saigne facilement, et ce n'est pas aussi grave que ça en a l'air.

Jacob n'était pas très content de cet arrangement – les coins de sa bouche tournés vers le bas, une moue inhabituelle pour lui, étaient là pour le prouver – mais il ne voulait pas m'attirer d'ennuis non plus. Sur le trajet de La Push à Forks, je ne cessai de contempler le paysage par la fenêtre tout en appuyant son T-shirt (désormais fichu) contre mon crâne.

La moto s'était révélée encore mieux que ce que j'avais envisagé. Elle avait amplement tenu le rôle que je lui avais assigné. J'avais triché, trahi ma parole. Je m'étais montrée inutilement téméraire. Que le contrat fût désormais rompu des deux côtés me donnait l'impression d'être moins minable. Et puis, j'avais découvert la clé des hallucinations. Enfin, je l'espérais. J'escomptais bien vérifier ma théorie à la première occasion. S'ils ne traînaient pas trop aux urgences, je réussirais même à m'y coller dès ce soir.

Dévaler la route à toute allure avait été formidable. Le vent sur ma figure, la vitesse et le sentiment de liberté... cela me rappelait mon existence passée, la fois où j'avais traversé la forêt dense en volant, à califourchon sur *son* dos. Je m'interdis aussitôt de penser plus loin et laissai le souvenir s'évaporer dans un brutal élan de douleur. Je tressaillis.

— Ça va ? s'enquit Jacob.

— Oui.

— En tout cas, compte sur moi pour déconnecter ton frein arrière au plus vite, me prévint-il.

À la maison, je commençai par m'inspecter dans le miroir. Plutôt moche. D'épais ruisseaux rouges avaient séché sur ma joue et dans mon cou, collant mes cheveux terreux. Je menai un examen clinique de ma petite personne, décidant que le sang n'était que de la peinture pour éviter d'éventuels haut-le-cœur et continuant à respirer par la bouche. Bref, je tenais le coup. Je me nettoyai du mieux que je pus, cachai mes affaires boueuses et ensanglantées au fond de mon panier à linge sale et me rhabillai – jean et chemise se boutonnant sur l'avant (histoire de ne pas avoir à l'enfiler par la tête). Je parvins à exécuter tout cela avec une seule main tout en évitant de tacher mes vêtements propres.

— Dépêche-toi ! me lança Jacob.

— J'arrive, j'arrive.

Je vérifiai que je ne laissais aucune preuve compromettante derrière moi puis me précipitai au rez-de-chaussée.

— De quoi j'ai l'air ? demandai-je.

— Ça peut aller.

— Mais est-ce que je ressemble à quelqu'un qui aurait trébuché dans ton garage et se serait ouvert la tête sur un marteau ?

— J'imagine que oui.

— Dans ce cas, allons-y.

Jacob me conduisit à la Chevrolet. Il insista, une fois encore, pour prendre le volant. Nous étions à mi-chemin de l'hôpital quand je me rendis compte qu'il était torse nu.

— Nous aurions dû penser à te prendre une veste.

— De Charlie ? Rien de tel pour nous trahir. De toute façon, je n'ai pas froid.

— Tu rigoles ?

Grelottante, j'augmentai le chauffage de la voiture, tout en observant Jacob. Jouait-il les durs pour que je ne m'inquiète pas ? Non, il semblait très à l'aise, ainsi. Il avait un bras allongé sur le dossier de mon siège, bien que je me sois pelotonnée pour conserver la chaleur de mon corps.

Jacob paraissait vraiment plus vieux que ses seize ans. Pas quarante, sans doute, mais plus que moi en tout cas. Il avait beau se plaindre d'être maigre, il n'avait guère à envier à Quil en matière de muscles. Les siens étaient longs et nerveux, mais réels. Quant à sa peau, elle avait une telle couleur que j'en étais jalouse. Il remarqua que je le détaillais.

— Quoi ? demanda-t-il, à demi embarrassé.

— Rien. Sauf que je viens juste de m'en rendre compte... sais-tu que tu es plutôt beau ?

Les mots à peine prononcés, je m'inquiétai qu'il les prît mal. Heureusement, il se borna à lever les yeux au ciel.

— Tu as reçu un sacré coup sur la caboche, dis-moi !

— Je ne plaisante pas.

— Ah... ben, euh, merci alors.

— Ben, euh, de rien, répondis-je, hilare.

Sept points de suture furent nécessaires pour refermer la coupure de mon front. Une fois passée la piqûre de l'anesthésie locale, je ne sentis plus rien. Jacob me tint la main pendant que le Dr Snow me recousait, et je m'efforçai de ne pas songer à l'ironie de la situation.

Ça nous prit des heures. Le temps qu'ils en aient terminé avec moi, je dus déposer Jacob chez lui avant de foncer à la maison pour préparer le dîner. Charlie sembla gober mon histoire de chute dans le garage. Après tout, ce n'était pas comme si je n'avais jamais réussi à finir aux urgences toute seule comme une grande.

Cette nuit-là ne fut pas aussi pénible que celle qui avait suivi mon premier fantasme auditif, à Port Angeles. Le trou réapparut dans ma poitrine, comme toujours quand je m'éloignais de Jacob, pas aussi douloureux cependant. J'envisageais déjà d'autres manières de provoquer de nouvelles illusions, ce qui me distrayait. Et puis, je savais que j'irais mieux le lendemain, en retrouvant Jacob. Ainsi, la plaie béante et la douleur familière furent plus faciles à supporter – le soulagement ne tarderait pas. Le cauchemar, lui aussi, perdit quelque peu de sa puissance. Le vide m'horrifia, comme d'ordinaire, mais je découvris que j'attendais avec une étrange impatience l'instant où je me réveillerais en hurlant. Je savais que le mauvais rêve se terminait toujours.

Le mercredi d'après, sans me donner le temps de rentrer des urgences afin de parer le coup, le Dr Gerandy téléphona à Charlie pour l'avertir qu'il craignait une commotion cérébrale et lui conseiller de me réveiller toutes les deux heures durant la nuit, afin de s'assurer que je n'avais rien de sérieux. C'est avec une suspicion non dissimulée que mon père accueillit mes explications maladroites sur une nouvelle chute.

— Tu aurais peut-être intérêt à ne plus t'approcher de ce garage, Bella, suggéra-t-il durant le dîner.

Je paniquai à l'idée qu'il se mît dans le crâne de m'interdire La Push et, par conséquent, mes expériences à moto. Il était inimaginable que j'abandonne la partie – ce jour-là, j'avais eu une de mes hallucinations les plus formidables. La voix de velours fantasmatique m'avait enguirlandée pendant cinq bonnes minutes avant que je freine trop fort et n'embrasse un tronc d'arbre. J'étais prête à supporter sans gémir la douleur physique qui en résultait, même violente.

— Ce n'est pas arrivé dans le garage, m'empressai-je de protester. Nous randonnions, et j'ai trébuché sur un rocher.

— Depuis quand tu randonnes, toi ?

— Il fallait bien s'attendre à ce que mon travail chez Newton laisse des traces. À force de vanter quotidiennement les vertus de l'exercice en plein air, on finit par devenir curieux.

Charlie me toisa d'un œil soupçonneux.

— Je te promets d'être plus prudente, jurai-je tout en croisant les doigts sous la table.

— Je n'ai rien contre ces balades autour de La Push, mais ne t'éloigne pas de la réserve, compris ?

— Pourquoi ?

— Nous avons reçu pas mal de plaintes du parc naturel, ces derniers temps. En attendant l'enquête des eaux et forêts, je préférerais que...

— Oh, c'est l'ours, hein ? Je suis au courant. Des marcheurs qui passaient par la boutique l'ont aperçu. Tu crois vraiment qu'une espèce d'immense grizzli mutant traîne dans le coin ?

— En tout cas, il y a quelque chose. Alors, pas question de gambader en pleine nature, compris ?

— Oui, oui, assurai-je rapidement.

Il n'eut pas l'air complètement tranquille, cependant.

— Charlie commence à fureter, me plaignis-je auprès de Jacob quand je passai le chercher au lycée, le vendredi.

— Dans ce cas, nous devrions peut-être lever le pied avec les bécanes, suggéra-t-il. Au moins pendant une semaine ou deux, précisa-t-il en voyant mon expression contrariée. L'idée de ne pas aller à l'hosto pendant huit jours ne te dérange pas, non ?

— Mais qu'est-ce qu'on va faire ? râlai-je.

— Ce que tu voudras, répondit-il avec bonne humeur.

Je méditai quelques instants. De quoi avais-je envie ? Je haïssais la perspective de perdre, aussi maigres fussent-elles, ces quelques secondes de proximité avec les souvenirs indolores, ceux qui surgissaient sans que j'eusse besoin de les évoquer consciemment. Si l'on me retirait la moto, j'allais devoir trouver une nouvelle voie d'accès au danger et à l'adrénaline, ce qui exigerait réflexion et créativité. En attendant, l'inaction avait toutes les chances de se révéler pénible. Et si, malgré la présence de Jake, je retombais dans la dépression ? Il était nécessaire que je reste occupée... Il y avait sûrement un autre moyen, une autre recette... un autre endroit.

La villa blanche avait été une erreur, sans aucun doute. Pourtant, *sa* présence devait bien être imprimée quelque part, ailleurs qu'en moi. Il existait forcément une place où il me semblerait plus réel qu'au milieu des repères familiers qu'encombraient mes réminiscences d'humaine. Seule une me vint à l'esprit, une qui n'appartiendrait jamais qu'à lui seul, une empreinte de magie et de lumière. La belle clairière que je n'avais vue qu'une fois dans ma vie, illuminée par le soleil et les étincelles qui ruisselaient sur sa peau.

L'idée était risquée, et l'éventualité d'un retour de flamme probable – l'expérience pouvait se révéler dangereusement douloureuse. Rien que d'y songer, la blessure déchirant mon sein se réveilla, au point que j'eus du mal à rester droite et à ne pas me trahir. N'empêche, de tous les lieux du monde, c'était le plus susceptible de provoquer l'écho de sa voix. En plus, j'avais déjà raconté à Charlie que je randonnais...

— À quoi penses-tu donc avec autant de sérieux ? me demanda Jacob.

— Eh bien... j'ai découvert un endroit dans la forêt, un jour. Je suis tombée dessus par hasard, alors que je... me promenais. Une clairière magnifique. J'ignore si je saurais la retrouver seule. Il faudra sûrement que je m'y reprenne à plusieurs fois...

— Nous pourrions utiliser une boussole et une carte d'état-major, répliqua-t-il avec une confiance rassurante. Tu te rappelles d'où tu es partie ?

— Oui, juste au début du sentier de grande randonnée sur laquelle s'achève la route 110. Et j'ai suivi la direction du sud, me semble-t-il.

— Formidable. T'inquiète, nous allons y arriver.

Comme toujours, Jacob était prêt à exaucer le moindre de mes désirs, aussi étrange fût-il.

C'est ainsi que, le samedi après-midi, je laçai mes chaussures de marche achetées le matin même, ce qui m'avait permis de bénéficier pour la première fois de la ristourne de vingt pour cent réservée aux employés, attrapai un plan détaillé de la péninsule d'Olympic et me rendis à La Push.

Nous ne partîmes pas immédiatement. D'abord, Jacob allongea sa grande carcasse sur le plancher du salon et, pendant vingt minutes, s'affaira à dessiner un quadrillage complexe sur la carte. De mon côté, assise sur une chaise de la cuisine, je fis la conversation à Billy. Ce dernier paraissait absolument serein quant à notre projet de balade. J'avais été surprise de constater que Jacob ne lui avait rien caché de l'endroit où nous allions, vu la paranoïa qui régnait à cause de l'ours. J'aurais voulu demander à Billy de ne rien dire à Charlie, j'avais peur toutefois d'obtenir l'effet inverse.

— On verra peut-être le supernounours, plaisanta Jacob en examinant son travail.

Je jetai un coup d'œil à son père, craignant une réaction à la Charlie. Billy se contenta de rire, cependant.

— Dans ce cas, tu ferais sans doute bien de prendre un pot de miel, se moqua-t-il. Au cas où.

— J'espère que tes chaussures neuves ont des ailes, rigola Jacob à mon adresse. Parce qu'un petit pot de miel n'apaisera pas un ours affamé très longtemps.

— Il me suffira d'être plus rapide que toi, rétorquai-je.

— Comme si c'était possible ! s'esclaffa-t-il en repliant la carte. Bon, allons-y.

— Amusez-vous bien, lança Billy en dirigeant son fauteuil vers le réfrigérateur.

Charlie n'était pas difficile à vivre, mais j'eus l'impression que Jacob avait encore plus de liberté que moi.

Je nous conduisis jusqu'au bout de la route en terre et me garai près du piquet en bois qui marquait le début du sentier pédestre. Je n'étais pas venue ici depuis bien longtemps, et des spasmes nerveux me tordirent l'estomac. La balade risquait de devenir malsaine, mais elle valait la peine si je réussissais à entendre mon ténor. Je sortis de voiture et contemplai la végétation dense qui nous cernait.

— Je suis partie par là, murmurai-je en tendant le doigt droit devant moi.

— Hum.

— Quoi ?

Le regard de Jacob alla de la direction que j'indiquais au chemin balisé.

— Je t'aurais plutôt prise pour une fille préférant suivre les sentiers tout tracés.

— Eh non ! plastronnai-je, un peu gênée. Je suis une rebelle, que veux-tu !

Il rit, tira le plan de son sac.

— Une seconde, s'il te plaît.

La boussole en main, il enroula la carte jusqu'à ce qu'elle soit pliée comme il le désirait.

— Première section du quadrillage... et voilà, c'est parti !

Je compris vite que je retardais sa progression, mais il ne s'en plaignit pas. Je tâchais de ne pas ressasser ce que je me rappelais de ma dernière balade dans ces bois, en compagnie d'un être bien différent. Les souvenirs restaient dangereux. Si je me laissais engluer par eux, j'allais finir avec les bras serrés autour de mon torse, haletante. Ce qui serait difficile à justifier devant Jacob.

Rester focalisée sur le présent n'était pas aussi ardu que je l'avais cru. L'endroit ressemblait à n'importe quel autre coin de la péninsule, et Jacob donnait à la balade une atmosphère très différente. Il sifflotait joyeusement, balançait les bras, se déplaçait sans difficulté à travers les sous-bois enchevêtrés. Grâce à ce soleil ambulant, les ombres paraissaient moins noires que d'habitude. Assez régulièrement, il consultait la boussole, tout en nous maintenant sur la ligne droite d'un des rayons qu'il avait dessinés sur la carte. Il avait vraiment l'air de savoir ce qu'il faisait. Je faillis le complimenter, me retins – il risquait d'en profiter pour rajouter quelques années à son âge.

Tout en marchant, mon esprit vagabondait. Je n'avais pas oublié la discussion que nous avions eue sur les falaises. Depuis, j'avais attendu qu'il en reparle, sans résultat.

— Euh... Jake ? lançai-je, quelque peu hésitante.

— Oui ?

— Comment ça va... avec Embry ? Il est toujours aussi étrange ?

Jacob garda le silence, continuant à avancer à grandes enjambées. À quelques mètres de moi, il s'arrêta, le temps que je le rejoigne.

— Oui, finit-il par répondre avec une moue contrariée.

Comme il restait planté sur place, je me reprochai aussitôt d'avoir abordé le sujet.

— Encore sous l'influence de Sam ?

— Ouais.

Il posa son bras sur mes épaules. Il paraissait si troublé que je ne me dégageai pas en plaisantant, ce que j'aurais sans doute fait dans n'importe quelle autre circonstance.

— Ils continuent à te regarder bizarrement ?

— Oui, parfois.

— Et Billy ?

— Il ne m'a été d'aucun secours, comme d'habitude.

La colère amère qui perçait derrière cette réflexion me perturba.

— Notre canapé est disponible, lui rappelai-je.

Son rire rompit la morosité ambiante.

— Réfléchis un peu à la position dans laquelle ça mettrait Charlie. Si jamais Billy prévenait les flics en pensant que j'ai été enlevé.

Je pouffai à mon tour, heureuse de voir qu'il était redevenu lui-même.

Au bout d'une dizaine de kilomètres, nous bifurquâmes brièvement vers l'ouest puis suivîmes une nouvelle ligne du quadrillage. Le paysage ne variant pas, je commençai à me dire que ma quête idiote était vouée à l'échec, impression qui se renforça quand le jour s'assombrit. Jacob, lui, était plus confiant.

— Du moment que tu es sûre de notre point de départ, me rassura-t-il, en me lançant néanmoins un coup d'œil interrogateur.

— Sûre et certaine.

— Alors, nous trouverons.

Il me prit par la main et m'entraîna dans une mer de fougères. De l'autre côté nous attendait la Chevrolet.

— Fais-moi confiance, ajouta-t-il en désignant la camionnette avec fierté.

— Tu te débrouilles bien, reconnus-je. Mais, la prochaine fois, nous apporterons des lampes.

— Nous n'aurons qu'à consacrer nos dimanches à ces randonnées. J'ignorais que tu étais si lente.

Furieuse, je lui arrachai ma paume et gagnai la portière conducteur en boudant. Ma réaction déclencha son hilarité.

— Prête pour une nouvelle tentative, demain ? s'enquit-il en s'installant à côté de moi.

— Pas de souci. À moins que tu préfères y aller sans moi, puisque je te ralentis tant.

— Je m'en remettrai, va ! En tout cas, pense à prendre des pansements. Je parie que tes chaussures te font mal.

— Un peu, avouai-je.

En réalité, j'avais l'impression que mes pieds n'étaient plus qu'une immense ampoule.

— J'espère qu'on verra l'ours. Je suis un peu déçu.

— Je n'attends que ça, raillai-je. Nous aurons sûrement un peu de chance, et l'un de nous deux se fera croquer !

— Les ours ne mangent pas les humains. Nous ne

sommes pas assez bons. Enfin, tu es peut-être l'exception. Je suis sûr que tu es délicieuse.

— Merci du compliment.

Je détournai les yeux. Il n'était pas le premier à me dire ça.

9

♦

LA CHANDELLE

Le temps commença à s'écouler beaucoup plus vite qu'avant. Le lycée, le travail et Jacob – pas forcément dans cet ordre-là, d'ailleurs – tissaient un schéma directeur précis et aisé à suivre. Quant à Charlie, il avait obtenu satisfaction : je n'étais plus malheureuse. Certes, je ne réussissais pas à me leurrer entièrement. Lorsque je dressais l'inventaire de mon existence, ce que j'essayais d'éviter, je ne pouvais ignorer ce qu'impliquait mon comportement.

J'étais pareille à une lune perdue – ma planète avait été détruite par le scénario d'un quelconque film catastrophe – qui continuait néanmoins à tourner en un tout petit orbite autour du vide créé par le cataclysme en ignorant les lois de la gravité.

Mes progrès à moto signifièrent moins de pansements

et donc moins d'inquiétude de la part de Charlie. Ils entraînèrent aussi, et hélas, la disparition progressive de la voix, jusqu'au jour où je ne l'entendis plus. Je cédai alors à un affolement silencieux et me lançai à la recherche de la clairière avec plus de frénésie, et je me creusai la cervelle pour trouver d'autres activités génératrices d'adrénaline.

Je ne suivais plus le compte des jours ; cela n'avait aucun sens, puisque je tâchais de vivre le plus possible au présent, loin d'un passé qui s'estompait et d'un futur que je n'étais pas en état d'envisager. C'est pourquoi je fus désarçonnée, le jour où, lors d'une de nos studieuses rencontres du samedi, Jacob mentionna la date. Il m'attendait quand j'arrivai devant chez lui, après le travail.

— Bonne Saint-Valentin, me dit-il en souriant et en s'inclinant pour me saluer.

En équilibre sur sa paume, une petite boîte rose. Des cœurs en sucre.

— Flûte ! marmonnai-je. Je suis vraiment nulle. C'est aujourd'hui ?

— Tu es tellement à côté de la plaque, parfois, soupira-t-il en affectant la tristesse. Oui, nous sommes le quatorze février. Acceptes-tu d'être ma Valentine ? Comme tu ne m'as même pas acheté un paquet de bonbons à cinquante cents, c'est le moins que tu puisses faire.

Le malaise me gagna. Il plaisantait, certes, mais en surface seulement.

— Qu'est-ce que ce statut implique exactement ? biaisai-je.

— Les machins habituels... mon esclave pour la vie, ce genre de truc.

— Oh, si ce n'est que ça.

J'acceptai les friandises, tout en réfléchissant cependant à la façon de poser, une fois de plus, des limites claires et nettes. Avec Jacob, il était nécessaire de les redéfinir régulièrement.

— C'est quoi, le programme, demain ? demanda-t-il. Balade ou urgences ?

— Balade. Tu n'es pas le seul à être obsessionnel, tu sais. Je commence à croire que j'ai inventé cet endroit...

— On le trouvera, affirma-t-il. Moto lundi et vendredi, alors ?

Voyant là l'occasion de mettre les points sur les *i*, je répondis sans réfléchir :

— Je vais au cinéma, vendredi. Voilà des mois que mes potes de la cantine me harcèlent pour que je les accompagne.

Mike allait être ravi. Le visage de Jacob se ferma. J'eus le temps de repérer la peine dans ses yeux avant qu'il les baisse.

— Mais tu viendras aussi, non ? m'empressai-je d'ajouter. Ou ce sera trop pénible de traîner avec une bande de raseurs de Terminale ?

Tant pis pour la nécessité de mettre un peu de distance entre nous. Il m'était insupportable de blesser Jacob. Un lien étrange nous unissait, et son chagrin ne manquait jamais de déclencher le mien. Par ailleurs, profiter de sa compagnie pour affronter cette épreuve n'était pas sans me plaire. J'avais promis à Mike d'aller au cinéma avec lui, cela ne signifiait pas pour autant que l'idée me remplissait d'une joie incommensurable.

— Tu as vraiment envie que je vienne, alors que tu seras avec tes amis ?

— Oui, avouai-je sans difficulté. Je m'amuserai beaucoup plus si tu es là.

J'étais consciente d'être sans doute en train de me tirer une balle dans le pied.

— Amène Quil, qu'on rigole.

— Il va flipper à mort, s'esclaffa-t-il. Des filles de Terminale !

— Je tâcherai de lui fournir un échantillon des meilleures !

Je ne mentionnai pas Embry. Lui non plus.

Le lundi, j'abordai le sujet avec Mike après le cours d'anglais.

— Hé, Mike ! Tu es libre, vendredi ?

Il releva la tête, de l'espoir plein ses yeux bleus.

— Oui. Pourquoi ? Tu veux qu'on sorte ?

J'avais soigneusement préparé ma réponse.

— Je pensais qu'on pourrait se payer une toile avec *toute la bande*, annonçai-je en insistant sur les derniers mots. *La Mire*, ça te dit ?

J'avais bien bossé, cette fois. J'avais même parcouru les critiques pour être certaine que je ne serais pas prise en défaut. Ce film était censé être un bain de sang du début à la fin. Je n'allais pas encore assez bien pour supporter une histoire romanesque.

— Pourquoi pas ? marmonna-t-il, avec beaucoup moins d'empressement, soudain.

— Super !

Au bout de quelques secondes, il retrouva sa bonne humeur initiale.

— On propose ça à Angela et Ben ? Ou à Eric et Katie ?

— Pourquoi pas à tous ? suggérai-je. À Jessica aussi, bien sûr. Sans oublier Tyler, Conner. Et, peut-être, Lauren, précisai-je sans enthousiasme.

Après tout, j'avais promis que Quil aurait droit à du choix.

— D'accord, murmura Mike.

— Et puis, continuai-je sans me démonter, j'ai invité deux amis de La Push. Si tout le monde vient, on va avoir besoin de ta Suburban.

— Ce sont les gens avec qui tu passes tout ce temps à étudier ? demanda-t-il, suspicieux.

— Eux-mêmes ! m'exclamai-je joyeusement. En fait, ce serait plutôt une espèce de tutorat, vu qu'ils ne sont qu'en Seconde.

— Oh !

Il parut surpris, puis sourit.

Finalement, nous n'eûmes pas besoin du 4 × 4. Jessica et Lauren prétendirent qu'elles étaient occupées dès que Mike eut laissé échapper que je serais de la partie. Eric et Katie avaient déjà prévu quelque chose, pour fêter leurs trois semaines ensemble ou je ne sais quoi. Lauren réussit à intercepter Tyler et Conner avant Mike, si bien qu'eux aussi étaient pris. Même Quil ne pouvait se libérer – il était puni pour s'être battu au lycée. Au bout du compte, seuls Angela, Ben et, naturellement, Jacob furent à même de participer à la sortie. Cela ne calma pas les ardeurs de Mike, cependant ; le vendredi, il ne parla que de ça.

— Tu es sûre que tu n'as pas plutôt envie de voir *Demain et à jamais* ? me demanda-t-il au déjeuner, faisant allusion à la comédie romantique qui était le succès du moment. La critique est excellente.

— Non, je suis d'humeur à regarder des films d'action. Du sang et des larmes !

— Bon.

Il se détourna, mais j'eus le temps de remarquer son expression « tout-compte-fait-elle-est-peut-être-folle ».

Lorsque je rentrai du lycée, une voiture extrêmement familière était garée dans l'allée. Appuyé contre le capot, Jacob souriait de toutes ses dents.

— Génial ! hurlai-je en sautant de la Chevrolet. Tu as réussi ! Je n'en reviens pas ! Tu as fini la Golf !

— Hier soir, s'exclama-t-il en rougissant de plaisir. C'est son voyage inaugural.

— Incroyable !

Je levai la main pour qu'il m'en tape cinq. Il claqua sa paume contre la mienne, mais ne la retira pas, nouant au contraire ses doigts autour des miens.

— Alors, c'est moi qui conduis, ce soir, hein ?

— Assurément.

Je soupirai.

— Qu'y a-t-il ?

— J'abandonne, je ne serai jamais à la hauteur. Tu as gagné. C'est toi le plus vieux.

— Ben, c'est évident, répondit-il en haussant les épaules, comme s'il s'était attendu à ma capitulation.

À cet instant, la Suburban de Mike tourna au coin de la rue. Je retirai ma main de celle de Jacob, qui fit une grimace que je n'étais pas censée voir.

— Je me souviens de ce type, murmura-t-il tandis que Mike se garait le long du trottoir opposé. C'est lui qui croyait que tu étais sa petite amie. Il est toujours dans l'erreur ?

— Certaines personnes sont difficiles à décourager, admis-je.

— Il faut dire que la persévérance est parfois récompensée.

Mike sortit de voiture et s'approcha de nous.

— Salut, Bella !

Ses yeux se portèrent sur Jacob, immédiatement prudents. J'inspectai brièvement l'Indien en essayant d'être objective. Il n'avait pas du tout l'air d'un élève de Seconde. Il était si grand ! Il dominait Mike d'une bonne tête. Quant à moi, je n'osai même pas envisager notre différence de taille. Son visage avait également gagné en maturité, y compris depuis un mois que je le fréquentais.

— Salut, Mike ! Tu te rappelles Jacob Black ?

— Pas vraiment, répondit-il en tendant la main.

— Un vieil ami de la famille, se présenta Jacob.

Ils échangèrent une poignée de main plus vigoureuse que nécessaire et, quand ils se lâchèrent, Mike ne put s'empêcher de plier plusieurs fois les doigts. À l'intérieur, le téléphone sonna.

— J'y vais. C'est sans doute Charlie.

C'était Ben. Angela avait attrapé sa grippe intestinale, et il ne voulait pas sortir sans elle. Il s'excusait de ce faux bond. Je retournais lentement auprès des garçons, mal à l'aise. J'espérais qu'Angela se remettrait rapidement, mais j'avoue que j'étais égoïstement déçue par la tournure qu'avaient prise les choses. Seuls tous les trois, Mike, Jacob et moi, pour une soirée complète en perspective – c'était franchement génial... À se demander qui allait tenir la chandelle ! En tout cas, les deux garçons n'avaient visiblement pas progressé dans leur affection réciproque quand je les retrouvai. À quelques mètres l'un de l'autre, ils m'attendaient en se regardant en chiens de faïence. Mike arborait une expression maussade ; Jacob affichait son éternelle bonne humeur.

— Angela est malade, leur annonçai-je d'une voix lugubre. Elle et Ben ne peuvent pas venir.

— C'est une véritable épidémie, commenta Mike. Austin et Conner étaient absents, aujourd'hui. On devrait peut-être remettre ça.

J'allais accepter avec soulagement, quand Jacob intervint.

— Moi, je reste partant. Mais si tu préfères laisser tomber...

— Non. C'était seulement par égard pour Angela et Ben. Allons-y.

Il fonça vers son 4 × 4, le déverrouilla.

— Hé, le hélai-je, ça ne t'embête pas si nous prenons la voiture de Jacob ? Il vient juste de la terminer. Il l'a construite de ses propres mains, à partir de rien.

Je m'aperçus que je me vantais, aussi fière qu'une mère dont l'enfant avait reçu les félicitations du conseil de classe.

— Pas de problème, acquiesça Mike en claquant sa portière un tout petit peu trop violemment.

— C'est parti, alors, commenta Jacob.

Il paraissait le plus à l'aise de nous trois. Mike grimpa à l'arrière de la Golf, une moue renfrognée sur le visage. Toujours aussi solaire, Jacob bavarda avec moi jusqu'à ce que j'oublie le boudeur derrière nous. Ce dernier décida soudain de changer de stratégie. Se penchant en avant, il posa son menton sur le dossier de mon siège. Sa joue touchait presque la mienne, et je m'écartai légèrement en faisant mine de regarder par la fenêtre.

— La radio ne fonctionne pas, dans cette bagnole ? demanda Mike avec des accents irrités, interrompant Jacob au milieu d'une phrase.

— Si, répliqua ce dernier, mais Bella n'apprécie pas la musique.

Je le contemplai avec stupeur. Je ne lui avais jamais confié cela.

— Bella ? insista Mike.

— Il a raison, marmottai-je sans quitter des yeux le profil serein de notre chauffeur.

— Comment peux-tu ne pas aimer la musique ? s'entêta Mike, peu amène.

— Je n'en sais rien. Elle m'agace.

Émettant un son dégoûté, Mike regagna le fond de la banquette.

Une fois au cinéma, Jacob me tendit une coupure de dix dollars.

— Qu'est-ce qui te prend ?

— Je n'ai pas l'âge requis pour voir celui-là, expliqua-t-il.

— Eh bien, m'esclaffai-je, voilà qui remet les pendules à l'heure, monsieur le quadra. Billy risque-t-il de me tuer si je te fais entrer ?

— Non, je lui ai déjà dit que tu comptais dépraver le jeune innocent que je suis.

Je ris de plus belle. Mike pressa le pas pour rester à notre hauteur. Je regrettais presque qu'il n'eût pas décidé de déserter. Il persistait à se montrer grognon, ce qui n'allégeait pas l'atmosphère. En même temps, passer la soirée seule avec Jacob ne m'aiderait pas à clarifier nos relations.

Le film correspondait exactement à ce que sa promotion avait promis. Rien que pendant le générique, quatre personnes périrent dans des explosions, et une cinquième termina décapitée. La fille assise devant moi se cacha les yeux et enfouit son visage dans l'épaule de son compagnon, lequel lui tapota l'épaule en grimaçant. Mike semblait ne pas regarder l'écran. Ses traits étaient figés, ses prunelles furieuses fixées sur la bordure du rideau qu'on avait relevé. Je m'installai confortablement pour endurer les deux heures à venir, m'attachant plus aux couleurs et aux mouvements des images qu'aux silhouettes des personnages, des voitures et des maisons. Tout à coup, Jacob se mit à ricaner.

— Qu'est-ce qu'il y a ? chuchotai-je.

— Le sang de ce mec vient de jaillir à plus de six mètres de là ! siffla-t-il. Dans le genre irréaliste, tu connais pire ?

À cet instant, une nouvelle victime fut clouée au sol par un mât de drapeau, et il étouffa de nouveaux rires. Du coup, je prêtai une réelle attention à ce qui se passait, pouffant avec lui au fur et à mesure que le chaos atteignait des sommets de ridicule. Comment diable allais-je lutter contre l'ambiguïté de nos relations si je prenais autant de plaisir à sa compagnie ?

Mes deux prétendants s'étaient approprié les accoudoirs de mon fauteuil. Leurs mains respectives y reposaient dans une position artificielle, paumes en l'air, tels des pièges à ours prêts à se refermer sur leur proie. Jacob avait l'habitude de s'emparer de ma main dès que l'opportunité s'en présentait mais ici, en plein cinéma, avec Mike qui guettait, ce geste aurait pris une signification particulière, ce qu'il savait, j'en étais certaine. L'attitude absolument identique de Mike me laissait pantoise. Je croisai les bras contre ma poitrine en espérant qu'ils se maîtriseraient.

Ce fut Mike qui renonça le premier. À environ la moitié du film, il retira son bras et, s'inclinant, appuya son menton sur ses mains. D'abord, je crus qu'une des images atroces qui défilaient sous nos yeux le chamboulait, mais il geignit, ce qui m'alerta.

— Ça va, Mike ? chuchotai-je.

Le couple devant nous se retourna quand il poussa une nouvelle plainte.

— Non, haleta-t-il. Je crois que je suis malade.

La lumière tamisée provenant de l'écran me permit de distinguer le voile de sueur qui perlait sur son visage. Il grogna encore, puis se précipita vers la sortie. Je me levai pour le suivre, aussitôt imitée par Jacob.

— Non, murmurai-je. Reste. Je vérifie juste qu'il tient le choc.

Il m'accompagna néanmoins.

— C'est inutile, insistai-je. Profite de tes huit dollars d'horreur.

— Ce n'est pas grave. Décidément, Bella, tu as des goûts douteux. Ce film est minable.

Nous débouchâmes dans le hall du cinéma. Il n'y avait aucune trace de Mike, et je fus soulagée que Jacob ait insisté pour venir avec moi, car il s'engouffra dans les toilettes des hommes afin de s'assurer que Mike s'y trouvait. Il revint au bout de quelques secondes seulement.

— Il est bien là, m'annonça-t-il en levant les yeux au ciel. Quelle mauviette ! Tu devrais t'accrocher à un type un peu plus résistant. Un mec qui rigole en voyant du sang au lieu de vomir.

— Merci du conseil. Je tâcherai d'y penser.

Il n'y avait que nous dans les parages. Les deux films projetés n'en étaient qu'à leur moitié, et le silence était tel que nous percevions le bruit de la machine à pop-corn, près de l'entrée. Jacob alla s'asseoir sur le banc capitonné qui s'alignait contre le mur et m'invita à le rejoindre en tambourinant sur le velours.

— Il m'a donné l'impression qu'il allait en avoir pour

un moment, dit-il en étendant ses grandes jambes devant lui, prêt pour une longue attente.

En soupirant, je m'installai près de lui. J'avais le sentiment qu'il n'en avait pas terminé de son laïus et, comme par hasard, dès que je me fus assise, il passa son bras autour de mes épaules.

— Jack ! protestai-je en reculant.

Il ôta son bras, l'air pas le moins du monde vexé par ma rebuffade. Au lieu de ça, il s'empara fermement de ma main, et ses doigts emprisonnèrent mon poignet lorsque j'essayai de la lui reprendre. D'où lui venait ce culot infernal ?

— Juste une seconde, Bella, lâcha-t-il calmement. J'ai besoin de savoir.

Je pinçai les lèvres. Je n'avais pas envie de cette confrontation. Ni maintenant, ni jamais. Rien n'était aussi important dans mon existence désormais que Jacob Black. Malheureusement, il paraissait prêt à tout gâcher.

— Quoi ? marmonnai-je, revêche.

— Tu m'aimes bien, non ?

— Tu sais que oui.

— Plus que le plaisantin qui est en train de dégobiller tripes et boyaux dans les toilettes ?

— J'imagine.

— Plus que n'importe quel gars de ta connaissance ?

Il était posé, serein, comme si ma réponse importait peu, qu'il avait déjà deviné ce que j'allais dire.

— Et que n'importe quelle fille aussi.

— Mais c'est tout.

Ce n'était pas une question. J'eus du mal à confirmer. Serait-il blessé ? Me fuirait-il ? Le supporterais-je ?

— Oui, chuchotai-je.

— Ce n'est pas grave, me sourit-il. Du moment que c'est moi que tu préfères. Et que tu penses que je ne suis pas mal, physiquement. J'attendrai. Jusqu'à ce que tu craques.

— Je n'ai pas l'intention de craquer.

Malgré mes efforts pour être légère, je perçus la tristesse de ma voix. Lui n'était plus railleur mais songeur.

— C'est encore l'autre, n'est-ce pas ?

Je flanchai. C'était étrange. D'instinct, il paraissait avoir compris qu'il ne fallait pas prononcer son prénom. Comme pour la musique, dans la voiture. Il décelait tant de choses me concernant que je lui avais tues.

— Tu n'es pas obligée d'en parler, me rassura-t-il.

J'acquiesçai, reconnaissante.

— Mais ne te fâche pas après moi parce que je m'accroche à tes basques, d'accord ? enchaîna-t-il en caressant le dos de ma main. Parce que je ne renoncerai pas. Du temps, j'en ai à revendre.

— Tu ne devrais pas le gaspiller pour moi, soufflai-je.

Alors que, au contraire, j'en avais envie. Surtout s'il était prêt à m'accepter telle que j'étais, rien de moins que de la marchandise abîmée.

— C'est ce que je veux, à condition que tu apprécies toujours ma compagnie.

— Je n'arrive pas à envisager comment je pourrais me passer de toi, avouai-je.

— Voilà qui me permettra de tenir le coup ! s'exclama-t-il, ravi.

— N'empêche, n'attends pas plus de moi, l'avertis-je en m'efforçant de récupérer mes doigts.

Il s'y agrippa encore plus fort.

— Que je te tienne la main ne t'ennuie pas vraiment, hein ?

— Non, soupirai-je.

En vérité, c'était même agréable. Sa peau était plus chaude que la mienne. J'avais toujours si froid, ces derniers temps.

— Et tu te fiches de ce que *lui* pense, poursuivit-il en désignant les toilettes du menton.

— Il me semble, en effet.

— Alors, où est le problème ?

— Le problème, c'est que ce geste signifie autre chose pour moi que pour toi.

— Ça, c'est *mon* problème.

— À ta guise, grommelai-je, mais ne l'oublie pas.

— T'inquiète. On dirait que c'est moi qui ai la grenade dégoupillée entre les pattes, maintenant, non ?

Il planta un doigt taquin entre mes côtes. Je levai les yeux au ciel. Après tout, s'il souhaitait en plaisanter, libre à lui. Il rigola en silence tandis que son auriculaire errait doucement sur le flanc de ma main. Soudain, il la retourna.

— Tu as une drôle de cicatrice, là. Comment t'es-tu fait ça ?

Son index suivit le tracé du long croissant argenté qu'on distinguait à peine sous ma peau pâle.

— Tu crois que je me rappelle d'où proviennent tous mes stigmates ? ronchonnai-je.

J'attendis que le souvenir me frappe, qu'il rouvre le trou béant. Mais, comme souvent, la présence de Jacob m'épargna cette épreuve.

— Elle est froide, murmura-t-il en palpant l'endroit où James avait planté ses dents.

Tout à coup, Mike sortit des toilettes en titubant. Il était blême et en sueur. Il avait l'air très mal en point.

— Oh, Mike ! m'écriai-je.

— Ça ne vous ennuie pas si on rentre ? chuchota-t-il.

— Non, bien sûr que non.

Récupérant ma main, je me précipitai pour le soutenir tant il paraissait chancelant.

— Le film était un peu trop sanglant pour toi ? s'enquit Jacob, impitoyable.

— Je n'en ai rien vu, rétorqua Mike en le fusillant du regard. J'ai eu envie de vomir avant même qu'ils éteignent les lumières.

— Pourquoi n'as-tu rien dit ? le grondai-je.

— J'espérais que ça passerait.

— Un instant ! lança Jacob quand nous atteignîmes la porte.

Il fila à grands pas vers le stand de pop-corn.

— Auriez-vous la gentillesse de me donner un pot vide ? demanda-t-il à la vendeuse.

Un simple coup d'œil à Mike suffit à la décider d'accepter.

— Emmenez-le, et vite ! le supplia-t-elle.

Visiblement, c'était elle qui était chargée de nettoyer les sols.

J'entraînai Mike dehors. Il inhala profondément l'air glacé et humide. Jacob était juste derrière nous, et il m'aida à installer Mike à l'arrière de la voiture avant de lui tendre le pot avec sérieux.

— S'il te plaît, lui dit-il seulement.

Nous descendîmes les fenêtres pour laisser la fraîcheur nocturne aérer le véhicule, espérant que ça soulagerait Mike. Je me pelotonnai pour ne pas geler sur place.

— Tu as froid ? me demanda Jacob en m'attirant à lui avant que j'aie eu le temps de répondre.

— Pas toi ?

Il secoua la tête.

— Tu dois avoir de la fièvre, alors, maugréai-je.

J'étais transie. J'effleurai son front – il était incandescent.

— Nom d'un chien, Jake ! Tu es brûlant !

— Ah bon ? Je me porte comme un charme, pourtant.

Soucieuse, je tâtai une nouvelle fois son front. Sa peau irradiait.

— Tu as les doigts glacés ! se plaignit-il.

— Peut-être que c'est moi, en effet.

À l'arrière, Mike grogna avant de vomir dans son pot. Je serrai les dents en priant pour supporter le bruit et l'odeur. Anxieusement, Jacob vérifia par-dessus son épaule que sa voiture n'avait pas été profanée.

Le trajet me sembla plus long qu'à l'aller. Jacob se taisait, perdu dans ses pensées. Il n'avait pas ôté son bras de mes épaules, et il dégageait une telle chaleur que le vent froid en était agréable. De mon côté, j'avais les yeux rivés sur le pare-brise, accablée par la culpabilité. J'avais eu tort de l'encourager. Ça n'avait été rien que de l'égoïsme. Que j'aie tenté de clarifier ma position n'importait guère. S'il nourrissait un tant soit peu d'espoir que notre relation pût tourner à autre chose que de l'amitié, c'est que je n'avais pas été assez ferme. Mais comment lui expliquer de façon à ce qu'il comprît ? J'étais une coquille creuse. À l'instar d'une maison vide, abandonnée, j'avais été inhabitable durant des mois.

J'allais vaguement mieux, à présent – le salon était en meilleur état. Mais ça n'était que cela : une unique et toute petite pièce. Jacob méritait mieux qu'une masure délabrée à restaurer. Il aurait beau déployer des trésors d'énergie, il n'arriverait pas à me retaper. Pourtant, je savais que je ne le repousserais pas. J'avais trop besoin de lui ; j'étais intéressée. Si je me montrais plus explicite, il admettrait peut-être qu'il valait mieux m'oublier. L'idée déclencha mes frissons, et il resserra son étreinte.

Je reconduisis Mike chez lui avec sa Suburban, tandis que Jacob suivait pour me ramener ensuite. Sur le chemin du retour, il ne dit mot, et je me demandai s'il réfléchissait aux mêmes choses que moi. Peut-être était-il en train de changer d'avis.

— Vu qu'il est encore tôt, je m'inviterais bien un moment, murmura-t-il en se garant près de la Chevrolet, mais je crois que tu as raison. J'ai de la fièvre. Je me sens un peu... bizarre.

— Oh non ! Pas toi aussi ! Tu préfères que je te raccompagne ?

— Non. Je ne suis pas encore malade. Juste... dérangé. Si nécessaire, je m'arrêterai.

— Tu m'appelles dès que tu es chez toi, d'accord ?

— Oui, oui.

Il fronça les sourcils et se mordit les lèvres, les yeux perdus sur l'obscurité. J'ouvris ma portière et m'apprêtai à sortir, mais il attrapa doucement mon poignet. Une fois encore, je remarquai à quel point sa peau brûlait la mienne.

— Qu'y a-t-il, Jake ?

— Il faut que je te dise quelque chose, Bella. Sauf que j'ai peur que ça fasse un peu tarte.

J'étouffai un soupir. La scène qui s'était déroulée au cinéma allait recommencer.

— Vas-y.

— Bon... Voilà, je sais que tu es très malheureuse. Ça ne t'aidera pas beaucoup, sans doute, mais je voudrais que tu comprennes que je serai toujours là. Je ne te laisserai jamais tomber. Je te promets que tu pourras toujours compter sur moi. La vache, qu'est-ce que c'est nul ! Enfin, tu piges, quoi. Je ne te ferai jamais de mal.

— Je sais, Jacob. Et je compte déjà sur toi. Plus que tu le soupçonnes, d'ailleurs.

Un sourire fendit son visage comme le soleil incendie les nuages. Je me serais coupé la langue. Je n'avais rien proféré qui ne fût vrai. Or, j'aurais dû mentir. La vérité n'était pas bonne à dire. Elle risquait de le blesser. Parce que *moi*, je le laisserais tomber.

— Vaut mieux que je rentre, maintenant, marmonna-t-il avec une expression étrange.

Je m'extirpai rapidement de la voiture.

— Téléphone ! criai-je alors qu'il démarrait.

Je le regardai s'éloigner. Au moins, il paraissait en état de tenir un volant. Je restai à contempler la rue déserte, pas très en forme à mon tour, mais pas pour des raisons physiques.

Comme j'aurais aimé que Jacob Black fût mon frère, mon frère de sang. Ainsi, j'aurais bénéficié d'une revendication légitime à son égard sans pour autant m'attirer de blâme. Dieu m'était témoin que je n'avais jamais cherché à l'utiliser. Mais je ne pouvais m'empêcher d'interpréter mon sentiment de culpabilité comme une preuve du contraire. Plus encore, je n'avais pas cherché à m'en éprendre. Car, au plus profond de mon corps, dans la moelle de mes os, du sommet de ma tête à la plante de mes pieds, dans le trou de ma poitrine, j'étais certaine d'une chose – aimer donnait le pouvoir de briser l'autre.

Or, j'avais été cassée au-delà du réparable.

Pourtant, j'avais besoin de Jacob. Comme d'une drogue. Je m'étais servie de lui comme d'une béquille pendant trop longtemps, et je me retrouvais bien plus impliquée envers lui que je n'avais souhaité l'être avec quiconque. À présent, tout en ne supportant pas qu'il risque de souffrir, j'étais incapable d'éviter de le faire souffrir. Il croyait que le temps et la patience me changeraient ; j'avais beau savoir qu'il n'en serait rien, je l'autorisais à courir sa chance.

Il était mon meilleur ami, je l'aimerais toujours, ça ne suffirait jamais. Jamais.

J'entrai dans la maison et me postai près du téléphone en me rongeant les ongles.

— Le film est déjà terminé ? s'étonna Charlie en me voyant débarquer.

Il étais assis par terre, à quelques centimètres de la télévision. Sûrement un match passionnant.

— Mike est tombé malade, expliquai-je. Une espèce de gastro-entérite.

— Et toi, ça va ?

— Il me semble, répondis-je prudemment.

Après tout, j'avais été exposée à la contagion.

Je m'appuyai au plan de travail de la cuisine, à deux pas de l'appareil, et m'efforçai de prendre patience. Je repensai à la drôle d'expression qui avait traversé le visage de Jacob. Mes doigts se mirent à tambouriner sur le Formica. J'aurais dû insister pour le ramener. Les yeux rivés sur l'horloge, je comptai les minutes. Dix. Quinze. Même lorsque c'était moi qui conduisais, il ne fallait qu'un quart d'heure pour atteindre La Push. Or, Jacob roulait plus vite que moi. Dix-huit minutes. Je m'emparai du combiné, composai son numéro. Ça sonna dans le vide. Billy dormait peut-être. Ou alors, je m'étais trompée. Je recommençai. À la huitième tonalité, alors que j'allais raccrocher, Billy répondit.

— Allô ?

Ses intonations étaient soucieuses, comme s'il avait craint de mauvaises nouvelles.

— Billy, c'est moi, Bella. Jake est-il arrivé ? Il est parti d'ici il y a une vingtaine de minutes.

— Il est ici, murmura-t-il d'une voix blanche.

— Il devait m'appeler, m'énervai-je. Il ne se sentait pas bien quand il m'a quittée, et je m'inquiétais.

— Il était... trop malade. Il ne va pas bien du tout.

Billy était distant, et je devinai qu'il lui tardait d'être auprès de son fils.

— N'hésitez pas si vous avez besoin d'aide, proposai-je en songeant à Billy, coincé sur son fauteuil. Je peux passer...

— Non, non, s'empressa-t-il de refuser. On va se débrouiller. Reste chez toi.

Sa façon de le dire me parut presque impolie.

— Comme vous voudrez.

— Au revoir, Bella.

Il raccrocha.

— Au revoir, bougonnai-je.

Enfin, il était à la maison, c'était déjà ça. Bizarrement, je n'en étais pas pour autant soulagée. Je grimpai lourdement l'escalier, mal à l'aise. Je ferais peut-être un saut le lendemain avant d'aller travailler pour vérifier son état. Je pourrais lui apporter une soupe – nous en avions une boîte quelque part.

Mes plans tombèrent cependant à l'eau quand, dans la nuit, je me réveillai. Il était quatre heures trente. Je fonçai à la salle de bains, où Charlie me découvrit une demi-heure plus tard, la joue appuyée contre le carrelage frais de la baignoire. Il m'observa un long moment.

— Gastro, finit-il par énoncer.

— Oui, gémis-je.

— Il te faut quelque chose ?

— Appelle les Newton de ma part, murmurai-je d'une voix rauque. Dis-leur que j'ai attrapé la même chose que Mike, et que je ne pourrai pas venir aujourd'hui. Et que je m'excuse.

— Pas de souci.

Je passai le reste de la journée sur le sol de la salle de bains. Je dormis quelques heures, la tête posée sur une serviette froissée. Charlie annonça qu'il avait du boulot (en réalité il avait sûrement envie d'accéder à des toilettes), déposa un verre d'eau près de moi, afin que je me réhydrate, et fila. À son retour, il me réveilla. Je vis que ma chambre était plongée dans l'obscurité – la nuit était tombée. Charlie monta s'enquérir de mon état.

— Toujours vivante ?

— En quelque sorte.

— Tu as envie de quelque chose ?

— Non merci.

Il hésita, visiblement pas dans son élément.

— Bien, soupira-t-il avant de redescendre à la cuisine.

Quelques minutes plus tard, le téléphone sonna. Charlie eut une courte conversation à voix basse avant de raccrocher.

— Mike va mieux ! me lança-t-il.

Voilà qui était encourageant. Il avait été atteint environ huit heures avant moi. Plus trop de temps à tenir, donc. L'estomac retourné, je me redressai pour vomir dans les toilettes.

Je me rendormis sur ma serviette mais, quand je me réveillai, j'étais dans mon lit, et de la lumière filtrait par la fenêtre. Je ne me rappelais pas avoir bougé ; Charlie avait dû me porter jusqu'ici. Il avait également posé un verre d'eau sur la table de nuit. Mourant de soif, je l'avalai d'un trait, bien que le liquide eût une saveur désagréable après avoir stagné toute la nuit.

Je me levai prudemment, histoire de ne pas déclencher de nouvelles nausées. J'étais faiblarde et j'avais un goût atroce dans la bouche – sinon, ça allait. Je consultai ma montre. Mes vingt-quatre heures s'étaient écoulées. Je ne tentai pas le diable et restreignis mon petit déjeuner à des biscuits secs. Charlie était apparemment soulagé que je sois rétablie.

Une fois sûre que je n'aurais pas à passer la journée dans la salle de bains, je téléphonai à Jacob. Ce fut lui qui répondit. Rien qu'au son de sa voix, je devinai qu'il n'était pas tiré d'affaire.

— Allô ? grogna-t-il.

— Oh, Jake ! Tu as l'air d'aller super-mal.

— Je suis super-mal.

— Désolée de t'avoir obligé à sortir avec moi. C'est nul.

— Ça m'a fait plaisir d'être venu. Ne t'en veux pas, tu n'y es pour rien.

— Tu vas guérir très vite. Moi, c'était fini ce matin.

— Tu as été malade aussi ? demanda-t-il, à peine audible.

— Oui, mais ça va maintenant.

— Tant mieux.

— Je pense que, d'ici quelques heures, tu seras beaucoup mieux, l'encourageai-je.

— Je crois que je n'ai pas la même chose que toi.

Sa voix était si faible, à présent, que j'eus des difficultés à le comprendre.

— Ce n'est pas une grippe intestinale ? m'étonnai-je.

— Non.

— C'est quoi, alors ?

— Tout, chuchota-t-il. J'ai mal partout.

Ses intonations rendaient sa souffrance presque tangible.

— Qu'est-ce que je peux faire, Jake ? Que veux-tu que je t'apporte ?

— Rien. Ne viens pas.

Cette réponse abrupte me rappela ma conversation avec Billy.

— J'ai déjà été exposée, objectai-je.

Il m'ignora.

— Je te téléphonerai quand je serai en état. Je te dirai quand passer.

— Jacob...

— Il faut que je te laisse.

— N'oublie pas de me recontacter.

— C'est ça.

Je perçus une espèce d'amertume dans cette réplique. Le silence s'installa, chacun attendant que l'autre termine la discussion.

— À bientôt, finis-je par marmonner.

— Attends que je t'appelle, répéta-t-il.

— D'accord... Salut, Jacob.

— Bella..., murmura-t-il.

Il raccrocha.

10

◆

LA CLAIRIÈRE

Jacob ne rappela pas.

À mon premier coup de fil, Billy décrocha et me dit que son fils était encore alité. J'insistai, m'assurai qu'il l'avait conduit chez un médecin. Malgré ses allégations, et pour une raison qui m'échappait, je ne le crus pas. Le lendemain et le surlendemain, je téléphonai de nouveau, plusieurs fois par jour – personne.

Le samedi, je décidai de me passer d'invitation et d'y aller. La petite maison rouge était vide. Cela m'effraya. Jacob était-il si malade qu'il avait fallu le transporter à l'hôpital ? Je m'y arrêtais en rentrant chez moi mais, à l'accueil, l'infirmière m'assura que ni Jacob ni Billy n'y avaient mis les pieds.

J'obligeai Charlie à contacter Harry Clearwater dès qu'il rentra du travail. J'attendis, anxieuse, tandis qu'il bavardait avec son vieil ami. Il me sembla que la conversation s'éternisait, sans même qu'il fût question de Jacob. Apparemment, c'était Harry qui avait été hospitalisé, afin de subir des tests pour le cœur. À la nouvelle, Charlie fronça les sourcils, mais l'autre réussit à le rassurer à force de plaisanteries, et mon père finit par se remettre à rire. Ce n'est qu'alors qu'il demanda après Jacob. Ses répliques, des « mouais » et des « ah » pour l'essentiel, ne me renseignèrent guère sur la conversation, et il dut poser sa main sur la mienne pour que mes doigts cessent de jouer du tambour sur le plan de travail.

Enfin, il termina son appel et se tourna vers moi.

— D'après Harry, les lignes étaient en dérangement. Voilà pourquoi tu n'as pas pu les joindre. Billy a emmené Jake chez le docteur, ce serait une mononucléose. Il est très fatigué ; Billy interdit toute visite.

— Comment ça ?

— S'il te plaît, Bella, évite de les embêter, me morigéna-t-il. Billy sait s'occuper de son fils. Ce dernier ne tardera pas à se remettre. Sois patiente.

Je laissai tomber. Charlie était trop soucieux au sujet de Harry ; il était clair que mes problèmes importaient moins que celui-là. Je montai donc dans ma chambre, allumai l'ordinateur et dénichai un site consacré à la mononucléose dans le moteur de recherche.

Mes connaissances sur la maladie se limitaient à ce qu'on était censé l'attraper par les baisers ce qui, visiblement, n'était pas le cas de Jacob. Je parcourus rapidement la description des symptômes – il avait de la fièvre, certes, mais pour le reste... Pas de maux de gorge intenables, pas d'épuisement, pas de névralgies, en tout cas rien de tout cela avant qu'il soit rentré du cinéma.

Il avait affirmé se porter comme un charme. Les signes de l'infection pouvaient-ils se développer aussi rapidement ? Le site assurait que les différentes douleurs apparaissaient en premier... Je m'interrompis, contemplai l'écran de l'ordinateur en me demandant pourquoi j'agissais ainsi et pourquoi j'étais aussi suspicieuse, à croire que je doutais de l'histoire servie par Billy. Pour quelle raison aurait-il menti à Harry ? Je n'étais qu'une sotte. Je m'angoissais et, pour être honnête, la perspective d'être privée de Jacob me rendait nerveuse. Je lus le reste de l'article en diagonale, traquant d'autres informations. Je m'arrêtai en apprenant qu'une mononucléose pouvait durer plus d'un mois.

De quoi Billy avait-il peur ? Le site stipulait que le malade devait éviter les efforts physiques, en aucun cas il ne recommandait de supprimer les visites. Les risques de contagion étaient minimes. J'allais donner une semaine à Billy avant de me manifester. C'était un délai on ne peut plus généreux.

Huit jours, ce fut long. Dès le mercredi, je fus persuadée que je ne tiendrais pas jusqu'au samedi. Quand j'avais décidé de laisser les Black tranquilles, je m'étais dit que Jacob ne tolérerait pas très longtemps les règles imposées par son père. Chaque jour, au retour du lycée, je vérifiai le répondeur téléphonique en quête d'un message. Il n'y en eut aucun. Trois fois, je trichai et tentai d'appeler. Les lignes ne fonctionnaient toujours pas.

Je traînai à la maison, beaucoup trop à mon goût, et trop seule aussi. Sans Jacob, sans mon adrénaline, sans mes distractions, tout ce que j'avais réprimé se réveilla lentement. De nouveau, les rêves furent pénibles. Je n'en voyais plus venir la fin. Ne restait que l'atroce vacuité, la plupart du temps en forêt, le reste au milieu de la mer de fougères vide où la villa blanche n'existait plus. Parfois, Sam Uley apparaissait dans les bois et m'observait. Je l'ignorais, sa présence n'étant d'aucun réconfort et ne comblant en rien ma solitude. Elle n'empêchait pas non plus que je reprenne conscience en criant, nuit après nuit. Le trou dans ma poitrine était pire que jamais. J'avais cru le contrôler, mais je me surpris à me plier en deux un peu plus chaque jour, à me serrer les côtes et à haleter, comme privée d'air.

Bref, livrée à moi-même, je ne m'en sortais pas très bien.

Le matin où, me réveillant (en hurlant bien sûr), je me rappelai que nous étions samedi, j'éprouvai un soulagement sans commune mesure. J'allais pouvoir passer un coup de fil à Jacob. Et si le téléphone était encore en dérangement, j'irais à La Push. D'une façon ou d'une autre, aujourd'hui serait mieux que cette dernière semaine d'isolement.

Je composai le numéro sans beaucoup d'espoir et fut prise au dépourvu lorsque Billy décrocha, à la deuxième sonnerie seulement.

— Allô ?

— Oh ! Ça remarche. Bonjour, Billy, c'est moi, Bella. J'appelai juste pour prendre des nouvelles de Jacob. Il est en état de recevoir des visites ? Parce que j'avais pensé faire un saut et...

— Je suis désolé, Bella, m'interrompit-il, l'air distrait (était-il en train de regarder la télévision ?). Il n'est pas là.

— Ah... c'est qu'il va mieux, alors ? ajoutai-je au bout de quelques secondes.

— Oui. Il ne s'agissait pas d'une mononucléose, finalement, rien qu'un virus.

— Ah bon. Et... où est-il ?

— Il a emmené des amis à Port Angeles. Si j'ai bien compris, ils comptaient se payer une séance de cinéma, deux films d'affilée, je crois. Il ne rentrera que ce soir.

— Eh bien, tant mieux. J'étais tellement soucieuse. Je suis contente qu'il soit assez vaillant pour sortir.

Je m'aperçus que ma voix sonnait horriblement faux au fur et à mesure que je débitais ces niaiseries. Jacob était rétabli, pas assez cependant pour me contacter. J'avais fait le pied de grue à la maison, ressentant cruellement son absence. Toute seule, je m'étais inquiétée, ennuyée... perforée, quand le trou s'était rouvert. J'étais à présent dévastée de découvrir que cette semaine de séparation n'avait pas eu les mêmes effets sur lui que sur moi.

— Tu voulais quelque chose en particulier ? me demanda poliment Billy.

— Pas vraiment, non.

— Bon, ben je lui dirai que tu as téléphoné. Au revoir, Bella.

— Au revoir, répondis-je, mais il m'avait déjà raccroché au nez.

Je restai figée sur place pendant quelques instants, le combiné en main. Jacob devait avoir changé d'avis, comme je l'avais craint. Il comptait suivre mon conseil et ne plus perdre son temps avec quelqu'un qui était incapable de lui retourner ses sentiments. J'eus l'impression que le sang s'était retiré de mon visage.

— Ça ne va pas ? me lança Charlie qui descendait de l'étage.

— Si, mentis-je en reposant l'écouteur. D'après Billy, Jacob va mieux. Ce n'était pas la mononucléose.

— Il vient ici, ou c'est toi qui y vas ? demanda mon père distraitement en fouillant dans le réfrigérateur.

— Ni l'un ni l'autre, admis-je. Il est sorti avec des copains.

Mon ton finit par faire réagir Charlie. Il leva brusquement la tête vers moi, alarmé, les mains figées autour d'un paquet de fromage tranché.

— Il n'est pas un peu tôt pour un sandwich ? m'efforçai-je de plaisanter pour détourner son attention.

— Ce n'est pas ça... je prépare juste un en-cas pour la rivière...

— Ah, c'est jour de pêche ?

— Eh bien, Harry m'a appelé... et comme il ne pleut pas...

Il empilait de la nourriture sur la table tout en se justifiant. Il me regarda de nouveau, brusquement, comme si quelque chose venait juste de lui traverser l'esprit.

— Souhaites-tu que je reste avec toi, puisque Jake est indisponible ?

— Mais non, papa, répondis-je en affichant l'indifférence. Le poisson mord mieux quand il fait beau.

Il me dévisagea, indécis. Je le devinai anxieux de m'abandonner, au cas où je recommencerais à « broyer du noir ».

— En plus, je crois que je vais appeler Jessica, inventai-je sur-le-champ. (Plutôt rester seule que d'avoir mon père sur le dos toute la sainte journée.) Nous avons un examen de maths à réviser. Son aide ne sera pas de trop.

Ça, c'était vrai. Sauf que j'allais devoir m'en passer, vu nos relations.

— Bonne idée. Tu as consacré tellement de temps à Jake que tes autres amis vont croire que tu les as oubliés.

Je souris en acquiesçant, comme si je me souciais effectivement de ce que pensaient mes fameux autres amis. Charlie s'apprêtait à filer quand au dernier moment, il fit volte-face, l'air soucieux.

— Vous allez travailler ici ou chez Jess, hein ?

— Bien sûr. Où veux-tu que nous étudiions ?

— Disons seulement que je te demande de rester prudente et de ne pas t'aventurer dans les bois.

Je mis un instant à comprendre, tant j'avais l'esprit ailleurs.

— Toujours cet ours ?

— Un randonneur a disparu, acquiesça-t-il en sourcillant. Les gardes forestiers ont découvert son campement tôt ce matin, il n'y avait aucun signe de lui. Juste des empreintes de très gros animal... quoique les bêtes aient pu arriver plus tard, attirées par l'odeur de la nourriture. En tout cas, ils ont posé des pièges.

— Ah, me bornai-je à commenter.

Je n'avais pas réellement écouté ses mises en garde. La situation avec Jacob me marquait bien plus que l'éventualité de terminer dans l'estomac d'un plantigrade. Heureusement, Charlie était pressé. Il n'attendit pas que j'appelle Jessica, ce qui m'évita cette mascarade. Machinalement, je ramassai mes livres et cahiers qui traînaient sur la table de la cuisine et les mis dans mon sac à dos. Je m'appliquais sans doute trop, et s'il n'avait pas été aussi impatient de lancer ses cannes à pêche, il s'en serait aperçu.

J'étais tellement occupée à prétendre m'affairer que le néant féroce de la journée à venir ne me tomba dessus qu'après que sa voiture se fut éloignée. Deux minutes de silence consacrées à scruter le téléphone me convainquirent que je ne resterai pas à la maison ce jour-là. Je listai les différentes solutions qui s'offraient à moi.

Il était exclu que je contacte Jessica. Pour autant que je sache, elle était passée du côté de mes ennemis. Je pouvais me rendre à La Push pour faire de la moto, perspective alléchante mais entachée d'un problème mineur : qui me conduirait aux urgences en cas de besoin ? Ou bien... La carte et la boussole étaient déjà dans ma camionnette. J'étais à peu près sûre d'avoir suffisamment pigé comment on s'en servait pour ne pas me perdre. Je pourrais peut-être régler leur sort à deux lignes, aujourd'hui, ce qui nous avancerait pour la suite des événements, si Jacob daignait de nouveau m'honorer de sa présence. Je refusais de réfléchir au temps que cette décision risquait de prendre. Ou à l'éventualité qu'elle ne se concrétise jamais...

Une bouffée de remords s'empara de moi quand je songeai à ce qu'aurait dit Charlie en apprenant mon projet, mais je l'écartai. Il m'était proprement impossible de rester une journée supplémentaire à la maison. Quelques minutes plus tard, je roulais sur le chemin en terre (dorénavant familier) qui ne menait nulle part. J'avais ouvert les fenêtres, et je conduisais aussi vite que la santé de la Chevrolet me le permettait en tentant de me réjouir du vent qui caressait mon visage. Le ciel était nuageux, presque sec cependant – une météo radieuse pour Forks.

Jacob se serait sans aucun doute mis en route plus vite que moi. Une fois garée à l'emplacement habituel, je mis un bon quart d'heure à comparer la petite aiguille de la boussole et les indications portées sur le plan, à présent froissé. Une fois raisonnablement certaine que je suivais la bonne ligne du réseau tracé par Jacob, je m'enfonçai dans la forêt.

Elle grouillait de vie, ce jour-là, tout son petit peuple profitant de l'absence d'humidité temporaire. Néanmoins, et nonobstant le gazouillis des oiseaux, le bourdonnement des insectes qui voletaient autour de ma tête et, parfois, la fuite précipitée des mulots dans les buissons, elle me paraissait plus inquiétante que d'ordinaire. Elle me rappelait mon plus récent cauchemar. J'avais conscience que c'était parce que j'étais seule, dépossédée des sifflements joyeux de Jacob et du bruit d'une deuxième paire de chaussures martelant le sol trempé.

Plus j'avançais dans les tréfonds des bois, plus mon malaise augmentait. J'avais du mal à respirer, pas à cause de la fatigue, mais parce que cet imbécile de trou se manifestait de nouveau dans mon cœur. Les bras étroitement croisés autour de mon torse, je tâchai de bannir la souffrance que provoquaient mes réflexions. Je faillis rebrousser chemin, y renonçai cependant, tant je détestais l'idée de gaspiller les efforts que j'avais fournis.

Peu à peu pourtant, le rythme de mes pas finit par engourdir mon esprit et ma douleur. Mon pouls s'apaisa, et je fus heureuse de ne pas avoir cédé à la facilité. Je commençais à m'améliorer, dans cette petite guérilla. Je sentais déjà que j'étais plus leste. Je peinai en revanche à évaluer l'efficacité de ma progression. Je croyais avoir parcouru dans les six kilomètres et je n'avais pas entamé ma traque des lieux lorsque, avec une soudaineté qui me désorienta, je passai sous l'arche basse que formaient deux érables et, fendant des fougères qui poussaient à hauteur de poitrine, je débouchai dans la clairière.

Je sus immédiatement que c'était le bon endroit.

Jamais je n'avais vu de trouée si parfaitement symétrique. Elle était aussi ronde que si l'on avait voulu créer un cercle sans défaut, arrachant les troncs sans cependant laisser de traces de cette violence dans l'herbe ondoyante. À l'orient, le ruisseau glougloutait paisiblement. Privée de l'éclat du soleil, elle n'était pas aussi époustouflante ; néanmoins, elle restait très belle et très sereine. Ce n'était pas la saison des fleurs sauvages ; le sol s'était épaissi de grandes pousses folles qui s'agitaient dans la brise comme des vaguelettes à la surface d'un lac.

C'étaient les mêmes lieux... hélas, ils ne recelaient pas ce que j'étais venue y chercher. Ma déception fut presque immédiate. Je m'affalai sur place, à la lisière des arbres, haletante. À quoi bon aller plus loin ? Rien ne s'attardait, ici. Rien de plus que les réminiscences que j'aurais pu convoquer à n'importe quel moment, pour peu que j'eusse désiré en subir le chagrin intrinsèque, cette peine qui me tenaillait, à présent, impitoyable. Cet endroit n'avait rien de spécial sans *lui*. Je ne savais même pas précisément ce que j'avais espéré ressentir, mais la trouée était dénuée d'atmosphère, dénuée de tout, comme n'importe où. Comme mes mauvais rêves. J'en avais le vertige.

Dieu merci, j'étais venue seule. Je fus immensément soulagée quand j'y songeai. Aurais-je découvert la clairière en compagnie de Jacob... eh bien, je n'aurais pas été en état de déguiser l'abysse dans lequel je sombrais maintenant. Comment aurais-je réussi à lui expliquer ma sensation de me fragmenter en mille éclats, mon inclination à me rouler en boule pour empêcher la plaie béante de me déchirer de toutes parts ? L'absence de public était la bienvenue. Je n'aurais pas à justifier ma précipitation à déguerpir non plus. Jacob aurait sans doute supposé, après le temps consacré à traquer ce coin de forêt idiot, que j'aurais eu envie de m'y attarder plus de quelques secondes. Sauf que j'essayais déjà de trouver la force de me remettre debout et de m'enfuir. Ces lieux renfermaient trop de douleur pour que je l'endure. L'eût-il fallu, j'eusse rampé hors d'ici.

Quelle chance d'être seule !

Seule. Je me répétai ce mot avec une satisfaction morose tout en me relevant avec peine, écrasée par le chagrin. À cet instant précis, une silhouette émergea des arbres, du côté nord, à quelque trente pas de là.

En un éclair, une multitude d'émotions me traversa. Il y eut d'abord la surprise. J'étais loin de tout sentier, et je ne m'étais pas attendue à de la compagnie. Puis, à mesure que mes yeux notaient l'immobilité absolue, la peau blafarde, ce fut une bouffée d'espérance qui me submergea. Je la réprimai sans merci, luttant contre un mal tout aussi violent quand mon regard se porta sur la figure surmontée de cheveux noirs, les traits qui n'étaient pas ceux que j'aurais voulu voir. Alors vint la peur. Car si ce visage n'était pas celui pour lequel je me serais damnée, il était suffisamment proche pour que je devine que l'homme qui me faisait face n'était pas un randonneur égaré. Enfin, un éclair de déjà-vu me traversa.

— Laurent ! m'exclamai-je, à la fois stupéfaite et heureuse.

Réaction pour le moins irrationnelle, et mieux aurait valu que je m'arrête à la peur.

Lorsque je l'avais rencontré, Laurent appartenait à la meute de James. Il n'avait pas pris part à la traque qui avait suivi, celle où j'avais joué le rôle de la proie, mais seulement parce qu'il n'avait pas osé : j'étais sous la protection d'un clan plus grand que le sien ; c'eût été différent si je n'avais pas eu cet heur – Laurent n'avait en effet eu aucun scrupule à envisager de me transformer en en-cas, au départ. Naturellement, il avait dû changer, puisqu'il était parti pour l'Alaska afin d'y vivre avec l'autre clan civilisé qui refusait, pour des raisons éthiques, de s'abreuver de sang humain. Une famille comme... je ne me laisserais pas aller à prononcer ce nom. Oui, la frayeur aurait été légitime de ma part, et pourtant je n'éprouvais qu'une intense satisfaction. De nouveau, la clairière était un lieu magique. Une magie plus noire que celle que j'avais espérée, certes, mais une magie quand même. Était apparu le lien que j'avais tant cherché. La preuve, aussi éloignée fût-elle, que, quelque part dans le monde où j'existais, *lui* vivait.

En un an, Laurent avait si peu changé que cela en était hallucinant. Il était sans doute très bête et très humain de croire qu'un vampire subissait les aléas du temps. Il y avait quelque chose, cependant... ça m'échappait pour l'instant.

— Bella ?

Il paraissait encore plus ahuri que moi.

— Vous n'avez pas oublié ! m'écriai-je en souriant.

Qu'un vampire se rappelle mon prénom suffisait à me ravir ! C'était ridicule !

— Je ne m'attendais pas à te voir ici, dit-il, perplexe, en avançant nonchalamment.

— Ça ne devrait pas être l'inverse ? Je vis ici. Je vous pensais en Alaska.

S'arrêtant à environ un mètre de moi, il inclina la tête. Il était d'une beauté renversante comme j'avais l'impression de ne pas en avoir vu depuis une éternité, et j'étudiai ses traits avec un sentiment de délivrance étrangement avide. Enfin quelqu'un avec qui je n'étais pas obligée de faire semblant. Quelqu'un qui savait déjà tout ce que je ne pourrais jamais exprimer.

— Tu as raison, je suis allé là-bas. N'empêche, je ne m'attendais pas... Quand j'ai découvert que la maison des Cullen était vide, j'ai cru qu'ils avaient déménagé.

La mention du nom fit saigner les bords à vif de la plaie de mon cœur, et il me fallut une seconde pour me ressaisir. Laurent attendait, curieux.

— C'est bien le cas, finis-je par confirmer.

— Hum..., marmonna-t-il. Je suis surpris qu'ils t'aient laissée ici. N'étais-tu pas le chaton favori de l'un des leurs ?

Ça avait été dit en toute innocence, sans intention de blesser.

— Quelque chose comme ça, admis-je avec une moue sarcastique.

— Hum..., répéta-t-il, pensif.

C'est alors que j'identifiai la raison pour laquelle il n'avait pas changé. Après que Carlisle nous avait annoncé que Laurent avait rejoint le clan de Tanya, j'avais commencé à me le représenter, dans les rares occasions où je pensais à lui, avec les mêmes prunelles dorées que les... Cullen... (je me forçai à articuler ce mot dans ma tête, ce qui m'arracha une grimace) et que tous les *bons* vampires. Involontairement, je reculai, et ses iris d'un bordeaux sombre dérangeant suivirent mon mouvement.

— Ils reviennent souvent en visite ? s'enquit-il sur un ton toujours aussi décontracté.

Sauf que son corps s'inclina légèrement vers moi.

« Mens ! », me chuchota anxieusement la voix de velours magnifique qui hantait ma mémoire.

Je tressaillis. Je n'aurais pas dû : n'étais-je pas menacée par le pire danger qui fût ? En comparaison, la moto, c'était de la petite bière.

— De temps à autre, obéis-je en tâchant d'adopter des intonations sereines et légères. Le temps me dure, j'imagine. Vous savez combien ils peuvent se montrer distraits...

Houps ! Je divaguais, là. Je me tus.

— Hum..., marmonna-t-il pour la troisième fois. L'odeur de la villa semble pourtant indiquer qu'ils n'y ont pas remis les pieds depuis un bon moment.

« Il faut que tu fasses mieux que ça, Bella », m'intima le ténor.

Je m'y attaquai.

— Je ne manquerai pas de signaler à Carlisle que vous êtes passé. Il regrettera sûrement de vous avoir loupé. (Je fis mine de réfléchir.) En revanche, mieux vaudra que je n'en dise rien à... Edward (j'eus un mal fou à prononcer le prénom, et ma grimace dut gâcher mon coup de bluff), vu son mauvais caractère... vous n'avez pas oublié, j'en suis sûre. Ce qui s'est produit avec James continue de l'irriter prodigieusement.

Je levai les yeux au ciel, me permis un geste désinvolte, comme si tout cela était de l'histoire ancienne. Des accents hystériques perçaient néanmoins sous la décontraction affectée, et je me demandais si Laurent saurait les repérer.

— Vraiment ? releva-t-il avec bonne humeur... et scepticisme.

— Oui.

Je m'étais délibérément cantonnée à une réponse

courte, histoire de ne pas trahir mon effroi. Tranquillement, Laurent se déplaça d'un pas, et je ne manquai pas de remarquer que cela le rapprochait de moi. Aussitôt, le ténor subliminal réagit en feulant.

— Alors, comment ça se passe, à Denali ? enchaînai-je d'une voix trop aiguë. D'après Carlisle, vous étiez chez Tanya ?

Il médita ma question.

— J'aime beaucoup Tanya, finit-il par répondre. Et sa sœur Anna encore plus... Je n'étais encore jamais resté aussi longtemps dans un même endroit. J'en ai apprécié les avantages, la nouveauté. Malheureusement, les restrictions sont dures... Je m'étonne qu'ils parviennent à tenir depuis tant d'années. J'avoue avoir triché, quelquefois, ajouta-t-il en m'adressant un coup d'œil complice.

J'avalai ma salive. D'instinct, mon pied se souleva pour battre en retraite, puis je me figeai sur place car ses prunelles rouges, ayant remarqué mon geste, s'étaient posées dessus.

— Ah, murmurai-je, Jasper connaît également des difficultés avec ça.

« Ne bouge pas ! », m'ordonna mon hallucination auditive.

Je me forçai à obtempérer, ce qui ne fut pas aisé, mon instinct étant de prendre mes jambes à mon cou.

— Vraiment ? lança Laurent, visiblement intéressé. Est-ce la raison pour laquelle ils ont quitté la région ?

— Non. Jasper est plus prudent, sur son territoire.

— Moi aussi.

Il fit un pas délibéré en avant.

— Victoria vous a-t-elle retrouvé ? demandai-je, le

souffle court et prête à tout pour le distraire de ses intentions.

C'était la première question qui m'avait traversé l'esprit, et je la regrettai immédiatement. Victoria, qui, elle, m'avait chassé avec James, n'était pas quelqu'un à qui j'avais envie de penser en ce moment précis. Mais bon, mes paroles eurent au moins pour résultat d'arrêter net Laurent.

— Oui, reconnut-il avec réticence. D'ailleurs, si je suis dans le coin, c'est parce que j'ai accepté de lui rendre service... Elle ne va pas être très contente, ajouta-t-il en grimaçant.

— De quoi ? l'invitai-je à poursuivre.

Les yeux braqués sur la forêt, il ne me scrutait plus. J'en profitai pour m'éloigner de lui. Il se retourna vers moi, me sourit avec l'air d'un ange démoniaque.

— De moi, parce que je vais te tuer, expliqua-t-il dans un ronronnement séduisant.

J'accusai le coup, reculai encore. Dans mon crâne, le feulement se transforma en grondement.

— Elle tenait à te garder pour elle, continua allègrement Laurent. Tu l'as tellement... contrariée.

— Moi ? couinai-je.

— Je sais, c'est un peu surprenant. Mais comprends que James était son compagnon. Ton Edward l'a éliminé.

Alors que j'étais sur le point de mourir, la mention du nom déchira encore ma blessure ouverte, comme si l'on avait employé un couteau à dents.

— Elle a estimé plus approprié de te tuer, et non Edward, enchaîna Laurent, insensible à ma réaction. Une vengeance équitable, sans doute. Œil pour œil... ami pour ami. Elle m'a chargé de déblayer le terrain, pour ainsi dire. Je n'avais pas imaginé que tu serais aussi facile à attraper. À la réflexion, son plan n'était pas très solide. Elle n'aura pas la revanche qu'elle souhaitait – après tout, tu ne dois plus beaucoup compter pour lui, puisqu'il t'a abandonnée ici, sans protection.

Nouveau coup, énième entaille dans ma poitrine. Laurent bougea légèrement, moi aussi.

— Néanmoins, elle risque d'être furieuse, reprit-il.

— Pourquoi ne pas l'attendre, dans ce cas ? bafouillai-je.

Un sourire malicieux se dessina sur son visage.

— Malheureusement, tu tombes au mauvais moment, Bella. Je ne suis pas ici, dans ces bois, en mission pour Victoria. Je chassais, figure-toi. J'ai soif, et tu dégages un parfum... tout bonnement alléchant.

Et il me jaugea d'un œil approbateur, comme s'il venait de m'adresser un compliment.

« Menace-le ! », m'intima l'illusion sonore avec des accents de frayeur.

— Il devinera que c'est vous, murmurai-je docilement. Vous ne vous en tirerez pas comme ça.

— Tiens donc ? s'esclaffa l'autre en examinant les environs. L'odeur sera balayée par les prochaines pluies. Personne ne trouvera ton cadavre. Tu auras disparu, comme tant de milliers d'humains. Il n'y a aucune raison pour qu'Edward songe à moi, en admettant qu'il prenne la peine de mener une enquête. Cela n'a rien de personnel, crois-moi, ce n'est que de la soif.

« Implore-le ! », m'enjoignit la voix.

— Je vous en prie.

Laurent secoua le menton.

— Regarde les choses ainsi, Bella, dit-il gentiment.

Tu as beaucoup de chance que ce soit moi qui t'aie trouvée.

— Ah bon ?

Je titubai en arrière ; il avança, agile et gracieux.

— Oui. Je te promets que ce sera rapide. Tu ne sentiras rien. Bien sûr, je mentirai à Victoria, juste pour la calmer. Si tu savais ce qu'elle t'a préparé, Bella... (Il agita lentement la tête, presque comme s'il était dégoûté.) Je te jure que tu me remercierais d'être intervenu.

Je le contemplai, horrifiée. Il flaira la brise qui poussait mes cheveux dans sa direction.

— Très alléchante, répéta-t-il en humant profondément.

Paupières à demi fermées, je me tendis, guettant le moment où il bondirait. En arrière-fond, les rugissements d'Edward résonnaient dans mon crâne. Le prénom renversa les murs protecteurs que je m'étais bâtis. « Edward, Edward, Edward. » J'allais mourir ; penser à lui n'avait plus d'importance. « Edward, je t'aime. » À travers mes yeux étrécis, je vis Laurent cesser de renifler et tourner brutalement la tête vers la gauche. Je n'osais le quitter du regard, suivre son mouvement, alors que, de toute façon, j'étais impuissante face à lui. Quand il se mit à reculer, je fus trop surprise pour éprouver du soulagement.

— Non..., murmura-t-il, si bas que je l'entendis à peine.

Pour le coup, je me sentis obligée de sortir de ma transe. J'inspectai les alentours, cherchant ce qui avait interrompu le prédateur et prolongé ma vie de quelques secondes. Au premier abord, je ne distinguai rien et reportai mon attention sur Laurent, qui s'éloignait de plus en plus vite, les pupilles rivées sur les bois. C'est alors que je la découvris : une immense silhouette noire qui sortait du couvert des arbres, silencieuse comme une ombre. Le long museau se retroussa, dévoilant des incisives aiguisées comme des poignards. Un feulement sinistre s'échappa de la gueule, roulant dans la clairière comme l'écho lointain du tonnerre. Le fameux ours.

Sauf que ce n'en était pas un du tout. Même si cette gigantesque créature devait bien être le monstre à l'origine du récent émoi qui agitait la région. Car de loin, n'importe qui l'aurait prise pour un plantigrade. Quel autre animal était susceptible de mesurer cette taille et de dégager pareille puissance ? J'aurais d'ailleurs préféré l'apercevoir de loin moi aussi. Malheureusement, la bête s'avança dans l'herbe haute, se posta à trois mètres de moi.

« Ne bronche surtout pas ! », chuchota Edward.

Figée par l'horreur, j'observai le phénomène, me creusant la cervelle pour tenter de définir sa nature. Son apparence et sa démarche évoquaient indubitablement des origines canines. Malgré moi, je n'envisageai qu'une possibilité. Je n'aurais jamais cru qu'un *loup* puisse être aussi grand. Le monstre grogna derechef, déclenchant mes frissons.

Laurent continuait à battre en retraite, et ma curiosité réussit à supplanter mon angoisse. Pourquoi ce recul ? Aussi monumental soit-il, le loup n'était qu'un animal. Depuis quand les vampires craignaient-ils les animaux ? Or, Laurent avait peur. À l'instar des miens, ses yeux étaient agrandis par la terreur.

Comme pour répondre à mes interrogations, le géant ne fut soudain plus seul. Deux autres colosses de la même espèce surgirent sans bruit dans la clairière et vinrent le flanquer de chaque côté. L'un était gris foncé, l'autre brun ; aucun n'était aussi imposant que le premier. Le gris se planta tout près de moi, les prunelles fixées sur Laurent. Je n'eus pas le temps de réagir – déjà, deux bêtes supplémentaires arrivaient, et la meute se posta en forme en V, tel un vol d'oies sauvages migrant vers le sud. Ce qui signifiait que le dernier spécimen, couleur brun rouille, était à portée de ma main.

Un petit cri m'échappa, et je sautai en arrière – on n'aurait pu être plus stupide. Je me figeai aussitôt, m'attendant à ce que le groupe se jette sur moi, la plus faible des deux proies qui s'offraient à lui. Un bref instant, j'espérai que Laurent allait en finir et se décider à massacrer ces créatures horrifiques – cela devait être si simple, pour lui. Quitte à choisir, je préférais les vampires – être mangée par des loups était certainement pire. L'animal brun-roux tourna légèrement la tête vers moi en entendant mon exclamation. L'espace d'une fraction de seconde, son regard profond croisa le mien, bien trop intelligent pour une bête sauvage. Je pensai tout à coup à Jacob, fus une fois encore submergée par la gratitude. Au moins, je m'étais aventurée seule dans cette clairière féerique remplie de monstres. Jacob survivrait. Je n'aurais pas sa mort sur la conscience.

Un nouveau grondement émis par le chef de la bande amena le loup rouille à se reconcentrer sur Laurent. Le choc et la peur de ce dernier étaient palpables. Autant je comprenais le premier, autant la deuxième me surprenait, et je fus ébahie lorsque, sans prévenir, il tourna les talons et s'évapora dans la forêt.

Il s'était sauvé !

En moins d'une seconde, la meute se rua à sa poursuite, traversant la trouée en quelques bonds puissants, grognant et jappant si bruyamment que je me bouchai les oreilles. Le vacarme s'évanouit avec une rapidité étonnante quand les bêtes eurent disparu dans les sous-bois.

Je me retrouvai seule. Mes genoux plièrent, et je tombai sur les mains, étouffées par mes sanglots. Je savais qu'il me fallait partir, tout de suite. Combien de temps les loups seraient-ils occupés à pourchasser Laurent avant de revenir vers moi ? Ou serait-ce lui qui les disperserait puis me traquerait ? Mais j'étais incapable de bouger. Je tremblais de tous mes membres ; j'étais hors d'état de me relever. La peur, l'horreur, la confusion paralysaient mon cerveau. Je ne comprenais pas ce qui venait de se produire. Un vampire n'aurait pas dû fuir ainsi devant des chiens à la taille démesurée. Car que pouvaient leurs dents contre sa peau granitique ? Quant aux loups, ils étaient censés éviter Laurent. Même si leur extraordinaire carrure leur avait appris à ne rien craindre, il était insensé qu'ils se fussent précipités à ses trousses. Je doutais fortement que sa peau marmoréenne exhale des arômes appétissants. Pourquoi négliger une proie à sang chaud et me préférer Laurent ? Rien de tout cela n'était logique.

Un vent froid s'abattit sur la clairière, agitant les herbes, donnant l'impression qu'une créature invisible y pénétrait. Je me remis debout avec difficulté et reculai, bien que le courant d'air fût parfaitement inoffensif. Titubant sous l'effet de la panique, je rebroussai chemin et me mis à courir entre les troncs.

Les heures suivantes furent une véritable torture. Il me fallut trois fois plus de temps qu'à l'aller pour sortir du couvert. Pour commencer, je ne prêtai aucune attention au chemin que je suivais, concentrée uniquement sur ce que je fuyais. Le temps que je sois assez ressaisie pour consulter ma carte, j'étais dans une partie totalement inconnue et menaçante de la forêt. Mes mains tremblaient si fort que je dus poser la boussole par terre pour vérifier que je me dirigeais bien vers le nord-ouest. Lorsque le chuintement de mes pas sur le sol humide n'étouffait pas tous les bruits de la nature, j'étais à l'affût du moindre chuchotis émis par des choses invisibles qui se déplaçaient dans les feuilles. Le cri d'un geai me fit sursauter, et je m'écroulai dans un bosquet de jeunes épicéas qui m'égratignèrent les bras et englüèrent mes cheveux de résine. La course subite d'un écureuil dans une ciguë m'amena à pousser un tel hurlement que je m'écorchai moi-même les tympans.

Enfin, j'aperçus une trouée dans les arbres. Je débouchai sur la route, à un peu plus d'un kilomètre au sud de l'endroit où j'avais laissé la voiture. En dépit de mon épuisement, je trottinai jusqu'à elle. Le temps d'y arriver, j'étais de nouveau la proie de sanglots incontrôlables. Je baissai les loquets des portières, enfonçai sauvagement la clé dans le contact. Le grondement du moteur, normal et réconfortant, m'aida à sécher mes larmes, tandis que je fonçai aussi vite que possible en direction de la quatre voies.

J'étais plus calme, mais toujours aussi secouée, quand je rentrai à la maison. La voiture de patrouille était dans l'allée, je ne m'étais pas rendu compte qu'il était si tard. Le ciel commençait déjà à s'obscurcir.

— Bella ? lança Charlie quand je claquai et verrouillai précipitamment la porte d'entrée derrière moi.

— Oui, c'est moi, répondis-je d'une voix tremblotante.

— Où étais-tu ? tonna-t-il en surgissant de la cuisine, l'air furieux.

J'hésitai. À cette heure, il avait sûrement contacté les parents de Jessica. Inutile de mentir.

— Je me baladais, avouai-je donc.

— Et le plan Jessica ?

— Je n'avais pas envie de me taper des maths, aujourd'hui.

— Je croyais t'avoir demandé de rester à l'écart de la forêt ?

— Oui, je sais. T'inquiète, je ne recommencerai pas.

Soudain, Charlie sembla me regarder vraiment. Je devais ressembler à une sauvageonne.

— Que s'est-il passé ?

Là encore, je décidai que la vérité, au moins partielle, était la meilleure solution. J'étais trop émue pour soutenir que j'avais vécu une journée merveilleusement calme dans la flore et la faune de la région.

— J'ai vu la bête.

J'avais essayé d'annoncer la nouvelle calmement, mais ma voix s'envola dans les aigus.

— Ce n'est pas un ours, continuai-je. Plutôt une espèce de loup. Et il y en a cinq. Un grand noir, un gris, un brun-roux...

Mon père écarquilla des yeux affolés. Approchant rapidement, il me prit par les épaules.

— Tu n'as rien ?

Je secouai faiblement le menton.

— Raconte-moi.

— Ils m'ont ignorée. Mais quand ils se sont éloignés, j'ai couru et j'ai trébuché des tas de fois.

Il m'enlaça. Longtemps, il ne dit rien.

— Des loups, murmura-t-il enfin.

— Quoi ?

— Les gardes forestiers ont signalé que les

259

empreintes n'étaient pas celles d'un ours... mais les loups ne sont jamais aussi gros...

— Ceux-là l'étaient.

— Combien en as-tu vu ?

— Cinq.

Il réfléchit, soucieux, puis reprit :

— En tout cas, interdiction de te promener, compris ?

— Oui.

Un serment qui, dans ces circonstances, ne me coûtait rien.

Charlie appela le poste de police pour leur répéter ce qui m'était arrivé. Je mentis un peu quant à l'endroit où j'étais allée, disant que j'avais suivi le sentier qui se dirigeait vers le nord. Je ne tenais pas à ce que mon père apprenne jusqu'à quel point je m'étais enfoncée dans les bois, insoucieuse de ses ordres. Plus important encore, je ne voulais pas que quiconque approche Laurent, lequel reviendrait peut-être à la clairière pour y flairer ma trace.

— Tu as faim ? proposa Charlie, sa communication achevée.

C'était sûrement le cas, vu que je n'avais rien avalé de la journée, mais je répondis que non.

— Je suis juste fatiguée.

Je m'apprêtai à monter dans ma chambre, lorsqu'il me héla, de nouveau suspicieux.

— Tu ne m'avais pas dit que Jacob était pris, aujourd'hui ?

— C'est ce que m'a raconté Billy.

Il m'étudia durant quelques instants, parut satisfait de l'étonnement qu'il lisait sur mon visage.

— Mouais.

— Pourquoi poses-tu la question ?

— Quand je suis passé prendre Harry, Jacob traînait devant le magasin avec des amis. Je l'ai salué de la main, mais... bah, il ne m'a peut-être pas vu. J'ai eu l'impression qu'il se disputait avec les autres. Il avait l'air bizarre, irrité. Et... différent. Bon sang, on a le sentiment qu'il grandit à vue d'œil, ce gamin. À chaque visite, il a pris quelques centimètres.

— Billy a parlé d'une séance de cinéma à Port Angeles. Ils attendaient sans doute un pote.

Charlie hocha le menton puis se dirigea vers la cuisine. Je restai dans l'entrée, repensant à Jacob en train d'argumenter avec ses copains. Avait-il crevé l'abcès et demandé des explications à Embry quant à ses relations avec Sam ? C'était peut-être la raison pour laquelle il m'avait laissée tomber ? Parce qu'il avait espéré clarifier les choses avec Embry ? Ma foi, tant mieux pour lui.

Je me donnai la peine de vérifier les serrures avant de filer me coucher, ce qui était idiot. Quelle différence un verrou ferait-il face à l'un des monstres que j'avais croisés dans l'après-midi ? Les loups auraient certes quelques difficultés avec la poignée, mais Laurent, s'il lui prenait l'envie de débarquer ici...

Lui ou *Victoria*, d'ailleurs.

Je m'allongeai sans espérer m'endormir, trop énervée encore. Roulée en boule sous la couette, j'affrontai l'horreur de ma situation. Je n'avais guère de marge de manœuvre. Il n'y avait aucune précaution à laquelle je pouvais recourir. Nul endroit où me cacher. Personne pour m'aider. C'était encore pire que ce que je croyais, me rendis-je compte, et la bile me monta à la gorge. Parce que ces réflexions s'appliquaient également à Charlie. Mon père, qui couchait dans la pièce voisine, n'était qu'à un cheveu de la cible dont j'étais le centre. Mon odeur allait les conduire ici, que j'y sois ou non...

Mes dents se mirent à claquer.

Afin de me calmer, j'imaginai l'impossible. Les grands loups rattrapant Laurent et massacrant cet immortel comme ils auraient anéanti n'importe quel humain. L'idée, aussi absurde fût-elle, me réconforta. Si les bêtes le tuaient, il ne pourrait prévenir Victoria que j'étais toute seule désormais. S'il ne réapparaissait pas, elle croirait sans doute que les Cullen continuaient à me protéger. Sauf que pour cela, il fallait que la meute soit en mesure de gagner un tel combat...

Mes bons vampires ne reviendraient pas. Il était rassurant de se convaincre que les autres, les mauvais, pouvaient également disparaître.

Je fermai les yeux et attendis de perdre conscience, presque impatiente que le cauchemar surgisse. Plutôt ça que la belle figure pâle qui me souriait derrière mes paupières. Dans ma fantaisie, Victoria avait les pupilles noircies par la soif et rendues luisantes par le désir de me traquer, les lèvres retroussées sur ses dents étincelantes à l'idée du plaisir à venir. Ses cheveux roux brillaient comme du feu, ébouriffés autour de son visage empreint de sauvagerie. Les mots de Laurent résonnèrent dans ma mémoire. « Si tu savais ce qu'elle t'a préparé... »

J'enfouis mon poing dans ma bouche pour étouffer mon cri.

11

◆

LA SECTE

Chaque fois que j'ouvrais les yeux sur le matin et que je me rendais compte que j'avais survécu à une autre nuit, je m'étonnais. La surprise passée, mon cœur se mettait à battre la chamade, et mes paumes devenaient moites ; je ne respirais de nouveau qu'après m'être levée et avoir vérifié que Charlie n'était pas mort, lui non plus.

Il s'inquiétait, j'en étais consciente, quand il me voyait sursauter au moindre bruit un peu fort, ou lorsque mon visage blêmissait pour nulle raison évidente. Aux questions qu'il se hasardait à poser çà et là, je compris qu'il rejetait le blâme de mon changement d'attitude sur l'absence de Jacob, qui perdurait.

La terreur qui occupait mon esprit de façon quasi permanente me permettait d'oublier qu'une nouvelle semaine s'était écoulée sans que Jacob m'eût appelée.

Mais dès que je réussissais à réfléchir sur mon existence normale – ha ! comme si ma vie l'avait été un jour ! – sa défection me bouleversait.

Il me manquait affreusement.

La solitude avait été déjà assez pénible avant que l'angoisse s'empare définitivement de moi. À présent, et plus que jamais, je désirais ardemment ses rires insouciants et sa bonne humeur contagieuse. J'avais besoin de l'équilibre sécurisant de son garage et de sa paume chaude autour de mes doigts glacés.

Je m'étais à moitié attendue à ce qu'il téléphone le lundi. Pour peu que ses relations avec Embry se fussent améliorées, il aurait sûrement envie de m'en parler, non ? Je voulais croire que c'était son inquiétude pour son ami qui lui prenait tout son temps, et qu'il ne m'abandonnait pas. Je l'appelai le mardi ; personne ne décrocha. Les lignes étaient-elles toujours en dérangement ? Billy avait-il investi dans un appareil qui trahissait l'identité du correspondant ? Le mercredi, je tentai de joindre Jacob toutes les trente minutes jusqu'à onze heures du soir tant j'étais désespérée d'entendre sa voix chaleureuse. Le jeudi, je m'assis dans ma camionnette, clés en main et portières verrouillées, durant une bonne heure, pesant le pour et le contre, essayant de justifier un saut à La Push. Je ne m'y résolus pas, cependant.

Je savais que Laurent avait rejoint Victoria, à ce moment-là. Me rendre à la réserve, c'était prendre le risque de conduire l'un ou l'autre là-bas. Et s'ils me rattrapaient alors que Jacob était dans les parages ? J'avais beau en souffrir, il valait mieux pour lui qu'il m'évite. C'était plus sûr.

Il m'était suffisamment pénible de ne pas avoir les moyens de préserver Charlie. Ce serait sans doute la nuit qu'ils tenteraient de mettre la main sur moi ; que pouvais-je dire pour amener mon père à déserter la maison ? La vérité ? Il me ferait enfermer à l'asile. Ce que j'aurais supporté, et même accueilli avec joie, si cela avait servi à le protéger. Sauf que Victoria commencerait forcément sa traque par une visite à la maison. Si elle m'y dénichait, peut-être que cela lui suffirait et qu'elle le laisserait tranquille une fois qu'elle en aurait terminé avec moi...

Bref, je ne pouvais m'enfuir. Quand bien même d'ailleurs, où aller ? Chez Renée ? Je tremblais à l'idée de contaminer l'univers ensoleillé et serein de ma mère par ma carcasse ombreuse et létale. Il était hors de question que je lui fasse courir pareil danger.

L'appréhension dévorait mon estomac. Bientôt, avec celle de ma poitrine, je serais percée de deux cavités jumelles.

Ce soir-là, Charlie me rendit une nouvelle fois service et contacta Harry pour lui demander si les Black avaient quitté la réserve. Harry lui raconta que Billy avait assisté au conseil le mercredi soir ; il n'avait jamais parlé de s'éloigner. Charlie me pria de cesser d'embêter le monde – Jacob m'appellerait quand il le désirerait.

Le vendredi après-midi, sur le chemin du lycée à la maison, la compréhension s'imposa soudain à moi.

Je ne prêtai aucune attention à la route familière, bercée par le rugissement du moteur qui endormait mon cerveau et réduisait au silence mes angoisses, lorsque mon subconscient me livra un verdict qui avait dû s'échafauder depuis un moment sans que je m'en rendisse compte. Dès que la réponse s'imposa, je m'en voulus de ne pas y avoir songé avant. Certes, j'avais eu pas mal de tracas – vampires assoiffés de vengeance, gigantesques loups mutants, plaies ouvertes dans mon sein et mon ventre ; n'empêche, une fois affirmée, la vérité était on ne peut plus évidente. Jacob m'évitait.

Charlie m'avait rapporté qu'il avait paru bizarre et irrité. Il y avait aussi les réponses vagues et prudentes de Billy. Bon sang de bois ! Je savais exactement ce qui se passait. C'était Sam Uley. Même mes cauchemars s'étaient efforcés de m'avertir ! Sam s'était emparé de Jacob. Quel que soit ce qui arrivait aux garçons de la réserve, mon ami en était victime. Il avait été absorbé par le culte qu'orchestrait Sam. Il ne m'avait pas désertée, on me l'avait volé, devinai-je, submergée par l'émotion.

Une fois devant la maison, je ne coupai pas le contact. Que devais-je faire ? Je soupesai les dangers possibles. Si j'allais chercher Jacob, je tentais le sort en attirant Laurent et Victoria sur mes traces. Si je lui fichais la paix, Sam l'attacherait encore plus intensément à sa bande effrayante et coercitive. Si je n'agissais pas très vite, il serait même trop tard, peut-être.

Ma rencontre avec Laurent datait d'une semaine et, jusqu'à présent, nul vampire ne s'était manifesté. Huit jours, c'était amplement suffisant pour qu'ils reviennent à Forks, donc je n'étais pas une priorité. Plus vraisemblablement, j'avais eu raison de penser qu'ils attaqueraient de nuit. Les chances qu'ils me suivent à La Push étaient beaucoup plus minces que celles de perdre Jacob au profit de Sam. Ça valait la peine d'affronter le danger de la route retirée qui traversait la forêt. Il ne s'agissait pas d'une visite de courtoisie ; c'était une mission de sauvetage. J'allais parler à Jacob, le kidnapper s'il le fallait. J'avais vu un jour sur la chaîne éducative une émission concernant la déprogrammation de ceux qui avaient subi un lavage de cerveau. Il existait sûrement une manière d'en guérir.

Je m'avisai qu'il valait mieux avertir Charlie d'abord. Ce qui se passait à La Push, quoi que ce fût, méritait peut-être que la police s'en mêle. Je me ruai dans la maison, pressée de partir, maintenant. Ce fut Charlie en personne qui me répondit.

— Chef Swan à l'appareil.

— Papa, c'est moi.

— Que t'arrive-t-il ?

Difficile cette fois de contester ses lugubres préjugés. Ma voix tremblait.

— Je suis inquiète pour Jacob.

— Pourquoi ? s'exclama-t-il, décontenancé.

— Je crois... je crois qu'il se trame des trucs bizarres à la réserve. Jacob a évoqué l'attitude étrange et nouvelle de garçons de son âge. Et voilà qu'il se comporte comme eux, ça me flanque la frousse.

— Quels trucs bizarres ?

Il avait sa voix de flic, ce que j'interprétai comme un signe encourageant – il me prenait au sérieux.

— D'abord, il a eu peur, ensuite il m'a évitée, et à présent... je crains qu'il n'ait été embrigadé dans une bande. Celle de Sam Uley.

— Sam ? s'écria mon père, ahuri.

— Oui.

Quand il me répondit, Charlie avait adopté un ton beaucoup plus détendu.

— À mon avis, tu te trompes, Bella. Sam Uley est un chouette gosse. Enfin, un homme, aujourd'hui. Un bon fils. Tu devrais entendre Billy ! Il ne tarit pas d'éloges à son sujet. Sam accomplit des miracles avec les jeunes de la réserve. C'est lui qui...

Il s'interrompit au milieu de sa phrase, et je devinai qu'il avait failli mentionner la nuit où je m'étais perdue dans les bois. Je m'empressai de plaider ma cause.

— Ce n'est pas vrai, papa. Jacob avait *vraiment* la trouille de lui.

— Tu as interrogé Billy ?

Il tentait de m'apaiser. J'avais perdu son oreille sitôt que j'avais mentionné Sam.

— Il s'en moque.

— Dans ce cas, Bella, je suis sûr que tout va bien. Jacob est un môme. Il faisait sans doute l'intéressant, et je suis persuadé qu'il ne risque rien. Après tout, il ne peut pas te consacrer tout son temps.

— Je n'ai rien à voir là-dedans, insistai-je.

J'avais deviné que j'avais d'ores et déjà perdu la bataille.

— Je ne crois pas que tu doives te soucier de cela. Laisse donc Billy veiller sur son fils.

— Charlie...

Je perçus les accents pleurnichards que prenait ma voix.

— J'ai du pain sur la planche, Bella. Deux touristes ont disparu d'un sentier de grande randonnée près du lac. Ces loups commencent à nous poser de sérieux problèmes.

Un instant, j'oubliai le sort de Jacob, stupéfiée par cette nouvelle. Il était impensable que la meute ait survécu à une bagarre avec Laurent.

— Ce sont vraiment les loups les responsables ? demandai-je.

— J'en ai bien peur, chérie. Il y avait... des empreintes... et du sang, cette fois.

— Oh !

Ainsi, la confrontation n'avait sans doute pas eu lieu. Laurent leur avait échappé. Mais pourquoi avait-il refusé de les affronter ? Ce à quoi j'avais assisté dans la clairière était de plus en plus étrange et difficile à saisir.

— Écoute, il faut que j'y aille. Ne t'en fais pas pour Jake. Ce n'est rien.

— Très bien, ripostai-je, furieuse. Salut !

Je raccrochai, contemplai l'appareil pendant quelques instants. Oh, et puis zut ! Billy répondit rapidement.

— Allô ?

— Bonjour, Billy, aboyai-je. Puis-je parler à Jake, s'il vous plaît ? continuai-je en m'efforçant d'être un peu plus aimable.

— Il n'est pas ici.

Tiens donc !

— Et où est-il ?

— Avec ses amis.

— Ah oui ? Des gens que je connais ? Quil ?

Mes mots ne sortaient pas aussi facilement que je l'aurais voulu.

— Non. Je ne crois pas.

— Embry ? persistai-je, devinant qu'il valait mieux ne pas évoquer Sam.

— Oui, Embry doit y être, acquiesça-t-il, moins réticent apparemment.

Cela me suffisait. Embry était de la bande.

— Merci. Dites-lui qu'il me rappelle quand il rentrera, d'accord ?

— Bien sûr, bien sûr.

Clic.

— À bientôt, marmonnai-je dans le vide.

Je me rendis à La Push, bien décidée à attendre. Je

resterais assise toute la nuit devant la maison s'il le fallait, je manquerais les cours, mais ce garçon allait devoir se montrer à un moment où un autre et, alors, il aurait à faire à moi.

J'étais tellement songeuse que le trajet qui m'avait terrifié sembla ne durer que quelques minutes. Avant que je m'y sois préparée, la forêt s'éclaircit, et je sus que je ne tarderais pas à apercevoir les premières maisonnettes de la réserve.

Un grand gaillard en casquette de base-ball marchait sur le bord de la route. Je retins mon souffle, priant pour que la chance, une fois n'est pas coutume, fût de mon côté et qu'il s'agît de Jacob, ce qui m'épargnerait de lui courir après. Mais le garçon était trop trapu et, sous la casquette, les cheveux étaient courts. Même de derrière, je compris que c'était Quil, bien qu'il parût plus grand que lors de notre dernière rencontre. Ils les nourrissaient avec quoi ? Des hormones expérimentales ?

Je traversai la chaussée pour m'arrêter près de lui. Il releva la tête en entendant le moteur. L'expression de ses traits m'effraya plus qu'elle m'étonna. Il avait le visage vide, morose, des rides soucieuses au front.

— Oh, salut, Bella ! marmonna-t-il.

— Salut, Quil... ça va ?

— On fait aller, grommela-t-il après m'avoir contemplée pendant un moment.

— Je te dépose quelque part ? proposai-je.

— Pourquoi pas ?

Il contourna la camionnette, ouvrit la portière opposée à la mienne et grimpa sur le siège.

— Où vas-tu ?

— J'habite au nord, derrière le magasin.

— Tu as vu Jacob, aujourd'hui ? demandai-je en lui laissant à peine le temps de terminer sa phrase.

Je le regardai avec impatience, guettant sa réponse. Il scruta le paysage durant quelques secondes avant de s'exécuter.

— De loin.

— Pardon ?

— J'ai essayé de les suivre. Il était avec Embry.

Il parlait tout bas, difficilement audible sous le grondement du moteur, et je me penchai vers lui.

— Ils m'ont vu, c'est sûr, mais ils ont bifurqué et se sont volatilisés dans les arbres. Je crois qu'ils n'étaient pas seuls. Sam et sa bande ne devaient pas être loin. J'ai erré dans les bois pendant une heure en les appelant. Tu parles ! Je venais juste de revenir sur la route quand tu es arrivée.

— Sam a réussi à l'avoir, grondai-je, mâchoires serrées.

— Tu es au courant ? s'exclama Quil.

— Jack m'en a parlé... avant.

— Avant, répéta-t-il en soupirant.

— Il est devenu comme les autres ?

— Il suit Sam comme un toutou, bougonna Quil en crachant par la fenêtre ouverte.

— Mais au début, a-t-il évité les gens ? S'est-il comporté bizarrement ?

— Moins longtemps que les autres. Une journée, peut-être. Ensuite, Sam lui a mis le grappin dessus.

— Qu'est-ce que c'est, à ton avis ? De la drogue ?

— Je ne vois pas Jacob ou Embry tomber là-dedans. Mais après tout, qu'est-ce que j'en sais ? Quelle autre explication pourrait-il y avoir ? Et pourquoi les adultes ne s'inquiètent-ils pas ? (La peur illuminait ses yeux.) Jacob ne voulait pas adhérer à cette... secte.

Il se tourna vers moi, et je lus sur ses traits ce qu'il ne disait pas : « Je ne veux pas être le prochain sur la liste. » Je frissonnai. C'était la deuxième fois que la bande de Sam était comparée à une secte.

— Vos parents ne pourraient pas intervenir ?

— Tu rigoles ? Mon grand-père est membre du conseil, comme le père de Jacob. Pour lui, personne n'est mieux que Sam Uley.

Nous nous dévisageâmes un long moment. Nous étions entrés dans La Push, je conduisais tout doucement dans la rue déserte. J'apercevais l'unique magasin du village à quelques dizaines de mètres de là.

— Je descends ici, annonça Quil. J'habite juste à côté.

Il désignait un petit rectangle en bois derrière la boutique. Je me rangeai, et il sauta à terre.

— Je pars monter la garde chez Jacob, lui annonçai-je.

— Bonne chance !

Il claqua la portière et s'éloigna d'un pas traînant, épaules voûtées, tête basse. Je fis demi-tour et repartis chez les Black. Quil mourait de peur de devenir comme les garçons de la bande de Sam. Mais que leur arrivait-il exactement ? Je m'arrêtai devant la maison, coupai le contact et baissai ma fenêtre. L'air était étouffant, ce jour-là, sans un souffle de vent. Posant mes pieds sur le tableau de bord, je m'installai pour une longue attente.

Un mouvement à la périphérie de mon champ de vision attira mon regard. Billy m'observait de derrière la fenêtre du salon, comme perdu. J'agitai la main une fois et lui adressai un mince sourire. Il parut mécontent, laissa retomber le rideau. J'étais prête à patienter autant de temps que nécessaire, ce qui ne m'empêcha pas de regretter de n'avoir rien pour m'occuper. Fouillant dans mon sac à dos, j'en tirai un stylo et un vieux bloc-notes. Je me mis à griffonner sur le verso de la feuille.

Je n'avais dessiné qu'une rangée de diamants quand on frappa sèchement à la portière. Je tressaillis et relevai la tête, m'attendant à voir Billy.

— Qu'est-ce que tu fiches ici, Bella ? gronda Jacob.

J'ouvris des yeux grands comme des soucoupes. Il avait changé de façon radicale. D'abord, ses cheveux, ses magnifiques cheveux, avaient disparu ; tondus de près, ils couvraient son crâne d'un lustre noir d'encre qui évoquait du satin. Les arêtes de son visage en semblaient durcies, resserrées, et comme... vieillies. Son cou et ses épaules étaient différents aussi, plus épais. Ses mains, accrochées au cadre de la fenêtre, paraissaient énormes, leurs tendons et leurs veines encore plus proéminents sous la peau cuivrée. Ces transformations physiques étaient cependant anodines, comparées à l'expression qu'il arborait, et qui le rendait presque méconnaissable. À l'instar de la chevelure, le sourire ouvert et amical s'était envolé, la chaleur des prunelles s'était transmutée en un ressentiment ténébreux qui me dérangea immédiatement. Il y avait une part d'ombre chez Jacob, désormais. J'eus l'impression que mon soleil avait implosé.

— Jacob ? chuchotai-je.

Il ne dit rien, se contenta de me toiser, tendu, furibond. Je me rendis alors compte que nous n'étions pas seuls. Derrière lui se tenaient quatre gaillards, tous grands, cuivrés de teint et ras de poil, eux aussi. Ils auraient pu être frères – je n'aurais même pas été capable de distinguer Embry dans le lot. Cette ressemblance était d'autant renforcée par l'identique et frappante hostilité que trahissaient leurs yeux.

Sauf un. Plus âgé de quelques années. Sam était le dernier de la bande, et il affichait un visage sûr de lui et serein. Je dus ravaler la bile qui me montait à la gorge. Soudain, je mourais d'envie de lui en coller une. Plus que ça, même. Je souhaitais devenir féroce et mortelle, une créature à laquelle personne n'oserait chercher des noises. Un être susceptible de terroriser Sam Uley.

Je voulais être un vampire.

La violence de mon désir me prit au dépourvu et me coupa le souffle. Je me l'étais interdit, parmi tant d'autres – y compris quand, comme ici, il reposait sur des raisons malveillantes, n'était destiné qu'à combattre un ennemi – parce que c'était le plus douloureux. Cet avenir-là, j'en avais été privée pour toujours, il n'avait d'ailleurs jamais vraiment été à ma portée. Je luttai pour me contrôler, cependant que le trou dans ma poitrine palpitait sous l'effet de la souffrance.

— Que veux-tu ? demanda Jacob, la rage l'empourprant à mesure qu'il devinait les émotions qui me secouaient.

— Te parler, murmurai-je faiblement, dévastée.

J'avais ouvert la boîte de Pandore, mon rêve tabou s'en était échappé.

— Alors, vas-y ! siffla-t-il, venimeux.

Son regard était mauvais. Jamais je ne l'avais vu fixer quelqu'un de cette manière, moi surtout. J'en éprouvai un chagrin, violent comme une gifle, d'une intensité étonnante qui me blessa physiquement.

— Seul à seule ! ripostai-je aussi brutalement que lui, en recouvrant mes forces.

Il se retourna, je devinai vers qui. D'ailleurs, tous guettaient la réaction de Sam. Ce dernier hocha le menton, juste une fois, imperturbable. Il émit un bref commentaire dans une langue qui m'était inconnue – je savais seulement que ce n'était ni du français ni de l'espagnol, du quileute sans doute. Puis il tourna les talons et entra dans la maison de Jacob. Les autres (Paul, Jared et Embry, devinai-je) l'y suivirent.

Aussitôt, Jacob sembla perdre de son animosité. Ses traits s'apaisèrent, ce qui, paradoxalement, leur donna une expression encore plus désespérée. Une moue permanente rabaissait les coins de sa bouche.

— Je t'écoute, dit-il.

J'inspirai profondément.

— Tu sais pourquoi je suis ici.

Il ne répondit pas, se borna à me vriller de ses prunelles pleines de rancœur. Sans me démonter, je lui retournai la pareille, et le silence s'étira. La souffrance qu'exprimait son visage me bouleversait, une boule se forma dans ma gorge.

— On marche ? proposai-je pendant que je pouvais encore m'exprimer.

Il ne réagit ni par des mots ni par une quelconque mimique. Je descendis de voiture, sentant que l'on m'observait de derrière les fenêtres, et me dirigeai vers la lisière de la forêt. Seul le son de mes pieds foulant l'herbe humide et la boue des bas-côtés de la route perturbait la quiétude, au point que je crus, d'abord, qu'il ne m'avait pas emboîté le pas. Quand je jetai un coup d'œil par-dessus mon épaule, il était pourtant juste derrière moi. Simplement, il paraissait avoir trouvé un sentier moins bruyant que le mien.

Une fois près des arbres, je respirai mieux. Sam ne

pouvait nous y apercevoir. Je cherchai désespérément la bonne phrase à dire, en vain. J'étais juste de plus en plus en colère que Jacob ait été aspiré dans... que Billy ait permis que... que Sam puisse se montrer aussi calme et sûr de lui... Brusquement, Jacob me dépassa et pivota pour m'affronter, se plantant au milieu du chemin et m'obligeant à m'arrêter. La grâce de ses mouvements me frappa. Depuis quand le Jacob en pleine croissance et presque aussi empoté que moi était-il devenu cet être presque félin ? Il ne me laissa pas le loisir d'y songer.

— Terminons-en ! décréta-t-il avec des accents sourds et durs.

J'attendis. Il savait ce que je voulais.

— Ce n'est pas ce que tu crois, reprit-il d'un ton soudain très las. Ni ce que je croyais. J'étais loin du compte.

— Qu'est-ce que c'est, alors ?

Il m'observa un long moment, pesant le pour et le contre, sans que le courroux déserte jamais complètement ses iris.

— Je n'ai pas le droit de te le révéler, finit-il par lâcher.

— Je pensais que nous étions amis, répliquai-je, les dents serrées.

— Nous l'étions, riposta-t-il aussitôt en appuyant sur le passé.

— Mais tu n'as plus besoin d'amis, c'est ça ? Tu as Sam, maintenant. Sam que tu as toujours tellement respecté, si je me souviens bien.

— Je me trompais.

— Et tu as eu la révélation. Alléluia !

— C'est autre chose. Sam n'y est pour rien. Il m'aide du mieux qu'il peut.

Sa voix se cassa, et il regarda au-dessus de ma tête, au-delà de moi, brûlant de rage.

— C'est ça, répondis-je, dubitative.

Jacob ne m'écoutait pas, cependant. Il respirait lentement et profondément pour tenter de se calmer. Il était si furieux que ses mains tremblaient.

— Je t'en prie, Jake, raconte-moi ce qui se passe. *Moi*, je te serai peut-être d'un quelconque secours.

— Plus personne ne me soulagera, geignit-il.

— Mais que t'a-t-il fait ? m'écriai-je, et les larmes me montèrent aux yeux.

J'avança vers lui, bras ouverts ; il recula, mains levées en un geste défensif.

— Ne me touche pas ! souffla-t-il.

— Pourquoi ? Sam est contagieux ?

Je pleurais comme une idiote, maintenant. J'essuyai mes yeux du revers de la main avant de croiser mes bras sur ma poitrine.

— Cesse d'accuser Sam !

La réplique lui était venue automatiquement. Il porta ses doigts à ses cheveux, comme pour tordre sa queue-de-cheval. Ne rencontrant plus rien, il les laissa retomber mollement.

— Qui c'est le coupable, sinon lui ?

Il sourit à demi, une pauvre chose pâlotte.

— Je pense que tu préférerais l'ignorer.

— Oh que non ! m'emportai-je. J'y tiens, et tout de suite même !

— Tu as tort ! aboya-t-il à son tour.

— Je t'interdis de me dire que j'ai tort ! Ce n'est pas moi qui ai subi un lavage de cerveau. À qui la faute, si ce n'est pas celle de ton Sam adoré ?

— Tu l'auras voulu ! S'il faut blâmer quelqu'un,

prends-en-toi donc à ces répugnants buveurs de sang que tu aimes tant.

J'en fus estomaquée. Ses mots m'avaient poignardée. La douleur se répandit dans mon corps en suivant ses chemins habituels, la plaie béante me déchirant le cœur. Le pire cependant, c'était l'assurance avec laquelle il avait proféré ses accusations, et la colère qui le dominait.

— Je t'avais prévenue, ajouta-t-il.

— Je ne vois pas de qui tu parles.

— Je crois que si, au contraire. Ne m'oblige pas à préciser, je n'ai pas envie de te faire du mal.

— Je ne vois pas de qui tu parles, répétai-je.

— Des *Cullen*, lâcha-t-il lentement en scrutant mon visage. Je sais comment tu réagis lorsqu'on prononce ce nom.

Je secouai la tête de droite à gauche pour nier, tout en essayant de reprendre mes esprits. Comment était-il au courant ? Et quel était le rapport avec la secte de Sam ? S'agissait-il d'une bande qui combattait les vampires ? Et à quoi bon, maintenant que plus aucun d'eux ne vivait à Forks ? Pourquoi Jacob se mettait-il à gober les histoires colportées sur les Cullen, alors que les preuves avaient disparu depuis longtemps et à jamais ?

— Ne me dis pas que tu adhères aux sottises superstitieuses de Billy, finis-je par répondre.

— Il est plus sage que je le pensais.

— Sois sérieux, Jake.

Il me fusilla du regard.

— Superstitions mises à part, m'empressai-je de préciser, je ne comprends pas pourquoi tu accuses les... Cullen (aïe !). Ils sont partis il y a plus de six mois. Comment oses-tu justifier l'attitude de Sam en leur en collant la responsabilité sur le dos ?

— L'attitude de Sam n'a rien à faire là-dedans, Bella, et je sais qu'ils ont fichu le camp. Mais parfois... parfois, lorsque les choses sont en marche, il est trop tard.

— Qu'est-ce qui est en marche ? Qu'est-ce qui est trop tard ? Que leur reproches-tu ?

Soudain, il colla son visage à un centimètre du mien, les yeux incendiés par la fureur.

— D'exister ! siffla-t-il.

À cet instant, Edward s'exprima, ce qui me surprit, vu que je ne ressentais nulle peur.

« Tais-toi, Bella. Ne le pousse pas à bout. »

Depuis que le prénom d'Edward avait renversé la prison dans laquelle je l'avais emmuré, je n'avais pas été capable de le tenir au secret. Il ne provoquait plus de douleur, désormais, en tout cas pas durant les précieuses secondes où il s'adressait à moi. Jacob fulminait, certes. Je ne saisissais pas pourquoi l'illusion edwardienne avait décidé de se manifester, car même blême de fureur, Jacob restait Jacob. Il ne présentait aucun danger.

« Laisse-lui le temps de se calmer », insista le ténor.

— Tu es ridicule, répondis-je, tant à Edward qu'à Jacob.

— Très bien, répliqua ce dernier en respirant profondément. Je n'ai pas l'intention de me disputer avec toi. Ça n'a pas d'importance, de toute façon, le mal est fait.

— Quel mal ? lui braillai-je à la figure.

Il encaissa sans broncher.

— Rentrons. Nous n'avons plus rien à nous dire.

— Tu plaisantes ? bégayai-je. Tu ne m'as encore rien dit du tout !

Il s'éloigna à grands pas, me plantant là.

— J'ai vu Quil, aujourd'hui ! lançai-je dans son dos.

Il s'arrêta, ne se retourna pas néanmoins.

— Tu te souviens de ton ami Quil ? repris-je. Il est terrifié.

Il virevolta, l'air peiné.

— Quil..., se borna-t-il à murmurer.

— Il a peur d'être le suivant, l'aiguillonnai-je.

Il s'appuya contre un tronc, et une drôle de couleur verte teinta sa peau brune.

— Ça n'arrivera pas, marmonna-t-il. Pas lui. C'est fini, maintenant. Ça ne devrait plus se produire. Pourquoi ? Pourquoi ?

Il abattit son poing contre l'arbre. Ce n'était pas un colosse, juste un jeune arbre, je n'en fus pas moins stupéfaite quand le tronc se brisa. Jacob contempla la cassure avec un ahurissement qui ne tarda pas à se transformer en horreur.

— Il faut que j'y aille, s'écria-t-il.

Il fit demi-tour et s'éloigna si vite que je fus obligée de courir pour ne pas être distancée.

— Où ça ? le provoquai-je. Dans les jupes de Sam ?

— Si tu veux le considérer comme ça, à ta guise, crus-je l'entendre marmonner.

Je le poursuivis jusqu'à la Chevrolet.

— Attends ! hurlai-je quand il fila vers la maison.

Il me regarda. Ses mains tremblaient de nouveau.

— Rentre chez toi, Bella. Je ne peux plus te fréquenter.

Le chagrin, bête et futile, se révéla incroyablement puissant. Les larmes revinrent.

— Es-tu en train de... rompre avec moi ?

Les mots n'étaient pas les bons, mais ils étaient ceux qui, le mieux, exprimaient ma prière. Ce que Jacob et moi avions partagé était plus qu'une amourette de cour de récréation.

— Même pas ! ricana-t-il, amer. Sinon, je t'aurais dit « restons amis ». Je n'ai même pas le droit à ça.

— Pourquoi ? Sam t'interdit d'avoir des amis ? Je t'en supplie... Tu as promis. J'ai besoin de toi !

Le néant glacé de mon existence avant que Jacob y rapporte un semblant de raison resurgit devant moi. L'impression de solitude m'étrangla.

— Je suis désolé, Bella, répondit-il avec une froideur qui n'était pas lui.

Je ne parvenais pas à croire qu'il fût sincère. J'avais plutôt l'impression que ses yeux furieux essayaient de me transmettre autre chose ; hélas, le message m'échappait. Il se pouvait, finalement, que Sam n'eût rien à voir là-dedans. Ni les Cullen. Peut-être Jacob s'efforçait-il de se tirer d'une situation impossible. Alors, je devais sans doute le laisser tranquille, si c'était ce qu'il y avait de mieux pour lui. Oui, il fallait que j'agisse ainsi. C'était la bonne attitude. Pourtant, les mots m'échappèrent, filet de voix.

— Je suis navrée de ne pas avoir pu... plus tôt... j'aimerais changer ce que j'éprouve pour toi, Jacob.

J'étais si désespérée à l'idée de le perdre que je déformais la vérité au point de la transformer en mensonge.

— Peut-être que... que j'arriverai à changer, ajoutai-je. Si tu m'en donnes le temps... s'il te plaît, ne m'abandonne pas maintenant, je ne le supporterai pas.

En un éclair, ses traits passèrent de l'irritation à la douleur. Ses doigts tremblants se tendirent vers moi.

— Non, Bella, je t'en prie. Ne pense pas ça. Ne crois pas que c'est ta faute. *Je* suis responsable. Je te jure que tu n'y es pour rien.

— Non, c'est moi.

— Je ne plaisante pas, Bella. Je ne suis...

Il s'interrompit, la voix encore plus rauque que d'ordinaire, luttant contre ses émotions, ses yeux hurlant sa tristesse.

— Je ne suis plus assez bien pour rester ton ami, précisa-t-il. Je ne suis plus le même. Je ne t'apporterai rien de bon.

— Quoi ? m'exclamai-je, ébahie. Qu'est-ce que tu racontes, Jake ? Tu vaux mille fois mieux que moi ! Tu m'apportes des tas de bonnes choses. Qui a osé prétendre le contraire ? Sam ? C'est un mensonge éhonté, Jacob ! Ne le laisse pas dire des trucs pareils !

Son visage se ferma.

— Personne n'a eu besoin de me dire quoi que ce soit. Je sais ce que je suis.

— Mon ami, voilà ce que tu es. Jake... je t'en supplie !

Il reculait.

— Je suis désolé, Bella, répéta-t-il, à peine audible.

Sur ce, il s'enfuit à toutes jambes dans la maison.

Je restai figée sur place. Incapable de bouger, je fixais la maisonnette rouge, qui paraissait trop petite pour accueillir quatre grands gaillards et deux hommes non moins imposants. À l'intérieur, tout était calme. Pas un rideau dont on soulevât le coin, pas un mouvement, pas une voix. Les lieux m'opposaient leur néant.

Il se mit à bruiner, les gouttes glacées me piquant la peau çà et là. J'avais les yeux rivés sur la maison. Jacob allait ressortir. C'était obligé. La pluie prit de l'ampleur, le vent aussi. Les gouttes ne tombaient plus tout droit ; elles venaient de l'ouest, porteuses de senteurs marines. Mes cheveux me fouettaient le visage, se collant aux endroits humides, s'accrochant à mes cils. J'attendais. La porte finit par s'ouvrir et, soulagée, j'avançai d'un pas.

Billy roula son fauteuil dans l'encadrement ; je n'apercevais personne derrière lui.

— Charlie vient d'appeler, Bella. Je lui ai dit que tu étais sur le chemin du retour.

Son regard était empli de pitié. C'est elle qui eut raison de moi. Muette, je grimpai dans ma voiture, tel un robot. J'avais laissé les fenêtres baissées, et les sièges étaient humides et glissants. Aucune importance, j'étais déjà trempée.

« Ce n'est pas si grave ! Ce n'est pas si grave ! » me répétait mon cerveau pour tenter de me réconforter. Vrai. Ce n'était pas un drame. Pas une deuxième fin du monde. Ce n'était que la fin du peu de paix que je laissais ici. Rien de plus. « Ce n'est pas si grave ! » J'étais d'accord. Mais grave quand même. J'avais cru que Jacob soignait le trou de mon cœur. Du moins, qu'il le comblait, en muselait la souffrance. Je m'étais trompée. Il avait juste creusé son propre trou, si bien que, maintenant, j'étais perforée comme un gruyère. À se demander comment je ne tombais pas encore en mille morceaux.

Sur le porche, Charlie guettait mon arrivée. Je me garai, et il vint à ma rencontre.

— Billy a téléphoné, se justifia-t-il en m'ouvrant la portière. Toi et Jake vous seriez disputés, et tu serais bouleversée.

Il me regarda, et l'horreur se peignit sur ses traits, une

horreur de déjà-vu. Je tentai de sentir mon visage de l'intérieur, histoire de voir ce qu'il voyait, je n'y trouvai que vacuité et froideur. Je compris alors ce qu'il lui rappelait.

— Ça ne s'est pas passé exactement comme ça, marmonnai-je.

M'enlaçant la taille, il m'aida à sortir de voiture. Il ne fit aucun commentaire sur mes vêtements mouillés.

— Comment ça s'est passé, alors ? me demanda-t-il, une fois à l'intérieur.

Ôtant le plaid du divan, il en drapa mes épaules. Je m'aperçus que je grelottais.

— Sam Uley interdit à Jacob de me fréquenter, annonçai-je d'une voix morne.

— Qui t'a raconté ça ? s'exclama Charlie en me jetant un étrange coup d'œil.

— Jacob.

Si les mots n'étaient pas tout à fait exacts, c'était néanmoins la vérité.

— Tu crois vraiment que ce Uley trafique quelque chose de pas catholique ? commenta mon père en fronçant les sourcils.

— Je le *sais*. Même si Jacob a refusé de m'avouer de quoi il s'agit. Je monte me changer, ajoutai-je en entendant mes vêtements qui dégouttaient en éclaboussant le lino de la cuisine.

— Oui, oui, marmonna-t-il distraitement, perdu dans ses pensées.

Je pris une douche pour me réchauffer, en vain. Lorsque je coupai l'eau, j'entendis Charlie qui parlait, au rez-de-chaussée. M'enveloppant dans une serviette, j'entrebâillai la salle de bains.

— Pas question que j'avale ces bêtises ! tempêtait-il. Ça n'a aucun sens !

Il y eut un silence, et je compris qu'il était au téléphone. Une minute s'écoula.

— Ne mets pas ça sur le dos de Bella ! hurla-t-il soudain.

Je sursautai. Quand il reprit la parole, sa voix était plus sourde, prudente.

— Dès le début, Bella a été très claire : elle et Jacob n'étaient que des amis... Dans ce cas, pourquoi ne l'as-tu pas dit plus tôt ? Non, Billy, je pense qu'elle a raison... Parce que je connais ma fille, et si elle affirme que Jake avait peur...

Il fut interrompu au milieu de sa phrase.

— Comment ça, je ne connais pas ma fille aussi bien que j'aime à le répéter ? brailla-t-il.

Il y eut un silence, et je faillis ne pas entendre la suite tant il s'exprimait doucement.

— Si tu crois que je vais remettre ça sur le tapis, tu rêves, mon pote ! Elle commence tout juste à s'en relever, essentiellement grâce à Jacob. Si ce qui occupe Jacob et Sam, quoi que ce soit d'ailleurs, la replonge dans la dépression, j'aime autant t'avertir que ton fiston aura à en répondre devant moi. Tu es mon ami, Billy, mais là, c'est ma famille qui est menacée.

Il y eut une nouvelle pause pendant que Billy répondait.

— Tu ne crois pas si bien dire. Que ces gars franchissent la ligne blanche, ne serait-ce que d'un orteil, et je serai au courant. Nous les aurons à l'œil, sois-en sûr. (Ce n'était plus Charlie, là, c'était le Chef Swan.) Très bien. C'est ça, salut.

Il raccrocha violemment l'appareil. Je filai dans ma

chambre sur la pointe des pieds. En bas, Charlie marmonnait d'un air pas content.

Ainsi, Billy rejetait la faute sur moi. J'avais trompé Jacob qui avait fini par en avoir assez. C'était étrange, car j'avais été la première à craindre cette réaction. Sauf que, après la dernière phrase qu'avait prononcée Jacob cet après-midi-là, ça ne collait plus. Son comportement dépassait de loin la déception qu'aurait provoquée une amourette non réciproque, et je m'étonnais que Billy s'abaisse à recourir à de tels faux-semblants. Ma conviction que leur secret était encore plus gros que ce que j'imaginais en sortait renforcée. Enfin, à présent, Charlie était de mon côté au moins. J'enfilai mon pyjama et me mis au lit. L'existence était si sombre, en ce moment, que je m'autorisai à tricher. Le trou – les trous, désormais – étaient déjà douloureux, alors un peu plus ou un peu moins. Ressortant le souvenir – pas un vrai, ça aurait été trop dur, un faux, celui de la voix d'Edward telle qu'elle avait résonné dans ma tête –, je me le repassai encore et encore jusqu'à ce que je m'endorme, le visage trempé de larmes silencieuses.

Cette nuit-là, j'eus droit à un rêve tout neuf. La pluie tombait dru, et Jacob marchait à mon côté, sans bruit, alors que mes pieds donnaient l'impression que je foulais du gravier. Ce n'était pas mon Jacob. C'était le nouveau, gracieux et amer. La souplesse de sa démarche me rappelant quelqu'un, je le regardai. Alors, il se mit à changer. Sa peau cuivrée pâlit, son visage prenant une blancheur d'ossements ; ses yeux virèrent à l'or, puis au cramoisi, au noir et derechef à l'or ; ses cheveux ras s'allongèrent et se tordirent sous l'effet du vent, prenant une couleur bronze là où la brise les effleurait ; ses traits devinrent si beaux qu'ils me brisèrent le cœur. Je tendis la main vers lui, mais il recula en levant les mains en bouclier. Edward disparut.

Lorsque je me réveillai dans l'obscurité, je ne sus si je venais de me mettre à pleurer ou si mes larmes avaient coulé depuis que je m'étais assoupie. Je contemplai le plafond sombre. Nous étions au milieu de la nuit ; j'étais dans un demi-sommeil. Refermant les paupières, j'en appelai à une inconscience sans cauchemar.

C'est alors que je perçus le bruit qui, dès le départ, avait dû me réveiller. Quelque chose griffait ma fenêtre avec un crissement aigu, comme des ongles grattant un carreau.

12

◆

LE VISITEUR

Terrorisée, j'ouvris les yeux en grand, bien que je fusse si épuisée et confuse que je n'étais pas certaine d'être éveillée ou endormie.

De nouveau, on gratta à ma croisée, et le grincement haut perché retentit derechef. Ahurie et rendue encore plus maladroite par le sommeil, je titubai du lit à la fenêtre, battant des cils pour chasser mes larmes. Une énorme masse sombre tanguait de l'autre côté de la vitre, roulant et tanguant vers moi comme si elle s'apprêtait à fracasser le carreau. Horrifiée, je reculai, un hurlement au bord des lèvres.

Victoria ! Elle était venue me chercher. J'étais finie.

Charlie ! Non ! Pas lui !

Je ravalai mon cri – j'allais devoir endurer la mort en

silence. En aucun cas mon père ne devait débarquer dans ma chambre...

Soudain, une voix feutrée familière s'échappa de la silhouette noire.

— Bella ! Ouille ! Nom d'une pipe, ouvre cette fichue fenêtre ! Aïe !

Il me fallut deux secondes pour surmonter ma peur. Puis je me précipitai à la fenêtre et l'ouvris. Une lueur provenait des nuages, vague mais suffisante pour que je distingue les formes.

— Qu'est-ce que tu fiches ici ? balbutiai-je en identifiant Jacob.

Il était dangereusement perché au sommet de l'épicéa qui poussait au milieu du petit jardin de devant. Sous son poids, l'arbre penchait en direction de la maison, et l'acrobate se balançait à six mètres du sol. Les rameaux de la cime raclèrent une nouvelle fois la façade, déclenchant le crissement qui m'avait alertée.

— J'essaie de... tenir... ma promesse, haleta Jacob en agitant les jambes pour tenter de garder l'équilibre.

Je clignai des yeux, persuadée de rêver.

— Quand as-tu promis de te tuer en tombant d'un arbre ?

— Écarte-toi, m'ordonna-t-il, guère amusé par ma repartie.

— Quoi ?

Il se balança d'avant en arrière afin d'accentuer ses oscillations.

— Non, Jake ! protestai-je en comprenant ce qu'il avait en tête.

Trop tard ! Je fus obligée de me jeter sur le côté car, avec un grognement, il bondit vers ma croisée ouverte. J'étouffai un deuxième piaillement, persuadée qu'il allait s'écraser au sol et se rompre le cou, ou du moins s'estropier en se fracassant contre les montants en bois de la fenêtre mais, à ma grande surprise, il voltigea adroitement dans ma chambre et atterrit sur la plante des pieds, presque sans bruit.

Tous deux nous tournâmes automatiquement vers la porte en retenant notre souffle, attendant de voir si l'agitation avait réveillé Charlie. Au bout d'un court moment, nous perçûmes un ronflement ténu de l'autre côté du couloir. Un immense sourire fendit le visage de Jacob, visiblement très content de lui-même. Ce n'était pas le sourire que je connaissais et aimais, plutôt une parodie amère de la sincérité d'autrefois, sur ce visage qui appartenait dorénavant à Sam.

C'en fut trop. Je m'étais endormie en pleurs à cause de ce garçon. En me rejetant sans ménagement, il avait créé un deuxième trou dans ce qu'il restait de ma poitrine, il avait donné naissance à un cauchemar tout neuf, comme une plaie s'infecte, l'insulte après le coup porté. Et voilà qu'il déboulait chez moi, rigolard, à croire qu'il ne s'était rien produit. Pire, en dépit du bruit et de la maladresse, sa subite apparition me rappelait l'habitude qu'avait eue Edward de se glisser par ma fenêtre la nuit, un souvenir qui était du sel sur mes blessures purulentes. Ajoutons à cela que j'étais crevée. Bref, je n'étais pas d'humeur charmante.

— Fiche le camp ! sifflai-je en insufflant autant de venin que possible dans mon ordre.

Il cilla, surpris, protesta.

— Non ! Je suis venu m'excuser.

— Je n'en veux pas, de tes excuses.

Je tentai de le repousser dehors – si je rêvais, il ne risquait pas grand-chose, n'est-ce pas ? Sans résultat, car il ne broncha pas d'un millimètre. Je cessai de le toucher, reculai d'un pas. Il était torse nu, bien que l'air s'engouffrant de l'extérieur fût assez froid pour que je frissonne. Le contact de mes mains sur sa peau m'avait mise mal à l'aise. Il irradiait la chaleur, comme la fois où j'avais effleuré son front, dans la voiture. Comme s'il était encore fiévreux. Pourtant, il n'avait pas l'air malade. Immense, plutôt. Il se pencha vers moi, si grand qu'il cacha la vitre. Mon courroux l'étonnait.

Tout à coup, je flanchai. On aurait dit que toutes mes nuits d'insomnie me tombaient dessus en même temps, et la fatigue s'empara de moi si brutalement que je faillis m'écrouler sur place. Je tanguai, luttant pour garder les yeux ouverts.

— Bella ? chuchota Jacob anxieusement.

Je titubai, et il me prit par le coude pour me ramener près du lit. Mes jambes se dérobèrent sous moi, et je m'affalai comme une chiffe sur le matelas.

— Hé, ça va ? demanda Jacob, le front plissé par l'inquiétude.

Je levai la tête vers lui, les joues encore mouillées de larmes.

— Explique-moi un peu pourquoi ça irait, Jake !

Sur son visage, l'angoisse céda la place à l'amertume.

— Ben..., commença-t-il en aspirant profondément. Flûte ! Ben... je... je suis désolé, Bella.

Il était sincère, aucun doute, même si la colère le possédait encore.

— Pourquoi es-tu revenu ? Je n'ai rien à faire de tes excuses, Jacob.

— Je sais, murmura-t-il. Mais je ne pouvais pas laisser les choses en l'état. C'était affreux, cet après-midi, je regrette.

— Je n'y comprends rien.

— Ça ne m'étonne pas. Laisse-moi t'expliquer...

Il s'interrompit soudain, bouche ouverte, comme si quelqu'un avait coupé le son. Puis il respira, et reprit, cédant de nouveau à l'irritation.

— Malheureusement, je n'en ai pas le droit. J'aimerais tant...

J'enfouis ma tête dans mes mains.

— Pourquoi ? gémis-je.

Il ne répondit pas tout de suite. J'écartai légèrement mes doigts et découvris, décontenancée, qu'il avait les yeux à demi fermés, les mâchoires serrées, les sourcils froncés.

— Que se passe-t-il ? insistai-je.

Il souffla, et je me rendis compte qu'il avait retenu sa respiration.

— Je n'y arrive pas, marmonna-t-il, frustré.

— Tu n'arrives pas à quoi ?

Il ignora ma question.

— Dis-moi, Bella, t'a-t-on déjà confié un secret que tu n'avais le droit de répéter à personne ?

Il souleva les paupières, me fixa d'un air entendu. Je pensai immédiatement aux Cullen, priant pour que ma culpabilité ne soit pas trop discernable.

— Une chose dont tu sentais qu'il fallait éviter que Charlie ou ta mère l'apprennent ? précisa-t-il. Dont tu n'aurais parlé à personne, même pas à moi ? Même aujourd'hui ?

Je gardai le silence, tout en sachant qu'il le prendrait pour un aveu.

— Acceptes-tu d'admettre que je suis... dans une situation identique ? Parfois, la loyauté t'empêche d'agir comme tu le voudrais. Parfois, ce secret, il ne t'appartient pas de le dévoiler.

Bien. Il me coupait l'herbe sous le pied, là. Car il avait parfaitement raison – je détenais une vérité que je n'étais pas libre de dévoiler, que je me sentais obligée de protéger. Dont Jacob, cependant, semblait ne plus rien ignorer, soudain. Toutefois, je ne voyais pas en quoi mes mystères le concernaient, pas plus que Sam ou Billy d'ailleurs. Et puis, en quoi cela les gênait-il, maintenant que les Cullen étaient partis ?

— J'ignore pourquoi tu es ici, Jake, si c'est pour me poser des devinettes au lieu de m'apporter des éclair-cissements.

— Excuse-moi. Je voudrais vraiment pouvoir t'expli-quer.

Longtemps, nous nous observâmes dans l'obscurité, aussi moroses l'un que l'autre.

— Ce qui me tue, reprit-il brusquement, c'est que tu *sais*. Je t'ai déjà tout dit !

— Pardon ?

Il respira un bon coup et se pencha vers moi ; son tourment laissa place à une intensité incendiaire. Lors-qu'il ouvrit la bouche, son haleine était aussi brûlante que sa peau.

— Tu es au courant, Bella ! Il m'est certes défendu de te parler, mais toi, il suffirait que tu devines pour nous sortir de cette impasse.

— Deviner ? Quoi donc ?

— Mon secret. Tu peux le faire. Parce que tu le connais déjà.

Je tentai de m'éclaircir les idées. J'étais épuisée, et plus rien n'avait de sens. Constatant que je ne captais pas, Jacob réfléchit.

— Attends, marmonna-t-il, je vais trouver un moyen de t'aider.

Je ne comprenais pas du tout ce qu'il mijotait, mais ça ne devait pas être facile, car il haletait.

— Pardon ? marmonnai-je en luttant pour rester éveillée.

— Et si je te donnais des indices ?

Il prit mon visage entre ses paumes immenses et trop chaudes et l'amena à quelques centimètres du sien. Il plongea son regard dans le mien, comme s'il cherchait à me passer un message au-delà de ses mots.

— Souviens-toi de notre première rencontre. Sur la plage de La Push. Tu y es ?

— Oui.

— Décris-la-moi.

J'hésitai, concentrée.

— Tu m'as interrogée sur la Chevrolet...

Il acquiesça.

— Tu as mentionné la Golf...

— Continue.

— Nous sommes partis nous balader sur la plage...

Mes joues se réchauffaient, entre ses mains, ce dont il n'avait sûrement pas conscience, vu la température de son corps. Je l'avais invité à se promener, flirtant avec lui de façon inepte mais efficace, car je voulais lui soutirer des informations.

— Tu m'as raconté des histoires effrayantes..., poursuivis-je dans un souffle. Des légendes quileutes.

— Oui, s'exclama-t-il avec ferveur. C'est ça ! Rappelle-toi !

Malgré la pénombre, il dut me voir rougir. Comment aurais-je pu oublier ? Sans le vouloir, Jacob m'avait appris tout ce que j'avais eu besoin de savoir ce jour-là, en confirmant mes soupçons – Edward était un vampire.

— Concentre-toi, me pressa-t-il en me vrillant de ses iris qui avaient perdu leur innocence.

— Je me souviens.

— Mais te souviens-tu de *toutes* les hist...

Soudain, il ouvrit la bouche en grand, coupé dans son élan, comme si quelque chose obstruait sa gorge.

— Toutes les histoires ? terminai-je à sa place.

Muet, il opina. Mon cerveau était en ébullition. Seul un de ses récits avait réellement compté, pour moi. Il avait commencé par d'autres, mais ce prélude sans importance était flou, dans mon esprit fatigué. Je secouai la tête. Exaspéré, Jacob sauta du lit. Il appuya ses poings contre son front, se mit à respirer à petits coups rapides et furieux.

— Tu le sais, tu le sais, marmonna-t-il pour lui-même.

— Jake ? S'il te plaît, Jake, je n'en peux plus. Je ne suis bonne à rien, à cette heure. Peut-être que demain...

— ... ça te reviendra. Je crois deviner pourquoi tu n'as retenu qu'une légende, ajouta-t-il aigrement avant de se rasseoir près de moi. M'autorises-tu à te poser une question à ce sujet ? Ça m'a toujours intrigué.

— Quel sujet ?

— Les vampires.

Interdite, je le dévisageai. Sans attendre ma réponse, il enchaîna.

— Franchement, tu ne te doutais de rien ? C'est vraiment moi qui t'ai révélé ce qu'il était ?

Comment savait-il ? Et pourquoi s'était-il brusquement décidé à croire à ce qu'il avait condamné comme des contes de bonne femme ? Serrant les dents, je le fusillai du regard, bien décidée à ne pas parler. Il comprit.

— Tu vois maintenant ce que j'ai voulu dire en parlant de loyauté ? murmura-t-il. Pour moi, c'est pareil, en pire. Tu n'imagines même pas à quel point je suis prisonnier...

Il ferma les yeux comme s'il souffrait physiquement. J'en fus effarée. Plus même, j'eus une bouffée de haine. Je détestais qu'il eût mal. Qu'on lui fît mal – l'image de Sam s'imposa à moi. Au moins, moi, j'étais volontaire ; je protégeais le secret des Cullen par amour ; un amour non partagé mais authentique. Jacob, lui, semblait être dans une situation très différente.

— Tu n'as aucun moyen de te libérer ? chuchotai-je en effleurant les picots de sa nuque tondue.

Ses mains se mirent à trembler.

— Non, chuchota-t-il, les paupières toujours closes. Je suis lié à vie. Condamné à perpétuité. Plus, peut-être, ajouta-t-il avec un rire sans joie.

— Oh ! geignis-je. Et si nous nous sauvions ? Juste toi et moi ? Si nous quittions cet endroit et laissions Sam derrière nous ?

— Il ne s'agit pas d'une chose que je peux fuir, Bella. Et pourtant, si j'en avais le loisir, je partirais avec toi. (Ses épaules aussi tremblaient, à présent.) Écoute, soupira-t-il, il faut que je m'en aille.

— Pourquoi ?

— Premièrement, parce que j'ai l'impression que tu vas tomber dans les pommes d'un instant à l'autre. Tu as besoin de dormir. Et moi, j'ai besoin que tu disposes de toutes tes capacités de réflexion pour deviner.

— Et deuxièmement ?

— Parce que je suis venu en douce. Je ne suis pas

censé te rencontrer. Ils risquent de s'interroger. Je vais être obligé de leur avouer la vérité, j'imagine.

— Tu n'as pas à tout leur dire ! m'insurgeai-je.

— Quand bien même, je le ferai.

— Je les hais ! marmonnai-je, furibonde.

Jacob rouvrit les yeux et me contempla avec surprise.

— Non, Bella, ne leur en veux pas. Ce n'est pas la faute de Sam. Ce n'est la faute de personne. Je te l'ai déjà dit... c'est moi. En fait, Sam... eh bien, il est vraiment supercool. Jared et Paul sont chouettes aussi. Paul est un peu... Quant à Embry, il a toujours été mon ami. Là-dessus, rien n'a changé. C'est même la seule chose qui n'a pas changé. Je regrette la mauvaise opinion que j'ai pu avoir de Sam autrefois...

« Supercool », le Sam ? Je regardai Jacob avec ébahissement, mais jugeai inutile de protester.

— Alors pourquoi ne t'autorise-t-il pas à me fréquenter ?

— Parce que c'est dangereux, souffla-t-il en baissant la tête.

Un frisson de frayeur me parcourut. Était-il également au courant de *cela* ? Je pensais être la seule. Mais il avait raison. Nous étions au beau milieu de la nuit, l'heure idéale pour chasser. Jacob n'aurait pas dû se trouver dans ma chambre. Si un tueur surgissait, il fallait que je sois isolée.

— N'empêche, reprit-il à voix basse, si j'avais estimé que c'était trop... risqué, je ne serais pas venu. Je t'ai fait une promesse, Bella. Je ne me doutais pas qu'elle serait si difficile à tenir, mais j'ai bien l'intention d'essayer de la respecter.

Remarquant que je ne comprenais pas l'allusion, il s'expliqua.

— Après ce film idiot, je t'ai juré que je ne te ferai jamais de mal... Or, cet après-midi, le moins que l'on puisse dire, c'est que j'ai trahi ma parole.

— Ne t'inquiète pas, j'ai compris que c'était malgré toi.

Il s'empara de ma main.

— Merci, Bella. Je vais m'arranger afin d'être là pour toi, comme je te l'ai promis.

Il sourit, soudain, d'un sourire qui n'appartenait pas à mon Jacob ni à celui de Sam, plutôt un drôle de mélange des deux.

— Toutefois, ça m'aiderait beaucoup si tu devinais mon secret toute seule. S'il te plaît.

— D'accord, répondis-je mollement.

— De mon côté, je tâcherai de revenir, même si eux, bien sûr, feront tout pour m'en empêcher.

— Ne les écoute pas.

— J'essayerai, marmotta-il en secouant la tête comme s'il doutait de sa réussite en la matière. Et toi, dès que tu auras compris, passe me l'annoncer. Enfin, seulement si tu en as envie.

Tout à coup, il paraissait avoir songé à un détail déplaisant, et ses mains se remirent à trembler.

— Pour quelle raison n'en aurais-je pas envie ?

Il avait également retrouvé le visage sombre qui appartenait à Sam.

— J'en vois au moins une, lâcha-t-il d'un ton sec. Je me sauve. Tu me rendrais service ?

J'acquiesçai, méduosée par son brusque changement d'attitude.

— Si tu ne veux pas me revoir, au moins appelle-moi. Que je sache à quoi m'en tenir.

— Ça n'arrivera pas...

— Préviens-moi, c'est tout, me coupa-t-il.

Il se leva, s'approcha de la fenêtre.

— Ne sois pas idiot, Jake, tu vas te casser une jambe. Passe par la porte, Charlie dort.

— Je ne risque rien, objecta-t-il.

Il se tourna néanmoins vers la porte. En passant devant moi, il hésita, les traits empreints d'une expression de souffrance aiguë. Il tendit la main en un geste suppliant. Je la pris et, soudain, il m'attira à lui, si brutalement que je rebondis contre son torse.

— Juste au cas où, chuchota-t-il dans mes cheveux en me serrant très fort, à me rompre les côtes.

— Je... j'étouffe ! haletai-je.

Il me relâcha aussitôt, tout en me retenant par la taille. Puis il me repoussa doucement vers le lit.

— Dors, Bella, tu dois avoir les idées claires. Je sais que tu trouveras. J'en ai *besoin*. Je refuse de te perdre, pas pour ça.

En une enjambée, il fut à la porte, qu'il ouvrit sans bruit avant de disparaître. Je guettai les grincements de l'escalier, il n'y eut pas un son.

Je m'allongeai sur mon lit, en proie au vertige. J'étais éreintée, déboussolée. Je fermai les paupières en m'efforçant de réfléchir à ce qui venait de se produire, fus immédiatement aspirée par l'inconscience. Comme par hasard, je ne dormis pas du sommeil paisible et sans rêve auquel j'aspirais tant.

Je me retrouvai dans les bois et, à ma bonne habitude, me mis à y errer. Cependant, je m'aperçus vite qu'il ne s'agissait pas de mon cauchemar ordinaire. D'abord, je n'éprouvais pas de contrainte à marcher au hasard ou à chercher ; je n'avançais que par réflexe, parce que c'est ce qu'on attendait de moi, ici. Quoique... ce n'était même pas la forêt habituelle. L'odeur en était différente, la lumière aussi. Elle ne sentait pas la terre humide, mais l'océan. Je ne distinguais pas le ciel, et pourtant le soleil devait briller quelque part car les feuilles au-dessus de ma tête étaient d'un jade luisant. C'étaient, j'en étais sûre, les bois aux alentours de La Push, en bordure de la plage. Si je trouvais celle-ci, je savais que j'y atteindrais le soleil. Je marchais donc d'un bon pas, me guidant au faible bruit des vagues lointaines. Soudain, Jacob fut là. Il m'attrapa par la main et me ramena dans la partie la plus sombre des arbres.

— Qu'y a-t-il, Jacob ?

Son visage était celui d'un petit garçon effrayé, et ses cheveux étaient de nouveau la magnifique toison qui retombait en queue de cheval sur sa nuque. Il me tira de toutes ses forces, je résistai, refusant de retourner dans l'obscurité.

— Cours, Bella ! Il faut que tu coures ! chuchota-t-il, terrifié.

La brutale impression de déjà-vu fut si forte qu'elle faillit me réveiller. Je compris pourquoi je reconnaissais les lieux – j'y étais déjà allée. Dans un autre rêve. Un million d'années avant, dans une tout autre vie. C'était le songe qui m'avait visitée la nuit après que je m'étais promenée sur la plage en compagnie de Jacob, celle qui avait suivi ma découverte certaine qu'Edward était un vampire. Avoir évoqué cette journée avec Jacob juste avant de m'endormir devait avoir ramené le rêve à la surface de mon subconscient.

Dans une espèce de détachement, j'attendis qu'il se déroule. Une lumière s'approchait de moi, en provenance de la plage. D'ici un instant, Edward émergerait du couvert des arbres, la peau luisant faiblement, les prunelles noires et menaçantes. Il me ferait signe en souriant, beau comme un ange, ses dents pointues et aiguisées...

Mais là, j'allais trop vite. Quelque chose devait d'abord se produire.

Jacob me lâcha et poussa un cri bref. En tremblant, il tomba sur le sol, à mes pieds, s'y tordit.

— Jacob ! hurlai-je.

Il avait disparu. À sa place se dressait un énorme loup brun-roux aux yeux sombres et perspicaces.

Alors, le cauchemar dévia de sa trajectoire, tel un train qui déraille.

Ce n'était pas le loup dont j'avais rêvé dans mon autre vie. C'était le grand animal rouille qui s'était posté à moins de quinze centimètres de moi, dans la clairière, une semaine plus tôt à peine. La bête était gigantesque, monstrueuse, plus grande qu'un ours. Elle me regardait intensément, s'efforçait de me dire quelque chose *via* ses prunelles brillant d'intelligence – les iris brun foncé et familiers de Jacob Black.

Je me réveillai en hurlant de toutes mes forces.

Je crus que Charlie allait débarquer, cette fois. Ce n'était pas mon cri ordinaire. Enfouissant ma tête dans l'oreiller, je tâchai de maîtriser la crise de nerfs qui menaçait de me submerger. Le nez dans la toile de coton, je me demandai s'il n'existait pas un moyen de supprimer le lien que je venais de faire. Mais Charlie n'apparut pas, et je finis par réussir à étrangler les piaillements qui s'échappaient de ma gorge.

Je me rappelais tout, désormais, chacun des mots que Jacob avait prononcés ce jour-là sur la grève, y compris la partie ayant précédé le récit sur les vampires, les « Sang-froid ». Surtout elle, d'ailleurs.

— Tu connais nos vieilles légendes ? commença-t-il. Celles sur nos origines, à nous les Indiens Quileute ?

— Pas vraiment.

— Eh bien, disons qu'il existe des tas de mythes, dont certains remonteraient au Déluge. D'après eux, les Quileute auraient, pour survivre, accroché leurs canoës aux sommets des plus grands arbres des montagnes, comme Noé et son arche. (Ton léger, histoire de montrer qu'il n'accordait pas beaucoup d'importance à ces blagues.) Un autre prétend que nous descendons des loups, et que ceux-ci sont nos frères, encore aujourd'hui. Nos lois tribales interdisent d'ailleurs de les tuer. Et puis, ajouta-t-il en baissant un peu la voix, il y a les histoires sur les Sang-froid.

— Les Sang-froid ? répétai-je sans plus cacher ma curiosité.

— Oui. Les légendes les concernant sont aussi vieilles que celles sur les loups. Il y en a même de beaucoup plus récentes. L'une d'elles affirme que mon propre arrière-grand-père a connu des Sang-froid. C'est lui qui aurait négocié l'accord les bannissant de nos terres.

Incrédule, il leva les yeux au ciel.

— Ton arrière-grand-père ? l'encourageai-je.

— C'était un Ancien de la tribu, comme mon père. Tu vois, les Sang-froid sont les ennemis naturels des loups. Enfin, plus exactement, des loups qui se sont transformés en hommes, comme nos ancêtres. Ceux que tu appellerais des loups-garous.

— Les loups-garous ont des prédateurs ?

— Un seul.

Une boule m'empêchait de respirer. J'essayai de l'avaler, mais elle était bien coincée et s'obstina à m'étrangler. Du coup, je tentai de la cracher.

— Un loup-garou, ânonnai-je.

Oui, c'était bien lui, le mot qui m'étouffait. L'univers parut tanguer et s'incliner sur son axe. Mais dans quel endroit vivais-je ? Était-il envisageable qu'existât un monde dans lequel des légendes ancestrales rôdaient aux abords de villes minuscules et insignifiantes, mettant en scène des monstres fabuleux ? Cela signifiait-il que le plus absurde des contes de fées reposait sur une vérité absolue ? La normalité et la raison avaient-elles leur place ou tout n'était-il que magie et histoires de fantômes ? Je serrai ma tête entre mes mains pour éviter qu'elle explose.

Au fond de moi, une petite voix sèche me demandait si ça avait une importance quelconque. N'avais-je pas accepté depuis longtemps la réalité des vampires ? Et sans aucune hystérie. Oui, avais-je envie de lui répondre, et justement, un mythe ne suffisait-il pas à remplir une existence ? Par ailleurs, il n'y avait pas eu un moment où je ne me fusse dit qu'Edward Cullen se situait au-delà de l'ordinaire ; je n'avais donc pas été très surprise de découvrir sa vraie nature – il était tellement évident qu'il était *autre chose*. Mais Jacob ? Jacob, qui n'était que Jacob, rien de plus ? Jacob, mon ami ? Jacob, le seul être humain avec lequel j'avais réussi à communiquer...

Voilà qu'il n'était même pas humain.

Je retins un nouveau hurlement.

Quelle conclusion devais-je en tirer sur ma propre personne ?

La réponse était simple. Je débloquais sérieux. Sinon, comment expliquer que ma vie était remplie de créatures dignes de figurer dans des films d'horreur ? Sinon, pourquoi me souciais-je d'elles au point que des pans de ma poitrine m'étaient arrachés quand elles décidaient de poursuivre leur chemin d'êtres chimériques ?

Tout dans mon esprit tournoyait et se transformait, se réarrangeant de façon à ce que les choses qui avaient eu un sens en prennent un autre. Il n'y avait pas de secte, il n'y en avait jamais eu. Comme il n'y avait jamais eu de gang. Oh que non ! C'était bien pire que cela – une *meute*. Une meute de cinq loups-garous monstrueux, bigarrés et hallucinants qui étaient passés tout près de moi dans la clairière d'Edward...

Brusquement, j'éprouvai le besoin frénétique d'agir. Un coup d'œil au réveil m'apprit qu'il était bien trop tôt. Tant pis ! Je devais me rendre à La Push maintenant. Il fallait que je voie Jacob afin qu'il confirme que je ne battais pas complètement la campagne.

J'enfilai les premiers vêtements qui me tombaient sous la main, me fichant qu'ils s'accordent ou non, et descendis les marches deux à deux. Dans ma précipitation à sortir, je faillis bousculer Charlie.

— Où vas-tu ? lança-t-il, aussi surpris que moi de cette rencontre. Tu as vu l'heure ?

— Oui. Je file chez Jacob.

— Je croyais que ce qui se passait avec Sam...

— Aucune importance ! Il est indispensable que je lui parle. Tout de suite.

— Il est drôlement tôt, ronchonna-t-il. Tu ne petit-déjeunes pas ?

— Je n'ai pas faim.

Il me bloquait le passage, et j'envisageai un instant de le contourner et de déguerpir à toutes jambes, sauf que, à coup sûr, cela impliquerait une sacrée explication, plus tard.

— Je n'en ai pas pour longtemps, d'accord ? temporisai-je.

— Tu vas directement chez Jacob, compris ? Pas de halte en route.

— Bien sûr que non ? Pourquoi m'arrêterais-je ?

— Je n'en sais rien, admit-il. C'est juste que... il y a eu une autre attaque des loups. Tout près du lieu de cure, aux sources thermales. Le malheureux n'était qu'à une dizaine de mètres de la route quand il a disparu. Sa femme a vu un énorme loup gris quelques minutes plus tard, alors qu'elle cherchait son mari. C'est elle qui a donné l'alerte.

— Un loup a attaqué le bonhomme ? murmurai-je, tandis que mon estomac tombait comme une pierre, à l'instar de ce qui se produit lors des chutes en vrille dans les montagnes russes.

— Nous n'avons retrouvé aucune trace de la victime, rien qu'un peu de sang. Les gardes forestiers sortent armés, et des tas de chasseurs volontaires sont prêts à s'impliquer. Une récompense a été offerte à qui rapporterait la carcasse d'une de ces bêtes. On peut s'attendre à ce que ça tiraille dans tous les coins, et c'est ça qui m'inquiète. C'est quand les gens s'excitent que les accidents se produisent...

— Ils vont tirer les loups ? piaillai-je.

— Tu as une autre solution ? Qu'est-ce que tu as ? Ne me dis pas que tu es devenue une de ces mégères écolo !

Je me sentais faible, soudain, et je devais être encore plus blanche que d'habitude. Je fus incapable de répondre. S'il ne m'avait observé, l'air suspect, je me serais assise par terre, la tête entre les genoux. J'avais oublié les disparitions de randonneurs, les empreintes sanglantes... Je n'avais pas relié ces événements avec ce que j'avais compris grâce à mon rêve.

— Écoute, chérie, ne te laisse pas impressionner. Contente-toi de rester en ville ou sur la quatre voies, sans faire de pause, compris ?

— Oui, marmonnai-je faiblement.

— Bon, j'y vais.

C'est alors que je remarquai son arme attachée à sa ceinture et ses chaussures de marche.

— Tu ne vas pas te lancer à la poursuite des loups, hein ?

— Il faut que je donne un coup de main, Bella. Des gens meurent.

— Non ! m'écriai-je d'une voix suraiguë. N'y va pas ! C'est trop risqué !

— C'est mon boulot, ma fille. Ne sois pas aussi pessimiste, tout ira bien. Tu sors ? ajouta-t-il en me tenant la porte.

J'hésitai, toujours aussi nauséeuse. Qu'aurais-je pu dire pour le retenir ? J'étais dépassée, rien ne me venait à l'esprit.

— Bella ?

— Il est peut-être trop tôt, chuchotai-je.

— C'est vrai.

Et il s'éloigna sous la pluie. Dès qu'il fut hors de vue, je m'affalai sur le plancher et mis ma tête entre mes jambes. Fallait-il que je coure derrière lui ? Mais que lui raconterais-je ? Et Jacob ? Il était mon meilleur ami, il était nécessaire que je l'avertisse. S'il était vraiment un... loup-garou (le mot me fit grimacer), on allait le prendre pour cible ! Je devais les prévenir, lui et ses amis. S'ils continuaient à courir les bois sous la forme d'énormes loups, les humains comptaient les descendre. Je n'avais d'autre choix que de leur conseiller d'arrêter.

Oh bon sang ! Et Charlie qui se rendait dans la forêt. Prendraient-ils ça en compte ? Jusqu'à maintenant, toutes les victimes avaient été des étrangers. Cela signifiait-il quelque chose ou n'était-ce que le hasard ? Je n'avais plus qu'à espérer que Jacob, au moins, ferait attention. Quoi qu'il en soit, il fallait que je le mette en garde. En même temps....

Jacob était mon meilleur ami, il était aussi un monstre. Un vrai ? Un méchant ? Mon devoir était-il vraiment de les avertir si lui et ses amis étaient... des meurtriers ? S'ils massacraient des innocents de sang froid ? S'ils étaient réellement des personnages de films d'horreur, dans tous les sens du terme, les protéger n'était-il pas mal agir ?

La comparaison avec les Cullen s'imposa, inévitable. Je m'enroulai dans mes bras, combattant la plaie de mon cœur en songeant à ces derniers. J'ignorais tout des loups-garous. Si je m'étais attendue à quelque chose, ç'aurait été à ce que la fiction en montrait, des créatures poilues mi-hommes mi-bêtes. Je ne savais pas ce qui les poussait à chasser, si c'était la faim, la soif ou le simple désir de tuer. Du coup, il m'était difficile de juger.

Cependant, leur sort ne pouvait être pire que celui des Cullen après ce qu'ils avaient enduré dans leur quête du bien. Je repensai à Esmé – les larmes me vinrent aux yeux en revoyant son visage beau et bon – et à la façon dont, aussi maternelle et aimante fût-elle, elle avait dû se pincer le nez, honteuse, et s'enfuir quand j'avais saigné devant elle. Y avait-il pire épreuve ? Je songeai à Carlisle, aux siècles durant lesquels il avait lutté pour apprendre à ignorer le sang afin de pouvoir sauver des vies en tant que médecin. Rien n'était plus ardu que cela, non ?

Les loups-garous avaient choisi une autre voie.

Quel choix s'offrait à *moi* ?

13

TUEUR

« Pourvu que ce ne soit pas Jacob ! N'importe qui, mais pas lui ! » pensais-je sur la route de La Push.

Je n'étais toujours pas convaincue que j'agissais comme il le fallait – j'avais juste passé un compromis avec moi-même.

Il m'était impossible de fermer les yeux sur les agissements de Jacob et de ses amis – de sa meute. Je comprenais à présent pourquoi, cette nuit-là, il avait émis les craintes que je ne souhaite plus le revoir et, certes, j'aurais pu lui téléphoner, ainsi qu'il l'avait suggéré. Sauf que ça m'aurait paru lâche. Pour le moins, je lui devais une confrontation directe. Je lui dirais en face qu'il ne devait pas s'attendre à ce que je tolère ses actes. Il était hors de question que je sois l'amie d'un tueur sans protester, que je laisse les meurtres se produire... sinon, je serais aussi mauvaise que lui.

Toutefois, il m'était impossible de ne pas le prévenir. Il m'appartenait de le protéger, dans la mesure de mes moyens.

Je me rangeai devant chez les Black, les lèvres serrées, la bouche dure. Que mon meilleur ami fût un loup-garou était pénible ; fallait-il qu'il fût également un monstre ? La maison était sombre ; aucune lumière ne brillait aux fenêtres. Tant pis si je les réveillais. J'abattis mon poing sur la porte avec une énergique colère, le son résonna dans les murs.

— Entrez ! lança Billy au bout d'un instant.

À l'intérieur, on alluma une lampe. Je tournai la poignée ; la serrure n'était pas verrouillée. Billy, drapé dans une robe de chambre, pas encore installé dans son fauteuil, se penchait dans l'encadrement d'une autre porte qui donnait dans la cuisine minuscule.

— Quelle surprise ! Bonjour, Bella. Que fiches-tu ici de si bon matin ?

— Bonjour, Billy. Il faut que je parle à Jake. Où est-il ?

— Euh... aucune idée, me mentit-il, impassible.

— Savez-vous à quoi la matinée de Charlie est consacrée ? m'emportai-je, lasse de ce jeu du chat et de la souris.

— Je devrais ?

— Lui et la moitié des hommes de la ville sont en train de battre la forêt, armes au poing. Ils traquent des loups géants.

Billy tressaillit mais se ressaisit immédiatement.

— Et j'aimerais en toucher un mot à Jake, si vous n'y voyez pas d'inconvénient.

Longtemps, Billy réfléchit en pinçant ses lèvres épaisses.

— Il dort sûrement encore, finit-il par céder en montrant du menton le couloir qui partait du salon. Depuis trois jours, il rentre tard. Cet enfant a besoin de repos. Mieux vaudrait ne pas le réveiller.

— Chacun son tour, marmonnai-je dans ma barbe.

Je fonçai droit devant, ignorant le soupir de Billy. La chambre de Jacob, un placard tout au plus, était la seule pièce donnant sur le corridor. Je ne pris pas la peine de frapper, et ouvris à la volée le battant qui alla claquer contre le mur. Toujours habillé du pantalon de survêtement coupé aux genoux qu'il portait quand il m'avait rendu visite, Jacob était étendu en diagonale sur le lit double qui occupait toute la place, ne ménageant qu'une étroite ruelle sur son pourtour. Même dans cette position, ses pieds et sa tête dépassaient de chaque côté de la couche. Il dormait profondément, un mince filet de bave dégoulinant de sa bouche entrouverte. Il n'avait même pas réagi au fracas de mon entrée. Le sommeil dans lequel il était plongé avait apaisé son visage, lissant les rides de son courroux. Pour la première fois, je remarquai qu'il avait de larges cernes. En dépit de sa taille ridiculement grande, il paraissait soudain très jeune. Et à bout de forces. La compassion me submergea.

Reculant, je refermai doucement derrière moi. Billy m'observa avec une curiosité circonspecte lorsque je revins lentement dans le salon.

— Je crois en effet qu'il mérite de dormir.

L'homme acquiesça, et nous nous dévisageâmes pendant une minute. Je mourais d'envie de l'interroger sur son rôle dans tout cela. Que pensait-il de ce que son fils était devenu ? Sachant cependant qu'il avait soutenu Sam depuis le début, il était probable que les meurtres ne le dérangeaient pas. Comment il le justifiait à ses propres yeux, voilà qui m'échappait, en revanche. Tout dans son attitude laissait deviner que lui aussi fourmillait de questions à mon égard, sans qu'il osât les poser néanmoins.

— Écoutez, lâchai-je, rompant le silence, je serai sur la plage. Quand il se lèvera, dites-lui qu'il m'y rejoigne. D'accord ?

— Pas de problème.

Je n'étais pas certaine qu'il s'exécuterait. Quoi qu'il en soit, j'aurais au moins essayé.

Reprenant la voiture, je me rendis jusqu'à First Beach et me garai sur le parking désert. L'obscurité régnait encore, ou plutôt la lueur lugubre d'une aube nuageuse, et lorsque j'éteignis les phares, je n'y vis plus grand-chose. J'attendis que mes yeux s'ajustent à la pénombre, puis repérai le sentier qui traversait la haute haie d'herbes folles. L'air était plus froid, ici, et le vent agitait les eaux noires, si bien que je fourrai mes mains dans les poches de ma veste d'hiver. Au moins, il ne pleuvait plus.

Je sortis de voiture et longeai la grève en direction de la digue nord. J'apercevais vaguement les contours de Saint-James et des autres îles. Je marchais avec précaution sur les galets, évitant les morceaux de bois flotté sur lesquels je risquais de trébucher.

Je trouvai ce que je cherchai avant même de me rendre compte que c'était ce qui avait guidé mes pas. À cause de la faible visibilité, la chose ne se matérialisa qu'au dernier moment – un arbre mort et blanc échoué sur la plage dont les racines tordues pointaient vers l'océan, pareilles à des dizaines de tentacules fragiles. Je ne pouvais être sûre qu'il s'agissait bien de celui sur lequel Jacob et moi avions eu notre première conversation – une conversation qui avait tissé et entrelacé tant de fils de ma vie –, mais il semblait se situer à peu près au même endroit. Je repris la place que j'avais occupée autrefois, et contemplai la mer invisible.

Le spectacle de Jacob endormi, de son innocence et de sa vulnérabilité, avait chassé ma révulsion et dissous ma colère. Certes, je ne m'estimais toujours pas le droit d'ignorer ce qui se passait, contrairement à l'attitude affichée par Billy, mais je ne me sentais pas non plus de condamner Jacob pour ça. L'amour ne fonctionnait pas ainsi. Lorsqu'on appréciait quelqu'un, la logique n'avait plus cours. Jacob était mon ami, qu'il tue ou non. Je n'avais aucune idée de ce que j'allais faire à ce propos. Lorsque je l'imaginai en train de sommeiller paisiblement, j'étais envahie par un désir urgent de le protéger. Le protéger ? Lui ? N'importe quoi ! Ce qui ne m'empêcha pas, au fur et à mesure que le ciel virait au gris, d'envisager des solutions pour l'épargner, animée par le souvenir de cette image d'ingénuité.

— Salut, Bella !

La voix de Jacob transperçant l'obscurité me fit sursauter. Elle avait beau être douce et presque timide, elle me surprit néanmoins, car je m'étais attendue à ce que des roulements de galets m'avertissent de son arrivée. Se découpant sur la lumière de l'aurore, sa silhouette paraissait énorme.

— Jake ?

À quelques pas de là, il se trémoussait sur place, mal à l'aise.

— Billy m'a dit que tu étais passée. Ça ne t'a pas

demandé beaucoup de temps, hein ? Je savais que tu devinerais.

— Oui, je me rappelle la bonne histoire, à présent.

Longtemps, aucun de nous deux ne parla et, bien qu'il fît encore trop sombre pour y voir nettement, je sentis ma peau se hérisser sous son regard inquisiteur qui étudiait mon visage. La lumière lui avait sans doute suffi à lire mon expression car, lorsqu'il s'exprima, sa voix était acide.

— Tu aurais pu te borner à téléphoner.

— Je sais.

Il se mit à arpenter la plage. En tendant l'oreille, je parvenais à distinguer le doux frottement de ses pieds sur les cailloux derrière le bruit des vagues. Moi, quand j'avais marché, j'avais provoqué un tintamarre de casta-gnettes.

— Pourquoi es-tu venue, alors ?

— J'ai pensé qu'il valait mieux en discuter face à face.

— Ben tiens !

— Il faut que je te prévienne, Jacob...

— À propos des chasseurs et des gardes forestiers ? Ne te bile pas, nous sommes au courant.

— Ne pas m'inquiéter ? m'exclamai-je, ahurie. Mais Jake, ils ont des fusils ! Ils posent des pièges, offrent des récompenses et...

— Nous savons prendre soin de nous. Ils n'attrape-ront rien ni personne. Ça complique les choses, c'est tout. Ils ne tarderont pas à disparaître eux aussi, crois-moi !

— Jake !

— Quoi ? C'est une simple constatation.

J'étais révulsée.

— Comment oses-tu... envisager ça ? Tu connais ces gens ! Charlie est parmi eux.

Un flot de bile me brûla soudain la gorge.

— Mais qu'est-ce que tu veux qu'on fasse d'autre ? riposta-t-il en cessant brusquement de s'agiter.

Un soleil timide apparut, teintant les nuages de rose et éclairant son visage – il était furieux, frustré, trahi.

— Tu ne pourrais pas... essayer de ne pas être un... loup-garou ?

— Comme si j'avais le choix ! hurla-t-il en levant les bras au ciel. Et qu'est-ce que ça changerait, puisque ce qui t'inquiète, c'est la disparition de tous ces gens ?

— Pardon ?

Il me toisa, les yeux incandescents, les lèvres tordues.

— Tu sais ce qui me met vraiment en rogne ? aboya-t-il avec tant de hargne que je tressaillis. C'est ton hypocrisie, enchaîna-t-il après que j'eus secoué la tête. Tu es là, *terrifiée* par moi. C'est d'une injustice !

— Hypocrite, moi ? m'insurgeai-je. En quoi avoir peur d'un monstre fait-il de moi une hypocrite ?

— Non mais tu t'entends ? ragea-t-il en portant ses poings tremblants à ses tempes.

— Et alors ?

Il avança, se pencha vers moi et me fusilla du regard.

— Excuse-moi de ne pas être le type de monstre qui t'agrée, Bella Swan, pas le *bon* monstre ! Désolé de ne pas être aussi génial qu'un buveur de sang.

Bondissant sur mes pieds, je cédai à mon tour à la fureur.

— Tu ne l'es pas en effet ! braillai-je. Je me fiche de ce que tu es, imbécile ! Ce qui me révolte, c'est ce que tu *fais*.

— Qu'est-ce que ça signifie ? rugit-il, secoué par la colère.

Soudain, la voix d'Edward résonna, me prenant une fois de plus au dépourvu.

« Attention, Bella. Ne le pousse pas dans ses retranchements. Il faut qu'il se calme. »

Aussi idiot que me semblât cet avertissement, je l'écoutai.

— Jacob, répondis-je en m'efforçant d'adopter un ton posé, est-il vraiment nécessaire de tuer des gens ? N'avez-vous pas d'autres moyens ? Si les vampires trouvent une façon de survivre sans assassiner des innocents, pourquoi n'essayez-vous pas, vous aussi ?

Il se redressa brutalement, comme aiguillonné par un électrochoc. Il écarquilla des yeux stupéfaits.

— Tuer ? Nous ?

— Mais de quoi crois-tu que nous parlons depuis tout à l'heure ?

Il avait cessé de trembler et me dévisagea avec une incrédulité teintée d'espoir.

— Ben, de ta répugnance envers les loups-garous.

— Non, Jake, ce n'est pas ça. Que tu sois un... loup, je m'en fiche. (Je compris au même moment que c'était vrai, que bête ou pas, il restait Jacob.) Seulement, si tu cessais de t'en prendre aux humains... C'est la seule chose qui me dégoûte. Ils n'y sont pour rien, Jake. Comme Charlie. Je ne peux pas tout bonnement détourner les yeux pendant que vous...

— C'est donc ça ? m'interrompit-il avec un immense sourire. Tu as peur de moi juste parce que je suis un tueur ? C'est tout ?

— Ça ne te suffit pas ?

Il s'esclaffa.

— Jacob Black ! m'énervai-je. Il n'y a rien de drôle là-dedans !

— Tu as raison, admit-il sans pour autant recouvrer son sérieux.

D'un seul pas, il fut sur moi et me serra contre lui dans une accolade puissante.

— Honnêtement, ça ne te dérange pas que je me transforme en un énorme chien ? murmura-t-il à mon oreille avec des accents joyeux.

— Non... Lâche-moi, Jake, je n'arrive plus à respirer.

Il obtempéra, s'empara de mes mains à la place.

— Je ne suis pas un tueur, Bella, déclara-t-il.

J'étudiai ses traits. Aucun doute, il disait la vérité. Une bouffée de soulagement me balaya.

— Sans charre ?

— Sans charre, me jura-t-il solennellement.

Je me jetai à son cou, ce qui me rappela le premier jour avec les motos – même s'il avait grandi à présent, et que je me sentais encore plus petite fille. Comme cette fois-là, il caressa mes cheveux.

— Navré de t'avoir traitée d'hypocrite.

— Et moi de t'avoir accusé d'être un assassin.

Il rit. Soudain, je pensai à quelque chose et m'éloignai de lui.

— Qu'en est-il de Sam ? demandai-je avec inquiétude. Et des autres ?

Il secoua la tête en souriant, comme débarrassé d'un poids énorme.

— Eux non plus. Tu as oublié le nom que nous nous sommes donné ?

— Les Protecteurs ?

— Exactement.

— Dans ce cas, explique-moi ce qui se passe dans la forêt. Les randonneurs qui disparaissent, le sang ?

Aussitôt, son visage s'assombrit.

— Nous tâchons de faire notre boulot, Bella, de les défendre, mais nous arrivons toujours trop tard.

— De les défendre de qui ? Il y a réellement un ours dans les parages ?

— Bella, nous ne nous battons que contre une chose... notre unique ennemi. L'existence de... ces créatures est notre raison d'être.

Une seconde me fut nécessaire pour saisir. Alors, je pâlis et ouvris les lèvres sur un cri d'horreur muet. Jacob opina.

— Je pensais que toi, entre tous, aurais deviné la vérité, murmura-t-il.

— Laurent... Il n'est pas parti.

— Qui est Laurent ?

— Tu le connais, répondis-je en m'efforçant de surmonter le tumulte de mon cerveau. Tu l'as vu dans la clairière... Vous l'avez empêché de me tuer ! ajoutai-je en comprenant soudain ce qui s'était passé ce jour-là.

— Ah, la sangsue à cheveux noirs ? rigola-t-il férocement. C'est comme ça qu'il s'appelait ?

— Vous êtes fous, frissonnai-je. Il aurait pu vous tuer ! Jake, tu ne mesures pas à quel point il est dangereux...

— Un vampire isolé n'est pas franchement un problème pour une meute aussi importante que la nôtre, s'amusa-t-il. Ça a même été tellement facile qu'on ne s'est pas beaucoup amusés.

— Qu'est-ce qui a été facile ?

— De liquider le buveur de sang qui s'apprêtait à te régler ton compte. Pour moi, ça ne fait pas partie des meurtres, se dépêcha-t-il de préciser. Les vampires ne sont pas des humains.

— Vous... avez... éliminé... Laurent ?

Je n'en revenais pas.

— Un travail de groupe, précisa-t-il.

— Laurent est mort ?

— Ne me dis pas que ça t'ennuie ? s'inquiéta-t-il. Il allait te zigouiller, Bella. On l'a deviné avant même d'attaquer. Tu t'en doutais aussi, non ?

— Oui. Et non, ça ne m'attriste pas. Je...

Je fus obligée de me rasseoir et titubai en arrière jusqu'à ce que je sente le bois flotté de l'arbre contre mes chevilles. Je m'y laissai tomber.

— Laurent est mort, répétai-je. Il ne reviendra pas me chercher.

— Tu n'es pas fâchée ? Ce n'était pas un de tes amis ?

Je levai des yeux égarés vers Jacob, enivrée par le soulagement. J'étais au bord des larmes.

— Lui ? Oh, Jake, je suis tellement... rassurée. J'avais si peur qu'il me retrouve ! Je l'attendais toutes les nuits en priant pour qu'il se contente de moi et épargne Charlie. Mais comment vous y êtes-vous pris ? Un vampire ! Comment l'avez-vous vaincu ? Il était tellement puissant, tellement dur, comme du marbre...

S'installant près de moi, Jacob posa son grand bras réconfortant sur mes épaules.

— Nous sommes taillés pour cela. Nous aussi, nous sommes forts. J'aurais aimé que tu me confies tes craintes. Elles étaient inutiles.

— Tu étais inaccessible, marmonnai-je.

— Ah oui, c'est vrai.

— Un instant ! Je croyais que tu savais, moi ! Cette

nuit, tu as parlé du danger d'être dans ma chambre. J'ai pensé que c'était une allusion au vampire qui me traquait. Si non, à quoi pensais-tu ?

Il parut gêné, tout à coup, baissa la tête.

— À toi, murmura-t-il en me regardant d'un air coupable.

— Comment ça ?

— Je ne suis pas censé te fréquenter pour des tas de raisons, Bella, expliqua-t-il en shootant dans un galet. D'abord, je n'étais pas supposé te révéler notre secret. Ensuite, ma compagnie n'est pas saine pour toi. Si ma colère devenait trop violente... je risquerais de te blesser.

Je réfléchis une minute.

— Lorsque, tout à l'heure... tu tremblais de rage...

— Oui, admit-il, honteux. Je suis un idiot. Il faut que j'apprenne à mieux me contrôler. J'avais juré que, quoi que tu dises, je ne me mettrais pas en rogne. Sauf que... je redoutais de te perdre... que tu ne supportes pas ce que je suis...

— Que se serait-il produit si... la fureur avait pris le dessus ?

— Je me serais transformé en loup.

— Bien que la lune ne soit pas pleine ?

— Les versions hollywoodiennes racontent n'importe quoi, soupira-t-il. En tout cas, il est inutile de t'angoisser, Bella. Nous nous occupons de tout et nous garderons un œil sur Charlie et les autres. Il ne leur arrivera rien, aie confiance.

C'est alors qu'un détail évident se fit jour. Il aurait dû m'apparaître tout de suite mais il m'avait échappé parce que j'avais été distraite en songeant à la bagarre qui avait dû opposer Laurent à Jacob et sa meute. Jacob avait

employé le présent. « Nous nous occupons de tout. »
Ce n'était pas fini.

— Mais Laurent est mort ! m'exclamai-je tandis
qu'un frisson glacé descendait le long de ma colonne
vertébrale, provoquant la réaction soucieuse de Jacob.
S'il est mort... il y a une semaine... c'est que quelqu'un
d'autre assassine ces gens...

Jake acquiesça, les dents serrées.

— Oui, gronda-t-il. Ils étaient deux. Nous avons cru
que sa compagne souhaiterait se battre – nos légendes
affirment que les vampires n'apprécient pas du tout
qu'on élimine leur cher et tendre. En réalité, elle n'arrête pas de fuir et de revenir. Si nous savions après qui
elle en a, il nous serait plus facile de la coincer. Malheureusement, elle est irrationnelle. Elle danse autour de
nous, comme si elle testait nos défenses, cherchant une
façon de les briser. Pourquoi ? Où veut-elle aller ?
D'après Sam, elle tente de nous séparer pour...

Sa voix s'estompa, me parvenant comme à travers un
très long tunnel. Les mots n'avaient plus de sens. J'avais
le front emperlé de transpiration, et mon estomac tanguait – à croire que je souffrais une fois encore de
grippe intestinale. Bonne comparaison. Me détournant
promptement, je me penchai par-dessus le tronc, le
corps secoué de convulsions, mon estomac vide
contracté par des nausées d'horreur, bien que je n'eusse
rien à vomir. Victoria rôdait dans les parages. Elle me
traquait. Tuant des innocents dans la forêt. La forêt où
Charlie cherchait... Un violent vertige s'empara de moi.
Les mains de Jacob m'attrapèrent par les épaules,
m'empêchant de glisser à terre. Son souffle brûlant
effleura ma joue.

— Bella ! Qu'y a-t-il ?

— Victoria…, haletai-je, dès que j'eus retrouvé mon souffle, provoquant par la même occasion un grondement rageur d'Edward.

Jacob me releva et me déposa maladroitement sur ses genoux, appuyant ma tête qui dodelinait contre son torse, me maintenant de façon à ce que je ne lui échappe pas, et écartant de mon visage des mèches que collait la sueur.

— Qui ? demanda-t-il. Qui ? Tu m'entends, Bella ? Bella ?

— Elle n'est pas la compagne de Laurent, gémis-je. Ils n'étaient que de vieux amis.

— Tu veux de l'eau ? paniqua-t-il. Un médecin ?

— Je ne suis pas malade, expliquai-je à voix basse. Je suis morte de trouille.

Même cette expression paraissait trop légère pour décrire ce que j'éprouvais.

— Tu as peur de Victoria ?

J'opinai en frissonnant.

— La femme aux cheveux rouges ?

— Oui, geignis-je.

— Comment sais-tu qu'elle n'était pas sa compagne ?

— Laurent m'a dit qu'elle était celle de James, répondis-je en pliant, par réflexe, ma main qui portait les marques de dents.

Jacob tourna mon visage vers le sien et me scruta intensément.

— T'a-t-il raconté autre chose ? C'est important, Bella. A-t-il mentionné ce qu'elle cherche ?

— C'était inutile. Il s'agit de moi.

Il tressaillit.

— Pourquoi ?

— Edward a tué James, commençai-je.

Jacob me serrait tellement fort contre lui que je n'avais pas besoin de tenir le trou de ma poitrine, il le faisait à ma place.

— Elle l'a... mal pris. Sauf que, d'après Laurent, elle a jugé plus juste de m'éliminer plutôt qu'Edward. Ami pour ami. Elle ignore que... que... (Je déglutis.)... que les choses entre nous ont changé. Pour lui en tout cas.

Cette révélation provoqua plusieurs réactions contradictoires chez mon interlocuteur.

— C'est pour cela que les Cullen sont partis ?

— Je ne suis qu'une humaine, après tout. Je n'ai rien de spécial.

Une sorte de feulement, pas un grognement de loup, juste celui d'un garçon furieux, roula sous le torse de Jacob et résonna dans mon tympan.

— Si ce crétin de buveur se sang est assez idiot pour...

— S'il te plaît, pas de ça.

Il hésita, hocha sèchement le menton.

— C'est important, répéta-t-il en revenant à l'essentiel. Tu viens de m'apprendre exactement ce que nous voulions savoir. Il faut avertir les autres. Maintenant.

Il se leva et me remit sur mes pieds, ses mains s'attardant autour de ma taille, des fois que je ne fusse pas encore très stable.

— Ça va aller, mentis-je.

Il m'entraîna en direction de la camionnette.

— Où allons-nous ? m'enquis-je.

— Je n'en suis pas encore très sûr, admit-il. Je vais convoquer une assemblée. Attends-moi un instant, d'accord ?

Il m'adossa à la carrosserie, me lâcha.

— Tu me laisses ?

— Je reviens tout de suite.

Tournant les talons, il traversa en courant le parking puis la route et s'enfonça dans la forêt, se déplaçant entre les arbres avec autant d'agilité et de rapidité qu'un cerf.

— Jacob ! criai-je.

Il ne m'entendit pas. Ce n'était pas le moment de me laisser seule. Il avait à peine disparu que j'eus du mal à respirer. Je grimpai lourdement dans la voiture, m'y bouclai. Je ne me sentis pas mieux pour autant. Victoria me chassait. Si elle ne m'avait pas encore tuée, ce n'était qu'une question de chance. Grâce aussi à cinq adolescents loups-garous. Je soupirai. Malgré les affirmations de Jacob, je ne supportais pas l'idée qu'il s'approche de Victoria. Il pouvait bien se transformer en n'importe quoi sous l'effet de la colère... face à elle, si sauvage, les cheveux pareils à des flammes, menaçante, indestructible...

Laurent était mort. Était-ce possible ? Edward – je plaquai mes mains sur ma poitrine en un geste automatique – m'avait confié à quel point il était compliqué de tuer un vampire. Seul un autre vampire en était capable. Pourtant, d'après Jacob, les loups-garous n'existaient que pour cette... œuvre.

Il avait promis de veiller sur Charlie en particulier, m'avait priée de faire confiance à la meute pour préserver mon père. C'était impensable ! Nous étions tous en danger. Jacob au premier chef, s'il tentait de s'interposer entre Victoria et Charlie... entre Victoria et moi...

Je crus que j'allais vomir de nouveau.

Un coup sec sur la Chevrolet me fit hurler de terreur

– ce n'était que Jacob, déjà de retour. Je déverrouillai les portières avec des doigts tremblants.

— Tu as vraiment la frousse, hein ? remarqua-t-il en s'installant.

J'acquiesçai.

— Rassure-toi. Nous allons prendre soin de toi... et de Charlie. Je te le promets.

— Je préférerais qu'elle mette la main sur moi plutôt que toi sur elle, chuchotai-je.

— J'aimerais bien que tu aies un peu plus foi en nous, rétorqua-t-il, guilleret. C'est insultant.

Je secouai la tête – je ne savais que trop ce dont les vampires étaient capables.

— Pourquoi t'es-tu éclipsé ? demandai-je pour changer de sujet.

Il serra les lèvres.

— Quoi ? insistai-je. C'est un secret ?

— Pas vraiment, répondit-il de mauvaise grâce. Mais c'est bizarre. Je ne voudrais pas que tu flippes.

— Je suis assez rodée aux trucs étranges, tu sais, lui rappelai-je en essayant, en vain, de sourire.

— J'imagine que oui, rigola-t-il. O.K. Alors, voilà. Quand nous sommes loups, nous... nous entendons.

Je haussai les sourcils, dubitative.

— Pas avec des sons, continua-t-il. Par la *pensée*. La distance n'a pas d'importance. Lorsque nous chassons, c'est drôlement pratique. Autrement, c'est pénible. Ne pas avoir de secret est embarrassant. Tu vois, je t'avais prévenue, c'est dingue.

— C'est ce que tu voulais dire, cette nuit, quand tu as mentionné que tu leur avouerais que tu m'avais vue, même si tu n'y tenais pas ?

— Tu piges vite.

— Merci.

— Et tu encaisses aussi très bien le bizarroïde. Je pensais que ça te perturberait.

— Ce n'est pas... tu n'es pas le premier que je rencontre qui sache communiquer ainsi. Je suis habituée, en quelque sorte.

— Ah bon... Attends ! Tu parles de tes buveurs de sang ?

— Ne les appelle pas comme ça, s'il te plaît.

Il s'esclaffa.

— Bon, d'accord, les Cullen, alors.

— Seul... seul Edward en est capable.

Cela parut étonner Jacob. Et lui déplaire.

— Je croyais que les talents spéciaux des vampires n'étaient que des légendes. Juste un mythe.

— Existe-t-il encore des mythes ? rétorquai-je, désabusée.

— Peut-être que non, reconnut-il en plissant le front. Bon, nous sommes censés retrouver Sam et les autres à l'endroit où nous faisions de la moto.

Je mis le contact et regagnai la route.

— Viens-tu de te transformer en loup pour lui parler ? demandai-je par pure curiosité.

Il hocha le menton, mal à l'aise.

— Je me suis dépêché, et je me suis efforcé de ne pas penser à toi pour qu'ils ne devinent pas ce qui se trame. Je craignais que Sam m'interdise de t'amener.

— Ça ne m'aurait pas arrêtée.

J'avais du mal à ne pas considérer Sam comme le vilain de la bande. Dès que l'on prononçait son nom devant moi, je me crispais.

— À ta place, ça m'aurait arrêté, marmonna Jacob d'une voix morose. Tu te souviens, cette nuit ? J'avais

328

du mal à terminer mes phrases. Dès que je tentais de t'en dire plus…

— C'était comme si quelque chose t'étranglait.

— Voilà. Sam m'avait défendu de t'avouer ce qui se passait. Il est… le chef de meute. C'est un Alpha. Lorsqu'il nous donne un ordre, il nous est impossible de l'ignorer. Tout simplement.

— Étrange.

— Très. C'est un truc de loups.

Je me raclai la gorge, à défaut d'un commentaire plus inspiré.

— Il y en a des tonnes, des machins comme ça, poursuivit-il. J'apprends encore. Je n'arrive pas à imaginer ce que ça a dû être pour Sam, se débattant tout seul avec ça. Déjà que ce n'est pas marrant avec le soutien des autres…

— Sam n'avait personne ?

— Non. Quand j'ai… muté, ça a été l'expérience la plus atroce et la plus terrifiante de ma vie. Pire que tout ce que j'aurais pu imaginer. Heureusement, j'étais accompagné. Il y avait ces voix, dans ma tête, qui m'expliquaient ce qui se produisait et m'indiquait la marche à suivre. Ça m'a empêché de devenir fou. Sam, lui… Sam n'a été aidé par personne.

Voilà qui allait exiger que j'ajuste mon opinion sur l'homme. Quand Jacob en parlait ainsi, j'étais obligée d'éprouver de la compassion pour Sam. N'empêche, je devais encore me répéter que je n'avais aucune raison de le haïr.

— Ils vont être en colère après toi ?

— Sans doute.

— Alors, je ferais sûrement mieux de…

— Non, ça va, me rassura-t-il. Tu connais un tas de

détails susceptibles de nous faciliter la tâche. Ce n'est pas comme si tu étais une simple humaine ignorante. Tu es... je ne sais pas, un genre d'espionne. Tu as déjà été derrière les lignes ennemies.

Je me renfrognai aussitôt. Qu'est-ce que Jacob attendait de moi ? Des informations de l'intérieur censées les aider à détruire leurs adversaires ? Ce n'était pas ce que j'avais cherché en fréquentant Edward et ses semblables. Ses paroles me donnaient l'impression d'être une traîtresse. En même temps, je voulais qu'ils arrêtent Victoria, non ? Non. Je désirais certes que Victoria fût stoppée, si possible avant qu'elle me torture jusqu'à la mort, tue Charlie ou quelque autre innocent, mais je refusais que Jacob fût celui qui s'en chargerait ou, du moins, essayerait. Pour moi, il était hors de question que Jacob l'approche à moins de mille kilomètres.

— Comme ce don qu'ont les buveurs de sang de lire dans les pensées, poursuivait Jacob, inconscient de mes réflexions. C'est exactement le genre de choses qu'il nous est nécessaire de connaître. Que les légendes soient vraies est très embêtant. Ça complique tout. D'ailleurs, tu crois que cette Victoria a un talent spécial ?

— Je n'en suis pas sûre, répondis-je prudemment. Il me l'aurait dit.

— Il ? Oh, Edward... Houps, désolé. Tu n'apprécies pas qu'on cite son nom.

— En effet, admis-je en m'efforçant d'oublier la douleur qui déchirait mon cœur.

— Excuse-moi.

— Explique-moi comment tu te débrouilles pour me connaître aussi bien, Jacob. Parfois, j'ai l'impression que tu lis dans mon esprit.

— Mais non ! Je suis attentif, rien de plus.

Nous étions arrivés sur l'étroite piste de sable où il m'avait appris à conduire une moto.

— Ici, ça va ?

— Oui.

Je me garai et coupai le contact.

— Tu es toujours très malheureuse, hein ? murmura-t-il.

J'opinai en contemplant sans la voir la forêt lugubre.

— As-tu déjà songé que... peut-être... tu te sentirais mieux ailleurs ?

Je respirai lentement.

— Non.

— Parce qu'il n'était pas le meilleur...

— S'il te plaît, Jacob, l'interrompis-je, suppliante, pourrions-nous éviter ce sujet ? Il m'est intolérable.

À son tour, il inhala profondément.

— O.K. Navré.

— Non, ne t'en veux pas. Si les choses étaient différentes, ce serait sympa d'en parler enfin à quelqu'un.

— J'ai eu du mal à te cacher un secret pendant quinze jours, alors ça doit être l'enfer de ne pouvoir s'ouvrir à personne.

— Enfer, c'est le mot, acquiesçai-je.

Soudain, il souffla un bon coup.

— Ils sont ici, annonça-t-il. Allons-y.

— Tu es sûr ? redemandai-je alors qu'il ouvrait sa portière. Ma place n'est peut-être pas ici.

— Ils s'en remettront, grogna-t-il. Et puis, ajouta-t-il avec un sourire éclatant, qui a peur du grand méchant loup ?

— Ha, ha ! fis-je.

Quand bien même, après être descendue de voiture,

je me dépêchai de la contourner pour venir me coller à Jacob. Je ne me rappelais que trop bien les monstres géants de la clairière. Mes doigts tremblaient aussi fort que ceux de Jacob un peu plus tôt, mais de peur plus que de rage. Jake prit ma main, la serra.

— C'est parti.

14

◆

UNE FAMILLE

Je me blottis près de Jacob, cependant que mes yeux scrutaient les bois à la recherche des autres loups-garous. Quand ils surgirent, marchant à grands pas entre les troncs, je fus désarçonnée. L'image de bêtes démesurées s'était imprimée dans ma tête ; or, ils n'étaient que quatre grands gaillards à demi nus.

Ils m'évoquèrent une fratrie de quadruplés – la synchronisation de leurs mouvements quand ils se plantèrent face à nous, de l'autre côté de la route, leurs identiques muscles longs et saillants sous la même peau brun-rouge, l'uniformité des cheveux noirs et ras, la façon dont leurs traits s'altérèrent, exactement ensemble. Ils étaient apparus curieux et prudents. Quand ils me virent, à moitié dissimulée derrière Jake, ils cédèrent à la colère comme un seul homme.

Sam était toujours le plus grand, même si Jacob commençait à le rattraper. Le chef ne pouvait d'ailleurs passer pour un adolescent. Son visage était plus marqué, non par des rides ou des signes de vieillesse, plutôt par la maturité et la patience.

— Qu'as-tu fait, Jacob ? lança-t-il.

Un autre, que je n'identifiai pas, Jared ou Paul, bouscula Sam et intervint avant que mon ami ait pu se justifier.

— Pourquoi es-tu infichu de suivre les règles, Jacob ? s'égosilla-t-il en agitant les bras dans tous les sens. À quoi tu penses, bon sang ? Elle est plus importante que le reste, plus importante que la tribu ? Que ceux qui sont tués ?

— Elle va nous aider, répondit Jacob doucement.

— Quoi ? hurla l'autre qui se mit à trembler. Ben voyons ! Je suis sûre que la *pasionaria* des sangsues ne demande que ça !

— Je t'interdis de parler d'elle ainsi ! s'emporta Jacob à son tour, piqué au vif.

Un frisson parcourut la colonne vertébrale du garçon, des épaules au coccyx.

— Du calme, Paul ! lui ordonna Sam.

Paul agita le menton, pas pour défier son chef, plutôt comme s'il essayait de remettre de l'ordre dans ses idées.

— Hé, intervint un troisième gars (Jared sans doute), apprends à te contrôler, mon pote.

L'interpellé se tourna vers lui, lèvres retroussées, avant de revenir à nous, furieux. Jacob se plaça devant moi. Faux pas.

— C'est ça, protège-la ! rugit Paul, outragé.

Une nouvelle convulsion le secoua, et il rejeta la tête

en arrière en émettant un grognement réellement animal.

— Paul ! crièrent Jake et Sam en même temps.

Le garçon sembla tomber en avant tout en tressautant avec violence. À mi-chemin du sol, il y eut un déchirement sonore, et il explosa. Un poil argent sombre recouvrit son corps, et l'adolescent se fondit en une forme cinq fois plus grosse, une silhouette massive, accroupie et prête à bondir. Le museau du loup se retroussa sur ses crocs, et un nouveau feulement monta de sa poitrine colossale. Ses yeux sombres et furibonds étaient fixés sur moi. Au même instant, Jacob fila droit sur lui.

— Jake ! hurlai-je.

À mi-parcours, une trémulation descendit le long de son dos. Il plongea, tête la première. Avec une nouvelle déchirure, Jacob explosa à son tour. Il jaillit de son enveloppe corporelle dans un tourbillon de lambeaux de tissu noirs et blancs, tellement vite que si j'avais cillé je n'aurais pas assisté à sa mutation. En une seconde, le Jacob qui s'était rué en avant était devenu le loup brun-roux gigantesque, tellement imposant que je ne comprenais pas comment sa masse parvenait à tenir dans le Jacob humain.

Et il chargeait son compagnon argenté.

Les deux bêtes lancèrent l'assaut immédiatement, leurs grognements rageurs résonnant comme le tonnerre. Pendant ce temps, les restes des vêtements de Jake retombaient sur le sol, flocons bicolores, uniques témoins de ce qu'il avait été juste auparavant.

— Jacob ! m'époumonai-je derechef en titubant vers lui.

— Reste où tu es, Bella, m'ordonna Sam.

J'eus du mal à l'entendre par-dessus le tohu-bohu de la bagarre. Les animaux aboyaient, se déchiraient, lançaient leurs dents acérées et étincelantes à l'assaut de la gorge adverse. Le « loup Jacob » paraissait avoir le dessus ; il était sans nul doute plus gros que son rival, et il semblait plus fort aussi. Il repoussa la bête grise d'un puissant coup d'épaule, la renvoyant vers les arbres.

— Emmenez-la chez Emily ! cria Sam aux deux autres garçons qui, fascinés, regardaient le duel.

Jacob avait réussi à expédier son ennemi hors de la piste, et ils étaient en train de disparaître dans la forêt, bien que leurs feulements restent très audibles. Sam se précipita à leur suite, se débarrassant de ses chaussures en route. Lorsqu'il s'enfonça dans les bois, il tremblait lui aussi de la tête aux pieds. Les jappements se dissipèrent peu à peu, jusqu'à se taire entièrement. Un silence de plomb tomba sur nous. L'un des garçons éclata de rire. Je pivotai sur mes talons pour le fusiller du regard – mes yeux, écarquillés comme des soucoupes suite à ce qui venait de se produire, me paraissaient impossibles à fermer, désormais.

— Eh bien, dit le joyeux luron, l'air de se moquer de moi, ce n'est pas un spectacle qu'on voit tous les jours !

Son visage m'était vaguement familier, plus mince que celui des autres... Embry Call.

— Moi si, grommela Jared. Quotidiennement, même.

— Allez, il arrive que Paul ne se mette pas en rogne, tempéra Embry, toujours aussi gai. Disons que ça ne se produit que tous les deux ou trois jours.

Jared se baissa pour ramasser un objet blanc qu'il montra à son camarade. La chose pendait mollement entre ses doigts.

— Complètement fichue, commenta-t-il. Billy l'avait pourtant prévenu. C'était la dernière paire qu'il lui achetait ; il n'a plus les moyens. Jacob va devoir marcher pieds nus, maintenant.

— Celle-là a survécu, remarqua Embry en trouvant une tennis blanche. Jake n'aura qu'à se déplacer à cloche-pied, ajouta-t-il en s'esclaffant.

Jared se mit à récolter différents fragments de tissu.

— Va récupérer les godasses de Sam, tu veux ? Tout ça est bon pour la poubelle.

Embry alla chercher les chaussures de leur chef puis fila dans les arbres. Il en revint quelques instants plus tard, un bermuda en jean drapé sur son bras. Jared rassembla ce qu'il restait des affaires de Jacob et de Paul et les roula en boule. Soudain, il parut se rappeler mon existence et il me jaugea d'un œil prudent.

— Tu ne comptes pas t'évanouir ou vomir, hein ?

— Je ne pense pas ! haletai-je, pas très sûre de moi cependant.

— Tu as une drôle de tronche. Tu ferais mieux de t'asseoir.

— D'accord.

Pour la deuxième fois de la matinée, je m'affalai, la tête entre les genoux.

— Jake aurait dû nous prévenir, maugréa Embry.

— Il n'aurait surtout pas dû rappliquer avec sa copine. À quoi s'attendait-il ?

— En tout cas, maintenant, le loup est sorti du bois. Bien joué, Jake !

Relevant le visage, je toisai durement ces deux garçons qui avaient l'air de prendre tout ça à la légère.

— Vous n'êtes donc pas inquiets ? m'exclamai-je.

— De quoi ? s'étonna Embry.

— Ils risquent de se blesser.

Les deux idiots pouffèrent.

— J'espère bien que Paul va lui croquer un morceau d'épaule, déclara Jared. Ça lui apprendra !

Je blêmis.

— Tu plaisantes ? riposta Embry. Tu as vu Jake ? Même Sam n'aurait pas été capable de se transformer comme ça en plein bond. Il a vu que Paul perdait les pédales, et ça lui a pris quoi ? une demi-seconde pour attaquer. Ce type a vraiment un don.

— Paul se bat depuis plus longtemps. Je te parie dix dollars qu'il le marque.

— Tenu. Jake est un loup-né. Paul n'a aucune chance.

Ravis, ils scellèrent leur pari par une poignée de main. Je tentais de me rassurer en constatant qu'ils n'étaient pas le moins du monde soucieux, mais je ne parvenais pas à chasser de mon cerveau l'image brutale de cette lutte bestiale. Mon ventre vide était noué, et l'angoisse me donnait la migraine.

— Filons chez Emily, décréta Embry. Elle aura préparé à manger. Ça ne t'embête pas de nous emmener ? ajouta-t-il à mon intention.

— Pas du tout, hoquetai-je.

— Vaudrait mieux que tu conduises, Embry, décida Jared, un sourcil levé. J'ai comme l'impression que sa gerbe n'est pas passée.

— Bonne idée. Tu as les clés ? me demanda-t-il.

— Sur le contact.

Il m'ouvrit la portière passager.

— Allez, grimpe, me lança-t-il joyeusement en me soulevant d'une seule main et en m'installant à ma place. Toi, tu vas devoir voyager à l'arrière, précisa-t-il à son compagnon après avoir inspecté l'habitacle étroit.

— Pas de souci. J'ai l'estomac fragile. Pas question que je sois présent quand elle dégobillera.

— Je te parie qu'elle est plus résistante que ça. N'oublie pas qu'elle fréquente des vampires.

— Cinq dollars ?

— Tenu. Même si ça m'embête de te piquer ton fric comme ça.

Embry s'assit derrière le volant et démarra pendant que Jared sautait agilement sur le plateau.

— Ne vomis pas, d'accord ? marmonna mon chauffeur sitôt la porte fermée. Je n'ai que dix dollars, et si Paul plante ses dents dans Jacob...

— Promis..., chuchotai-je.

Embry nous ramena au village.

— Au fait, me demanda-t-il, comment Jake s'est-il débrouillé pour contourner l'injonction ?

— La quoi ?

— Ben, l'ordre. Tu sais, celui de ne pas cracher le morceau. Comment a-t-il réussi à t'en parler ?

— Oh, ça, marmonnai-je en me rappelant la façon dont Jacob avait failli s'étrangler. Il n'a rien dit. J'ai deviné toute seule.

Embry sembla surpris.

— Mouais, admit-il après réflexion, ça se défend.

— Où va-t-on ? m'enquis-je.

— Chez Emily. La copine de Sam... enfin, sa fiancée, plutôt. Ils nous y retrouveront quand Sam leur aura flanqué la rouste qu'ils méritent. Et après que Paul et Jake auront dégoté de nouvelles fringues. Je ne suis même pas sûr qu'il en reste à Paul.

— Emily est au courant pour...

— Ouais. Et arrange-toi pour ne pas la mater. Ça rend Sam dingue.

— En quel honneur la materais-je ?

Ma question l'embarrassa.

— Comme tu viens de le constater, traîner avec les loups-garous comporte des risques. Dis donc, s'empressa-t-il ensuite de changer de sujet, ça ne t'ennuie pas, pour le buveur de sang brun de la clairière ? Il n'avait pas l'air d'être ton pote ni rien, mais bon...

— Non, il n'était pas mon ami.

— Tant mieux. Franchement, on n'était pas très chauds pour commencer. À cause du traité.

— Ah oui, Jake l'a mentionné, un jour. Il y a longtemps. En quoi tuer Laurent l'aurait-il rompu, ce traité ?

— Laurent, ricana-t-il, comme amusé d'apprendre que le vampire avait eu un nom. Eh bien, techniquement, nous étions sur le territoire des Cullen. Nous n'avons pas le droit d'attaquer un des leurs, un du clan en tout cas, en dehors de nos terres, à moins qu'eux-mêmes aient enfreint nos accords. Or, nous ne savions pas si ce brun appartenait à la famille. Surtout que tu semblais le connaître.

— Et quel acte aurait constitué une rupture de la trêve ?

— Mordre un humain suffit. Toi en l'occurrence. Jake ne souhaitait pas que les choses aillent aussi loin.

— Oh. Hum, merci. Je suis bien contente que vous n'ayez pas attendu.

— Tout le plaisir a été pour nous.

Il semblait le penser sérieusement. Nous empruntâmes la quatre voies jusqu'à la maison située le plus à l'est avant de bifurquer dans un sentier non goudronné.

— Ta camionnette n'est pas très rapide, remarqua Embry.

— Désolée.

Au bout de la piste se dressait une maison minuscule, autrefois peinte en gris. Seule une étroite fenêtre perçait la façade, à côté de la porte bleue délavée, mais la jardinière accrochée dessous débordait de soucis orange et jaune vif qui égayaient les lieux. Ouvrant sa portière, Embry huma l'air.

— Miam ! Emily cuisine.

Jared sauta du plateau et se dirigeait déjà vers l'entrée quand Embry l'intercepta en plaquant une paume sur son torse. Me jetant un coup d'œil éloquent, il se gratta la gorge.

— Je n'ai pas mon portefeuille sur moi, se défendit son ami.

— Très bien. Mais n'espère pas que j'oublie.

Franchissant l'unique marche du perron, ils entrèrent dans la maisonnette sans frapper. Je les suivis timidement. La pièce de devant consistait pour l'essentiel en un salon ouvert sur la cuisine, comme chez Billy. Une jeune femme à la peau cuivrée et satinée, aux longs cheveux aile de corbeau, se tenait près de l'évier, occupée à sortir des brioches rebondies d'une boîte en métal pour les déposer sur une assiette en carton. L'espace d'un instant, je crus qu'Embry m'avait déconseillé de la regarder fixement parce qu'elle était si belle. Puis, après avoir demandé d'une voix mélodieuse « Vous avez faim, les enfants ? », elle se retourna, un demi-sourire à la bouche.

La partie droite de son visage était couturée de la racine des cheveux jusqu'au menton par trois épaisses griffures rouges que le temps écoulé depuis la cicatrisation avait pâlies. Une des balafres tirait vers le bas le coin de son œil droit, noir et en amande, une autre tordait la commissure de ses lèvres en un rictus permanent. Grâce à l'avertissement d'Embry, je réussis à me focaliser rapidement sur l'assiette de brioches. Il en émanait un délicieux arôme aux fragrances de myrtille.

— Oh ! s'exclama Emily, surprise. Qui est-ce ?

Je relevai la tête en tâchant de me concentrer sur le côté gauche de sa figure.

— Bella Swan, qui d'autre ? lui dit Jared en haussant les épaules.

Visiblement, j'avais déjà alimenté bien des conversations.

— On peut faire confiance à Jacob pour contourner les obstacles, marmonna-t-elle en me toisant d'une façon telle que même la partie intacte de son visage autrefois splendide était hostile. Ainsi, c'est toi, la fille à vampires.

— Oui, rétorquai-je sèchement. Et j'imagine que tu es la fille à loups ?

Elle s'esclaffa, imitée par les garçons, et retrouva sa sérénité.

— Oui, répondit-elle simplement. Où est Sam ? demanda-t-elle ensuite à Jared.

— Euh... Paul a été surpris par l'arrivée de Bella.

— Ah ! soupira-t-elle. Tu penses qu'ils en ont pour longtemps ? J'allais commencer à préparer les œufs.

— Ne t'inquiète pas, intervint Embry. S'ils sont en retard, nous finirons les restes.

— Je n'en doute pas, rigola la jeune femme en ouvrant le réfrigérateur. Tu as faim, Bella ? Tiens, prends une brioche.

— Merci.

Je me servis et mordillai dans la pâtisserie. Elle était exquise et fit du bien à mon estomac chamboulé. Embry goba tout rond sa troisième portion.

— Gardes-en pour tes frères, le réprimanda Emily en lui assenant un coup de cuiller en bois sur la tête.

Si le mot « frères » m'étonna, je fus bien la seule.

— Espèce de porc ! lui lança Jared.

Je m'appuyai au plan de travail et observai les trois Indiens badiner comme les membres d'une même famille. La cuisine d'Emily était accueillante, illuminée par des placards et un plancher clairs. Sur la table ronde, un broc de porcelaine blanc et bleu ébréché regorgeait de fleurs des champs. Embry et Jared se comportaient comme s'ils avaient été chez eux.

Emily battait plusieurs douzaines d'œufs dans un grand plat jaune. Les manches de sa chemise lavande étaient retroussées, et je vis que les cicatrices descendaient le long de son bras jusqu'à sa main. Ainsi que l'avait stipulé Embry, fréquenter des loups-garous comportait effectivement des risques.

La porte d'entrée s'ouvrit soudain sur Sam.

— Emily ! lança-t-il.

Il y avait tant d'amour dans la façon dont il avait prononcé son prénom que je me sentis gênée, intruse. Il traversa la pièce en une seule enjambée, prit le visage de la jeune femme entre ses énormes battoirs, se courba et embrassa les estafilades sombres de sa joue droite avant de déposer un baiser sur ses lèvres.

— Hé, retenez-vous ! se plaignit Jared. Je suis en train de petit-déjeuner, moi !

— Alors ferme-la et mange ! suggéra Sam en embrassant derechef la bouche détruite d'Emily.

— Beurk ! grogna Embry.

C'était pire qu'un film romantique ; cet amour était si tangible et vibrant ! Il exsudait la joie de vivre. Je reposai ma brioche et croisai mes bras sur ma poitrine vide, fixant mon regard sur le bouquet pour tâcher d'oublier cet instant de grâce et les élans douloureux qui émanaient de ma plaie béante.

Lorsque Jacob et Paul débarquèrent à leur tour, je fus soulagée. Choquée aussi de constater qu'ils riaient. Paul lança une bourrade amicale dans l'épaule de Jacob qui réagit par un léger coup de poing dans les reins. Tous deux semblaient être en un seul morceau. Jacob balaya la pièce des yeux, les posa sur moi qui, mal à l'aise, me tenais dans le coin le plus reculé de la cuisine.

— Hé, Bella ! me salua-t-il joyeusement.

Il s'approcha de moi, raflant au passage deux brioches.

— Désolé pour tout à l'heure, ajouta-t-il à demi-voix. Tu tiens le coup ?

— T'inquiète, ça va. Les brioches sont excellentes.

Je repris la mienne et recommençai à mordiller dedans. Si tôt que Jacob s'était approché de moi, je m'étais sentie moins oppressée.

— Zut ! s'exclama Jared, attirant mon attention.

Lui et Embry inspectaient une écorchure rose qui s'effaçait déjà sur l'avant-bras de Paul. Embry exultait.

— Quinze dollars ! clama-t-il.

— C'est toi qui as fait ça ? chuchotai-je à Jake.

— Je l'ai à peine touché. Ça aura disparu au coucher du soleil.

— Ah bon ?

J'examinai la blessure de Paul. Bizarrement, elle avait l'air de dater de plusieurs semaines.

— Un truc de loups, me susurra Jacob.

J'acquiesçai en m'efforçant de ne pas trop trahir mon ahurissement.

— Et toi ? soufflai-je.

— Pas une égratignure, plastronna-t-il.

— Bon, les gars ! lança soudain Sam d'une voix de stentor. Jacob a des infos.

Les conversations se turent. Emily était devant la cuisinière, remuant son omelette dans une immense poêle à frire. Sam avait une de ses mains dans le bas de son dos, geste d'affection inconscient. L'annonce ne sembla pas surprendre Paul – Jacob avait dû lui en toucher un mot, ainsi qu'à Sam. À moins qu'ils aient tout bonnement lu dans ses pensées.

— Je sais ce que cherche la rouquine, révéla Jake en s'adressant directement à Jared et Embry. C'est ce que j'ai essayé de vous dire, tout à l'heure, ajouta-t-il en donnant un coup de pied dans la chaise sur laquelle était assis Paul.

— Et ? demanda Jared.

— Elle veut venger la mort de son compagnon. Sauf que ce n'était pas le brun que nous avons éliminé. Les Cullen se sont chargés de lui l'an passé et, maintenant, elle traque Bella.

J'avais beau être déjà au courant, je n'en frissonnai pas moins. Jared, Embry et Emily me contemplèrent, bouche bée.

— Mais ce n'est qu'une fille ! protesta Embry.

— Je ne prétends pas que ça ait du sens. En tout cas, voilà pourquoi la buveuse de sang tâche de briser nos lignes de défense. Elle tente de se rendre à Forks.

Les regards ébahis continuant à m'observer, je me tortillai sur place, gênée.

— Parfait, finit par décréter Jared avec un sourire. Maintenant, nous avons un appât.

Avec une rapidité hallucinante, Jacob s'empara d'un ouvre-boîte posé sur le plan de travail et le lança à la tête de son « frère ». Ce dernier brandit sa main encore plus vite et intercepta l'objet avant qu'il atteigne son but.

— Bella n'est *pas* un appât, aboya Jake.

— Bah, tu m'as compris, rétorqua Jared, nullement décontenancé.

— Nous allons devoir changer de stratégie, intervint Sam sans tenir compte de la querelle. Nous pourrions laisser quelques trous dans notre maillage et voir si elle tombe dedans. Mais il faudra que nous nous séparions, ce qui ne me plaît guère. Sauf que si elle est réellement aux trousses de Bella, elle n'en profitera sans doute pas.

— Quil ne devrait plus tarder à nous rejoindre, murmura Embry. Alors, ça fera deux groupes égaux.

Tout le monde baissa les yeux. Les traits de Jacob trahissaient son impuissance, comme la veille, dans l'après-midi, devant chez lui. Aussi détendus semblaient-ils face à leur destin, ici dans cette cuisine, aucun de ces loups-garous ne souhaitait le même sort à leur ami.

— Ne comptons pas dessus, marmonna Sam. Paul, Jared et Embry s'occuperont du périmètre extérieur, Jacob et moi prendront le reste. Nous nous replierons quand nous l'aurons piégée.

Je remarquai qu'Emily n'était pas particulièrement enchantée que Sam se retrouve dans le plus petit groupe, ce qui m'incita à m'inquiéter pour Jacob également. Sam s'en aperçut.

— Jacob estime qu'il vaudrait mieux que tu passes

un maximum de temps à La Push, me dit-il. Elle aura plus de mal à te localiser.

— Et Charlie ?

— Le tournoi de basket bat son plein, intervint Jake. Je pense que Billy et Harry devraient réussir à attirer ton père ici quand il ne travaille pas.

— Un instant ! objecta Sam en levant la main et en regardant tour à tour Emily et moi. Ça, c'est l'idée de Jacob, mais c'est à toi de décider. Après avoir sérieusement soupesé les dangers de chaque situation. Tu en as été témoin ce matin, les choses peuvent vite tourner à l'orage, ici, et devenir incontrôlables. Si tu choisis de rester avec nous, sache que je ne serai pas en mesure de garantir ta sécurité.

— Elle ne court aucun risque avec moi ! protesta Jake.

Son chef fit comme s'il ne l'avait pas entendu.

— Si tu connais un autre endroit plus sûr..., enchaîna-t-il.

Je me mordis les lèvres. Où pouvais-je aller sans mettre quiconque d'autre en péril ? Je me hérissais à l'idée d'impliquer Renée dans cette aventure, à la transformer en cible supplémentaire.

— Je ne veux pas entraîner Victoria ailleurs, murmurai-je.

— Tu as raison, acquiesça Sam. Il serait plus raisonnable qu'elle reste dans les parages, où nous sommes à même d'en finir avec cette histoire.

Je flanchai. Je ne tenais pas à ce que Jacob ou l'un de ses frères essaient d'en finir avec Victoria. Je jetai un coup d'œil à mon ami – il était détendu, presque pareil à celui dont je gardais le souvenir, avant le début de l'épisode des loups, et totalement insoucieux d'avoir à se colleter avec un vampire.

— Vous serez prudents, hein ? demandai-je, à peine audible.

Les gaillards s'esclaffèrent et se mirent à lancer des cris d'orfraie. Toute l'assemblée était hilare, sauf Emily. Nos yeux se rencontrèrent et, soudain, je discernai la symétrie qui se cachait sous sa difformité. Son visage restait beau et il était animé par une angoisse encore plus puissante que la mienne. Je fus contrainte de me détourner, par peur que l'amour qui ruisselait derrière cette anxiété provoque une nouvelle vague de douleur en moi.

— Le repas est prêt, annonça-t-elle alors, mettant un terme aux préparatifs guerriers.

Les garçons se ruèrent autour de la table, laquelle semblait bien fragile pour supporter le poids de leurs coudes, et engloutirent en un temps record la poêlée d'œufs vaste comme une bassine qu'Emily avait placée au milieu. Elle, mangea adossée au plan de travail, comme moi, préférant sans doute s'épargner le bazar qui régnait à table, tout en les couvant d'un regard affectueux. Clairement, elle les considérait comme sa famille.

L'un dans l'autre, rien de tout cela ne ressemblait à ce que je m'étais imaginé de la part d'une meute de loups-garous.

Je passai le reste de la journée à La Push, chez Billy pour l'essentiel. Il avait laissé un message sur le portable de Charlie et au poste de police, et mon père déboula vers l'heure du dîner, armé de deux pizzas. Heureusement qu'il avait acheté la grande taille, car Jacob en dévora une à lui tout seul.

Toute la soirée, Charlie nous observa avec suspicion, notamment Jacob, qui avait tant changé. Il évoqua ses cheveux tondus, ce que Jake éluda d'un geste, affirmant que c'était plus pratique.

Je savais que, dès que Charlie et moi prendrions congé, Jacob filerait se transformer, comme il l'avait fait toute la journée par intermittence. Lui et ses frères montaient une garde quasiment constante, guettant les signes annonciateurs du retour de Victoria. Cependant, depuis qu'ils l'avaient chassée des sources thermales la nuit précédente, presque jusqu'au Canada d'après Jacob, elle n'avait pas tenté de nouvelle incursion. Je n'espérais absolument pas qu'elle puisse renoncer. Ce genre de chance ne m'arrivait pas.

Jacob m'accompagna à ma voiture après dîner et traînassa près de la portière, attendant que Charlie s'en aille le premier.

— N'aie pas peur, me murmura-t-il pendant que mon père prétendait avoir du mal à boucler sa ceinture de sécurité. Nous veillerons.

— Ce n'est pas pour moi que je m'inquiéterai.

— Ne sois pas sotte. Chasser les vampires est marrant. C'est même le truc le plus sympa de tout ce pataquès.

— Si je suis sotte, toi tu es sérieusement déséquilibré.

— Repose-toi, Bella chérie, rigola-t-il. Tu as l'air claquée.

— J'essaierai.

Charlie klaxonna pour manifester son impatience.

— À demain, me dit Jacob. Viens dès que tu seras debout.

— Juré.

Nous partîmes en convoi, moi devant, Charlie derrière. Je prêtai assez peu d'attention à ses phares qui se reflétaient dans mon rétroviseur, préférant me demander où Sam, Jared, Embry et Paul se trouvaient à cette heure. Quelque part au milieu des bois sans doute. Jacob les avait-il déjà rejoints ?

Une fois à la maison, je fonçai dans l'escalier. Malheureusement, Charlie m'emboîta le pas.

— Que se passe-t-il, Bella ? lança-t-il d'une voix sévère avant que je puisse me sauver. Je croyais que Jacob appartenait à une bande, et que vous deux vous étiez disputés.

— Nous nous sommes réconciliés.

— Et le gang ?

— Je n'y comprends rien. Tu connais les ados, une vraie énigme. Surtout les mecs. Mais j'ai rencontré Sam Uley et sa fiancée, Emily. Ils m'ont paru plutôt sympa. Sans doute un malentendu.

Charlie changea d'expression.

— J'ignorai que lui et Emily étaient officiellement ensemble. Tant mieux. Pauvre fille.

— Tu sais ce qui lui est arrivé ?

— Elle a été attaquée par un ours pendant la saison de fraie des saumons. Un accident horrible. Il paraît que Sam était dévasté.

— Affreux, en effet, acquiesçai-je.

Cela signifiait que ça s'était passé plus d'un an auparavant. À l'époque où il n'y avait eu qu'un loup-garou à La Push. Je frissonnai en songeant aux remords que devait éprouver Sam chaque fois qu'il regardait sa bien-aimée.

Cette nuit-là, j'eus du mal à m'endormir, réfléchissant à la journée que je venais de vivre, me la remémorant en commençant par le dîner partagé avec Billy, Jake et Charlie, passant au long après-midi chez les Black à attendre anxieusement d'avoir des nouvelles de Jacob, puis à la cuisine d'Emily avant de terminer par le monstrueux combat bestial et la conversation qui avait précédé sur la plage.

Je repensai à ce que Jacob m'avait dit de l'hypocrisie. Je m'y attardai longtemps. Je n'aimais guère l'idée d'être une sainte-nitouche, mais à quoi bon me mentir ?

Je me roulai en boule. Non, Edward n'était pas un tueur. Même dans son passé le plus sombre, il n'avait jamais assassiné d'innocents. En étais-je certaine, toutefois ? Et si, à l'époque où je l'avais fréquenté, il s'était comporté comme n'importe quel autre vampire ? Si des randonneurs avaient disparu dans la forêt, comme aujourd'hui ? Cela m'aurait-il éloigné de lui ? Je secouai la tête, accablée de chagrin. L'amour était irrationnel. Plus on aimait une personne, moins cela avait de sens.

Me remettant sur le dos, je m'obligeai à réfléchir à autre chose. L'image de Jacob et de ses frères écumant les bois dans l'obscurité s'imposa à moi. Je sombrai dans l'inconscience en songeant aux animaux invisibles qui me protégeaient de tout danger. Lorsque je rêvai, je me retrouvai une fois de plus au milieu des arbres, sauf que je n'y errais pas. Je tenais la main balafrée d'Emily et, toutes deux, nous attendions avec angoisse le retour de nos loups-garous.

15

PRESSION

C'étaient à nouveau les vacances de Pâques à Forks. À mon réveil, le lundi matin, je restai au lit pendant quelques instants pour m'imprégner de cette nouvelle. L'année précédente, à la même époque, un vampire avait tenté de me tuer. Pourvu qu'il ne s'agisse pas d'une espèce de tradition en train de s'installer.

J'avais déjà établi une routine à La Push. J'avais consacré l'essentiel de mon dimanche à la plage, tandis que Charlie traînassait chez les Black en compagnie de Billy. J'étais censée être avec Jacob, sauf qu'il avait d'autres priorités, et que je m'étais promenée seule, à l'insu de mon père.

Quand Jacob était repassé me prendre, il s'était excusé de m'abandonner autant. Son emploi du temps n'était pas aussi fou d'ordinaire, mais jusqu'à ce que

Victoria ne soit plus en état de nuire, les loups restaient sur le qui-vive.

Maintenant, quand nous déambulions ensemble sur la grève, il me prenait toujours la main. Ce qui m'avait amenée à méditer sur les paroles de Jared à propos de Jacob impliquant sa « copine ». De l'extérieur, cela devait effectivement y ressembler. Tant que Jake et moi sachions à quoi nous en tenir, ce postulat ne me dérangeait pas. Mais j'avais compris que Jacob aurait adoré que la réalité correspondît aux apparences. Cependant, sa main réchauffait la mienne, et je ne protestai pas.

Le mardi après-midi, je travaillais. Jacob me suivit à vélo afin de s'assurer que j'arrivais saine et sauve sur place, ce que Mike ne manqua pas de remarquer.

— Tu sors avec le môme de La Push, le mec de Seconde ? s'enquit-il sans réussir à cacher sa rancœur.

— Pas au sens technique du terme, éludai-je. Mais je passe la plupart de mon temps avec lui. C'est mon meilleur ami.

— Arrête de te raconter des histoires, répliqua-t-il avec l'air de celui à qui on ne la fait pas. Ce gamin en mord pour toi.

— Je sais, soupirai-je. Dieu que la vie est compliquée !

— Et les filles cruelles, ajouta-t-il dans sa barbe.

J'imagine qu'il était en effet aisé de tirer cette conclusion.

Ce soir-là, Sam et Emily se joignirent à Charlie et moi pour le dessert, chez Billy. Emily apporta un gâteau qui aurait séduit un homme plus rétif que mon père. Je constatai, pendant que la conversation roulait sans heurt d'un sujet à l'autre, que les soucis qu'il était susceptible d'avoir nourris envers la bande s'étaient dissipés. Jake et moi nous éclipsâmes tôt afin d'être un peu tranquilles. Nous nous réfugiâmes dans son garage et nous assîmes dans la Golf. Il appuya sa tête sur son dossier et ferma les paupières, l'air éreinté.

— Tu as besoin de dormir, Jake.

— Ça va aller.

Il s'empara de ma main ; sa peau était brûlante.

— La chaleur que tu dégages, c'est aussi un truc de loups ?

— Oui. Notre température est légèrement plus élevée que la normale. Entre quarante-deux et quarante-trois degrés. Je ne souffre plus du tout du froid. Je pourrais affronter une tempête de neige comme ça (il désigna son torse nu) sans grelotter. Les flocons se transformeraient en pluie à mon contact.

— Et votre rapidité à cicatriser, c'est pareil ?

— Oui. Tu veux voir ? C'est supercool.

Il rouvrit les yeux, sourit. Se penchant par-dessus moi, il fouilla dans la boîte à gants pendant quelques instants. Quand il se redressa, il tenait un canif.

— Non ! hurlai-je en comprenant ses intentions. Ça ne m'intéresse pas. Range-moi ça tout de suite !

Il rit, obtempéra néanmoins.

— À ta guise. En tout cas, c'est une bonne chose, cette cicatrisation à la vitesse grand V. Impossible d'aller consulter le médecin quand on a une température censée vous tuer.

— En effet. Et votre taille ? Elle vient aussi de ça ? C'est pourquoi vous êtes préoccupés par Quil ?

— Oui. Et parce que son grand-père affirme qu'on pourrait faire cuire un œuf sur son front. Ça ne va plus tarder. Il n'y a pas d'âge précis... Cette... énergie s'accumule, s'accumule, puis, un beau jour...

Il s'interrompit, garda le silence un bon moment.

— Des fois, quand on est bouleversé ou vraiment en colère, ça déclenche le processus. Moi, j'allais bien, j'étais *heureux*. (Il eut un rire amer.) Grâce à toi, surtout. Voilà pourquoi ça ne m'est pas arrivé plus tôt. Au lieu de cela, ça n'a cessé de s'amplifier peu à peu – j'étais comme une bombe à retardement. Devine ce qui a mis le feu aux poudres ? Je suis rentré du cinéma, ce fameux jour, et Billy m'a accusé d'avoir l'air bizarre. Ça a suffi, j'ai craqué. Alors, j'ai... j'ai explosé. J'ai failli lui arracher le visage ! Mon propre père !

Il frissonna, tout pâle.

— C'est à ce point-là ? demandai-je en regrettant de ne pouvoir l'aider. Es-tu malheureux ?

— Non. Plus maintenant, en tout cas. Puisque tu es au courant. Avant, ça n'a pas été simple.

Il se pencha et posa sa joue sur le sommet de mon crâne. Le silence s'installa. À quoi pensait-il ? Je ne tenais peut-être pas à le savoir.

— Qu'est-ce qui est le plus dur ? chuchotai-je.

— C'est de se sentir... incontrôlable, murmura-t-il lentement. Comme si je ne répondais plus de moi, qu'il valait mieux que tu ne sois pas là, ni toi ni les autres. Comme si j'étais un monstre susceptible de blesser quelqu'un. Tu as vu Emily. Sam s'est emporté, rien qu'une seconde, et... elle était trop près de lui. Désormais, il n'y a rien qu'il puisse faire pour réparer. Je lis dans ses pensées. Je connais ses émotions... Qui a envie d'être un cauchemar, un monstre ? Et puis, il y a la facilité avec laquelle ça me vient. Je suis bien meilleur que les autres. Cela me rend-il moins humain qu'Embry ou Sam ? Parfois, j'ai peur de... me perdre.

— C'est difficile ? De... te retrouver ?

— Au début. Ça exige un peu de pratique pour muter d'un état à l'autre. Pour moi, c'est plus aisé.

— Pourquoi ?

— Parce qu'Ephraïm Black était le grand-père de mon père, et Quil Ateara le grand-père de ma mère.

— Quil ? sursautai-je.

— Pas lui, son arrière-grand-père. Nous sommes cousins.

— En quoi la personnalité de vos aïeux a-t-elle de l'importance ?

— Ephraïm et Quil faisaient partie de la dernière meute. Levi Uley aussi. J'ai ça dans le sang, des deux côtés de ma famille. Je n'aurais pas pu y échapper. Quil non plus, d'ailleurs.

Il m'exposait tous ces détails d'une voix morne.

— Qu'est-ce qui est le mieux ? demandai-je en espérant lui remonter le moral.

— La *vitesse* ! s'écria-t-il en retrouvant soudain le sourire.

— Plus qu'à moto ?

— Aucune comparaison ! s'enthousiasma-t-il en hochant la tête.

— À combien peux-tu...

— Courir ? Vite. Comment te donner une idée ? Nous avons rattrapé... c'était quoi son nom ? Laurent. Voilà qui doit te parler, non ?

Oh que oui ! J'étais incapable d'imaginer ça – des loups plus rapides qu'un vampire. Quand les Cullen se mettaient à galoper, ils en devenaient presque invisibles.

— À ton tour, reprit-il. Raconte-moi quelque chose que j'ignore. À propos des vampires. Comment as-tu réussi à supporter leur compagnie ? Tu n'as pas eu les foies ?

— Non.

Ma sécheresse calma ses ardeurs.

— Dis-moi, recommença-t-il brusquement, pourquoi ton buveur de sang a-t-il tué ce James ?

— Parce qu'il avait essayé de *me* tuer. C'était un jeu, pour lui. Il a perdu. Tu te rappelles, au printemps dernier, quand j'ai été hospitalisée à Phoenix ?

— C'est allé jusque-là ? souffla-t-il, effaré.

— Ce n'est pas passé loin, effectivement, confirmai-je en frottant ma cicatrice.

Jacob s'en aperçut.

— Qu'est-ce que c'est ? fit-il en examinant ma main droite. Ah, ta drôle de marque, celle qui est froide.

Il l'inspecta sous un jour nouveau, retint un cri.

— Oui, c'est bien ça, James m'a mordue.

Il écarquilla les yeux, et sa peau cuivrée prit une étrange teinte jaunâtre. J'eus l'impression qu'il allait vomir.

— Mais dans ce cas... Tu ne devrais pas être...

— Edward m'a sauvée, soupirai-je. Une deuxième fois. Il a sucé le venin, un peu comme avec un serpent à sonnette, tu vois ?

La douleur de ma plaie béante se réveilla, et je frémis. Je n'étais pas la seule, cependant. À côté de moi, Jacob tremblait de la tête aux pieds. Au point que la voiture en bougeait.

— Attention, Jake ! Calme-toi.

— Oui, haleta-t-il.

Il agita rapidement la tête. Au bout d'un moment, il s'apaisa. Hormis ses mains.

— Ça va ?

— Presque. Raconte-moi autre chose, que je ne pense plus à ça.

— Que veux-tu savoir ?

— Aucune idée. (Il avait fermé les yeux, concentré.)
Ce qui n'est pas essentiel, tiens. Est-ce que les autres
Cullen ont des talents... particuliers ? Comme celui
d'Edward ?

J'hésitai. Cela ressemblait à une question qu'il aurait
pu poser à une espionne, pas à son amie. En même
temps, à quoi servait de taire ce que j'avais appris ? Ça
n'avait plus d'importance, désormais. Et puis, ça l'aiderait à garder la maîtrise de lui-même. L'image du visage
détruit d'Emily à l'esprit, les poils de mes bras hérissés
(je ne voyais pas comment le loup roux tiendrait dans
la voiture – il serait plutôt susceptible de démolir entièrement le garage), je lui confiai donc la vérité.

— Jasper était capable de dominer les émotions des
gens autour de lui. Pas pour les manipuler, juste pour
apaiser quelqu'un, par exemple. Ça rendrait pas mal
service à Paul, précisai-je dans une tentative de plaisanterie faiblarde. Quant à Alice, elle prévoyait les événements, le futur. Mais pas de façon très nette. Ce qu'elle
pressentait était susceptible de se modifier, pour peu
que quelqu'un intervienne.

Comme la fois où elle avait deviné ma mort prochaine... et ma transformation en vampire. Deux incidents qui ne s'étaient finalement pas produits. Et ne se
produiraient jamais. Mon cœur commença à battre la
chamade ; j'eus l'impression que je manquais d'air,
qu'on m'avait privée de mes poumons.

À côté de moi, Jacob, sous contrôle à présent, ne
s'agitait plus.

— Pourquoi fais-tu cela ? me demanda-t-il soudain.

Il tira doucement sur l'un de mes bras qui étreignaient mon torse, laissa tomber quand je résistai. Je ne m'étais même pas aperçue que je les avais déplacés.

— Ça t'arrive quand tu es émue, ajouta-t-il.

— Il m'est douloureux de penser à eux, avouai-je. C'est comme si je ne pouvais plus respirer... comme si je me brisais en mille morceaux.

J'étais étonnée du nombre de choses que j'étais à même de confier à Jacob, désormais. Nous n'avions plus de secrets l'un pour l'autre. Il caressa mes cheveux.

— Ne t'inquiète pas, Bella, je n'en parlerai plus. Je suis navré.

— Ça ira, haletai-je. Ça se produit tout le temps. Tu n'y es pour rien.

— On forme un drôle de couple de dingos, hein ? Ni toi ni moi ne tournons très rond.

— De vrais tocards, acquiesçai-je.

— Au moins, nous pouvons nous soutenir mutuellement, soupira-t-il, visiblement réconforté par l'idée.

— Oui, reconnus-je, moi aussi soulagée.

Et, lorsque nous étions ensemble, les choses étaient en effet moins dures. Malheureusement, Jacob estimait qu'il avait une tâche horrible et dangereuse à remplir, si bien que je me retrouvais souvent seule, confinée à La Push par mesure de sécurité, avec rien pour m'occuper l'esprit et me détourner de mes tourments.

Envahir l'espace de Billy me gênait. Je révisais mes maths en vue de l'examen qui aurait lieu la semaine suivante, mais ça ne pouvait remplir ma vie. Lorsque j'étais désœuvrée, je me sentais obligée de faire la conversation au vieil Indien, sauf qu'il n'était pas du genre à meubler le silence pour l'éviter. Bref, mon malaise augmentait de plus belle.

Le mercredi après-midi, pour varier les plaisirs, j'allai chez Emily. La jeune femme était joyeuse et ne restait jamais en place. Je me traînais derrière elle tandis qu'elle vaquait dans son logis de poupée et son jardin, nettoyant une tache imaginaire, arrachant une mauvaise herbe, réparant un gond brisé, et cuisinant du matin au soir. Elle se plaignit un peu de l'appétit sans cesse grandissant des garçons (à cause de toute cette dépense d'énergie supplémentaire), mais il était facile de comprendre qu'elle adorait prendre soin d'eux. Sa compagnie était agréable – après tout, nous étions maintenant l'une comme l'autre des filles à loups.

Au bout de quelques heures, Sam revint, et je ne restai que le temps de m'enquérir que Jacob se portait bien, et qu'il n'y avait rien de neuf, avant de m'éclipser. L'aura d'amour et de bien-être qui entourait le couple était plus délicat à absorber en doses concentrées, lorsqu'il n'y avait personne alentour pour les diluer.

Je retournai donc à mes errances sur la plage, à arpenter le long croissant rocailleux dans un sens puis dans l'autre.

La solitude ne me valait rien. Ma récente honnêteté envers Jacob m'avait amenée à penser aux Cullen et à les évoquer beaucoup trop souvent. Par ailleurs, j'étais foncièrement inquiète pour Jacob et ses frères, terrifiée pour Charlie et les autres traqueurs, de plus en plus intime avec mon meilleur ami sans même avoir consciemment décidé de suivre cette pente et infichue de réagir à cette fâcheuse tendance. J'eus beau faire, nul de ces problèmes très réels et urgents, qui réclamaient toute ma réflexion, ne parvint à me détourner bien longtemps de la souffrance qui déchirait ma poitrine. C'en fut au point que je finis par ne plus pouvoir marcher parce que j'étais à bout de souffle, et que je dus m'asseoir sur un rocher à moitié sec où je me repliai sur moi-même. C'est ainsi que Jake me trouva et, rien qu'à son visage, je compris qu'il avait immédiatement deviné.

— Désolé, s'excusa-t-il aussitôt.

Me relevant, il enroula ses bras autour de mes épaules, et ce ne fut qu'alors que je me rendis compte que j'avais froid. Sa chaleur déclencha mes grelottements, mais au moins, lui présent, je respirai de nouveau normalement.

— Je te gâche tes vacances, s'accusa-t-il en m'escortant vers le village.

— Bien sûr que non. Je n'avais rien prévu, de toute façon. Et je n'aime pas les congés de printemps.

— Je me débrouillerai pour me libérer, demain matin. Les autres peuvent se passer de moi. On fera quelque chose d'amusant.

Un mot qui semblait déplacé dans ma vie actuelle, à peine compréhensible, bizarre.

— Amusant ?

— C'est exactement ce qu'il te faut. Voyons un peu...

Il contempla les grosses vagues grises à l'horizon et, tout à coup, parut frappé par l'inspiration.

— Ça y est ! s'écria-t-il. Une autre promesse à tenir.

— De quoi parles-tu ?

Lâchant ma main, il me montra l'extrémité sud de la plage où l'arc de cercle se terminait en cul-de-sac, au pied de falaises abruptes. Je ne compris pas.

— Ne t'avais-je pas promis de t'emmener plonger de là-haut ?

Je tressaillis.

— Oui, ça risque d'être plutôt froid, mais pas autant qu'aujourd'hui. Tu ne sens pas que le temps change ?

Et la pression atmosphérique ? Il fera plus tiède demain. Alors, partante ?

Les eaux sombres n'étaient pas attirantes et, vues sous cet angle, les falaises paraissaient encore plus élevées. Sauf que je n'avais pas entendu la voix d'Edward depuis des jours. Ce qui, d'ailleurs, expliquait sûrement ma morosité. J'étais accro à mes hallucinations auditives. Sans elles, mon état empirait. Sauter d'une paroi rocheuse avait toutes les chances de combler mon manque.

— Bien sûr que oui ! Tu as raison, ce sera marrant.

— Marché conclu, alors.

— Et maintenant, allons dormir.

Les cernes commençaient à se graver définitivement sous ses yeux, ce qui ne me plaisait pas.

Le lendemain matin, je me réveillai tôt et en profitai pour porter en catimini un change de vêtements dans la camionnette. J'avais le sentiment que Charlie n'approuverait pas plus le plan de la journée qu'il n'aurait apprécié que je joue les casse-cou à moto.

La perspective de me divertir un peu m'exaltait presque. Ce serait peut-être amusant, en effet. Un rendez-vous avec Jacob, un rendez-vous avec Edward... Je ricanai intérieurement. Jake avait beau affirmer que nous étions deux dingues, c'était moi la plus atteinte. En comparaison, un loup-garou avait des allures de normalité.

Je m'attendais à ce que Jacob, comme d'ordinaire, sorte m'accueillir en entendant le rugissement du moteur. Il n'en fit rien, et je me dis qu'il dormait sans doute encore. Qu'à cela ne tienne, j'attendrais – autant qu'il en profite un maximum. Il avait besoin de se reposer, et cela permettrait à la température d'augmenter un peu. Il ne s'était pas trompé – dans la nuit, la météo s'était modifiée. Une épaisse couche de nuages alourdissait l'atmosphère, la rendant presque suffocante. Vu la chaleur, je laissai mon sweat-shirt dans la voiture avant de frapper à la porte.

— Entre, Bella, lança Billy.

Attablé dans la cuisine, il mangeait un bol de céréales.

— Jake dort ?

— Hum... non.

Il posa sa cuiller, fronça les sourcils.

— Que s'est-il passé ? m'écriai-je, aussitôt alarmée par son comportement.

— Embry, Jared et Paul ont trouvé des traces fraîches tôt ce matin. Sam et Jake sont partis les rejoindre. Sam avait bon espoir ; *elle* est plus ou moins coincée dans les montagnes. Il pense qu'ils devraient réussir à en terminer aujourd'hui.

— Oh non ! murmurai-je.

— Tu apprécies La Push à ce point que tu voudrais y prolonger ta condamnation à résidence ? rigola-t-il.

— Ne plaisantez pas, Billy. Cette histoire est trop effrayante.

— Tu as raison, admit-il sans se départir de sa satisfaction. C'est une maligne, celle-là.

Je me mordis les lèvres.

— Ce n'est pas aussi dangereux que tu le penses, me rassura-t-il. Sam sait ce qu'il fait. Tu devrais plutôt t'inquiéter pour toi. La rouquine ne tient pas à les affronter. Elle essaie juste de les contourner... pour t'atteindre.

— Comment Sam peut-il être aussi sûr de lui ? Ils n'ont éliminé qu'un vampire, jusqu'à maintenant. C'était peut-être un coup de chance.

— Nous sommes très scrupuleux, Bella. Nous n'avons rien laissé au hasard. Tout ce qu'ils ont besoin de savoir se transmet de père en fils depuis des générations.

Cela ne me réconforta pas autant qu'il l'espérait sans doute. Je gardais un souvenir bien trop précis d'une Victoria invincible, aussi venimeuse qu'une vipère. Si elle ne parvenait pas à les feinter, elle se résoudrait à leur rentrer dedans. Billy retourna à son petit déjeuner, tandis que je m'asseyais sur le divan et zappais au hasard sur la télévision. Je ne tardai pas à étouffer, dans cette petite pièce, et un sentiment de claustrophobie, renforcé par les rideaux tirés sur les fenêtres qui m'empêchaient de voir dehors, me submergea.

— Je serai sur la plage, annonçai-je en me précipitant à l'extérieur.

Malheureusement, le grand air ne me fut guère secourable. Les nuages bas entretenaient mon impression d'enfermement. Je me dirigeai vers la grève, avec le sentiment que les bois étaient étrangement déserts. Je n'y aperçus aucun animal – ni oiseaux ni écureuils –, n'entendis aucun bruit non plus. Le silence était sinistre ; même le son du vent dans les arbres s'était tu.

J'avais beau savoir que c'était dû à la météo, j'avais les nerfs en pelote. Même mes pauvres sens d'humaine percevaient la lourde et chaude pression atmosphérique, qui augurait d'une violente tempête à venir. Ce que me confirma un coup d'œil au ciel : malgré l'absence de vent, les nuages tournoyaient lentement ; les plus proches, gris clair, dissimulaient mal une deuxième couche d'un mauve abominable. La nuée nous réservait un déchaînement féroce pour plus tard. Les animaux se cachaient.

Sitôt sur la plage, je regrettai d'être venue. J'en avais assez de cet endroit. J'y avais déambulé presque quotidiennement, seule. Mes cauchemars étaient-ils très différents de cela ? En même temps, où aller ? Je gagnai à pas lents l'arbre mort et m'y assis en m'adossant à ses racines enchevêtrées. Morose, je contemplai le ciel furieux, attendant que les premières gouttes rompent la quiétude.

Je m'efforçais de ne pas songer aux dangers auxquels Jacob et ses amis s'exposaient à cette heure. Rien ne devait arriver à Jacob – l'idée était par trop intolérable. J'avais déjà tant perdu. Le destin m'arracherait-il les maigres lambeaux de paix qu'il me restait ? Ça me semblait injuste, déséquilibré. Mais j'avais peut-être violé une règle dont je n'avais pas conscience, traversé une ligne marquant ma condamnation. Et j'avais sans doute tort de m'impliquer autant dans les mythes et les légendes et de tourner le dos au monde des humains. Non, Jake s'en sortirait indemne ! Il fallait que j'y croie, sinon je craquerais. En grognant, je bondis sur mes pieds. J'étais incapable de me tenir tranquille, mieux valait encore marcher.

J'avais vraiment escompté entendre Edward, ce matin-là. Comme si c'était la seule chose à même de rendre vivable cette journée. Le trou s'était envenimé, ces derniers temps, à croire qu'il se vengeait de l'époque où la présence de Jacob l'avait dompté. Les bords de la plaie brûlaient.

La houle avait forci, et les vagues s'écrasaient plus brutalement sur les rochers, bien qu'il n'y eût pas un souffle de vent. Autour de moi, l'univers tourbillonnait, même si j'étais comme enveloppée dans une bulle de calme. L'atmosphère était chargée d'électricité, je le sentais dans mes cheveux. Au loin, l'océan était encore plus démonté qu'au bord de la plage. Les déferlantes s'abattaient contre le rempart de falaises dans de grandes gerbes d'écume. L'air était immobile, et pourtant les nuages roulaient de plus en plus vite, donnant l'impression étrange et effrayante qu'ils se déplaçaient de par leur seule volonté, ce qui accentuait mon malaise.

Les falaises évoquaient la lame sombre d'un couteau contre le ciel livide. Je me rappelai soudain le jour où Jake m'avait parlé de Sam et de sa bande. Je revis les garçons – des loups-garous – se jeter dans le vide. L'image des corps qui tombaient en tournant était encore très vive dans mon esprit. J'imaginai l'incroyable liberté de la chute... j'inventai les échos de la voix d'Edward, furieux, veloutés, parfaits... L'incendie dans ma poitrine se déchaîna, me tortura. Il y avait forcément un moyen de l'éteindre. La douleur augmentait, de plus en plus intolérable. Je contemplai les falaises et les vagues moutonnantes.

Pourquoi pas ? Pourquoi ne pas apaiser le feu tout de suite ? Jacob m'avait promis un plongeon, n'est-ce pas ? Ce n'était pas parce qu'il était indisponible que je devais refuser la distraction qui m'était si nécessaire. Qui l'était d'autant plus que Jacob était en train de risquer sa vie. À cause de moi, dans le fond. Car sans moi, Victoria n'aurait tué personne dans les parages... ailleurs, loin d'ici, oui. S'il arrivait malheur à Jacob, j'en serais responsable. Cette prise de conscience me fit mal ; je repartis en courant en direction de la maison des Black, où m'attendait la Chevrolet.

Je connaissais la piste qui me conduirait au plus près des falaises, mais je dus batailler un peu pour dénicher le sentier qui me mènerait à leur bord. Tout en le suivant, je cherchai des yeux des bifurcations, me souvenant que Jake avait parlé de commencer par une saillie moins haute, mais le chemin sinuait jusqu'au précipice, n'offrant aucune possibilité de tourner. Je ne disposais pas du temps suffisant pour trouver un autre accès, plus bas sur le flanc des rochers, car la tempête n'était plus loin à présent. Le vent atteignait enfin le sol ; les nuages se rapprochaient de la terre. Au moment où je parvins à l'endroit où le sentier s'élargissait en impasse sur la mer, les premières gouttes crépitèrent.

Je n'eus aucun mal à me convaincre de renoncer à la saillie située à mi-pente. Je voulais sauter du sommet ; c'était l'image qui m'avait hantée. J'exigeais la plus longue chute, afin d'avoir l'impression de voler. J'étais consciente que je m'apprêtais à commettre l'acte le plus idiot et le plus téméraire de mon existence. Cela m'arracha un sourire. Déjà, la douleur de mon cœur s'estompait, comme si mon corps avait deviné que la voix d'Edward allait bientôt retentir...

Bizarrement, la mer paraissait très loin, plus qu'avant, quand j'étais encore dans les arbres. Je songeai à la température de l'eau en grimaçant. Mais bon, ça n'allait pas m'arrêter. Les rafales étaient violentes, maintenant, et la pluie me fouettait en tournoyant. J'avançai jusqu'au bord, en gardant les yeux fixés sur le vide qui s'étalait devant moi. Je tâtonnai du pied, à l'aveugle, jusqu'à deviner l'endroit où la roche le cédait au néant. J'inspirai profondément, retins mon souffle, attendis.

« Bella. »

En souriant, j'exhalai.

— Oui ?

Je n'avais pas répondu tout fort, par peur que le son ne détruise la splendide illusion. *Il* semblait si réel, si proche. Ce n'était que quand il me grondait comme ça que je retrouvais la vraie mémoire de ses intonations, la texture veloutée et mélodieuse qui n'appartenait qu'à la plus parfaite des voix.

« Ne fais pas ça », me supplia-t-il.

— Tu voulais que je sois humaine. Eh bien, regarde.

« Je t'en prie. Pour moi. »

— C'est la seule façon que j'ai trouvée pour que tu acceptes de rester avec moi.

« S'il te plaît. »

Ce n'était qu'un chuchotis dans les tourbillons de pluie qui ébouriffaient mes cheveux et trempaient mes vêtements, me mouillant autant que si j'avais déjà sauté. Je tanguai sur la paume de mes pieds.

« Non, Bella ! »

Il était en colère, à présent, et cette colère était si belle ! Je souris, levai les bras comme pour plonger, offrant mon visage à l'averse. Je me penchai en avant, m'accroupissant pour avoir plus de ressort... et me jetai du haut de la falaise.

Je chutai comme un météore, en hurlant de toutes mes forces, mais c'était un cri de bonheur et non de peur. Le vent m'opposait sa résistance, essayant en vain de lutter contre l'inéluctable gravité, me repoussant, me ballottant en spirales semblables à celles d'une fusée s'écrasant à terre. « Oui ! » Le mot résonna dans mon crâne quand je fendis la surface. L'eau était glacée, encore plus que ce que j'avais craint, pourtant les frissons ne faisaient qu'ajouter au plaisir. J'étais très fière de moi lorsque je m'enfonçai dans l'océan gelé et noir. Pas un instant je n'avais été victime de la terreur. Ça n'avait été que pure adrénaline. Finalement, le saut n'était pas du tout effrayant. En quoi cela constituait-il un défi ?

C'est alors que le courant m'emporta.

J'avais été si occupée à songer à la hauteur des falaises, au danger évident de leurs parois élevées et à pic que je n'avais pas un instant pensé à la mer sombre qui m'attendait en bas. Je n'avais pas envisagé que la véritable menace qui me guettait se trouvait sous le violent ressac.

J'eus l'impression que les vagues se disputaient mon corps, me secouant de tous côtés comme si elles avaient la ferme intention de me couper en deux. Je savais comment échapper à un courant de retour : nager parallèlement à la plage au lieu de tenter de rejoindre la grève. Malheureusement, cela ne m'était guère utile puisque j'avais perdu tout sens de l'orientation. Je ne savais même plus où était la surface. Partout, ce n'était qu'eaux noires et déchaînées, où ne filtrait aucune lueur. Si la gravité m'avait emportée en dépit de l'air, elle était impuissante face aux déferlantes. Je ne sentais nulle attraction, vers le fond ou ailleurs, juste la force des courants qui me bringuebalaient comme une poupée de chiffon.

Je luttai pour conserver mes réserves d'oxygène et garder mes lèvres serrées.

La présence de mon hallucination ne me surprit pas. Edward me devait bien ça, vu que j'étais en train de mourir. Certitude qui, elle, m'étonna. J'allais me noyer. Je me noyais.

« Continue à nager ! m'encouragea-t-il avec des accents désespérés.

— Où donc ? » répliquai-je mentalement.

J'étais cernée par les ténèbres.

« Arrête ça ! explosa-t-il. Je t'interdis de renoncer ! »

Le froid engourdissait mes membres, et je n'avais plus autant qu'avant l'impression d'être ballottée. C'était plutôt une espèce de vertige, à présent, une impression de tourner sans fin dans les remous. Malgré tout, je lui obéis, obligeant mes bras à s'agiter et mes jambes à pousser, en dépit des changements de direction constants auxquels j'étais soumise. Hélas, cela ne servait à rien.

« Bats-toi ! hurla-t-il. Je t'en supplie, bats-toi, Bella !

— Pourquoi ? »

Je n'avais plus envie de lutter. Et ce ne fut pas le vertige, le froid ou l'épuisement de mes muscles qui m'amena à abandonner la partie. J'étais presque contente que c'en fût terminé. Cette mort était préférable à celles auxquelles j'avais déjà été confrontée. Étrangement paisible. Savoir la fin proche était réconfortant. Je songeai brièvement aux clichés qui affirment que votre vie défile devant vos yeux. Je n'eus pas cette malchance. Qui aurait d'ailleurs souhaité visionner la rediffusion de ma pauvre existence ?

En revanche, je le vis, lui, sans pour autant retrouver le désir de résister. L'image était si claire, tellement plus définie que dans mes souvenirs. Mon inconscient avait emmagasiné Edward dans les moindres détails de sa perfection, le préservant pour cet ultime moment. Son visage sans défauts était aussi réel que s'il avait été présent, avec l'exacte nuance de sa peau glacée, la forme de ses lèvres, la courbe de sa mâchoire, l'étincelle d'or de ses prunelles enragées. Il était courroucé, naturellement, parce que je démissionnais. Il serrait les dents ; la fureur dilatait ses narines.

« Non ! Bella ! Non ! »

Mes oreilles étaient submergées par l'océan glacial, et pourtant le ténor était plus distinct qu'avant. Ignorant ses suppliques, je me concentrai sur le son de sa voix. Pourquoi aurais-je résisté, alors que j'étais tellement heureuse qu'il fût là ? Malgré mes poumons brûlants et mes jambes assaillies par les crampes, j'étais contente. J'avais oublié à quoi ressemblait le vrai bonheur.

Le bonheur. Il rendait la mort plutôt agréable.

Soudain, le courant m'emporta, me projetant contre quelque chose de dur, un rocher invisible dans l'obscurité qui heurta brutalement ma poitrine, telle une barre de fer, et l'oxygène s'échappa de mes poumons en un flot de bulles argentées. L'eau envahit ma gorge, m'étranglant, m'incendiant. La barre de fer parut m'attirer vers elle, m'entraîner loin d'Edward, encore plus loin dans le noir, vers le fond de l'océan.

« Au revoir, je t'aime. » Telles furent mes dernières pensées.

16

PÂRIS

À cet instant, ma tête remonta à la surface.

Très désorientant. Moi qui avais été si sûre de couler !

La houle acharnée m'expédia contre d'autres rochers qui me mordirent le dos et, à force, expulsèrent l'eau de mes poumons en torrents énormes et stupéfiants qui dégoulinèrent de ma bouche et de mon nez. Le sel me brûlait à l'intérieur, le liquide qui encombrait ma gorge m'empêchait d'aspirer une goulée d'air, et les pierres meurtrissaient mes omoplates et mes reins. En dépit des vagues qui mugissaient autour de moi, je ne bougeais plus. Partout, je n'apercevais que la mer, la mer, la mer qui léchait mon visage.

— Respire ! m'ordonna une voix anxieuse.

Pas celle d'Edward. J'éprouvai un brusque élancement lorsque je la reconnus.

Je ne parvins pas à obtempérer. Les cascades qui jaillissaient de ma bouche ne s'interrompaient pas assez longtemps pour que j'arrive à reprendre mon souffle, et l'eau sombre et glacée s'infiltrait de nouveau dans mes poumons.

— Respire, Bella ! Allez ! Respire ! me supplia Jacob.

Des taches noires s'épanouirent devant mes yeux, de plus en plus grosses, obscurcissant la lumière. Je me heurtai contre un rocher. Il n'était pas gelé comme l'océan. Il était même chaud. Je compris qu'il s'agissait de la main de Jake qui frappait mon dos pour m'obliger à recracher ce qu'il restait d'eau à l'intérieur de moi. La barre de fer qui m'avait tirée hors de la mer avait été également... chaude... J'avais le vertige ; les points noirs cachaient tout. Étais-je en train de mourir une deuxième fois ? Sauf que je n'aimais pas cette mort, elle n'était pas aussi bien que la précédente. Désormais, il n'y avait plus que l'obscurité, sans rien qui valût la peine d'être regardé. Le bruit des vagues s'estompa dans les ténèbres, se réduisant à un murmure qui paraissait provenir de mes oreilles...

— Bella ? demanda Jacob, un peu moins tendu qu'auparavant. Bella chérie, tu m'entends ?

Le contenu de mon crâne tanguait et balançait de manière nauséeuse, comme s'il avait rejoint la mer déchaînée.

— Depuis combien de temps a-t-elle perdu conscience ? s'enquit quelqu'un d'autre.

Cette voix-là me ramena à la réalité. Je me rendis compte de mon immobilité. Le courant avait disparu, les ballottements ne se trouvaient plus que dans ma tête. La surface sur laquelle j'étais allongée, dure et stable, griffait vaguement mes bras nus.

— Je ne sais pas, répondit Jacob avec des accents frénétiques.

Il paraissait tout proche. Des mains, si chaudes qu'elles ne pouvaient que lui appartenir, écartèrent mes cheveux de mes joues.

— Quelques minutes ? enchaîna-t-il. Il ne m'a pas fallu longtemps pour la tirer sur la plage.

Le chuchotis dans mes tympans n'était pas les vagues, mais l'air qui soulevait de nouveau mes poumons. Chaque inspiration et expiration me brûlait, les conduits à vif, comme frottés au papier d'émeri. Mais bon, j'étais vivante. Et je grelottais. Des milliers de gouttelettes glaciales transperçaient ma peau, renforçant l'impression de froid.

— Elle respire. Elle va revenir à elle. Nous devrions la mettre au chaud. Je n'aime pas beaucoup cette pâleur...

J'identifiai Sam.

— Tu crois qu'on peut la déplacer ?

— Elle ne s'est pas blessé le dos ni rien quand elle est tombée ?

— Aucune idée.

Ils hésitaient. J'essayai d'ouvrir les paupières. D'abord, je ne distinguai rien d'autre que les nuages violet sombre qui déversaient leur pluie gelée sur moi.

— Jake ? croassai-je.

Son visage envahit mon champ de vision.

— Oh ! souffla-t-il, et le soulagement se dessina sur ses traits. Oh, Bella ! Tu vas bien ? Tu m'entends ? Tu as mal quelque part ?

— J-juste à... à la g-gorge, bégayai-je, en claquant des dents.

— Dans ce cas, nous allons t'emmener d'ici, décida-t-il.

Glissant un bras sous moi, il me souleva sans effort, comme s'il avait ramassé une boîte vide. Son torse nu était tiède. Il se courba pour tenter de me protéger de l'averse. Ma tête roula sur son coude, et je contemplai sans le voir l'océan furieux qui maltraitait la grève.

— Tu l'as ? lança Sam.

— Oui. Je m'occupe d'elle. Toi, retourne à l'hôpital. Je t'y rejoindrai plus tard. Merci, Sam.

Toujours étourdie, je mis un moment à comprendre ces mots. Comme Sam ne répondait pas, je me demandai s'il avait déjà filé. La mer dévorait le sable, ruait, comme si elle avait été énervée que je lui aie échappé. Mes yeux anxieux aperçurent un éclat de couleur, une flammèche qui dansait sur la houle sombre, loin au large. Ça n'avait pas de sens. Étais-je dans les vapes ? J'étais hantée par le souvenir de l'eau noire bouillonnante, par celui d'être tellement perdue que je ne savais plus où étaient le haut, le bas. Perdue... et pourtant Jacob... Jacob qui courait à moitié en direction de la route.

— Comment m'as-tu trouvée ? haletai-je.

— Je te cherchais. J'ai suivi les traces de pneu de ta voiture, et puis je t'ai entendue hurler... (Il frissonna.) Pourquoi as-tu sauté, Bella ? Tu ne t'es pas doutée qu'une tempête se préparait ? Tu n'aurais pas pu m'attendre ?

La colère était en train de prendre le pas sur son soulagement.

— Désolée, marmonnai-je. C'était idiot.

— Tu peux le dire ! s'exclama-t-il en hochant le menton, m'aspergeant de gouttes de pluie. Ça ne t'ennuierait pas de garder les bêtises pour quand je suis là ? Je n'arriverai pas à me concentrer si je passe mon temps à t'imaginer en train de plonger des falaises derrière mon dos.

— D'accord. Pas de problème.

Je toussais, telle une grosse fumeuse. Je voulus m'éclaircir la gorge, grimaçai de douleur.

— Que s'est-il passé ? repris-je. Avez-vous mis la main sur... elle ?

Je tremblai, malgré la chaleur ahurissante qui émanait de son corps.

— Non, répondit-il en secouant la tête, elle a sauté dans l'eau. Sur ce terrain-là, les buveurs de sang nous dominent largement. C'est pourquoi je me suis rué ici. J'avais peur qu'elle nous devance à la nage. Tu passes tellement de temps sur la plage...

— Sam est rentré avec toi... tout le monde est à la maison ?

J'espérais qu'ils ne continuaient pas à la traquer.

— En quelque sorte.

Je m'efforçai de déchiffrer son expression. Ses yeux étaient plissés, soit parce qu'il s'inquiétait, soit parce qu'il avait du chagrin. Soudain, ses paroles précédentes firent mouche.

— Tu as parlé d'hôpital... il y a un blessé ? Elle s'est battue ?

Ma voix avait déraillé dans les aigus, ce qui donnait un résultat bizarre, vu sa toute nouvelle raucité.

— Non, non. C'est Emily qui nous l'a annoncé. Harry Clearwater a eu une attaque ce matin.

— Harry ? Oh, non ! Charlie est au courant ?

— Oui. Il est à son chevet. Avec mon père.

— Harry va s'en sortir ?

— Pour l'instant, nous n'avons pas beaucoup d'espoir, soupira-t-il.

Tout à coup, la culpabilité me donna la nausée. Je m'en voulus de cet imbécile de plongeon du haut des falaises. Ils avaient d'autres priorités que s'inquiéter pour moi. J'avais vraiment choisi le mauvais moment !

— Qu'est-ce que je peux faire ?

La pluie cessa brutalement, et je me rendis compte que nous étions déjà chez Jacob, à l'abri. Dehors, la tempête redoublait.

— Reste ici, m'ordonna-t-il en me jetant sur le canapé. Je vais te chercher des fringues sèches.

Je laissai mes yeux s'habituer à la pénombre pendant que Jacob filait dans sa chambre. Sans Billy, la pièce surchargée paraissait vide, presque désolée. Un peu menaçante aussi, sans doute parce que je savais où il se trouvait. Jake revint au bout de quelques secondes et me lança un tas de tissu gris.

— Ça risque d'être bien trop grand, mais je n'ai rien de mieux. Euh... je sors pendant que tu t'habilles.

— Inutile, je suis trop crevée pour bouger, de toute façon. Tiens-moi plutôt compagnie.

Il s'assit sur le plancher, tout près de moi, tête contre le canapé. Quand avait-il dormi pour la dernière fois ? Il paraissait aussi épuisé que moi. Il bâilla.

— Un peu de repos ne me ferait pas de mal, j'imagine...

Il ferma les yeux, je l'imitai.

Pauvre Harry ! Et Sue ! Charlie allait être dans tous ses états. Harry était l'un de ses meilleurs amis. En dépit du pessimisme de Jake, j'espérais que tout allait s'arranger. Pour Charlie. Pour Sue, Leah et Seth...

Le canapé était placé juste à côté du radiateur, et j'étais réchauffée, à présent, en dépit de mes vêtements mouillés. Mes poumons irradiaient d'une douleur qui me poussait plus au sommeil qu'à l'insomnie. Je m'en voulus vaguement de m'assoupir... ou était-ce que j'étais en train de succomber à une commotion ? Jacob se mit à ronfler doucement en produisant un son aussi apaisant qu'une berceuse. Je ne tardai pas à sombrer.

Pour la première fois depuis très longtemps, mon rêve se borna à être normal. Un catalogue brouillé de vieux souvenirs – des visions aveuglantes du soleil à Phoenix, une vieille cabane délabrée dans un arbre, un plaid aux couleurs fanées, un mur de miroirs, une flamme à la surface des eaux noires... J'oubliais les images au fur et à mesure qu'elles défilaient. Seule la dernière se grava dans ma mémoire. Elle n'avait pas plus de sens qu'un décor de théâtre. Un balcon nocturne, une lune peinte dans le ciel. Je contemplai la jeune fille en chemise de nuit penchée au-dessus de la rambarde et se parlant à elle-même. Insensé... Pourtant, quand je refis surface (difficilement), Juliette hantait mon esprit.

Jacob dormait encore. Il s'était affalé sur le sol, et sa respiration était profonde et régulière. La maison s'était assombrie, il faisait nuit, de l'autre côté des fenêtres. J'étais engourdie, mais j'avais chaud, et mes habits avaient presque séché. Ma gorge me brûlait chaque fois que j'inspirais un peu d'air.

J'allais devoir me lever, ne serait-ce que pour me servir un verre d'eau, mais mon corps ne désirait qu'une chose – rester allongé, ne plus jamais bouger. Plutôt que m'agiter, donc, je songeai à Juliette. Comment aurait-elle réagi si Roméo l'avait quittée, non parce qu'il avait été exilé, juste parce qu'il ne s'intéressait plus à elle ? Et si Rosaline n'avait été indifférente à Roméo, et qu'il avait changé d'avis et l'avait épousée ? Si, au lieu de s'unir à Juliette, il avait disparu, purement et simplement ? Il me semblait savoir ce qu'elle aurait ressenti. Elle n'aurait pas repris le cours normal de son existence, pas exactement du moins. Elle n'aurait même pas poursuivi son chemin, j'en étais persuadée. Elle aurait bien pu vivre jusqu'à être vieille et chenue, chaque fois qu'elle aurait fermé les paupières, ça aurait été le visage de Roméo qui se serait imposé à elle, ce qu'elle aurait fini par accepter.

Se serait-elle mariée à Pâris, en fin de compte, au moins pour contenter ses parents et avoir la paix ? Non, sans doute. Il est vrai que la pièce ne faisait pas grand cas de Pâris. Il n'était qu'un personnage secondaire, un figurant, une menace, un moyen de forcer la main de Juliette. Mais s'il avait été plus important que cela ? S'il avait été l'ami de Juliette ? Son meilleur ami ? Le seul à qui elle eût pu confier son aventure dévastatrice avec Roméo ? Le seul qui la comprît réellement et lui redonnât le sentiment d'être humaine ? S'il avait été patient et tendre ? S'il avait pris soin d'elle ? Et si Juliette avait su que, sans lui, elle ne survivrait pas ? S'il l'avait profondément aimée et n'avait désiré que son bonheur ? Et... si, de son côté, elle avait aimé Pâris ? Pas comme Roméo, rien de tel, bien sûr, mais suffisamment pour avoir envie elle aussi de le rendre heureux ?

Le souffle de Jacob était le seul bruit dans la maison, telle une berceuse fredonnée à un enfant, tel le chuchotement d'un rocking-chair, tel le tic-tac d'une vieille pendule quand on n'a besoin d'aller nulle part... le son du réconfort.

En admettant que Roméo fût vraiment parti sans intention de retour, cela importait-il ou non que Juliette acceptât l'offre de Pâris ? Elle aurait peut-être dû essayer de faire avec les pauvres restes d'existence que l'autre avait laissés derrière lui. La seule façon, certainement, d'atteindre au plus près du bonheur.

Je soupirai – puis gémis quand ma gorge m'élança. Je me laissais emporter par mon imagination. Roméo n'aurait pas tourné casaque. C'est pour cette raison qu'on se souvenait de lui, et d'elle : Roméo et Juliette. Voilà pourquoi aussi c'était une bonne histoire. *Juliette se contente de Pâris* n'aurait jamais eu de succès.

Je refermai les yeux et me renfonçai dans la somnolence, autorisant mon esprit à s'éloigner de cet imbécile de drame auquel je ne voulais plus penser. À la place, je me focalisai sur la réalité. Sur mon plongeon, la stupidité dont je m'étais rendue coupable. Pas que là, d'ailleurs – la moto, mon irresponsabilité quand j'avais voulu jouer les fend-la-bise. Et si j'avais eu un accident grave ? Quels ravages cela aurait-il provoqué chez Charlie ? La crise cardiaque de Harry avait soudain remis les choses à leur juste place, dans une perspective délicate, parce qu'elle supposait que j'accepte de changer d'attitude. Or, étais-je capable de vivre ainsi ?

Pourquoi pas ? Ce ne serait pas aisé. Ce serait même carrément atroce de devoir renoncer à mes hallucinations auditives pour tenter de devenir adulte. Mais c'était ainsi, malgré tout, sûrement, qu'il me fallait agir. Et j'y arriverais peut-être. Si j'avais Jacob pour me soutenir. C'était une décision que je ne pouvais pas prendre maintenant. Elle était trop douloureuse. Pensons à autre chose.

Des images de mes actes inconsidérés défilèrent dans ma tête pendant que je m'efforçais de trouver un sujet de méditation agréable... la sensation de l'air durant la chute, la noirceur de l'eau, les remous du courant... le visage d'Edward... (Je m'attardai un moment sur celle-ci.) Les mains chaudes de Jacob qui s'acharnaient à ramener la vie en moi... les aiguilles de pluie déversées par les nuages violets... l'étrange flamme flottant sur la houle... Cet éclat de couleur avait quelque chose de familier. Naturellement, il ne pouvait s'agir de feu...

Ma songerie fut interrompue par un chuintement de pneus sur la route boueuse. La voiture s'arrêta devant la maison, on claqua des portières. J'envisageai de m'asseoir, y renonçai. Billy – la voix facilement identifiable – parlait tout bas, si bien qu'on ne percevait qu'un grommellement sourd. La porte d'entrée s'ouvrit, la lumière s'alluma. Aveuglée, je battis des paupières. Jake se réveilla en sursaut et, haletant, sauta sur ses pieds.

— Excusez, marmonna son père. Vous dormiez ?

Peu à peu, ma vision s'accoutuma à la clarté. Lorsque je déchiffrai l'expression de Billy, mes yeux se remplirent de larmes.

— Oh, Billy ! gémis-je.

Il opina lentement, le visage lourd de tristesse. Jake se précipita vers lui, prit sa main. Soudain, le chagrin dotait les traits de Billy d'une surprenante jeunesse, surtout au-dessus de son corps de vieil homme. Derrière lui, Sam poussait son fauteuil. Lui, habituellement si stoïque, semblait ravagé.

— Je suis tellement désolé, chuchota-t-il.

— C'est un coup dur, acquiesça Billy.

— Où est Charlie ? demandai-je.

— Encore à l'hôpital. Avec Sue. Il y a des tas de... démarches à accomplir.

J'avalai ma salive.

— Je ferai mieux d'y retourner, marmonna Sam en s'éclipsant rapidement.

Billy retira sa main à Jacob et propulsa sa chaise à travers la cuisine, jusque dans sa chambre. Jake le suivit des yeux puis vint se rasseoir sur le plancher, près de moi. Il enfouit son visage dans ses paumes, et je lui frottai les épaules, regrettant d'être à court de mots. Au bout d'un long moment, il attrapa mes doigts et les porta à sa joue.

— Comment vas-tu ? murmura-t-il. Tu tiens le choc ? J'aurais sans doute dû t'emmener chez le médecin.

— Ne t'inquiète pas pour moi, croassai-je.

Il tourna la tête, me regarda. Ses yeux étaient bordés de rouge.

— Tu n'as pas l'air en très grande forme, pourtant.

— Parce que je ne me sens pas en très grande forme.

— Je vais aller chercher ta voiture, puis je te raccompagnerai chez toi. Il vaudrait sûrement mieux que tu y sois quand Charlie rentrera.

— Tu as raison.

Dénuée d'énergie, je restai vautrée sur le canapé en attendant qu'il revienne. De la chambre de Billy ne me parvenait pas un bruit. J'avais l'impression d'être une voyeuse, à espionner ainsi à travers les fentes d'un chagrin qui n'était pas le mien. Jake fut rapide, et le rugissement de la camionnette rompit le silence plus tôt que je l'avais prévu. Sans un mot, il m'aida à me lever du sofa et n'ôta pas son bras de ma taille lorsque l'air froid du dehors déclencha mes frissons. D'autorité, il s'installa au volant puis m'attira vers lui afin de prolonger l'étreinte. Je me laissai aller contre son torse.

— Comment rentreras-tu ?

— Je ne rentrerai pas. Nous n'avons toujours pas attrapé la buveuse de sang, je te signale.

Cette fois, mes tremblements ne devaient rien au froid.

Le trajet se déroula sans que nous échangions un mot. La fraîcheur de la nuit m'avait réveillée. Mon esprit était alerte et en profitait pour fonctionner à tout-va. Pourquoi pas ? songeai-je. N'était-ce pas la bonne chose à faire ? Désormais, je n'imaginais pas mon existence sans Jacob – l'idée de me passer de lui était insupportable. Il était devenu essentiel à ma survie. Mais continuer ainsi, n'était-ce pas... cruel, pour reprendre l'expression de Mike ?

J'avais regretté que Jacob ne fût pas mon frère. En réalité, et je le comprenais à présent, je n'avais jamais désiré que sa présence constante. Elle était si agréable... chaleureuse, réconfortante et familière. Sûre. Jacob était un port où m'ancrer. Je me l'étais approprié, tel était mon pouvoir. Il faudrait que je lui raconte tout, j'en étais consciente. C'était la seule façon d'être équitable. Je serais obligée de lui expliquer clairement, de manière qu'il comprît qu'il n'était pas un pis-aller, et que je ne le méritais pas. Il savait déjà que j'étais détruite, cela ne le surprendrait pas, mais il était nécessaire qu'il mesurât l'ampleur de cette dévastation. Cela irait jusqu'à admettre que j'étais folle – je ne pourrais lui taire mes hallucinations auditives. Avant d'arrêter ma décision, je n'avais d'autre choix que tout lui avouer.

Je devinais cependant que, en dépit de tout cela, il m'accepterait. Il n'y réfléchirait même pas.

Serait-ce une erreur d'essayer de le rendre heureux ? Était-ce si mal que l'amour que j'éprouvais pour lui ne fût qu'un faible écho de ce dont j'étais capable ? Était-ce si mal que mon cœur restât distant parce qu'il était trop occupé à pleurer mon Roméo ?

Jake arrêta la voiture devant la maison plongée dans l'obscurité. Il coupa le moteur, et le silence nous tomba brusquement dessus. Comme tant d'autres fois, Jake semblait au diapason de mes réflexions. Passant son deuxième bras autour de ma taille, il m'écrasa contre lui, comme s'il cherchait à nous lier pour toujours. Une sensation agréable, comme d'habitude. J'avais presque l'impression d'être redevenue une personne complète.

J'avais cru que, à cette heure, ses pensées iraient à Harry. Aussi fus-je surprise par ses paroles.

— Désolé, dit-il sur un ton piteux, je sais que tu ne partages pas forcément ce que j'éprouve pour toi, Bella. Je te jure que ce n'est pas grave. Je suis juste tellement heureux que tu ailles bien que ça me donne envie de chanter. Mais bon, j'ai pitié des autres, ajouta-t-il en riant doucement.

Ma respiration s'accéléra, réveillant ma gorge irritée.

Aussi indifférent fût-il, Edward ne désirerait-il pas que je sois heureuse, du moins autant que les circonstances me le permettaient ? Le peu d'amitié qu'il conservait pour moi ne le pousserait-il pas à me souhaiter au moins cela ? À mon avis, si. Il ne me tiendrait pas rigueur d'offrir un tout petit peu de mon amour – qu'il ne voulait plus – à mon ami Jake. Car cet amour-là était complètement différent.

Jacob pressa sa joue dans mes cheveux. Si je tournai

le visage, si j'embrassai son épaule nue, je n'avais aucun doute sur ce qui suivrait. Ce serait très facile. Ce soir, je n'aurais pas besoin de me justifier. Pouvais-je m'y résoudre, cependant ? Aurais-je la force de trahir mon cœur absent afin de sauver ma misérable existence ? Tourner la tête... ne pas le faire... j'avais l'estomac noué.

Alors, aussi claire que si je m'étais retrouvée exposée à un danger, la voix d'Edward résonna à mon oreille.

« Sois heureuse », me chuchota-t-il.

Je me figeai. Percevant ma raideur, Jacob me relâcha aussitôt. Il tâtonna pour ouvrir sa portière. « Attends ! aurais-je voulu lui dire. Rien qu'une seconde. » Sauf que j'étais toujours paralysée, concentrée sur l'écho des mots d'Edward. L'air rafraîchi par la tempête envahit l'habitacle.

— Oh ! souffla Jacob comme si quelqu'un lui avait asséné un coup de poing dans le ventre. Nom d'un chien !

Il claqua sa portière tout en remettant le contact. Ses mains tremblaient tellement que j'ignore encore comment il se débrouilla pour y parvenir.

— Que se passe-t-il ?

Il embraya trop vite ; le moteur cala.

— Elle est là ! cracha-t-il. La buveuse de sang !

Je crus que j'allais défaillir.

— Comment le sais-tu ?

— Parce que je la sens, merde !

Il balaya la rue obscure d'un regard frénétique. Il semblait à peine conscient des soubresauts qui secouaient son corps.

— Je m'en occupe ou je te mets à l'abri ? se demanda-t-il à lui-même.

Il me dévisagea brièvement, remarqua ma pâleur et mes yeux horrifiés, examina de nouveau les alentours.

— O.K., je t'éloigne d'ici, décida-t-il.

Il redémarra et effectua un demi-tour sur les chapeaux de roue en faisant crisser les pneus. Les phares éclairèrent le trottoir et la lisière de la forêt, effleurant au passage le capot d'un véhicule garé de l'autre côté de la rue.

— Stop ! criai-je.

Je connaissais cette voiture noire. J'étais tout sauf intéressée par les autos, mais celle-là n'avait aucun secret pour moi. Une Mercedes S 55 AMG dont la puissance et la couleur de l'habitacle m'étaient familières. J'avais senti les douces vibrations de son moteur, humé la riche odeur de sa sellerie en cuir, expérimenté la façon dont ses vitres spécialement teintées donnaient au plein jour des allures de crépuscule. C'était la voiture de Carlisle.

— Stop ! hurlai-je encore plus fort, car Jacob ne m'avait pas obéi.

— Quoi ?

— Ce n'est pas Victoria. Arrête-toi ! Recule !

Il freina à mort, et je dus me retenir au tableau de bord.

— Quoi ? répéta-t-il, ahuri et effrayé.

— C'est la voiture de Carlisle ! Ce sont les Cullen. J'en suis sûre !

Le soulagement qu'il lut sur mon visage l'agita d'un violent frisson.

— Hé, du calme, Jake. Il n'y a aucun danger.

— C'est ça, haleta-t-il en baissant la tête et en fermant les yeux.

Pendant qu'il se concentrait pour ne pas exploser et

se transformer, je contemplai l'auto noire par la fenêtre arrière de la Chevrolet. Ce n'était que Carlisle, me convainquis-je. Il était inutile que je m'attende à autre chose. Ou Esmé... « Ça suffit ! » m'ordonnai-je. Juste Carlisle. Déjà énorme. Plus que ce que j'avais jamais espéré.

— Il y a un vampire chez toi, et tu veux rentrer ? siffla Jacob.

De mauvaise grâce – j'avais peur que la Mercedes disparaisse si je cessais de la regarder –, je lui jetai un coup d'œil.

— Bien sûr !

L'étonnement qu'avait suscité sa question m'avait poussée à lui parler trop sèchement. Pour moi, c'était tellement évident. Jacob se ferma, ses traits reprirent l'aspect figé que j'avais cru disparu pour toujours. Juste avant que le masque ne s'installe, j'eus toutefois le temps de repérer un éclat dans ses prunelles – il se sentait trahi. Soudain, il avait dix ans de plus que moi. Il respira profondément.

— Tu es certaine que ce n'est pas un piège ? demanda-t-il sur un ton pesant.

— Oui. C'est Carlisle ! Ramène-moi.

Un tremblement agita ses larges épaules, mais ses iris restèrent froids et dénués d'émotion.

— Non.

— Jake, ce...

— Non. Vas-y toute seule. Moi, je ne peux pas. Traité ou non, c'est mon ennemi qui est chez toi.

— Ce n'est pas ce que tu...

— Il faut que j'avertisse Sam immédiatement. Ça change la donne. Nous ne pouvons nous permettre d'être surpris sur leur territoire.

— Il ne s'agit pas d'une guerre, Jake !

Sans m'écouter, il mit la camionnette au point mort et sauta dehors.

— Au revoir, Bella, lança-t-il par-dessus son épaule. J'espère vraiment que tu t'en sortiras vivante.

Sur ce, il s'éloigna à toutes jambes dans l'obscurité, tremblant si fort que sa silhouette en paraissait floue. Il s'évanouit avant que j'aie eu le temps de protester. Le remords me submergea. Que venais-je de lui infliger ?

Mes regrets ne durèrent pas, cependant. Je me glissai derrière le volant. Mes doigts tremblaient presque autant que ceux de Jake l'avaient fait. Prudemment, je manœuvrai et revins vers la maison. Lorsque j'éteignis les phares, l'obscurité me parut très dense. Charlie était parti précipitamment, oubliant de laisser la lampe du porche allumée. Le doute s'empara de moi, et je restai là à contempler la maison. Et si c'était un piège ? Je me retournai vers la Mercedes, presque invisible dans la nuit. Non. Je connaissais cette voiture.

N'empêche, je grelottais d'appréhension quand je cherchai mes clés. Je tournai la poignée de la porte, qui s'ouvrit sans difficulté. Le couloir était ténébreux. J'aurais aimé lancer un bonsoir, mais ma gorge était trop sèche, et j'avais le souffle court. J'avançai d'un pas, tâtonnai pour appuyer sur l'interrupteur. Il faisait si sombre... sombre comme l'océan... Où diable était ce bouton ?

Comme la mer, sur laquelle avait clignoté une étrange flammèche orange. Qui ne pouvait être du feu. Mais alors... Mes doigts tâtaient le mur, toujours aussi tremblants, toujours aussi vainement... Soudain, une phrase que Jacob m'avait dite dans l'après-midi me revint en mémoire et prit enfin son sens... « Elle a sauté dans l'eau. Sur ce terrain-là, les buveurs de sang nous dominent largement. C'est pourquoi je me suis rué ici. J'avais peur qu'elle nous devance à la nage. »

Ma main se figea, mon corps aussi quand je compris pourquoi j'avais reconnu la drôle de tache orange dans l'eau. Les cheveux de Victoria, ébouriffés par le vent, couleur feu. Elle avait été là-bas, au même moment que Jacob et moi. Sans Sam, seuls tous les deux... Mon corps était paralysé, mes poumons également.

Tout à coup, la lumière s'alluma, sans que j'y sois pour rien. Je battis des paupières, découvris que quelqu'un était là, qui m'attendait.

17

RETROUVAILLES

Artificiellement immobile et blanche, ses grands yeux noirs fixés sur moi, ma visiteuse se tenait dans le hall, belle au-delà de l'imaginable.

Un instant, mes genoux vacillèrent, et je faillis tomber, puis je me ruai vers elle.

— Alice ! Oh, Alice !

Je la heurtai violemment – j'avais oublié à quel point elle était dure. C'était comme se précipiter sur un mur en ciment.

— Bella ?

Ses intonations trahissaient un étrange mélange de soulagement et de surprise. Je l'enlaçai, inhalant à fond l'odeur de sa peau qui ne ressemblait à rien de connu – ni fleurs ni épices, ni agrumes ni musc. Aucun parfum au monde n'était comparable à cet arôme, et ma mémoire chancelante ne lui avait pas rendu justice.

Ce n'est que lorsque Alice m'entraîna vers le canapé et me serra contre elle que je me rendis compte que ma respiration hachée s'était transformée en pleurs. J'avais l'impression d'être blottie contre une pierre froide, mais une pierre dont les contours avaient été confortablement taillés pour accueillir la forme de mon corps. Elle me frotta lentement le dos, attendant que je me ressaisisse.

— Je-je suis... d-désolée, balbutiai-je. C'est que j-je... s-suis si contente de te v-voir.

— Calme-toi, Bella. Tout va bien.

— Oui, sanglotai-je de plus belle.

— J'avais oublié à quel point tu es exubérante, soupira-t-elle d'un ton désapprobateur.

Je la contemplai à travers mes yeux voilés de larmes. Elle était tendue, reculait la tête, lèvres serrées. Ses iris étaient noirs comme de l'encre.

— Oh ! soufflai-je en prenant conscience du problème.

Elle était assoiffée, et je dégageais une odeur appétissante. À ma décharge, cela faisait un bon moment que je n'avais pas eu à songer à ce genre de détail.

— Excuse-moi, chuchotai-je.

— C'est ma faute. J'aurais dû chasser avant de venir. C'est une erreur de laisser ma soif prendre de telles proportions. Malheureusement, j'étais pressée aujourd'hui, précisa-t-elle en me toisant. À propos, aurais-tu l'amabilité de m'expliquer pourquoi tu es encore vivante ?

Cette réflexion coupa court à mes geignements. Je compris tout de suite ce qui avait dû se passer et les raisons de la présence d'Alice à Forks.

— Tu m'as vue tomber, murmurai-je en déglutissant.

— Non, rectifia-t-elle, peu amène. Je t'ai vue *plonger*.

Je pinçai la bouche, réfléchissant à une manière à peu près sensée de justifier mon acte.

— Je l'avais prévenu que ça arriverait, continuait Alice en secouant la tête. Il ne m'a pas crue. « Bella a juré, alors cesse de surveiller son futur, nous avons commis assez de dégâts. » (Son imitation d'Edward était tellement parfaite que je tressaillis, cependant que la plaie de ma poitrine se déchirait de nouveau.) Mais ne pas essayer de voir ne signifie pas que je peux bloquer les images, poursuivit-elle. Je te promets que je ne te surveillais pas, Bella, c'est juste que je suis habituée à toi... Quand je t'ai vue plonger, je n'ai pas réfléchi, j'ai sauté dans le premier avion. Je savais que j'arriverais trop tard, mais c'était plus fort que moi. Quand je me suis retrouvée ici, j'ai songé que, peut-être, j'apporterais une aide quelconque à Charlie, et voilà que tu débarques. (Elle fronça les sourcils, décontenancée.) Je t'ai perçue dans l'eau, reprit-elle avec lassitude, j'ai attendu que tu émerges, encore et encore, sauf que tu n'as jamais refait surface. Que s'est-il passé ? Et comment as-tu osé infliger cela à Charlie ? As-tu seulement songé à sa réaction ? Et mon frère ? As-tu la moindre idée de ce qu'Edward...

Je la coupai aussitôt, refusant de l'entendre prononcer ce prénom. Bien que j'aie compris le malentendu, je l'avais laissée parler, juste pour le plaisir des ses intonations merveilleuses. Là, il était temps d'intervenir.

— Je n'avais pas l'intention de me suicider, Alice.

— Es-tu en train de soutenir que tu n'as pas dégringolé d'une falaise ? rétorqua-t-elle, soupçonneuse.

— Si, mais... c'était seulement dans un but récréatif.

Je grimaçai, guettant sa réaction. Ses traits se durcirent.

— J'avais vu des amis de Jacob plonger, ça avait l'air marrant, je m'ennuyais, alors... (Elle attendait.) Je n'ai pas pensé que la tempête affecterait le courant. D'ailleurs, je n'ai pas beaucoup réfléchi à ce qui arriverait, une fois dans l'eau.

Malgré mes affirmations, Alice ne croyait pas que je n'avais pas attenté à mes jours.

— Si tu m'as vue tomber, comment expliques-tu que Jacob t'ait échappé ? demandai-je soudain. (Elle pencha la tête, intéressée.) Il est vrai que, sans lui, je me serais probablement noyée. Bon, d'accord, pas probablement, sûrement. Sauf qu'il a sauté derrière moi, m'a tirée de là et m'a traînée sur la plage. Enfin, je crois, j'étais dans les vapes. Je suis sans doute restée moins d'une minute sous l'eau. Comment se fait-il qu'il ne soit pas apparu dans ta vision ?

— Quelqu'un t'a sortie de l'eau ? marmonna-t-elle, perplexe.

— Jacob m'a sauvée, en effet.

Une série d'émotions contradictoires défila sur ses traits. Quelque chose l'ennuyait. Quoi ? L'imperfection de son don ? Pas sûr. Brusquement, elle se pencha et me flaira. Je sursautai.

— Ne sois pas bête, marmonna-t-elle en reniflant de plus près.

— Qu'est-ce que tu fabriques ?

Elle ignora la question.

— Qui était avec toi, il y a cinq minutes ? J'ai eu l'impression que vous vous disputiez.

— Jacob Black. Il... c'est mon meilleur ami, en quelque sorte. Enfin, c'était...

Je songeai au visage meurtri de Jake, à ma trahison, à ce que je représentais pour lui à présent. Alice acquiesça, l'air préoccupée.

— Quoi ?

— Je ne sais pas. Je ne suis pas certaine de ce que ça signifie.

— En tout cas, je ne suis pas morte.

Elle leva les yeux au ciel.

— Il a été stupide de croire que tu survivrais sans lui, commenta-t-elle.

Et ce n'était pas de Jacob qu'elle parlait.

— Je n'ai jamais rencontré quelqu'un aussi enclin à la bêtise suicidaire que toi, ajouta-t-elle.

— J'ai survécu, me défendis-je.

Elle songeait déjà à autre chose.

— Si les courants étaient tellement puissants, comment ce Jacob a-t-il réussi à les surmonter ?

— Il est... fort.

Percevant ma réticence, elle leva les sourcils. Je mordillai ma lèvre. Était-ce un secret ou pas ? Et si oui, auquel des deux étais-je la plus liée ? À Alice ou à Jake ? Bah ! Tous ces mystères, c'était vraiment trop compliqué ! Jacob était au courant de tout, pourquoi pas elle ?

— Eh bien... c'est un loup-garou, admis-je précipitamment. Les Indiens Quileute se transforment en loups quand il y a des vampires dans les parages. Ils connaissent Carlisle depuis très longtemps. Tu étais déjà là, à l'époque ?

Un instant, Alice parut déstabilisée.

— Bon, finit-elle par se reprendre, le front plissé,

j'imagine que ça explique l'odeur. Pour ce qui est de ma vision incomplète en revanche...

— L'odeur ? m'étonnai-je.

— Tu sens bizarre, m'accusa-t-elle distraitement. Un loup-garou ? Tu en es sûre ?

— Oui. J'en déduis que tu n'étais pas à Forks la dernière fois qu'il y en a eu ?

— Non, je n'avais pas encore trouvé Carlisle, lâcha-t-elle, perdue dans ses pensées. Ton meilleur ami en est un ? s'exclama-t-elle soudain, ahurie.

J'acquiesçai piteusement.

— Depuis combien de temps ça dure ?

— Pas longtemps. Il s'est transformé il y a seulement quelques semaines.

— Un jeune, qui plus est ? s'emporta-t-elle. C'est encore pire ! Edward avait raison, tu es vraiment un aimant à dangers. N'étais-tu pas censée rester à l'écart des ennuis ?

— Les loups-garous sont parfaitement fréquentables, ripostai-je, piquée au vif.

— Jusqu'à ce qu'ils piquent une crise. Il faut te reconnaître ça, Bella. Les vampires partis d'ici, n'importe qui aurait été soulagé. Toi, non, il faut que tu te mettes à traîner avec les premiers monstres qui te tombent sous la main.

Je n'avais pas envie de me disputer avec elle. J'étais tellement heureuse de sa présence, de toucher sa peau marmoréenne et d'entendre sa voix mélodieuse. Malheureusement, elle se trompait du tout au tout.

— Non, Alice, les vampires ne sont pas partis, pas tous du moins. C'est bien le problème. Sans les loups-garous, Victoria aurait eu raison de moi à l'heure qu'il est. Et même, sans Jake et ses amis, Laurent m'aurait tuée avant elle.

— Victoria ? siffla-t-elle. Laurent ?

J'opinai, quelque peu alarmée par l'expression de ses prunelles noires.

— Que veux-tu ! C'est ça, d'attirer le danger !

— Raconte-moi tout. Depuis le début.

Je ne m'étendis pas sur les détails, omettant les motos et les voix, mais je lui narrai le reste jusqu'à ma mésaventure de la journée. L'ennui que j'invoquai pour justifier mon plongeon la faisant tiquer, j'insistai sur la flamme ballottée par les vagues et la conclusion à laquelle j'étais parvenue. À ce moment du récit, elle étrécit les yeux. Elle me parut alors si étrange, si... dangereuse, si... vampire. Je déglutis et terminai par la mort de Harry.

Elle m'écouta sans m'interrompre, se bornant à secouer la tête de temps à autre, tandis que les plis de son front s'accentuaient, à croire qu'ils avaient été sculptés dans le marbre. Quand j'en eus terminé, le chagrin lié à la disparition de Harry me submergea de nouveau. Je songeai à mon père qui n'allait pas tarder à rentrer. Dans quel état serait-il ?

— Notre départ ne t'a rien apporté de bon, hein ? marmonna Alice.

J'eus un petit rire vaguement hystérique.

— Tel n'était pas le but, non ? objectai-je. Vous ne vous êtes pas enfuis pour mon bien.

Pensive, elle se perdit dans la contemplation du plancher.

— Hum, marmotta-t-elle, j'ai l'impression que j'ai agi un peu à la va-vite. Mieux aurait sans doute valu que j'évite cette intrusion.

Je me sentis pâlir.

— Je t'en prie, Alice, ne t'en va pas, chuchotai-je, paniquée, en agrippant le col de son chemisier blanc. Ne me laisse pas.

— Du calme, répondit-elle lentement. Je n'ai l'intention d'aller nulle part ce soir. Respire !

Elle m'observa, cependant que je m'efforçai de lutter contre l'étouffement. Lorsque je me fus apaisée, elle reprit la parole.

— Tu as vraiment une sale mine, Bella.

— J'ai failli me noyer, aujourd'hui.

— Ça va plus loin que cela. Tu es dans un piteux état.

— Écoute, je me défends comme je peux.

— Comment ça ?

— Ça n'a pas été facile. J'y travaille encore.

— J'en étais sûre, maugréa-t-elle. Je le lui avais dit.

— Mais que croyais-tu trouver ? soupirai-je. À part mon cadavre ? Tu n'espérais quand même pas que je t'accueillerais en sifflotant et en dansant la gigue, non ? Tu me connais.

— Oui. N'empêche.

— Dans ce cas, j'ai le sentiment que je ne suis pas la seule à avoir l'exclusivité de la bêtise.

Soudain, le téléphone sonna.

— Charlie, sans doute.

Je me levai maladroitement, pris la main de pierre d'Alice et l'entraînai à ma suite dans la cuisine. Pas question qu'elle disparaisse de mon champ de vision.

— Allô, papa ?

— Non, c'est moi, répondit Jacob.

— Jake !

Alice m'étudiait attentivement.

— Je vérifie seulement que tu es encore vivante.

— Je vais bien. Je t'avais dit que ce n'était pas...

— Ouais. Pigé. Salut.

Il me raccrocha au nez.

— Nom d'une pipe, râlai-je en levant les yeux au ciel. Encore un problème à régler.

— Ils ne sont pas super-ravis que je sois là, devina Alice.

— Pas particulièrement, en effet. Mais cela ne les regarde pas.

— Et maintenant ? s'interrogea-t-elle à voix haute. Il faudrait agir... régler les derniers détails.

— Quels détails ?

— Je n'en sais trop rien, temporisa-t-elle, tout à coup. J'ai besoin d'en référer à Carlisle.

Elle n'allait quand même pas m'abandonner si vite ?

— Tu ne peux pas rester encore un peu ? la suppliai-je. Tu m'as tellement manqué.

— Si tu penses que c'est une bonne idée.

Ses yeux trahissaient sa tristesse.

— Oui, oui ! Tu coucherais ici. Charlie serait ravi.

— J'ai une maison.

J'acquiesçai, désappointée mais résignée. Elle me dévisagea, hésitante.

— Laisse-moi au moins aller chercher une valise, murmura-t-elle.

— Alice ! Tu es géniale ! m'écriai-je en me jetant à son cou.

— Il faut aussi que je chasse, précisa-t-elle, tendue. Maintenant.

— Oh, pardon.

Je reculai.

— Tu es capable de ne pas t'attirer d'ennuis pendant une heure ?

Devançant ma réaction, elle leva un doigt et ferma les paupières. Durant quelques secondes, ses traits n'exprimèrent plus rien. Puis elle rouvrit les yeux et répondit à sa propre question.

— Oui, ça va aller. Pour cette nuit en tout cas.

Elle grimaça. Même ainsi, elle était superbe.

— Tu reviens, hein ? demandai-je d'une toute petite voix.

— Promis. Donne-moi juste une heure.

Je jetai un regard à la pendule, ce qui déclencha ses rires. Elle m'embrassa sur la joue ; la minute d'après, elle avait disparu. J'inhalai longuement. Elle serait bientôt de retour. Je me sentais tellement mieux, soudain !

Bon, j'avais tout un tas de choses pour m'occuper en l'attendant. Priorité, une douche. Je reniflai mes aisselles en me déshabillant, ne perçus rien d'autre qu'une odeur marine. Qu'avait voulu dire Alice en m'accusant de sentir bizarre ? Une fois propre, je retournai à la cuisine. Rien n'y indiquait que Charlie avait récemment mangé, il serait sans doute affamé à son arrivée. Je m'activai en chantonnant. Pendant que les restes du ragoût de jeudi tournaient dans le micro-ondes, je préparai le canapé. Alice n'en aurait pas l'usage, mais il faudrait que Charlie le voie. Je prenais soin de ne pas consulter l'horloge – elle avait juré. J'avalai mon dîner sans en sentir le goût, juste la douleur qu'il provoquait dans ma gorge irritée. J'avais très soif – tout le sel qui imprégnait mon corps m'avait déshydratée – et j'absorbai au moins un litre et demi d'eau pendant mon repas. Ensuite, je passai au salon pour attendre devant la télévision.

Alice y était déjà, assise sur le divan. Ses prunelles avaient une couleur caramel.

— Merci ! lança-t-elle en tapotant l'oreiller et en me souriant.

— Tu es là tôt ! m'exclamai-je, enchantée.

Je m'installai à côté d'elle et posai ma tête sur son épaule. Passant un bras froid autour de moi, elle soupira.

— Qu'allons-nous faire de toi, Bella ?

— Aucune idée, reconnus-je. Tu sais, j'ai vraiment essayé.

— Je te crois.

Il y eut un silence.

— Est-ce qu'il... qu'il...

J'inspirai profondément. Il m'était toujours difficile de prononcer son prénom, même si j'arrivais maintenant à le penser.

— Edward est-il au courant de ton voyage ici ?

J'étais obligée de demander. Après tout, c'était ma souffrance, je la gérerais quand Alice serait partie – perspective qui me tordit le ventre.

— Non.

Si c'était vrai, cela ne pouvait signifier qu'une chose.

— Il n'habite pas chez Carlisle et Esmé ?

— Il passe les voir tous les deux ou trois mois.

— Oh.

Il devait sûrement avoir de quoi s'occuper. N'avait-il pas soutenu que ses semblables se laissaient facilement distraire ?

— Tu as parlé d'avion, d'où viens-tu ? m'enquis-je pour changer de sujet.

— J'étais à Denali, en visite chez Tanya.

— Jasper est-il ici ? T'a-t-il accompagné ?

— Non, il s'opposait à ce que je vienne, d'ailleurs. Nous avions promis... (Elle s'interrompit puis enchaîna sur autre chose, soudain soucieuse.) Tu penses que Charlie n'aura rien contre ma présence ?

— Il te trouve merveilleuse, Alice.

— On ne va pas tarder à vérifier si c'est vrai.

Effectivement, quelques secondes plus tard, j'entendis la voiture de patrouille crisser des pneus dans l'allée. Sautant sur mes pieds, je m'empressai d'aller ouvrir la porte. Charlie s'approcha lourdement de la maison, yeux baissés et épaules voûtées. Je m'avançai à sa rencontre. Ce ne fut que lorsque je l'enlaçai qu'il me remarqua. Il me serra très fort.

— Je suis désolée pour Harry, papa.

— Il va me manquer.

— Sue tient le coup ?

— Elle a l'air hébétée, comme si elle n'avait pas encore réalisé. Sam est resté auprès d'elle... Pauvres gosses. Leah n'a qu'un an de plus que toi, et Seth quatorze...

Sans me lâcher, il se dirigea vers la maison. J'avais intérêt à l'avertir maintenant.

— Heu... papa ? Tu ne devineras jamais qui est là.

Il me lança un regard vide, tourna la tête et repéra, garée de l'autre côté de la rue, la Mercedes dont le capot luisait faiblement sous la lumière du porche. Alice apparut au même instant sur le seuil.

— Bonsoir, le salua-t-elle doucement. Désolée d'arriver à un si mauvais moment.

— Alice Cullen ? s'étonna Charlie comme s'il n'en croyait pas ses yeux. C'est bien toi ?

— Oui. J'étais de passage dans les environs.

— Carlisle est-il...

— Non, je suis seule.

Alice et moi avions tout de suite compris qui il avait

en tête en demandant après Carlisle. Il resserra d'ailleurs son étreinte autour de mon épaule.

— Ça ne t'ennuie pas qu'Alice loge chez nous, hein ? Je me suis permis de l'inviter.

— Pas du tout, acquiesça-t-il automatiquement. Ce sera un plaisir.

— Merci, Charlie. Encore une fois, je sais à quel point je tombe mal.

— Ce n'est pas grave. Je risque d'être très occupé dans les prochains jours. Tant mieux si Bella a un peu de compagnie.

— Je t'ai préparé à dîner, signalai-je.

— Super, chérie.

D'une pression de la main, il me remercia avant de disparaître dans la cuisine. Alice regagna le canapé, et je lui emboîtai le pas. Cette fois, ce fut elle qui m'attira contre elle.

— Tu as l'air fatiguée.

— Oui, admis-je. Ça me fait toujours ça, quand je frôle la mort... Alors, quelle est l'opinion de Carlisle à propos de tout ça ?

— Il n'est pas au courant non plus. Lui et Esmé étaient partis chasser. J'aurai des nouvelles d'ici quelques jours, à son retour.

— Mais tu ne lui diras rien... la prochaine fois qu'il passera ?

Elle devina que je ne parlais pas de Carlisle.

— Non. Il m'arracherait la tête.

J'eus un bref éclat de rire, vite remplacé par un soupir.

Je n'avais pas envie de dormir, j'aurais voulu discuter toute la nuit. D'ailleurs, je n'aurais pas dû avoir sommeil, vu que j'avais somnolé tout l'après-midi en compagnie de Jacob. Ma noyade avortée m'avait cependant vidée, et mes yeux se fermaient tout seuls. Tête appuyée contre Alice, je sombrai peu à peu dans une inconscience plus paisible que je n'aurais pu l'espérer.

Je m'éveillai tôt, après une nuit profonde et sans rêve, me sentant reposée, quoique courbatue. Je me trouvais dans le canapé, sous les draps que j'avais préparés pour Alice. J'entendis celle-ci converser avec Charlie, dans la cuisine. Apparemment, mon père s'activait à lui fabriquer un petit déjeuner.

— Ça a été vraiment terrible ? demanda-t-elle dans un souffle.

D'abord, je crus qu'ils parlaient des Clearwater.

— Pis que tu ne l'imagines.

— Racontez-moi. Je veux savoir précisément ce qu'il s'est passé après notre départ.

Il y eut une pause, durant laquelle on ouvrit et referma un placard. J'attendis, sur mes gardes.

— Jamais je n'ai eu l'impression d'être aussi inutile, marmonna Charlie lentement. J'étais paumé. La première semaine, j'ai eu peur de devoir l'hospitaliser. Elle refusait de s'alimenter et de boire, elle était prostrée. Gerandy avançait des mots comme catatonie, je l'ai empêché de l'ausculter. Je craignais que ça ne l'effraie.

— Elle a pourtant fini par sortir de cet état ?

— J'ai demandé à Renée de l'accueillir en Floride. Je ne tenais pas à être celui qui... si elle devait finir dans une clinique ou je ne sais quoi. J'escomptais que la présence de sa mère l'aiderait. J'avais commencé à emballer ses affaires quand elle s'est réveillée de sa transe. Une vraie furie. Je ne l'avais jamais vue dans cet état ! Elle n'est pas du genre colérique, mais là, nom d'un petit bonhomme, elle est devenue enragée, à balancer ses vêtements partout, à hurler que nous n'avions pas le droit de l'obliger à s'en aller, jusqu'à ce qu'elle finisse par éclater en sanglots. Pour moi, c'était une étape décisive, et je n'ai pas insisté pour qu'elle parte... et, au début, elle a paru récupérer...

Il se tut. L'écouter discourir ainsi sur la souffrance que je lui avais infligée était une épreuve.

— Mais...

— Elle est retournée au lycée et au travail ; elle mangeait, dormait, faisait ses devoirs. Elle répondait quand on lui posait une question. N'empêche, elle était... vide. Ses yeux étaient morts. Il y avait aussi certains indices. Elle n'écoutait plus de musique, j'ai trouvé une pile de CD brisés dans la poubelle. Elle ne lisait plus. Elle quittait la pièce quand la télé était allumée, même si elle n'en a jamais été une grande fan. J'ai fini par comprendre... elle évitait tout ce qui était susceptible de raviver le souvenir de... *son* souvenir. Nous pouvions à peine échanger quelques mots. J'avais peur de lâcher une parole malheureuse – elle réagissait à la moindre broutille –, et elle n'entamait pas la conversation, se bornant à réagir si je l'interrogeais. Elle passait son temps seule, elle ne rappelait pas ses amies qui, au bout d'un temps, se sont lassées et n'ont plus téléphoné. C'était la nuit des morts vivants. Je l'entends encore hurler dans son sommeil...

Je le voyais presque frissonner, et je frissonnai moi aussi à l'évocation de cette époque. Il était malin – à aucun moment, je ne l'avais embobiné.

— Je suis tellement désolée, Charlie, marmonna Alice.

— Ce n'est pas *ta* faute, riposta-t-il sur un ton qui

laissait clairement deviner qui il tenait pour responsable. Tu as toujours été une amie très chère pour elle.

— Il me semble qu'elle va mieux, à présent, non ?

— Oui. Depuis qu'elle a commencé à fréquenter Jacob Black, j'ai noté une réelle amélioration. Elle a le visage coloré quand elle rentre à la maison, une lueur dans l'œil. Elle est moins malheureuse. (Il s'interrompit une seconde, puis reprit d'une voix toute différente.) Il est plus jeune qu'elle d'un an environ. J'ai deviné qu'elle ne pensait à lui qu'en tant qu'ami, mais j'ai le sentiment que leurs relations sont passées à quelque chose de plus sérieux. Du moins, ça en prend la direction.

Les intonations presque belliqueuses de Charlie constituaient un avertissement, moins pour Alice que pour celui auquel elle était chargée de transmettre les nouvelles.

— Jake est mature, pour son âge, poursuivit-il, comme sur la défensive. Il a pris soin de son père sur le plan physique comme Bella s'est occupée émotionnellement de sa mère. Ça l'a mûri. Sans compter qu'il n'est pas vilain, il tient ça de sa mère. Il fait vraiment du bien à Bella, tu sais.

— Alors, je suis heureuse qu'il existe, convint Alice.

Charlie poussa un gros soupir, soulagé par l'absence d'objections.

— Je m'avance sûrement un peu, admit-il. Je ne suis sûr de rien... en dépit de Jacob, il arrive parfois que les yeux de Bella... je doute d'avoir saisi l'ampleur de son chagrin, Alice. Tant de souffrance, ce n'est pas normal... ça me fait peur. C'est comme si elle pleurait... un mort.

Sa voix se cassa. Il avait raison. Quelqu'un était mort – *j'étais* morte. Parce que ça avait dépassé la simple perte du plus authentique des amours, pour peu que cela ne suffise pas à tuer quelqu'un d'ailleurs ; ça avait été perdre un avenir, une famille, la vie que j'avais choisie...

— J'ignore si elle s'en remettra un jour, reprit Charlie avec des accents désespérés. Peut-être qu'il n'est pas dans sa nature de guérir d'une telle blessure. Elle a toujours été tellement constante. Elle n'est pas du genre à oublier, ni à changer d'avis.

— En effet.

— Et... tu sais combien je t'apprécie, Alice, et j'ai vu à quel point elle était heureuse de ta visite... ça n'empêche pas que je m'inquiète de ses conséquences.

— Moi aussi, Charlie. Et je ne serais pas venue si j'avais deviné l'ampleur qu'avaient prises les choses. Je suis navrée.

— Ne t'excuse pas. Si ça se trouve, ça lui fera du bien.

— J'espère.

Un long silence suivit, entrecoupé par des raclements de fourchettes sur les assiettes et le léger bruit de Charlie qui mastiquait. Je me demandai où Alice cachait la nourriture qu'elle ne mangeait pas.

— Alice, il faut que je te pose une question, lança soudain Charlie, gêné.

— Allez-y, répondit mon amie sans se départir de son calme.

— Il ne reviendra pas, hein ?

Je perçus la colère que mon père tâchait de dissimuler.

— Il ne se doute même pas que je suis ici, le rassura-t-elle. La dernière fois que je lui ai parlé, il était en Amérique du Sud.

Je me raidis, tendis l'oreille.

— C'est déjà ça, alors, grommela Charlie. J'espère qu'il s'y amuse.

— Je n'en jurerais pas, rétorqua Alice avec, pour la première fois, une certaine sécheresse.

L'un d'eux repoussa sa chaise sans ménagement, et j'en conclus qu'il s'agissait de Charlie. Jamais Alice n'aurait été aussi bruyante. De l'eau coula, rebondissant sur un plat. Vu qu'Edward semblait un sujet clos, je décidai qu'il était temps de me réveiller. Je me retournai en faisant grincer les ressorts du canapé et bâillai sans retenue. Dans la pièce voisine, toute vie se figea. Je m'étirai, gémis.

— Alice ? marmonnai-je en toute innocence.

La raucité dont ma gorge douloureuse colorait ma voix fit très bien dans la mascarade.

— Je suis dans la cuisine, me lança-t-elle.

Rien dans son ton n'indiquait qu'elle était dupe. Quoique... elle aussi était bonne comédienne.

Charlie était obligé de partir, car il allait aider Sue Clearwater à régler l'organisation des obsèques. Sans Alice, la journée aurait été fort longue. Elle ne parla plus de partir, et je ne lui posai pas de questions. Cette échéance était inévitable, mais je la repoussai dans un coin de mon cerveau.

Nous évoquâmes plutôt les membres de la famille Cullen – à l'exception du seul qui comptait vraiment.

Carlisle travaillait de nuit à Ithaca, dans l'État de New York et enseignait à temps partiel dans la prestigieuse université de Cornell. Esmé restaurait une maison du XVIIe siècle, classée monument historique, située dans une forêt au nord de la ville. Emmett et Rosalie s'étaient envolés quelques mois pour l'Europe afin d'y vivre une nouvelle lune de miel ; ils en étaient revenus il y avait peu. Jasper étudiait à Cornell, la philosophie cette fois. Quant à Alice, elle avait mené des recherches personnelles sur ce que je lui avais incidemment dévoilé au printemps précédent. Elle avait retrouvé l'asile où elle avait passé les dernières années de sa vie d'humaine – une époque dont elle n'avait plus souvenance.

— Je m'appelais Mary Alice Brandon, me révéla-t-elle à voix basse. J'avais une sœur prénommée Cynthia. Sa fille, ma nièce, vit toujours. À Biloxi.

— As-tu découvert pour quelles raisons on t'avait enfermée dans... cet endroit ? Ce qui avait poussé tes parents à des mesures aussi drastiques ? Parce que même si leur fille avait des visions prémonitoires...

Elle se contenta de secouer la tête, et ses yeux topaze devinrent pensifs.

— Je n'ai pas appris grand-chose sur eux. J'ai lu tous les vieux journaux disponibles sur microfilms. Ma famille n'y est pas beaucoup mentionnée. Ils n'appartenaient pas à un cercle social susceptible d'intéresser les reporters. J'ai déniché l'avis de fiançailles de mes parents, ainsi que celui de Cynthia. Mon faire-part de naissance... celui de ma mort. J'ai vu ma tombe. J'ai aussi fauché mon dossier dans les archives de l'ancien asile. Ma date d'admission dans l'établissement et celle de ma mort correspondent.

Je ne sus que dire et, au bout de quelques instants, elle changea de sujet.

Les Cullen étaient désormais rassemblés – enfin, presque – et passaient les vacances de Pâques à Denali, chez Tanya et les siens. Je prêtai une oreille trop attentive aux nouvelles, y compris les plus banales. Pas une fois, Alice n'évoqua celui qui m'intéressait le plus, ce dont je lui fus reconnaissante. Il me suffisait d'écouter des histoires de la famille à laquelle j'avais pu, un jour, rêvé d'appartenir.

Charlie ne rentra qu'à la nuit tombée, l'air encore plus éreinté que la veille. Il comptait repartir pour la réserve le lendemain matin, afin d'assister à l'enterrement de Harry. Cette nuit-là encore, je dormis en compagnie d'Alice.

Mon père avait tout d'un étranger quand il descendit l'escalier au petit matin, attifé d'un vieux costume que je ne lui avais encore jamais vu. La veste était ouverte – elle devait être trop étroite maintenant pour qu'il la boutonnât –, et sa cravate était un peu large au regard de la mode actuelle. Il gagna la porte sur la pointe des pieds pour ne pas nous réveiller et, tant Alice que moi fîmes semblant de dormir, moi sur le divan, elle sur le fauteuil de repos.

Dès qu'il fut sorti, elle s'assit. Elle était tout habillée.

— Qu'y a-t-il de prévu au programme, aujourd'hui ? me demanda-t-elle.

— Aucune idée. As-tu entrevu quelque chose d'intéressant ?

— Non, mais il est encore tôt.

Ayant passé l'essentiel de mon temps à La Push, j'avais négligé la maison. Résultat, pas mal de corvées exigeaient d'être rattrapées. Je désirais me rendre utile, effectuer tout ce qui soulagerait Charlie. Il se sentirait peut-être un tout petit peu mieux s'il rentrait dans un logis propre et rangé. Je commençai par la salle de bains, la pièce qui avait le plus besoin de mes services.

Pendant que je m'éreintais, Alice, nonchalamment appuyée contre le battant de la porte, m'interrogea sur mes – nos – camarades de lycée et les changements qui s'étaient produits depuis son déménagement. Elle avait beau ne montrer aucune émotion, je devinai sa désapprobation devant la maigreur de ce que j'étais capable de lui rapporter. Ou alors, c'était juste que je me sentais coupable d'avoir espionné sa conversation avec mon père, la veille.

J'étais (littéralement) dans le détergent jusqu'aux coudes, à frotter le carrelage, quand on sonna. Je relevai aussitôt la tête vers Alice, qui affichait une expression perplexe, voire inquiète, ce qui était pour le moins bizarre. Elle n'était jamais prise au dépourvu.

— Un instant ! criai-je à la cantonade avant de me précipiter sur le lavabo pour me rincer les mains.

— Bella, lança Alice, passablement agacée, j'ai une assez bonne idée de l'identité de ton visiteur. Il vaudrait mieux que je sorte.

— Une *assez bonne* idée ? répétai-je.

Depuis quand Alice n'était-elle plus certaine de ses visions ?

— Pour peu que je répète ma stupide erreur d'hier, il se pourrait que ce soit Jacob Black... ou l'un de ses amis.

— Tu ne peux pas *voir* les loups-garous ?

— J'en ai bien peur.

Ce qui, apparemment, l'irritait au plus haut point. La sonnette retentit une deuxième fois, impatiente.

— Ne t'en va pas, Alice. Tu étais ici la première.

Elle éclata de son petit rire argentin, derrière lequel je discernai cependant une forme de nervosité.

— Crois-moi, ce ne serait pas une bonne idée que Jacob Black et moi-même nous retrouvions dans la même pièce.

Elle m'embrassa rapidement sur la joue puis s'éclipsa dans la chambre de Charlie et, de là, sans aucun doute, par la fenêtre.

En bas, la sonnette carillonnait.

18

◆

L'ENTERREMENT

Je dégringolai les marches et ouvris la porte en grand.

Comme de bien entendu, c'était Jacob. Alice était peut-être aveugle, elle n'en restait pas moins futée. Si ce n'est qu'il avait reculé à environ deux mètres du seuil et fronçait le nez d'un air écœuré, son visage était lisse comme un masque. Cette apparence ne me trompa pas – ses mains tremblaient légèrement. L'hostilité qui émanait de lui roulait comme une houle, me ramenant au jour horrible où il m'avait préféré Sam. Mon instinct de défense prit le dessus, et je tendis le menton en avant, prête à lutter.

Le long du trottoir, la Golf tournait au ralenti. Jared était au volant, Embry sur le siège passager. Je compris. Ils avaient eu peur de le laisser venir seul, ce qui m'attrista et m'agaça un peu aussi. Les Cullen n'étaient pas ce qu'ils croyaient trop facilement.

— Salut ! finis-je par lancer, vu qu'il ne disait rien.

Il pinça les lèvres, ne se rapprocha pas. Ses yeux balayèrent la façade de la maison.

— Elle n'est pas là, grondai-je. Tu veux quoi ?

Il hésita.

— Tu es seule ?

— Oui, soupirai-je.

— Je peux te parler un instant ?

— Évidemment, Jacob ! Entre.

Il jeta un coup d'œil par-dessus son épaule. Embry secoua la tête dans un geste presque imperceptible. J'ignore pourquoi, mais cela me rendit folle de rage.

— Espèce de trouillard ! marmonnai-je entre mes dents.

Jake se tourna vivement vers moi, et ses épais sourcils noirs formèrent un angle furibond au-dessus de ses prunelles enfoncées. Il serra la mâchoire et, raide comme un piquet, remonta l'allée au pas de charge et me bouscula pour pénétrer dans le couloir. De mon côté, je vrillai mon regard sur celui de Jared et d'Embry qui me toisaient avec hostilité. Croyaient-ils vraiment que je laisserais Alice faire du mal à Jacob ? Je leur claquai la porte au nez. Derrière moi, Jake contemplait les couvertures en désordre dans le salon.

— Tu as organisé une soirée pyjama ? demanda-t-il, mauvais.

— Exact, ripostai-je sur le même ton. Ça te pose un problème ?

Son comportement m'horripilait. Une fois encore, il fronça le nez, comme s'il sentait une odeur déplaisante.

— Où est ton « amie » ?

Les guillemets étaient audibles.

— Elle est sortie. Qu'est-ce que tu veux, Jacob ?

Il était sur le qui-vive, ses longs bras secoués de tremblements. Sans répondre à ma question, il fila dans la
cuisine, les yeux en alerte. Je l'y suivis. Il se mit à arpenter la pièce comme un animal pris au piège.

— Hé ! lançai-je en me mettant sur son chemin.
Qu'est-ce que tu as ?

— Ça ne me plaît pas d'être ici.

— Alors, je suis navrée que tu aies dû venir, répliquai-je, piquée au vif. Dis-moi donc ce qui t'amène et
sauve-toi.

— J'ai juste une ou deux questions à te poser. Il faut
que nous repartions. Pour l'enterrement.

— Bien. Alors, inutile de perdre du temps. Vas-y.

J'en rajoutais sans doute un peu dans l'antagonisme,
mais c'était une façon de lui cacher à quel point j'étais
blessée par son attitude. Même si je me montrais injuste
– après tout, je lui avais préféré la « buveuse de sang »,
deux soirs plus tôt. J'avais dégainé la première. Il inspira profondément, ses doigts se calmèrent soudain et
son visage affecta la sérénité.

— Un membre de la famille Cullen habite chez toi.

— Oui. Alice.

— Elle compte rester longtemps ?

— Aussi longtemps qu'elle le souhaitera.

— À ton avis, tu pourrais... s'il te plaît... lui expliquer
la situation ? Au sujet de l'autre... de Victoria ?

Je pâlis.

— Je lui en ai déjà parlé.

— Il faut que tu saches que nous ne pouvons surveiller que nos terres, maintenant qu'un Cullen est ici.

Tu ne seras en sécurité qu'à La Push. Je ne suis plus en mesure de te protéger ici.

— Compris, murmurai-je.

Il tourna la tête vers les fenêtres de derrière. N'ajouta rien.

— C'est tout ?

— Une dernière chose, précisa-t-il sans me regarder. J'attendis, rien ne vint.

— Oui ? le poussai-je.

— Le reste de la famille a l'intention de rappliquer aussi ?

Sa voix était devenue froide et basse, et elle me rappela le comportement toujours si maîtrisé de Sam. Jacob lui ressemblait de plus en plus... Pourquoi cela m'ennuyait-il autant ? Ce fut à mon tour de garder le silence, et il fut contraint de me dévisager, les yeux interrogateurs.

— Non, finis-je par répondre, de mauvaise grâce. Son expression ne se modifia pas.

— Bien. J'ai fini.

Je le toisai, mon irritation ranimée.

— Alors, file. Va rapporter à Sam que les vilains monstres ne viendront pas vous manger.

— Bien, répéta-t-il, toujours aussi calme.

Sur ce, il sortit à grands pas de la pièce. Je guettai le bruit de la porte – rien. En revanche, j'entendais parfaitement la pendule qui, sur la cheminée, égrenait ses minutes. Je m'émerveillai une fois de plus de sa discrétion.

Quel désastre ! Comment m'étais-je débrouillée pour qu'il devînt mon ennemi aussi vite ? Et quel ennemi ! Me pardonnerait-il, quand Alice serait partie ? Dans le cas contraire, le supporterais-je ? Je m'adossai à un placard, enfouis mon visage dans mes mains. Comment avais-je réussi à tout gâcher ? Mais qu'aurais-je pu faire d'autre ? Même avec du recul, je ne voyais pas meilleure façon d'agir. Les dégâts étaient inévitables.

— Bella...

C'était lui. La voix cassée. Je relevai la tête, le découvris qui hésitait sur le seuil de la cuisine. Contrairement à ce que j'avais cru, il ne s'en était pas allé. Remarquant brusquement des gouttes cristallines sur mes doigts, je me rendis compte que je pleurais. La froideur de Jacob avait cédé la place à l'anxiété et au malaise. Il revint rapidement vers moi et se baissa de façon à ce que nos yeux soient à la même hauteur.

— J'ai recommencé, hein ? murmura-t-il.

— Quoi ? marmonnai-je entre deux sanglots.

— J'ai trahi ma promesse. Désolé.

— Pas grave. C'est moi qui ai ouvert les hostilités, cette fois.

— Je connaissais ton amitié pour eux, avoua-t-il, en grimaçant. Je n'aurais pas dû être aussi surpris.

Sa révulsion était palpable. J'aurais voulu lui expliquer ce qu'Alice était en réalité, la défendre contre ses préjugés – quelque chose m'avertit que ce n'était pas le bon moment.

— Je suis navrée, me contentai-je donc de marmonner.

— Ne nous angoissons pas inutilement, d'accord ? Ce n'est qu'une petite visite. Elle finira par partir, et tout redeviendra normal. Non ?

— Il est donc impossible que je sois amie avec vous deux en même temps ?

Cette fois, je n'avais pas tenté de dissimuler ma peine. Il secoua lentement la tête.

— Non, je ne crois pas.

Je reniflai, détournai mon regard du sien.

— Tu attendras, hein ? Tu restes mon ami, bien que j'aime aussi Alice ?

Il ne répondit pas immédiatement, et je n'osai relever la tête, par peur de ce que je risquais de lire sur son visage. C'était sans doute aussi bien.

— Oui, bougonna-t-il enfin, je serai toujours ton ami, qui que tu aimes.

— Juré ?

— Juré.

Je sentis ses bras se refermer sur moi et me laissai aller contre son torse.

— C'est vraiment nul, me lamentai-je.

— Oui, reconnut-il en reniflant mes cheveux. Beurk.

— Quoi ? me rebellai-je en m'écartant brusquement. Pourquoi tout le monde ne cesse-t-il de me humer ? Je ne sens pas mauvais !

— Si, avoua-t-il avec un pauvre sourire. Tu as *leur* parfum. Sucré, trop sucré. Et... glacial. Il me brûle le nez.

— Ah bon ?

C'était étrange. L'arôme que dégageait Alice était divin. Pour un humain en tout cas.

— Mais pourquoi Alice estime-t-elle que je pue, elle aussi ?

Ma question effaça son sourire.

— Euh... si ça se trouve, mon odeur la répugne également.

— En tout cas, la tienne comme la sienne me vont, décrétai-je en me blottissant de nouveau contre lui.

Il me manquerait terriblement quand il franchirait la porte de la maison. C'était un cercle vicieux. D'un côté, j'aurais voulu qu'Alice reste pour toujours – lorsqu'elle partirait, j'en mourrais, métaphoriquement parlant ; de l'autre, comment allais-je m'en sortir si j'étais privée de Jake ? Quel bazar...

— Tu vas me manquer aussi, chuchota Jacob, comme s'il avait lu dans mes pensées. À chaque instant. J'espère qu'elle s'en ira bientôt.

— Ça pourrait se passer autrement, tu sais.

— Non, soupira-t-il. Tu l'aimes. Alors, vaut mieux que je ne m'en approche pas. Je ne suis pas sûr d'être assez équilibré pour le supporter. Sam serait furieux que je rompe le traité, et toi, tu n'apprécierais sûrement pas que je la tue.

Je tentai de me dégager, horrifiée par ses paroles, mais il me retint.

— Inutile de se voiler la face, Bella, continua-t-il. C'est la triste vérité.

— Elle me rend malade.

Sa grande main brune souleva mon menton pour m'obliger à le regarder.

— Oui, c'était plus simple quand nous étions tous deux humains, n'est-ce pas ?

Je poussai un long soupir. Nous nous dévisageâmes un long moment. Sa peau brûlait la mienne. Je devinais que mes traits n'exprimaient qu'une insondable tristesse. Je n'avais pas envie de dire au revoir, aussi courte dût être notre séparation. Lui aussi semblait mélancolique. Soudain, il lâcha ma taille, et ses doigts effleurèrent ma joue ; ils tremblaient, mais plus de rage. Il emprisonna ma figure entre ses paumes incandescentes.

— Bella, murmura-t-il.

Je me figeai. Non ! Je n'avais pas encore pris de décision. Je ne savais pas si j'en étais capable et, pour l'instant, je n'étais pas en état d'y réfléchir. Cependant, le rejeter maintenant aurait eu de graves conséquences. Je l'observai. Il n'était pas *mon* Jacob, même s'il pouvait l'être. Ses traits m'étaient familiers, je les aimais. De bien des façons d'ailleurs, je l'aimais. Il était mon réconfort, le port où m'ancrer. En cet instant, j'étais en mesure de choisir qu'il fût à moi. Alice était revenue, certes – cela ne changeait rien. Mon véritable amour, je l'avais perdu à jamais. Mon prince ne réapparaîtrait pas pour m'embrasser et me sortir de mon sommeil enchanté. Je n'étais d'ailleurs pas une princesse. Que disait le protocole des contes de fées à propos des autres baisers ? De ceux qui, ordinaires, ne brisaient pas les envoûtements ? Ce serait peut-être plus facile : tenir sa main, sentir ses bras autour de moi. Ce serait peut-être agréable. Ça n'aurait peut-être pas l'air d'une trahison. Et puis, qui trahissais-je, sinon moi-même ?

Sans me quitter des yeux, Jacob se pencha vers moi, et je n'avais toujours rien décidé.

La sonnerie stridente du téléphone nous fit sursauter, mais elle n'interrompit pas son geste. La main qui soutenait mon menton se tendit pour attraper l'appareil, tandis que l'autre restait collée à ma joue. Ses prunelles noires ne dévièrent pas des miennes. Trop confuse pour réagir, je ne profitai pas de cette diversion.

— Maison Swan ? dit Jacob de sa voix sourde et intense.

Son interlocuteur parla, et le visage de Jake se transforma en une seconde. Se redressant, il me lâcha, ses prunelles perdirent leur éclat, son visage pâlit. J'aurais parié le peu qu'il restait de mes économies qu'il s'agissait d'Alice. Me reprenant, je voulus lui arracher le combiné. Il m'ignora.

— Il est absent, lâcha Jacob sur un ton presque menaçant.

Il y eut une brève réponse, apparemment une demande de renseignements plus précis, car il ajouta avec réticence :

— Il est à l'enterrement.

Sur ce il coupa la communication.

— Sales buveurs de sang ! grommela-t-il en se retournant vers moi, le masque revêche de nouveau en place.

— Qui était-ce ? m'écriai-je, furieuse. On ne raccroche pas comme ça au nez des gens ! Chez *moi* ! Avec *mon* téléphone !

— Du calme ! C'est lui qui a raccroché le premier.

— Lui ? Qui donc ?

— Le *docteur* Carlisle Cullen, répliqua-t-il en insistant sur le titre, moqueur.

— Pourquoi m'as-tu empêchée de lui parler ?

— Il n'a pas demandé après toi, riposta-t-il, froid et comme dénué d'émotions (ce que contredisaient ses mains, qui s'étaient remises à trembler). Il voulait seulement savoir où se trouvait Charlie, et je l'ai renseigné. Je n'ai pas l'impression d'avoir été impoli.

— Écoute-moi un peu, Jacob Black...

Sauf que, apparemment, il ne m'écoutait pas du tout. Il jeta un brusque coup d'œil derrière lui, comme si quelqu'un l'avait appelé de la pièce voisine. Il écarquilla les yeux, se raidit ; son corps s'agita. Automatiquement, je tendis l'oreille – en vain.

— Salut, Bella, cracha-t-il soudain en fonçant vers la porte d'entrée.

— Que se passe-t-il ? criai-je en courant après lui.

Il stoppa net, poussa un juron, et je le heurtai de plein

fouet. Il pivota sur ses talons, me bousculant au passage. Je vacillai, tombai par terre, mes jambes emmêlées dans les siennes.

— Hé, aïe ! protestai-je alors qu'il se dégageait promptement.

Il fila en direction de la porte de derrière et, une fois de plus, s'arrêta aussi sec. Alice se tenait immobile, au pied de l'escalier.

— Bella ! haleta-t-elle.

Me remettant debout, je la rejoignis en tanguant. Ses pupilles étaient voilées, lointaines, sa peau encore plus blême que d'ordinaire. Elle semblait secouée par une agitation intérieure.

— Qu'y a-t-il ? m'exclamai-je en posant mes paumes sur sa figure pour essayer de la calmer.

Brusquement, ses yeux plongèrent dans les miens, agrandis par le chagrin.

— Edward ! chuchota-t-elle.

Mon corps réagit plus vite que mon esprit. D'abord, je ne compris pas pourquoi la pièce tournoyait ni d'où venait le rugissement creux qui emplissait mes tympans. Mon cerveau s'activait pour tâcher de saisir ce qui reliait le visage vide d'Alice à Edward, cependant que mon enveloppe charnelle cherchait déjà le réconfort de l'inconscience pour m'éviter la réalité. L'escalier bascula en prenant une inclinaison bizarre.

Tout à coup, la voix furieuse de Jacob résonna à mon oreille, y déversant un flot de grossièretés, ce qui me choqua vaguement. Ses nouveaux amis avaient une influence déplorable sur lui. Je me retrouvai sur le canapé sans savoir comment j'y étais arrivée, Jake continuait de jurer. J'avais l'impression d'un tremblement de terre, le divan s'agitait sous mon dos.

— Que lui as-tu fait ? brailla-t-il.

Alice ne daigna pas relever.

— Bella ? m'implora-t-elle. Reviens à toi, Bella ! Nous n'avons pas de temps à perdre.

— Recule ! lui ordonna Jake.

— Calme-toi, Jacob Black, lui riposta-t-elle. Épargne-lui ça, s'il te plaît.

— Je pense réussir à me contrôler, rétorqua-t-il, un peu douché cependant.

— Alice ? murmurai-je faiblement. Que s'est-il passé ?

— Je n'en ai aucune idée. À quoi pensait-il ?

Je réussis à m'asseoir et luttai contre le vertige. Jacob me soutenait, c'était lui qui tremblait, pas le sofa. Il fallait que j'apprenne ce qui s'était produit, même si je n'y tenais pas tellement. Alice tirait un petit mobile argenté de son sac quand je me tournai vers elle. Ses doigts composèrent le numéro si rapidement qu'ils étaient à peine visibles.

— Rose ? lança-t-elle sèchement. Il faut que je parle à Carlisle. Tout de suite. Très bien, dès son retour, alors. Non, je serai bientôt dans l'avion. Dis-moi, tu as des nouvelles d'Edward ?

Elle s'interrompit, écoutant sa sœur, une expression de plus en plus consternée sur le visage. Elle lâcha un petit « oh ! » horrifié, et sa main vacilla.

— Pourquoi ? reprit-elle. Pourquoi as-tu fait ça, Rosalie ?

La réponse l'amena à serrer la mâchoire. Un éclat de colère envahit ses yeux.

— Eh bien, tu as eu tort à tout point de vue, Rosalie. Ce qui nous pose un problème, tu ne crois pas ? Oui, je te le confirme, elle se porte comme un charme.

Je m'étais trompée... c'est une longue histoire... tu as tout faux là-dessus aussi, figure-toi, d'où mon appel... oui, c'est exactement ce que j'ai vu.

Elle s'exprimait d'une voix très dure, et ses lèvres étaient retroussées sur ses dents.

— C'est un peu tard, Rosalie. Garde tes regrets pour quelqu'un qui acceptera de les gober.

Elle coupa la communication avec hargne. Quand elle me regarda, ses prunelles étaient affreusement tristes.

— Alice, me jetai-je à l'eau – je ne pouvais la laisser parler la première, par peur qu'elle détruise ce qu'il restait de ma vie –, Alice, Carlisle est revenu, il vient juste d'appeler, et...

— Il y a longtemps ? demanda-t-elle froidement.

— Trente secondes avant ton arrivée.

— Qu'a-t-il dit ?

— Ce n'est pas moi qui l'ai eu.

Alice posa son regard pénétrant sur Jacob, qui flancha mais n'en resta pas moins à mon côté. Il s'assit, maladroit, comme s'il voulait m'offrir un rempart de son corps.

— Il a demandé Charlie, et je lui ai répondu qu'il était absent, grommela-t-il.

— Rien d'autre ? insista Alice sur un ton glacial.

— Il m'a raccroché au nez ! balança Jacob avec vigueur.

Un frisson agita sa colonne vertébrale, et moi avec.

— Tu lui as dit que Charlie était à l'enterrement, lui rappelai-je.

— Quels ont été ses mots exacts ? me demanda vivement Alice.

— « Il n'est pas là », citai-je. Et ensuite : « À l'enterrement ».

Poussant un gémissement, Alice tomba à genoux.

— Qu'y a-t-il ? chuchotai-je.

— Ce n'était pas Carlisle, au bout du fil.

— Tu me traites de menteur ? se hérissa aussitôt
Jacob.

— C'était Edward, poursuivit-elle sans relever. Il
croit que tu es morte.

Mon cerveau se remit en marche. Ce n'étaient pas là
les mots que j'avais eu peur d'entendre, et le soulagement m'éclaircissait les idées.

— Rosalie lui a annoncé que je m'étais suicidée, c'est
ça ? soupirai-je en me détendant.

— Oui. Pour sa défense, elle le croyait aussi. Ils font
beaucoup trop confiance à mes visions, bien qu'elles ne
fonctionnent pas très bien. Mais penser qu'elle a osé le
chercher partout afin de lui balancer la nouvelle ! Elle
ne se rendait pas compte que... elle se moquait...

Horrifiée, elle se tut.

— Et lorsque Edward a téléphoné ici, il a pensé que
Jake parlait de *mon* enterrement.

Savoir que j'avais été à deux doigts de l'entendre était
douloureux. J'enfonçai mes ongles dans le bras de
Jacob, qui ne broncha pas.

— Ça ne te bouleverse pas ? s'étonna doucement
Alice.

— Disons que c'est un malentendu agaçant, mais
tout finira par s'arranger. La prochaine fois qu'il appel-
lera, quelqu'un lui apprendra ce... qui...

Je m'interrompis – le regard d'Alice avait étranglé les
mots dans ma gorge. Pourquoi paraissait-elle aussi affo-
lée ? Pourquoi son visage était-il tordu par l'horreur et

la compassion ? Que venait-elle de dire à Rosalie, au téléphone ? Quelque chose à propos de ce qu'elle avait vu... et une allusion aux regrets de sa sœur. Or, Rosalie n'éprouverait jamais de remords à mon égard, quoi qu'il pût m'arriver. En revanche, avoir blessé sa famille, son frère...

— Bella, murmura Alice, Edward ne rappellera pas. Il l'a crue.

« Et alors ? » répondis-je avec les lèvres, car j'étais hors d'état de m'exprimer à voix haute tant j'étouffais.

— Il s'apprête à partir en Italie, précisa-t-elle.

Il ne me fallut qu'un battement de cils pour comprendre ce que cela impliquait. Le ténor d'Edward résonna dans ma tête, et ce n'était plus la parfaite imitation de mes hallucinations auditives, juste les pauvres intonations qu'était capable de produire ma mémoire. Les mots cependant furent suffisants pour déchirer ma poitrine et la laisser de nouveau béante. Des mots d'une autre époque, celle où j'avais été prête à parier tout ce que je possédais (ou pourrais emprunter) qu'il m'aimait. « Il était évident que je ne comptais pas vivre sans toi ! m'avait-il révélé tandis que nous regardions mourir Roméo et Juliette, dans cette même pièce. Mon seul problème, c'était la façon dont j'allais m'y prendre... Inutile d'espérer l'aide d'Emmett ou de Jasper... Alors, j'ai songé à me rendre en Italie pour provoquer les Volturi... On n'irrite pas les Volturi... Sauf à souhaiter mourir... »

Sauf à souhaiter mourir...

— NON !

Mon cri retentit si fort, après la discussion à voix basse qui avait précédé, que nous tressaillîmes tous les trois. Le sang me monta au visage quand je saisis quelle vision avait eue Alice.

— Non ! Non, non, non ! Il n'a pas le droit !

— Il a pris sa décision dès que ton ami a confirmé qu'il était trop tard pour te sauver.

— Mais... c'est lui qui m'a quittée ! Il ne voulait plus de moi. Quelle différence cela fait-il, maintenant ? Il savait bien que je finirais par mourir un jour !

— À mon avis, il n'a jamais envisagé de te survivre très longtemps.

— Quel culot ! piaillai-je.

Je m'étais levée, et Jacob m'imita, essayant de se glisser entre Alice et moi.

— Oh, tire-toi de mon chemin, Jake ! m'impatientai-je en repoussant son corps agité de soubresauts. Que faut-il que nous fassions ? ajoutai-je à l'intention d'Alice. Il y a forcément une solution. Pourrions-nous le contacter ? Ou Carlisle ?

— Ça a été mon premier réflexe. Edward a abandonné son mobile dans une poubelle de Rio, c'est quelqu'un d'autre qui a décroché.

— Mais tu as dit que nous n'avions pas de temps à perdre. À quoi songeais-tu ?

— Bella... je... je ne suis pas certaine que je puisse te demander ça.

— Si !

Elle plaça ses mains sur mes épaules pour m'empêcher de tourner en rond.

— Il est peut-être déjà trop tard, reprit-elle. Je l'ai vu aller chez les Volturi... et leur demander de mourir.

Je fus soudain aveuglée par des larmes que j'essuyai vivement.

— Tout dépend du moyen qu'ils choisiront,

enchaîna-t-elle. Je ne verrai rien tant qu'ils n'auront pas arrêté leur décision. S'ils refusent, et c'est encore possible car Aro adore Carlisle et ne désire sans doute pas l'offenser, Edward a un plan B. Ils sont très protecteurs envers leur ville. Donc Edward compte se rendre coupable d'un acte susceptible d'en troubler la paix, espérant ainsi les obliger à réagir. Il a raison, ils tenteront sûrement de l'en empêcher.

Je la fusillai du regard, frustrée. Pour l'instant, elle ne m'avait donné aucune raison qui expliquât pourquoi nous étions encore ici.

— S'ils acquiescent à sa demande, enchaîna-t-elle, nous arriverons trop tard. S'ils refusent et qu'il met en pratique son projet, nous arriverons trop tard aussi. Sauf s'il cède à ses tendances théâtrales... ça devrait nous donner un peu de répit.

— Alors, fonçons !

— Écoute, Bella ! Que nous soyons là-bas à temps ou non, nous allons nous retrouver au cœur du territoire des Volturi. S'il réussit, je serai considérée comme sa complice. Toi, tu seras une humaine qui non seulement en sait trop, mais une qui sent trop bon aussi. Il y a de très fortes chances pour qu'ils nous éliminent tous les trois, même si pour toi ce sera moins une punition qu'un dîner fin.

— Et c'est pour ça que nous traînons ? m'écriai-je, ahurie. Si tu as la frousse, j'irai seule, ajoutai-je en comptant mentalement l'argent qu'il me restait et en me demandant si elle serait d'accord pour me prêter ce qui manquerait.

— Je n'ai peur que d'une chose, c'est que tu sois tuée.

— Je manque de mourir quasi quotidiennement, répliquai-je. Et maintenant, dis-moi ce que je dois faire !

— Tu vas écrire un mot à Charlie pendant que je joins les compagnies aériennes.

— Charlie !

Si ma présence ne le protégeait en rien, je ne pouvais décemment pas le laisser seul pour affronter...

— Je veillerai sur lui, gronda Jacob, furibond. Et tant pis pour ce traité !

Je levai les yeux sur lui ; il se renfrogna en découvrant mon air paniqué.

— Dépêche, Bella ! me lança Alice.

Je courus dans la cuisine, ouvrant les tiroirs à la volée et les renversant par terre pour y trouver un stylo. Une main brune et lisse m'en tendit un.

— Merci, marmottai-je en retirant le bouchon avec mes dents.

Sans mot dire, il me donna également le calepin sur lequel nous notions les messages téléphoniques. J'arrachai la première page et la balançai sur le sol. *Papa,* écrivis-je, *je suis avec Alice. Edward a des ennuis. Tu me puniras à mon retour. Je sais que ce n'est pas le bon moment. Désolée. Je t'aime tant. Bella.*

— Ne pars pas ! me chuchota Jacob.

Toute trace de fureur l'avait déserté, maintenant qu'Alice n'était plus en vue. Il était exclu que je perde une seule minute à me disputer avec lui.

— S'il te plaît, je t'en supplie, prends soin de Charlie.

Je filai dans le salon. Alice m'y attendait, son sac sur l'épaule.

— Prends ton portefeuille, tu auras besoin d'une pièce d'identité. Et ne me dis pas que tu n'as pas de passeport. Je n'ai absolument pas le temps de t'en fabriquer un faux.

Hochant la tête, je grimpai les marches quatre à quatre, genoux tremblants. Par bonheur, ma mère avait désiré se marier avec Phil sur une plage mexicaine. Comme tous ses projets, celui-là avait naturellement échoué. Pas avant que je me sois occupée de toutes les démarches administratives, cependant.

Je déboulai dans ma chambre, où je fourrai mon passeport, un T-shirt et un pantalon de survêtement propres de même que ma brosse à dents au fond d'un sac à dos, puis je regagnai le rez-de-chaussée à toute vitesse. L'impression de déjà-vu était presque suffocante, à ce stade. Au moins, contrairement à la dernière fois, quand je m'étais sauvée pour fuir des vampires assoiffés, pas pour me jeter dans leurs bras, je n'aurais à faire d'adieux à personne.

Jacob et Alice étaient figés dans une espèce de confrontation sur le seuil de la maison, si loin l'un de l'autre qu'on aurait pu croire qu'ils discutaient au premier abord. Ni lui ni elle ne parut prendre conscience de mon retour, pourtant bruyant. Jacob était en pleine accusation.

— Vous savez peut-être vous contrôler à l'occasion, mais les sangsues auxquelles tu la conduis…

— C'est ça, espèce d'animal ! Les Volturi sont l'essence même de notre espèce. C'est à cause d'eux que tes poils se dressent quand tu me sens. Ils sont la substance de tes cauchemars, la peur qui se dissimule derrière tes instincts. Je ne suis pas complètement folle, va !

— Et tu la leur apportes comme une bouteille de bon vin à une fête ? rugit-il.

— Tu estimes qu'il vaudrait mieux pour elle que je l'abandonne ici pendant que Victoria la traque ?

— Nous sommes capables de lui régler son compte.

— Alors pourquoi ne l'avez-vous pas encore fait ?

Jacob gronda, et un frisson agita sa poitrine.

— Arrêtez ! hurlai-je, furieuse. Vous réglerez ça à notre retour. Allons-y !

Alice fila à sa voiture avec une telle rapidité qu'elle en devint invisible. Je lui emboîtai le pas, m'arrêtant mécaniquement pour verrouiller la porte. Jacob posa une main frémissante sur mon bras.

— Je t'en prie, Bella, je t'en supplie.

Ses yeux noirs brillaient de larmes. Une boule se forma dans ma gorge.

— Jake, il *faut* que...

— Non. Tu n'es pas obligée. Tu pourrais rester ici avec moi. Tu pourrais rester vivante. Pour Charlie. Pour moi.

Le moteur de la Mercedes gronda quand Alice appuya impatiemment sur l'accélérateur. Je secouai la tête. Quand je me dégageai de son emprise, Jake ne fit rien pour m'en empêcher.

— Ne meurs pas, Bella, balbutia-t-il. Ne pars pas. Ne pars pas.

Le reverrais-je jamais ? Cette pensée m'arracha un sanglot, et je l'enlaçai violemment, trop brièvement néanmoins, enfouissant mon visage humide contre son torse. Sa grande paume se posa sur ma nuque, comme pour me retenir.

— Au revoir, Jake.

J'ôtai sa main de mon cou, l'embrassai.

— Désolée, ajoutai-je sans réussir à affronter ses prunelles.

Tournant les talons, je courus jusqu'à la voiture. La portière passager était déjà ouverte. Je jetai mon sac sur la banquette arrière et m'installai sur mon siège en la claquant derrière moi. « Prends soin de Charlie ! » voulus-je crier à Jacob, mais il avait déjà disparu. Alice mit les gaz et, les pneus crissant sur l'asphalte en émettant un hurlement d'humain, fit demi-tour. J'eus le temps de repérer un objet blanc près de la lisière. Un morceau de chaussure.

19

LA COURSE

Nous attrapâmes notre vol de justesse, puis la vraie torture commença. L'avion patientait sur le tarmac, cependant que les hôtesses arpentaient (d'une démarche bien trop nonchalante à mon goût) les allées et s'assuraient que les sacs rentraient bien dans les compartiments à bagages. Dans l'embrasure du cockpit, les pilotes bavardaient avec elles dès qu'ils en avaient l'opportunité. Alice me tenait par le coude d'une poigne de fer, tandis que je bondissais anxieusement sur mon siège.

— C'est quand même plus rapide que courir, me rappela-t-elle à voix basse.

Je me bornai à acquiescer sans cesser de trépigner.

Enfin, l'appareil s'éloigna paresseusement du couloir d'embarquement et prit de la vitesse avec une persistance qui ne fit qu'accroître mon angoisse. Si j'espérais un quelconque soulagement au décollage, j'en fus pour mes frais – mon impatience ne diminua en rien.

Alice s'empara du téléphone accroché au siège devant elle avant même la fin de notre ascension et tourna le dos à l'hôtesse qui la toisait avec désapprobation. Cette dernière n'osa cependant venir protester – quelque chose dans mon expression l'arrêta sans doute. Je m'efforçai de ne pas écouter la conversation qu'Alice avait avec Jasper, mais des bribes de mots me parvinrent malgré moi.

— Je n'en suis pas sûre, je n'arrête pas de voir différentes choses, ce qui signifie qu'il passe son temps à changer d'avis... une série de meurtres dans la ville, s'en prendre à la garde, soulever une voiture au-dessus de sa tête sur la place principale... tous types d'actions qui l'exposeraient. Il sait que la meilleure façon d'obtenir une réaction... non, c'est impossible, dit-elle soudain en baissant le ton au point que je n'entendis plus rien, bien que je fusse à côté d'elle. (Par esprit de contradiction, je tendis l'oreille.) Dis à Emmett que non... Eh bien, rattrape Emmett et Rosalie et retiens-les... Réfléchis deux minutes, Jasper. S'il aperçoit l'un de nous, comment crois-tu qu'il réagira ? Exactement (Elle hocha la tête.) Pour moi, Bella est notre seule chance... s'il y en a une... Je ferai le maximum, mais débrouille-toi pour préparer Carlisle : les dieux ne sont pas avec nous.

Elle s'interrompit soudain pour rire, et sa voix se fêla.

— J'y ai pensé, reprit-elle. Oui, je te le promets... Ne me suis pas, je t'en prie. Je te le jure, Jasper. D'une façon ou d'une autre, je m'en sortirai... je t'aime.

Elle raccrocha, se renfonça dans son fauteuil et ferma les yeux.

— Je déteste avoir à lui mentir, soupira-t-elle.

— Je ne comprends pas. Raconte-moi. Pourquoi as-tu demandé à Jasper d'arrêter Emmett ? Pourquoi ne peuvent-ils pas venir nous aider ?

— Pour deux raisons, chuchota-t-elle en gardant les paupières closes. La première, je la lui ai dite. Il serait envisageable d'essayer quelque chose par nous-mêmes. Si Emmett mettait la main sur lui, nous réussirions sans doute à le retenir assez longtemps pour lui prouver que tu es toujours vivante. Malheureusement, nous ne sommes pas en mesure de surprendre Edward. S'il devine que nous arrivons, il agira d'autant plus vite. Il balancera une Buick dans un mur, ou un truc de ce genre-là, et les Volturi le réduiront en bouillie. Et ça, c'est bien sûr la deuxième raison, celle que je ne pouvais décemment confier à Jasper. Parce que si les Cullen sont là-bas, et que les Volturi tuent Edward, ce sera la guerre.

Brusquement, elle rouvrit les yeux et m'observa d'un air implorant.

— S'il existait la moindre chance que nous l'emportions, continua-t-elle, ça aurait sans doute été différent. Mais nous ne vaincrons pas, Bella. Et je refuse de perdre Jasper de cette façon.

Je compris alors pourquoi elle me suppliait presque. Elle protégeait Jasper à nos dépens, et à ceux d'Edward également, peut-être. Forcément, cette attitude trouvait des échos en moi. J'acquiesçai, afin de lui montrer que je ne lui en voulais pas.

— Edward ne t'aura-t-il pas entendue ? observai-je cependant. Il devrait être au courant que je suis vivante, s'il a espionné ton esprit. À quoi bon tout ça, alors ?

Ce qui ne justifiait en rien l'attitude d'Edward. J'étais toujours aussi ébahie qu'il ait réagi aussi violemment.

C'était insensé ! Je me rappelai avec une douloureuse clarté les mots qu'il avait prononcés sur le canapé en regardant Roméo et Juliette se tuer l'un après l'autre. « Il était évident que je ne comptais pas vivre sans toi », avait-il dit comme si c'était une évidence. Hélas, les paroles qu'il m'avait assenées dans les bois le jour où il m'avait quittée les avaient occultés durablement.

— Oui, acquiesça-t-elle, pour peu qu'il m'espionne. Mais, crois-le ou non, il est possible de mentir par la pensée. Quand bien même tu serais morte, je m'efforcerais de l'arrêter en ne cessant de t'imaginer vivante, ce qu'il sait d'ailleurs.

Je retins un gémissement.

— Si j'avais un moyen d'agir sans t'impliquer, Bella, je ne te mettrais pas en danger comme ça. C'est très mal de ma part.

— Ne dis pas de bêtises. Je devrais être le cadet de tes soucis. Explique-moi plutôt ce que tu entendais à propos de détester mentir à Jasper.

— Je lui ai juré que je m'en irais avant qu'ils me tuent également, marmonna-t-elle avec un pauvre sourire. C'est un serment sur lequel je n'ai aucune garantie.

Elle souleva un sourcil, comme pour m'inciter à prendre plus au sérieux le danger qu'impliquait notre mission.

— Qui sont ces Volturi ? En quoi sont-ils beaucoup plus menaçants qu'Emmett, Jasper, Rosalie et toi ?

J'avais en effet du mal à envisager plus effrayant que la fratrie Cullen. Alice respira profondément puis, soudain, jeta un regard noir derrière moi. Je me retournai à temps pour constater que mon voisin faisait mine de ne pas nous écouter. C'était un homme d'affaires en complet sombre et cravate, un ordinateur sur les genoux. Je lui lançai un regard irrité, et c'est avec ostentation qu'il ouvrit son portable et mit le casque sur sa tête. Je me rapprochai aussi d'Alice qui me chuchota toute l'histoire dans le conduit de l'oreille.

— J'ai été surprise que tu connaisses ce nom. Que tu saisisses tout de suite ce que ma mention de l'Italie signifiait. Je craignais devoir tout t'expliquer. Que t'a confié Edward ?

— Juste qu'il s'agissait d'un clan vieux et puissant, genre famille royale. Et qu'on ne provoquait pas leur hostilité à moins de rechercher... la mort.

— Il faut que tu comprennes. Nous, les Cullen, sommes uniques de bien plus de manières que tu le crois. Il est... anormal que nous vivions en paix alors que nous sommes aussi nombreux. C'est pareil pour Tanya et les siens, et Carlisle en a conclu que l'abstinence nous rendait plus civilisés, plus enclins à nouer des liens reposant sur l'amour plutôt que sur l'instinct de survie ou la commodité. Même la meute de James était vaste, selon nos critères, et tu as constaté avec quelle facilité Laurent s'en était détaché. En règle générale, notre espèce préfère la solitude, au mieux le couple. À ma connaissance, la famille qu'a fondée Carlisle est à ce jour la plus grande qui soit, à une exception près – les Volturi. À l'origine, ils étaient trois : Aro, Caïus et Marcus.

— J'ai vu leur portrait sur une peinture du bureau de Carlisle, marmonnai-je.

— Deux femmes se sont jointes à eux au cours des siècles, et à eux cinq, ils ont formé ce clan. Sans pouvoir l'affirmer, je soupçonne que c'est leur âge qui leur donne cette capacité à coexister en paix. Ils ont largement dépassé les trois mille ans. Ou alors, leur tolérance leur vient de leurs dons. Comme Edward et moi, Aro et Marcus sont... doués. Nonobstant, cette aptitude à se supporter pourrait aussi reposer sur leur amour commun du pouvoir. Dynastie est le mot qui s'impose, les concernant.

— Mais s'ils ne sont que cinq...

— Cinq ayant le statut de membres de la famille, me corrigea-t-elle. Cela n'inclut pas leurs gardes.

— Voilà qui sonne... sérieux, déglutis-je.

— Et ça l'est. La dernière fois que nous en avons entendu parler, ils étaient neuf permanents. Il y en a d'autres... transitoires, dirons-nous. Le nombre varie. Beaucoup parmi eux ont également un talent, des pouvoirs souvent formidables qui me feraient passer pour une amuseuse de salon. Les Volturi les choisissent en fonction de leur habilité, physique ou autre.

J'ouvris la bouche, la refermai. Je n'étais plus du tout certaine d'avoir envie d'en apprendre plus sur les maigres chances que nous réservait notre expédition. Alice hocha la tête, comme si elle avait deviné ce qui me traversait l'esprit.

— Ils évitent la confrontation, cependant. Personne n'est assez bête pour les provoquer. Ils se cantonnent dans leur ville, ne la quittent que lorsque le devoir les appelle.

— Le devoir ?

— Edward ne t'a pas précisé la nature de leurs tâches ?

— Non.

Alice vérifia brièvement que l'homme d'affaires ne nous espionnait pas avant de reprendre ses explications, toujours aussi bas.

— Ce n'est pas pour rien qu'on les considère comme

une dynastie... une famille régnante. Au fil des millénaires, ils se sont chargés d'appliquer nos lois, autrement dit de punir ceux qui les transgressent. Une
responsabilité dont ils s'acquittent sans états d'âme.

— Parce qu'il y a des lois ! m'exclamai-je, stupéfaite.

— Chut !

— Vous auriez pu m'avertir plus tôt ! chuchotai-je,
irritée. Je te signale que je veux devenir un... une des
vôtres ! La moindre des choses, c'était de me détailler
les règles !

— Ce n'est pas si compliqué, rigola-t-elle doucement. Il n'existe qu'une interdiction majeure. D'ailleurs, en réfléchissant un peu, tu devrais la trouver toute
seule.

J'obtempérai. Sans résultat.

— Je ne vois pas.

— C'est qu'elle est peut-être trop évidente, commenta-t-elle, visiblement déçue. Nous avons l'obligation de garder notre existence secrète.

— Oh !

Effectivement, cela aurait dû me crever les yeux.

— Cette clause est plutôt légitime et, en général,
nous n'avons aucun mal à nous y conformer. Sinon que,
au bout de quelques siècles, certains d'entre nous, parfois, ont tendance à s'ennuyer, ou alors ils deviennent
fous, je ne sais pas trop. C'est là que les Volturi inter-
viennent, avant que notre espèce soit compromise.

— Donc, Edward...

— A l'intention de passer outre ce dogme, et ce dans
leur propre ville, leur repaire secret depuis trois mille
ans, depuis l'époque étrusque. Ils y tiennent tellement
que la chasse y est prohibée. Volterra est sans doute la

cité la plus sûre du monde. En ce qui concerne les attaques de vampires, du moins.

— Mais s'ils ne la quittent jamais, comment se nourrissent-ils ?

— Ils importent leur subsistance. D'assez loin, même. Ça donne de quoi s'occuper à leur garde quand elle n'est pas chargée d'anéantir les francs-tireurs... ou de protéger les Volturi de toute forme de publicité, telle...

— Celle qu'Edward est en train de leur préparer, terminai-je à sa place.

Il m'était étonnamment facile de prononcer son nom, désormais. Pour quelles raisons ? Aucune idée. Peut-être parce que je n'ambitionnais plus de vivre encore très longtemps, privée de lui. Voire de ne plus vivre du tout si nous arrivions trop tard. La perspective de cette solution de facilité me réconfortait.

— Je doute qu'ils aient jamais été confrontés à pareille situation, marmotta Alice. Les vampires sont rarement du genre suicidaire.

Je lâchai un son extrêmement faible, mais elle devina qu'il s'agissait d'un cri de douleur étouffé, car elle me prit par les épaules.

— Nous allons faire tout notre possible, Bella, me rassura-t-elle. Nous n'avons pas encore dit notre dernier mot.

— Oui, convins-je, bien que je doute fortement de notre réussite. Et si nous échouons, les Volturi nous régleront notre compte.

— Tu en parles comme si c'était une bonne chose, me reprocha-t-elle en se raidissant.

J'eus un geste désinvolte.

— Oublie ça, Bella, ou je te renvoie à Forks dès que nous sommes à New York.

— Pourquoi prends-tu la mouche ?

— Pas de ça avec moi. Si nous arrivons en retard pour Edward, j'ai bien l'intention de me démener comme une diablesse pour que tu retrouves Charlie, et je t'interdis de me mettre des bâtons dans les roues. C'est clair ?

— Oui, Alice.

Elle se recula légèrement pour me toiser avec sévérité.

— Pas d'entourloupes, compris ?

— Croix de bois, croix de fer..., maugréai-je.

Elle leva les yeux au ciel.

— Et maintenant, reprit-elle, laisse-moi me concentrer que j'essaie de voir ce qu'il mijote.

Elle ne retira pas son bras de mon épaule, mais appuya sa tête contre le dossier de son siège et ferma les paupières. Ses doigts libres caressaient sa tempe. Je l'observai un long moment, fascinée. Elle finit par devenir totalement immobile, le visage pareil à celui d'une statue de pierre. Les minutes s'écoulèrent et, si je n'avais su à quoi m'en tenir, j'aurais pu croire qu'elle s'était endormie. Je n'osai l'interrompre en lui demandant ce qui se passait.

J'aurais aimé avoir de quoi m'occuper l'esprit, quelque chose d'anodin, s'entend. Il était hors de question que je m'autorise à réfléchir aux horreurs qui nous attendaient ou, pire encore, à notre échec éventuel – pas si je souhaitais éviter de me mettre à hurler comme une démente. Je n'étais pas non plus en mesure d'anticiper quoi que ce soit. Avec beaucoup, beaucoup, beaucoup de chance, je serais peut-être à même de sauver Edward. Je n'étais cependant pas assez naïve pour croire que cela impliquerait que j'aurais le droit de rester auprès de lui, par la suite. Je n'étais ni différente ni plus spéciale qu'avant, et il n'aurait aucune nouvelle raison de me désirer. J'allais le revoir, et j'allais le perdre une fois encore... Je luttai contre le chagrin. Tel était le prix qu'il me fallait payer pour qu'il vive. J'étais prête à l'assumer.

Ils nous passèrent un film mais, bien que je distingue de temps à autre des silhouettes qui traversaient l'écran, je n'aurais su dire s'il s'agissait de cinéma romantique ou d'horreur.

Au bout d'une éternité, l'avion commença sa descente sur New York. Alice ne sortit pas de sa transe, et j'hésitai à l'effleurer, tentant le geste une dizaine de fois et y renonçant, jusqu'au moment où l'appareil se posa en nous secouant comme des pruniers.

— Alice ! murmurai-je enfin. Alice, nous y sommes.

Je la touchai. Elle ouvrit très lentement les yeux et tourna la tête de droite à gauche.

— Du neuf ? m'enquis-je à voix basse, consciente de mon voisin indiscret.

— Pas vraiment, souffla-t-elle, à peine audible. Il se rapproche. Il est en train de s'interroger sur la manière de présenter sa requête.

Nous dûmes courir pour attraper notre correspondance, ce qui valait mieux que devoir poireauter. Dès que l'appareil eut décollé, Alice referma les yeux et retomba dans sa stupeur. Je patientai autant que possible. Lorsque la nuit tomba, je soulevai le volet pour me perdre dans la contemplation du ciel obscur.

J'étais contente de m'être entraînée à contrôler mes pensées durant autant de mois. Au lieu de ressasser les terrifiantes éventualités à venir auxquelles, en dépit d'Alice, je n'avais pas l'intention de survivre, je me concentrai sur des problèmes moins essentiels. Par exemple, ce que j'allais raconter à Charlie si je revenais. Cette question se révéla assez délicate pour me divertir pendant plusieurs heures. Et Jacob ? Il avait promis de m'attendre, mais ce serment était-il encore valable ? Me retrouverais-je seule à Forks, sans plus personne ? Finalement, je ne tenais peut-être pas à la vie, quoi qu'il se passe à Volterra.

Je me rendis compte que je m'étais endormie quand Alice me réveilla.

— Bella, siffla-t-elle un tout petit peu trop fort dans la cabine sombre pleine de gens qui sommeillaient.

Je ne fus pas désorientée, n'ayant pas perdu conscience assez longtemps pour ça.

— Qu'y a-t-il ?

Sous la lueur d'une lampe restée allumée dans la rangée de sièges derrière nous, ses prunelles brillaient.

— Tout va bien, sourit-elle. Ils délibèrent, mais ils ont déjà décidé de refuser.

— Les Volturi ?

— Évidemment. Concentre-toi ! J'ai vu la réponse qu'ils s'apprêtaient à lui servir.

— Raconte !

Un steward s'approcha de nous sur la pointe des pieds.

— Puis-je vous apporter un oreiller ?

Son chuchotis était un reproche à peine voilé adressé à notre conversation.

— Non merci, répondit Alice en le pulvérisant d'un de ses sourires ravageurs.

Le type retourna à son poste d'un pas mal assuré.

— Allez, raconte ! répétai-je, tout doucement cette fois.

— Il les intéresse, à cause de son don. Ils aimeraient lui offrir une place parmi eux.

— Que dira-t-il ?

— Je n'en sais encore rien. Néanmoins, je te parie que ça va chauffer. (Derechef, un large sourire fendit son visage.) Ça, c'est la première bonne nouvelle. Ils sont intrigués, et ils n'ont pas du tout envie de le détruire. « Du gâchis », pour reprendre les mots d'Aro. Cela suffira peut-être à forcer Edward à plus de créativité. Et plus il consacrera de temps à échafauder son plan, mieux ça vaudra pour nous.

Voilà qui ne suffisait pas à me rendre espoir, à me soulager autant qu'elle. Il restait tant de raisons pour que nous rations le rendez-vous. Or, si je ne pénétrais pas dans les murs de Volterra, je n'empêcherais pas Alice de me ramener de force à la maison.

— Alice ?

— Oui ?

— Je suis surprise. Comment parviens-tu à voir cela avec autant de clarté ? Surtout quand on songe que, à d'autres moments, tes prévisions ne se concrétisent pas ?

Elle se tendit, et je me demandai si elle avait saisi le fond de ma pensée.

— C'est clair parce que c'est immédiat et proche, et parce que je me suis vraiment concentrée. Les événements lointains qui surgissent d'eux-mêmes ne sont que de brèves images, de faibles éventualités. De plus, je vois mieux ceux de mon espèce que les humains. Pour Edward, c'est encore plus facile, à cause de l'habitude.

— Il t'arrive de me voir, lui rappelai-je.

— Jamais avec autant de certitude.

— J'aurais vraiment aimé que tu aies eu raison à mon sujet, soupirai-je. Au tout début, avant même que nous ne nous connaissions...

— Comment ça ?

— Tu m'as vue devenir l'une des vôtres.

— Cette possibilité a en effet existé. À l'époque.

— À l'époque, répétai-je.

— Écoute, Bella... tout cela a pris des proportions ridicules, se lança-t-elle après une hésitation. Franchement, j'en suis à me demander s'il ne serait pas plus simple que je m'occupe en personne de ta transformation.

Je la contemplai, choquée. Mon cerveau bloqua immédiatement ses paroles – pas question de me permettre un espoir quelconque si elle se ravisait.

— Je t'effraie ? enchaîna-t-elle. Je croyais que c'était ce que tu voulais.

— Mais oui ! soufflai-je. Oh, Alice ! Fais-le maintenant ! Comme ça, je te serais beaucoup plus utile, et je ne te ralentirais pas. Mords-moi !

— Chut ! me morigéna-t-elle (le steward regardait une fois encore dans notre direction). Essaie d'être raisonnable. Nous n'avons pas le temps. Nous devons être à Volterra demain. Tu te tordrais de douleur pendant des jours. Par ailleurs, j'ai le sentiment que les autres passagers ne réagiraient pas bien.

— Si tu n'agis pas tout de suite, tu changeras d'avis.

— Non. Je ne crois pas. Il sera furieux, mais qu'y pourra-t-il, hein ?

— Rien du tout, murmurai-je, le cœur battant.

Elle partit d'un rire étouffé, soupira.

— Tu as bien trop confiance en moi, Bella. Je ne suis

pas certaine d'en être capable. Ça se terminera sans doute par ta mort pure et simple.

— Je suis prête à courir le risque.

— Tu es tellement bizarre, même pour une humaine.

— Merci du compliment.

— De toute façon, ça reste purement hypothétique, à ce stade. D'abord, nous devons survivre à demain.

— Exact.

Néanmoins, j'avais enfin un espoir auquel m'accrocher. Si Alice ne trahissait pas sa promesse, et si elle ne me tuait pas, Edward pourrait courir tout son soûl après ses distractions – je le pourchasserais. Je l'empêcherais d'être distrait. D'ailleurs, lorsque je serais belle et forte, avec un peu de chance il n'aurait plus besoin de ça.

— Rendors-toi, me conseilla Alice. Je te réveillerai quand il y a aura du neuf.

Je grommelai, certaine que le sommeil était une cause perdue, à présent. Alice se roula en boule, pieds sur le siège, bras autour des jambes et front appuyé sur les genoux. Elle se concentra derechef en oscillant d'avant en arrière. Je m'adossai à mon fauteuil, les yeux fixés sur elle... et je fus réveillée quand Alice ferma brutalement le volet du hublot, dissimulant le ciel qui rosissait à l'est.

— Que se passe-t-il ? marmottai-je.

— Ils lui ont stipulé leur refus.

Elle s'exprimait tout doucement, et je remarquai que son enthousiasme l'avait désertée.

— Et ? m'étranglai-je.

— Au début, ça a été chaotique, je n'ai perçu que des images éparses, ses plans n'arrêtaient pas de changer.

— Quels plans ?

— Il y a eu un mauvais moment, quand il a décidé de chasser. Dans la ville, précisa-t-elle en constatant que je n'avais pas compris la nuance. Il a failli le faire, puis il s'est ravisé à la dernière minute.

— Il n'a pas voulu décevoir Carlisle, murmurai-je. Pas sur la fin.

— Sans doute.

— Aurons-nous le temps ?

Au même instant, l'appareil s'inclina, et la pression se modifia. Nous entamions notre descente.

— J'espère. S'il s'en tient à sa dernière décision, peut-être.

— Laquelle ?

— Oh, c'est très simple. Il va juste se mettre en plein soleil.

Très simple en effet. Ça suffirait amplement. Le souvenir d'Edward dans la clairière, resplendissant, ruisselant de lumière comme si sa peau avait été constituée de milliers de diamants, était gravé dans ma mémoire. Nul humain ayant eu le loisir d'assister à ce spectacle n'était près de l'oublier. Les Volturi ne toléreraient pas un tel geste. Pas s'ils souhaitaient conserver l'anonymat de leur présence dans la cité. Je regardai la faible lueur de l'aube qui filtrait par quelques hublots aux volets restés ouverts.

— Alors, nous arriverons trop tard, murmurai-je, à deux doigts de la panique.

— Non, objecta-t-elle. En ce moment, il est obsédé par la théâtralité. Il veut le plus vaste public possible. Il a donc choisi la place principale, sous la tour de l'horloge. Les murs sont élevés, à cet endroit. Il attendra que le soleil soit à son zénith.

— Nous avons donc jusqu'à midi ?

— S'il s'en tient à ce qu'il a décidé, oui.

Le pilote annonça par haut-parleur, en italien puis en

anglais, que nous allions atterrir. Les signaux nous inti-
mant d'attacher nos ceintures s'allumèrent.

— Combien d'heures de voyage entre Florence et
Volterra ?

— Tout dépend de ta moyenne... Bella ?

— Oui ?

— Tu aurais beaucoup de scrupules à ce que nous
volions une voiture de sport ?

Dans un crissement de pneus, une Porsche d'un
jaune éclatant s'arrêta à quelques pas de l'endroit où je
trépignais. Le mot « TURBO » était inscrit en cursives
argentées sur l'arrière du véhicule. Tout le monde
autour de moi reluqua l'engin.

— Grouille, Bella ! me cria Alice, de derrière le
volant.

Je courus vers la voiture et me jetai dedans avec l'impression que j'aurais eu l'air tout aussi coupable si
j'avais porté un collant sur la tête.

— Bon sang, Alice ! me plaignis-je. Tu n'aurais pas
pu trouver quelque chose de moins voyant ?

L'intérieur était en cuir noir, et les vitres sombres teintées. Je me sentais en sécurité, comme au milieu de la
nuit. Alice louvoyait déjà au milieu des encombrements
de l'aéroport, se glissant dans des espaces si étroits que
je fermai les yeux et tâtonnai pour attacher ma ceinture.

— Ce qui compte, rectifia-t-elle, c'est que je ne pense
pas que j'aurais réussi à voler plus rapide que ça. J'ai
eu de la veine.

— Voilà qui nous sera très utile au prochain barrage
routier.

Elle éclata de rire.

— Crois-moi, Bella, s'ils en installent un, nous serons déjà loin.

Et elle appuya sur le champignon pour souligner ses intentions.

J'aurais sans doute dû regarder par la fenêtre pour tenter d'admirer Florence puis les paysages de Toscane qui défilaient à une vitesse vertigineuse. C'était mon tout premier voyage à l'étranger – mon dernier aussi sans doute. Mais la conduite d'Alice me flanquait la frousse, alors que je savais pouvoir compter sur sa dextérité. Et puis, l'anxiété me tenaillait trop pour que je profite des collines et des villes fortifiées qui, de loin, évoquaient des châteaux.

— Tu as vu autre chose ? demandai-je.

— Il se passe quelque chose. Une espèce de festival. Les rues sont bondées de visiteurs, et des drapeaux rouges ont été accrochés un peu partout. Quel jour sommes-nous ?

— Le quinze ?

— Quelle ironie ! La Saint-Marcus.

— C'est-à-dire ?

— La ville célèbre cette date tous les ans, ricana-t-elle, sardonique. D'après la légende, un missionnaire chrétien, un certain père Marcus – celui des Volturi – a chassé les vampires de Volterra il y a mille cinq cents ans. Ensuite, il serait mort en martyr, en Roumanie où il poursuivait sa traque. N'importe quoi, naturellement. Il n'a jamais quitté la cité. Mais c'est de là que viennent toutes ces superstitions à propos de croix et d'ail. Le père Marcus les aurait utilisés avec tant d'efficacité ! Après tout, nul vampire ne dérange plus la paix de Volterra. C'est ce qui fait la réputation de la ville, et celle de la police. Bizarrement, il n'existe pas d'endroit plus sûr, et la maréchaussée ne manque pas d'en tirer tout le profit.

Je commençais à comprendre pourquoi elle trouvait la situation ironique.

— Ils ne vont pas être très contents qu'Edward leur gâche ce jour, hein ?

— Non, admit-elle en perdant sa bonne humeur. Et ils sont prompts à la détente.

Je détournai la tête et m'efforçai de retenir mes dents qui mordaient mes lèvres avec une force stupéfiante. Ce n'était pas le moment de saigner. Dans le ciel, le soleil était affreusement haut.

— Il est toujours décidé à attendre midi ? m'enquis-je.

— Oui. Et eux le surveillent.

— Explique-moi ce que je dois faire.

Elle me répondit sans quitter des yeux la route sinueuse. L'aiguille du compteur restait cantonnée dans la partie droite du cadran.

— Rien de particulier. Il suffit qu'il t'aperçoive avant d'entrer dans la lumière. Et il vaudrait mieux qu'il te voie la première, et pas moi.

— Comment allons-nous nous débrouiller ?

Elle doubla une petite auto rouge à toute vitesse.

— Je vais te rapprocher autant que possible, puis tu courras dans la direction que je t'indiquerai.

J'acquiesçai.

— Essaie de ne pas tomber, ajouta-t-elle. Une commotion cérébrale n'est pas au programme aujourd'hui.

Je grognai. Ça me ressemblerait bien de tout fiche en l'air à cause de ma maladresse.

Le soleil poursuivait sa course, et Alice la sienne, dans l'espoir de le battre au poteau. La lumière trop vive m'angoissait. Edward n'estimerait peut-être pas utile de patienter jusqu'à midi.

— Là-bas, dit soudain Alice en tendant le doigt vers une bourgade perchée sur la colline la plus proche.

Je la contemplai en éprouvant les premiers élans d'une peur nouvelle. Depuis la veille au matin – j'avais l'impression qu'une semaine s'était écoulée –, lorsque Alice avait prononcé son nom au pied de l'escalier, à la maison, je n'avais éprouvé qu'une crainte. À présent, alors que j'examinais les antiques remparts et tours couleur sienne qui surplombaient l'à-pic, je fus submergée par une angoisse autre, plus égoïste. J'imaginai que la ville était très belle – elle me terrifiait.

— Volterra, annonça Alice d'une voix glaciale.

20

◆

VOLTERRA

Quand nous commençâmes l'ascension de la colline, la circulation se densifia. Plus nous montions, plus nombreuses étaient les voitures, trop proches les unes des autres pour qu'Alice puisse continuer à les doubler. Nous ralentîmes, bloquées par une petite Peugeot marron clair. De son côté, la pendule du tableau de bord semblait avoir accéléré son cours.

— Alice ! m'énervai-je.

— Il n'y a pas d'autre accès à la ville, tenta-t-elle de m'apaiser.

Malheureusement, son ton était si tendu que ce ne fut guère efficace. Nous avancions à une lenteur d'escargot, le soleil éclatant était pratiquement à son zénith. Au fur et à mesure que nous approchions, je constatai que les véhicules se garaient sur les bas-côtés, et que leurs passagers préféraient terminer le chemin à pied. Je crus d'abord qu'il s'agissait d'impatients incapables de supporter notre allure – ce que je comprenais parfaitement. Puis nous parvînmes à un virage en lacet, et je m'aperçus que le parking situé en dehors des remparts de la cité était plein, et que l'intérieur de la ville était interdit aux voitures.

— Flûte ! marmonnai-je.

— Oui, acquiesça Alice dont le visage était de glace.

Le temps paraissait extrêmement venteux, les badauds agrippaient leurs chapeaux et écartaient les cheveux de leurs yeux. Leurs vêtements tourbillonnaient. Je notai également que le rouge était de mise. Pourpres les chemises, vermillon les casquettes, écarlates les longs drapeaux dégoulinant comme des guirlandes autour des portes et claquant au vent. Le foulard amarante d'une femme fut soudain emporté par une rafale et s'envola en tournoyant, se débattant comme s'il avait été vivant. Elle sauta en l'air pour tenter de le rattraper, mais il prit de l'altitude, tache de sang qui détonnait contre les murs antiques et ternes.

— Bella, me dit soudain Alice d'une voix intense et basse. Je n'arrive pas à voir ce que la garde a décidé. Si je suis bloquée ici, tu vas devoir y aller seule. Contente-toi de demander le Palazzo dei Priori, et cours dans la direction qu'on t'indiquera. Ne t'égare pas.

— Palazzo dei Priori, Palazzo dei Priori, me répétai-je en essayant de mémoriser le nom.

— Ou le clocher, s'ils parlent anglais. Moi, je ferai le tour et je tâcherai de trouver un endroit reculé quelque part à l'arrière de la ville, où je pourrais sauter par-dessus les remparts. Je vais quand même essayer d'entrer en voiture.

454

— Palazzo dei Priori, serinai-je en opinant.

— Edward sera sous la tour de l'horloge, au nord de la place. Il y a une ruelle à droite, il se tiendra dans son ombre. Il faudra que tu attires son attention avant qu'il avance en plein soleil.

Je hochai la tête une nouvelle fois, bien décidée à empêcher cet idiot de commettre une bêtise.

Alice arrivait au bout de la queue. Un homme en uniforme bleu foncé gérait la circulation, déviant du parking les véhicules qui devaient rebrousser chemin afin de dénicher une place le long de la route. Arriva notre tour. Comme aux autres, le policier nous adressa un signe paresseux, mais Alice le contourna vivement et fonça vers la porte. Il nous hurla quelque chose mais resta planté là, agitant les bras dans tous les sens pour empêcher la voiture d'après de suivre notre exemple.

Le type posté près des remparts arborait le même uniforme. Autour de nous, les visiteurs encombrant les trottoirs regardaient la Porsche flambant neuve avec curiosité. L'homme se plaça au milieu de la chaussée, et Alice s'arrêta, prenant soin d'orienter la voiture de façon à ce que le soleil donne sur ma vitre, et qu'elle soit dans l'ombre. Se contorsionnant prestement, elle prit son sac derrière son siège et en tira quelque chose. Le garde approcha, l'air contrarié et frappa au carreau. Elle abaissa à demi la fenêtre, et je vis qu'il sursautait en découvrant la personne installée derrière le volant.

— Excusez-moi, mademoiselle, déclara-t-il dans un anglais fortement accentué, mais seuls les cars de tourisme sont autorisés à entrer dans l'enceinte, aujourd'hui.

Il paraissait désolé, maintenant, comme s'il aurait

préféré donner de meilleures nouvelles à la magnifique jeune femme.

— Il s'agit d'une excursion privée, lui répondit Alice en lui décochant un admirable sourire.

Elle sortit sa main par la fenêtre, et je me figeai avant de me rendre compte qu'elle avait enfilé un gant qui montait jusqu'au coude. Elle s'empara de la paume du type, toujours à hauteur de la vitre, l'attira à l'intérieur de l'auto et y déposa un objet autour duquel elle referma ses doigts. Ahuri, l'homme récupéra sa pogne et contempla l'épais rouleau d'argent qui s'y trouvait désormais. La coupure extérieure était un billet de mille dollars.

— C'est une plaisanterie ? marmonna-t-il.

— Seulement si vous considérez que c'est amusant, murmura Alice sans cesser de l'aveugler de son sourire.

Il la dévisagea avec des yeux ronds comme des soucoupes. Je consultai rapidement la pendule du tableau de bord. Si Edward s'en tenait à son idée première, il ne nous restait que cinq minutes.

— Je suis un peu pressée, insista Alice.

Le policier tressaillit puis fourra le pot-de-vin dans sa veste. Il recula d'un pas et nous fit signe d'avancer. Alentour, personne ne paraissait avoir repéré l'échange qui venait de se produire. Alice enclencha une vitesse et nous poussâmes un soupir de soulagement.

La rue était très étroite, pavée de pierres d'une couleur identique à celles des immeubles cannelle qui obscurcissaient les lieux de leur ombre projetée. On avait le sentiment d'être dans une allée. Des oriflammes rouges décoraient les façades, espacées de quelques mètres à peine, et s'agitait sous l'effet du vent qui s'engouffrait dans la venelle. La foule était énorme, et les piétons ralentissaient notre progression.

— On y est presque, m'encouragea Alice.

J'agrippais la poignée de la portière, prête à me ruer dehors dès qu'elle m'en donnerait l'ordre. Elle avançait par à-coups en faisant rugir le moteur, et les touristes brandissaient le poing et nous insultaient – j'étais heureuse de ne pas comprendre leur langue. Elle finit par bifurquer dans une rue adjacente qui ne pouvait avoir été prévue pour accueillir des voitures. Les promeneurs effarés furent obligés de se plaquer contre les portes cochères pour nous laisser passer. Nous débouchâmes sur une autre ruelle. Ici, les bâtiments étaient plus hauts et ils s'inclinaient les uns vers les autres de telle manière que nul rayon de soleil n'atteignait la chaussée. Les drapeaux tendus de chaque côté se touchaient presque. La foule était également plus dense. Alice arrêta la Porsche. J'ouvrais déjà ma portière. Elle désigna l'extrémité de la rue qui s'évasait sur une place lumineuse.

— Là-bas ! Nous sommes au sud de la place. Traverse-la directement et fonce sur la droite du clocher. Moi, je vais trouver un autre chemin...

Soudain, elle s'interrompit. Lorsqu'elle reprit la parole, elle chuchotait à peine.

— Ils sont *partout* !

Je me tétanisai, mais elle me jeta dehors.

— Oublie-les ! Tu as deux minutes, Bella. Fonce ! hurla-t-elle en s'extirpant elle aussi de la Porsche.

Je ne m'attardai pas pour la regarder se fondre dans la masse de gens, ne refermai pas ma portière non plus. Écartant une grosse femme de mon chemin, je détalai à toutes jambes, tête baissée, ne prêtant attention à rien si ce n'est aux pavés inégaux sous mes pieds.

Au sortir de la venelle, je fus éblouie par la clarté aveuglante du jour qui inondait la place centrale. Le vent emmêla mes cheveux devant mes yeux, ce qui n'arrangea rien. Pas étonnant donc que je ne voie le mur de gens qu'une fois après être rentrée dedans de plein fouet.

Les corps pressés les uns contre les autres n'offraient aucune trouée où me faufiler. Je me forçai un passage, écartant les mains qui me repoussaient. Des exclamations furibondes me parvinrent aux oreilles, entrecoupées de coups sournois, mais nulle n'était dans un langage qui me fût intelligible. Les visages que je croisais n'étaient qu'une paroi de surprise et de colère auréolée de rouge. Une femme blonde me lança un regard peu amène, et le foulard pourpre noué autour de son cou me fit penser à une horrible blessure. Un enfant perché sur les épaules de son père afin de dominer la foule m'adressa un grand sourire, ses lèvres distendues par de fausses dents de vampire en plastique. La cohue se bousculait autour de moi, me propulsant dans la mauvaise direction. Par bonheur, l'horloge était bien visible, ou je n'aurais jamais réussi à m'orienter. Hélas, ses aiguilles étaient dressées vers l'impitoyable soleil et, malgré la façon vicieuse dont je me frayais un chemin, je savais que j'arriverais trop tard. Je ne réussirais pas. J'étais idiote, lente, humaine, et nous allions tous mourir par ma faute. J'espérai qu'Alice s'en tirerait. Que, tapie dans la pénombre, elle entreverrait mon destin, devinerait que j'avais échoué, et qu'il lui fallait rentrer chez elle, vers Jasper. Je tendais l'oreille par-dessus les exclamations rageuses, essayant de saisir la réaction de ce que la foule allait découvrir d'une seconde à l'autre

– des cris ahuris, des hurlements apeurés peut-être – , quand Edward apparaîtrait aux yeux des badauds.

Soudain, je repérai un espace au milieu de la populace, une bulle préservée, et je m'y précipitai. Ce n'est qu'une fois que je me fus cogné les cuisses dans la brique que je m'aperçus qu'il s'agissait d'une fontaine élevée au centre de la place. C'est en pleurant presque de soulagement que j'en enjambai le rebord et la traversai en courant, de l'eau jusqu'aux genoux, expédiant des éclaboussures dans tous les sens. Malgré le soleil radieux, le vent était glacial, et l'humidité ne fit qu'accentuer l'impression de froid. La fontaine était très large, et elle me permit de dépasser le milieu de la place en à peine quelques secondes. Je ne ralentis pas en parvenant de l'autre côté, me servis du rebord comme d'un tremplin et me jetai de nouveau dans la cohue. Les gens s'écartaient plus volontiers de moi, à présent, de peur d'être éclaboussés par les gouttes gelées qui jaillissaient de mes vêtements trempés. Une fois encore, je jetai un coup d'œil à l'horloge. Un coup sourd ébranla les lieux, secouant les pavés sous la plante de mes pieds. Des enfants se mirent à piailler en se couvrant les oreilles. Alors, sans arrêter de courir, je commençai à hurler moi aussi.

— Edward ! Edward !

J'avais beau savoir que c'était inutile, vu le brouhaha de la foule et l'essoufflement qui étouffait ma voix, c'était plus fort que moi. Un deuxième coup résonna. Je dépassai un bébé dans les bras de sa mère – ses cheveux blonds étaient presque blanchis par le soleil éclatant. Plusieurs hommes de haute taille, tous vêtus de blazers rouges, me lancèrent des avertissements tandis que je fonçais vers eux. Derrière eux, une percée était ménagée dans la masse des gens rassemblés. Un espace entre les touristes qui grouillaient, inutiles et encombrants, au pied de la tour. Je cherchai du regard la venelle à droite du vaste édifice carré que surplombait l'horloge, mais il y avait encore trop de monde devant moi. Troisième coup.

J'avais du mal à voir, désormais. Le vent me fouettait le visage et me brûlait les yeux. Était-il également à l'origine de mes larmes, ou pleurais-je ma défaite, alors qu'un autre coup résonnait ? Une famille de quatre individus se tenait tout près de la ruelle. Les deux fillettes arboraient des robes écarlates, et des rubans assortis nouaient leurs cheveux bruns. Le père n'était pas grand. J'eus l'impression de distinguer quelque chose de brillant dans la pénombre, juste au-dessus de son épaule. Je me ruai vers eux, m'efforçant de percer le voile de mes larmes brûlantes. La cloche retentit encore, et la plus petite des fillettes plaqua ses mains sur ses oreilles. Son aînée, qui atteignait à peine la taille de sa mère, s'accrocha à une jambe de cette dernière et regarda l'allée sombre. Elle tira sur le coude de la femme, tendit le doigt. Un nouveau carillon explosa dans l'air. J'étais tout près, suffisamment en tout cas pour entendre le cri perçant de la gamine. Son père me lança un coup d'œil surpris en constatant que je fonçais sur eux, appelant encore et encore Edward d'une voix enrouée. L'aînée éclata de rire et dit quelque chose à sa mère, tout en indiquant la venelle avec impatience. Je contournai le père, qui ôta la plus jeune de mon chemin, et galopai dans la bouche obscure qui s'ouvrait derrière eux, cependant que l'horloge poursuivait sa litanie.

— Non, Edward ! m'époumonai-je.

Ma supplique se perdit dans le rugissement de la cloche.

Soudain, je l'aperçus et je compris qu'il ne me voyait pas. C'était lui. Nulle hallucination, cette fois, ce qui me permit de constater à quel point les miennes avaient été pauvres et ne lui avaient pas rendu justice.

Immobile comme une statue, à quelques pas de la place ensoleillée, il avait les paupières fermées, des cernes d'un mauve soutenu, les bras ballants, paumes tendues en avant. Il avait l'air paisible, comme s'il rêvait à des choses agréables. Son torse marmoréen était nu – un petit tas de tissu blanc gisait à ses pieds. La lumière qui se réfléchissait sur les pavés de la place rebondissait doucement sur sa peau. J'avais beau être à bout de souffle, j'eus l'esprit de me dire que je n'avais jamais rien vu d'aussi beau. Soudain, les sept derniers mois ne signifièrent plus rien. Qu'il ne voulût pas de moi n'importait pas non plus. Je ne désirerais jamais rien d'autre que lui, aussi longue fût mon existence.

Au coup suivant, il avança vers la lumière.

— Non ! m'égosillai-je. Edward ! Regarde-moi !

Il n'écoutait pas. Un très léger sourire sur les lèvres, il leva le pied pour franchir le pas qui l'exposerait.

Je le heurtai de plein fouet, si brutalement que j'aurais été projetée à terre si son bras ne m'avait pas retenue et stabilisée. J'en eus la respiration coupée, faillis me déboîter le cou. Lentement, ses prunelles sombres s'ouvrirent, tandis que résonnait la cloche, encore une fois. Il me dévisagea avec une stupeur muette.

— Étonnant, finit-il par dire, sa voix magnifique teintée d'émerveillement et vaguement amusée. Carlisle avait raison.

— Edward ! haletai-je en tentant vainement de m'arracher un son, il faut que tu regagnes la pénombre. Bouge !

Il parut perplexe. Sa main effleura ma joue. Il ne semblait pas se rendre compte que j'essayais de le repousser. J'aurais aussi bien pu m'escrimer contre un mur, vu les progrès que je faisais. L'horloge frappa un énième coup, il ne réagit pas. J'avais conscience que nous courions tous deux un danger mortel. Et pourtant, étrangement, en cet instant, je me sentais *bien*. Entière. Mon cœur battait contre ma poitrine, le sang qui coulait dans mes veines avait retrouvé sa chaleur et sa rapidité, mes poumons se délectaient de l'arôme enivrant qui émanait de la peau d'Edward. À croire qu'il n'y avait jamais eu de trou béant dans mon torse. C'était un instant parfait – pas de guérison, puisqu'il n'y avait jamais eu de blessure.

— Je n'en reviens pas que ça ait été aussi vite, chuchota-t-il en appuyant ses lèvres contre mes cheveux. Je n'ai rien senti. Ils sont décidément très forts.

Ses intonations de miel et de velours.

— *La mort, qui a sucé le miel de ton haleine, n'étend pas son empire encore sur ta beauté*, murmura-t-il.

Je reconnus le vers prononcé par Roméo aux tombeaux[1]. Le carillon sonna une ultime fois.

— Tu as exactement la même odeur que d'habitude, continua-t-il. C'est donc ça, l'enfer ? Tant pis ! Je l'accepte.

— Je ne suis pas morte ! m'emportai-je. Et toi non plus ! S'il te plaît, Edward, fichons le camp d'ici ! Ils ne doivent pas être loin.

---

1. *Roméo et Juliette*, acte V, scène 3.

Je me débattis pour me dégager de son étreinte, il fronça les sourcils.

— Plaît-il ? demanda-t-il poliment.

— Nous sommes vivants. Pour l'instant. Mais il faut que nous décampions avant que les Volturi...

La compréhension se peignit enfin sur ses traits. Avant que j'aie eu le temps d'achever ma phrase, il m'attira brutalement dans la ruelle, me colla dos au mur et se retourna, bras écartés devant moi pour me protéger. Je jetai un coup d'œil par-dessous et vis deux silhouettes sombres se détacher de la pénombre.

— Salutations, messieurs, lança Edward, en feignant le calme et l'enjouement. Il semble que je n'aurais finalement pas besoin de vos services aujourd'hui. Cependant, je vous saurais infiniment gré de remercier vos maîtres pour moi.

— Pouvons-nous converser en des lieux plus appropriés ? chuchota une voix aux inflexions menaçantes.

— Cela ne sera pas nécessaire, répondit Edward, plus sèchement maintenant. Je connais vos instructions, Félix, et je n'ai enfreint aucune loi.

— Félix voulait seulement souligner la proximité du soleil, intervint la deuxième ombre d'un ton apaisant.

Les deux personnages étaient dissimulés sous des manteaux gris fumé qui tombaient jusqu'au sol et ondulaient dans le vent.

— Cherchons un abri plus adapté.

— Je vous suis, céda Edward d'un ton brusque. Bella, retourne donc sur la place et profite des festivités.

— Non, que la fille vienne, exigea le dénommé Félix en réussissant à injecter des accents sadiques dans son murmure.

— Pas question !

La prétendue civilité d'Edward avait disparu, laissant place à un ton glacial. Il déplaça le poids de son corps de manière à peine perceptible, et je devinai qu'il se préparait à se battre. « Non », fis-je avec les lèvres. « Chut », me retourna-t-il pareillement.

— Pas ici, Félix ! avertit la deuxième ombre, plus raisonnable. Aro, ajouta-t-elle à l'intention d'Edward, désire juste s'entretenir de nouveau avec toi, puisque tu sembles avoir finalement décidé de ne pas nous forcer la main.

— Très bien, acquiesça Edward, mais la fille reste libre.

— J'ai bien peur que ce soit impossible, il y a des règles à suivre.

— Dans ce cas, j'ai bien peur, moi, de ne pouvoir accepter l'invitation d'Aro, Démétri.

— C'est aussi bien, ronronna Félix.

Mes yeux s'étant habitués à l'obscurité ambiante, je remarquai que ce dernier était très grand et large d'épaules. Il me rappela Emmett.

— Aro sera déçu, soupira Démétri.

— Je suis persuadé qu'il s'en remettra, riposta Edward.

Les deux gardes se rapprochèrent de nous en s'écartant légèrement afin de se placer de chaque côté d'Edward. Leur intention était de l'obliger à s'enfoncer plus avant dans l'ombre, histoire d'éviter un scandale. Leur manteau couvrait chaque pore de leur peau, évitant à la lumière de s'y refléter. Edward ne broncha pas. Il se condamnait pour me protéger. Soudain, en réponse à un son ou un mouvement trop subtils pour mes sens, il tourna le cou en direction du fond de la ruelle, imité en cela par les deux autres.

— Allons, allons, un peu de tenue ! suggéra une voix musicale. Il y a des dames, ici.

Alice vint se ranger à côté de son frère. Elle était décontractée, ne laissait percevoir aucune tension sous-jacente. Elle avait l'air si petite et fragile avec sa manière d'agiter les bras comme une enfant. Pourtant, Démétri et Félix se redressèrent, leurs manteaux soulevés par une bourrasque, et le deuxième se renfrogna. Apparemment, ils n'appréciaient guère d'être à forces égales.

— Nous ne sommes pas seuls, leur rappela Alice.

Démétri jeta un coup d'œil par-dessus son épaule. À quelques mètres de là, en bordure de la place, la famille dotée des deux fillettes aux robes écarlates nous observait. La mère parlait avec véhémence à son mari, les yeux fixés sur notre groupe. Elle les détourna cependant quand Démétri la regarda. L'époux fit quelques pas et tapota dans le dos d'un des types en blazer rouge.

— S'il te plaît, Edward, sois raisonnable, dit Démétri.

— Oui. Nous allons partir tranquillement chacun de notre côté, et l'affaire en restera là.

— Écoute, soupira l'autre, agacé, nous ne voulons que l'opportunité de discuter en paix.

Six hommes en rouge avaient rejoint la famille, à présent, et ils nous contemplaient avec anxiété. L'attitude protectrice d'Edward envers moi était ce qui les alarmait, j'en étais certaine. Je faillis leur crier de fuir.

— Non ! répliqua Edward en serrant les dents, ce qui arracha un sourire à Félix.

— Ça suffit !

Le commandement aux intonations haut perchées et

grêles venait de derrière nous. Regardant sous l'autre bras d'Edward, je découvris une petite silhouette sombre qui approchait. Un des leurs, forcément. D'abord, je crus avoir affaire à un jeune garçon. Il était aussi menu qu'Alice, et ses cheveux châtain étaient coupés court. Sous le manteau presque noir, le corps était fluet et androgyne. Mais les traits étaient trop fins pour appartenir à un mâle. Les immenses prunelles et les lèvres pleines auraient donné des allures de gargouille à un ange de Botticelli. Malgré les iris pourpre foncé. La taille de la jeune femme était si insignifiante que la réaction de ses acolytes à son apparition me surprit. Tous deux se détendirent immédiatement et abandonnèrent leur attitude agressive pour se fondre de nouveau dans la pénombre des murs qui nous entouraient. Edward laissa retomber ses bras et se décontracta lui aussi, mais c'était un geste de défaite.

— Jane ! soupira-t-il, résigné.

Alice, elle, resta impassible.

— Suivez-moi ! ordonna Jane de sa voix enfantine.

Nous tournant le dos, elle s'enfonça sans bruit dans la venelle. D'un geste, Félix nous invita à lui emboîter le pas, un rictus victorieux sur le visage. Alice obtempéra aussitôt. Edward enlaça ma taille et m'entraîna sur ses talons. L'allée se rétrécissait et bifurquait légèrement. Je levai des yeux interrogateurs vers Edward, mais il se borna à secouer la tête. Je n'entendais ni Félix ni Démétri, j'étais cependant sûre qu'ils étaient à nos basques.

— Eh bien, Alice, lança Edward sur le ton de la conversation, j'imagine que ta présence ici ne devrait pas me surprendre.

— Je me suis trompée, il fallait que je répare mon erreur, répondit-elle tout aussi nonchalamment.

— Que s'est-il passé ? s'enquit-il d'une voix polie, comme si le sujet l'intéressait à peine, sûrement à cause des oreilles tendues derrière nous.

— C'est une longue histoire. Pour résumer, Bella a bien sauté d'une falaise, mais elle ne tentait pas de se suicider. Il se trouve juste qu'elle est versée dans les sports extrêmes, ces derniers temps.

Rougissante, je me détournai et regardai droit devant moi, cherchant Jane des yeux. Je n'imaginais que trop bien ce qu'il lisait dans les pensées d'Alice – quasi-noyades, vampires chasseurs, loups-garous amicaux.

— Hum ! fit Edward, et ses accents décontractés avaient disparu.

La rue descendait un peu en s'incurvant, si bien que je ne vis qu'au dernier moment le mur de brique aveugle qui la fermait, la transformant en impasse. Il n'y avait cependant nulle trace de Jane. Sans ralentir, Alice marcha droit sur la paroi, puis, avec sa grâce habituelle, se glissa dans un trou de la chaussée. On aurait dit une bouche d'égout, aménagée dans la partie la plus basse du pavement. La grille en avait été repoussée. L'ouverture était étroite et noire. Je freinai des quatre fers.

— N'aie pas peur, me murmura Edward. Alice te rattrapera en bas.

J'étais dubitative. Edward serait sans doute passé le premier si Démétri et Félix n'avaient pas été derrière nous, silencieux et satisfaits d'eux-mêmes. Je m'accroupis, balançai les jambes à l'intérieur.

— Alice ? chuchotai-je d'une voix tremblante.

— Je suis juste en dessous, Bella, me rassura-t-elle.

Elle paraissait néanmoins bien trop loin à mon goût.

Edward s'empara de mes poignets – ses mains étaient aussi froides que des pierres en hiver – et me fit descendre dans le conduit.

— Prête ?

— Lâche-la, répondit Alice.

Terrorisée, je fermai les paupières et serrai les lèvres. Edward me laissa tomber. Ce fut une chute courte et silencieuse. Moins d'une seconde après, je me retrouvai dans les bras durs d'Alice – j'allais être couverte de bleus. Au fond du trou, il faisait sombre mais pas totalement noir. La lumière chiche qui tombait dans le puits se reflétait vaguement sur les pavés du sol. Elle s'éteignit un instant, puis Edward se retrouva à mon côté, pâle radiance blanche. Me serrant contre lui, il m'entraîna vivement en avant. Enlaçant sa taille, je suivis le mouvement, non sans trébucher à de nombreuses reprises. Le bruit de la lourde grille qu'on remettait en place retentit comme un gong définitif.

Rapidement, l'obscurité fut totale. Mes piétinements maladroits résonnaient dans l'espace, lequel semblait vaste. Je n'avais aucune manière de m'en assurer. Mis à part le martèlement de mes pieds et les battements sourds de mon pouls, il n'y avait pas un bruit, sauf, une fois, un soupir exaspéré venant de l'arrière. Edward veillait à ne pas me lâcher. La main qui ne tenait pas mes reins était posée sur mon visage et, de temps en temps, son pouce caressait le contour de ma bouche. Parfois aussi, je le sentais qui enfouissait son nez dans mes cheveux. Comprenant que c'était la dernière fois que nous étions réunis, je me collai à lui.

Pour l'instant, il ne me repoussait pas, ce qui suffisait à compenser l'horreur de ce souterrain et des vampires qui nous cernaient. Certainement, il n'agissait ainsi qu'à cause d'un sentiment de culpabilité, le même que celui qui l'avait poussé à désirer la mort quand il avait cru que je m'étais suicidée par sa faute. Mais ses lèvres étaient appuyées sur mon front, et je me moquais de ses motivations. Au moins, je serais avec lui avant mon trépas, ce qui était mieux que vivre longtemps. J'aurais aimé lui demander ce qui allait se passer à présent. J'avais vraiment besoin de savoir comment nous allions mourir – comme si ça pouvait améliorer les choses. Cependant, coincés comme nous l'étions, cela m'était impossible. Les autres risquaient de tout entendre – mon moindre souffle, le moindre frémissement de mon cœur.

Notre route continua de s'enfoncer sous terre, et j'eus du mal à ne pas céder à la claustrophobie. Seuls les doigts d'Edward caressant mes joues m'empêchaient de hurler. J'ignore d'où venait la lumière, mais, peu à peu, le tunnel noir devint gris. Je pus distinguer des ruisselets d'humidité ébène sur les pierres ternes, comme si ces dernières avaient saigné de l'encre.

Je tremblais, et je crus que c'était de peur. Quand mes dents se mirent à claquer, je me rendis compte que j'étais trempée et frigorifiée. La température dans les tréfonds de la ville était frisquette. À l'instar de la peau d'Edward. Il s'en aperçut en même temps que moi et me relâcha, ne gardant que ma paume dans la sienne.

— N-n-non, balbutiai-je en l'attirant de nouveau contre moi.

Je me fichais de geler sur place. Qui sait combien de minutes il nous restait ? Il me frictionna pour tenter de m'insuffler un peu de chaleur.

Nous continuâmes à avancer rapidement. Du moins, j'avais l'impression d'aller vite, même si ma lenteur exaspérait l'un des gardes – je soupçonnai Félix – qui lâchait régulièrement de gros soupirs. Nous arrivâmes au bout du souterrain, fermé par une grille aux barreaux rouillés mais épais comme mon bras. Une petite porte également grillagée, moins imposante néanmoins, était ouverte. Edward se baissa pour la franchir et nous débouchâmes dans une vaste salle plus lumineuse. La porte claqua derrière nous, et j'entendis qu'on la verrouillait. Je n'osai pas me retourner.

De l'autre côté de la pièce, il y avait un lourd battant en bois, très épais lui aussi. Une fois que nous l'eûmes passé, je regardai autour de moi, éberluée. Je me relaxai aussitôt, alors qu'Edward, se tendait et serrait les mâchoires.

21

◆

LE VERDICT

Nous étions dans un couloir vivement éclairé, parfaitement banal. Les murs étaient blanchis à la chaux, le sol moquetté de gris. Des néons carrés étaient ménagés dans le plafond. L'air était plus tiède, et j'en fus bien contente. Après la pénombre des égouts fantomatiques, cet endroit me paraissait remarquablement inoffensif.

Edward ne paraissait pas partager cette opinion, car il fusillait du regard la silhouette sombre qui se tenait près d'un ascenseur, tout au bout du couloir que je parcourus, encadrée par lui et Alice, cependant que la lourde porte en bois massif se refermait bruyamment derrière nous et que, une fois de plus, des verrous étaient tirés. Jane, une expression apathique sur le visage, nous tenait l'ascenseur ouvert.

Une fois dans la cabine, les trois vampires du clan des

Volturi retrouvèrent leur aisance. Ils ôtèrent leurs capuches. Félix et Démétri étaient tous deux de complexion légèrement olivâtre, ce qui produisait un effet étrange avec leur pâleur crayeuse. Les cheveux noirs de Félix étaient taillés ras, ceux de son compagnon tombaient sur ses épaules. Leurs iris étaient d'un pourpre foncé qui confinait au noir au niveau des pupilles. Sous leurs grands manteaux, leurs vêtements étaient modernes, dans des teintes pâles, quelconques. Je me blottis dans un coin, à l'abri d'Edward. Sa main continuait à caresser mon bras ; ses yeux ne lâchaient pas Jane.

L'ascension fut de courte durée, et nous débouchâmes dans ce qui ressemblait à la réception d'un bureau chic. Les murs étaient lambrissés, les sols couverts d'une épaisse moquette vert foncé. Il n'y avait pas de fenêtres, mais de grands tableaux brillamment éclairés représentant des paysages toscans. Des canapés en cuir clair étaient disposés de manière à créer des espaces confortables et intimes, et des tables luisantes supportaient des vases de cristal dégorgeant de bouquets aux couleurs exubérantes. L'odeur des fleurs m'évoqua un salon funéraire.

Un haut comptoir en acajou occupait le centre de la pièce. Le femme qui se tenait derrière me laissa pantoise. Grande, la peau sombre et les yeux verts, elle aurait été très jolie... dans tout autre endroit. Car elle était on ne peut plus humaine, comme moi. Que fabriquait-elle ici, parfaitement à l'aise, au beau milieu d'un nid de vampires ?

— Bonjour, Jane, dit-elle avec un sourire exquis.

Elle jaugea notre groupe sans marquer de surprise, en dépit d'Edward et de son torse nu qui scintillait doucement sous l'éclairage artificiel, en dépit de moi, décoiffée, débraillée et, comparativement, hideuse.

— Gianna, répondit Jane avec un salut de la tête.

Notre guide fila en direction d'une double porte située au fond de la salle, et nous la suivîmes. En passant devant le comptoir, Félix adressa un clin d'œil à l'hôtesse d'accueil, qui gloussa. De l'autre côté des battants nous attendait une réception bien différente. Le garçon pâle en costume gris perle qui nous accueillit aurait pu être le jumeau de Jane. Ses cheveux étaient plus sombres, ses lèvres pas aussi pleines, mais il était tout aussi beau. Il avança à notre rencontre et sourit en tendant la main vers la jeune femme.

— Jane.

— Alec.

Ils s'embrassèrent sur la joue, puis il nous contempla.

— Ils t'ont envoyée en chercher un, et tu reviens avec deux... et demi, murmura-t-il en me remarquant. Beau travail.

Jane s'esclaffa, un rire où suintait le plaisir, tels les gazouillis d'un bébé.

— De retour parmi nous, Edward, poursuivit Alec. Bienvenue. Tu m'as l'air de meilleure humeur.

— Ne te fie pas aux apparences, répliqua sèchement mon compagnon.

Je lui jetai un coup d'œil, me demandai comment il avait réussi à être encore plus morose qu'il ne l'était à présent. Alec ricana avant de m'examiner.

— C'est donc ça, la cause de tous ces soucis ? gouailla-t-il, sceptique.

Edward se contenta de lui lancer un sourire méprisant, puis il se figea.

— Va comprendre ! intervint Félix.

Edward se retourna en grondant. L'autre sourit, leva la main, paume en l'air et, du doigt, fit signe à Edward d'approcher.

— Patience ! souffla Alice à son frère en lui effleurant le coude.

Les Cullen échangèrent un long regard, et je regrettai de ne pouvoir deviner ce qu'elle lui disait. Quand il inspira profondément et pivota vers Alec, j'en déduis qu'elle lui recommandait de ne pas s'attaquer à Félix.

— Aro sera ravi de te revoir, annonça Alec comme si de rien n'était.

— Ne le faisons pas attendre, suggéra Jane.

Edward acquiesça. Alec et Jane, main dans la main, nous entraînèrent dans un autre vaste hall richement décoré – ce labyrinthe ne finirait donc jamais ? Ils ignorèrent les portes du fond – entièrement gainées d'or – pour s'arrêter à mi-chemin de la pièce, devant un panneau qu'ils firent glisser, et qui révéla un battant de bois brut. Il n'était pas fermé à clé, et Alec l'ouvrit en s'effaçant devant Jane.

Une fois de l'autre côté, je retins un gémissement. De nouveau, nous étions dans une salle en pierre, le même matériau que la place, la ruelle et le souterrain. Il y faisait sombre et froid. Cette antichambre était modeste et donnait sur une pièce caverneuse beaucoup plus claire, ronde comme la tour d'un château... ce qu'elle était sans doute. Deux étages au-dessus, de longues meurtrières dessinaient des rectangles de lumière vive sur le carrelage du sol. Il n'y avait pas d'éclairage artificiel, ici. Les seuls meubles consistaient en quelques fauteuils de bois, massifs comme des trônes, placés à différentes distances les uns des autres de manière à épouser l'arrondi des murs. Au milieu du cercle, une légère dépression dans le sol contenait une autre bouche d'égout. Peut-être une autre sortie.

La pièce n'était pas vide. Une poignée de personnes étaient réunies, s'adonnant à l'agréable exercice de la conversation. Le murmure de voix basses et posées formait un arrière-fond sonore assez doux. Deux femmes habillées de robes d'été s'arrêtèrent dans une tache de lumière, et leur peau émit un arc-en-ciel d'étincelles luisantes qui rebondirent contre les parois couleur sienne.

Les visages splendides se tournèrent vers nous quand nous entrâmes. La plupart de ces immortels étaient vêtus de pantalons et de chemises anodins, des tenues susceptibles de passer inaperçues dans les rues, mais l'homme qui prit le premier la parole portait une tunique flottante noire comme la nuit qui traînait par terre. Un instant, je confondis la longue chevelure noire du vampire avec une éventuelle capuche.

— Jane, ma chère, tu es revenue ! s'écria-t-il, visiblement ravi.

Sa voix n'était qu'un souffle.

Il avança vers nous, se déplaçant avec une grâce qui me stupéfia. Même Alice, qui donnait toujours l'impression de danser, était loin derrière lui en matière d'élégance. Lorsque je distinguai son visage, ma stupeur augmenta d'autant. Il était différent des figures artificiellement ravissantes qui l'entouraient – car il ne s'était pas approché seul, tout le groupe avait convergé dans la même direction, certains derrière, d'autres devant, avec cette célérité propre aux gardes du corps. Ses traits étaient somptueux, j'imagine, mais cet homme était aussi dissemblable de ses congénères qu'eux-mêmes l'étaient de moi. Son teint était d'une blancheur translucide, pareil à une peau d'oignon et apparemment tout aussi délicat, et il tranchait de manière frappante avec les longs cheveux noirs qui auréolaient son visage. J'éprouvais une envie urgente et atroce de toucher sa joue afin de vérifier si elle était plus douce que celle d'Edward ou d'Alice ou si elle était poudreuse, à l'instar de la craie. Ses yeux étaient rouges, identiques à ceux de ses comparses, mais la couleur en était voilée et presque laiteuse. Je me demandai si sa vision en était affectée. Il glissa vers Jane, prit son minois entre ses paumes parcheminées, embrassa légèrement ses lèvres pulpeuses puis recula d'un pas.

— Oui, maître, sourit la jeune femme, l'air angélique. Je l'ai ramené vivant, comme vous le souhaitiez.

— Ah, Jane, tu es d'un tel réconfort, pour moi ! s'extasia-t-il.

Il orienta ses prunelles embrumées vers nous, et son sourire s'élargit.

— Et voici Alice ! Et Bella ! se réjouit-il en tapant des mains. Quelle merveilleuse surprise ! Merveilleuse !

Je fus choquée qu'il prononçât nos noms de façon aussi informelle, à croire que nous étions de vieux amis qui lui rendaient une visite surprise.

— Félix, lança-t-il à notre imposante escorte, sois gentil et annonce à mes frères que nous avons de la compagnie. Je suis sûr qu'ils ne voudraient manquer cela pour rien au monde.

— Entendu, maître, opina la brute en s'éclipsant par le chemin que nous avions emprunté.

L'étrange vampire se tourna vers Edward et le fixa d'un air qui n'était pas sans rappeler celui d'un grand-père grondant son petit-fils adoré.

— Tu vois, Edward, que t'avais-je dit ? N'es-tu pas

heureux que je ne t'aie pas accordé ce que tu me demandais hier ?

— Je le suis, Aro, en effet, répondit-il en resserrant sa prise autour de ma taille.

— J'adore quand ça se termine bien, soupira Aro. C'est tellement rare. Mais j'exige de connaître comment c'est arrivé. Alice ? Ton frère semble te considérer comme infaillible. Pourtant, il y a eu erreur.

— Oh, je suis loin d'être infaillible, riposta Alice en lui adressant un sourire éblouissant, tout à fait à l'aise apparemment, si ce n'est qu'elle serrait les poings. Comme vous le constatez, je provoque autant de problèmes que j'en résous.

— Tu es trop modeste, la réprimanda Aro. J'ai assisté à des exploits autrement surprenants, et j'avoue que je n'ai jamais rien observé d'aussi remarquable que ton talent. Formidable !

Alice jeta un coup d'œil à Edward qui n'échappa pas à Aro.

— Je suis navré, s'empressa-t-il de s'excuser. Nous n'avons pas été présentés dans les formes, n'est-ce pas ? C'est juste que j'ai l'impression de te connaître déjà. Or, j'ai tendance à aller trop vite. Ton frère nous a fait nous rencontrer hier, d'une manière très particulière. C'est que, figure-toi, je partage un peu du don d'Edward, bien que mon pouvoir soit limité, ce qui n'est pas son cas.

Il secoua la tête, envieux.

— Limité et néanmoins beaucoup plus puissant, le corrigea Edward sèchement. Aro, expliqua-t-il à l'intention d'Alice, a besoin d'un contact physique pour lire dans les pensées d'autrui, mais il entend bien plus de choses que moi. Tu sais que je ne distingue que ce qui passe dans le cerveau de quelqu'un à un moment donné. Aro, lui, capte tout ce qui a jamais meublé l'esprit d'une personne.

Alice souleva ses délicats sourcils, Edward inclina la tête – deux gestes qu'Aro ne loupa pas non plus.

— Cependant, être capable de lire à distance..., soupira-t-il en les désignant, allusion à l'échange muet qui venait d'avoir lieu. Ce serait tellement pratique !

Tout à coup, il regarda derrière nous. Les autres suivirent le mouvement, y compris Jane, Alec, et Démétri qui se tenait à côté de nous, silencieux. Je fus la plus lente à me retourner. Félix était revenu, entraînant dans son sillage deux nouveaux hommes également vêtus de toges noires. Ils ressemblaient beaucoup à Aro ; l'un d'eux avait même une identique crinière sombre, tandis que son compagnon possédait une masse de longs cheveux blanc neige assortis à son teint. Leurs visages étaient tendus d'une peau fine comme du papier, exactement comme celui d'Aro. Le trio du tableau de Carlisle était au complet, inchangé malgré les trois cents années qui s'étaient écoulées depuis qu'il avait été peint.

— Marcus ! Caïus ! roucoula Aro. Regardez ! Bella est vivante, finalement, et Alice l'a accompagnée ! N'est-ce pas fantastique ?

Ni l'un ni l'autre ne me donnèrent le sentiment que « fantastique » était le mot qu'ils auraient choisi en premier lieu. Le brun paraissait s'ennuyer à mourir, sans doute avait-il eu droit à trop de millénaires d'enthousiasme « aroïen ». L'autre avait l'air carrément revêche. Leur manque d'intérêt ne refroidit en rien le plaisir de leur compère, cependant.

— L'histoire de nos jeunes amis m'intrigue, enchaîna-t-il. J'aimerais tant en saisir les raisons !

Le vampire chenu glissa vers l'un des trônes en bois. L'autre s'arrêta près d'Aro et tendit la main, pour prendre celle de son compagnon, crus-je d'abord, sauf qu'il se borna à effleurer sa paume rapidement avant de laisser retomber son bras. Aro haussa les sourcils, et je me demandai comment sa peau parcheminée ne craquait pas sous l'effort. Edward renifla tout doucement, et Alice lui jeta un regard curieux.

— Merci, Marcus, dit Aro. Voilà qui est plutôt intéressant.

En apparence indifférent, Marcus alla rejoindre celui qui devait être Caïus, déjà assis contre le mur. Deux des hommes présents le suivirent sans bruit – des gardes du corps, je ne m'étais pas trompée. De la même façon, les deux femmes en robes d'été s'étaient postées à côté de Caïus. L'idée qu'un vampire eût besoin de protection me sembla vaguement ridicule, mais ces vieillards étaient peut-être aussi fragiles que ce que leur aspect suggérait.

— Stupéfiant, marmonnait Aro en secouant la tête. Vraiment stupéfiant.

Alice était agacée de ne pas savoir. Se tournant vers elle, Edward lui expliqua brièvement les choses à demi-voix.

— Marcus détecte les relations. Il a été ahuri par l'intensité de la nôtre, à Bella et moi.

— Tellement pratique, répéta Aro en souriant avant de s'adresser à nous. Il en faut pas mal pour surprendre Marcus, croyez-moi.

Vu le visage mort dudit Marcus en question, j'en fus convaincue.

— C'est juste si délicat à comprendre, même maintenant, continuait Aro en fixant le bras d'Edward autour de ma taille. (J'avais du mal à suivre le cheminement chaotique de ses réflexions.) Comment supportes-tu de rester aussi près d'elle ?

— Cela exige plus d'efforts qu'il n'y paraît, répondit Edward.

— N'empêche... *la tua cantante*[1] ! Quel gâchis !

— Je préfère considérer que c'est le prix à payer, riposta Edward avec un rire sec.

— Un prix extrêmement élevé, objecta Aro, sceptique.

— Un coût d'opportunité.

L'autre s'esclaffa.

— Si je ne l'avais pas humée au travers de ta mémoire, reprit-il, je n'aurais pas cru que l'appel d'un sang pût être aussi puissant. Je n'ai jamais rien éprouvé d'aussi intense moi-même. La plupart d'entre nous seraient prêts à beaucoup pour un tel cadeau, et pourtant, toi...

— Je le gaspille, termina Edward à sa place sur un ton sarcastique.

— Ah ! rigola Aro. Comme mon ami Carlisle me manque ! Tu me fais penser à lui. Si ce n'est qu'il n'était pas aussi en colère que toi.

— Carlisle m'est supérieur dans bien des domaines.

— Je n'aurais surtout pas cru qu'il pût être dépassé pour ce qui est de la maîtrise de soi, mais il ne t'arrive pas à la cheville, là.

— Vous exagérez, s'impatienta Edward, comme fatigué par les préliminaires.

Ce qui m'effraya encore plus, et je ne pus m'empêcher de frissonner à l'idée de ce qu'on nous réservait.

---

1. « Ta chanteuse. » En italien dans le texte.

— Je suis heureux de sa réussite, poursuivit Aro. Les souvenirs que tu as de lui sont un cadeau, pour moi, bien qu'ils m'ébahissent. Je suis ahuri de constater à quel point me... *ravissent* ses succès dans la voie si peu orthodoxe qu'il s'est choisie. Je m'attendais à ce qu'il s'épuise avec le temps. Son projet de trouver des congénères qui partageraient son étrange vision de l'existence m'a bien amusé, et pourtant je suis content de m'être trompé.

Edward ne releva pas.

— Quand même, le contrôle que tu as sur toi ! soupira le vieil homme. J'ignorais qu'une telle force existât. T'habituer en dépit de l'appel d'une telle sirène, résister, pas une fois, mais encore et encore... Ne l'aurais-je pas senti en personne que je serais resté sceptique.

Edward contemplait l'admiration d'Aro sans émotion. Son visage m'était suffisamment familier – le temps n'avait pas changé cela – pour deviner que quelque chose bouillonnait sous la surface. Je dus lutter pour ne pas me mettre à haleter de terreur.

— Rien que me rappeler combien elle t'attire me donne soif ! ricana Aro.

Edward se tendit.

— Tranquillise-toi. Je ne lui veux aucun mal. Cependant, je suis *vraiment* curieux d'un détail.

Il m'observait avec un intérêt non dissimulé.

— Puis-je ? demanda-t-il en levant la main.

— Posez-lui la question directement, répliqua Edward.

— Bien sûr ! Quelle impolitesse de ma part ! Bella, ajouta-t-il en pivotant vers moi, je suis fasciné que tu sois la seule à résister à l'impressionnant talent d'Edward. Il est tellement passionnant de découvrir pareil phénomène. Comme nos dons sont similaires par bien des côtés, je me demandais si tu aurais la gentillesse de m'autoriser à vérifier si, pour moi aussi, tu es... illisible.

Terrorisée, j'interrogeai Edward du regard. La courtoisie d'Aro ne me laissait guère de doutes quant au choix réel qu'il me laissait. J'étais à la fois horrifiée à l'idée qu'il me touche et intriguée (de manière assez perverse, je l'avoue) par la chance qu'il m'offrait de frôler sa peau si bizarre. Edward m'adressa un signe de tête encourageant, soit parce qu'il était sûr qu'Aro ne me ferait pas de mal, soit parce que je n'étais pas en mesure de refuser, je l'ignore.

Quoi qu'il en soit, je m'approchai de l'antique vampire et soulevai lentement la main. Elle tremblait. Aro avança et tenta de prendre un air rassurant, j'imagine ; malheureusement, ses traits de papier étaient trop étranges pour que ça fonctionne. L'expression de son visage était plus assurée que l'avaient été ses paroles polies. Il tendit la main à son tour, comme pour serrer la mienne, et appuya sa peau apparemment dénuée de substance contre mes doigts. Elle était dure mais fragile, plus schiste que granit, et encore plus froide que ce à quoi je m'attendais. Ses yeux voilés me sourirent, et je me retrouvai incapable de détourner les miens. Ils étaient fascinants, d'une manière toutefois surprenante et déplaisante. Ses traits s'altérèrent. La confiance en soi vacilla, se transmuta en doute, puis en incrédulité avant que le masque amical reprenne sa place.

— Très intéressant, commenta-t-il avant de s'écarter.

Je regardai brièvement Edward, lequel me sembla, en dépit de sa maîtrise, assez satisfait de lui. Aro continuait à s'éloigner, pensif. Il garda le silence pendant quelques instants en nous contemplant tous les trois, puis secoua brusquement la tête.

— Une première ! marmonna-t-il. J'aimerais savoir si elle est également immunisée contre nos autres talents... Jane, très chère ?

— Non ! gronda aussitôt Edward.

Alice attrapa son bras ; il se libéra d'un geste. La petite Jane sourit joyeusement à Aro.

— Maître ?

Edward grognait littéralement, à présent, et il toisait le vieillard avec des prunelles maléfiques. Dans la salle, tout le monde s'était figé et l'observait avec incrédulité, comme s'il était en train de se rendre coupable d'un quelconque faux pas social. Je vis Félix sourire avec espoir et avancer d'un pas. Un coup d'œil d'Aro suffit cependant à l'arrêter net, et son rictus se transforma en bouderie.

— Je me demandais juste, ma charmante, si Bella était immunisée contre toi, dit-il ensuite à Jane.

Je l'entendis à peine, à cause des grommellements furibonds d'Edward. Ce dernier me lâcha pour se poster devant moi et me cacher. Caïus s'avança avec son entourage afin d'assister au spectacle. Jane se tourna vers nous avec un sourire béat.

— Non ! cria Alice au moment où Edward se jetait sur elle.

Avant que j'aie eu le temps de réagir, avant que quiconque ait pu s'interposer, avant même que les gardes du corps aient bougé, Edward se retrouva gisant au sol. Personne ne l'avait touché, et pourtant il se tordait de douleur sous mes yeux horrifiés. Jane ne souriait plus qu'à lui, et je compris tout à coup ce qu'Alice avait voulu dire par « pouvoirs formidables », pourquoi tous les vampires traitaient Jane avec autant de déférence et pourquoi Edward s'était jeté devant moi avant qu'elle me fasse subir le même sort.

— Stop ! hurlai-je, et ma voix résonna dans le silence.

Je me précipitai pour me mettre entre les deux adversaires. Malheureusement Alice m'intercepta et m'emprisonna dans ses bras de fer, totalement indifférente à mes ruades. Pas un son ne s'échappait des lèvres d'Edward, qui se démenait sur le carrelage. J'eus l'impression que ma tête allait exploser tant il m'était douloureux d'assister à pareille torture.

— Jane ! lança Aro d'un ton paisible.

Elle leva des yeux interrogatifs vers lui, visiblement enchantée. Sitôt qu'elle eût cessé de s'intéresser à lui, Edward s'immobilisa. Aro me désigna du menton. Jane tourna son sourire vers moi. Je ne la regardais pas, obnubilée par Edward, me débattant toujours contre la poigne d'Alice.

— Il va bien, me chuchota celle-ci d'une voix tendue.

En effet, au même moment, il s'assit avant de sauter sur ses pieds avec légèreté. Nos prunelles se croisèrent, et les siennes me parurent frappées d'horreur – à cause de ce qu'il venait de subir, pensai-je aussitôt. Mais elles papillotèrent entre Jane et moi, et il se relaxa. Moi aussi, je reportai mon attention sur la jeune femme. Elle ne souriait plus, affichait au contraire un air plutôt contrarié, mâchoires serrées sous la concentration. Je me tassai sur moi-même, guettant la vague de souffrance.

Rien ne se produisit.

Edward avait regagné sa place à mon côté. Il effleura le coude de sa sœur qui me remit à lui. Aro se mit à rire.

— Ha ! Ha ! Ha ! C'est extraordinaire.

Jane siffla de rage et se pencha, comme pour bondir.

— Ne sois pas fâchée, très chère, la consola Aro en posant une main légère sur son épaule. Elle nous prend tous au dépourvu.

Jane continua de me toiser, ses lèvres retroussées sur ses dents.

— Ha ! Ha ! Ha ! rigola de nouveau Aro. Tu as été très courageux, Edward, de supporter cela en silence. J'ai prié Jane de m'appliquer son traitement, un jour, par simple curiosité. Je t'admire.

Edward le vrilla d'un regard dégoûté.

— Et maintenant, soupira-t-il ensuite, qu'allons-nous faire de vous ?

Les Cullen se raidirent. Nous arrivions au moment redouté. Je me mis à trembler.

— J'imagine qu'il est inutile d'espérer que tu aies changé d'avis ? demanda Aro à Edward avec espoir. Ton don serait un complément merveilleux à notre petit groupe.

Edward hésita. Du coin de l'œil, je vis que Félix et Jane grimaçaient.

— Je n'aime mieux pas, répondit-il en pesant chaque mot.

— Et toi, Alice ? Ça te dirait de te joindre à nous ?

— Non merci.

— Et toi, Bella ?

Edward laissa échapper un sifflement. Je fixai Aro sans comprendre. Plaisantait-il ou m'invitait-il à rester dîner ? Ce fut Caïus aux cheveux blancs qui rompit le silence.

— Quoi ! s'exclama-t-il d'une voix aussi faible que celle d'Aro.

— Voyons, Caïus, répliqua ce dernier avec affection, tu as constaté son potentiel, non ? Depuis Jane et Alec, je n'ai vu de talent aussi prometteur. Tu imagines un peu les possibilités, une fois qu'elle sera des nôtres ?

L'autre agita la tête d'un air caustique. Jane parut s'indigner de la comparaison. À côté de moi, Edward fulminait. Un grondement était en train de naître au fin fond de son torse, prêt à se transformer en rugissement. Pas question que son emportement lui vaille d'autres ennuis.

— Non merci, lançai-je dans un murmure effrayé.

— Quel dommage ! se plaignit Aro. Quel gaspillage !

— Se joindre à vous ou mourir, hein ? cracha soudain Edward. C'est bien ce à quoi je m'attendais quand nous avons été amenés ici. Si c'est ça, vos règles !

Ses inflexions m'étonnèrent. Il semblait irrité mais, en même temps, il y avait quelque chose de délibéré dans sa phrase, comme s'il avait soigneusement choisi ses mots.

— Bien sûr que non ! se récria Aro, ahuri. Nous étions déjà réunis ici, Edward, pour guetter le retour de Heidi. Pas le tien.

— Aro ! intervint Caïus. Les lois l'exigent !

— Comment ça ? riposta Edward en le toisant.

Il avait sûrement deviné ce que Caïus avait en tête, sauf qu'il paraissait déterminé à l'obliger à le formuler à voix haute. Le vieux vampire tendit un doigt squelettique vers moi.

— Elle en sait trop. Tu as dévoilé nos secrets.

— J'ai repéré quelques humains dans votre mascarade, lui rappela Edward.

Je pensai à la jolie réceptionniste. Le visage de Caïus se tordit... en un sourire ?

— En effet, admit-il. La différence, c'est qu'une fois qu'ils ne nous sont plus utiles, ils nous servent de repas. Ce qui n'est pas le sort que tu réserves à celle-ci. Si elle nous trahissait, serais-tu prêt à la détruire ? Je ne pense pas.

— Jamais je ne..., commençai-je, avant de m'interrompre, réduite au silence par un regard réfrigérant de Caïus.

— De même, tu n'as pas l'intention d'en faire une des nôtres, continua-t-il. Elle représente donc un point faible. Pour cela, seule sa vie mérite d'être sacrifiée. Rien que la sienne. Toi, tu peux partir, si tu le veux.

Edward montra les dents.

— C'est bien ce que j'avais cru comprendre, commenta Caïus avec quelque chose comme un certain plaisir dans la voix.

Félix se trémoussa, avide de passer à l'attaque.

— À moins que..., s'interposa Aro, apparemment mécontent du tour qu'avait pris la conversation, à moins que tu acceptes de lui offrir l'immortalité.

— Et si c'était le cas ? répondit Edward après une brève hésitation.

— Eh bien, sourit Aro en retrouvant sa bonne humeur, tu serais libre de rentrer chez toi et de transmettre mes salutations à mon ami Carlisle. En revanche, précisa-t-il, soudain moins assuré, j'ai bien peur que tu sois obligé d'être sincère en nous promettant cela.

Et il tendit la main. Caïus, qui s'était agité, furibond, se relaxa. Edward serra les lèvres. Il me dévisagea, je lui rendis la pareille.

— Je t'en supplie, chuchotai-je, sois sincère.

L'idée était-elle si répugnante ? Préférait-il mourir plutôt que me transformer ? Quelle gifle ce serait pour moi ! Il me contemplait, torturé. Soudain, Alice s'avança et, sans un mot, tendit sa propre main à Aro. Ce dernier chassa d'un geste ses gardes du corps, qui s'étaient rapprochés. Il prit les doigts d'Alice avec une avidité sans pareille. Baissant la tête, il ferma les paupières et se concentra. Immobile, Alice ne trahissait aucune émotion. J'entendis Edward claquer des mâchoires. Personne ne bougeait. Aro paraissait statufié au-dessus de la main d'Alice. Les secondes s'écoulèrent, et je cédai à un énervement de plus en plus intense, inquiète que la situation dégénère encore plus. Tout à coup, la voix d'Aro rompit le silence.

— Ha ! Ha ! Ha ! s'esclaffa-t-il, les iris allumés par la joie. C'était fascinant.

— Ravie que ça vous ait plu, rétorqua Alice avec un sourire sec.

— Voir ce que tu as vu, surtout ce qui n'est pas encore arrivé, s'émerveilla-t-il.

— Mais qui ne manquera pas de se produire, insista-t-elle.

— Oui, oui, ça paraît évident. À mon avis, il n'y a plus de problème.

Caïus eut l'air amèrement déçu, à l'instar de Félix et de Jane.

— Aro ! lança-t-il avec un accent de reproche.

— Calme-toi, cher Caïus. Envisage les possibilités ! Ils ne se joignent pas à nous aujourd'hui, cela ne nous empêche pas d'espérer pour l'avenir. Pense à la joie que la jeune Alice à elle seule apporterait à notre maisonnée... Par ailleurs, je suis très curieux de voir comment Bella va tourner.

Aro était visiblement convaincu. Ne se rendait-il pas compte à quel point les visions d'Alice étaient suggestives ? Qu'elle était capable de se persuader sur l'instant qu'elle me transformerait pour changer d'avis le lendemain ? Un million de minuscules décisions, les siennes comme celles des autres – d'Edward – pouvaient altérer son cheminement et, par conséquent, le futur.

De plus, la volonté d'Alice importait-elle vraiment, et ma transmutation en vampire comptait-elle franchement quand l'idée répugnait tant à Edward ? Quand, pour lui, la mort était préférable à la perspective de m'avoir dans les pattes jusqu'à la fin des temps, encombrante immortelle ? Aussi terrifiée que je sois, je sentis que je glissais vers la déprime, qu'elle me submergeait...

— Nous sommes donc libres de nous en aller ? demanda Edward d'un ton égal.

— Oui, oui, acquiesça Aro. Mais revenez nous voir. Votre visite a été absolument captivante.

— Et, de notre côté, nous viendrons chez vous, précisa Caïus, avec une mine de lézard. Histoire de vérifier que vous avez rempli votre part du contrat. À votre place, je ne tarderais pas trop. Nous ne donnons pas de deuxième chance.

Crispé, Edward opina. Très content de lui, l'autre glissa en direction de Marcus, lequel était resté assis, complètement indifférent à la scène. Félix gronda.

— Patience, Félix, s'amusa Aro. Heidi ne va plus tarder.

— Dans ce cas, lança Edward, mieux vaut que nous prenions congé tout de suite.

— Oui, convint Aro, bonne idée. Les accidents sont

toujours possibles. Cependant, attendez la nuit en bas. Si ça ne vous ennuie pas, bien sûr.

— Évidemment, accepta Edward, tandis que je tressaillais à la perspective de rester une minute de plus dans ces parages mortels.

Aro fit signe à Félix de s'approcher et lui retira son manteau.

— Tiens, ajouta-t-il à l'intention d'Edward, prends ça. Tu es un peu trop repérable.

Edward enfila le vêtement sans mettre la capuche.

— Il te va bien, soupira Aro.

Edward commença à rire, puis se ravisa promptement après avoir jeté un coup d'œil derrière lui.

— Merci, Aro. Nous patienterons en bas.

— Au revoir, mes jeunes amis, répondit le vieil homme en regardant dans la même direction, les yeux luisants tout à coup.

— Allons-y ! marmonna Edward, pressé.

Démétri nous indiqua de le suivre et s'éloigna vers le chemin par lequel nous étions arrivés. Edward m'entraîna vivement, cependant qu'Alice se postait de l'autre côté.

— Nous avons trop tardé, murmura-t-elle.

Effrayée par ces paroles, je me tournai vers elle, mais elle avait juste l'air contrariée. C'est alors que je perçus des bavardages qui provenaient de l'antichambre, des voix bruyantes et rudes.

— Extraordinaire ! beugla une basse rauque.

— Tellement médiéval ! pépia un désagréable soprano.

Un troupeau de gens entrait par la petite porte en bois, envahissant la première pièce en pierre brute.

Démétri nous fit signe de nous écarter, et nous nous collâmes au mur pour laisser passer la meute.

— Bienvenue, mes amis ! entendis-je Aro chantonner. Bienvenue à Volterra !

La quarantaine de personnes disparut dans la grande salle ronde que nous venions de quitter. Certaines étudiaient les lieux, tels des touristes. D'autres semblaient perdues, comme si le prétexte qui les avait amenées ici n'avait soudain plus de sens. Je remarquai notamment une petite femme brune qui agrippait le rosaire suspendu à son cou. Elle progressait plus lentement que ses compagnons, posant çà et là une question à l'un ou l'autre dans une langue étrangère. Personne ne la comprenait, apparemment, et elle était de plus en plus paniquée. Edward attira mon visage contre son torse. Malheureusement, j'avais déjà saisi.

Dès qu'un interstice apparut dans la foule, il me poussa rapidement vers la sortie. Je savais que l'horreur avait envahi mes traits, et des larmes avaient commencé à rouler sur mes joues. Le hall aux portes d'or était calme et désert, à l'exception d'une splendide femme aux allures de statue. Elle nous contempla avec curiosité, moi en particulier.

— Bienvenue à la maison, Heidi, la salua Démétri.

La déesse lui adressa un sourire absent. Elle me rappelait Rosalie, bien qu'elles ne se ressemblent en rien, mis à part pour leur exceptionnelle et inoubliable beauté. J'en étais comme hypnotisée. Sa tenue soulignait sa magnificence. Ses jambes immenses et assombries par des collants étaient mises en valeur par une minijupe des plus courtes. Son corsage rouge à manches longues et col montant épousait les formes avantageuses de son buste, d'autant qu'il était tissé en vinyle. Son opulente chevelure acajou brillait, ses prunelles étaient d'un violet surprenant, peut-être parce qu'elle portait des lentilles de contact teintées sur ses iris pourpres.

— Démétri, répondit-elle d'une voix soyeuse, tandis que ses yeux se posaient alternativement sur mon visage et le manteau gris d'Edward.

— Belle prise, la complimenta Démétri.

L'ostentation de ses vêtements me devint soudain évidente. Non seulement elle allait à la pêche, mais en plus elle servait d'appât.

— Merci, lança-t-elle avec un sourire aveuglant. Tu ne viens pas ?

— Dans une minute. Garde-m'en quelques-uns.

Heidi hocha la tête puis fila dans la tour, non sans m'avoir auparavant jeté un ultime coup d'œil intrigué. Edward accéléra le pas au point de m'obliger à courir pour ne pas être distancée. Néanmoins, nous ne réussîmes pas à franchir le seuil de la pièce suivante avant que les hurlements se mettent à retentir.

22

VOL DE NUIT

Démétri nous abandonna dans le joli et rassurant hall d'accueil, où Gianna était toujours à son poste, derrière le comptoir lustré. Une musique joyeuse se déversait par des haut-parleurs invisibles.

— Ne partez pas avant la nuit, nous prévint-il.

Edward acquiesça, et l'autre se dépêcha de retourner à son festin. Gianna n'eut pas l'air surprise par l'échange, même si elle me parut jauger le manteau emprunté par Edward d'un coup d'œil plein de finesse.

— Ça va ? s'inquiéta ce dernier auprès de moi, dans un souffle pour éviter que la femme nous entende.

L'anxiété rendait sa voix rocailleuse, pour peu que le velours puisse l'être. Il avait sans doute du mal à encaisser notre situation.

— Aide-la à s'asseoir avant qu'elle défaille, intervint Alice. Elle n'en peut plus.

Ce n'est qu'à cet instant que je m'aperçus que je tremblais, si fort que mes dents s'entrechoquaient, et que la pièce donnait l'impression d'être floue et de tournoyer. Je me demandais brièvement si c'était ce que ressentait Jacob avant de se transformer en loup-garou. Un son me parvint, bizarre, sorte de contrepoint dissonant à la mélodie entraînante qui inondait la pièce. Focalisée sur mes tremblements, je n'aurais su dire d'où il provenait.

— Chut, Bella, chut, murmura Edward en m'entraînant vers le canapé le plus éloigné de Gianna.

— Elle est en train de craquer, tu devrais peut-être la gifler, suggéra Alice.

Edward la fusilla du regard. Je compris. Nom d'un chien ! C'était moi qui émettais ce bruit, des sanglots énormes qui montaient de ma poitrine, ceux-là mêmes qui me secouaient de la tête aux pieds.

— Ça va aller, tu es en sécurité, ça va aller, me répétait inlassablement Edward.

Il me prit sur ses genoux et m'enveloppa dans son manteau de laine pour me protéger de la froideur de sa peau. J'avais conscience de réagir bêtement. Qui savait combien de temps encore j'aurais le loisir de contempler son visage ? Il était sauvé, moi aussi, et il pouvait m'abandonner sitôt que nous serions loin d'ici. Pleurer au point de ne plus être en mesure de me régaler de ses traits adorés était du gâchis, de la folie. Mais, derrière mes paupières, les larmes n'arrivaient pas à effacer l'image de la petite femme brune au rosaire.

— Ces pauvres gens ! m'exclamai-je.

— Je sais, marmonna-t-il.

— C'est atroce.

— Oui. Je regrette que tu aies assisté à ça.

J'appuyai ma tête contre son torse glacé, m'essuyai les yeux avec un pan du manteau, puis je respirai profondément pour essayer de me calmer.

— Désirez-vous que je vous apporte quelque chose ? s'enquit une voix polie.

C'était Gianna, penchée par-dessus l'épaule d'Edward, l'air inquiet et cependant détaché. Elle n'était apparemment pas perturbée à l'idée d'approcher son visage à quelques centimètres d'un vampire hostile. Soit elle était complètement inconsciente, soit très professionnelle.

— Non, répondit-il froidement.

Elle opina, sourit et disparut.

— Elle est au courant de ce qui se passe là-bas ? demandai-je après m'être assurée qu'elle ne m'entendait pas.

Je commençai à me ressaisir, à présent.

— Oui.

— Se doute-t-elle qu'ils la tueront un jour ou l'autre ?

— Elle sait que c'est une possibilité.

Je tressaillis, ahurie.

— Elle espère seulement qu'ils décideront de la garder, continua-t-il.

— Elle désire devenir comme eux ? haletai-je.

Il hocha la tête, guettant ma réaction.

— Comment peut-elle souhaiter cela ? chuchotai-je, plus pour moi-même qu'en espérant une réponse. Comment supporte-t-elle de voir ces gens s'engouffrer dans cet endroit maudit et vouloir participer à la... fête ?

Edward ne releva pas, mais une moue déforma ses traits, comme s'il réagissait à l'une de mes paroles. Je le scrutai en tâchant d'identifier sa grimace quand, brusquement, je me rendis compte de l'endroit où j'étais, blottie dans ses bras (même si ça ne durerait pas), et que je réalisai que, pour l'instant, nous ne risquions plus de mourir.

— Oh, Edward ! m'écriai-je en me transformant une nouvelle fois en fontaine.

Quelle imbécile ! Une fois encore, les larmes m'empêchaient de profiter de sa beauté, c'était inexcusable. Je n'avais que jusqu'au coucher du soleil. Comme dans les contes de fées, la magie finissait toujours par s'évaporer à un moment donné.

— Qu'y a-t-il ? s'inquiéta-t-il en me frottant le dos.

J'enroulai mes bras autour de son cou – que pouvait-il m'infliger ? Une rebuffade ? – et me serrai contre lui.

— Suis-je complètement dérangée d'être heureuse en cet instant ?

Il ne me repoussa pas. Au contraire, il m'enlaça plus étroitement, au point de me couper presque le souffle.

— Non, murmura-t-il, je sais exactement ce que tu éprouves. Nous avons des tas de raisons de nous réjouir. Pour commencer, nous sommes en vie.

— Oui. C'est une bonne raison.

— Et réunis, souffla-t-il.

Son haleine était si douce que j'en eus le vertige. Je me bornai à acquiescer à sa dernière phrase, certaine qu'elle n'était pas aussi lourde de sens pour lui que pour moi.

— Et, avec un peu de chance, nous serons encore vivants demain.

— Espérons-le.

— Les prévisions vont dans ce sens, intervint Alice

que j'avais presque oubliée tant elle avait été discrète. Je dois voir Jasper dans moins de vingt-quatre heures, ajouta-t-elle avec satisfaction.

Heureuse Alice, elle qui pouvait avoir confiance dans son avenir. Quant à moi, je contemplais Edward sans m'en rassasier, souhaitant par-dessus tout que le futur n'arrive pas, que cette heure dure toujours ou, si c'était impossible, que je meure au moment où elle s'achèverait. Lui me regardait aussi, ses yeux sombres empreints de douceur, et il eût été facile de me dire qu'il ressentait la même chose que moi. C'est donc ce que je fis – semblant –, histoire que l'instant fût plus doux.

— Tu as l'air épuisée, chuchota-t-il en caressant mes cernes d'un doigt.

— Et toi assoiffé, répondis-je en examinant les marques mauves sous ses iris noirs.

— Ce n'est rien.

— Sûr ? Sinon, je m'assois près d'Alice.

Proposition hypocrite s'il en était. J'aurais préféré qu'il me tue sur-le-champ plutôt que de m'éloigner d'un millimètre.

— Ne sois pas ridicule ! soupira-t-il en m'effleurant de son souffle. Je n'ai jamais eu un tel contrôle de cet aspect de ma personnalité qu'à cette heure.

J'avais des millions de questions à lui poser. L'une d'elles me brûlait les lèvres en cet instant même, mais je la gardai pour moi. Je ne tenais pas à gâcher ce moment, aussi imparfait fût-il, dans cet endroit qui me rendait malade et sous les yeux d'un futur monstre.

Dans ses bras, il était si simple d'imaginer qu'il voulait bien de moi. Je ne voulais pas réfléchir à ses motivations maintenant – agissait-il ainsi pour que je reste calme jusqu'à ce que nous fussions hors de danger ? Se sentait-il simplement coupable de nous avoir attirées ici et était-il juste soulagé que j'aie échappé à la mort ? Notre séparation avait peut-être été suffisamment longue pour que je ne l'ennuie pas encore. Tout cela ne comptait pas, j'étais bien plus heureuse de faire semblant. Blottie contre lui, muette, je gravais de nouveau ses traits dans ma mémoire, je jouais la comédie...

Lui me détaillait également – tentait-il de mémoriser mon visage ? – tout en discutant avec Alice des modalités de notre retour. Ils parlaient si vite et si doucement que Gianna ne les comprenait pas, j'en étais certaine. Moi-même, je loupais la moitié de ce qui se disait. Je saisis cependant qu'un nouveau vol de voiture était au programme, et me demandai vaguement quand le propriétaire de la Porsche récupérerait son bien.

— Qu'est-ce que c'était que celle allusion à une chanteuse ? s'enquit soudain Alice.

— *La tua cantante* ? répondit Edward et, prononcés par lui, les mots devinrent extrêmement mélodieux.

— Oui.

Je me concentrai, car moi aussi je m'étais posé la question.

— C'est ainsi qu'ils appellent une personne dont l'odeur produit un certain effet, à l'instar de celle de Bella sur moi. Elle est ma chanteuse, parce que son sang chante pour moi.

Alice s'esclaffa.

J'étais suffisamment fatiguée pour tomber comme une masse, mais je luttais contre le sommeil. Il était exclu que je manque une seconde de ces retrouvailles avec lui. Tout en discutant avec sa sœur, il lui arrivait de se pencher brusquement et de m'embrasser – ses lèvres lisses comme le verre frôlant mes cheveux, mon front, le bout de mon nez. Chaque fois, mon cœur assoupi avait l'impression de recevoir une décharge électrique, et le bruit de ses battements paraissait alors emplir la pièce. C'était le paradis au beau milieu de l'enfer.

J'avais perdu toute notion du temps, si bien que, quand Edward resserra son étreinte et que lui et Alice se retournèrent, l'air inquiet, je faillis paniquer. Je me pelotonnai contre Edward, alors qu'Alec, ses prunelles désormais d'un rubis éclatant, franchissait la double porte. Il était cependant porteur de bonnes nouvelles.

— Vous êtes libres de partir, à présent, nous annonça-t-il avec une chaleur qui aurait pu laisser supposer que nous étions des amis de longue date. Nous vous prions juste de ne pas vous attarder en ville.

— Pas de souci, répliqua Edward sans se donner la peine de dissimuler sa froideur.

Alec sourit, hocha la tête puis disparut.

— Suivez le couloir de droite jusqu'au bout, vous trouverez des ascenseurs, nous informa Gianna, tandis qu'Edward m'aidait à me mettre debout. La sortie est deux étages plus bas. Au revoir.

Tout ça, avec une amabilité désarmante. Sa compétence suffirait-elle à la sauver ? En tout cas, Alice lui lança un regard noir.

Je fus soulagée qu'il existe une autre façon de quitter les lieux. Je ne pensais pas être capable de repartir par les tunnels. Nous filâmes de l'édifice par un hall au luxe de bon goût. Je fus la seule à me retourner pour examiner le château médiéval que dissimulait l'apparente adresse professionnelle. Dieu merci, la tour était invisible de la rue.

Dehors, les festivités battaient toujours leur plein. Les

réverbères venaient juste de s'allumer. Le ciel était d'un gris pâle, mais les immeubles étaient tellement collés les uns aux autres qu'on avait le sentiment qu'il faisait plus sombre. À l'instar des réjouissances, d'ailleurs. Le long manteau d'Edward ne jurait guère ce soir-là, contrairement à ce qui se serait passé tout autre jour. D'autres badauds arboraient des capes de satin noir, et les crocs en plastique que j'avais vu un enfant porter sur la place paraissaient très populaires auprès des adultes.

— Ridicule ! marmonna Edward.

J'allais poser une question à Alice, quand je constatai qu'elle s'était éclipsée.

— Où est ta sœur ? chuchotai-je avec anxiété.

— Elle est allée chercher vos affaires là où elle les a rangées ce matin.

J'avais oublié ma brosse à dents. Ce rappel me réconforta beaucoup.

— Elle va aussi voler une voiture ? devinai-je.

— Pas avant que nous ne soyons sortis de la ville, rit-il.

Le trajet jusqu'à l'extérieur de l'enceinte me sembla très long. Edward se doutait que j'étais morte de fatigue, car il me porta presque tout le temps. Lorsque nous franchîmes la grande porte, je frissonnai. L'énorme herse antique qui était relevée m'évoqua la grille d'une cage susceptible de tomber à tout moment et de nous enfermer dans les remparts. Edward me conduisit en direction d'une auto sombre qui nous attendait dans une flaque d'ombre à deux pas de là, moteur tournant. À ma grande surprise, il se glissa sur la banquette arrière avec moi au lieu d'insister pour prendre le volant.

— Désolée, s'excusa Alice en désignant vaguement le tableau de bord, je n'ai pas eu beaucoup le choix.

— Ne t'inquiète pas, rigola son frère. On ne peut pas toujours rouler en 911 Turbo.

— Je devrais peut-être songer à m'en procurer une légalement, soupira-t-elle. C'était fabuleux.

— Je t'en offrirai une à Noël.

Alice le regarda, aux anges, ce qui me flanqua la frousse, car elle dévalait déjà la route sinueuse et sombre.

— Jaune, alors, précisa-t-elle.

Edward ne desserra pas son étreinte. À l'intérieur de son manteau, j'avais chaud, j'étais bien. Plus que bien.

— Tu peux dormir, maintenant, me murmura-t-il. C'est fini.

— Je ne veux pas. Je n'ai pas sommeil.

Seule cette dernière affirmation était mensongère. Il était hors de question que je ferme les yeux. L'habitacle n'avait beau être que faiblement éclairé par les lumières du tableau de bord, c'était suffisant pour que je visse son visage. Il m'embrassa sous l'oreille, insista.

— Essaie quand même.

Je secouai la tête.

— Tu es toujours aussi têtue, hein ?

Effectivement. Je me bagarrai avec mes paupières lourdes et emportai la bataille. La route nocturne fut le combat le plus difficile, l'aéroport illuminé de Florence plus aisé, d'autant que je profitai de la chance qui s'offrait à moi pour me brosser les dents et enfiler un change propre. Alice acheta également des vêtements à Edward, et il abandonna le manteau gris sur une pile d'ordures. Le voyage en avion jusqu'à Rome dura si peu de temps que la fatigue n'eut pas le loisir de me submerger. Je pressentais que le vol entre Rome et Atlanta serait une autre histoire, surtout qu'Alice nous avait acheté, une fois encore, des places confortables en première classe. Voilà pourquoi je priai l'hôtesse de m'apporter un Coca.

— Bella ! me morigéna Edward.

Il connaissait ma faible résistance à la caféine. Installée derrière nous, Alice marmottait dans son portable, en pleine conversation avec Jasper.

— Je refuse de dormir, protestai-je. Si je ferme les yeux maintenant, des images horribles vont défiler dans ma tête. Je risque d'avoir des cauchemars.

Il ne discuta pas cette excuse à peu près plausible.

C'eût été un moment idéal pour parler et obtenir les réponses dont j'avais besoin – sans en avoir très envie cependant. La perspective de ce que je risquais d'entendre m'emplissait déjà de désespoir. Nous disposions de plusieurs heures devant nous ; il ne pourrait pas m'échapper, dans cet endroit confiné qu'était l'avion. Personne ne nous entendrait, excepté Alice ; il était tard, la plupart des passagers éteignaient les lampes au-dessus de leur siège et demandaient des oreillers à voix basse ; bavarder m'aiderait à lutter contre l'éreintement.

Pourtant, manœuvre perverse, je retins mon flot d'interrogations. La fatigue amoindrissait sans doute mes capacités de raisonnement. N'empêche, j'espérais qu'en retardant le moment d'une explication, j'en retirerais quelques heures supplémentaires en sa compagnie, j'obtiendrais une autre nuit, telle Schéhérazade.

Bref, je ne cessai de boire des sodas et de lutter contre l'envie même de battre des paupières. De son côté, Edward semblait pleinement satisfait de me serrer dans ses bras, ses doigts caressant encore et encore mon visage. Geste que je lui rendais, incapable de me retenir, alors que je craignais que cela me blesse, plus tard, quand je me retrouverais seule. Il baisait toujours mes cheveux, mon front, mes poignets... mais jamais mes lèvres, ce qui était bien. Après tout, pouvait-on espérer qu'un cœur estropié fût suffisamment solide pour résister à cela ? Ces derniers jours, j'avais beau avoir survécu à des incidents qui auraient dû m'achever, je n'avais pas l'impression d'être plus forte. Au contraire, je me sentais affreusement fragile, prête à m'effondrer au moindre mot.

Edward ne parlait pas, comptant peut-être que son silence m'amènerait à m'endormir. Ou alors, il n'avait rien à dire.

Je remportai mon duel contre le sommeil. J'étais éveillée quand nous arrivâmes à l'aéroport d'Atlanta, et je réussis même à contempler le lever du soleil au-dessus des nuages de Seattle avant qu'Edward abaisse le volet. J'étais fière de moi. Je n'avais pas loupé une minute de nos retrouvailles.

Si ni le frère ni la sœur ne parurent surpris par la délégation qui nous attendait à l'aéroport de Sea-Tac, je fus désarçonnée. J'aperçus Jasper en premier, alors que lui eut l'air de ne pas me voir du tout, n'ayant d'yeux que pour Alice. Celle-ci le rejoignit vivement. Ils ne s'enlacèrent pas comme les autres couples qui étaient réunis autour d'eux, se bornant à se fixer l'un l'autre ; pourtant, cet instant fut si intime que je fus obligée de me détourner.

Carlisle et Esmé patientaient en silence dans un coin tranquille loin des portiques de détection des métaux, à l'ombre d'un grand pilier. Esmé m'attrapa et me serra très fort contre elle, bien que le bras d'Edward emprisonnant toujours ma taille ne facilitât pas la chose.

— Merci, vraiment merci, me chuchota-t-elle à l'oreille.

Puis elle se jeta au cou de son fils et, j'eus l'impression qu'elle aurait fondu en larmes, pour peu que cela lui eût été possible, s'entend.

— Ne me refais jamais ça ! lui lança-t-elle, en grognant presque.

— Désolé, maman, s'excusa Edward avec un sourire repentant.

— Merci, Bella, me dit Carlisle. Nous te sommes redevables.

— Mais non, marmonnai-je.

Tout à coup, le manque de sommeil me submergea, et j'eus le sentiment que ma tête et mon corps s'étaient séparés. Esmé gronda Edward.

— Elle dort debout, ramenons-la vite à la maison.

Guère persuadée que la maison était ce que je voulais à cette heure, je titubai, à demi aveuglée, à travers l'aéroport, Edward me soutenant d'un côté, Esmé de l'autre. J'ignorais si Alice et Jasper nous suivaient, j'étais trop abrutie de fatigue pour vérifier. Je pense que j'étais déjà endormie, mais je marchai quand même jusqu'à leur voiture. Mon ébahissement en découvrant Emmett et Rosalie appuyés contre la voiture noire sous la maigre lumière du parking souterrain me réveilla cependant quelque peu. Edward se raidit.

— Du calme, murmura Esmé. Elle est très mal.

— Elle peut, répliqua-t-il sans baisser le ton.

— Ce n'est pas sa faute, intervins-je, la voix dénaturée par l'épuisement.

— Laisse-lui une chance de s'amender, le supplia sa mère. Nous monterons avec Alice et Jasper.

Edward toisa sa vampire de sœur, blonde à la beauté presque absurde.

— S'il te plaît, intercédai-je.

Je n'avais pas plus envie que lui de faire le trajet en compagnie de Rosalie, mais j'avais assez semé la pagaille comme ça entre les Cullen. En soupirant, il m'entraîna vers la voiture. Emmett et Rosalie s'installèrent à l'avant sans dire un mot. Edward choisit la banquette arrière une fois encore. Consciente que je ne tenais plus, je rendis les armes et posai la tête contre son torse. La voiture démarra.

— Edward, commença Rosalie.

— Je sais, répliqua-t-il sèchement.

— Bella ? reprit-elle doucement.

Sous le choc, j'ouvris les paupières. C'était la première fois qu'elle s'adressait directement à moi.

— Oui ? dis-je, hésitante.

— Je suis vraiment désolée, Bella. Je suis malheureuse comme les pierres depuis que cette histoire a commencé, et je te suis extrêmement reconnaissante d'avoir été assez courageuse pour sauver mon frère après ce que j'ai fait. Je t'en prie, accepte de me pardonner.

Les paroles, guindées et maladroites, paraissaient sincères.

— Bien sûr, Rosalie, bredouillai-je.

J'étais trop heureuse de saisir une perche qui, peut-être, me rendrait moins détestable à ses yeux.

— Tu n'y es pour rien du tout. C'est moi qui ai sauté de cette fichue falaise. Évidemment, que je te pardonne.

Mes mots me firent l'effet d'une véritable bouillie.

— Ça ne compte pas, elle n'est pas consciente, rigola Emmett.

— Je suis parfaitement consciente, rétorquai-je dans un souffle de mourante.

— Laissons-la dormir, insista Edward, en se dégelant un peu.

Du coup, le silence s'installa, seulement rompu par le ronronnement du moteur. Je dus m'assoupir, parce que, après ce qui me parut à peine quelques secondes, Edward ouvrit la portière et me porta. Mes paupières refusèrent de se soulever, et je crus que nous étions encore à l'aéroport. C'est alors que j'entendis Charlie.

— Bella ! hurla-t-il.

— Charlie, murmurai-je en m'efforçant de m'extirper de ma stupeur.

— Chut ! fit Edward. Tout va bien. Tu es chez toi, en sécurité. Dors !

— Je suis estomaqué que tu aies le cran de te montrer ici ! beugla Charlie au visage d'Edward.

— Arrête, papa, gémis-je.

Mes mots se perdirent dans sa vindicte.

— Qu'est-ce qu'elle a ? poursuivit-il.

— Elle est juste très fatiguée, Charlie, le rassura Edward. Laissez-la se reposer, s'il vous plaît.

— Ne me dis pas ce que je dois faire ! Et donne-la-moi. Bas les pattes !

Edward voulut me passer à Charlie, mais je m'accrochai à lui comme une noyée. Mon père tirait sur mon bras de toutes ses forces.

— Ça suffit, papa ! lançai-je avec plus de force. Si tu dois être en colère, sois-le après moi, ajoutai-je en réussissant à le regarder.

Nous étions devant chez lui, la porte était ouverte. Les nuages dans le ciel étaient trop épais pour qu'on pût déterminer l'heure qu'il était.

— Je te garantis que tu n'y couperas pas, me promit-il. Rentre à la maison.

— Bien. Pose-moi, soupirai-je.

Edward me mit sur mes pieds. Je ne sentais plus mes jambes. Lorsque je tentai d'avancer, le trottoir se rua à ma rencontre, et Edward me rattrapa avant que je heurte le béton.

— Autorisez-moi au moins à la monter dans sa chambre. Ensuite, je partirai.

— Non ! criai-je, en proie à la panique.

Je n'avais pas encore obtenu mes réponses. Il fallait qu'il reste jusque-là, non ?

— Je ne serai pas loin, me jura-t-il si bas que Charlie ne s'en rendit pas compte.

J'ignore si Charlie y consentit, mais Edward m'accompagna à l'intérieur. Je parvins à garder les yeux ouverts jusqu'à l'étage. La dernière chose que je sentis, ce fut les doigts d'Edward qui détachaient les miens de sa chemise.

23

VÉRITÉ

J'eus l'impression d'avoir dormi très longtemps – mon corps était raide comme si, toutes ces heures, je n'avais pas bougé une seule fois. J'avais l'esprit embrumé, lent ; des songes étranges et colorés – rêves *et* cauchemars – tournoyaient vertigineusement dans ma tête. Vivaces. L'horrible et le merveilleux mêlés en un fouillis bizarre, balançant entre impatience et peur, les deux aspects intrinsèques de ces voyages oniriques frustrants où l'on court sans avancer... Des tas de monstres aussi, démons aux pupilles rouges d'autant plus épouvantables qu'ils étaient d'une exquise politesse. Les images étaient encore fortes, je me rappelai même les noms. Cependant, l'épisode le plus clair n'était pas celui de l'horreur, mais celui de l'ange.

Il me fut difficile de le laisser partir et de m'éveiller.

Ce rêve-là refusait que je le repousse dans cette cave des songes que je m'interdisais de revisiter. Je me battis contre lui au fur et à mesure que mon esprit retrouvait sa lucidité et se concentrait sur la réalité. J'étais incapable de me rappeler quel jour de la semaine nous étions, mais j'étais certaine que Jacob, le lycée, le travail, que sais-je ? m'attendaient. J'inspirai profondément, soucieuse de la façon dont j'allais affronter cette nouvelle journée.

Quelque chose de froid effleura mon front très doucement.

Je fermai les yeux encore plus fort, avec le sentiment de rêver encore, mais de rêver une réalité anormalement tangible. J'étais tout près de reprendre conscience, à présent... plus qu'une seconde, et le songe aurait disparu. Je compris cependant que tout cela était trop beau pour être vrai. Les bras de pierre que j'avais imaginés enroulés autour de moi étaient par trop substantiels. Si j'autorisais cela aussi à s'éloigner, je risquais de le regretter plus tard. Avec un soupir résigné, je forçai mes paupières à se soulever, afin de dissiper l'illusion.

— Oh ! soufflai-je en plaquant aussitôt mes poings sur mes yeux.

Visiblement, j'étais allée trop loin, et ça avait été une erreur que de laisser mon imagination déraper autant. Bon, d'accord, « laisser » n'était pas le bon mot. Je l'avais *forcée* à déraper – j'avais traqué mes hallucinations –, résultat : mon esprit s'était brisé.

Il me fallut moins d'une demi-seconde pour me dire que, puisque j'étais carrément folle maintenant, autant profiter de mes fantasmes, du moment qu'ils étaient agréables. Je rouvris les yeux – Edward était toujours là, son visage parfait à quelques centimètres à peine du mien.

— Je t'ai fait peur ? s'inquiéta-t-il.

Pour un délire, celui-là n'était plutôt pas mal. Les traits, l'odeur, tout – c'était encore plus génial que la noyade. Le splendide fruit de mon imagination me regarda changer d'expression avec anxiété. Ses iris étaient d'un noir d'encre, des cernes violets les soulignaient. Cela m'étonna – mes Edward subliminaux étaient mieux nourris, d'ordinaire.

Je clignai des paupières deux fois de suite, m'efforçant désespérément de me rappeler la dernière chose dont je fusse certaine qu'elle était réelle. Alice avait figuré dans mon rêve, et je me demandai si elle était vraiment revenue ou s'il ne s'agissait que d'une entrée en matière. Il me semblait bien me souvenir qu'elle était revenue le jour où j'avais failli me noyer, cependant... je n'en étais pas sûre.

— Oh, flûte ! croassai-je, la voix lourde de sommeil.

— Qu'y a-t-il, Bella ?

Je fronçai les sourcils, mécontente. Lui était de plus en plus angoissé.

— Je suis morte, hein ? Je me suis noyée. Zut de zut ! Charlie ne va pas s'en remettre.

Il plissa le nez.

— Tu es vivante, Bella.

— Dans ce cas, pourquoi je n'arrive pas à me réveiller ?

— Tu *es* réveillée, Bella.

— À d'autres ! C'est ce que tu voudrais que j'avale. Et après, quand je me réveillerai pour de bon, ce sera encore pire. Si je me réveille, s'entend. Ce qui ne se produira pas, parce que je suis morte. C'est affreux. Pauvre Charlie ! Renée, Jake...

Je m'interrompis, horrifiée d'avoir osé me tuer.

— J'ai bien peur que tu me prennes pour un cauchemar, commenta Edward avec un sourire lugubre. Mais explique-moi un peu pourquoi on t'a envoyée en enfer. Te serais-tu rendue coupable de meurtres en mon absence ?

— Il faut croire que non. Si j'étais en enfer, tu ne serais pas là.

Il soupira. Mes yeux se tournèrent très brièvement et involontairement vers la fenêtre ouverte et obscure. Les souvenirs commencèrent à revenir... et je sentis une rougeur légère et inhabituelle envahir mes joues, tandis que je me rendais compte peu à peu qu'il était bien là, en chair et en os, avec moi, et que, en parfaite imbécile, je gaspillais mon temps.

— Tout ça est-il arrivé ? Pour de vrai ?

Transmuter mon rêve en réalité dépassait mes aptitudes mentales – impossible !

— Ça dépend de ce à quoi tu te réfères. S'il s'agit du fait que nous avons failli être massacrés en Italie, alors oui.

— L'Italie ! Comme c'est bizarre ! Savais-tu que je n'étais jamais allée plus à l'est qu'Albuquerque ?

— Rendors-toi, maugréa-t-il en levant les yeux au ciel. Tu racontes n'importe quoi.

— Je n'ai plus sommeil, ripostai-je, de plus en plus consciente à présent. Quelle heure est-il ? J'ai dormi longtemps ?

— Environ quatorze heures. Il est une heure du matin.

J'étirai mes membres gourds.

— Et Charlie ?

— Il dort. Autant te prévenir, je suis en train d'enfreindre les règles. Pas techniquement, puisqu'il m'a interdit de jamais repasser le seuil de sa maison et que je suis entré par la fenêtre... n'empêche, ses intentions étaient claires et nettes.

— Il t'a banni de chez nous ? m'écriai-je, furieuse.

— Tu t'attendais à autre chose ?

Son regard était plein de tristesse. Moi, j'étais folle de rage. J'allais dire deux mots à mon père, histoire de lui rappeler que, légalement, j'étais majeure. Rien que pour le principe. Même si, très bientôt, l'exil d'Edward n'aurait plus d'importance, puisqu'il allait m'abandonner de nouveau. Je décidai de penser à des perspectives moins douloureuses.

— C'est quoi, l'histoire ? m'enquis-je.

J'étais curieuse, mais aussi soucieuse de conserver une certaine décontraction à la conversation, afin de garder le contrôle de moi-même et de ne pas l'effrayer au point qu'il s'enfuie devant mon désir frénétique et dévorant.

— Comment ça ?

— Qu'est-ce que je raconte à Charlie ? Quelle est mon excuse pour avoir disparu pendant... combien de temps, déjà ?

— Trois jours. À dire vrai, ajouta-t-il en souriant de manière plus authentique cette fois, je comptais un peu sur toi pour trouver une explication qui sonne juste. Moi, je sèche.

— Super.

— Espérons qu'Alice inventera quelque chose.

Tentative pour me rassurer, qui fonctionna d'ailleurs. Ce que me réservait l'avenir attendait. La moindre seconde de sa présence ici – tout proche, son visage sans défauts resplendissant sous la faible lueur des chiffres lumineux de mon réveille-matin – était précieuse et se devait de ne pas être gâchée.

Je commençai par une question moins vitale, fort intéressante néanmoins. J'étais en sécurité chez moi, il pouvait choisir de me quitter n'importe quand. Il fallait donc que je le fasse parler. Et puis, ce paradis momentané n'était pas entièrement complet sans le son de sa voix.

— Dis-moi un peu, à quoi as-tu consacré ton temps, jusqu'il y a trois jours ?

— À rien de bien passionnant, marmonna-t-il, soudain circonspect.

— Ça ne m'étonne pas, grommelai-je.

— Pourquoi cette tête ?

— Eh bien... si tu étais un rêve, c'est exactement ce que tu aurais répondu. Mon imagination doit s'épuiser.

— Si je te raconte tout, admettras-tu enfin que tu n'es pas en train de faire un cauchemar ?

— Un *cauchemar* ? Bon, d'accord. Vas-y.

— J'ai... chassé.

— Tu n'as rien de mieux à me proposer ? Cela ne me prouve pas que je ne délire pas.

Il réfléchit puis, lentement, en choisissant soigneusement ses mots, il parla.

— Je n'ai pas chassé pour me nourrir... je me suis essayé à... traquer. Je ne suis pas très doué pour ça.

— Et qu'est-ce que tu traquais ?

— Rien de bien important.

Paroles démenties par son expression embarrassée.

— Je ne pige pas.

Il hésita.

— Je... Je te dois des excuses. Non, je te dois tellement plus ! Mais il faut que tu saches...

Son débit s'accéléra, comme autrefois quand il était ému, et je dus me concentrer pour tout saisir.

— ... que je ne me doutais absolument pas... je ne me suis pas rendu compte du bazar que je laissais derrière moi. Je te pensais en sécurité ici. Saine et sauve. Je n'imaginais pas que Victoria reviendrait. (Ses lèvres se retroussèrent en prononçant le prénom.) J'avoue que, lorsque je l'ai vue, la première fois, j'ai plus prêté attention aux pensées de James qu'aux siennes. Je n'ai pas compris qu'elle était du genre à réagir ainsi. Ni qu'elle lui était aussi attachée. J'ai deviné pourquoi depuis : elle avait tellement foi en lui qu'elle n'envisageait pas qu'il puisse échouer. Sa confiance exagérée m'a dissimulé l'ampleur de ce qu'elle éprouvait pour lui, m'a empêché de mesurer la profondeur de leurs liens. Non que j'aie des excuses pour t'avoir laissée affronter seule cette situation. Quand j'ai entendu ce que tu disais à Alice, et qu'elle avait elle-même présagé, quand j'ai découvert que tu avais dû t'en remettre à des *loups-garous* immatures, versatiles, les pires créatures qui soient en dehors de Victoria... (Il frissonna, se tut un instant.) Je t'en prie, crois-moi si je te dis que je n'avais pas du tout prévu cela. J'en suis malade, jusqu'au plus profond de mon être. Même aujourd'hui, alors que je te tiens dans mes bras. Je suis un misérable d'avoir...

— Stop ! le coupai-je.

Il me contempla, le visage empreint d'une culpabilité épouvantable, et je cherchai les paroles justes, celles qui le libéreraient de l'obligation qu'il se sentait avoir à mon égard, et qui le rendait si malheureux. C'étaient des mots très difficiles à prononcer, et je n'étais pas sûre d'y parvenir sans craquer. Il fallait pourtant que j'essaie. Je ne tenais pas à être une source d'angoisse et de remords. Il devait être heureux, quel qu'en fût le prix à payer pour moi.

Même si j'avais espéré garder cette étape de notre discussion pour la fin. Elle arrivait beaucoup trop tôt à mon goût. Recourant aux mois d'entraînement à la normalité que ma coexistence avec Charlie m'avait imposés, j'affichai un visage serein.

— Edward, dis-je.

Son prénom me brûla la gorge tandis que je sentais le fantôme de la plaie béante dans ma poitrine qui guettait le moment de se rouvrir. Je craignis vraiment de ne pas y survivre cette fois.

— Edward, il faut que tu arrêtes ça tout de suite. Tu n'as pas le droit de penser ainsi. Tu ne peux laisser cette... culpabilité... régir ton existence. Il est impossible que tu endosses la responsabilité des choses qui m'arrivent. Tu n'y es pour rien. Ma vie est comme ça, un point c'est tout. Donc, la prochaine fois que je trébucherai devant un bus ou tout autre incident de la même eau, tu es prié d'admettre que tu n'as pas à en éprouver des regrets. Inutile de filer en Italie simplement parce que tu te sens mal de ne pas m'avoir sauvée. Même si j'avais plongé de cette falaise pour me suicider, cela aurait relevé de mon choix, *pas* de ta faute. Je sais qu'il est dans ta nature de prendre systématiquement le blâme sur toi, mais tu ne peux laisser cette tendance te mener à de tels extrêmes ! C'est irresponsable ! Pense à Esmé et Carlisle...

À deux doigts de fondre en larmes, je m'arrêtai pour respirer profondément et me calmer. Je devais le libérer. Je devais m'assurer que cela ne se reproduirait jamais.

— Isabella Marie Swan, chuchota-t-il avec une expression étrange (de la fureur ?), penses-tu vraiment que j'ai demandé aux Volturi de me tuer parce que j'éprouvais de la culpabilité ?

J'étais perdue.

— Ce n'est pas le cas ?

— J'avais des remords. Des tonnes. Bien plus que tu ne serais capable d'imaginer.

— Ben alors... qu'est-ce que tu racontes ?

— Bella, murmura-t-il, le regard fou. Je me suis rendu auprès des Volturi parce que je te croyais morte. Quand bien même n'aurais-je eu aucune part de responsabilité dans ta mort – il frissonna –, quand bien n'y aurais-je été pour rien, je serais allé en Italie. Certes, j'aurais dû me montrer plus prudent, j'aurais dû parler directement à Alice plutôt que prendre pour argent comptant ce que Rose m'avait rapporté, mais qu'étais-je censé croire quand le garçon a lâché que Charlie était à l'enterrement ? Quelles chances avais-je de deviner la vérité ?

Il parlait si bas que je ne fus pas certaine d'avoir bien entendu.

— Les chances, reprit-il, sont toujours contre nous, et nous n'apprenons pas de nos erreurs. Je ne critiquerai plus jamais Roméo.

— Je ne saisis toujours pas, répondis-je. Qu'est-ce que ça aurait changé ?

— Quoi ?

— Si j'étais morte ?

Il me contempla longtemps d'un air dubitatif.

— Tu as donc oublié ce que je t'ai dit ?

— Il n'y a pas de danger.

Notamment ses ultimes paroles, celles qui avaient réduit à néant tout le reste.

— J'ai l'impression qu'il y a méprise, Bella, commenta-t-il en caressant ma lèvre de son doigt froid.

Il ferma les yeux, secoua la tête avec un demi-sourire qui ne trahissait nul contentement.

— Je pensais avoir été clair. Je ne pourrais pas vivre dans un monde où tu n'existerais plus, Bella.

— Là, tu... (Je cherchai le mot approprié.) Tu m'égares.

Effectivement, j'étais déboussolée ; ses paroles n'avaient aucun sens. Il se pencha sur moi et plongea ses yeux dans les miens.

— Je sais mentir, Bella, j'y suis obligé, marmonna-t-il avec franchise.

Je me pétrifiai, muscles tendus, prête à encaisser le choc. La ligne de faille dans ma poitrine se déchira, et la douleur fut si violente qu'elle me coupa le souffle. Il me secoua, essayant de rompre ma tétanie.

— Laisse-moi terminer ! Je sais mentir, n'empêche, tu m'as cru si vite ! Ça a été... horrible.

J'attendis, toujours aussi raide.

— Dans la forêt, quand je t'ai fait mes adieux...

M'interdisant les souvenirs, je me battis pour m'accrocher à l'instant présent.

— ... j'ai bien vu que tu ne renoncerais pas à moi. Je ne voulais pas agir ainsi, j'avais le sentiment que ça me tuerait, mais je savais aussi que si je n'arrivais pas à te persuader que je ne t'aimais plus, tu ne tarderais que plus à poursuivre le fil de ton existence. J'espérais que si tu pensais que *moi*, j'étais passé à autre chose, ce serait plus facile.

— La rupture brutale, marmonnai-je.

— Oui. Et pourtant, je n'avais pas songé que ce serait aussi simple ! Je m'étais dit que ce serait impossible, que tu serais tellement sûre de la vérité que je serais contraint de mentir comme un arracheur de dents pendant des heures afin de semer le doute en toi. J'ai menti, et je le regrette. Je suis désolé de t'avoir blessée, et je le suis parce que ça n'a servi à rien. Je suis navré de n'avoir pas pu te protéger de ce que je suis. J'ai menti pour te sauver, et ça n'a pas marché. Excuse-moi. En même temps, comment as-tu pu me croire ? Après les milliers de fois où j'avais dit t'aimer, comment as-tu pu laisser un mot briser la foi que tu avais en moi ?

Je ne répondis pas, trop choquée pour sortir une parole rationnelle.

— J'ai lu dans tes yeux que tu pensais, profondément, que je ne voulais plus de toi. La chose la plus absurde, la plus ridicule qui soit. Comme si *je* pouvais exister sans *toi* !

Je ne bronchai pas. Ses mots étaient incompréhensibles parce qu'irréels. Une fois encore, il me secoua, pas fort, mais assez pour que mes dents s'entre-choquent.

— Voyons, Bella ! souffla-t-il. À quoi pensais-tu ?

Alors, je me mis à pleurer. Les larmes noyèrent mes yeux et roulèrent lamentablement sur mes joues.

— Je le savais, sanglotai-je, je savais que je rêvais !

— Tu es insupportable ! s'emporta-t-il avant d'éclater de rire, un rire bref et agacé. De quelle façon faut-il que je m'exprime pour que tu me croies ? Tu ne dors pas, tu n'es pas morte non plus. Je suis bien là, et je t'aime. Je t'ai toujours aimée, je t'aimerai toujours. J'ai pensé à toi, j'ai imaginé tes traits durant chaque seconde de mon absence. Quand je t'ai dit que je ne voulais pas de toi, c'était le pire des blasphèmes.

Je secouai le menton, cependant que les larmes continuaient à se déverser.

— Tu penses que je mens encore, hein ? chuchota-t-il, le visage encore plus pâle que d'ordinaire. Pourquoi arrives-tu à croire le mensonge et pas la vérité ?

— Ton amour pour moi n'a jamais eu de sens, expliquai-je d'une voix brisée. Je l'ai toujours su.

— Je vais te prouver que tu es éveillée, riposta-t-il, mâchoires serrées et yeux plissés.

Sur ce, il enferma solidement mon menton entre ses mains, sans se laisser démonter par ma résistance.

— S'il te plaît, non, le suppliai-je en détournant la tête.

Ses lèvres s'arrêtèrent à deux centimètres des miennes.

— Pourquoi ?

— Quand je reviendrai à moi... d'accord, quand tu me quitteras de nouveau, me corrigeai-je en le voyant prêt à protester, j'aurai assez de mal sans cela.

Il recula légèrement, me toisa.

— Hier, chuchota-t-il, quand je t'ai touchée, tu t'es montrée si... hésitante, retenue, et pourtant la même. Pourquoi ? Est-ce parce que j'arrive trop tard ? Parce que je t'ai tellement blessée ? Parce que tu es passée à autre chose, comme je le souhaitais ? Ce serait... légitime, et je ne contesterais pas ta décision. Alors, s'il te plaît, ne m'épargne pas. Dis-moi juste maintenant si tu peux encore m'aimer ou non, malgré tout ce que je t'ai imposé. Dis-moi...

— Tu parles d'une question idiote.

— Réponds-y. S'il te plaît.

Je le fixai longuement d'un œil peu amène.

— Je ressentirai toujours la même chose pour toi, finis-je par murmurer. Bien sûr que je t'aime, tu n'y changeras rien.

— C'est tout ce que j'avais besoin d'entendre.

Sa bouche se plaqua sur la mienne, et je fus incapable de lui résister. Pas parce qu'il était mille fois plus fort que moi, mais parce que ma volonté fut réduite en poussière à la seconde où nos lèvres s'effleurèrent. Ce baiser ne fut pas aussi prudent que ceux dont j'avais gardé le souvenir, ce qui me convenait parfaitement. Si je devais me déchirer encore plus, autant retirer un maximum de l'affaire. Bref, je lui rendis son baiser, mon cœur battant une chamade désordonnée cependant que ma respiration devenait halètement et que mes doigts palpaient avidement son visage. Son corps marmoréen épousait chaque courbe du mien, et j'étais heureuse qu'il ne m'eût pas écoutée. Aucune souffrance au monde n'aurait justifié de louper ça. Ses mains mémorisaient mes traits, comme les miennes jouaient sur les siens et, pendant les rares secondes où ses lèvres se détachaient des miennes, il murmurait mon prénom.

Lorsque je commençai à avoir le vertige, il s'écarta, mais pour mieux coller son oreille contre mon cœur. Je restai allongée, hébétée, attendant de retrouver ma respiration.

— À propos, dit-il avec décontraction, je n'ai pas l'intention de te quitter.

Je ne relevai pas ; il parut prendre mon silence pour du scepticisme. Plantant ses prunelles dans les miennes, il insista.

— Je ne partirai nulle part sans toi. Je m'en suis allé uniquement parce que je voulais que tu aies la chance de vivre une existence normale et humaine. L'effet que j'avais sur toi était catastrophique – je te mettais en danger, je t'arrachais au monde qui est le tien, je risquais ta vie à chaque instant. Cela devait cesser, et le seul moyen était que je te délaisse. Si je n'avais pas pensé que tu serais mieux sans moi, je ne me serais jamais éloigné. Je suis bien trop égoïste. Toi seule pouvais être plus importante que mes désirs... mes besoins. Or, je désire et j'ai besoin d'être avec toi. Je sais que je n'aurai plus la force de repartir. J'ai trop d'excuses pour rester, Dieu merci ! Apparemment, tu n'es pas fichue de rester en sécurité, que je sois près ou loin de toi.

— Pas de promesses, s'il te plaît...

Si je cédais à l'espoir, et que rien ne venait, j'en mourrais. Là où tous ces vampires impitoyables n'avaient pas réussi à m'achever, l'espoir triompherait à la tâche. Un éclat de colère illumina ses pupilles noires.

— Penses-tu que je te mente ?

— Non, objectai-je.

Je m'efforçais de partir de l'hypothèse qu'il m'aimait tout en restant cliniquement objective pour éviter de tomber dans le piège de l'espérance.

— Tu es sans doute sincère... maintenant. Mais demain, quand tu repenseras à toutes les raisons qui t'ont poussé à fuir ? Ou le mois prochain, quand Jasper n'arrivera pas à se maîtriser ?

Il tressaillit, tandis que je revoyais mes derniers jours avant qu'il me quitte à travers le filtre de ce qu'il était en train de me dire. Ce spectre nouveau qui supposait qu'il m'avait abandonnée alors qu'il m'aimait, pour mon bien, donnait un autre éclairage à son silence, sa froideur, sa bouderie.

— Tu as longtemps mûri ta décision de t'en aller,

hein ? À l'époque ? Tu finiras par faire ce que tu estimes bien.

— Je n'ai pas autant de détermination que tu m'en prêtes. Le bien et le mal ont perdu de leur signification pour moi. Je revenais vers toi, de toute façon. Avant que Rosalie lâche la nouvelle, j'avais déjà dépassé l'idée d'essayer de vivre au jour le jour, même. Chaque heure était un combat. Ce n'était plus qu'une question de temps – plus beaucoup d'ailleurs – et j'aurais cogné à ta fenêtre en te suppliant de me reprendre. Si tu le veux, je suis prêt à te supplier à présent.

— Sois sérieux.

— Je le suis, s'énerva-t-il. Voudrais-tu s'il te plaît me faire le plaisir d'écouter ce que je m'efforce de te dire ? Autorise-moi à t'expliquer ce que tu représentes pour moi.

Il s'interrompit pour s'assurer que j'étais vraiment attentive.

— Avant toi, Bella, reprit-il ensuite, ma vie était une nuit sans lune. Très noire, même s'il y avait des étoiles – des points de lumière et de raison... Et puis, tout à coup, tu as traversé mon ciel comme un météore. Soudain, tout brûlait, tout brillait, tout était beau. Quand tu as eu disparu, quand le météore est tombé derrière l'horizon, tout s'est de nouveau assombri. Rien n'avait changé, sauf que mes yeux avaient été aveuglés par la lumière. Je ne distinguais plus les étoiles, et la raison ne signifiait plus rien.

J'avais envie de le croire. Mais ce qu'il me décrivait là, c'était *ma* vie *sans* lui. Pas l'inverse.

— Tes yeux s'ajusteront à l'obscurité, marmonnai-je.

— Ils n'y arrivent pas, c'est bien ça le problème.

— À quoi te servent tes fameuses distractions, hein ?

523

Il s'esclaffa d'un rire dénué d'humour.

— Elles sont juste un élément du mensonge. Rien n'est venu me distraire de... mon agonie. Mon cœur n'a pas battu en presque quatre-vingt-dix ans, mais là, c'était différent. C'était comme s'il m'avait été arraché, comme si j'étais vide. Comme si tout ce que j'avais en moi était resté avec toi.

— C'est drôle.

— Drôle ? s'étonna-t-il.

— Étrange. Je pensais que ce phénomène n'affectait que moi. Parce que moi aussi je me suis éparpillée en mille morceaux. Voilà longtemps que je n'ai pas réussi à respirer à fond. (J'emplis mes poumons, jouissant de la délicieuse sensation.) Quant à mon cœur, j'ai bien cru qu'il était définitivement perdu.

Fermant les paupières, il reposa son oreille contre mon sein. De mon côté, j'enfouis mes joues dans ses cheveux, m'imprégnant de leur texture, humant leur merveilleuse odeur.

— La traque n'a donc pas constitué une grosse distraction ? demandai-je avec curiosité.

Et pour me distraire également, car j'étais dangereusement près d'espérer. Je n'allais pas pouvoir me retenir encore très longtemps. Dans ma poitrine, mon cœur douloureux chantait.

— Non, soupira-t-il. De plus, ça n'a jamais été une distraction, rien qu'une nécessité.

— Qu'est-ce que ça signifie ?

— Que, même si je ne m'étais pas attendu à ce que Victoria représente un quelconque danger, il était hors de question que je la laisse... Comme j'ai dit, j'ai été nul. Je l'ai pourchassée jusqu'au Texas, puis je me suis laissé détourner par une fausse piste qui m'a amené au Brésil, alors qu'en réalité elle revenait ici. Je n'étais même pas sur le bon continent ! Pendant ce temps, mon pire cauchemar...

— Tu as traqué Victoria ! m'exclamai-je d'une voix suraiguë.

Dans la pièce voisine, les ronflements de Charlie eurent quelques ratés avant de reprendre leur régularité.

— Pas très brillamment, répondit Edward en contemplant ma stupéfaction avec étonnement. Ne t'inquiète pas, désormais, je me débrouillerai mieux. Elle ne contaminera plus l'air en le respirant très longtemps.

— C'est... exclu, parvins-je à bredouiller.

Quelle folie ! Même si Emmett ou Jasper l'aidaient. Même si les *deux* l'aidaient. C'était pire que ce que j'avais envisagé : Jacob Black à deux pas de la silhouette féline et néfaste de Victoria. Je ne supportais pas l'image d'Edward sur les lieux, bien qu'il fût plus résistant que mon ami à moitié loup.

— Pour elle, c'est trop tard, répliqua-t-il. Si elle m'a échappé, une première fois, plus maintenant, pas après que...

Je le coupai derechef en affichant un calme que j'étais loin d'éprouver.

— Ne viens-tu pas de me jurer que tu ne m'abandonnerais plus ? ripostai-je en résistant à l'envie de croire à ces mots à mesure que je les prononçais. Voilà qui n'est pas franchement compatible avec une expédition de chasse, non ?

Il fronça les sourcils, et un grondement naquit au fond de sa gorge.

— Je tiendrai ma promesse, Bella. Mais Victoria doit mourir. Très vite.

— Inutile de se précipiter, objectai-je en dissimulant mon angoisse. Elle ne reviendra peut-être pas. Jake l'a sans doute effrayée définitivement. Il n'y a aucune raison de la pourchasser. De plus, j'ai un problème plus important sur les bras qu'elle.

— C'est vrai, admit-il. Les loups-garous.

— Je ne parlais pas de Jacob, grondai-je. Ce à quoi je pense dépasse largement une poignée de jeunes animaux qui se fourrent dans toutes sortes d'ennuis.

Il faillit protester, se ravisa. Ses dents claquèrent, et il susurra :

— Vraiment ? Alors quel est ce fameux problème ? Qu'est-ce qui te donne l'impression que le retour de Victoria serait de la petite bière, en comparaison ?

— Très bien, disons alors qu'il ne viendrait qu'en deuxième position dans l'ordre de mes soucis.

— Mouais, acquiesça-t-il, soupçonneux.

J'hésitai, à peu près certaine que je n'arriverais pas à prononcer le nom.

— Il y a ceux qui ne manqueront pas de venir me chercher.

Il soupira ; une réaction moins violente que celle à laquelle je m'étais attendue.

— Les Volturi ne sont *pas* le premier de tes soucis ?

— Ça n'a pas l'air de te bouleverser beaucoup.

— Nous avons amplement le loisir d'y réfléchir, répondit-il d'un ton léger. Le temps a une tout autre signification pour eux que pour toi, et même moi. Ils comptent les années comme toi les jours. Je ne serais pas surpris que tu aies trente ans avant qu'ils se souviennent de toi.

Je fus submergée par l'horreur. Trente ans !

Sa promesse n'avait donc aucun sens. Si je devais

atteindre l'âge de trente ans, c'est qu'il n'avait pas l'intention de prolonger son séjour en ma compagnie. La brusque douleur de cette révélation me permit de m'apercevoir que j'avais commencé à espérer, alors que je me l'étais interdit.

— N'aie pas peur, murmura-t-il, inquiété par les larmes qui s'accumulaient au bord de mes yeux. Je les empêcherai de te faire du mal.

— Tant que tu seras là, répliquai-je.

Quant à ce qui se produirait ensuite, je m'en fichais comme d'une guigne.

— Je ne te quitterai plus jamais, répéta-t-il en coinçant mon visage entre ses paumes de pierre, cependant que ses yeux de nuit sans lune vrillaient les miens avec la force gravitationnelle d'un trou noir.

— Mais tu as parlé de *trente* ans ! gémis-je, et mes larmes débordèrent. Ça veut dire quoi ? Que tu vas rester mais que tu me laisseras vieillir ? C'est ça ?

Son regard s'adoucit, mais sa bouche se durcit.

— Exactement, répondit-il. Je n'ai pas le choix. Je ne peux pas vivre sans toi, et je refuse de te priver de ton âme.

— Est-ce vraiment...

Je tentai de garder une voix égale, en vain – la question était trop difficile. Je revoyais son visage quand Aro l'avait presque supplié de me rendre immortelle. Son air révulsé. Son obsession à me conserver humaine relevait-elle véritablement du souci de mon âme ? N'était-ce pas plutôt qu'il hésitait à vouloir de ma compagnie pour aussi longtemps ?

— Oui ?

J'optai pour un autre sujet, presque aussi pénible.

— Qu'en sera-t-il lorsque je serai si vieille qu'on me prendra pour ta mère ?

L'idée même me dégoûtait. Me revenait en mémoire l'image de grand-mère dans le miroir.

— Je m'en fiche, murmura-t-il, adouci, en séchant mes larmes de ses lèvres. Tu seras toujours la plus belle créature de mon univers. Bien sûr, si tu... mûrissais plus que moi, si tu exigeais plus, je le comprendrais. Et je te promets que je ne m'opposerais pas à ce que tu me quittes.

Ses yeux d'onyx liquide étaient absolument sincères, comme s'il avait consacré des heures de réflexion interminables à ses projets idiots.

— Tu te rends compte que je finirai par mourir, n'est-ce pas ?

À ça aussi, il avait pensé.

— Je te suivrai dans la tombe aussi vite que possible.

— Tu es complètement cinglé.

— Bella ! C'est notre seule manière de...

— Faisons marche arrière un instant ! l'interrompis-je, et la colère rendait la lucidité beaucoup plus facile. Tu n'as quand même pas oublié les Volturi ? Je n'ai pas le droit de rester humaine. Ils me tueront. Même s'ils ne songent pas à moi avant que j'aie trente ans, tu crois vraiment qu'ils me laisseront passer à travers les mailles du filet ?

— Non, admit-il lentement, mais...

— Mais ?

— J'ai quelques plans en réserve, annonça-t-il avec un sourire triomphal.

Décidément, je n'étais pas la seule à avoir perdu la raison.

— Et ces plans, marmonnai-je, de plus en plus acide,

tournent autour d'une idée centrale, me garder humaine ?

— Évidemment ! s'emporta-t-il à son tour.

Il me toisa avec une divine arrogance, et nous nous affrontâmes du regard pendant une longue minute. Puis j'inspirai profondément, carrai les épaules et repoussai ses bras, de façon à m'asseoir.

— Souhaites-tu que je m'en aille ? s'enquit-il.

Je frémis en constatant que cette perspective le blessait, bien qu'il tentât de le cacher.

— Non, répondis-je. C'est moi qui m'en vais.

Suspicieux, il me suivit des yeux tandis que je me levais et tâtonnais dans la chambre obscure pour tenter de trouver mes chaussures.

— Puis-je me permettre de te demander où tu vas ?

— Chez toi.

Se mettant vivement debout, il me tendit ce que je cherchais.

— Tiens, les voici. On peut savoir comment tu as l'intention de t'y rendre ?

— Avec la Chevrolet.

— Ça risque de réveiller Charlie, essaya-t-il de me dissuader.

— Je sais. Honnêtement, je m'en moque. Il va déjà me punir pendant des semaines, alors...

— Non. C'est à moi qu'il en veut.

— Tu as une meilleure idée ? Je suis tout ouïe.

— Reste ici.

— Des clous ! Mais je t'en prie, pars devant.

Et je me dirigeai vers la porte. Il y fut avant moi, me bloquant le passage. Furieuse, je me tournai vers la fenêtre. Ce n'était pas si haut, il y avait de l'herbe en dessous...

— Très bien, gronda-t-il, je t'y emmène.

— À ta guise. De toute façon, il vaudrait mieux que tu sois là-bas également.

— Pourquoi donc ?

— Parce que tu es une tête de mule. Au passage, conseil d'amie, tu devrais apprendre à t'ouvrir l'esprit.

— Sur quoi ?

— Cette histoire n'est plus de ton seul ressort. Tu n'es pas le centre du monde, tu sais ? (Là, je ne parlais évidemment pas de *mon* monde.) Si tu dois attirer les Volturi dans les parages parce que tu refuses bêtement de me transformer, il me semble que ta famille a le droit de dire son mot.

— Son mot sur quoi ?

— Ma mortalité. Je vais la mettre au vote.

24

❖

LE VOTE

Il n'était pas content, aucun doute là-dessus. Mais, sans tergiverser davantage, il me prit dans ses bras et sauta agilement par la fenêtre. Il atterrit en bas avec une souplesse de chat. (Bon, à la réflexion, le bond était un peu plus important que je l'avais jaugé.)

— Allez, grimpe sur mon dos, grommela-t-il, rageur.

Sitôt que je fus installée, il décampa. Malgré les mois écoulés depuis la dernière fois, cela ressembla à une routine. Facile. Apparemment, c'était comme le vélo, ça ne s'oubliait pas. Il s'enfonça dans la forêt lourde de silence et d'ombres, le souffle lent et régulier. Seul le vent fouettant mon visage laissait deviner la vitesse à laquelle nous progressions. L'air humide ne me brûlait pas les yeux comme le vent l'avait fait sur la place principale de Volterra, et c'était un soulagement. À l'instar de la nuit d'ailleurs, après cette trop violente clarté ita-lienne. Pareille au plaid épais sous lequel j'avais joué, enfant, l'obscurité était familière et protectrice. Je me rappelai combien courir ainsi dans les bois m'avait effrayée au point d'avoir dû fermer les paupières. À pré-sent, ma réaction me paraissait bête. Menton sur son épaule et joue contre son cou, je gardai les yeux grands ouverts. La vitesse était enivrante. C'était cent fois mieux qu'une moto. J'appuyai mes lèvres contre sa peau à la froideur de pierre.

— Merci, dit-il, tandis que les silhouettes vagues des arbres défilaient autour de nous. Dois-je comprendre que tu as décidé que tu étais bien éveillée ?

Je ris, un bruit aisé et naturel. Juste.

— Pas vraiment, répondis-je. D'ailleurs, je n'essaie pas de me réveiller. Pas cette nuit.

— Un jour ou l'autre, je regagnerai ta confiance, murmura-t-il. Même si ça doit être ma dernière action.

— J'ai confiance en toi, affirmai-je. C'est en moi que je ne crois pas.

— Pardon ?

Il avait ralenti pour se mettre à marcher, maintenant – ce dont je me rendis compte uniquement parce que le vent avait cessé de souffler –, et je devinai que nous n'étions plus très loin de la villa blanche. J'eus même l'impression d'entendre la rivière qui bouillonnait, tout près de nous, quelque part dans la pénombre.

— Eh bien... disons que je ne suis pas sûre d'être... à la hauteur. De te mériter. Rien en moi ne devrait être capable de te retenir.

Il s'arrêta et me remit debout, m'enlaçant tendrement contre lui.

— Ton emprise sur moi est définitive et incassable, chuchota-t-il. N'en doute jamais.

Comment cela était-il possible ? Il reprit.

— Tu ne m'as toujours pas dit...

— Quoi ?

— Quel était ton plus grand souci.

— Devine.

Je caressai son nez du bout du doigt.

— Je suis pire que les Volturi, finit-il par lâcher, morose. J'imagine que j'ai mérité ça.

Je levai les yeux au ciel.

— Le pire que les Volturi puissent faire, c'est me tuer. Toi, tu as le loisir de me quitter. En comparaison, les Volturi, Victoria... ce n'est rien.

Malgré l'obscurité, je vis que l'anxiété déformait ses traits, comme quand Jane l'avait torturé des yeux. Je frissonnai, regrettant d'avoir lâché la vérité.

— Ne sois pas triste, chuchotai-je en effleurant son visage.

Il m'offrit un demi-sourire contraint.

— Si j'avais le moyen de te convaincre que je ne t'abandonnerai jamais ! souffla-t-il. J'imagine qu'il ne me reste plus qu'à compter sur l'œuvre du temps, pour ça.

— D'accord, acquiesçai-je, séduite par la perspective des années à venir avec lui.

Comme il paraissait encore malheureux, je passai à une chose plus anodine.

— Puisque tu restes, me rendras-tu mes affaires ? demandai-je en adoptant le ton le plus léger possible.

Il rit – ma ruse avait fonctionné – bien que la mélancolie de son regard persistât.

— Elles sont toujours chez toi. Je t'avais promis la

paix et l'oubli, et ça n'a pas été très fair-play de ma part, c'était infantile et idiot même, mais je voulais laisser une trace de moi. Le CD, les photos, les billets d'avion sont dans ta chambre, sous une latte du plancher.

— Quoi ?

Il hocha la tête, visiblement rasséréné par le plaisir que cette annonce me procurait. Cela ne suffit pas cependant à gommer toute trace de chagrin sur ses traits.

— J'ai le sentiment, bien que je n'en sois pas certaine, que je m'en doutais depuis le début.

— De quoi donc ?

Je n'avais souhaité, au départ, qu'effacer la tristesse de ses iris, mais je me rendis compte que ma réponse était vraie.

— Une part de moi, mon subconscient peut-être, n'a jamais cessé de croire que tu ne te fichais pas entièrement que je vive ou meure. C'est sûrement pourquoi j'entendais ces voix.

Il y eut un silence.

— Des voix ?

— Juste la tienne. Ce serait un peu long à raconter.

Sa soudaine inquiétude me fit regretter d'avoir abordé le sujet. Allait-il me juger folle, comme tous les autres ? Ceux-là n'avaient-ils d'ailleurs pas raison ? Heureusement, il parut recouvrer son calme.

— J'ai du temps à revendre ! répondit-il.

— C'est aussi assez minable.

Il patientait.

— Tu te souviens de ce qu'Alice a dit des sports extrêmes ?

— Tu as sauté d'une falaise pour t'amuser.

— Euh... oui. Avant ça, il y a eu la moto...

— Plaît-il ?

Je le connaissais suffisamment pour deviner que, derrière sa retenue, il bouillait.

— Ah. Il faut croire qu'Alice ne t'a pas mis au courant.

— En effet.

— Eh bien... figure-toi que j'ai découvert que... quand je me mettais dans une situation dangereuse ou stupide, mes souvenirs de toi étaient plus clairs, avouai-je en me faisant l'effet d'une débile profonde. Je me rappelais ta voix quand tu étais en colère, je l'entendais comme si tu t'étais tenu juste à côté de moi. En général, je m'efforçais de ne pas penser à toi, mais ça, ça n'était pas trop douloureux. Comme si tu ne voulais pas que j'aie mal. Et je me demande si la raison pour laquelle j'arrivais à te percevoir aussi clairement n'était pas, malgré les apparences, que j'avais toujours su que tu n'avais cessé de m'aimer...

Une fois encore, au fur et à mesure qu'elles se dévidaient, mes paroles prenaient une force de conviction réelle. Une authenticité. Au fond de moi, quelque chose reconnaissait la vérité.

— Tu... tu as risqué... ta vie pour... m'entendre ? bégaya-t-il.

— Chut ! Une seconde. Il me semble que je suis en train d'avoir une révélation, là.

Je repensai à la nuit passée à Port Angeles, lorsque j'avais eu ma première hallucination. Deux options s'étaient alors imposées à moi – folie ou expression du désir. Je n'en avais pas envisagé de troisième. Et pourtant... Et si, quand on croyait forcément avoir raison, on passait à côté de la vérité ? Celle-ci était-elle alors réduite au silence ou tentait-elle de s'exprimer malgré tout ? En ce qui me concernait : Edward m'aimait. Le lien nous unissant ne pouvait être brisé par l'absence, la distance ou le temps. Il avait beau être plus intrigant, plus beau, plus intelligent et plus parfait que moi, il avait lui aussi changé de manière irréversible. Comme je lui appartiendrais toujours, il serait à jamais mien.

Qu'étais-je en train d'essayer de me dire ?

— Oh !

— Bella ?

— Oh ! D'accord ! Je vois.

— C'est ta révélation ?

— Tu m'aimes ! m'émerveillai-je.

Une fois de plus, la force et la justesse de cette conviction me submergèrent. Malgré l'anxiété de son regard, Edward me décocha le sourire en coin auquel je ne résistais pas.

— Oui, je t'aime.

Mon cœur enfla au point qu'il parut vouloir échapper à ma cage thoracique, emplissant ma poitrine et bloquant ma gorge si bien que j'en eus le souffle coupé. Il me désirait vraiment comme je le désirais – pour l'éternité. Seule sa crainte pour mon âme, pour l'élément humain qu'il ne voulait pas m'arracher, le rendait aussi désespéré de me maintenir à l'état de mortelle. Comparé à la peur qu'il ne veuille pas de moi, cet obstacle – mon âme – semblait presque insignifiant. Il prit mon visage entre ses mains et m'embrassa jusqu'à ce que j'en aie le vertige. Puis il posa son front contre le mien – je n'étais pas la seule à respirer plus fort que d'habitude.

— Tu as été meilleure que moi, à ce petit jeu, finit-il par souffler.

— Quel jeu ?

— Survivre. Toi, au moins, tu as fait des efforts. Tu

t'es levée le matin, as essayé de te comporter normalement avec Charlie, tu as suivi le canevas bien ordonné
de ton existence. Moi, quand je ne partais pas en chasse,
j'étais complètement... bon à rien. Je ne pouvais pas être
en compagnie des miens, de personne. À ma grande
honte, je suis obligé d'avouer que je me suis plus ou
moins roulé en boule en laissant le chagrin me ballotter de toutes parts. C'était autrement plus minable
qu'entendre des voix.

Je fus immensément soulagée qu'il comprenne, que
tout cela ait un sens à ses yeux. Au moins, il ne me considérait pas comme une démente. Il me regardait juste
comme si... comme s'il m'aimait.

— *Une* voix, le corrigeai-je.

Il s'esclaffa, me serra contre lui et repartit en m'entraînant.

— Tu sais, avec ça, je me borne à te faire plaisir,
annonça-t-il soudain en désignant du geste la forêt
devant nous et une vaste masse pâle que je reconnus
comme la maison. Ce qu'ils diront ne comptera pas.

— Ils sont aussi concernés que toi.

Il haussa les épaules, indifférent, puis me fit franchir
le seuil de la villa sombre et appuya sur un interrupteur.
La pièce était telle que je m'en rappelais – le piano, les
divans blancs et l'immense escalier clair. Ni poussière,
ni draps de protection sur les meubles. Edward héla
chacun des Cullen sans pour autant élever la voix, sûr
qu'il serait entendu.

Soudain, Carlisle fut à côté de moi, comme s'il y avait
toujours été.

— Bienvenue, Bella, me lança-t-il aimablement. Que
pouvons-nous pour toi, ce matin ? Vu l'heure, j'imagine
qu'il ne s'agit pas d'une simple visite de courtoisie ?

— J'aimerais parler à tout le monde en même temps, si ça vous convient. C'est important.

Tout en m'expliquant, je ne pus me retenir de jeter un coup d'œil à Edward. Il arborait une expression critique mais résignée. Quand je me retournai vers Carlisle, je constatai que lui aussi dévisageait son fils.

— Naturellement, acquiesça-t-il. Installons-nous dans la pièce d'à côté.

Nous précédant, il partit à travers le salon, allumant les lampes au fur et à mesure, pour gagner la salle à manger. Là aussi, les murs étaient blancs et les plafonds élevés. Au milieu de la pièce, sous un lustre bas, se trouvait une table ovale entourée de huit chaises. Carlisle en tira une et m'invita à m'asseoir. Je n'avais jamais vu les Cullen utiliser cet endroit – inutile, puisqu'ils ne mangeaient pas chez eux. Alors que je m'installai, je constatai que nous n'étions plus seuls. Esmé avait suivi Edward. Derrière elle arriva la famille, en file indienne.

Carlisle s'assit à ma droite, Edward à ma gauche. Les autres se répartirent les sièges restants en silence. Alice m'adressa un clin d'œil complice, Emmett et Jasper avaient l'air intrigué, et Rosalie me gratifia d'un sourire timide que je lui retournai avec tout autant de réserve. Je n'étais pas encore habituée à un tel comportement de sa part.

— La parole est à toi, m'indiqua Carlisle avec un signe de tête.

Je déglutis. Leurs regards attentifs me rendaient nerveuse. Sous la table, Edward me prit la main, mais il contemplait les siens avec une férocité nouvelle.

— Bien... J'espère qu'Alice vous a tout raconté de ce qui s'est passé à Volterra ?

— Je n'ai rien omis, me jura-t-elle.

— Et ce que je t'ai confié en chemin ?

— Aussi.

— Parfait. Alors, nous sommes tous sur la même longueur d'onde.

Ils attendirent patiemment, tandis que je rassemblais mes idées.

— Bref, j'ai un problème, repris-je. Alice a promis aux Volturi que je deviendrais l'une des vôtres. Ils comptent envoyer quelqu'un pour s'en assurer, et je suis à peu près certaine que ce n'est pas une bonne nouvelle, et qu'il vaudrait mieux l'éviter. Vous voici donc tous impliqués, et j'en suis désolée.

Je détaillai un à un leurs visages magnifiques, gardant le plus beau pour la fin. Les lèvres d'Edward étaient déformées par une grimace.

— Cependant, repris-je, si vous ne voulez pas de moi, je n'ai pas l'intention de m'imposer, quelle que soit la volonté d'Alice à ce sujet.

Esmé ouvrit la bouche, je l'arrêtai d'un geste.

— Laissez-moi terminer, s'il vous plaît. Vous savez tous ce que je souhaite. Et je suis persuadée que vous êtes également au courant de ce qu'en pense Edward. J'en conclus que la seule façon juste de nous décider est de voter. Si vous choisissez de ne pas m'accueillir... j'imagine que je retournerai seule en Italie. Il m'est impossible de les laisser approcher d'ici.

J'ignorai le grondement sourd qui secoua le torse d'Edward.

— Sachant donc que, quoi qu'il arrive, je ne vous mettrai pas en danger, je vous demande de voter oui ou non à la proposition suivante : puis-je devenir un vampire ?

Ce dernier mot m'arracha un demi-sourire. De la main j'indiquai à Carlisle de commencer.

— Une minute, intervint Edward.

Je le toisai, mais il se contenta de lever un sourcil en resserrant sa prise autour de ma paume.

— Je tiens à ajouter quelque chose avant que vous vous prononciez.

Je soupirai.

— Pour ce qui est du danger auquel fait allusion Bella, j'estime qu'il est inutile de s'angoisser outre mesure.

Il s'anima, se pencha en avant et posa sa main libre sur la surface lisse de la table.

— Voyez-vous, ce n'est pas pour rien que j'ai refusé la poignée de main d'Aro à la fin de notre entretien. Ils n'ont pas pensé à tout, et je ne tenais pas à les mettre sur la voie.

Il sourit, l'air satisfait.

— Et ? s'enquit Alice, aussi sceptique que moi.

— Les Volturi sont beaucoup trop sûrs d'eux, non sans raison. Quand ils veulent retrouver une personne, cela ne leur est jamais très difficile. Tu te rappelles Démétri ? précisa-t-il à mon intention. (Je frémis, ce qu'il prit pour un oui.) Son talent est de mettre la main sur les gens, c'est pourquoi ils le gardent. Durant tout notre séjour là-bas, j'ai scanné le cerveau de chacun afin d'y déceler ce qui pourrait nous sauver. C'est comme ça que j'ai vu la façon dont fonctionnait le don de Démétri. C'est un traqueur, un chasseur mille fois plus talentueux que l'était James. Ses aptitudes sont bien supérieures aux miennes et à ce qu'Aro lui-même est capable de faire. Il attrape la... saveur ? je ne sais trop comment décrire ça... la teneur de l'esprit de sa proie, et il la suit. Ça marche sur des distances inimaginables. Sauf qu'après la petite expérience d'Aro avec Bella...

— Tu penses qu'il ne sera pas en état de me localiser, terminai-je à sa place.

— J'en suis sûr, se rengorgea-t-il. Il se repose entièrement sur ce sens-là. Quand il ne réussira pas avec toi, ils seront tous aveugles.

— En quoi cela résout-il le problème ?

— C'est évident ! Alice saura me prévenir de leur visite, je te cacherai, ils n'arriveront à rien, s'enthousiasma-t-il. Ce sera comme chercher une aiguille dans une botte de foin.

Il échangea un ricanement complice avec Emmett. C'était insensé !

— Il n'empêche qu'ils te trouveront, toi ! lui rappelai-je.

— Je sais me défendre.

— Génial, le plan ! s'exclama Emmett en rigolant.

Les deux frères entrechoquèrent leurs poings, fiers comme des paons.

— Non ! siffla soudain Rosalie.

— C'est hors de question ! renchéris-je.

— Pas mal, approuva Jasper.

— Imbéciles ! maugréa Alice.

Esmé se borna à fusiller Edward du regard. Je me redressai sur ma chaise, me concentrai. Il s'agissait de *ma* réunion, nom d'un chien !

— Très bien, repris-je. Edward vous a suggéré une alternative. Votons.

Cette fois, je me tournai d'abord vers Edward – autant être débarrassée de ses réticences absurdes.

— Veux-tu de moi dans ta famille ?

— Pas comme ça, répliqua-t-il, les prunelles dures et noires comme du charbon. Tu resteras humaine.

Je hochai la tête en affichant une indifférence de femme d'affaires.

— Alice ?

— Oui.

— Jasper ?

— Oui, accepta-t-il gravement.

Je fus un peu surprise, car je n'avais pas été certaine d'obtenir son accord, mais je me maîtrisai et poursuivis mon tour de table.

— Rosalie ?

Celle-ci hésita en mordillant ses lèvres parfaites.

— Non.

Je ne réagis pas et tournai légèrement la tête pour continuer, mais elle leva la main.

— Laisse-moi m'expliquer, plaida-t-elle. Mon vote ne signifie pas que je répugne à t'accepter comme sœur. C'est juste que... cela n'est pas la vie que je me serais choisie, et j'aurais aimé que quelqu'un ait pu me l'épargner.

J'opinai lentement, fis signe à Emmett.

— Pour sûr ! s'exclama-t-il. On trouvera bien une autre occasion de flanquer une trempe à ce Démétri !

J'accueillis cette opinion avec une moue désapprobatrice, puis indiquai à Esmé de se prononcer.

— C'est oui, Bella, naturellement. Je te considère déjà comme un membre de la famille.

— Merci, murmurai-je en pivotant vers Carlisle.

J'étais nerveuse, tout à coup, regrettant de ne pas lui avoir demandé de se prononcer le premier. J'étais certaine que sa voix était celle qui comptait le plus, quelle que soit la majorité exprimée. Il ne me regardait pas.

— Edward, dit-il.

— Non, gronda ce dernier, mâchoires serrées, lèvres retroussées sur ses dents.

— C'est la seule solution sensée, insista son père. Tu as décidé de ne pas vivre sans elle, et cela ne me laisse pas le choix.

Edward lâcha ma main, se leva brutalement et sortit à grands pas de la pièce sans cesser de grommeler.

— Tu as deviné ma réponse, Bella, soupira Carlisle.

— Merci, marmonnai-je, tournée dans la direction qu'avait prise Edward.

Un fracas assourdissant retentit dans le salon. Je tressaillis.

— C'est tout ce que j'avais besoin de savoir, m'empressai-je de conclure, émue jusqu'aux larmes. Merci à vous. Merci de vouloir me garder. Sachez que je ressens exactement la même chose pour vous.

En un instant, Esmé fut à mes côtés, m'enlaçant dans ses bras froids.

— Très chère Bella, souffla-t-elle.

Je l'embrassai moi aussi. Du coin de l'œil je vis Rosalie qui baissait la tête, et je me rendis compte que mes paroles pouvaient être interprétées de deux manières différentes.

— Bon, Alice, décrétai-je ensuite, où souhaites-tu que nous nous installions ?

La jeune femme me contempla, les yeux agrandis de terreur.

— Non ! *Non* ! NON ! rugit Edward en revenant à fond de train dans la salle à manger.

Il se planta devant moi avant que j'aie eu le temps de ciller, me dominant de toute sa taille, le visage tordu par la fureur.

— Tu es folle ? me hurla-t-il. As-tu complètement perdu l'esprit ?

Je reculai, les mains sur les oreilles.

— Hum…, marmonna Alice. Bella ? Je ne pense pas être déjà prête pour ça. Il faut que je me prépare…

— Tu as promis ! lui lançai-je, en cédant à la colère à mon tour.

— Je sais, mais… Sérieusement, Bella ! Je n'ai pas la moindre idée de la façon de *ne pas* te tuer !

— Tu en es capable. J'ai confiance en toi.

Edward gronda. Sa sœur secoua la tête, paniquée.

— Carlisle ? appelai-je.

Edward attrapa mon menton d'une main et me força à le regarder tandis qu'il arrêtait son père de l'autre.

— Je suis à même de le faire, répondit Carlisle en l'ignorant. (Quel dommage que je ne puisse voir son expression !) Il n'y aurait aucun risque que je perde le contrôle.

— Bien, marmottai-je, le mot déformé par la poigne d'Edward.

— Un instant ! s'interposa celui-ci. Il n'y a aucune raison de s'y mettre tout de suite.

— Et il n'y en a aucune de retarder les choses non plus, contrai-je.

— Pour ce qui me concerne, j'en vois plusieurs.

— Ça ne m'étonne pas ! crachai-je. Et maintenant, lâche-moi.

Il libéra ma figure et croisa les bras sur la poitrine.

— Dans environ trois heures, railla-t-il, Charlie sera ici, te cherchant. Et il est bien capable de débarquer avec toute son escouade.

— Ce qui ne fait jamais que trois quidams, rétorquai-je, en fronçant les sourcils néanmoins.

C'était toujours le plus difficile. Charlie, Renée. Et maintenant, Jacob. Ceux que j'allais perdre, ceux que j'allais blesser. J'aurais aimé être la seule à souffrir mais je savais que ce n'était pas possible. En même temps, je leur nuisais plus en restant humaine. Ma proximité soumettait Charlie à des dangers constants. C'était encore pire pour Jake, puisque j'attirais ses ennemis héréditaires sur les terres qu'il se sentait obligé de défendre. Quant à Renée... je ne pouvais même pas risquer une visite à ma propre mère, de peur d'entraîner mes mortels problèmes avec moi ! J'étais un aimant à dangers ; j'avais accepté cette fatalité depuis longtemps. J'avais conscience qu'il me fallait prendre soin de moi tout en protégeant ceux que j'aimais, même si cela signifiait ne pas être avec eux. C'était à moi d'être forte pour tous.

— Dans l'intérêt général, la discrétion s'impose, gronda Edward.

Ses dents étaient toujours serrées, mais il parlait à son père à présent.

— Je suggère que nous remettions cette conversation à plus tard, au moins jusqu'à ce que Bella passe son bac et quitte la maison de Charlie.

— C'est une requête raisonnable, Bella, commenta Carlisle.

Je songeai à la réaction de Charlie s'il se réveillait pour découvrir mon lit vide. Après tout, la vie ne l'avait pas épargné, ces derniers temps, entre le décès de Harry la semaine précédente puis ma disparition inexpliquée. Il ne méritait pas ça. Juste un peu plus de temps. La fin de l'année scolaire n'était plus si loin...

— Je vais y réfléchir, décrétai-je avec une moue.

— Je te ramène, annonça Edward en se détendant aussitôt. Juste au cas où Charlie se lèverait tôt.

— Après le bac ? lançai-je à Carlisle.

— Tu as ma parole.

Inspirant un bon coup, je souris et me tournai vers Edward.

— Très bien, tu peux me raccompagner.

Il obtempéra à toute allure, peut-être pour éviter de donner à son père l'occasion de formuler d'autres promesses. Comme nous empruntâmes la sortie de derrière, je ne sus pas ce qu'il avait cassé dans le salon. Ce fut un trajet silencieux. J'étais satisfaite de moi, presque triomphante, effrayée aussi, bien que je m'efforce de ne pas penser à cet aspect-là des choses. M'inquiéter de la douleur – physique ou émotionnelle – que je ressentirais ne servait à rien, donc je me l'interdis. Pas tant que ce ne serait pas absolument nécessaire.

Quand nous arrivâmes chez moi, Edward ne ralentit pas. Il escalada le mur et la fenêtre en un rien de temps, dénoua mes bras de son cou et me posa sur le lit. Je pensais avoir une assez bonne idée de ses cogitations, pourtant il arriva à me surprendre : au lieu d'être en colère, il affichait un air calculateur. Il fit les cent pas sans mot dire sous mes yeux de plus en plus soupçonneux.

— Quoi que tu sois en train de comploter, l'avertis-je, ça ne marchera pas.

— Chut. Je réfléchis.

— Pff ! soupirai-je en me laissant aller sur le lit et en tirant la couette sur ma tête.

Je n'entendis aucun bruit, mais soudain, il fut à côté de moi, ôtant la couverture pour me regarder. Il repoussa une mèche de ma joue.

— Si ça ne t'embête pas, je préférerais que tu ne caches pas ton visage. Il m'a manqué plus que je ne suis capable de le supporter. Et maintenant... dis-moi quelque chose.

— Quoi ?

— Si tu pouvais avoir ce que tu désires le plus au monde, n'importe quoi, qu'est-ce que ce serait ?

— Toi.

— Je te parle de quelque chose que tu n'as pas déjà, s'impatienta-t-il.

Ne sachant trop où il voulait en venir, je préparai soigneusement ma réponse. J'en trouvai une qui était à la fois vraie et impossible sans doute.

— Je voudrais que... ce ne soit pas à Carlisle de s'en charger. Je voudrais que *tu* me transformes.

Je guettai sa réaction, un peu anxieuse, craignant encore plus de fureur que celle dont il avait fait preuve chez lui. Étonnamment, il ne broncha pas, resta pensif.

— Quel prix serais-tu prête à payer pour ça ? finit-il par demander, me désarçonnant complètement.

— N'importe lequel ! m'exclamai-je sans réfléchir.

— Cinq ans ? suggéra-t-il en plissant la bouche.

Je fus partagée entre le dépit et l'horreur.

— Tu as dit n'importe lequel, me rappela-t-il.

— Oui, mais... tu profiteras de ce délai pour trouver une façon de t'esquiver. Il faut que je batte le fer tant qu'il est chaud. Et puis, être humain est trop dangereux, pour moi en tout cas. Alors, tout sauf ça.

— Trois ans ? contra-t-il en plissant le front.

— Non !

— Ce sacrifice ne vaut donc rien à tes yeux ?

À quel point avais-je envie de devenir vampire ? Tout bien considéré, mieux valait bluffer et ne pas lui montrer combien c'était important. Ça me laisserait une marge de manœuvre.

— Six mois ?

— Tu peux faire mieux ! soupira-t-il en levant les yeux au ciel.

— Un an, alors. Je n'irai pas plus loin.

— Deux.

— Pas question. Dix-neuf ans, je devrais le supporter, mais il est exclu que j'approche des vingt. Si tu dois rester ado toute ta vie, alors moi aussi.

— Très bien, admit-il au bout d'une minute de réflexion. Oublions les délais. Si tu veux que je me charge de... alors, j'émets une condition.

— Laquelle ?

Ses yeux étaient très prudents quand il répondit, et il s'exprima avec une lenteur délibérée.

— Épouse-moi d'abord.

Je le contemplai, attendant des explications. Rien ne vint.

— O.K., soupirai-je, suis-je censée rire ?

— Tu m'offenses, Bella, bougonna-t-il. Je te demande ta main, et toi, tu prends ça pour une plaisanterie.

— Sois sérieux, Edward.

— Je le suis à cent pour cent, protesta-t-il en me vrillant d'un regard effectivement dénué d'humour.

— Arrête tes âneries ! objectai-je en sentant la panique monter. Je n'ai que dix-huit ans.

— Et moi, presque cent dix. Il est temps que je me range des voitures.

Je me tournai vers la fenêtre obscure, tâchant de contenir mon angoisse avant qu'elle me trahisse.

— Écoute, repris-je, le mariage n'est pas franchement en tête de liste de mes priorités. Pour Charlie et Renée, ça a été une expérience plutôt fatale.

— Très intéressant, cet adjectif.

548

— Tu m'as comprise.

— Ne me dis pas que tu as peur de t'engager ! s'écria-t-il avec des accents incrédules.

Je compris ce qu'il sous-entendait par-là.

— Ce n'est pas ça, esquivai-je. J'ai... c'est Renée, qui m'inquiète. Elle a des préjugés plutôt ancrés sur ce qui est du mariage avant la trentaine.

— Elle préférerait que tu sois damnée à jamais plutôt que tu te maries, c'est ça ? ricana-t-il sans joie.

— Je ne rigole pas.

— Bella, comment peux-tu comparer le degré d'engagement qu'impliquerait un mariage à la perte de ton âme ? Si tu n'as pas le courage de m'épouser, alors...

— Très bien, l'interrompis-je. Et si je l'avais, ce cran ? Si je te demandais de m'emmener à Las Vegas[1] sur-le-champ, deviendrais-je pour autant vampire dans les trois jours ?

Il sourit, et ses dents éclatantes étincelèrent dans la pénombre.

— Bien sûr, affirma-t-il en ne marchant pas dans mon coup de bluff. Ne bouge pas, je vais chercher la voiture.

— Nom d'une pipe ! marmonnai-je. D'accord, je te donne dix-huit mois.

— Non, non, s'esclaffa-t-il. Je tiens à ma condition.

— Dans ce cas, je prierai Carlisle de s'y coller après mon bac.

— Si c'est vraiment ce que tu veux !

Il haussa les épaules et me gratifia d'un sourire absolument angélique.

---

1. La ville des mariages ultrarapides aux États-Unis.

— Tu es impossible ! grommelai-je. Un vrai monstre !

— C'est pour ça que tu ne veux pas te marier avec moi ?

Je grognai. Il se pencha sur moi, et ses yeux de nuit se firent lave, réduisant en cendres ma détermination.

— *S'il te plaît*, Bella ? chuchota-t-il.

Un instant, j'oubliai de respirer. Quand je recouvrai mes sens, je m'empressai de secouer la tête afin de m'éclaircir les idées.

— Aurais-tu mieux accueilli ma demande si j'avais eu le temps d'acheter une bague ?

— Non ! Pas de ça ! criai-je presque.

— C'est malin ! Tu as réveillé Charlie !

— Houps !

— Il faut que je me sauve.

Mon cœur s'arrêta de battre, et il me scruta un instant.

— Serait-ce infantile de ma part si je me cachais dans le placard ?

— Bien sûr que non, chuchotai-je. Reste. Je t'en supplie.

Il sourit et s'évanouit. Furieuse, je guettai dans le noir l'instant où Charlie débarquerait pour vérifier que tout allait bien. Edward savait exactement ce qu'il faisait, et j'étais prête à parier que sa feinte surprise participait du stratagème. Certes, il me restait l'option Carlisle. Sauf que, maintenant que j'avais une chance qu'Edward procède en personne à ma transformation, j'en avais terriblement envie. Quel sale tricheur ! On entrebâilla ma porte.

— Bonjour, papa.

— Oh, salut, Bella, répondit-il, gêné. Je ne savais pas que tu étais réveillée.

— Si. J'attendais justement que tu te lèves pour prendre une douche.

Je sautai du lit.

— Une seconde ! lança-t-il en allumant.

Je clignai des yeux, aveuglée, en évitant de regarder le placard.

— Parlons un peu, d'abord, enchaîna-t-il.

J'eus du mal à ne pas grimacer. J'avais oublié de demander une excuse à Alice.

— Tu es dans de sales draps, poursuivit-il. J'imagine que tu le sais ?

— Oui.

— Ces trois derniers jours, j'ai failli devenir dingue. Je suis rentré de l'enterrement de Harry pour m'apercevoir que tu n'étais plus là. Jacob n'a rien pu me dire, sinon que tu étais partie avec Alice Cullen, et qu'il pensait que tu avais des ennuis. Tu n'as pas laissé de numéro où te joindre, j'ignorais où tu étais et quand – ou si – tu reviendrais. As-tu la moindre idée de...

Il s'interrompit, respira profondément.

— Donne-moi une seule raison valable pour que je ne t'expédie pas immédiatement à Jacksonville, termina-t-il.

Je fulminais. Ainsi, il cherchait à m'intimider par des menaces ? À ce jeu-là, nous serions deux. Je me rassis et m'enveloppai dans la couette comme si j'avais froid.

— De toute façon, je n'irai pas, répliquai-je.

— Dis donc, jeune fille...

— Écoute, papa. J'endosse entièrement la responsabilité de mes actes, et tu as le droit de me punir autant de temps que tu voudras. Je ferai le ménage, la lessive et la vaisselle jusqu'à ce que tu estimes que j'ai appris ma leçon. Et tu es sans doute en droit de me jeter dehors... pour autant, ne compte pas sur moi pour aller en Floride.

Il devint écarlate et eut besoin de quelques bonnes inspirations avant de répondre.

— Daignerais-tu m'expliquer où tu étais passée ?

Zut !

— J'ai eu... une urgence.

Il souleva les sourcils, très impressionné par ma brillante défense.

— Pff ! soufflai-je. Je ne sais pas quoi te dire, papa. Pour l'essentiel, ce n'était qu'un malentendu. Machin a dit, truc a dit, et le tout s'est emballé.

Pas un mot.

— Bon. Figure-toi qu'Alice a raconté à Rosalie que j'avais sauté de la falaise...

Je me débattais pour trouver quelque chose qui fût aussi près que possible de la vérité, histoire que mon inaptitude totale à mentir de manière convaincante ne sape pas l'excuse que j'allais inventer. Mais, avant que j'aie eu le temps de poursuivre, je compris, à l'allure de Charlie, qu'il n'était pas au courant de cet exploit. Flûte de flûte ! Comme si je n'avais déjà pas suffisamment d'ennuis.

— Euh... j'ai dû oublier de t'en parler, m'étranglai-je. Ce n'était rien. On s'amusait seulement, avec Jake... Bref, Rosalie a vendu la mèche à Edward, il a été bouleversé. Sans le faire exprès, elle a laissé entendre que j'avais essayé de me suicider, une bêtise de ce genre. Comme il ne répondait pas au téléphone, Alice m'a emmenée en... à L.A. de façon à ce que je puisse m'expliquer de vive voix.

Je croisai les doigts pour que la révélation involontaire de mon plongeon soit oubliée. Il s'était figé.

— Es-tu en train de m'annoncer que tu as tenté de te tuer, Bella ?

— Non, bien sûr que non ! Rien d'aussi dramatique. C'était pour se marrer, avec Jake. En plongeant des falaises. Les gars de La Push le font tout le temps.

Le visage de Charlie passa du froid polaire à une fureur incandescente.

— Pourquoi cette inquiétude envers Edward Cullen ? aboya-t-il. Alors qu'il t'a laissée tomber comme une vieille chaussette, sans...

— Un autre malentendu, le coupai-je.

— Il est de retour, alors ? s'empourpra-t-il.

— Je ne sais pas trop quels sont leurs plans. Il me *semble* qu'ils ont tous décidé de revenir ici.

Une veine battait sur son front.

— Je t'interdis de l'approcher, Bella, compris ? C'est un faux-jeton. Il ne te mérite pas. Je ne lui permettrai pas de te démolir une deuxième fois.

— Très bien, rétorquai-je sèchement.

— Ah ! marmonna-t-il en se balançant d'avant en arrière. Je pensais que tu serais plus réticente.

— Et tu as raison, répliquai-je en le toisant. Puisque c'est comme ça, je déménagerai.

Je crus que les yeux allaient lui sortir de la tête. Le pourpre de son visage passa au mauve, je craignis pour sa santé, et ma résolution vacilla. Après tout, il n'était pas plus jeune que Harry.

— Écoute, papa, je n'ai pas envie de m'installer ailleurs, tempérai-je. Je t'adore. Je comprends que tu t'inquiètes, mais je te demande de me faire confiance. Tu vas juste devoir te calmer envers Edward si tu souhaites que je reste. La question est donc : veux-tu que je vive ou non avec toi ?

— Tu es injuste, Bella. Tu sais bien ce que je veux.

— Alors, sois sympa avec Edward, parce qu'il sera là où je serai.

J'avais asséné cela avec une conviction rare – ma révélation fonctionnait toujours.

— Jamais sous mon toit ! tonna Charlie.

— Je n'ai pas l'intention de te poser d'autres ultimatums cette nuit... enfin, ce matin. Réfléchis-y seulement pendant quelques jours, d'accord ? Mais n'oublie pas qu'Edward et moi, c'est à prendre ou à laisser.

— Bella...

— Penses-y, insistai-je. Et, en attendant, voudrais-tu bien m'accorder un peu d'intimité ? J'ai vraiment besoin d'une douche.

Violet de fureur, il ne protesta pas plus avant cependant et quitta la pièce en claquant la porte derrière lui. Je l'entendis descendre l'escalier comme un éléphant. Je me débarrassai de ma couverture, Edward était déjà installé dans le rocking-chair, comme s'il y avait été assis depuis le début de la conversation.

— Désolée, murmurai-je.

— Sa colère contre moi est légitime, chuchota-t-il. S'il te plaît, ne te brouille pas avec lui à cause de moi.

— Ne t'inquiète pas, soufflai-je en rassemblant les affaires dont j'avais besoin pour me laver et des vêtements propres. Je ferai ce qu'il faut, sans pousser le bouchon. À moins que tu sois en train de suggérer que je n'ai nul endroit où aller ?

J'écarquillai les yeux, l'air faussement alarmée.

— Tu serais prête à vivre dans une maison pleine de vampires ?

— C'est sûrement l'endroit le plus sûr pour quelqu'un dans mon genre. De plus, ajoutai-je en riant, si Charlie me jette dehors, le délai du bac n'aura plus lieu d'être.

Sa mâchoire se serra.

— Toujours aussi avide de tomber dans la damnation éternelle, hein ?

— Tu sais que tu ne crois pas à ces histoires.

— Vraiment ?

— Non.

Furibond, il me vrilla du regard, mais je repris la parole la première.

— Si tu pensais avoir perdu ton âme, alors, à Volterra, tu aurais immédiatement saisi ce qui se passait au lieu de t'imaginer que nous étions morts tous les deux. Ce qui ne s'est pas produit, puisque tu as marmonné « Carlisle avait raison ». Tu n'as pas renoncé à tout espoir ! conclus-je, triomphante.

Pour une fois, je lui avais coupé la chique.

— Alors, enchaînai-je, continuons d'espérer ensemble. Même si ça n'a pas beaucoup d'importance pour moi. Si tu restes, je n'ai pas besoin de paradis.

Lentement, il se leva et vint prendre mon visage entre ses paumes, me forçant à plonger dans ses prunelles.

— À jamais, jura-t-il, un peu chancelant.

— Je n'en demande pas plus.

Sur ce, je me hissai sur la pointe des pieds afin de poser mes lèvres sur les siennes.

Épilogue

◆

LE TRAITÉ

La situation redevint presque normale – la bonne normalité, celle d'avant ma période zombie – en moins de
temps que je l'aurais cru possible. L'hôpital accueillit
Carlisle à bras ouverts sans même avoir la décence de
dissimuler sa joie en apprenant qu'Esmé avait trouvé
L.A. assez peu à son goût. À cause de l'examen de
maths que j'avais raté pendant mon séjour à l'étranger,
je me retrouvai en moins bonne place pour réussir mon
bac qu'Edward ou Alice. Soudain, l'entrée en fac se
classa parmi les priorités (elle constituait toujours le
plan B, au cas où l'offre d'Edward me détournerait de
la solution post-bac de Carlisle). Les dates limites de
nombreux dossiers de candidature étaient dépassées,
mais Edward dénichait chaque jour de nouveaux for-
mulaires à me faire remplir. Lui-même avait déjà ter-

miné Harvard, si bien qu'il se moquait que nous terminions tous les deux à la modeste fac publique locale l'année suivante, du fait de ma tendance à remettre l'urgent au lendemain.

Charlie s'était résigné mais il n'adressait pas la parole à Edward. Ce dernier avait quand même l'autorisation d'entrer chez nous – uniquement pendant les heures de visite auxquelles j'avais droit. Quant à ce que je sorte de la maison, c'était hors de question. Le lycée et le travail étaient les seules exceptions à cet interdit, et les murs jaune pâle des salles de classe avaient fini par devenir attrayants à mes yeux. Certes, mon voisin de pupitre y était pour quelque chose. Edward avait repris son cursus scolaire, si bien qu'il assistait à tous mes cours. Vu mon comportement après le départ supposé des Cullen pour la Californie, personne n'avait eu le courage de s'asseoir à côté de moi. Y compris Mike, pourtant toujours avide de l'opportunité. Avec le retour d'Edward, ce fut presque comme si les huit derniers mois n'avaient été qu'un pénible cauchemar.

Presque – pas complètement. Pour commencer, il y avait mon confinement à la maison. Et puis, avant l'automne, je n'avais pas été amie avec Jacob Black qui, de fait, ne m'avait pas manqué. Je n'avais pas le droit de me rendre à La Push, et Jake ne daignait pas se montrer chez nous. Il refusait même de répondre à mes coups de fil.

Je passais ces derniers le soir surtout, après qu'Edward avait été flanqué dehors, à neuf heures tapantes, par un Charlie qui ne rigolait pas, et avant qu'il revienne en douce par la fenêtre quand mon père dormait du sommeil du juste. Je profitais de ces instants pour appeler – en vain –, parce que j'avais remarqué la tête que faisait Edward quand j'avais le malheur de mentionner Jake : désapprobatrice et circonspecte... voire furieuse. Cela tenait à ses préjugés envers les loups-garous, aussi réciproques que ceux de Jacob à l'encontre des « buveurs de sang ». Au moins, Edward ne s'épanchait pas en termes méprisants.

Du coup, j'avais cessé peu à peu de prononcer le nom de Jake.

Avec la présence d'Edward, il m'était difficile de ruminer des idées déplaisantes. Même celle de mon ami perdu qui, à cette heure, devait être malheureux comme les pierres, par ma faute. Quand je songeais à lui, je me sentais coupable de ne pas penser plus souvent à lui. J'étais de nouveau branchée en mode conte de fées. Le prince charmant était revenu, le sortilège avait été brisé. Je ne savais trop que faire du dernier personnage. Qu'en était-il de son « tout est bien qui finit bien » personnel ? Les semaines passaient, et Jacob continuait à ne pas prendre mes appels téléphoniques, ce qui finit par devenir un souci permanent. Tel un robinet fuyant sur le sommet de mon crâne, impossible à ignorer. Ploc, ploc, ploc – Jacob, Jacob, Jacob. Bref, j'avais beau éviter de mentionner son prénom, ma frustration et mon anxiété débordaient parfois.

— C'est tout bonnement mal élevé ! m'emportai-je un samedi après-midi où Edward était venu me chercher au travail. Insultant, ni plus ni moins !

La colère était plus supportable que les remords. Je variais mes stratégies dans l'espoir d'obtenir une attitude différente. Cette fois, j'avais téléphoné de la boutique. Malheureusement, je n'étais tombée que sur un Billy inutile – la routine.

— Billy a dit qu'il ne voulait pas me parler ! fulminai-je en scrutant la pluie par la fenêtre passager. Il était là, mais il ne s'est pas donné la peine de faire trois pas pour prendre l'appareil. D'habitude, son père prétend qu'il est absent, qu'il est occupé, qu'il dort, que sais-je encore ? D'accord, je suis consciente qu'il me raconte des craques, mais au moins, ça reste une façon correcte de gérer les choses. Je te parie que Billy me hait lui aussi. C'est vraiment injuste !

— Pas toi, Bella, répondit doucement Edward. Personne ne te déteste.

— Dans ce cas, c'est drôlement bien imité, marmonnai-je en croisant les bras sur ma poitrine.

Simple bouderie – le trou béant avait disparu, je me rappelai à peine avoir eu cette impression de vide.

— Jacob est au courant de notre retour, et je suis certain qu'il en a déduit que j'étais avec toi. Or, il ne s'approchera pas de moi. Son hostilité est trop profondément enracinée.

— C'est idiot. Il sait très bien que vous n'êtes pas... comme les autres vampires.

— Ce n'est pas une raison pour ne pas garder ses distances.

Je fixai le pare-brise, n'y distinguai que le visage de Jacob, son masque renfrogné et amer.

— Bella, reprit Edward, nous sommes ce que nous sommes. J'arrive à me contrôler, je doute que ce soit son cas. Il est très jeune. Une rencontre aurait toutes les chances de tourner au pugilat, et je ne suis pas certain que je saurais l'arrêter avant de le t... avant de lui faire du mal. Ça te rendrait malheureuse, et je ne veux pas que ça arrive.

Me revinrent les paroles que Jake avaient prononcées au sujet d'Alice dans la cuisine, de sa voix feutrée. « Je ne suis pas sûr d'être assez équilibré pour le supporter. Tu n'apprécierais sûrement pas que je la tue. » Pourtant, il était parvenu à gérer ses instincts, cette fois-là.

— Edward Cullen, chuchotai-je, étais-tu sur le point de dire « le tuer » ?

Il se détourna pour contempler la pluie. Le feu passa au rouge (je n'avais même pas remarqué que nous nous étions arrêtés), et il repartit, très lentement, ce qui ne lui ressemblait pas.

— Je m'efforcerais... vraiment... de me retenir, finit-il par répondre.

Je le dévisageai, bouche bée, mais il continuait à regarder droit devant lui. Nous ralentîmes en abordant un panneau stop. Soudain, je me souvins de ce qui était arrivé à Pâris quand Roméo était revenu. Les indications scéniques étaient simples : *Ils se battent. Pâris meurt.*[1]

Mais c'était ridicule. Impensable. Je respirai profondément.

— Crois-moi, déclarai-je, vous n'êtes pas près de vous bagarrer, alors inutile de s'inquiéter. Bon, Charlie surveille la pendule, alors mieux vaudrait que tu me ramènes au bercail avant que je m'attire de nouveaux ennuis pour être rentrée en retard.

Je lui adressai un pauvre sourire. Chaque fois que je posais les yeux sur ce visage, sur cette perfection inimaginable, mon cœur se mettait à cogner fort, sain, très présent dans ma poitrine. Là, les battements prirent une course plus rapide que celle de l'amour. Sa figure de statue arborait une expression que je ne connaissais que trop.

---

1. *Roméo et Juliette*, acte V, scène 3.

— Trop tard, Bella, murmura-t-il. Tu as déjà de nouveaux ennuis.

Je me rapprochai de lui, agrippai son bras et suivis son regard. J'ignore ce à quoi je m'attendais, peut-être à Victoria plantée au beau milieu de la rue, ses cheveux rouges ébouriffés par le vent, ou à une rangée de grands manteaux sombres, voire à une meute furibonde de loups-garous. Je ne vis rien de tout cela.

— Quoi ? Que se passe-t-il ?

Il inspira un grand coup.

— C'est Charlie... Mon père ? piaillai-je.

Edward baissa les yeux sur moi, et son calme relatif dispersa un peu ma panique.

— Charlie... ne va sans doute pas te tuer, mais il y songe sérieusement, annonça-t-il.

Il se remit à avancer, dépassa la maison et se rangea à la lisière des bois.

— Qu'est-ce que j'ai encore fait ?

Il jeta un coup d'œil derrière lui. Je l'imitai et remarquai alors ce qui était garé près de la voiture de patrouille. Luisante, d'un rouge pétant, repérable à des kilomètres à la ronde – ma moto qui paradait dans l'allée. Si Charlie avait des envies de meurtre à mon égard, c'est qu'il savait qu'elle m'appartenait. Il n'y avait qu'une personne pour avoir commis cette trahison.

— Non ! m'écriai-je. Pourquoi ? Pourquoi Jacob m'a-t-il fait ce coup-là ?

Pareille duplicité me laissait pantoise. J'avais eu confiance en Jacob, je lui avais instinctivement confié le moindre de mes secrets. Il était censé être mon havre de paix, celui sur lequel je pouvais compter. Certes, nos relations n'étaient pas au beau fixe en ce moment, mais je n'avais pas songé que les bases de notre complicité avaient changé à ce point-là. Je les avais même crues intangibles ! De quoi m'étais-je rendu coupable pour mériter ça ? Charlie allait être furieux. Pire, il allait être blessé et soucieux. N'avait-il pas déjà assez à encaisser ? Je n'aurais jamais envisagé que Jake pût être aussi vil, aussi méchant. Les larmes jaillirent, brûlantes. Elles n'étaient pas dues à la tristesse, cependant. J'avais été trahie, et j'étais soudain tellement en colère que ma tête donnait l'impression de vouloir exploser.

— Il est encore là ? sifflai-je.

— Oui. Il nous attend.

Du menton, Edward indiqua le sentier étroit qui s'enfonçait dans la forêt. Bondissant de la voiture, je me ruai vers les troncs, les poings serrés, prête à asséner le premier coup. Pourquoi fallait-il qu'Edward fût toujours plus prompt que moi ? Il m'attrapa par la taille avant que j'aie eu le temps de rejoindre le chemin.

— Lâche-moi ! braillai-je. Je vais le massacrer ! Le sale traître !

— Charlie risque de t'entendre, m'avertit Edward. Et une fois qu'il t'aura fait rentrer à la maison, il est capable de t'y boucler en murant la porte.

Je ne pus me retenir de regarder vers chez nous, ne vis que cette moto rouge éclatant. Vis rouge. Le sang battait à mes tempes.

— Laisse-moi régler son compte à Jacob, ensuite je gérerai Charlie.

Je ruai pour me libérer – sans résultat.

— C'est moi que Jacob Black souhaite rencontrer. C'est pourquoi il est encore ici.

Ça m'arrêta net. Coupa mes instincts meurtriers. Mes bras retombèrent le long de mon corps. *Ils se battent.*

Pâris meurt. J'étais furieuse, pas au point de désirer cela toutefois.

— Pour discuter ? demandai-je.

— Plus ou moins.

— Plutôt plus ou plutôt moins ?

— Ne t'inquiète pas, me rassura Edward en caressant mes cheveux. Il n'est pas venu se bagarrer. Plutôt en qualité de... porte-parole de la meute.

— Oh !

Il jeta un nouveau coup d'œil à la maison puis, resserrant sa prise autour de mon bras, m'entraîna sous le couvert des arbres.

— Dépêchons-nous. Charlie s'impatiente.

Nous n'eûmes pas à aller très loin. Jacob nous attendait à quelques pas de là, vautré sur un tronc moussu, les traits durs et fermés, comme je m'en étais doutée. Il me regarda d'abord, puis Edward. Sa bouche s'étira en un rictus mauvais, et il se redressa. Bien planté sur ses pieds, légèrement en avant, ses mains tremblantes serrées en deux poings. Il paraissait avoir grandi par rapport à notre dernière entrevue. Bizarrement, incroyablement, il continuait à pousser. S'il s'était approché d'Edward, il l'aurait dominé.

Mais ce dernier s'était arrêté aussitôt qu'il l'avait vu, ménageant un espace assez large entre lui et nous et s'arrangeant pour se placer devant moi. Je me penchai sur le côté pour fusiller Jake du regard. J'avais cru que son expression cynique et amère me rendrait d'autant plus rageuse. Au lieu de quoi, elle me rappela notre dernière rencontre, quand il avait eu les larmes aux yeux. Ma colère vacilla, s'évanouit. Cela faisait si longtemps. Que nous dussions nous retrouver dans ces conditions m'emplissait de tristesse.

— Bella, me salua-t-il en hochant la tête sans perdre de vue Edward.

— Pourquoi ? chuchotai-je en essayant de surmonter la boule qui m'obstruait la gorge. Comment as-tu pu me faire ça, Jacob ?

Le rictus disparut, mais l'expression figée subsista.

— C'est pour ton bien, rétorqua-t-il.

— Pardon ? Tu tiens donc à ce que Charlie m'étrangle ? Ou préfères-tu qu'il ait une attaque comme Harry ? Quelle que soit ta rage à mon encontre, tu n'avais pas le droit de *lui* infliger ça.

Il tressaillit, fronça les sourcils, ne répondit pas.

— Il n'a cherché à blesser personne, il voulait juste que tu sois confinée à la maison pour passer moins de temps avec moi, murmura Edward, expliquant les pensées que Jake se refusait à formuler.

Mon ancien ami le toisa avec haine.

— Nom d'un chien, Jake ! Je suis déjà punie. Pourquoi penses-tu que je n'ai pas débarqué à La Push afin de te botter les fesses pour t'apprendre à esquiver mes appels téléphoniques ?

— C'était pour ça ? sembla-t-il s'étonner avant de serrer les dents comme s'il regrettait d'avoir dévoilé quelque chose.

— Il a cru que je t'empêchais d'y aller, pas Charlie, intervint une nouvelle fois Edward.

— Arrête ça ! aboya Jake.

Edward ne releva pas. Jacob vacilla sur ses jambes, puis se ressaisit avec difficulté.

— Bella n'a pas exagéré quand elle a évoqué tes... aptitudes, gronda-t-il. Tu dois donc avoir déjà deviné pourquoi je suis ici.

— Oui. Mais avant que tu commences, je tiens à dire quelque chose.

Jacob attendit, serrant et desserrant les poings, tâchant de contrôler les frissons qui le secouaient.

— Merci, reprit Edward. Je ne te remercierai jamais assez, continua-t-il avec des accents d'une sincérité indéniable. Je te serai redevable pour le reste de... mon existence.

L'autre le contempla sans comprendre, figé par la surprise. Il échangea un coup d'œil avec moi, sauf que j'étais aussi ébahie que lui.

— Tu as maintenu Bella en vie, précisa Edward d'une voix rauque et fervente. Quand moi, je l'avais... désertée.

— Edward..., commençai-je.

Il m'interrompit en levant la main.

— Je ne l'ai pas fait pour toi, riposta Jacob qui avait compris, maintenant.

— Je sais. Cela ne réduit en rien la gratitude que j'éprouve. Je voulais que tu saches. S'il y a quoi que ce soit que j'aie le pouvoir de...

Jake souleva un sourcil.

— Cela ne dépend pas de moi, répondit Edward, qui avait lu dans ses pensées.

— De qui, alors ?

— D'elle. (Il me regarda.) J'apprends vite, Jacob Black, et je ne répète jamais mes erreurs. Je suis ici jusqu'à ce qu'elle m'ordonne de m'en aller.

Un instant, je me perdis dans ses prunelles mordorées. S'il m'était difficile de saisir les parties non formulées de la conversation, il restait clair que Jacob ne tenait qu'à une chose – le départ d'Edward.

— Jamais ! murmurai-je, toujours hypnotisée par ce dernier.

Jacob fit mine de vomir. Je m'arrachai à ma contemplation pour le toiser.

— Tu voulais autre chose, Jake ? Tu m'as fourrée dans de sales draps, mission accomplie. Charlie pourra toujours essayer de m'expédier dans un lycée militaire, cela ne m'empêchera pas de rester près d'Edward. Contre ça, personne ne peut rien. Alors, autre chose ?

— Je souhaite juste rappeler quelques clauses du traité à ton buveur de sang d'ami, répliqua-t-il, toujours focalisé sur son ennemi juré. Si cet accord n'existait pas, je n'hésiterais pas une seconde à l'égorger sur-le-champ, précisa-t-il.

— Quelles clauses ? demandai-je.

— Nous n'avons pas oublié, assura Edward au même moment.

C'est à moi que répondit Jacob.

— Le traité est clair. Si l'un d'eux mord un humain, la trêve est rompue. Et je précise bien : mordre. Pas tuer.

Il daigna enfin poser son regard glacial sur moi. Il ne me fallut qu'une seconde pour saisir le distinguo, et mon visage devint aussi froid que le sien.

— Cela ne te concerne en rien, rageai-je.

— Un peu que...

Soudain, il s'étrangla de fureur. Je ne m'étais pas attendue à ce que mes mots déclenchent une réaction aussi violente. En dépit de l'avertissement qu'il avait pour mission de délivrer, il n'avait pas dû savoir. Pour lui, nous prévenir était une mesure de précaution. Or, il découvrait que j'avais déjà arrêté ma décision de devenir un membre de la famille Cullen. Il était secoué par des convulsions, ou tout comme. Il serra les paupières et, appuyant ses poings contre ses tempes, se plia en deux pour tenter de maîtriser ses spasmes. Son visage avait pris une teinte d'un vert jaunâtre malgré sa peau cuivrée.

— Jake ? m'inquiétai-je. Ça va ?

J'avançai d'un demi-pas vers lui, mais Edward me plaça derrière lui.

— Attention ! Il ne se contrôle plus.

Pourtant, Jacob était déjà redevenu lui-même, et seuls ses bras tremblaient à présent. C'est empli d'une haine absolue qu'il fixa Edward.

— Jamais je ne lui ferais de mal ! cracha-t-il, dédaigneux.

Ni Edward ni moi ne fûmes dupes de l'accusation sous-jacente de cette phrase. Un sifflement s'échappa des lèvres d'Edward et, d'instinct, Jacob se mit presque en garde.

— Bella ! Rentre à la maison tout de suite !

Les rugissements de Charlie nous parvinrent de la route, et nous nous figeâmes, écoutant le silence qui suivit, et que je fus la première à rompre.

— Flûte ! marmonnai-je.

L'expression furieuse de Jacob se dissipa.

— Je suis désolé, grommela-t-il. Il fallait que j'agisse. Que j'essaie...

— Merci beaucoup.

Les trémolos de ma voix gâchèrent le sarcasme que j'avais voulu mettre dans ma réponse. Je commençai à m'éloigner sur le sentier, m'attendant à moitié à ce que Charlie déboule à travers les fougères, tel un taureau enragé. Avec moi dans le rôle du drapeau rouge.

— Juste une dernière chose, me dit Edward avant de

s'adresser à Jacob. Nous n'avons découvert nulle trace de Victoria sur notre territoire. Et vous ?

— La dernière fois, c'est quand Bella était... partie, le renseigna Jacob, bien qu'il eût pu s'en dispenser, puisque Edward était capable de lire en lui. Nous lui avons laissé croire qu'elle avait réussi à s'introduire chez nous ; nous l'avons encerclée, prêts à la piéger... puis elle a filé comme une furie. Pour autant que nous sachions, elle a flairé l'odeur de votre petite femelle et a pris peur. Depuis, elle n'a pas remis le pied sur nos terres.

— Quand elle reviendra, oubliez-la. Elle n'est plus de votre ressort. Nous...

— Bella ! s'égosilla Charlie. J'ai vu *sa* voiture, je sais que tu es quelque part dans le coin. Si tu n'es pas à la maison dans *une* minute...

Il ne prit même pas la peine de formuler sa menace.

— Allons-y, décréta Edward.

Je regardai une dernière fois Jacob, déchirée. Le reverrais-je jamais ?

— Navré, chuchota-t-il, si doucement que je fus obligée de déchiffrer le mot sur ses lèvres. Au revoir, Bella.

— Tu as promis, lui rappelai-je, désespérée. Toujours amis.

Il secoua lentement le menton, et la boule dans ma gorge faillit m'étouffer.

— Tu sais que j'ai tout fait pour tenir ma promesse. Mais... je ne vois pas comment je pourrais continuer. Plus maintenant...

Il lutta pour conserver son masque de froideur, qui vacilla néanmoins.

— Tu vas me manquer, ajouta-t-il dans un souffle.

Il tendit une main vers moi, doigts écartés, comme s'il

regrettait qu'ils ne soient pas assez longs pour m'effleurer.

— Toi aussi, balbutiai-je en imitant son geste.

Nous étions reliés, et l'écho de son chagrin résonnait en moi. Sa tristesse, ma tristesse.

— Jake...

Je fis un pas vers lui. J'avais envie de nouer mes bras autour de son torse et d'effacer la douleur qui imprégnait ses traits. Une fois de plus, Edward m'obligea à reculer, plus sèchement à présent.

— Laisse-moi, lui ordonnai-je. Tout va bien.

— Non, rétorqua-t-il.

— Lâche-la ! gronda Jacob, en cédant de nouveau à la colère. Elle le veut.

Il avança de deux grandes enjambées, une lueur mauvaise dans les yeux. Il frissonnait de partout, et sa poitrine sembla prendre de l'ampleur. Edward me plaça derrière lui, et fit face à Jacob.

— Non ! Edward...

— Isabella Swan ! hurla mon père.

— Arrête ! Charlie est en train de devenir fou. Vite !

Je le tirai par la manche, et il se détendit un peu. Il recula lentement en m'entraînant avec lui sans jamais quitter Jacob du regard. Ce dernier nous observait d'un air lugubre et morose. Juste avant que la forêt se referme sur lui, la douleur démolit son masque de dureté. Je compris que ce visage me hanterait jusqu'à ce que je le revoie sourire un jour. Alors, je me promis de le faire sourire de nouveau. De trouver un moyen de préserver notre amitié. Edward me collait contre lui, et ce fut la seule chose qui m'empêcha de fondre en larmes.

J'avais de sérieux problèmes.

Mon meilleur ami me considérait désormais comme une ennemie.

Victoria était toujours en liberté et menaçait tous ceux que j'aimais.

Si je ne devenais pas très rapidement un vampire, les Volturi me tueraient.

Et voilà que, à présent, si je me transformais, les loups-garous Quileute essayeraient de faire le boulot à leur place, sans oublier de massacrer *mon* clan par la même occasion. À mon avis, ils n'avaient guère de chances d'y parvenir, mais Jacob serait-il tué dans l'entreprise ?

Des problèmes vraiment très sérieux. Pourquoi alors me parurent-ils insignifiants quand, émergeant de la dernière rangée d'arbres, je découvris le visage empourpré de Charlie ?

Edward me serra légèrement.

— Je suis là, me dit-il.

J'inspirai profondément. C'était vrai. Edward était là, il m'enlaçait. Tant que ça durerait, je serais capable d'affronter n'importe quoi.

Carrant les épaules, j'avançai vers mon triste sort, solidement soutenue par mon destin.

Table des matières

✳

CE ROMAN VOUS A PLU ?

Donnez votre avis
et retrouvez la communauté
jeunes adultes sur le site

www.Lecture-Academy.com

☆☆★★★

« Pour l'éditeur, le principe est d'utiliser des papiers composés de fibres naturelles, renouvelables, recyclables et fabriquées à partir de bois issus de forêts qui adoptent un système d'aménagement durable. En outre, l'éditeur attend de ses fournisseurs de papier qu'ils s'inscrivent dans une démarche de certification environnementale reconnue. »

Composition JOUVE – 45770 Saran
N° 626927D

Imprimé en Italie par Canale S.p.A.
32.05.2340.1/01 – ISBN : 978-2-01-322340-9

Loi n° 49-956 du 16 juillet 1949 sur les publications destinées à la jeunesse.
Dépôt légal : juin 2011